레 미제라블 1

Les Misérables

세계문학전집 301

레 미제라블 1

Les Misérables

빅토르 위고

정기수 옮김

민음사

법률과 풍습에 의하여 인위적으로 문명의 한복판에 지옥을 만들고
인간적 숙명으로 신성한 운명을 복잡하게 만드는 영원한 사회적 형벌이 존재하는 한,
무산계급에 의한 남성의 추락, 기아에 의한 여성의 타락,
암흑에 의한 어린이의 위축, 이 시대의 이 세 가지 문제가 해결되지 않는 한,
어떤 계급에 사회적 질식이 가능한 한, 다시 말하자면, 그리고 더욱 넓은 견지에서
말하자면, 지상에 무지와 빈곤이 존재하는 한, 이 책 같은 종류의 책들도
무익하지는 않으리라. ― 1862년 1월 1일, 오트빌 하우스에서

차례

1부 팡틴 9

1부
팡틴

1
올바른 사람

1. 미리엘 씨

1815년, 샤를 프랑수아 비앵브뉘 미리엘 씨는 디뉴의 주교였다. 그는 일흔다섯쯤 된 노인으로, 1806년 이래 디뉴의 주교 자리를 차지하고 있었다.

그가 교구에 도착할 무렵 그에 관해서 퍼진 갖가지 소문이며 화제를 여기에 적는 것은 내가 이야기해야 하는 것의 근본적인 내용과는 아무런 관계도 없지만, 만사에 정확을 기한다는 점만으로도 아마 무용하지는 않으리라. 진위 여부를 막론하고, 어떤 사람에 관한 소문은 흔히 그 사람의 생애나 특히 운명에서, 그 사람의 실제 행위와 마찬가지로 중요한 위치를 차지한다. 미리엘 씨는 엑스 고등법원 판사의 아들로서, 법관 귀족 가문이었다. 전하는 바에 의하면, 그의 아버지는 그에게 자기 지위를 물려 주려고, 당시 고등법원 사람들 사이의 유행에 따라 그를 매우 어린 나이에, 열여덟 살인가 스무 살에 결혼시켰다. 미리엘 씨는 그렇게 결혼했는데도 많은 소문을 자아냈다고 한다. 키는 작달막한 편이나, 품위 있고 우아하고 재치 있으며 풍채 좋은 사나이였다. 그는 젊은 시절을 온통 사교와 여색에 빠져 보냈다. 그러다 혁명이 일어나고 여러 가지 사건이 연달아 발생해, 고등법원 관계 집안사람들은 많이 학살되고, 추방되고, 쫓기어, 산산이 흩어지고 말았다. 미리엘 씨는 혁명 초 이탈리아로 망명했다. 그의 아내는 오래전부터 앓던 폐병으로 거기서 죽었다. 그들에게는 아들이 없었다. 그 후 미리엘 씨의 운명에 무슨 일이 생겼던가? 옛 프랑스 사회의 붕괴, 자기 집안의 몰락, 1793년의 비참한 광경, 더욱더 커져 가는 공포심을 품고 멀리서 바라보는 그들 망명자들에게는 아마도 한결 더 무시무시했을 그 광경, 이러한 것들이 그의 마음속에 탈속둔세(脫俗遁世)의 생각을 싹트게 했을까? 국가의 재변으로 자기 생존과 재산에 타격을 받아도 끄떡없을 사람도 그 가슴에 타격을 가함으로써 때로는 전도시키는 저 신비롭고 무서운 타격이, 그가 빠져 있던 오락과 애정의 삼매경에 갑자기 떨어진 것일까? 그건 아무도 말할 수 없으리라. 다만 알 수 있는 것은 그가 이탈리아에서 돌아왔을 때 사제가 되어 있었다는 사실뿐이다.

1804년, 미리엘 씨는 B(브리뇰)의 주임 사제였다. 그는 이미 노인이 되어, 완전히 은둔 생활을 하고 있었다.

황제의 대관식이 있던 무렵, 무슨 일 때문인지 지금은 아무도 모르지만, 조그마한 직무상의 사건 때문에 그는 파리에 가지 않으면 안 되었다. 수많은 유력한 사람들 중에서도 그는 페슈 추기경에게 가서, 자기 교구 사람들을 위하여 도움을 청했다. 이 갸륵한 사제가 대합실에서 기다리던 중 때마침 숙부인 페슈 씨를 방문한 황제가 그의 앞을 지나갔다. 나폴레옹은 자기를 바라보는 노인에게 몸을 돌려 느닷없이 말했다.

"나를 바라보고 있는 그대는 웬 늙은이인고?"

"폐하." 미리엘 씨는 말했다. "폐하께서는 한 노인을 보고 계시옵고, 저는 한 영웅을 보고 있습니다. 우리들은 제각기 얻는 바가 있는 셈입니다."

황제는 바로 그날 저녁 추기경에게 사제의 이름을 물었다. 그리고 머지않아 미리엘 씨는 디뉴의 주교에 임명되어 무척 놀랐다.

미리엘 씨의 젊은 시절에 관해 전해지는 이야기는 과연 얼마나 진실일까? 그건 아무도 알 수 없다. 혁명 전에 미리엘 씨의 집안을 알고 있던 집안은 별로 없었다.

미리엘 씨는 작은 도시에 새로 온 사람이 으레 당하는 운명을 피할 수 없었다. 도시에는 말 많은 사람은 흔해도 생각 있는 사람은 드물다. 그는 주교였는데도, 아니, 주교였기 때문에 더욱 그런 운명을 감수해야만 했다. 그러나 그의 이름이 오르는 이야기는 그저 이야기일 뿐이었으리라. 그것은 풍설이고, 말이고, 이야기여서, 남부 지방의 힘찬 말로 이른바 횡설수설에 불과했으리라.

그야 어쨌든 간에 구 년간 주교 생활을 한 오늘날에 와서는,

처음에 소도시와 소인배 들의 화제가 되었던 그러한 모든 풍설은 까마득하게 잊히고 말았다. 아무도 차마 그것을 이야기하려 하지 않았고, 아무도 차마 그것을 회상해 보려고도 하지 않았다.

미리엘 씨는 노처녀인 바티스틴 양과 함께 디뉴에 왔다. 그 여자는 그의 누이동생인데 그보다 열 살 아래였다.

그들에게 하인이라곤 바티스틴 양과 같은 나이의 마글루아르 부인이라는 하녀 한 명밖에 없었다. 그 여자는 처음엔 '사제의 하녀'였으나 지금은 바티스틴 아씨의 시녀이자 주교 예하의 가정부라는 두가지 직함을 가지고 있었다.

바티스틴 양은 후리후리하고 수척하며 온순한 여자였다. 그녀는 '존경할 만한'이라는 말이 나타내는 것의 이상(理想)을 구현하고 있었다. 왜냐하면 한 여자가 경애할 만하려면 어머니이어야 할 필요가 있을 것 같으니까. 그 여자는 일찍이 아름다워 본 적이 없었다. 성직에만 종사해 온 그 여자의 일생은 마침내 그녀가 일종의 흰빛과 같은 밝은 빛을 발산하게 하였다. 그리고 늙어 감에 따라 그 여자는 착함의 아름다움이라고 할 수 있는 것을 얻게 되었다. 젊었을 적의 여윈 모습은 나이가 지긋해지자 투명한 모습으로 변했다. 그 투명한 몸을 통하여 천사가 보이는 듯했다. 그것은 처녀라기보다는 영혼이었다. 그 몸은 그림자로 되어 있는 것 같았다. 그것은 남녀의 성(性)을 뛰어넘은 육체, 빛이 들어 있는 조금의 물질이었다. 언제나 다소곳한 커다란 눈. 그것은 영혼이 지상에 머물기 위한 하나의 매개체에 불과했다.

마글루아르 부인은 살결이 희고 뚱뚱하며 분주하고 키가 작은 늙은이인데, 첫째는 일이 바쁘기 때문에, 다음엔 천식 때문에 늘 헐떡거렸다.

미리엘 씨는 도착하자마자, 주교를 준장 바로 다음 지위로 급을 정한 칙령에 알맞게 의식을 갖추어, 주교관으로 입주했다. 시장과 시의회 의장이 먼저 그를 방문했고, 그는 먼저 장군과 지사를 방문했다.

취임식이 끝나자, 디뉴 시는 주교의 활동을 기다렸다.

2. 미리엘 씨, 비앵브뉘 예하가 되다

디뉴의 주교관은 자선병원과 인접해 있었다.

주교관은 웅장한 석조 건물인데, 시모르의 수도원장으로서 1712년에 디뉴의 주교가 된 파리 대학 신학 박사 앙리 퓌제 예하에 의하여 18세기 초에 건축되었다. 이 주교관은 실로 위풍당당한 주택이었다. 모든 것이 웅대해 보였다. 주교의 거실도, 응접실도, 침실들도, 고대 피렌체식을 그대로 따른 산책용 홍예 회랑(虹霓回廊)이 있는 넓디넓은 뜰도, 매우 아름다운 나무들이 심긴 정원도. 정원 쪽을 향한, 맨 아래층에 있는 장려한 긴 회랑을 이룬 식당에, 앙리 퓌제 예하는 1714년 7월 29일 앙브룅의 대주교이자 대공인 샤를 브륄라드 드 장리스 예하와 그라스의 주교인 프란체스코 파인 앙투안 드 메그리니 예하, 프랑스 대수도원장이자 생토노레 드 레랭의 수도원장인 필리프 드 방돔 예하, 방스의 주교이자 남작인 프랑수아 드 베르통 드 그리용 예하, 글랑데브의 주교이자 영주인 세자르 드 사브 랑 드 포르칼키에 예하, 스네의 주교이자 영주이며 왕의 상임 설교사로서 오라토리오 파인 장 소낭 예하를 정식 식사에 초 대했다. 이들 일곱 명의 존귀한 인물들의 초상화가 이 식당을 장식하고 있었다. 그리고 '1714년 7월 29일'이라는 그 기념할 만한 날짜가 새하얀 대리석 석판에 금 글씨로 새겨져 있었다.

자선병원은 조그만 뜰 하나가 붙어 있는 낮고 협소한 이 층 건물이었다.

도착 후 사흘 만에 주교는 자선병원을 방문했다. 그는 방문 을 끝내며 원장에게 자기 집에 와 주기를 청했다.

"원장님." 그가 말했다. "지금 환자가 몇이나 됩니까?"

"스물여섯 명입니다, 예하."

"내가 세어 본 것도 그렇습니다."

"침대들이 너무 붙어 있습니다." 원장이 말했다.

"나도 그렇게 보았습니다."

"방들이 너무 비좁고 통풍도 잘 되지 않습니다."

"내가 봐도 그렇습니다."

"게다가 날씨가 좋을 때 회복기 환자들이 산책하기에는 뜰 이 너무 좁습니다."

"나도 그렇게 생각했습니다."

"금년엔 티푸스가 발병했고 이태 전에는 속립열(粟粒熱)이 돌았습니다. 그렇게 유행병이 돌 때는 환자가 백여 명이나 생 기는데, 그럴 때마다 저희는 어찌할 바를 모릅니다."

"나도 그런 경우를 생각해 봤습니다."

"할 수 없지요. 단념할 수밖에요." 원장은 말했다.

이런 대화는 주교관 맨 아래층 회랑 식당에서 이루어졌다.

주교는 한참 말이 없다가, 갑자기 원장 쪽을 돌아보았다.

"원장님." 그가 말했다. "이 식당에다 침대를 몇 개나 놓을 수 있을까요?"

"예하의 이 식당에 말씀입니까!" 원장이 깜짝 놀라 외쳤다.

주교는 방을 둘러보며 눈어림으로 크기를 재고 계산을 해 보는 것 같았다.

"족히 스무 개쯤은 놓이겠지!" 그는 혼잣말처럼 말했다. 그러고는 목소리를 높여 말했다. "원장님, 확실히 잘못이 있습니다. 당신네들은 대여섯 개의 비좁은 방에 스물여섯 명이나 있는데, 셋밖에 안 되는 우리는 육십 명이나 들어갈 수 있는 이 집을 차지하고 있습니다. 그게 잘못이라는 말입니다. 당신이 내 집에 와서 살고, 나는 당신 집에 가서 살기로 합시다. 내게 당신 집을 비워 주시오. 이제 여기가 당신 집입니다."

이튿날, 스물여섯 명의 가난한 사람들은 주교관으로 옮겨 오고, 주교는 자선병원으로 이사했다.

미리엘 씨는 재산이라 할 만한 것이 없었다. 그의 집안은 혁명으로 파산했다. 그의 누이가 500프랑의 종신 연금을 받고 있었는데, 주교 댁에서는 개인 비용으로 쓰기에 그것만으로도 충분했다. 미리엘 씨는 주교로서 국가에서 1만 5000프랑의 봉급을 받고 있었다. 자선병원으로 이사하던 바로 그날, 미리엘 씨는 그 돈을 다음과 같이 쓰기로 굳게 결심했다. 여기에 그가 손수 적은 예산서를 베껴 본다.

우리 집 지출 규정 예산서

신학 예비교를 위하여…… 1500리브르*

전도회 …… 100리브르

몽디디에의 성(聖) 라자로 회원들을 위하여…… 100리브르

파리 외방 선교회 신학교 …… 200리브르

성령 수도회 …… 150리브르

성지 종교 회관 …… 100리브르

어머니 자선회 …… 300리브르

그 외에, 아를의 어머니 자선회를 위하여 …… 50리브르

감옥 개선 사업 …… 400리브르

죄수 위문 및 구제 사업 …… 500리브르

부채로 인하여 투옥된 가장들의 석방을 위하여

　　…… 1000리브르

교구의 빈궁한 교사들의 급료 보조 …… 2000리브르

오트알프 도(道)의 구황 곡식 저장소 …… 100리브르

빈민 여성의 무료 교육을 위한 디뉴, 마노스크 및 시스트롱

　의 부인회 …… 1500리브르

빈민을 위하여 …… 6000리브르

주교관 개인 비용 …… 1000리브르

---

* 프랑스의 옛 화폐 단위.

합계	...... 1만 5000리브르

디뉴의 주교직에 앉아 있는 동안, 미리엘 씨는 이러한 조치에 거의 아무런 변경도 가하지 않았다. 위에서 본 바와 같이 그는 그것을 '우리 집 지출 규정'이라고 불렀다.

이 조치에 바티스틴 양도 절대 복종했다. 이 거룩한 노처녀에게 디뉴의 주교는 오빠인 동시에 주교이고, 자연의 관점에서는 친구요, 교회의 차원에서는 상사였다. 그녀는 아주 순수하게 그를 사랑하고 숭배했다. 그가 말을 하면 따랐고, 그가 행동하면 동참했다. 하녀 마글루아르 부인만이 좀 불평이었다. 위에서 본 바와 같이 주교가 1000리브르만 자기 몫으로 내놓았기 때문에, 바티스틴 양의 연금과 합하여 일 년에 쓸 수 있는 돈이 1500프랑밖에 안 되었다. 이 두 노파와 노인은 이 1500프랑으로 살고 있었다.

그래도 마글루아르 부인의 엄격한 절약과 바티스틴 양의 알뜰한 살림 덕택으로 마을의 사제가 디뉴에 올 때면, 주교는 사제를 접대할 수 있었다.

어느 날(디뉴에 와서 석 달쯤 되었을 무렵) 주교가 말했다.

"이것으로는 너무 옹색한데!"

"그렇고말고요!" 마글루아르 부인이 외쳤다. "주교님께서는 시내에서 타시는 마차비와 교구를 순회하시는 비용을 응당 도에 청구하셔야 되는데, 그러지 않으시니까 그렇잖아요. 이전의 주교님들은 다들 그러셨답니다."

"옳아! 당신 말이 옳아, 마글루아르 부인."

그는 그 비용을 청구했다.

얼마 뒤 도 의회에서는 이 청구를 회의에 부쳐 다음과 같은
명목으로 그에게 해마다 3000프랑을 급여하기로 결정했다.
'사륜마차비, 역마차비 및 교구 순회비를 주교에게 지급함.'

이 일은 그곳 시민들을 몹시 떠들썩하게 만들었다. 그리고
혁명력 2월 18일*에 호의적인 오백인회의 전 회원이었으며
당시 제국의 상원 의원으로서 디뉴 시 근처에 굉장한 세습 재
산을 소유하고 있던 사람이 문화부 장관 비고 드 프레아므뇌
씨에게 비밀 쪽지를 써 보냈다. 지금 여기에 그중에서 믿을 만
한 부분만 몇 줄 인용해 보겠다.

사륜마차비라고요? 인구 사천을 넘지 않는 도시에서 그걸
사용하여 뭘 하겠소? 역마차비와 순회비라고요? 첫째, 그런 순
회가 무슨 소용이란 말이오? 다음으로 이런 산간벽지에서 어떻
게 역마차를 타고 다닐 수 있겠소? 길다운 길도 없고 사람은 오
직 말을 타고 다닐 뿐인데. 샤토아르누에 이르는 뒤랑스 강의
다리만 하더라도 달구지의 무게에 쓰러질 정도요. 이 신부 놈들
은 다 마찬가지요. 모두 욕심 많고 인색하오. 이 주교도 취임 초
에는 선량한 사도처럼 행동했지만, 지금 보니 다른 놈들과 다를
것이 없소. 그도 사륜마차와 역마차가 필요한 거요. 옛 주교들
처럼 그도 호사를 누리고 싶어 하는 거요. 오오, 이 신부 놈들이

---

* 혁명력 2월 18일은 나폴레옹이 이집트에서 회군하여 5인 집정관 정부를 전
복한 날인 1799년 11월 9일에 해당한다.

란 다 똑같다니까! 백작님, 황제께서 우리를 그 신부 놈들로부터 해방해 주시기 전에는 만사가 요 모양 요 꼴일 거요. 교황을 타도하라!(관공서는 로마와 사이가 틀어지고 있었다.) 본인은 오직 황제만을 위하여 봉사하는 사람이오. 운운.

그러나 이 일은 마글루아르 부인을 몹시 기쁘게 했다. "잘 됐어요." 그녀는 바티스틴 양에게 말했다. "주교님은 남들로부터 시작하셨지만, 마침내 당신 자신으로 끝내시지 않으면 안 됐던 거예요. 자선사업 하실 것은 다 정해 놓으셨으니까. 이 3000리브르는 우리들 거예요. 이젠 됐어요."

그날 저녁 주교는 다음과 같은 예산서를 작성하여 누이에게 건네주었다.

마차와 순회 비용

자선병원의 환자들에게 고기 수프를 주기 위하여
　　…… 1500리브르
엑스의 어머니 자선회를 위하여 …… 250리브르
드라기냥의 어머니 자선회를 위하여 …… 250리브르
주운 아이들을 위하여 …… 500리브르
고아들을 위하여 …… 500리브르
　　　　　　합계　　　…… 3000리브르

이것이 미리엘 씨의 예산표였다.

주교는 결혼 허가, 결혼 연령 미달자에 대한 특별 인가, 영세, 설교, 성당 또는 예배당의 성체 강복식, 결혼식에서의 사례금을 부자한테서 가능한 한 많이 받아, 가난한 사람들에게 그만큼 더 주었다.

　오래 안 가서 연봇돈이 쏟아져 들어왔다. 있는 자도 없는 자도 미리엘 씨의 집 문을 두드렸다. 어떤 사람들은 헌금을 하러 오는가 하면, 다른 사람들은 그것을 가져가려고 왔다. 일 년 못 가서 주교는 모든 자선의 회계원이 되고 모든 빈궁의 금전 출납원이 되었다. 막대한 금액이 그의 손에 들어왔다 나갔다. 그러나 그의 생활양식에는 추호도 변함이 없었고, 자기의 필요를 위하여서는 추호도 보탬이 없었다.

　아니, 오히려 그 반대였다. 위로 인정 있는 자보다도 아래로 곤궁한 자가 언제나 더 많으므로, 말하자면 받기도 전에 다 주어 버렸으니, 그것은 마치 바싹 마른 땅 위의 물과 같았다. 아무리 많은 돈을 받아도 그의 수중에는 한 푼도 없었다. 그럴 때면 그는 입은 옷까지도 벗어 주었다.

　주교들은 으레 종교상의 명령이나 교서의 첫머리에 자신의 세례명을 쓰게 되어 있는데, 이 지방의 가난한 사람들은 일종의 본능적인 애정에서 주교의 여러 성명 중에서 뜻이 있어 보이는 이름을 골라 그를 비앵브뉘* 예하라고 불렀다. 나도 그들을 본받아 경우에 따라서는 그를 그렇게 부를 것이다. 게다가 그 호칭은 그의 마음에도 들었다.

---

* 비앵브뉘(bienvenu)는 프랑스어로 환영한다는 뜻.

"나는 그 이름이 좋다. 비앵브뉘라는 말은 예하라는 말을 부드럽게 해 준다." 하고 그는 말했다.

나는 내가 여기에 그린 인물 묘사가 진실이라고 주장하진 않겠다. 다만 비슷하다고만 말해 두겠다.

3. 착한 주교에 어려운 주교구

주교는 자기의 마차비를 기부해 버렸지만, 순회를 그만두지는 않았다. 디뉴 주교구는 힘든 곳이다. 앞에서도 말한 바와 같이, 평지는 매우 적고, 산은 많고, 도로라고 할 만한 것은 거의 없다. 이곳에는 서른두 곳의 사제관, 마흔한 곳의 사제보관, 이백여든다섯 곳의 분교회당(分敎會堂)이 있었다. 그곳들을 모두 찾아다니기란 여간한 일이 아니었다. 주교는 그 일을 다 해냈다. 가까운 곳이면 걸어서, 평지면 수레를 타고, 산중이면 나귀에 의자식 안장을 얹어 타고 순회했다. 두 노파도 동행했다. 노파들에게 길이 너무 험난할 때는 주교 혼자 다녔다.

어느 날, 그는 옛 주교관 소재지인 스네*라는 도시에 나귀를 타고 갔다. 그는 돈이 한 푼도 없었기 때문에 다른 것은 탈수 없었다. 시장은 주교관 문 앞까지 마중 나와서, 그가 나귀에서 내리는 것을 성난 눈초리로 바라보았다. 몇몇 시민들이

---

* 디뉴 남쪽 26킬로미터 지점에 있음.

그 옆에서 웃고 있었다.

"시장님, 그리고 시민 여러분." 주교는 말했다. "왜 여러분께서 화를 내시는지 나는 알고 있습니다. 일개 보잘것없는 목자가 예수 그리스도께서 타시던 나귀를 탄다*는 것은 불손하기 짝이 없는 일이라고 생각하시는 거죠. 그러나 나는 부득이해서 그런 거지, 결코 허영에서 그런 건 아닙니다."

순회 중 그는 관대하고 온화했다. 그리고 설교를 한다기보다는 오히려 이야기를 하는 것처럼 보였다. 그는 결코 덕(德)을 접근할 수 없는 높은 곳에 떠받쳐 놓지 않았다. 그는 결코 자기의 이론과 본보기를 동떨어진 곳에서 찾지 않았다. 한 고장 사람들에게 이웃 고장의 예를 들어 말했다. 가난한 사람들에게 매정한 고장에서는 이렇게 말했다. "브리앙송 사람들을 보시오. 그들은 곤궁한 사람과 과부와 고아 들에게는 다른 사람들보다 사흘 전에 목장 풀을 베게 합니다. 그들의 집이 허물어지면 거저 세워 줍니다. 그래서 그 지방은 주께 복을 받아 과거 백 년 동안 단 한 명의 살인자도 나온 적이 없습니다."

돈벌이나 추수에 욕심부리는 마을에서는 이렇게 말했다. "앙브룅 사람들을 보시오. 만약 추수할 때 아들들은 군대에 가 있고 딸들은 도시에서 일하고 있는데 아버지는 병들어 어찌할 바를 모르고 있다면, 신부님은 설교할 때 그를 위해 기도하기를 권합니다. 그러면 주일 미사가 끝난 뒤에 남자, 여자, 어린애 할 것 없이 모두들 그 가엾은 사람 밭으로 가서 추수를

---

* 「마태오복음」 21장 1~2절 참조.

하고 곡식과 짚을 거둬들여 헛간에 쌓아 줍니다." 금전과 상속 문제로 화목하지 못한 집안에는 이렇게 말했다. "드볼뤼의 산중 사람들을 보시오. 그곳은 오십 년 동안 꾀꼬리 소리 한 번 들어 볼 수 없는 황량한 고장입니다. 그런데 어떤 가정에서 아버지가 죽으면 아들들은 객지로 돈벌이하러 나가고, 재산은 누이들이 시집갈 수 있도록 남겨 줍니다." 송사를 좋아해 인지세(印紙稅)로 파산하는 마을에서는 이렇게 말했다. "케라스 산골짜기의 착한 농부들을 보시오. 거기에는 삼천 명의 주민이 살고 있습니다. 그곳은 참으로 조그만 공화국 같습니다. 그곳엔 판사도 없고 집달리도 없습니다. 면장이 무슨 일이고 다 합니다. 그는 세금을 할당하고, 각자 양심적으로 추렴하게 하고, 분쟁이 일어나면 거저 재판해 주고, 무보수로 유산을 분배해 주고, 무료로 판결을 내려 줍니다. 그리고 사람들은 모두 그에게 복종합니다. 왜냐하면 그는 순박한 사람들 중에서도 올바른 사람이니까요." 학교에 선생님이 없는 마을에서도 역시 그는 케라스 사람들 이야기를 했다. "그들이 어떻게 하는지 아십니까? 열두 가구나 열다섯 가구밖에 안 되는 작은 마을에서 선생님 한 분을 줄곧 부양할 수 없자, 그 골짜기 전체에서 선생님을 몇 분 모시고 있습니다. 선생님들은 이 마을에서 여드레, 저 마을에서 열흘, 이렇게 묵으면서, 동네를 돌아다니며 학생들을 가르치고 있습니다. 이 선생님들은 장터에도 갑니다. 나는 직접 그걸 보았습니다. 모자 리본에 꽂은 깃털 펜으로 그가 선생님이라는 걸 알아볼 수 있었습니다. 읽기만을 가르치는 사람은 펜 하나, 읽기와 산술을 가르치는 사람은 둘, 읽기와 산술과 라틴어를 가르치는 사람은 셋을 꽂고 있었습니다. 이분들은 훌륭한 학자입니다. 무식하다는 건 얼마나 큰 수치입니까! 이 케라스 사람들처럼 하십시오."

그는 이처럼 때로는 근엄하게, 때로는 자애로운 아버지처럼 말했다. 실례가 없을 때는 우화를 지어내서 이야기했다. 말수가 적은 사람이었지만, 그의 이야기는 비유가 풍부했으며, 직접적으로 요점을 찔렀다. 그것은 확신을 갖고 설득하는 예수 그리스도의 웅변 그대로였다.

4. 언행일치

주교의 담화는 상냥하고 쾌활했다. 그는 자기 곁에서 한평생을 보내고 있는 두 노파에게도 잘 알아들을 수 있도록 쉽게 말했다. 웃을 때는 꼭 초등학교 학생 같았다.

마글루아르 부인은 그를 '큰어르신네'라고 부르는 것을 좋아했다. 어느 날 그가 안락의자에서 일어나 책을 한 권 찾으러 도서실로 갔다. 그 책은 높은 서가에 있었다. 주교는 키가 아주 작았기 때문에 거기에 손이 닿지 않았다.

"마글루아르 부인." 그가 말했다. "의자를 가져다줘요. '큰어르신네'도 저 시렁에는 손이 안 닿는구려."

주교의 먼 친척뻘 되는 로 백작 부인은 그의 앞에서 기회만 있으면 잊지 않고 자기 아들 세 형제의 '유산 받을 희망'을 늘어놓았다. 그 여자에게는 죽을 날이 멀지 않은, 매우 늙은 친척이 여럿 있었는데, 그 여자의 아들들이 낭연히 그들의 상속자였다. 셋 중 막내아들은 대고모로부터 10만 리브르도 더 되는 연금을 상속할 예정이었고, 둘째 아들은 큰아버지의 공작 칭호의 대승상속인(代承相續人)이었으며, 큰아들은 조부의 작위를 계승하기로 되어 있었다. 주교는 그와 같은 악의 없는, 따라서 용서할 수 있는 어머니의 자랑을 언제나 잠자코 들었다. 그러나 딱 한 번 그러지 않은 때가 있었다. 로 백작 부인이 그러한 상속이며 '유산 받을 희망' 이야기를 자질구레하게 되풀이하고 있을 때 주교는 여느 때와 달리 무슨 생각에 잠겨 있는 것 같았다. 부인은 안타까이 여기며 이야기를 그쳤다. "아니, 오라버니! 지금 무슨 생각을 하고 있어요?" 주교는 말했다. "좀 이상한 생각을 하고 있어. 아마 성(聖) 아우구스티누스의 책에 있는 말 같은데, '유산을 받지 못할 자에게 그대의 희망을 걸어라.'라는 구절을 생각하고 있어."

또 언젠가 그 지방 어느 귀족의 부고를 받았는데, 거기에는 고인의 작위뿐만 아니라, 모든 친척의 봉건적이고 귀족적인 칭호가 지면 전체에 걸쳐 장황하게 나열되어 있었다. "죽음이란 놈은 무엇이고 죄 걸머지는구나." 주교는 외쳤다. "죽음에다 칭호들을 한 짐 잔뜩 거뜬히 걸머지웠구나! 이렇게 허영을 위하여 무덤까지 사용하다니, 인간이란 참 재주도 용하지!"

때때로 그는 유쾌한 농담도 했는데, 거기에는 거의 언제나 중대한 뜻이 들어 있었다. 사순절 때 젊은 사제보 하나가 디뉴에 와서 대성당에서 강론을 한 일이 있었다. 그는 꽤 능변이었다. 강론의 제목은 '자선'이었다. 그는 부자들에게, 지옥을 피하고 천국에 갈 수 있도록 가난한 자에게 자선을 베풀라고 권하면서, 지옥은 될 수 있는 대로 무시무시하게, 그리고 천국은 될 수 있는 대로 즐겁고 쾌적하게 묘사했다. 청중 가운데 제보랑이라는 은퇴한 부자 상인이 있었는데 돈놀이도 좀 하는 자로서 투박한 나사와 서지, 두꺼운 모직, 터키 모자 같은 것을 만들어 50만 리브르쯤 벌었다. 제보랑 씨는 평생 불쌍한 사람에게 적선 한 번 한 적이 없었다. 그런데 그의 설교를 듣고 나서 주일마다 성당 현관 앞에서 늙은 여자 거지들에게 1수*를 주는 것이 눈에 띄었다. 그 1수를 거지 여섯이 나누어야 했다. 어느 날 주교는 그가 그렇게 동냥을 주는 것을 보고, 빙그레 웃으며 누이에게 말했다. "저것 봐. 제보랑 씨가 1수로 천국을 사고 있어."

자선에 관한 한, 주교는 거절을 당해도 그대로 물러서지 않았다. 그리고 그럴 때는 상대방이 돌이켜 생각할 만한 말을 했다. 시내의 어떤 살롱에서 빈민들을 위하여 희사를 받고 있을 때였다. 거기에 샹테르시에 후작이라는 돈 많은 구두쇠 영감이 있었다. 그는 과격한 왕당파인 동시에 과격한 볼테르 파이기도 했다. 세상에는 그런 괴짜도 있다. 주교는 다가가 그의 팔을 잡았다. "후작님, 당신도 내게 뭘 좀 주시지요." 후작은 돌아보며 쌀쌀하게 대답했다. "예하, 제 주위에도 빈민들이 있는걸요." 그러자 주교는 이렇게 말했다. "그들을 내게 주시오."

어느 날 주교는 대성당에서 이런 강론을 했다.

"친애하는 형제들, 선량한 친구 여러분, 프랑스에는 세 군데 트인 집을 가지고 있는 농가가 132만 호, 문과 창 하나씩 해서 두 군데밖에 트이지 않은 농가가 181만 7000호, 마지막으로 문 한 군데만 트인 오두막집이 34만 6000호 있습니다. 그런데 그렇게 된 이유는 문세와 창문세라고 불리는 것에 있습니다. 가난한 가족들과 늙은 부인네들, 어린아이들을 그런 집에서 살게 두니까 열병과 질병이 생기는 겁니다. 아, 슬픈 일이지요! 주께서는 인간에게 공기를 주셨는데, 법률은 그것을 팔아먹습니다! 나는 지금 법률을 비난하는 것이 아니라, 천주를 찬송하는 것입니다. 이제르 도와 바르 도, 상(上) 알프 도와 하(下) 알프 도의 농부들은 수레조차 없어서 거름을 등으로 져 나릅니다. 그들은 양초도 없어서 관솔이나 송진을 적신 누더기 같은 것을 태웁니다. 도피네 산중도 마찬가지입니다. 그들은 한꺼번에 반년 치 빵을 만들고, 마른 쇠똥으로 그것을 굽습니다. 겨울에는 도끼로 그 빵을 부숴서, 먹을 수 있게 하기 위하여 하루 종일 물속에 담가 둡니다. 형제들이여, 가엾게 여기십시오! 여러분 주위에서 사람들이 얼마나 고생하고 있는지 보십시오."

　프로방스 태생이기 때문에 그는 남부 지방의 사투리를 쉽사리 구사할 수 있었다. 이를테면 랑그도크 지방 아랫녘 말로 "날새 평안하싱교?", 알프 지방 아랫녘 말로 "어드메로 댕겨 왔읍니꺼?", 또는 도피네 지방 윗녘 말로 "조운 염생이 괴기와 기름진 조운 치스를 가져온나."라고 말했다. 이러한 말은 사람들을 무척 즐겁게 해 주었고, 누구에게나 쉽게 다가갈 수 있도록 도와주었다. 그는 초가집이나 두멧구석에 가서도 예사롭게 행동했다. 그는 극히 평범한 단어로도 극히 심원한 것을 말할 수 있었다. 가지각색 사투리를 씀으로써 모든 사람들의 마음속에 스며들었다.

그뿐 아니라, 그는 상류계급 사람들에 대해서도, 하류계급 사람들에 대해서도 매한가지로 행동했다.

그는 무슨 일이고 조급하게 비난하거나, 주위의 사정을 참작하지 않고 비난하는 법이 없었다. 그는 곧잘 이렇게 말했다. "그 과오가 지나 온 경로를 보자." 그는 자기 자신을 가리켜 옛날에 죄를 지은 자라고 미소를 띠며 말하듯이, 조금도 준엄하게 구는 법이 없었다. 그리고 지엄한 도덕군자처럼 눈살을 찌푸리지도 않으면서 하나의 교리를 공언하곤 했다. 요점은 대략 다음과 같았다.

"인간은 스스로의 짐인 동시에 유혹인 육신을 지니고 있다. 인간은 그것을 짊어지고 다니며 그것에 끌려다닌다.

인간은 그것을 감시하고 제어하고 억제하여야 하며, 마지막 극단에 이르러서가 아니면 굴복해서는 아니 된다. 그러한 굴복에 있어서도 역시 과오는 있을 수 있다. 하지만 그렇게 저질러진 과오는 용서받을 수 있다. 그것은 하나의 추락이기는 하지만, 무릎을 꿇은 추락에 불과하므로 기도로써 끝낼 수 있는 것이다.

성자(聖者)가 되는 것은 예외요, 올바른 사람이 되는 것은 통칙이다. 방황해라, 태만해라, 죄를 지어라. 그러나 올바른 사람이 돼라.

가급적 죄를 적게 짓는 것은 인간의 법이다. 전혀 죄를 짓지 않는 것은 천사의 꿈이다. 지상의 만물은 죄를 면치 못한다. 죄는 인력(引力)이다."

사람들이 고래고래 소리 지르고 걸핏하면 화를 내는 것을 보면, 그는 빙그레 웃으며 말했다. "저런! 저런! 모두가 저지르는 저런 짓은 커다란 죄다. 저건 위선이 질겁하여 엉겁결에 항변하고 피신하려는 거다."

사회의 무거운 짐 아래 있는 여자들이나 가난한 사람들에게 그는 관대했다. "여자와 어린이, 하인, 약자, 빈자, 무식자 들의 과오는 남편과 아버지, 주인, 강자, 부자, 학자 들의 탓이다."

그는 또 이렇게 말하곤 했다. "무식한 자들에게는 가급적 여러 가지 것을 가르쳐 주어야 한다. 무상 교육을 하지 않는 것은 사회의 죄다. 사회는 스스로 만들어 낸 암흑에 책임을 져야 한다. 마음속에 그늘이 가득 차 있으면 거기에서 죄가 범해진다. 죄인은 죄를 범한 자가 아니라, 그늘을 만든 자다."

보다시피 그는 사물을 판단하는 데 있어서 그만의 독특한 방법을 가지고 있었다. 아마 그것은 복음서에서 얻었으리라고 짐작된다.

어느 날 그는 객실에서 이미 예심이 끝나고 머지않아 판결이 내려질 형사 소송 얘기를 들었다. 어느 가련한 남자가 한 여자와 그 여자와의 사이에서 난 아이를 사랑한 나머지, 궁여지책으로 사전(私錢)을 만들었다. 당시까지만 해도 사전 제조는 사형에 처해지는 중죄였다. 여자는 남자가 만든 첫 위조지폐를 유포하다가 체포되었다. 여자는 구속되었지만, 증거는 여자에 대한 것뿐이었다. 다만 그 여자만이 제 정부(情夫)를 고발할 수 있었고, 사실을 고백함으로써 그를 파멸시킬 수 있었다. 여자는 부인했다. 아무리 신문을 해도 여자는 강경히 부인할 뿐이었다. 그래서 검사는 한 가지 수단을 생각해 냈다. 검사는 정부의 부정을 꾸며 냈다. 그는 교묘하게 만든 위조 편지 조각을 제시하여, 여자에게 가엾게도 연적이 있고 사내한테 속고 있다는 것을 마침내 여자가 믿게 만들었다. 그러자 여자는 질투에 불타 제 정부를 고발하고, 모든 것을 자백하고, 모든 것을 입증했다. 사내의 죄는 확실해졌다. 그는 공범자인 여자와 더불어 머지않아 엑스에서 판결을 받기로 되어 있었다. 사람들은 이런 이야기를 하면서 검사의 능란한 수완에 찬탄해 마지않았다. 그는 질투심에 불을 지름으로써 격분에 의해 진실을 솟구치게 하였고, 복수심에 의해 정의를 끌어내게 하였던 것이다. 주교는 그 이야기를 잠자코 듣고 있었다. 이야기가 끝나자 그는 물었다.

"그 남자와 여자는 어디서 재판을 받습니까?"

"중죄재판소(重罪裁判所)입니다."

주교는 말을 이었다.

"그러면 검사 영감은 어디서 재판을 받을 건가요?"

디뉴에서 참혹한 사건이 하나 일어났다. 한 남자가 살인죄로 사형을 구형 받았다. 이 불쌍한 사나이는 썩 유식하지도 않고 아주 무식한 편도 아니었다. 그는 장터를 돌아다니며 곡예사 노릇도 하였고, 대서(代書) 노릇도 하였다. 그 공판은 무척 시민의 관심을 끌었다. 사형 집행 전날에 감옥의 교회사(敎誨

師)가 병이 났다. 임종 시 사형수를 돕기 위하여 신부가 필요했다. 그래서 사제를 부르러 사람을 보냈다. 그런데 사제는 이렇게 말하며 거절했다. "그건 나와 관계없는 일이오. 그따위 일이나 그따위 곡예사 같은 건 나로서는 알 바 아니오. 나도 몸이 불편하오. 그뿐 아니라 그건 내 직책이 아니오." 사제가 이렇게 대답했다는 보고를 듣고 주교는 말했다. "사제가 한 말은 옳다. 그건 그의 직책이 아니다. 내 직책이다."

그는 즉시 감옥으로 가서, 곡예사의 독방으로 내려갔다. 주교는 사나이의 이름을 부르고, 그의 손을 잡고 이야기를 했다. 그는 하루 종일, 그리고 밤새도록 사나이 곁에서 지내면서 침식을 잊고, 사형수의 영혼을 위하여 주에게 기도하고, 자기 자신의 영혼을 위하여 사형수에게 기도했다. 그는 지극히 단순한 최선의 진리를 그에게 이야기해 주었다. 그는 아버지가 되고, 형제가 되고, 친구가 되었다. 오직 축복할 때만 주교였다. 그는 안심시켜 주고 위로해 주면서 사나이에게 모든 것들을 가르쳐 주었다. 사나이는 절망 속에 죽어 가고 있었다. 죽음은 그에게 심연과도 같았다. 그 슬픈 심연의 가장자리에 서서 그는 무서워서 뒷걸음치고 있었다. 그는 무사태평하게 있을 만큼 그렇게 무식하지는 않았다. 그의 사형 선고는 깊은 동요를 일으켜, 말하자면 우리들을 사물의 신비에서 격리하고 우리들이 인생이라고 일컫는 장벽 여기저기에 구멍을 뚫어 놓은 것 같았다. 그는 그 숙명적인 구멍으로 바깥 세상의 암흑만을 보았다. 주교는 그에게 광명을 보여 주었다.

이튿날 사람들이 그 불쌍한 사나이를 데리러 갔을 때, 주교는 여전히 거기에 있었다. 그는 죄인의 뒤를 따랐다. 그는 자 줏빛 법의를 걸치고 목에 주교의 십자가를 건 채 밧줄로 묶인 그 불쌍한 사나이와 나란히 서서 군중 앞에 나타났다.

그는 죄수와 함께 수레를 타고, 죄수와 함께 단두대에 올랐 다. 전날까지는 그렇게도 침통해 보였던 사형수가 지금은 빛 나고 있었다. 그는 자기의 영혼이 주의 곁으로 돌아간다고 여 겨 희망에 차 있었다. 주교는 그를 껴안았다. 그리고 바야흐로 칼이 떨어지려는 순간 그에게 말했다. "인간이 죽인 자를 주 께서 되살려 주실 것이오. 형제에게 쫓겨난 자는 아버지이신 주를 발견할 것이오. 기도 드리시오. 믿으시오. 생명 속으로 들어가시오! 아버지이신 주께서 저기 계시오." 그가 단두대에 서 내려왔을 때, 그의 눈빛 속의 무언가가 군중을 비켜서게 만 들었다. 그의 창백한 얼굴에 놀란 것인지, 아니면 그의 태연자 약한 모습에 감격한 것인지 사람들은 알 수 없었다. 그는 빙그 레 웃으며 자기의 '궁전'이라고 부르는 그 초라한 집으로 돌아 가서는, 누이에게 말했다. "나는 지금 주교의 의식을 마치고 왔어."

가장 숭고한 것은 흔히 가장 이해하기 어려운 것이기도 하 므로, 주교의 그러한 행동을 논평하여 "그건 겉치레야."라고 말하는 사람들도 있었다. 그러나 그것은 살롱에서 하는 말에 불과했다. 그 거룩한 행위에 악의가 있다고 인정하지 않는 사 람들은 깊이 감격하고 찬탄했다.

주교로 말하자면, 단두대를 본 것이 그에게는 충격이었다. 그 충격에서 회복하기까지는 오랜 시일이 걸렸다.

사실 단두대에는 사람에게 환각을 일으키는 뭔가 있다. 자신의 눈으로 단두대를 보지 않는 한, 사람들은 죽음의 고통에 무관심할 수 있고, 가부(可否)를 말하지 않을 수 있다. 그러나 단두대를 하나 보게 되면, 받는 충격이 격심하여 찬성하거나 반대하거나 태도를 결정하지 않으면 안 된다. 어떤 이들은 드 메스트르*처럼 찬미하고, 또 다른 이들은 베카리아**처럼 저주한다. 단두대는 법률의 구현이고, '형벌'이라 불리며, 중성이 아니고, 사람들이 중립의 위치에 서 있는 것을 허용하지 않는다. 그것을 보는 사람은 지극히 신비로운 전율을 느낀다. 모든 사회문제는 그 의문점을 이 단두대의 칼날 주위에 세워 놓는다. 단두대는 환영(幻影)이다. 단두대는 나무 뼈대가 아니고, 단두대는 기계가 아니고, 단두대는 나무와 쇠와 밧줄로 만든 무력한 기계장치가 아니다. 그것은 뭔지 알 수 없는 음침한 자발성을 가진 일종의 생물 같다. 마치 이 나무 뼈대가 눈으로 보고, 이 기계가 귀로 듣고, 이 기계장치가 이해하고, 이 나무와 쇠와 밧줄이 욕구하는 것 같다. 그 존재가 보는 사람의 영혼을 그 속으로 던지는 무서운 몽환 속에서, 단두대는 무시무시하게 보이고, 제가 하는 일에 참여하는 것 같다. 단두대는 사형집행인의 공범이다. 그것은 게걸스럽게 먹는다. 살을 먹고, 피를 마신다. 단두대는 법관과 목수가 만들어 낸 일종의

---

* 메스트르(Joseph de Maistre, 1753~1821). 프랑스의 작가이자 철학자, 교황지상권론자. 저서로는 『교황론』, 『상트페테르부르크의 밤』 등이 있다.
** 베카리아(Cesare Bonesana Marchese di Beccaria, 1738~1794). 이탈리아의 철학자, 형법학자. 저서로는 『범죄와 형벌』이 있다.

괴물이며, 제가 부여한 모든 죽음으로 이루어진 무시무시한 생명으로 살고 있는 것처럼 보이는 일종의 악귀다.

그러므로 그 인상은 무섭고 심각했다. 사형 집행 이튿날, 그 후 여러 날이 지난 후에도 주교는 허탈 상태에 빠져 있었다. 사형 집행 최후의 순간에 보였던 그 극도의 침착성은 사라지고, 사회적 정의의 환상이 줄곧 그를 괴롭혔다. 평소에는 자기가 한 모든 행동에서 흐뭇한 만족감을 느끼며 돌아왔던 그가 이제 스스로를 책망하는 것 같았다. 때때로 그는 자기 자신에게 말을 하고 나직한 목소리로 침울한 독백을 중얼거렸다. 어느 날 저녁, 그의 누이가 그의 혼잣말 하나를 듣고 다음과 같이 적어 놓았다.

그것이 그렇게도 흉측한 것이라고는 생각하지 못했다. 인간의 법을 모를 정도로 신의 법에만 몰두하는 것은 잘못이다. 죽음은 오직 주님만의 권한이다. 인간들은 무슨 권리로 이 알 수 없는 것에 손을 대는가?

시간이 흐름에 따라 그러한 인상은 누그러지고, 아마 마침내 사라져 버렸으리라. 그러나 이때부터 주교가 형장에 가는 것을 피한다는 것을 사람들은 눈치챘다.

사람들은 환자나 죽어 가는 사람의 머리맡에 언제고 미리엘 씨를 불러올 수 있었다. 그는 그것이 자기의 가장 큰 의무이자 가장 큰 직분이라는 것을 잘 알고 있었다. 과부나 고아의 집에서는 일부러 청할 필요조차 없었다. 그는 자진해서 가 주었다. 그는 사랑하는 아내를 잃은 남자나 아들을 잃은 어머니 곁에 오랫동안 묵묵히 앉아 있었다. 그는 침묵을 지켜야 할 때를 알고 있듯이 말을 해야 할 때 또한 알고 있었다. 오오, 참으로 훌륭한 위안자였다! 그는 잊음으로써 고통을 없애려고 하지 않고 희망으로써 그것을 키우고 숭고하게 하려고 했다. 그는 말했다. "돌아가신 분들을 어떻게 돌아보느냐에 주의하시오. 썩어 가는 것을 생각하지 마시오. 뚫어지게 보시오. 당신은 사랑하는 고인의 살아 있는 빛을 하늘 속에서 볼 수 있을 것이오." 그는 신앙이 건전하다는 것을 알고 있었다. 그는 체념한 사람의 예를 들어 절망한 사람에게 조언하여 그의 마음을 진정시키려고 노력하고, 별을 바라보는 사람의 고통을 들어 무덤을 바라보는 사람의 고통을 완화시키려고 노력했다.

5. 같은 법의를 너무 오래 입는 비앵브뉘 예하

미리엘 씨의 사생활은 그의 공적 생활과 같은 사상으로 가득 차 있었다. 그의 사생활을 직접 볼 수 있는 사람에게 디뉴의 주교가 스스로 감수하고 있는 청빈한 생활은 근엄하고도 매력적인 광경이었다.

모든 노인과 대부분의 사상가 들이 그러하듯이, 그는 조금밖에 자지 않았다. 짧지만 숙면했다. 아침에는 한 시간 동안 명상에 잠기고, 그런 뒤에는 대성당이나 자기 집 기도실에서 미사를 드렸다. 미사가 끝나면 자기 집 소에게서 짠 우유에 적신 빵으로 아침 식사를 하고, 그 후에 일을 했다.

주교는 대단히 바쁜 사람이다. 보통 참사원인 주교구 서기를 매일 접견하고, 부주교들을 거의 날마다 접견해야 한다. 종교 단체들을 감독하고, 특전을 부여하고, 기도서나 교구 내의 교리 문답 같은 교리에 관한 모든 책들을 조사하고, 교서를 쓰고, 설교를 인가하고, 사제들과 면장들 사이를 조정하고, 한편으로 교황청에 보낼 종교상의 서신을 작성하는가 하면, 또 한편으로는 정부에 보낼 행정상의 서신을 작성하는 등 해야 할 일이 수두룩하다.

그러한 수많은 사무와 성무와 예배를 끝내고 남은 시간을, 그는 가장 먼저 빈자와 환자와 고통 받는 자들에게 바쳤다. 빈자와 환자와 고통 받는 자들에게 바치고 남은 시간에는 일을 했다. 어떤 때는 정원의 땅을 갈고, 또 어떤 때는 독서하고 글을 썼다. 이 두 가지 일에 대하여 그는 한 가지 말밖에 쓰지 않았다. 그는 그것을 "뜰을 가꾸는 일"이라고 불렀다. "인간의 정신도 뜰이다."라고 그는 말했다.

정오에 그는 점심을 먹었다. 점심도 아침같이 간소했다.

날씨가 좋을 때면, 2시경에 집을 나가 시골이나 시내를 걸어 다니고 자주 오두막집들에 들렀다. 그가 기다란 지팡이를 짚고, 솜 넣은 따뜻한 자줏빛 외투를 입고, 보랏빛 양말에 큼직한 신을 신고, 세 귀퉁이에 금술을 단 납작한 모자를 쓴 채 골똘히 생각에 잠겨 눈을 내리깔고 혼자 걸어가는 것을 사람들은 자주 보았다.

그가 지나가는 곳은 어디고 잔치가 벌어지는 것 같았다. 그의 출현은 어딘지 모르게 사람들을 포근하게 해 주고 빛을 비쳐 주는 것 같았다. 어린아이와 노인 들은 태양을 맞이하듯 주교를 맞아 문밖으로 나왔다. 그는 사람들을 축복하고, 사람들은 그를 축복했다. 누구든지 뭔가 필요로 하는 사람에게는 자기 집을 가르쳐 주었다.

그는 여기저기서 걸음을 멈추고, 소년 소녀들에게 이야기를 하고, 어머니들에게 웃는 얼굴을 보였다. 그는 돈이 있는 동안에는 가난한 사람들을 찾아가고, 돈이 떨어지면 부자들을 찾아갔다.

그는 같은 법의를 오래 입었지만, 그것을 사람들이 알아차리지 못하게 하려고 보랏빛 외투를 입지 않고서는 결코 시내에 나가지 않았다. 여름철에는 좀 곤란한 일이었다.

저녁 8시 30분에 그는 누이와 함께 저녁 식사를 했다. 마글루아르 부인은 그들 뒤에 서서 식사 시중을 들었다. 그것은 더할 나위 없이 간소한 식사였다. 그러나 사제 한 분이라도 저녁 상에 손님이 있으면, 마글루아르 부인은 기회를 놓치지 않고 호수에서 잡은 좋은 물고기나 산에서 잡은 맛 좋은 짐승을 예하의 상에 내놓았다. 어느 사제든 모두 성찬의 핑계가 되었다. 주교는 그녀가 하는 대로 내버려 두었다. 그럴 때를 제외하고, 그의 평소 식사는 거의 언제나 물에 데친 채소와 기름 수프뿐이었다. 그래서 시내 사람들은 이렇게들 말했다. "주교는 사제에게 식사를 대접하지 않을 때는 트라피스트*의 식사를 한대."

---

* 극히 검소한 생활을 하는 트라프 파의 수도사.

저녁 식사가 끝나면 그는 반 시간쯤 바티스틴 양과 마글루아르 부인과 함께 이야기를 나누다 자기 방으로 돌아가 어떤 때는 메모장에, 또 어떤 때는 이절판 책의 여백에 다시 글을 쓰기 시작했다. 그는 문학에 정통했고, 약간 학식도 있었다. 그는 꽤 진기한 원고를 대여섯 가지 남겨 놓았다. 그중에 「창세기」의 "태초에 신의 영(靈)이 물위에 떠 있었다."라는 구절에 관한 논문이 있었다. 그는 이 구절에 대해 세 가지 원전을 대조했다. 아랍어 번역본에는 "신의 바람이 불고 있었다."라고 되어 있고, 플라비우스 요세푸스*의 글에는 "천상의 바람이 지상에 불어 내리고 있었다."라고 되어 있고, 마지막으로 옹켈로스의 칼데아어 해설에는 "신에게서 오는 바람이 수면에 불고 있었다."라고 되어 있다고 했다. 또 하나의 논문에서는, 이 책을 쓰고 있는 필자의 종증조부뻘 되는, 프톨레마이스의 주교였던 위고의 신학적 저술을 검토하여, 18세기에 바를레쿠르라는 필명으로 발표된 이런저런 소책자들을 이 주교가 쓴 것으로 인정해야 한다는 것을 명백히 밝혔다.

때때로 그는 손에 들고 있는 책이 무엇이든 간에 한참 독서를 하다가 갑자기 깊은 명상에 잠겼다. 그리고 그 명상에서 깨어나면 으레 그 책장에 몇 줄 썼다. 그러나 그렇게 쓰는 글은 그 책에 씌어 있는 내용과는 아무런 관계가 없을 때가 많았다. 그가 어느 사절판 책의 여백에 적어 넣은 구절 하나가 있는데,

---

* 요세푸스(Flavius Josephus, 37?~100?). 유대인 역사가. 저서로는 『유대 고대사』가 있다.

이 사절판 책의 표제는 이렇다. '클린턴 장군, 콘월리스 장군*
및 미국 주둔군의 여러 제독들과 교환한 제르맹 경의 서신. 베
르사유, 푸앵소 출판사 및 파리 오귀스탱 강변도로, 피소 출판
사 발행.'

그가 적어 넣은 글은 다음과 같다.

  오, 그대는 누구인가!

  「전도서」는 그대를 전능이라 부르고, 「마카베오서」는 창조
주라 부르고, 「에베소서」는 자유라 부르고, 바루크**는 무변광대
라 부르고, 「시편」은 지혜 및 진리라 부르고, 요한은 빛이라 부
르고, 「열왕기」는 주라 부르고, 「출애굽기」는 하늘이라 부르고,
「레위기」는 신성이라 부르고, 에스라는 정의라 부르고, 천지 만
물은 신이라 부르고, 인간은 아버지라 부른다. 그러나 솔로몬은
그대를 자비라 부르고 있는데, 이것이야말로 그대의 모든 이름
중에서 가장 아름다운 이름이로다.

밤 9시경에 두 여자는 물러나, 2층의 자기 방으로 올라가
고, 주교는 아침까지 혼자 아래층에 머물렀다.

여기서 나는 디뉴 주교의 집에 관하여 정확한 설명을 해 두
지 않으면 안 되겠다.

---

* 콘월리스(Charles Cornwallis, 1738~1805). 영국의 장군. 미국 독립 전쟁 시
요크타운에서 항복했다.
** 바루크(Baruch). 구약성경에 나오는 예언자. 예레미야의 제자로서, 그로부
터 예언을 구술받았다고 한다.

6. 주교관의 수호자

주교가 사는 집은 앞에서도 말한 바와 같이 아래위층으로 되어 있다. 아래층에 방이 셋, 위층에 방이 셋, 그 위에 고미다락이 하나 있고, 집 뒤에 1000제곱미터 넓이의 정원이 있다. 두 여자가 위층을 차지하고, 주교는 아래층에 살고 있었다. 한길 쪽으로 향한 첫째 방은 식당으로, 둘째 방은 침실로, 셋째 방은 기도실로 사용되었다. 이 기도실에서 나오려면 침실을 거쳐야 하고, 침실에서 나오려면 식당을 거쳐야 했다. 기도실 안쪽에는 손님이 머물 경우에 대비해 침대 하나가 놓인 침소가 있었다. 주교는 이 침대를 교구의 용무와 필요 때문에 디뉴에 오는 시골 사제들에게 제공했다.

집에 붙여서 정원에 세운 작은 건물은 본래 자선병원의 약국이었는데, 지금은 주방 겸 헛간으로 바뀌었다.

그 외에도 정원에는 전에 자선병원의 조리실이었던 외양간이 있는데, 주교는 거기서 암소를 두 마리 키웠다. 거기서 나오는 우유의 양이 어떻든 간에 그는 변함없이 아침마다 그 절반을 자선병원의 환자들에게 보냈다. 이를 두고 그는 "나는 내 십일조를 바친다."라고 말했다.

그의 방은 꽤 넓어서 추울 때 난방을 하기가 상당히 어려웠다. 디뉴에서는 장작값이 무척 비쌌기 때문에, 그는 외양간에 판자를 질러서 칸막이 방을 하나 만들 생각을 했다. 몹시 추운 날 밤이면 그는 거기서 지냈다. 그는 그곳을 자기의 '겨울 객실'이라고 불렀다.

이 겨울 객실에는 식당과 마찬가지로 네모진 흰 나무 탁자와 네 개의 짚 의자 말고는 아무 가구도 없었다. 식당에는 그 외에도 연분홍색으로 칠한 낡은 찬장 하나가 놓여 있었다. 주교는 그것과 비슷한 찬장을 흰 식탁보와 모조 레이스로 알맞게 덮어서, 기도실에 차려 놓는 제단으로 삼았다.

그가 회개시킨 부잣집 부인들과 디뉴의 경건한 부인들이 예하의 기도실에 훌륭한 새 제단을 만들 비용을 자주 추렴했지만, 그는 그 돈을 받아서 번번이 가난한 사람들에게 주어 버렸다. "제단 중에서 가장 훌륭한 것은 주께 감사드리는 위로받은 불행한 사람의 마음이다."라고 그는 말했다.

그의 기도실에는 기도용 짚 의자가 둘, 침실에는 역시 짚을 채운 팔걸이의자가 하나 있었다. 혹시 한꺼번에 일고여덟 명의 손님을 맞이했을 경우에는, 이를테면 도지사나 장군, 혹은 위수(衛戌) 연대의 참모관이나 신학 예비교의 몇몇 학생들이 찾아왔을 경우에는 외양간에 있는 겨울 객실의 의자와 기도실의 기도용 의자, 침실의 안락의자를 가지러 가야 했다. 그렇게 해서 방문객을 위한 의자를 열한 개까지는 모아 놓을 수 있었다. 새로 손님이 올 때마다 한 방씩 가구를 꺼내는 것이었다.

때로는 사람 수가 열둘일 경우도 있었다. 그럴 때면 주교는 겨울엔 벽난로 앞에 서 있고, 여름엔 정원을 한 바퀴 돌자고 제의하여 난처한 입장을 얼버무렸다.

기도실 안쪽 침소에도 의자가 하나 있기는 했지만, 채워 넣은 짚이 절반이나 빠져 버렸고 다리도 세 개밖에 없었기 때문에 벽에 기대어 놓고 쓸 수밖에 없었다. 바티스틴 양의 방에도 옛날에 금칠을 한, 꽃무늬 베이징 비단을 덮어씌운 썩 큼직한 나무 안락의자가 하나 있었다. 그러나 그 안락의자는 계단이 너무 좁아서 창을 통해 2층으로 올려야 했다. 그러므로 그것은 예비용 가구 축에 넣을 수 없었다.

바티스틴 양의 야망은 장미 무늬의 노란 위트레흐트* 비로드를 깔고 백조 머리를 새긴 객실용 마호가니 가구 한 세트를 긴 의자와 함께 사는 것이었다. 하지만 그러자면 적어도 500프랑은 있어야 할 텐데, 그러기 위해서 아무리 저축을 해도 5년간 42프랑 10수밖에 모으지 못했기 때문에, 그녀는 마침내 그 희망을 포기하고 말았다. 하기야 제 이상을 이룩하는 자 누가 있으랴?

주교의 침실은 침실로서 다시없이 간단했다. 창과 문을 겸하는 출입구 하나가 정원 쪽으로 나 있고, 그 맞은편에 침대가 있는데, 녹색 서지 휘장을 둘러친 병원용 철제 침대였다. 침대 안쪽 휘장 뒤에는 옛날 사교계를 드나들던 사나이의 우아한 습관을 나타내는 화장 도구가 있었다. 문은 둘 있었다. 하나는 벽난로 옆에 있는 것으로 기도실로 통하고, 또 하나는 서가 옆에 있는 것으로 식당으로 통했다. 서가는 커다란 유리 책장으로 책이 가득 차 있고, 벽난로에는 대리석 무늬로 칠한 나무가 붙어 있고, 평소에는 불을 붙이지 않았다. 벽난로 안에는 한 쌍의 장작 받침쇠가 있는데, 이 받침쇠는 옛날에는 잘게 썬 은

---

* 네덜란드의 도시. 비로드 생산으로 유명하다.

을 입힌, 화환 무늬가 들어 있고 세로로 홈이 팬 두 개의 단지로 장식되어 있었다. 그것은 주교 댁의 일종의 사치품이었다. 벽난로 위, 보통 거울을 놓는 곳에는, 은칠이 벗어진 구리 십자가가 금박이 벗어진 나무틀 속에 헐어 빠진 검은 비로드로 비끄러매여 있었다. 창과 문을 겸하는 출입구 옆에는 잉크병이 놓인 커다란 탁자가 있었고, 그 위에는 지저분한 종이와 큼직큼직한 책들이 놓여 있었다. 탁자 앞에는 짚 의자가 있었다. 침대 앞에는 기도실에서 갖다 놓은 기도대가 있었다.

침대 양쪽 벽에는 타원형 틀 속에 넣은 두 개의 초상화가 걸려 있었다. 캔버스의 한쪽 여백에 그 초상화의 주인공 이름이 조그만 금 글씨로 적혀 있었는데, 하나는 생클로드의 주교인 샬리오 신부이고, 또 하나는 아그드의 부주교이자 그랑샹 수도원장이며 시토 수도회 소속인 투르토 신부였다. 주교는 자선병원 환자들로부터 이 방을 이어받았을 때, 이 초상화를 발견하고 그대로 두었던 것이다. 두 사람은 목자였고 아마 금품을 기부했으리라. 이러한 두 가지 이유로 주교는 그들을 존경했다. 두 인물에 관해서 그가 아는 것은, 같은 날짜인 1785년 4월 27일에 왕으로부터 한 사람은 주교에, 또 한 사람은 유급성직에 임명되었다는 사실뿐이었다. 마글루아르 부인이 먼지를 털려고 이 초상화를 벽에서 내렸을 때, 그랑샹 수도원장의 초상화 뒤에 네 개의 봉함지로 붙인, 오래돼 노랗게 바랜 조그마한 사각형 종이에 희끄무레해진 잉크로 그러한 사실이 씌어 있는 것을 주교가 발견했다.

창에는 올이 굵은 구식 모직 커튼이 드리워 있었는데, 어찌나 낡아 빠졌던지, 새로 살 돈을 절약하기 위하여 마글루아르 부인이 그 한복판을 커다랗게 꿰매야 했다. 그 꿰맨 자국이 십자가 모양을 이루고 있었다. 주교는 가끔 그것을 가리키며 이렇게 말했다.

"참 잘됐어!"

아래층이고 위층이고 방들은 모두 빠짐없이 석회유로 하얗게 칠해져 있는데, 그것은 병사(兵舍)나 병원에서 하는 식이었다.

그렇지만 근년에 마글루아르 부인은 (이에 관해서는 나중에 이야기하겠지만) 바티스틴 양의 방에서 그 하얗게 칠한 벽지 아래쪽에 그 방을 장식하는 그림이 있는 것을 발견했다. 자선병원이 되기 전에 이 집은 시민의 집회소였다. 그래서 그런 장식이 있었던 것이다. 방바닥에는 붉은 벽돌이 깔려 있는데 그것을 매주 물로 닦았다. 그리고 침대마다 앞에 짚으로 엮은 방석이 놓여 있었다. 게다가 이 집은 두 여자가 살림을 맡아 보고 있었으므로 구석구석이 말할 나위 없이 깨끗했다. 그것은 주교가 허락한 단 하나의 사치였다. 그는 이렇게 말했다.

"그건 가난한 사람들로부터 아무것도 뺏지 않는다."

그렇지만 주교에게는 옛날의 소유물 중에 은식기 여섯 벌과 커다란 스푼 하나가 남아 있었다는 것을 인정하지 않으면 안 되겠는데, 마글루아르 부인은 날마다 허름한 흰 식탁보 위에서 유난히도 반짝거리는 그것들을 바라보며 즐거워했다. 그리고 나는 여기에 디뉴의 주교에 관하여 사실 그대로를 그리고 있으니까, 그가 다음과 같이 말한 적이 한두 번 아니라는 것을 덧붙여 둬야겠다. "은그릇으로 밥 먹기를 그만두기란 여간 어려운 일이 아니다."

이 은그릇 외에, 그가 어느 대고모로부터 상속받은 두 개의 커다란 은촛대가 있었다. 이 촛대들은 두 개의 양초가 꽂혀 평소에 주교의 벽난로 위에 놓여 있었다. 저녁 식사 손님이 있을 때면, 마글루아르 부인은 양쪽 초에 불을 켜서 두 개의 촛대를 식탁 위에 갖다 놓았다.

주교의 방 안에는 침대 머리맡에 조그만 벽장이 있는데, 마글루아르 부인은 저녁마다 거기에 그 여섯 벌의 은식기와 큰 스푼을 넣어 두었다. 벽장 열쇠를 언제나 거기에 걸어 두었다는 말도 덧붙여야겠다.

정원은 내가 앞에서 말한 꽤 보기 흉한 건물로 인해 조금 손상되기는 했지만, 수채 웅덩이 주위에 십자로 교차된 네 개의 통로가 있었다. 또 하나의 통로는 집을 둘러싼 흰 담을 따라 정원을 빙 둘러 있었다. 그 통로들은 회양목으로 둘러싸여 네 뙈기의 네모진 밭을 이루고 있었다. 그중 세 뙈기에는 마글루아르 부인이 채소를 가꾸었고, 나머지 한 뙈기에는 주교가 화초를 심어 놓았다. 여기저기에 과일나무도 몇 그루 심겨 있었다.

언젠가 마글루아르 부인이 슬쩍 비꼬듯이 주교에게 말했다. "어르신께서는 무엇이고 죄 이용하시는데, 이 땅은 버려두시는군요. 꽃보다는 샐러드용 채소라도 심으셨더라면 좋았을 텐데." 주교는 이렇게 대답했다. "마글루아르 부인, 그건 잘못된 생각이오. 아름다운 것은 유용한 것과 마찬가지로 유익해요." 그러고는 잠시 입을 다물었다가 덧붙였다. "아마 더 유익할 거요."

서너 개의 화단으로 구성된 이 꽃밭은 거의 책과 마찬가지로 주교의 마음을 사로잡았다. 가지도 치고, 풀도 뽑고, 여기저기 땅을 파서 씨앗도 뿌리면서 그는 거기서 즐거이 한두 시간을 보냈다. 그는 원예가만큼 벌레에게 적의를 품지 않았다. 게다가 그는 식물학에 대해서 하등의 주의 주장도 갖고 있지 않았다. 분류법이나 병원고체설(病原固體說)에 관해서도 아는 바가 없었다. 또 추호도 투른포르*의 방법과 자연 재배법 중 어느 쪽을 선택하는 일이 없었고, 포과(胞果)와 떡잎 중 어느 것을 택하는 일도 없었으며, 쥐시외**와 린네*** 중 어느 학설을 찬성하거나 반대하는 일도 없었다. 그는 식물을 연구하는 것이 아니라 다만 꽃을 사랑할 뿐이었다. 그는 학자를 대단히 존경했지만, 훨씬 더 무식자를 존경했다. 그리고 그 양자에 대한 존경을 결코 잊는 일 없이, 여름이면 저녁마다 녹색으로 페인트칠한 함석 물뿌리개로 화단에 물을 주었다.

집에는 자물쇠를 채운 문이라고는 하나도 없었다. 앞에서 말한 바와 같이 돌층계도 없이 바로 대성당 광장으로 나갈 수 있는 식당 문은 옛날에는 감옥 문처럼 자물쇠와 빗장이 붙어 있었다. 주교는 그러한 철물을 모두 뜯어 없애 버리게 했기 때문에, 문은 낮이나 밤이나 걸쇠로만 닫혀 있었다. 지나가는 사람이 어느 때고 그것을 밀기만 하면 열렸다. 처음에 두 여자는

---

* 투른포르(Joseph Pitton de Tournefort, 1656~1708). 프랑스의 식물학자.
** 쥐시외(Antoine Laurent de Jussieu, 1748~1836). 프랑스의 식물학자.
*** 린네(Carl Von Linné, 1707~1778). 스웨덴의 식물학자.

이 잠가 놓지 않은 문을 무척 걱정했으나 주교는 그들에게 이렇게 말했다. "정 불안하다면 방에 빗장을 걸어 놓구려." 그래서 결국 그녀들도 주교와 함께 안심했거나 그렇지 않더라도 어쨌든 안심한 체했다. 마글루아르 부인만은 때때로 걱정스러워했다. 주교로 말하자면, 그가 성서 하나의 여백에 적어 놓은 다음과 같은 글 속에 그의 생각이 설명되어 있는 것을, 아니, 설명까지는 아니더라도 어쨌든 나타나 있는 것을 사람들은 볼 수 있다.

여기에 미묘한 차이가 있다. 의사의 집 문은 결코 닫혀 있으면 안 되고, 목자의 집 문은 늘 열려 있지 않으면 안 된다.

『의학 철학』이라는 제목의 다른 책에는 이렇게 적어 놓았다.

나도 그들처럼 의사가 아닌가? 나 역시 나의 환자들을 가지고 있다. 먼저 그들이 환자라고 부르는 그들의 환자들을 가지고 있고, 다음에 내가 불쌍한 사람이라고 부르는 나의 환자들을 가지고 있다.

다른 곳에는 또 이렇게 적어 놓았다.

그대에게 숙소를 달라는 사람에게 그 이름을 묻지 마라. 스스로 이름을 밝히기 거북한 자야말로 특히 피난처가 필요한 사람이기 때문이다.

어느 날 쿨루브루의 사제인지 퐁피에리의 사제인지 잘 모르겠으나 어느 훌륭한 사제 하나가 아마도 마글루아르 부인의 사주를 받았는지 주교에게 이렇게 물어보았다. 예하께서는 누구나 들어오고 싶은 사람 뜻대로 할 수 있게끔 낮이나 밤이나 문을 열어 놓는 것을 어느 정도 경솔한 처사라고 생각하시지 않는지, 그리고 또 그렇게 문단속을 하지 않는 집에 무슨 불행한 일이 일어나지나 않을까 하는 염려는 없으신지. 그러자 주교는 엄숙하게, 그러나 다정하게 사제의 어깨에 손을 올려놓고 말했다. "주께서 집을 지켜 주시지 않는다면 사람이 아무리 지켜도 소용없소." 그러고는 다른 이야기를 했다.

그는 꽤 자주 이런 말을 했다. "용기병(龍騎兵) 연대장의 용기라는 것이 있듯이, 목자의 용기라는 것이 있다." 그리고 그는 덧붙였다. "다만 우리 목자들의 용기는 침착해야 한다."

7. 크라바트

여기서 마땅히 빠뜨려서는 안 될 사실 하나를 말해 두어야겠다. 왜냐하면 이것은 디뉴의 주교가 어떠한 인물인가를 가장 잘 보여 주는 사실 중 하나이니까.

올리울 협곡에서 횡행하였던 산적 가스파르 베스 일당이 와해한 후, 그 대장 중 한 사람인 크라바트라는 자가 산중으로 도망쳤다. 그는 가스파르 베스의 부하 중 아직 살아남은 무리를 이끌고 잠시 니스의 백작령에 피신해 있다가, 그 후 피에몬

테로 가 있었는데, 갑자기 프랑스의 바르슬로네트 방면에 나타났다. 처음에는 조지에르에 나타나더니, 나중에는 튈에 출몰했다. 그는 주드레글의 동굴 속에 은신해 있으면서, 거기서 위바예와 위바예트의 골짜기를 지나 마을로 내려오곤 했다. 용감하게도 앙브룅까지 밀고 나와, 어느 날 밤에는 대성당에 침입하여 성기실(聖器室)의 물건을 훔쳐 갔다. 그의 약탈은 그 지방 사람들을 괴롭혔다. 헌병으로 하여금 추적하게 하였으나 허사였다. 그는 번번이 교묘하게 빠져나갔고, 때로는 맹렬하게 저항했다. 실로 대담무쌍한 악당이었다. 이렇게 모두들 공포에 싸여 있을 때 주교가 그 지방에 당도했다. 순회를 하고 있었던 것이다. 샤스틀라르에서 면장이 그를 찾아와 되돌아가기를 권했다. 크라바트가 아르슈까지, 그리고 그 저편까지도 산을 점령하고 있다는 것이었다. 호위병을 데리고 다녀도 위험하며 괜히 서너 명의 불쌍한 헌병만 위태롭게 할 뿐이라고 했다.

"그러니까." 주교는 말했다. "호위병 없이 갈 작정이오."

"어떻게 그런 생각을 하십니까?" 면장이 외쳤다.

"나는 그렇게 생각하오. 그러니 헌병은 필요없고, 한 시간 후에는 출발하겠소."

"출발하시겠다고요?"

"출발하겠소."

"혼자서요?"

"혼자서."

"예하! 그렇게 하시면 안 됩니다."

주교는 말했다. "저 산속에는 여기같이 보잘것없는 작은 마을이 하나 있소. 나는 삼 년 동안이나 거기를 돌아보지 못하였소. 모두 나의 선량한 친구들로, 순하고 정직한 양몰이꾼들이오. 그들은 지키고 있는 양 중 서른 마리에 한 마리꼴은 제 것으로 삼고 있소. 그들은 아주 예쁜 여러 가지 빛깔 털실을 만들기도 하고, 여섯 개의 구멍이 뚫린 피콜로로 산 노래를 불기도 하오. 때때로 그들에게도 주의 말씀을 전해 줄 필요가 있소. 그런데 주교가 그곳에 가기를 두려워한다는 말을 들으면 그들이 뭐라고 하겠소? 내가 만약 가지 않는다면 그들이 뭐라고 하겠소?"

"그렇지만 예하, 산적이! 만약에 산적을 만나신다면!"

"아, 그 점도 생각하고 있소." 주교는 말했다. "당신 말도 옳소. 산적을 만날 수도 있소. 그러나 그들에게도 역시 주의 말씀을 들려줄 필요가 있소."

"하지만 예하! 그들은 떼를 짓고 있습니다! 이리 떼입니다!"

"면장님, 예수께서 나를 목자로 만드신 것은 아마 바로 그들을 위한 것인지도 몰라요. 누가 주께서 정해 놓으신 길을 알겠소?"

"예하, 그들은 예하의 소지품을 훔칠 것입니다."

"나는 아무것도 없어요."

"예하를 죽일 겁니다."

"쓰지도 달지도 않은 말을 중얼거리고 다니는 늙은 신부를? 쓸데없는 말! 죽여서 뭘 한다고?"

"아! 그래도! 만약 만나신다면!"

"나는 그들에게 가난한 사람들을 위하여 자비를 베풀라고 하겠소."

"예하, 제발 가지 마십시오! 생명이 위험합니다."

"면장님." 주교는 말했다. "바로 그 점입니다. 내가 이 세상에 있는 것은 내 생명을 지키기 위한 것이 아니라, 사람들의 영혼을 지키기 위해서요."

그가 하는 대로 둘 수밖에 없었다. 그는 길잡이가 되겠다고 자원해 나선 아이 하나만을 데리고 떠났다. 그의 고집은 그 고장 사람들의 입에 오르내렸고, 사람들을 몹시 놀라게 했다.

그는 누이동생도 마글루아르 부인도 데리고 가려 하지 않았다. 그는 나귀를 타고 산을 넘는 도중에 아무도 만나지 않고 무사히 그의 '선량한 친구'인 양몰이꾼들이 있는 곳에 도착했다. 거기서 그는 설교를 하고, 성례를 치러 주고, 글을 가르치고, 인륜 도덕을 이야기하면서 두어 주일 있었다. 출발할 날이 가까워지자 그는 정식으로 주교의 의관을 갖추고 찬송가를 부르기로 결정했다. 그는 그 말을 사제에게 했다. 그런데 어떻게 하면 좋을까? 주교의 제복이라고는 하나도 없었다. 사용할 수 있은 것은 마을의 초라한 제구실에 있는, 모조 금테로 장식한 낡아 빠진 비단 사제복 두서너 벌뿐이었다.

"상관없소!" 주교는 사제에게 말했다. "그래도 주일 강론 때 회중에게 알립시다. 어떻게 되겠지요."

사람들은 근처 성당들을 찾아다녔다. 그러나 그 보잘것없는 교구들의 화려한 물건들을 모두 모아 보아도 대성당 합창 대원 한 명의 복장만큼도 갖출 수 없었다.

한창 이렇게들 쩔쩔매고 있는데, 말을 타고 온 알 수 없는 사나이 두 명이 커다란 상자 하나를 가져와 주교에게 주라고 하면서 사제의 집에 놓고 이내 가 버렸다. 상자를 열어 보니, 그 속에는 금실로 짠 주교의 제복이며 다이아몬드가 박힌 주교의 관이며 대주교의 십자가며 훌륭한 사목 지팡이며 할 것 없이 달포 전 앙브룅의 노트르담 성당에서 도난당한 주교복 일습이 들어 있었다. 상자 속에는 쪽지가 한 장 있었는데 거기에는 이렇게 씌어 있었다. "크라바트로부터 비앵브뉘 예하께."

"그러게 어떻게든 될 거라고 내가 말하지 않았소!" 주교는 말했다. (그러고는 빙그레 웃으면서 이렇게 덧붙였다.) "사제의 흰 제복으로 만족하는 자에게 주께서 대주교의 제복을 보내 주시는 거요."

"예하." 사제가 미소를 지은 채 머리를 설레설레 흔들면서 중얼거렸다. "주께서입니까, 악마가입니까?"

주교는 사제를 뚫어지게 바라보다가 엄숙하게 말했다.

"주께서요!"

그가 샤스틀라르로 돌아왔을 때, 사람들이 호기심을 갖고 그를 보러 왔다. 그는 샤스틀라르의 사제 집에서 자기를 기다리던 바티스틴 양과 마글루아르 부인을 다시 만나, 누이동생에게 이렇게 말했다.

"어때, 내 말이 맞았지 않아? 가련한 신부는 빈손으로 저 가련한 산중 사람들한테 갔는데, 이제 두 손에 담뿍 선물을 들고 돌아왔어. 나는 주에 대한 신앙심만 가지고 떠났는데, 이제 대성당의 보물을 가지고 돌아왔어."

저녁에 취침하기 전에 그는 또 이렇게 말했다.

"도둑이나 살인자를 결코 두려워해서는 안 돼. 그건 외부의 위험이고 작은 위험이야. 우리들 자신을 두려워하자. 편견이야말로 도둑이고, 악덕이야말로 살인자야. 큰 위험은 우리들 내부에 있어. 우리들의 머리나 지갑을 위협하는 것은 아무것도 아니야! 영혼을 위협하는 것만을 생각하자."

그러고는 누이동생 쪽을 돌아보며 말했다.

"동생, 신부 쪽에서는 결코 이웃 사람을 경계할 필요가 없어. 이웃 사람이 하는 일은 주께서 용서하신다. 우리에게 위험이 다가온다고 생각될 적에는 주께 기도를 드리기만 하면 돼. 우리들을 위해서가 아니라, 우리들의 형제가 우리들 때문에 죄를 범하지 않도록 주께 기도를 드리기만 하면 돼."

그런데 그의 생애에서 이런 사건들이 일어나는 경우는 드물었다. 나는 내가 아는 사건들을 이야기하지만, 평소에 그는 언제나 같은 시간에 같은 일을 하면서 살아갔다. 그의 한 해의 한 달은 그의 하루의 한 시간과 비슷했다.

앙브룅 대성당의 '보물'이 어떻게 되었는가, 그 점에 관해서 묻는다면 나는 당황할 것이다. 그것은 불행한 사람들을 위하여 훔치기에는 무척 아름답고, 무척 매력적이고, 무척 훌륭한 물건들이었다. 훔친다고 했으니까 말이지만 사실 그것들은 이미 훔친 것이었다. 그 도둑질의 절반은 이미 이루어진 것이었다. 그 도둑질의 방향을 바꾸어 가난한 사람들 쪽으로 좀 나아가게 하기만 하면 되었다. 그러나 이 점에 관해 나는 아무것도 단언하지 않겠다. 다만 이 사건과 관련 있는 듯한 꽤 애

매한 메모가 주교가 쓴 서류 속에서 발견되었다. 그 내용은 다음과 같다.

　이것이 대성당으로 돌아가야 할지 아니면 자선병원으로 돌아가야 할지, 그것을 아는 것이 문제로다.

8. 식후의 철학

　앞에서 말한 바 있는 상원 의원은 영리한 자여서 자기 행로에 끼어드는 모든 것, 이른바 양심이며 신앙이며 정의며 의무 같은 장애물에는 개의치 않고 똑바로 자기의 길을 걸어간 사나이였다. 그는 목적을 향하여 똑바로 걸어갔고, 승진과 이익의 도상에서 단 한 번도 비틀거려 본 일이 없었다. 그는 전에 검사였는데, 성공하면서 점점 성질이 온화해졌다. 결코 악의 있는 사람이 아니었다. 자기의 아들들이나 사위들, 친척들, 그리고 친구들에게까지도 할 수 있는 한 세심하게 편의를 보아주었고, 현명하게 처신해 인생에서 좋은 면과 좋은 기회, 행운을 취했다. 그 밖의 것은 그에겐 쓸모없어 보였다. 재치가 있고 스스로 에피쿠로스의 제자라고 믿을 만큼 충분히 학식도 있었지만, 아마 피고르브룅*이 그린 인물밖에 안 되었으리라. 그

---

* 피고르브룅(Pigault-Lebrun, 1753~1835). 프랑스의 작가. 외설적인 소설을 썼다.

는 영원무궁한 것이나 '주교 영감의 유치함' 같은 것을 곧잘 유쾌하게 비웃었다. 때로는 잠자코 듣고 있는 미리엘 씨 앞에서도 위엄 차고도 애교스러운 얼굴로 그런 것들을 비웃었다.

어떤 반(半) 공식적인 만찬회에서 ○○○ 백작(이 상원 의원) 과 미리엘 씨는 지사 댁에서 식사를 해야 했다. 식후 차를 마실 때, 상원 의원은 좀 유쾌한 듯이, 그러나 여전히 품위를 갖추어 이렇게 소리쳤다.

"자, 주교님, 이야기나 좀 합시다. 상원 의원과 주교는 좀처럼 얼굴을 마주 대하기 어렵습니다. 우리 두 사람은 선각자입니다. 나는 당신에게 한 가지 고백을 하겠습니다. 나는 내 철학이 있어요."

"그야 당신 말이 옳습니다." 주교는 대답했다. "사람은 자기가 만든 철학 위에 누워 있게 마련이거든요. 당신은 주홍빛* 침대에 누워 있지요, 상원 의원님."

상원 의원은 그 말에 용기를 얻어 말을 계속했다.

"우리 착한 아이가 됩시다."

"착한 악마까지도 돼야겠죠." 주교는 말했다.

상원 의원이 말을 이었다. "분명히 말하지만 아르장스 후작**이나 피론***, 그리고 홉스와 네종**** 씨는 야인이 아닙니다.

---

* 주홍빛의 원어 'pourpre'는 부귀영화의 상징으로, 왕위, 제위, 추기경의 지위를 나타낸다.
** 아르장스 후작(Marquis d'Argens, 1704~1771). 프랑스의 문인.
*** 피론(Pyrrhon). BC 4세기경에 활동한 그리스의 회의주의 철학자.
**** 네종(Jacques-André Naigeon, 1738~1810). 프랑스의 문인.

나는 이 철학자들의 금박 입힌 저서들을 모두 내 책장에 가지고 있어요."

"그들은 당신과 같은 사람들이죠, 백작님." 주교가 말을 끊었다.

상원 의원은 이야기를 계속했다.

"나는 디드로를 싫어해요. 그는 관념론자고, 호언장담하기를 좋아하고, 혁명가면서도, 속으로는 신을 믿고 있으며, 볼테르보다도 더 완고해요. 볼테르는 니덤*을 비웃었지만 그건 잘못입니다. 왜냐하면 니덤의 뱀장어는 신이 필요 없다는 것을 증명하고 있거든요. 한 숟가락의 밀가루 반죽에 한 방울의 식초를 떨어뜨리면 그것이 곧 '빛이 있어라.'가 돼요. 가령 그 한 방울을 더 크게 하고 그 한 숟가락을 더 크게 하면 곧 세계가 됩니다. 그리고 인간은 곧 뱀장어고요. 그렇다면 영원한 아버지인 신은 무슨 소용이겠습니까? 주교님, 여호와의 가설에 나는 지쳐 버렸소. 그런 건 공상에 잠긴 말라빠진 사람들을 만들어 내는 데만 유효해요. 나를 괴롭히는 이 위대한 '천지 만물'을 타도합시다! 나를 가만히 두는 저 '무(無)'여, 만세! 우리끼리 이야기지만, 털어놓고 말하자면, 그리고 나의 목자이신 당신에게 지당한 고백을 하자면, 나는 양식 있는 사람이오. 입만 벌리면 줄곧 포기와 희생을 설교하는 당신의 예수에게 나는 미칠 수 없어요. 그건 거지들에 대한 구두쇠의 충고입니다.

---

* 니덤(John Turberville Needham, 1731~1781). 영국의 물리학자, 가톨릭 사제. 브뤼셀에 과학 아카데미를 설립하여 원장으로 있었고, 벨기에에서는 성직 봉록을 받았다.

포기라고! 왜요? 희생이라고! 무엇을 위해서요? 나는 이리가 다른 이리의 행복을 위하여 제 몸을 희생하는 것을 보지 못했어요. 자연대로 살아갑시다. 우리는 꼭대기에 있으니까 탁월한 철학을 가집시다. 남들의 코끝보다 더 멀리 보지 못한다면 높은 곳에 있은들 무슨 소용이겠습니까? 즐겁게 삽시다. 인생, 그것이 전부예요. 인간의 다른 미래가 딴 곳에, 저 천국인지 지옥인지 어딘가에 있다는 그런 기만적인 말을 나는 믿지 않아요. 아아, 사람들은 나에게 포기와 희생을 권합니다. 내가 하는 모든 일에 주의하라고 하고, 선과 악에, 정의와 불의에, '합법'과 '불법'에 골치를 썩여야 한다고 말합니다. 왜? 내가 내 행위에 관하여 보고하지 않으면 안 될 테니까. 언제? 내가 죽은 후에. 참 좋은 꿈이죠! 죽은 후에 나를 꼬집어 내다니 참으로 빈틈없는 이야기요. 망령의 손으로 한 줌의 재를 쥐어 보라죠. 비결을 터득하고, 이시스 여신*의 치맛자락을 걷어 올린 우리들로 하여금 진리를 말하게 한다면, 선도 없고 악도 없고, 생명만 있을 뿐입니다. 현실을 추구합시다. 끝까지 팝시다. 맨 밑바닥까지 파 들어갑시다! 진리를 감지하고 땅속을 파헤쳐서 진리를 잡아야 합니다. 그러면 진리는 우리에게 감미로운 즐거움을 줍니다. 그러면 당신은 강해지고 당신은 웃습니다. 나는 확고한 신념을 가지고 있어요. 주교님, 인간의 불멸이란 도깨비불에 지나지 않아요. 오오! 참으로 매력적인 약속이군요! 그걸 믿는 것도 좋겠지요. 아담은 참으로 훌륭한 약속어음을 가

---

* 이시스(Isis). 이집트 초기 문명을 구현한 이집트의 여신.

졌단 말입니다! 인간은 영혼이다, 천사가 될 것이다, 그래서 양쪽 어깨에 푸른 날개를 갖게 되리라, 그리고 복자는 별에서 별로 가리라고 말한 것은 테르툴리아누스* 아니었던가요? 좋은 말이오. 사람은 별의 메뚜기가 될 것이고, 신을 보게 될 것이라고. 하하하. 천국 같은 건 잠꼬대에 불과해요. 신이라는 건 어리석은 괴물이에요. 나는 이런 말을 결코 《세계 신보》**에서는 말하지 않을 거요, 암, 그렇고말고! 하지만 친구끼리는 그런 말을 속삭일 수 있지요. 술잔 사이에서 말입니다. 천국을 위하여 땅을 희생함은 물에 비친 그림자를 보고 입에 문 먹이를 놓치는 격이오. 무한한 것에 속는 것보다 더 어리석은 일은 없소. 나는 허무요. 나는 자칭 상원 의원 '허무' 백작이오. 태어나기 전에 나는 이미 존재하고 있었을까? 천만에. 죽은 후에 나는 존재할까? 천만에. 나는 무엇인가? 유기적으로 응결된 약간의 먼지일 뿐. 이 지상에서 나는 무엇을 할 것인가? 고통을 받을 것인가, 아니면 향락할 것인가? 내게는 선택의 자유가 있소. 고통은 나를 어디로 이끌어 갈 것인가? 허무로. 그러나 이미 고통을 받은 뒤입니다. 향락은 나를 어디로 이끌어 갈 것인가? 허무로. 그러나 이미 향락한 뒤입니다. 나의 선택은 이미 결정되어 있어요. 먹을 것인가 먹힐 것인가가 문제예요. 나는 먹어요. 풀보다는 차라리 이[齒]가 되는 게 좋아요. 이러한 것이 나의 지혜랍니다. 그런 뒤엔 만사형통, 무덤 구덩

---

* 테르툴리아누스(Tertullianus, 160?~220?). 카르타고 태생의 신부. 몬타누스와 더불어 이단의 창도자이다.
** 1789년에 창설된 신문. 1848년에 《프랑스 공화국 관보》가 되었다.

이를 파는 인부가 거기에 있고, 우리들을 위한 사당이 있어요. 모든 것이 커다란 구멍 속으로 떨어집니다. 끝이오. 종말이오. 완전한 청산. 이건 소멸의 장소입니다. 극심한 고통은 죽었어요. 거기에 나에게 뭔가 할 말이 있는 누군가가 있다는 건 생각만 해도 우스운 일이오. 그런 건 유모가 꾸며 낸 이야기예요. 어린아이들에게는 도깨비, 어른들에게는 여호와. 아니, 우리들의 내일은 어둠이오. 무덤 뒤에는 누구에게나 다 똑같은 허무가 있을 뿐이오. 당신이 방탕자 사르다나팔루스*였든, 성자 뱅상 드 폴이었든 간에 다 똑같은 무로 돌아가요. 그게 진리입니다. 그러므로 무엇보다도 먼저 살아야 해요. 당신이 당신의 자아를 간직하고 있는 동안 그걸 사용해야 합니다. 확실히 말해 두지만, 주교님, 나에겐 나의 철학이 있고 나의 철학자들이 있습니다. 나는 잠꼬대 같은 말을 가지고 나 자신을 꾸미지 않아요. 그래서 하층민에게는, 거지들이나 돈벌이가 적은 사람들이나 불쌍한 사람들에게는 뭔가 꼭 있어야겠지요. 그들에게 전설이며 망상, 영혼, 불멸, 천국, 별, 그런 것들을 먹여 줍니다. 그들은 그걸 씹어 먹어요. 그들은 그걸 마른 빵에 찍어 먹어요. 아무것도 없는 사람에겐 성체가 있어요. 최소한 그만한 건 있어야죠. 나는 결코 그것을 반대하지는 않지만, 나는 나를 위해 네종 씨의 학설을 간직하고 있어요. 성체는 하층민에게 좋은 것이죠."

---

* 사르다나팔루스(Sardanapalus). 아시리아의 전설적인 왕. 방탕하고 나약한 왕의 전형으로 알려져 있다.

주교가 손뼉을 쳤다.

"거 참 말씀 잘하셨소." 주교는 외쳤다. "당신의 그 유물론은 썩 훌륭하고, 실로 놀랍군요. 그런 생각을 아무나 갖지는 못하지요. 아! 그런 생각을 갖는다면 남에게 쉽게 속아 넘어가진 않을 것이오. 어리석게도 카토*처럼 추방당하지 않을 것이고, 스데반**처럼 돌에 맞아 죽지도 않을 것이며, 잔 다르크처럼 산 채로 타 죽지도 않을 것이오. 다행히도 그렇게 훌륭한 유물론을 터득한 자들은 책임 해제의 즐거움을 맛볼 수 있을 것이고, 어떠한 지위도, 한직도, 고위직도, 정당하게 얻은 권력도, 부당하게 얻은 권력도, 잇속에 따른 변절도, 유리한 배반도, 재미있는 양심의 타협도, 무엇이든 안심하고 집어삼킬 수 있다고 생각하는 즐거움도 가질 수 있을 것이고, 다 소화해 버린 뒤 무덤 속에 들어간다고 생각하는 즐거움도 가질 수 있을 것이오. 얼마나 유쾌한 일입니까! 당신을 놓고 하는 말은 아닙니다, 상원 의원님. 그렇지만 당신을 칭찬하지 않을 수는 없군요. 당신 같은 훌륭한 양반들은, 아까 당신이 말했듯이 자기 자신의, 그리고 자기 자신을 위한 철학을 가지고 있습니다. 미묘하고, 정교하고, 부자만 접근할 수 있고, 모든 것에 유용하고, 인생의 쾌락에 훌륭한 양념이 되어 주는, 그러한 철학 말입니다. 그러한 철학은 깊은 곳에서 따온 것이고, 특수한 탐

---

* 카토(Marcus Porcius Cato, BC 234~BC 149). 고대 로마의 정치가이자 장군, 문인. 재무관과 법무관을 거친 후 집정관이 되어 스페인을 통치했다. 준엄한 성격과 웅변으로 유명하다.
** 스데반(Stephen). 기독교 최초의 순교자. 예루살렘에서 돌에 맞아 죽었다.

구자에 의하여 발굴된 것입니다. 그러나 당신네들은 너그러우십니다. 성체(하느님)에 대한 신앙이 하층민의 철학이 되는 게 나쁘지 않다고 생각하시니 말이오. 밤[栗]을 곁들인 거위 요리는 가난한 사람에게는 트뤼프를 곁들인 칠면조 요리나 같다, 대충 그런 이야기지요."

9. 누이동생이 말하는 오빠

디뉴 주교 일가의 가정생활과, 성스러운 두 여인이 그들의 행동과 사상과, 심지어는 놀라기 쉬운 여자들의 본성까지 주교의 설명을 듣기도 전에 그의 습관과 의도에 맞추던 모양새를 대략이나마 보여 주기 위해서는 바티스틴 양이 어린 시절 친구인 부아슈브롱 자작 부인에게 써 보낸 편지 한 통을 여기에 옮겨 쓰는 게 제일 좋겠다. 그러기 위해 이 편지가 내 손안에 들어와 있는 것이리라.

18××년 12월 16일, 디뉴에서

다정하신 부인, 우리는 단 하루도 부인 이야기를 하지 않고 지내는 날이 없어요. 그것은 거의 우리의 습관이기도 하지만, 또 하나의 이유가 있어요. 마글루아르 부인이 천장과 벽지의 먼지를 털고 물로 닦다가 발견한 몇 가지 때문이지요. 하얗게 석회칠한 헌 도배지로 바른 우리의 방 두 개는 지금 부인의 저택처럼 훌륭한 집에 비교해도 결코 손색이 없을 정도가 되었어요. 마글루아르 부인이 벽지를 모두 벗겨 버렸더니, 그 아래에 무엇이 있었어요. 우리 객실은 가구가 없고 빨래를 너는 데나 쓰고 있는데, 그 높이는 15자나 되고 넓이는 사방 18자나 되며, 천장은 예전부터 금칠이 되어 있고, 서까래는 꼭 부인 댁의 것처럼 생겼어요. 그것이 자선병원이었던 때는 피륙으로 가려져 있었어요. 마지막으로 우리 할머니 때 것으로 보이는 나무 세공품도 있어요. 다 훌륭하지만, 특히 보여 드리고 싶은 것은 내 방이에요. 마글루아르 부인이 적어도 열 장은 되는 벽지를 덧바른 내 방 벽에서 그림들을 발견했지요. 별로 좋은 건 못 되지만 그래도 볼 만은 해요. 텔레마코스*가 말을 타고 미네르바의 영접을 받는 그림이라든가, 역시 텔레마코스가 정원에 있는 그림 같은 거예요. 화가의 이름은 알 수 없어요. 마지막으로 로마의 귀부인들이 하룻밤 나가서 놀던 장소도 그려져 있어요. 뭐라고 하면 좋을까? 요컨대 수많은 로마의 남자와 여자(여기서 단어 하나는 알아볼 수 없다.), 그리고 그들의 모든 시종들이 있어요. 마글루아르 부인이 그 그림의 먼지를 모두 털어 주었어요. 그리고 올여름에 여기저기 파손된 데를 수리하고 전부 다시 칠해 준다고 하니, 내 방은 정말 박물관같이 될 거예요. 그녀는 또 헛간 한쪽 구석에서 조그마한 구식 나무 탁자 두 개를 발견했어요. 그것들에 금칠을 하려니까 6리브르짜리 은화 두 닢을 달라고 하지 않

---

* 텔레마코스(Telemachus). 오디세우스의 아들. 트로이 전쟁에 나간 아버지를 찾아 나섰을 때 아테나(로마 신화의 미네르바)의 인도를 받는다.

겠어요? 하지만 그건 가난한 사람들에게 주는 게 훨씬 좋겠어요. 뿐만 아니라 그 탁자는 무척 보기 흉해서, 나는 마호가니로 된 둥근 탁자를 가졌으면 좋겠다 싶어요.

나는 항상 참 행복해요. 오라버니는 참 친절해요. 오라버니는 자기가 가진 것을 모두 가난한 사람과 환자에게 줘 버려요. 우리는 크나큰 곤경에 빠질 때도 있어요. 이 지방은 겨울이 되면 매우 춥기 때문에, 가진 것이 없는 사람들에게 뭔가 해 주지 않으면 안 돼요. 우리는 겨우 불을 때고 불을 켜고 할 정도예요. 하지만 그건 대단히 즐거운 일이랍니다.

오라버니에게는 그만의 독특한 버릇이 있어요. 말씀을 하실 때에, 주교는 이렇게 해야 한다는 말을 자주 하세요. 집 문은 결코 닫는 법이 없어요. 누구든 들어올 수 있게 말이에요. 그리고 즉시 오라버니 방으로 갈 수 있지요. 오라버니는 아무것도 두려워하지 않아요. 밤조차도 두려워하지 않아요. 자기 말마따나 그것이 바로 오라버니의 용기랍니다.

오라버니는 저나 마글루아르 부인이 오라버니 걱정을 하는 것을 좋아하지 않아요. 어떠한 위험이든 무릅쓰면서도, 우리가 그러한 위험을 염두에 두는 듯한 기색을 보이는 것조차 좋아하지 않아요. 오라버니를 이해해 드리지 않으면 안 돼요.

오라버니는 비가 올 때도 나가고, 물속을 걸어 다니고, 겨울에도 순회를 나가요. 밤이나 수상한 길을 무서워하지도 않고, 나쁜 놈을 만날까 봐 두려워하지도 않아요.

작년 일인데, 오라버니는 혼자서 도둑이 출몰하는 지방에 가셨는데, 우리를 데리고 가려고 하지 않았어요. 이 주일 동안이나 돌아오지 않아 걱정했지만 아무 일도 없었어요. 모두 오라버니가 죽은 줄로만 알고 있었는데 무사하셨어요. 그러고는 "이런 도둑을 만났어!"라고 말하면서 상자를 여는데, 거기에는 앙브렁 대성당의 보물이 가득 들어 있었어요. 도둑놈들이 그걸 오라버니에게 주었대요.

한번은 오라버니의 친구분들과 함께 20리쯤 마중을 나갔는데, 그때만은 돌아오면서 내가 오라버니에게 좀 잔소리를 하지 않을 수 없었어요. 그래도 남들이 알아듣지 못하도록 마차가 소리 내어 달리는 동안에만 말을 했어요.

나는 처음에는 '어떠한 위험도 오라버니를 말릴 수 없어. 오라버니는 무서운 양반이야.'라고 생각했어요. 그러나 이제는 그것이 예사로워져 버렸어요. 마글루아르 부인한테도 눈짓을 하여 오라버니의 뜻에 거슬리지 않도록 하고 있어요. 오라버니는 자기가 하고 싶은 일이면 어떤 위험이든 무릅쓰는 분이에요. 나는 마글루아르 부인을 데리고 내 방에 돌아와서 오라버니를 위해 기도를 드리고는 잠들어요. 내 마음은 편안해요. 만약 오라버니에게 불행이 일어나는 날에는 나도 마지막이라는 걸 잘 알고 있으니까요. 그때엔 나는 오라버니와 함께, 우리주교님과 함께 하느님에게 갈 거예요. 마글루아르 부인이 그녀가 오라버니의 경솔한 짓이라고 부르는 오라버니의 행동을 예사롭게 여기기까지는 나보다도 더 힘이 들었을 거예요. 그러나 지금은 습관이 되었어요. 우리는 둘이서 함께 기도를 드리고, 함께 걱정하고, 그리고는 잠들어요. 집 안에 악마가 들어온다 해도 가만히 내버려 둘 거예요. 요컨대 이 집 안에서 우리가 두려워할 게 뭐 있겠어요? 가장 강한 사람이 언제나 우리와 더불어 있는걸요. 악마가 이 집을 지나갈 수도 있겠지요. 하지만 하느님이 여기 살고 계시답니다.

그래서 나는 만족이에요. 오라버니는 이제 나한테 한마디도 하실 필요 없어요. 아무 말하지 않아도 제가 오라버니를 이해하거든요. 그리고 우리는 하느님에게 우리 몸을 맡기고 있어요.

정신 속에 위대한 것을 지닌 사람과 함께 있을 때에는 그렇게 하지 않으면 안 돼요.

포 가문에 관해 알아보라는 것에 대해서는 오라버니에게 물어보았어요. 오라버니는 언제나 매우 훌륭한 왕당파이므로, 아시다시피 모르는 것이 없고 많은 걸 기억하고 계셔요. 그 가문은 캉 납세 구역에 속하는, 실로 유서 깊은 노르망디 출신의 가문이에요. 오백 년 전에는 라울 드 포, 장 드 포, 토마 드 포 같은 귀족들이 있었고, 그중 한 사람은 로슈포르의 영주였답니다. 그 가문의 마지막 사람은 기 에티엔 알렉상드르라는 연대장인데, 브르타뉴 경기병대에서 상당한 직책을 가지고 있었대요. 그의 딸 마리루이즈는 루이 드 그라몽 공작의 아들 아드리앵 샤를 드 그라몽이라는 프랑스 귀족원 의원이자 친위대 연대장, 육군 중장이었던 사람과 결혼했대요. 그리고 '포'라는 성은 'Faux', 'Fauq', 'Faoucq'라고 적는대요.

다정하신 부인, 부인의 거룩하신 친척이신 추기경님께 우리를 위해 기도 드려 달라고 부탁해 주세요. 부인의 귀여운 실바니 아씨께서는 잠시 동안만 부인 곁에 머무를 테니 내게 편지 주실 틈도 없으리라 짐작하고 있어요. 다만 아씨께서 건강을 지키셔서 부인의 소원대로 일 잘하고, 변함없이 나를 사랑해 주시기만을 바라고 있어요. 부인을 통해 내게 보내신 아써의 기념품은 잘 받았어요. 그것을 받고 나는 흐뭇했어요. 내 건강은 그다지 나쁜 편이 아니에요. 그러나 날이 갈수록 여위어 가는군요. 그럼 안녕히. 종이도 떨어졌으니 이만 줄여야겠어요. 복 많이 받으시기를.

바티스틴

추신: 부인의 시누이께서는 여전히 여기서 젊은 가족들과 함께 살고 계셔요. 조카분의 아들은 귀여워요. 아시겠어요, 그 아이는 곧 다섯 살이 돼요! 어제는 무릎 싸개를 대고 지나가는 말을 보고 이렇게 말하지 않겠어요. "저 말은 무릎이 왜 저래?" 참으로 귀여워요, 아이는! 그 아이의 어린 동생은 낡은 빗자루를 마차처럼 방 안에서 끌고 다니면서 "이랴! 이랴!" 하고 소리를 쳐요.

이 편지에서 보다시피, 그 두 여인은 남자가 자신을 이해하는 것보다도 남자를 더 잘 이해해 주는 여성의 특수한 재능을 가지고 주교의 생활 방식에 따를 줄 알았다. 디뉴의 주교는 항시 변함없는 온화하고 솔직한 풍모를 풍기면서도, 가끔 위대하고 대담하고 숭고한 일을 수행했다. 그러면서도 자기 자신은 그것을 깨닫지 못하는 것처럼 보였다. 두 여자는 그것을 몹시 걱정했으나 그가 하는 대로 가만두었다. 때때로 마글루아르 부인이 사전에 잔소리를 하는 경우는 있었으나, 결코 도중이나 사후에 그러는 일은 없었다. 일단 무슨 일을 시작한 뒤에는 그 여자들이 몸짓만으로라도 그를 방해하는 일은 결코 없었다. 어떤 때에는 주교 자신도 의식하지 못할 정도로 극히 단순하게 행해졌기 때문에, 그녀들은 주교의 말을 들을 필요도 없이 막연하게나마 그가 주교다운 행동을 하고 있음을 느끼기도 했다. 그럴 때면 그녀들은 집 안에서 다만 두 개의 그림자에 지나지 않았다. 그녀들은 수동적으로 주교를 시중들었고, 물러가는 것이 그의 뜻을 좇는 일이라면 그의 곁에서 물러갔다. 그녀들은 놀랄 만큼 섬세한 본능으로, 어떤 종류의 걱정은 그에게 방해가 될 수 있다는 것을 알고 있었다. 그러므로 주교가 위험에 처했다고 믿을 때조차도, 그녀들은 그의 사상이라고까지는 말할 수 없더라도 그의 성격만은 잘 이해하고 있었기 때문에, 더 이상 그를 감시하지 않았다. 그녀들은 그를 신에게 맡기고 있었다.

뿐만 아니라 아까 편지에서도 읽었듯이 바티스틴은 자기 오빠의 최후가 곧 자기의 최후라고 생각했다. 마글루아르 부인 또한 그런 말을 입 밖에 내지 않았으나 자기도 역시 그렇다는 것을 잘 알고 있었다.

10. 미지의 빛을 접한 주교

앞에서 인용한 편지의 날짜보다 좀 뒤의 일인데, 주교는 시민들이 모두 하는 말에 의하면 저 비적들이 출몰하는 산속을 순회한 것보다 더 위험한 일을 하나 했다.

디뉴에서 가까운 시골에 외로이 살고 있는 한 사나이가 있었다. 이 사나이는 속된 말로 옛 국민의회* 의원이었다. 그의 이름은 G라고 했다.

디뉴의 좁은 세상에서 사람들은 일종의 공포심을 갖고 이 국민의회 의원 G의 이야기를 했다. 국민의회 의원, 당신들은 그자를 상상할 수 있는가? 그자는 그들이 서로 말을 놓고 지내고 '동무'라고 부르던 시대에 살고 있었다. 이 사나이는 괴물이라고 해도 과언이 아니었다. 그는 왕의 사형에 찬성하지 않았지만 찬성한 것이나 거의 진배없었다. 그자는 루이 16세의 준시역자(準弑逆者)였다. 그는 무시무시했었다. 정통 군주가 돌아왔을 때, 어째서 이 사람을 임시 국사범 직결 재판소에 고발하지 않았을까? 반드시 그의 목을 벨 필요는 없었을지도 모른다. 관대한 것이 좋으니까. 하지만 종신 추방 정도의 형벌을 주는 게 적절하지 않았을까. 요컨대 하나의 본보기가 될 테니까! 뿐만 아니라 그자는 자신의 패거리처럼 무신론자였다. 이처럼 시민들은 독수리에 대해 떠들어 대는 거위들 같았다.

그런데 G는 과연 독수리였을까? 그렇다. 그가 은둔 생활 속에서 교제하기를 싫어하고 있던 것으로 상상한다면. 그는 왕의 사형에 찬성하지 않았기 때문에 추방자 명단에 들어가지 않았고 프랑스에 머무를 수 있었다.

---

* 입법의회(1791~1792)의 후신인 혁명의회. 공화국을 선포하고 루이 16세를 처형하였다.

그는 시내에서 사십오 분쯤 걸리는 곳에, 마을과 길에서 멀리 떨어진 곳에, 아무도 모르는, 쓸쓸한 골짜기의 눈에 띄지 않는 곳에 살고 있었다. 그는 거기에 일종의 밭과 움집, 하나의 은신처를 가지고 있다고들 했다. 이웃 사람도 없었고, 지나가는 사람도 없었다. 그가 그 골짜기에서 살게 된 뒤로 그리로 통하는 오솔길은 풀로 덮여 버렸다. 사람들은 그곳을 사형집행인의 집처럼 이야기했다.

그렇지만 주교는 때때로 생각에 잠긴 채, 한 무더기의 나무들이 늙은 국민의회 의원이 사는 골짜기를 가리키는 지평선을 가끔 바라보았다. 그러고는 이렇게 말했다. "저기에 외로운 넋이 하나 있다."

그러나 사실을 말하자면, 언뜻 보기에 극히 자연스럽게 여겨지는 그 생각은 좀 생각해 보면 이상스럽고 불가능한, 그리고 거의 끔찍한 것이었다. 왜냐하면 사실은 그도 다른 사람들과 비슷한 인상을 받았으며, 왜 그런지 똑똑히 알 수는 없었지만 그 국민의회 의원이 증오에 가까운 감정을, 반감이라는 말이 잘 나타내는 그러한 감정을 그의 마음속에 불러일으켰기 때문이다.

그렇지만 양의 옴 때문에 목자가 물러설 것인가? 아니다. 하지만 이건 무슨 놈의 양인가!

착한 주교는 어찌할 바를 몰랐다. 때로는 그쪽으로 가다가 다시 돌아오기도 했다.

그런데 마침내 어느 날, 시내에 소문이 퍼졌다. 그 움집에서 국민의회 의원 G의 시중을 들고 있는 어린 목동이 의사를 부르러 왔다는 것이다. 늙은 악한이 바야흐로 죽어 가고 있었다. 전신이 마비되어 밤을 넘기지 못할 것이라 했다. "고마운 일이야!" 하고 말끝에 덧붙이는 사람들도 있었다.

주교는 지팡이를 들었다. 그리고 앞서 말했듯 너무 헐어 빠진 법의를 감추기 위해, 그리고 곧 불기 시작할 저녁 바람을 막기 위해 외투를 입고 집을 나섰다.

해가 기울어 바야흐로 지평선에 지려고 할 때, 주교는 그 추방당한 곳에 도착했다. 그는 가슴이 두근거림을 느끼며 그 은신처 가까이 왔다는 것을 깨달았다. 그는 도랑을 건너고, 울타리를 넘고, 사다리를 치우고, 버려 둔 채소밭으로 들어가서 대담하게 몇 걸음 발을 옮겼다. 그러자 별안간 그 황무지 안쪽에, 높이 우거진 덤불 저편에 그 은신처가 보였다.

그것은 게딱지 같고 초라하지만 깔끔한 오두막집이었는데, 정면에는 포도 덩굴 시렁이 붙어 있었다.

문 앞에서 한 백발노인이 농부용 안락의자인 바퀴 달린 낡은 의자에 앉아 해를 보며 미소 짓고 있었다.

노인 곁에는 어린 소년 하나가, 그 작은 목동이 서 있었다. 소년은 노인에게 우유 한 사발을 건네주고 있었다.

주교가 바라보는 동안 노인이 목소리를 높였다.

"고마워. 이젠 아무것도 필요 없다."

그러고는 그의 미소가 태양을 떠나 아이에게 가서 멎었다.

주교는 앞으로 걸어 나갔다. 그의 발소리에 앉아 있던 노인이 고개를 돌렸는데, 그의 얼굴에는 긴 생애를 보낸 후에도 느낄 수 있는 놀라움이 모조리 나타났다.

"내가 여기에 온 이래 내 집에 사람이 들어온 건 이번이 처음이오." 그가 말했다. "당신은 누구요?"

주교가 대답했다.

"나는 비앵브뉘 미리엘이라는 사람이오."

"비앵브뉘 미리엘이라! 나는 그 이름을 들은 적이 있소. 사람들이 비앵브뉘 예하라고 부르는 사람이 바로 당신이오?"

"그렇소."

노인은 반쯤 빙그레 웃으며 말을 이었다.

"그렇다면 당신은 나의 주교시구려."

"조금은 그런 셈이오."

"들어오시오."

국민의회 의원은 주교에게 손을 내밀었으나 주교는 그 손을 잡지 않았다. 주교는 이렇게 말하는 것으로 만족했다.

"사람들이 내게 한 말이 잘못됐다는 것을 알게 돼 나는 만족하오. 당신은 확실히 환자 같지 않소."

"그렇소. 나는 곧 나을 거요." 노인이 대답했다.

그는 잠시 쉬었다가 말했다.

"나는 세 시간 후에 죽을 거요."

그러고는 말을 이었다.

"나는 의사나 다름없소. 마지막 시간이 어떻게 오는지 알고 있다오. 어제는 발만 싸늘했고, 오늘은 냉기가 무릎에 왔는데, 지금은 허리까지 올라오는 것을 느끼오. 냉기가 심장에 오면 나는 끝날 거요. 태양이 아름답지 않소? 여러 가지 것에 마지막 인사를 던지기 위해 의자를 밖으로 밀고 나오게 한 거요. 내게 이야기하셔도 좋소. 그래도 전혀 피로하지 않으니까. 당신이 죽어 가는 사람을 보러 오는 건 잘하는 일이오. 이 순간에 입회자가 있다는 건 좋은 일이오. 사람에게는 묘한 버릇이 있소. 나는 새벽에 가고 싶었소. 하지만 세 시간밖에 못 가리라는 걸 알고 있소. 곧 밤이 될 거요. 하지만 그런 건 상관없소! 생을 마친다는 건 단순한 일이오. 그러기 위해 아침을 기다릴 필요는 없소. 그렇소. 나는 아름다운 별빛 아래에서 죽을 거요."

노인이 목동 쪽을 돌아보았다.

"너는 가서 자거라. 간밤에 뜬눈으로 새웠지. 피곤하겠다."

아이는 오두막집 안으로 들어갔다.

노인은 아이가 가는 것을 보고 있다가 혼잣말처럼 덧붙였다.

"저 애가 자는 동안에 나는 죽을 거야. 두 사람의 잠이 의좋은 이웃이 될 거야."

주교는 예상했던 것처럼 감동하지는 않았다. 그런 식으로 죽어 가는 데서 신을 느낀다고는 생각되지 않았다. 위대한 영혼 속의 조그만 모순도 다른 것과 마찬가지로 지적하지 않으면 안 되므로 털어놓고 다 말하거니와, 때로는 '큰어르신네'라는 경칭을 그렇게도 곧잘 비웃던 주교도 상대방이 자기를 예하라고 부르지 않는 것을 불쾌하게 여겼고, 거의 '동무'라고 대꾸해 주고 싶은 생각마저 들었다. 그리고 의사나 목사가 보통 곧잘 그러하듯이 버릇없게 허물없이 대해 줄까 하는 마음도 들었으나, 그것은 그에게 어색했다. 요컨대 이 사나이는, 이 국민의회 의원은, 이 민중의 대표자는 한때 속세의 권세가였다. 주교는 생전 처음으로 엄격해지고 싶은 기분을 느꼈다.

그러나 국민의회 의원은 그동안 겸허하고 다정한 눈으로 그를 주시하고 있었는데, 거기에는 바야흐로 먼지로 돌아가려는 사람에게 어울리는, 아마 겸손이라고 할 수 있는 것이 어려 있었다.

한편 주교는 평소에는 호기심은 무례에 가까운 것이라고 생각하여 삼갔으나, 지금은 국민의회 의원을 유심히 살펴보지 않을 수 없었는데, 그러한 세심한 마음씨는 동정에서 우러난 것이 아니었으므로, 누구든 다른 사람 앞이었다면 아마 양심의 가책을 받았으리라. 그런데 국민의회 의원은 그에게 법의 보호 밖에 있는 것 같은, 심지어 자비의 법에서도 벗어나 있는 것 같은 인상을 주었다.

거의 반듯한 상반신과 떨리는 음성을 가진 침착한 G는 생리학자들이 놀랄 만한 늠름한 풍채의 팔순 노인이었다. 혁명은 그 시대에 어울리는 이러한 인물들을 많이 배출했다. 이 노인은 불요불굴한 사람이라는 느낌을 주었다. 이렇게 임종이 가까워졌는데도 그는 건강한 사람의 행동거지를 고스란히 간직하고 있었다. 맑은 눈초리, 확고한 어조, 굳건한 양어깨의 움직임, 그런 것들은 죽음과는 어울리지 않았다. 이슬람교의 무덤의 천사 이즈라일도 집을 잘못 찾았다고 생각하고 길을 되돌아갔을 것이다. G는 죽기를 바라기 때문에 죽는 것 같았다. 그의 단말마에는 자유가 있었다. 오직 두 다리만 움직이지 않았다. 암흑이 그것을 붙잡고 있었다. 두 발은 죽어서 싸늘한

데 머리는 생명의 모든 힘이 모여 살아 있고 빛을 가득히 받고 있는 것 같았다. 이 중대한 순간에 G는 위는 육체요, 아래는 대리석이라는 저 동양의 이야기에 나오는 왕과 같았다.

거기에 돌이 하나 있었다. 주교는 거기에 앉았다. 첫마디는 아닌 밤중에 홍두깨 격이었다.

"나는 당신을 칭찬하고 싶소." 주교는 꾸짖는 듯한 투로 말했다. "당신은 적어도 국왕의 사형에는 찬성하지 않았소."

국민의회 의원은 '적어도'라는 말 속에 숨어 있는 신랄한 암시를 알아차리지 못한 것 같았다. 그가 대답했다. 미소는 그의 얼굴에서 이미 싹 사라져 버렸다.

"나를 너무 칭찬하지는 마시오. 나는 폭군의 종말에 찬성했소."

그것은 준엄한 어조에 대꾸하는 엄숙한 어조였다.

"그게 무슨 뜻이오?" 주교가 말을 이었다.

"내 말은 인간은 하나의 폭군을, 즉 무지(無知)를 가지고 있다는 뜻이오. 나는 그 폭군의 종말에 찬성한 거요. 그 폭군이 왕권을 낳았소. 학문은 진리 속에서 얻은 권위인 데 비하여, 왕권은 허위 속에서 얻은 권력이오. 그러므로 인간은 오직 학문에 의해서만 지배되어야 하오."

"그리고 양심에 의해서." 주교가 덧붙였다.

"그것도 마찬가지요. 양심이란 우리가 우리 안에 가지고 있는 타고난 학문의 양(量)이오."

비앵브뉘 예하는 좀 놀라며 자기가 전혀 처음 듣는 그 말에 귀를 기울였다.

국민의회 의원은 말을 계속했다.

"루이 16세로 말하자면, 난 반대했소. 나는 한 인간을 죽일 권리가 내게 있다고는 생각지 않소. 그러나 악을 절멸시킬 의무는 있다고 생각하오. 나는 폭군의 종말에 찬성했소. 다시 말해서, 여성에게는 매음의 종말, 남성에게는 노예 상태의 종말, 아동에게는 암흑의 종말이오. 나는 공화제에 찬성함으로써 이와 같은 것에 찬성한 거요. 우애와 화합, 여명에 찬성한 거요! 나는 편견과 오류의 붕괴를 도왔소. 오류와 편견의 붕괴는 빛을 만들어 내지요. 우리는 낡은 세계를 무너뜨렸소. 그리하여 비참의 도가니였던 낡은 세계는 인류 위에 나둥그러짐으로써 기쁨의 항아리가 된 거요."

"혼합된 기쁨." 주교가 말했다.

"혼란된 기쁨이라고 해도 좋겠지. 그런데 오늘날, 1814년이라고 일컫는 저 불행한 과거가 되돌아온 후 기쁨은 사라져 버렸소. 슬프게도 작품이 미완성이었다는 걸 나도 인정하오. 우리는 현실에서는 구체제를 무너뜨렸지만, 사상에서는 그것을 완전히 소멸시킬 수 없었소. 폐습을 타파하는 것만으로는 부족하오. 풍조를 바꾸어야 하오. 풍차는 없어졌지만 바람은 아직 남아 있소."

"당신네들은 무너뜨렸소. 무너뜨리는 것이 유익할 수는 있소. 하지만 나는 분노 섞인 타도는 경계하오."

"권리에는 분노가 있는 것이오, 주교님. 권리의 분노는 진보의 한 요소요. 그야 어쨌든, 그리고 누가 뭐라고 하든, 프랑스혁명은 그리스도의 강림 이래 인류의 가장 힘찬 한 걸음이었소. 미완성이긴 했지. 그러나 숭고했소. 혁명은 모든 사회적 미지수를 끄집어냈소. 혁명은 인간의 정신을 온화하게 하고, 진정시키고, 위안하고, 밝게 하였소. 혁명은 지상에 문명의 물결을 흘려 보냈소. 훌륭한 것이었소. 프랑스혁명은 인류의 축성식이었소."

주교는 이렇게 중얼거리지 않을 수 없었다.

"그래요? 1793년은!"

국민의회 의원은 거의 침통하리만큼 엄숙하게 의자에서 몸을 일으켰다. 그러고는 빈사지경에 있는 사람으로서 할 수 있는 최대의 목소리로 부르짖었다.

"아! 참 좋은 말씀하셨소! 1793년! 나는 그 말을 기다리고 있었소. 천오백 년 동안 구름이 싸여 있었소. 열다섯 세기가 지나서야 그것이 터진 거요. 당신은 뇌성벽력을 비난하시는구려."

주교는 아마 스스로 그렇다고 인정하지는 않았겠지만 가슴 속에 뭔가 충격을 받은 것을 느꼈다. 그렇지만 그는 태연자약했다. 그는 대답했다.

"법관은 정의의 이름으로 말하고, 신부는 연민의 이름으로 말하는데, 연민은 한층 높은 정의와 다른 것이 아니오. 뇌성벽력이 잘못해서는 안 되오."

그러고는 국민의회 의원을 뚫어지게 바라보면서 덧붙였다.

"그러면 루이 17세*는?"

---

* 루이 16세의 아들. 탕플 감옥에 갇혀 있다가 1795년 사망했다.

국민의회 의원이 손을 뻗쳐 주교의 팔을 잡았다.

"루이 17세! 좋소. 그런데 당신은 무엇 때문에 슬퍼하시오? 그가 무고한 어린아이였기 때문이오? 그렇다면 좋소. 나도 당신과 함께 슬퍼하겠소. 아니면 그가 왕자였기 때문이오? 그렇다면 좀 깊이 생각해 보시오. 카르투슈*의 아우는 오직 카르투슈의 아우라는 죄만으로 그레브 광장에서 양쪽 겨드랑이를 매달아 마침내 죽게 했는데, 이 무고한 어린아이의 죽음은 나에게는 오직 루이 15세의 손자라는 죄만으로 탕플 탑에서 고통스럽게 죽은 루이 15세의 무고한 어린 손자 루이 17세의 죽음 못지않게 가슴 아픈 일이오."

"그 두 사람의 이름을 비교하는 건 옳지 않소." 주교가 말했다.

"카르투슈를 위해서요, 아니면 루이 15세를 위해서요? 둘 중에 어느 쪽을 위해 항의하시는 거요?"

잠시 침묵이 흘렀다. 주교는 여기에 온 것을 거의 후회하면서도 이상하게도 막연하게 마음의 동요를 느꼈다.

국민의회 의원이 말을 이었다.

"아! 신부님, 당신은 노골적인 진리를 좋아하지 않는구려. 그리스도는 그걸 좋아했는데. 그는 채찍을 들고 예루살렘 사원에서 간상배(奸商輩)를 쫓아냈소. 빛이 가득한 그의 회초리야말로 노골적인 진리를 말하고 있었소. 그가 '어린아이들

---

* 카르투슈(Cartouche, 1693~1721). 프랑스의 유명한 비적 두목. 그레브 광장에서 산 채로 차열(車裂)에 처해졌다.

을'* 하고 외쳤을 때 그는 어린아이들 사이에 아무런 구별도 하지 않았소. 그는 바라바**의 아들과 헤롯 왕***의 후계자를 접근시키기를 서슴지 않았소. 순진함은 그 자체로서 왕관을 갖는 거요. 왕족일 필요는 없소. 누더기를 걸치고 있어도 백합꽃으로 장식한 것과 마찬가지로 존귀하오."

"그건 옳은 말이오." 주교가 나직한 목소리로 말했다.

"나는 주장하오." G 의원이 계속해서 말했다. "당신은 루이 17세의 이름을 말했소. 우리 동의합시다. 모든 무고한 사람, 모든 순교자, 모든 어린아이, 고귀한 자와 비천한 자, 우리는 이 모든 존재를 위해 눈물을 흘리는가? 나는 동의하오. 하지만 그렇다면 아까도 말한 것처럼 1793년 이전으로 거슬러 올라가야 하고, 루이 17세 이전에 우리의 눈물이 시작되어야 하오. 나는 당신과 함께 어린 왕자들을 위해 눈물을 흘리겠소. 다만 당신이 나와 함께 민중의 어린아이들을 위해 눈물을 흘려 준다면."

"나는 모두를 위해 눈물을 흘리오." 주교가 말했다.

"똑같이!" G가 외쳤다. "그리고 만약 어느 쪽으로 기울어

---

* 오어린아이들을 용납하고 내게 오는 것을 금하지 말라."「마태오복음」 19장 14절 참조.

** 바라바(Barabbas). 유대인 살인범으로 갇혀 있었는데, 유대의 로마 총독 빌라도가 부활절 축제에 즈음하여 바라바와 예수, 둘 중 누구를 석방하기를 바라느냐고 묻자 유대인들이 무고한 사람보다 살인자를 택함으로써 바라바는 처형을 면했다.

*** 헤롯 왕은 신생아 예수를 없애기 위해 두 살 이하 모든 어린아이를 죽이도록 명령했다고 한다.

야만 한다면, 민중 쪽이길 바라오. 민중은 더 오래전부터 고초를 겪어 왔으니까."

또 잠시 침묵이 흘렀다. 침묵을 깨뜨린 것은 국민의회 의원이었다. 그는 팔꿈치를 짚고 몸을 일으키더니, 사람들이 신문하고 판결을 내릴 때 기계적으로 그러듯 집게손가락과 엄지손가락으로 뺨을 집고는 단말마의 모든 정력이 넘치는 눈초리로 주교에게 말을 걸었다. 그것은 폭발과도 같았다.

"그렇소. 허구한 날 민중은 고초를 겪어 왔소. 게다가 또, 이것 보시오. 그것이 다가 아니오. 당신은 루이 17세에 관해 무엇을 나에게 묻고 말하려고 오신 거요? 나는 당신을 알지 못하오. 이 고장에 온 이래 나는 이 울 안에서 혼자 살아왔소. 한 걸음도 밖에 나가지 않았고, 나를 도와주는 저 아이 외에는 아무도 만나지 않았소. 사실 당신의 이름이 어슴푸레하게나마 내게까지 들려왔는데, 솔직히 말해서 나쁜 평판은 아니었소. 하지만 그런 건 아무런 의미도 없소. 교활한 자들은 선량한 사람을 속이는 여러 가지 방법을 갖고 있으니까. 그런데 나는 당신의 마차 소리를 듣지 못했는데, 아마 저기 갈림길의 덤불숲 뒤에다 놓아두고 오신 게지. 정말 나는 당신이 어떤 분인가 알지 못하오. 당신은 주교라고 말하셨지만, 그것은 당신의 도덕적 인격에 관해 내게 아무것도 알려 주지 않소. 요컨대 나는 내 질문을 되풀이하오. 당신은 누구인가? 당신은 주교요. 다시 말해서 성당의 수장이오. 금실로 짠 옷을 입고, 휘장을 달고, 연금을 받고, 막대한 봉급을 받는 그런 사람 중 하나요. 디뉴의 주교직으로 말하자면 1만 5000프랑의 고정

수입과 1만 프랑의 임시 수입, 모두 합하여 2만 5000프랑의 수입이 있소. 수많은 조리사와 하인 들이 있고, 산해진미를 먹고, 금요일이면 뜸부기를 먹고, 앞뒤에 하인을 거느린 채 화려하게 꾸민 사륜마차를 거들먹거리며 몰고, 궁궐 같은 저택에 살고, 맨발로 걸어 다닌 예수 그리스도의 이름 아래 사륜마차를 타고 다니는 그런 사람 중 하나요! 당신은 고위 성직자요. 연금, 저택, 마차, 하인, 진수성찬, 생활의 모든 쾌락, 당신은 이러한 것들을 다른 사람들처럼 소유하고, 다른 사람들처럼 향락하는데, 그건 좋소. 그러나 내 말에 부족한 게 있을지 모르나, 아마 나에게 지혜를 주실 양으로 오셨을 당신 자신의 고유한 가치, 본질적 가치에 관해 그것은 나에게 진상을 알려 주지 않소. 지금 내가 누구에게 말하고 있는가? 당신은 누구인가?"

주교가 고개를 숙이고 대답했다. "나는 지렁이요."

"사륜마차를 탄 지렁이!" 의원이 중얼거렸다.

이번에 오만한 것은 국민의회 의원이고, 겸손한 것은 주교였다.

주교가 부드럽게 말을 이었다.

"좋소. 그러나 설명해 주시오. 저기 바로 옆 숲 뒤에 있는 내 사륜마차가 어떤 점에서, 내가 금요일에 먹는 뜸부기와 진수성찬이 어떤 점에서, 내 2만 5000리브르의 수입이 어떤 점에서, 내 저택과 하인들이 어떤 점에서 연민이 덕이 아니고, 관용이 의무가 아니고, 1793년이 가혹하지 않았다는 증명이 되는지 말이오."

의원은 이마로 손을 가져갔다. 마치 거기에 있는 어떤 의혹을 털어 버리려는 듯이.

그는 말했다. "당신 말씀에 대답하기 전에 나를 용서해 주시기 바라오. 아까 내가 잘못했소. 당신은 내 집에 와 계시는 내 손님이오. 나는 당신에게 예의를 갖춰야만 하오. 당신은 내 생각에 이의를 제기하는데, 나는 당신의 반대 이유를 반박하는 것으로 만족해야 마땅하오. 당신의 재물과 향락은 이 토론에서 당신에게 반대하기에 이로운 점이지만, 내가 그런 이점을 이용하지 않는 것이 점잖은 일이오. 그런 건 더 이상 이용하지 않겠다고 약속하겠소."

"고맙소." 주교가 말했다.

G는 말을 이었다.

"당신이 물으신 설명으로 되돌아갑시다. 무슨 이야기였더라? 뭐라고 말씀하셨지? 1793년은 가혹했다고 하셨던가?"

"그렇소, 가혹했소." 주교가 말했다. "단두대를 향해 손뼉을 친 마라*를 어떻게 생각하시오?"

"그럼 신교도를 박해하는 용기병에게 찬송가를 부른 보쉬에를 당신은 어떻게 생각하시오?"

대답은 무뚝뚝했으나 칼끝처럼 준엄하게 요점을 찔렀다. 주교는 몸을 떨었다. 그는 대꾸할 말이 생각나지 않았으나, 그런 식으로 보쉬에의 이름을 대는 것이 불쾌했다. 가장 훌륭한

---

* 마라(Jean-Paul Marat, 1743~1793). 프랑스혁명 당시의 유명한 선동 정치가. 1792년 7월의 국사범 대학살 등 잔인한 조치를 선동했다. 샤를로트 코르데라는 처녀에게 찔려 죽었다.

사람들도 숭배자가 있는데, 논법의 결례로 이따금 어렴풋하게나마 마음에 상처를 입는 수가 있다.

국민의회 의원이 헐떡거리기 시작했다. 임종의 숨결에 섞여 드는 단말마의 가쁜 숨이 그의 말을 중단시켰다. 그러나 그의 눈 속에는 아직도 완전히 맑은 정신이 깃들어 있었다.

그가 계속했다.

"또 이것저것 몇 마디 말해 봅시다. 대체적으로 보아 인류의 엄청난 주장인 혁명을 제외하고, 1793년은 슬프게도 하나의 항변이었소. 당신은 그것이 가혹했다고 생각하시지만, 그럼 모든 왕정 시대는 어떻소? 카리에*는 도둑놈이지만, 몽트르벨에게는 어떤 이름을 붙이지요? 푸키에탱빌**은 거지지만, 라무아뇽바빌***에 관해서는 어떻게 생각하시오? 마야르****는 극악무도하지만, 소타반*****은 어떻소?《페르 뒤셴》******은 흉포하지만, 르텔리에 신부*******에 대해서는 어떤 수식어를

---

* 카리에(Jean-Baptiste Carrier, 1756~1794). 혁명 재판소의 검사. 공포 시대에 수많은 사람을 단두대에 올렸다. 1794년에 교수대에서 처형되었다.
** 푸키에탱빌(Fouquier-Tinville, 1746~1795). 국민의회 의원. 1793년 낭트에서의 국사범 익사형을 명령했다. 1795년에 참수당했다.
*** 라무아뇽바빌(Lamoignon-Bâville, 1648~1724). 프랑스의 행정가. 35년간 랑그도크 지방의 폭군 노릇을 했다. 신교도에게 가혹했다.
**** 마야르(Stanislas-Marie Maillard, 1763~1794). 1792년 7월 국사범 대학살의 주동자 중 한 사람.
***** 소타반(Saulx-Tavanes, 1555~1630). 준엄한 가톨릭 동맹원.
****** 프랑스혁명 때 에베르가 편집한 정치 신문. 공포정치의 발동에 기여한 바 크다.
******* 르텔리에 신부(Letellier). 루이 14세에게 포르 루아얄 수도원을 파괴하게 했다.

붙이실 거요? 주르당쿠프테트*는 괴물이지만, 루부아 후작**만은 못했소. 나는 오스트리아 황녀이자 프랑스 왕비였던 마리 앙투아네트를 가엾게 여기지만, 나는 또한 루이 대왕 치하였던 1685년 아기에게 젖을 주다가 잡혀 허리까지 발가벗겨진 채 아기와 떨어져 말뚝에 결박되었던 저 가련한 신교도 부인도 가엾게 생각하오. 그녀의 젖가슴은 젖으로 부풀었고 가슴은 고통으로 부풀었소. 배가 고파 파리해진 아기는 그녀의 젖가슴을 보면서 괴로워하며 울부짖는데, 사형집행인은 어머니요 유모인 그 부인에게 '개종하라!'라고 말하면서 아기의 죽음과 양심의 죽음 중 양자택일을 하게 하였소. 한 어머니에게 적용된 이 탄탈로스***의 처형을 당신은 어떻게 보시오? 이 점을 잘 기억해 두시오. 프랑스혁명은 이유가 있었소. 그 분노는 미래에 용서를 받을 것이오. 그 결과는 더 나은 세계요. 그 가장 무시무시한 타격으로부터 인류에 대한 애무가 나오는 거요. 이만 줄이겠소. 이만 그치겠소. 내가 너무나도 유리하니까. 더구나 나는 이제 곧 죽을 것이오."

그리고 그는 주교를 바라보기를 멈추고 다음과 같은 몇 마디로 조용히 그의 사상을 마무리했다.

---

* 주르당쿠프테트(Jourdan-Coupe-Tête, 1749~1794). 가장 흉포한 공포정치가의 한 사람.
** 루부아 후작(marquis de Louvois, 1641~1691). 정치가. 루이 14세 때의 육군 대신. 행정가로서는 훌륭한 공적을 남겼으나 정치가로서는 신교도를 잔인하게 박해했다.
*** 탄탈로스(Tantalos). 영원한 굶주림과 갈증으로 고통받는 그리스신화 속 인물.

"그렇소, 진보의 난폭함을 혁명이라 부르오. 혁명이 끝나면 사람들은 인정하오, 인류는 곤욕을 치렀으나 진보했음을."

국민의회 의원은 자기가 주교의 마음속 보루를 연달아 하나씩 하나씩 죄 깨뜨려 버렸음을 알아차리지 못했다. 그러나 아직도 하나가 남아 있었고, 비앵브뉘 예하의 마지막 저항 수단인 그 보루에서 다음과 같은 말이 나왔는데, 거기에는 처음의 딱딱함이 거의 그대로 다시 나타났다.

"진보는 하느님을 믿어야 가능하오. 선(善)은 믿음 없는 하인을 가질 수 없소. 무신론자는 인류의 나쁜 지도자요."

민중의 대표자인 노인은 대답하지 않았다. 그는 떨고 있었다. 하늘을 우러러보는 그의 눈에 서서히 눈물이 맺혔다. 눈시울에 가득 찬 눈물이 창백한 뺨을 따라 흘러내렸고, 그는 하늘을 깊숙이 응시한 채 혼자 중얼거리듯 나지막한 목소리로 말했다.

"오, 그대여! 오, 이상이여! 너만 홀로 존재하는구나!"

주교는 말할 수 없는 어떤 충격 같은 것을 느꼈다.

잠시 침묵을 지킨 후, 노인이 하늘 쪽으로 손가락을 올리며 말했다.

"무한은 존재한다. 무한은 저기에 있다. 만약 무한에 자아가 없다면, 이 나의 자아가 그것의 한계가 될 것이다. 그러면 무한은 무한이 아닐 것이다. 다시 말하면 무한은 존재하지 않을 것이다. 그런데 무한은 존재한다. 그러므로 그것은 자아를 갖는다. 무한의 자아, 그것이 곧 신(神)이다."

이 죽어 가는 사람은 마치 누구를 보고 있는 듯이, 황홀하게 몸을 떨면서 높은 소리로 이 마지막 말을 했다. 말을 끝내자 그의 눈이 감겼다. 애를 쓴 나머지 그는 기진맥진해졌다. 그는 그에게 남아 있던 몇 시간을 일순간에 살아 버린 것이 분명했다. 그가 방금 말한 것이 그를 죽음 속에 있는 자에게 접근시켰던 것이다. 마지막 순간이 오고 있었다.

주교는 그것을 깨달았다. 때가 박두하고 있었다. 그가 여기에 온 것은 임종 시 신부(神父)로서 온 것과도 같았다. 그는 극도의 냉담함에서 점차 극도의 감동으로 옮아 갔다. 그는 그 감긴 눈을 바라보고, 늙은이의 주름진 싸늘한 손을 잡고, 죽어 가는 사람 쪽으로 몸을 구부렸다.

"이 순간은 주의 시간이오. 우리가 만난 것이 헛된 일이었다면 애석한 일이라고 생각하지 않소?"

국민의회 의원이 다시 눈을 떴다. 검은 그림자가 감도는 일종의 장중함이 그의 얼굴에 깃들었다.

"주교님." 하고 그는 천천히 말했는데, 이 느릿느릿함은 아마 기력의 쇠약에서라기보다는 영혼의 존엄에서 오는 것이었으리라. "나는 일생을 명상과 연구와 관조 속에서 보냈소. 조국이 나를 불러 국사에 참여하도록 명했을 때 내 나이 예순이었소. 나는 복종하였소. 여러 가지 악폐가 있었는데 나는 그것과 싸웠고, 여러 가지 압제가 있었는데 나는 그것을 괴멸하였으며, 여러 가지 권리와 법칙이 있었는데 나는 그것을 선포하고 인정하였소. 영토가 침범당했을 때 나는 그것을 방위하였고, 프랑스가 위협을 받았을 때 나는 내 가슴을 바쳤소. 나는 부자가 아니었소. 나는 가난한 사람이오. 나는 국무위원 중 한 사람이었는데, 국고의 금고는 정화(正貨)로 가득 차 있어, 금은화의 무게로 무너져 가는 벽을 기둥으로 괴지 않으면 안 되었소. 그러나 나는 아르브르세크 거리에서 일 인분에 22수짜리 식사를 했소. 나는 압제받는 사람들을 도왔고, 고통받는 사람들을 위로하였소. 내가 제단 보를 찢은 건 사실이지만, 그것은 조국의 상처에 붕대를 감기 위해서였소. 나는 언제나 인류가 광명을 향해 전진하는 것을 도왔고, 때로는 무자비한 진보에 저항하였소. 경우에 따라서는 나 자신의 적인 당신네들을 보호하기도 하였소. 플랑드르의 페테겜에, 메로빙 왕가의 여름 궁전이 있는 바로 그곳에 성 클라라회 수녀들의 수녀원인 성 클라라 앙 볼리외 수도원이 있는데, 1793년에 나는 그 수도원을 지켜 주었소. 나는 내 힘에 따라 의무를 다하고, 내가 할 수 있는 선을 행하였소. 그런 뒤에 나는 몰려나고, 쫓기고, 추적당하고, 박해와 중상, 조소와 모욕, 저주와 추방을 받았소. 이미 여러 해 전부터, 백발이 된 나는 많은 사람들이 나를 멸시할 권리가 있다고 생각하는 것을 느끼고 있고, 무지몽매하고 가련한 군중에게 내 얼굴은 천벌받은 놈 같은 얼굴로 보이겠지만, 나는 아무도 원망하지 않고, 증오받는 사람의 고독을 감수하고 있소. 지금 내 나이 여든여섯이오. 나는 곧 죽을 것이오. 당신은 내게 무엇을 요구하러 왔소?"

"당신의 축복을." 주교가 말했다.

그러고는 무릎을 꿇었다.

주교가 다시 머리를 들었을 때, 국민의회 의원의 얼굴은 엄숙해져 있었다. 그는 막 숨이 끊긴 것이다.

주교는 알 수 없는 생각에 깊이 잠겨 집에 돌아왔다. 그는 기도로 밤을 새웠다. 이튿날 호기심 많은 착한 사람들이 그에게 국민의회 의원 G의 이야기를 해 보려고 했으나 그는 오직 하늘을 가리킬 뿐이었다. 이때부터 빈민들과 고통받는 사람들에 대한 그의 애정과 우애는 더욱 커졌다.

이 '악당 G'에 대해 사람들이 넌지시 하는 말 하나하나가 모두 주교를 이상한 집념에 빠지게 했다. 주교의 정신 앞을 지나간 그의 정신과 주교의 양심 위에 반영된 그의 위대한 양심이 주교가 완전의 경지에 접근하는 데 도움이 되지 않았다고는 아무도 말할 수 없으리라.

이 '주교의 방문'은 당연히 이 고장의 작은 사회에는 하나의 쑥덕공론거리가 되었다.

"주교가 그 죽어 가는 사내의 머리맡엘 다 갔어? 분명히 개종을 기대할 수는 없었을 텐데. 저 모든 혁명가들은 이교에 빠진 자들이야. 그런데 뭣하러 거기에 가? 거기에 무얼 보려고 갔을까? 틀림없이 악마가 영혼을 끌고 가는 걸 보고 싶었을 거야."

어느 날 스스로 재치가 있다고 생각하는 한 귀족 가문의 건방진 노파가 주교에게 이렇게 익살을 부렸다. "주교님, 언제 예하께서 붉은 모자*를 받게 되실까 하고 사람들이 궁금하게 여기고 있어요." 주교는 대답했다. "저런! 저런! 그건 야비한 빛깔이오. 다행히 보네라면 그 빛깔을 경멸하는 사람들도 샤포**

---

* 1791년에 급진 혁명가들이 쓰던 붉은 모자, 혁명당원임을 뜻한다.
** 보네는 혁명당원의 붉은 모자며, 샤포는 추기경의 붉은색 모자다.

라면 그걸 숭배하지요."

11. 옥에 티

위에서 말한 바로 미루어 비앵브뉘 예하가 '철학자 주교' 또는 '애국자 사제'였다고 결론짓는다면 오해에 빠질 가능성이 대단히 크다. 그의 상봉은, 국민의회 의원과 그의 결합이라고 불러도 과언이 아닌 그 상봉은 그에게 일종의 경탄을 남겨주어 그를 더욱더 온화하게 만들었다. 오직 그뿐이었다.

비앵브뉘 예하는 추호도 정치적 인물이 아니었으나, 만약 당시의 여러 가지 사건에 대하여 비앵브뉘 예하가 어떤 태도를 취하려고 생각했다면 그 태도는 어떠했을까를 여기에 간단히 설명해 두는 것이 좋을 것 같다.

그러므로 몇 년 전 일로 거슬러 올라가 보자.

미리엘 씨가 주교로 승급한 지 얼마 안 되어, 황제는 다른 여러 주교들과 함께 그를 제국의 남작에 봉했다. 세상 사람들이 다 알다시피, 1809년 7월 5일과 6일 사이의 밤에 교황 체포 사건이 발생했다. 그때 나폴레옹의 명으로 미리엘 씨는 파리에서 개최된 프랑스와 이탈리아의 주교 회의에 소집되었다. 이 주교 회의는 노트르담 성당에서 페슈 추기경을 의장으로 하여 1811년 6월 15일에 처음으로 소집되었다. 미리엘 씨는 거기에 참석한 주교 아흔다섯 명 중 한 사람이었다. 그러니 그는 단 한 번의 회의와 서너 번의 특별 협의회에만 참석했을 뿐이었다. 산중 교구의 주교로서 소박과 궁핍 속에서 그렇게 가까이 자연을 접하며 살아온 그는 그 고위 인사들에게 회의의 분위기를 바꿀 만한 사상을 가져다준 것 같다. 그는 이내 디뉴로 되돌아오고 말았다. 그렇게 빨리 되돌아온 까닭을 사람들이 물으면 그는 이렇게 대답했다.

"나는 그들에게 방해가 되었소. 바깥공기가 나를 통해 그들에게 갔소. 나는 그들에게 활짝 열린 문 같은 인상을 주었소."

또 어떤 때에는 이렇게도 말했다.

"별수 없지 않소? 그 양반들은 고귀하신 분들이지만 나는 가난한 시골 주교에 불과하니."

사실을 말하자면 그는 사람들의 환심을 사지 못했다. 다른 여러 가지 기이한 일 중 하나인데, 어느 날 저녁 최고위층 동료들 중 한 사람 집에 가 있을 때 그가 어쩌다 불쑥 이런 말을 입 밖에 낸 것 같다.

"참 훌륭한 괘종시계요! 참 아름다운 양탄자요! 하인들의 제복이 참 화려하오! 이런 건 얼마나 귀찮을까! 오! 나는 이런 사치품은 싫소. 이런 것들은 줄곧 내 귀에 이렇게 외칠 뿐이오. 굶주리는 사람들이 있다! 추위에 떠는 사람들이 있다! 가난한 사람들이 있다! 가난한 사람들이 있다!"

말이 났으니 말이지만, 사치를 증오하는 것이 지적(知的)인 증오는 아닐 것이다. 그러한 증오 속에는 예술에 대한 증오가 들어 있을 테니까. 그렇지만 성직자들에게는 연극과 의식을 제외하고 사치는 잘못이다. 그것은 실제로 그다지 자비롭지 못한 습관을 드러내 보이는 것 같다. 호사스러운 신부는 자가당착이다. 신부는 가난한 사람들 옆에 있어야 한다. 그런데 노동의 먼지와 함께, 그 신성한 빈곤을 다소라도 자신이 갖지 않고서, 끊임없이, 그리고 주야로 저 모든 고통과 저 모든 불행과 저 모든 빈곤에 접할 수 있겠는가? 화롯가에 있으면서도 따습지 않다는 사람을 상상할 수 있는가? 줄곧 용광로에서 일하는 노동자인데, 머리털도 타지 않고, 손톱도 더럽지 않고, 땀 한 방울 흘리지 않고, 얼굴에 재 한 점 묻지 않은 사람을 상상할 수 있는가? 신부에게, 특히 주교에게 자비의 첫째 증거는 청빈이다.

디뉴의 주교가 생각한 것도 아마 그러한 것이었으리라.

게다가 어떤 미묘한 점에 관해서 주교가 우리들이 '시대사조'라고 부르는 것을 우리들과 공유하고 있었다고 생각해서는 안 될 것이다. 그는 당시의 신학 논쟁에 별로 개입하지 않았고, 교회와 국가가 연루된 문제에는 침묵을 지켰다. 그러나 만약에 의견 표명을 강요당했다면, 그는 프랑스 독립 교회보다는 오히려 교황 지상주의의 태도를 취했을 것이다. 나는 인물 묘사를 하고 있고 아무것도 숨기고 싶지 않으므로, 그가 기울어가는 나폴레옹에게 쌀쌀했다는 것도 덧붙여 두지 않을 수 없다. 1813년 이후 그는 나폴레옹에 대한 모든 반대 운동에 찬성하고 갈채를 보냈다. 그는 나폴레옹이 엘바 섬에서 돌아올 때 환영하기를 거절했고, 백일천하* 시기에 황제를 위한 공적 기도를 교구 내에서 끝끝내 금했다.

---

* 엘바 섬 탈출로부터 워털루 패전까지 약 백 일간 나폴레옹이 정권에 복귀했던 시기.

누이동생 바티스틴 양 이외에 그에겐 형제가 둘 있었다. 하나는 장군이고 또 하나는 도지사였다. 그는 두 형제에게 꽤 자주 편지를 썼다. 주교는 한때 전자에 대해 조금 나쁘게 생각한 일이 있었다. 왜냐하면 장군인 그가 나폴레옹의 칸 상륙 당시에 프로방스의 사령관으로서 천이백 명의 부하를 인솔하여 황제를 추격했는데 그것이 마치 일부러 황제를 도망가게 내버려 두고 싶어 하는 사람 같아 보였기 때문이다. 전에 도지사를 지낸 또 하나의 형제에게 보낸 주교의 편지는 한결같이 애정이 어려 있었는데, 이 착하고 품위 있는 사람은 은퇴해 파리의 카세트 거리에 살고 있었다.

비앵브뉘 예하도 당파심이 있을 때도 있고, 고통스러울 때도 있고, 근심 걱정이 있을 때도 있었다. 영원한 것에만 전념하는 이 온화하고 위대한 정신에도 현재의 정열의 그림자가 지나갔다. 물론 이런 사람은 정치적 의견을 가지지 않는 것이 좋다. 내 생각을 오해하지 않기 바란다. 나는 이 이른바 '정치적 의견'이라는 것을 진보에 대한 커다란 열망과 혼동하는 것도 아니고, 오늘날 모든 고결한 지성의 근본이 되어야 할 저 애국적이고 민주적이고 숭고한 신념과 혼동하는 것도 결코 아니다. 그러나 이 책의 주제와 간접적으로만 관계가 있는 문제에는 깊이 들어가지 않고, 다만 한마디만 여기에 적어 두기로 하자. 즉 비앵브뉘 예하가 왕당파가 아니었다면, 그리고 그가 오락가락 파란 많은 인간사를 초월하여 진리와 정의와 자비의 이 세 맑은 빛이 찬연히 빛나는 저 청아한 관조에서 한시도 눈을 돌리지 않았다면 참 훌륭했을 것이라고.

하느님이 비앵브뉘 예하를 세상에 내놓은 것이 정치적 직무를 위해서가 아니라는 것을 인정하면서도, 그것이 정의와 자유의 이름 아래 주장하는 항의이고, 절대적 권력을 가진 나폴레옹에 대한 과감한 반대이고, 위험하고도 정당한 저항이었다면 우리는 그것을 이해하고 찬양했을 것이다. 그러나 같은 행위라도 상승하는 사람들에게 할 때에는 우리 마음에 들지만 추락하는 사람들에게 할 때에는 그다지 마음에 들지 않는다. 우리는 위험이 있는 동안에만 싸움을 좋아한다. 그리고 어떤 경우에도 초기의 투사들만이 막판에 전멸시키는 자가 되는 권리를 갖는다. 흥성할 때에 집요한 비난자가 아니었던 자는 몰락 앞에서 침묵을 지켜야 한다. 성공의 고발자만이 몰락의 정당한 판정자다. 우리로서는 하느님이 나서서 타격을 가할 때에는 하느님에게 맡겨 둔다. 1812년은 우리들을 무장해제하기 시작한다. 1813년, 꿀 먹은 벙어리였던 입법부는 파국에 용기를 얻어 비겁하게도 침묵을 깨뜨렸는데, 그것은 분개하게 할 만한 것밖에 없었으니 갈채를 보내는 것은 잘못이었다. 1814년, 그 배반하는 장군들 앞에서, 전에 신성시하던 것을 모욕하면서 비열에 비열을 거듭해 온 그 상원 앞에서, 도망하면서 우상에 침을 뱉는 그 우상 숭배자 앞에서 사람들은 마땅히 얼굴을 돌려야 했다. 1815년, 마지막 파탄의 기미가 보이고 있었을 때, 프랑스가 그 불길한 접근에 떨고 있었을 때, 워털루가 나폴레옹 앞에 열려 있는 것을 어슴푸레하게나마 알아볼 수 있었을 때, 운명의 유죄 선고를 받은 사람에 대한 군대와 국민의 비통한 환호성은 결코 웃을 일이 아니었으니, 이 독재자에 관해 전적으

로 찬동하지 않더라도, 디뉴의 주교 같은 마음을 가진 사람은
파멸 직전에 있었던 한 위대한 국민과 한 위대한 인물의 굳은
포옹 속에는 엄숙하고도 감격적인 것이 있었다는 것을 아마
부인해서는 안 되었을 것이다.*

　이것을 제외하면 주교는 모든 점에서 언제나, 그리고 그때
그때마다 올바르고, 진실하고, 공평하고, 총명하고, 겸손하고,
훌륭했다. 그는 또 자비로웠으며, 그 자비의 일종인 친절도 겸
비하고 있었다. 그는 한 신부였고, 한 현인이었으며, 한 인간
이었다. 여기에 말해 두어야겠는데, 아까 내가 그를 비난했고
거의 준엄할 정도로 비판하려고 했던 그 정치적 의견에서조차
도 그는 관대하고 대하기 쉬운 사람이었는데, 아마 여기서 이
야기하고 있는 나보다 더 그러했을 것이다. 디뉴 시청의 수위
는 황제가 그 자리에 취직시켜 준 사람이었다. 그는 예전 근위
대의 늙은 하사로, 아우스터리츠 전투에 참가한 레지옹 도뇌
르 훈장 수훈자요, 독수리 표장**처럼 나폴레옹과 함께하는 보
나파르티스트였다. 이 불쌍한 녀석은 당시의 법률이 '선동적
언사'라고 규정한 조심성 없는 말을 이따금 불쑥불쑥 입 밖에
냈다. 황제의 옆모습이 레지옹 도뇌르 훈장에서 제거된 후부
터는, 훈장을 달지 않아도 되도록, 그의 말대로 결코 '제복'을

---

* 나폴레옹은 1812년 러시아 전투에서 패배하여 퇴각하고, 1813년 라이프치
히에서 연합군에 패배하고, 1814년 황제 자리에서 물러나고, 1815년 유배되어
있던 엘바 섬을 탈출하여 재집권했다가(백일천하) 워털루 전투에서 패배하여
결정적으로 실각했다.
** 나폴레옹 군기의 표지.

입는 법이 없었다. 그는 나폴레옹한테서 받은 훈장에서 황제의 초상을 손수 경건하게 도려내어 거기에 구멍이 났으나, 그 자리에 아무것도 채우려고 하지 않았다. 그는 이렇게 말했다. "세 마리의 두꺼비*를 가슴에 달고 다니느니 차라리 죽는 게 낫겠소." 그는 곧잘 소리 높여 루이 18세를 비웃었다. 그는 이렇게 말했다. "영국식 행전을 감아 찬 통풍 걸린 늙다리 같으니. 그 선모(仙茅) 같은 머리**와 함께 프로이센으로 가 버렸으면 좋겠다!" 이렇게 그는 하나의 욕설에 자기가 가장 싫어하는 두 가지, 프로이센과 영국을 한데 합쳐 놓고 기뻐했다. 그러한 독설이 너무 심했기 때문에 그는 직업을 잃고 말았다. 그리하여 먹을 것 없이 처자를 거느리고 거리를 헤매는 신세가 되었다. 주교는 그를 불러다가 순순히 타이르고 대성당의 문지기에 임명했다.

미리엘 씨는 교구에서 진정한 목자요, 만인의 친구였다.

구 년 동안 비앵브뉘 예하는 거룩한 행위와 온화한 태도를 보임으로써, 디뉴 시민들의 마음을 아들이 부모를 대하는 것 같은 다정한 존경심으로 가득 채웠다. 나폴레옹에 대한 그의 태도조차도 민중에게 용납되고 암암리에 용서되었는데, 선량하고 약한 양 떼인 민중은 그들의 황제를 숭배하고 있었으나, 동시에 그들의 주교도 사랑하고 있었던 것이다.

---

* 레지옹 도뇌르 훈장에 새로 새긴 세 개의 꽃잎을 가리킨다.
** 루이 16세의 머리 모양.

12. 비앵브뉘 예하의 고독

주교의 주위에는 마치 장군의 주위에 많은 젊은 사관들이 모여 있듯이 거의 언제나 수많은 젊은 성직자들이 모여 있다. 저 매력적인 성 프랑수아 드 살*이 어디선가 '젖내 나는 신부들'이라고 부른 것이 바로 그들이다. 어떠한 직업이든 지원자가 있어 이미 도달한 자의 주위에 모여든다. 어떠한 권세도 측근자가 없지 않고, 어떠한 영달도 아첨자가 없지 않다. 장래의 출세를 바라는 사람들은 현재의 영화를 싸고돈다. 어떠한 대주교 관구에도 막료가 있다. 다소라도 유력한 주교 옆에는 으레 천사같이 귀여운 신학교 생도들의 척후대가 있다. 그들은 주교관 안에서 순찰을 하고, 질서를 유지하고, 주교 예하의 미소를 둘러싸고 보초를 선다. 주교의 마음에 드는 것은 부사제보(副司祭補)가 되기 위해 등자(鐙子)에 발을 올려놓는 것과 같다. 꼭 출세하지 않으면 안 된다. 사도직은 성직을 무시하지 않는다.

속세에 큰 감투들이 있듯이, 교회에는 큰 주교관(主敎冠)들이 있다. 그것은 권력자의 총애를 받고, 부유하고, 연금을 받고, 교활하고, 사교계에서 인기 있고, 기도할 줄을 아는지는 모르지만 청원할 줄을 알고, 자기들을 친히 면회하기 위해 온 교구의 사람들을 대기실에서 기다리게 하는 것을 그다지 비

---

* 성 프랑수아 드 살(Saint François de Sales, 1567~1622). 주네브의 주교. 성 잔 드 샹탈과 더불어 성모 방문 수도회를 창설했다.

양심적이라고도 생각하지 않는 주교들, 성직자들과 외교 간의 중계자이고, 신부보다는 오히려 수도원장이고, 주교보다는 오히려 고위 성직자인 주교들이다. 그들에게 접근하는 자는 행복할진저! 그들은 권세 있는 사람들이기 때문에 자기들 주위에, 아부하는 자와 편애하는 자들에게, 자기들의 환심을 살 줄 아는 모든 젊은이들에게, 주교의 지위를 얻기 전까지 풍요로운 교구와 녹봉과 부주교직과 교회사직(敎誨師職)과 대성당 내의 직책을 흠뻑 내려 준다. 자신이 승급함에 따라 그들은 추종자들을 끌어올린다. 마치 하나의 전진하는 태양계 전체라고나 할까? 그들의 빛나는 명성은 그들의 시종들을 붉게 물들인다. 그들의 영달은 배후의 사람들에게 적당한 작은 승급으로 세분되어 뿌려진다. 보호자의 교구가 크면 클수록, 총애받는 사제의 직분은 커진다. 게다가 거기에 로마가 있다. 대주교가 될 줄 아는 주교는, 추기경이 될 줄 아는 대주교는 그대를 수행원으로 데려간다. 그대는 최고 법원으로 들어가고, 팔리움*을 받고, 배심원이 되고, 교황의 시종이 되고, 주교가 된다. 그리고 대주교에서 추기경까지는 한 걸음밖에 되지 않고, 추기경과 교황 사이에는 허망한 투표밖에 없다. 추기경의 붉은 모자는 어느 것이나 다 교황의 삼층관(三層冠)을 꿈꿀 수 있다. 신부만이 오늘날 규칙적인 절차를 따라 왕이 될 수 있는 유일한 사람인데, 이건 무슨 왕인가! 최고의 왕이다. 그러므로 신학교는 얼마나 큰 야심의 못자리인가! 얼굴

---

* 검은 십자가를 수놓은 흰 양털로 짠 띠. 교황과 대주교가 목에 두른다.

을 잘 붉히는 얼마나 많은 성가대 소년들이, 얼마나 많은 젊은 신부들이 페레트*의 우유 단지를 머리에 이고 있는가! 야심은 얼마나 쉽게 자신을 성소(聖召)라고 자칭하는가! 진심일지도 모르지만 자기 자신을 속이며 스스로 얼마나 만족하는지!

비앵브뉘 예하는 겸손하고 가난하고 특이한 성격이어서, 큰 주교관들 중에 들어 있지 않았다. 그것은 그의 주위에 젊은 신부가 한 명도 없는 것을 봐도 분명했다. 파리에서도 그가 '호평을 받지 못했음'은 이미 설명한 바와 같다. 장래의 출세를 바라는 사람으로서 이 외로운 노인에게 의지하려고 생각하는 자는 하나도 없었다. 장래의 야심가로서 그의 그늘 아래에서 싹을 키우려는 어리석은 생각을 하는 자는 하나도 없었다. 그의 주교좌성당의 참사회원이나 부주교들은 모두 선량한 노인들로, 그와 마찬가지로 좀 평민적이고, 추기경이 되어 나갈 희망도 없이 그 교구 안에 틀어박혀 있었는데, 그들의 주교와 비슷하면서도, 그 차이는 그들은 끝장이 났고 주교는 완성돼 있었다는 것이다. 비앵브뉘 예하 옆에서는 클 수 없다는 것을 잘 알았기 때문에, 그에게서 자격을 얻은 젊은이들도 신학교를 나오자마자 엑스나 오슈의 대주교들에게 추천되어 재빨리 가 버렸다. 왜냐하면 결국, 되풀이하여 말하지만, 사람들

---

* 라퐁텐의 우화 속에 나오는 여자. 우유 단지를 머리에 이고 시내로 팔러 가면서, 그 우윳값으로 계란을 사고, 그 계란이 부화해 닭을 키워 돼지를 사고, 그 돼지를 키워 송아지를 사서 거부가 될 몽상을 하다가 단지를 땅에 떨어뜨려 버린다.

은 끌어올려 주기를 바라니까. 극도의 자기희생 속에서 사는 성자는 위험한 이웃이다. 그런 성자는 고질적인 빈곤과 승급에 유익한 관절의 경직, 그리고 요컨대 여러분이 원하는 것보다도 더 많은 포기를 틀림없이 여러분에게 전염시킬 수 있을 것이다. 사람들은 그러한 패덕(敗德)에서 도망친다. 여기서 비앵브뉘 예하의 고독이 유래한다. 우리는 암담한 사회에 살고 있다. 성공하는 것, 거기에는 앞으로 튀어나온 부패에서 한 방울 한 방울 떨어지는 교훈이 있다.

말이 났으니 말이지만, 성공이란 참 끔찍스러운 것이다. 진실한 가치와 성공의 허울뿐인 유사성이 사람들을 속인다. 군중에게 성공은 우월성과 거의 같은 모습을 띤다. 재능과 쌍둥이같이 닮은 성공에 속는 것이 있다. 즉 역사다. 오직 유베날리스와 타키투스만이 그것에 대해 불평한다. 오늘날에는 거의 공인된 철학이 하인의 신분으로 성공의 집에 들어와 성공의 사환복을 입고 그 응접실에서 시중을 든다. 성공하라, 이것이 학설이다. '영달'은 곧 '능력'이라고 추측된다. 복권에 당첨돼라. 그러면 그대는 재주 있는 사람이 될 것이다. 승리하는 자는 숭배받는다. 팔자를 타고나라. 모든 것이 거기에 있다. 행운을 가져라. 그러면 그대는 그 밖의 것을 가지리라. 행복해라. 그러면 사람들은 그대를 위대하다고 믿으리라. 한 시대에 찬연히 빛나는 대여섯 명의 굉장히 이례적인 경우를 제외하고는, 동시대의 찬미는 거의 근시(近視)에 불과하다. 금박이 황금이다. 누가 되었든 벼락부자가 되기만 하면 상관없다. 속인은 자기 자신을 숭배하고 속인을 찬양하는 늙은 나르키소스다. 모세 같은 사람이 되고, 아이스킬로스* 같은 사람이 되고, 단테 같은 사람이 되고, 미켈란젤로 같은 사람이 되고, 나폴레옹 같은 사람이 되는 그러한 놀라운 재능을 군중은 목적을 달성한 자라면 누구에게고 대번에 환호하며 갖다 바친다. 어떤 공증인이 국회의원으로 변신하고, 어떤 사이비 코르네유가 『티리다트』를 쓰고, 어떤 환관이 후궁을 소유하고, 프뤼돔 같은 어떤 군인이 우연히 한 시대의 결정적인 전투에서 승리하고, 어떤 약재상이 상브르에 뫼즈에 주둔하는 군대를 위해 판지 구두창을 발명하여 가죽 대용으로 팔아서 40만 리브르의 연수입을 올리고, 어떤 행상이 돈놀이하는 계집과 결혼하여 칠팔백만의 돈을 낳아 그 아비가 되고 그 어미가 되고, 어떤 설교사가 콧소리 덕분에 주교가 되고, 어떤 양가의 집사가 그 일을 그만두면서 거부가 되어 재무부 장관이 되면, 사람들은 그것을 일컬어 '천재'라 한다. 마치 그들이 무스크통의 얼굴을 '미(美)'라고 부르고 클로드의 체격을 '위엄'이라고 부르듯이. 그들은 바다에 비치는 별자리와 진창의 진흙에 나 있는 오리 발자국을 혼동한다.

---

* 아이스킬로스(Aeschylos, BC 525~BC 456). 그리스 비극의 아버지라 일컬어지는 시인.

13. 그의 신앙

　로마 정교의 견지에서 본다면, 우리는 디뉴의 주교를 검토해 볼 필요가 전혀 없다. 그와 같은 영혼 앞에서 우리는 오직 존경심만을 느낄 뿐이다. 올바른 사람의 양심은 말만 듣고도 믿어 주지 않으면 안 된다. 게다가 어떤 본성을 가진 사람들이 제시되었을 때, 우리와 다른 신앙 속에서도 인간의 덕성이 지닌 모든 아름다움이 발전할 수 있다는 것을 우리는 인정한다.

　이런저런 교리나 그 신비로움에 관해 주교는 어떻게 생각했을까? 그러한 마음속의 비밀은 영혼들이 벌거벗고 들어가는 무덤에 의해서밖에는 알려지지 않는다. 우리가 확신하는 것은 어떠한 신앙상의 어려움에 부딪혀도 그는 결코 위선에 빠진 일이 없었다는 것이다. 금강석에는 어떠한 부패도 있을 수 없다. 그는 지고한 신앙을 가졌다. "나 주이신 아버지를 믿나이다."라고 그는 자주 부르짖었다. 게다가 그는 양심을 만족시켜 주는, 아주 낮은 소리로 "너는 주와 함께 있다."라고 말해 줄 만큼의 만족감을 적선에서 얻어 내고 있었다.

　여기에 적어 둬야겠다고 생각하는 것은 주교는 말하자면 신앙 외에, 그리고 신앙을 초월하여 과도한 사랑을 가지고 있었다는 점이다. 이기주의와 현학적인 태도를 금과옥조로 삼고 있는 우리의 따분한 사회가 쓰기 좋아하는 이른바 '진지한 사람들'과 '근엄한 양반들'과 '분별 있는 사람들'에게 그가 모자란 사람이라는 비판을 받는 것은 그 때문, 즉 '그가 많이 사랑했기 때문'이었다. 이 과도한 사랑이란 무엇이었던가? 그것은 이미 지적한 바와 같이 사람들에 대한 넘쳐흐르는, 그리고 때로는 사물에까지 미치는 차분한 호의였다. 그는 평생 아무것도 멸시하지 않았다. 그는 신의 창조물에 관대했다. 사람은 누구나, 가장 훌륭하다는 사람마저도, 동물에 대한 무의식적인 냉혹성을 마음에 지니고 있다. 이러한 냉혹성은 많은 신부들에게 특유한 것이지만, 디뉴의 주교에게는 조금도 그런 것이 없었다. 그는 브라만교도의 정도까지 가지는 않았지만, "동물의 혼이 어디로 가는지 아는가?"라는 전도서의 말을 깊이 생각해 본 것 같았다. 겉모양의 추함도 본능의 약점도 그를 괴롭히거나 화나게 하지 않았다. 그는 그러한 것에 감동하고 가엾게까지 여겼다. 그는 깊이 생각에 잠겨, 그 원인과 설명 또는 변명을 표면의 삶을 넘어서 추구하려는 것 같았다. 때로는 주에게 그것의 변경을 구하는 것같이도 보였다. 그는 노여워하는 마음도 없이, 지웠다 다시 쓴 양피지로 된 고서를 판독하는 언어학자의 눈으로, 아직도 자연 속에 존재하는 혼돈의 양을 검토했다. 그러한 명상이 가끔 그의 입에서 이상한 말이 튀어나오게 했다. 어느 날 아침 그는 정원에 나와 있었다. 그는 자기 혼자 있는 줄 알았다. 뒤에 누이동생이 걷고 있었는데 보지 못했던 것이다. 별안간 그가 걸음을 멈추더니, 땅바닥에 있는 무엇인가를 들여다보았다. 그것은 크고 검고 털이 난 끔찍스러운 거미였다. 누이동생은 그가 이렇게 말하는 소리를 들었다.

"불쌍한 놈 같으니. 하지만 이건 네 탓이 아니야."

인자함이 거의 신과 같은 이 어린아이 같은 말을 어찌 말하지 않겠는가? 좋다, 유치함이라고 하자. 하지만 이 숭고한 유치함은 아시시의 성 프란체스코*와 마르쿠스 아우렐리우스**의 유치함이다. 개미 한 마리를 밟지 않으려고 비켜 가다가 발목을 삔 일도 있었다.

이렇게 이 올바른 사람은 살고 있었다. 이따금 그는 정원에서 잠을 자기도 했는데, 그럴 때면 그보다 더 존경스러운 것은 아무것도 없었다.

그의 청년 시절과 장년 시절에 관한 이야기에 의하면 비앵브뉘 예하는 옛날에는 열정적인 사람이었고, 아마도 격렬하기까지 한 사람이었다. 그의 바다같이 관대한 성격은 타고난 본성이라기보다는 오히려 삶을 통해 그의 가슴속에서 걸러지고 사상의 편력을 통해 그의 마음속에 들어온 커다란 확신의 결과였다. 왜냐하면 사람의 성격도 바위처럼 물방울로 구멍이 뚫릴 수 있기 때문이다. 그렇게 파인 것은 지울 수 없고, 그렇게 형성된 것은 부술 수 없다.

이미 말한 것 같은데, 1815년에 그는 일흔다섯이 되었지만 예순 이상으로는 보이지 않았다. 키는 크지 않았으나 좀 뚱뚱한 편이어서, 비만을 막기 위해 먼 거리를 곧잘 걸어 다녔다. 걸음걸이도 확고하였고 허리도 조금밖에 구부러지지 않았는데, 이로부터 내가 무슨 결론을 끌어내려고 하는 것은 아니다. 그레고리우스 16세는 나이 여든에 몸을 똑바로 하고 미소를

---

* 성 프란체스코(Saint Francesco d'Assisi, 1182~1226). 프란체스코 수도회를 창설한 사람. 아시시는 그가 태어난 이탈리아의 도시이다.
** 아우렐리우스(Marcus Aurelius, 121~180). 로마제국의 제16대 황제. 덕망 있기로 유명했다.

띠고 있었지만 그래도 그는 여전히 나쁜 주교였다. 비앵브뉘 예하는 '아름다운 얼굴'이라고 일반 대중이 말하는 용모였으나, 하도 사랑스러워서 사람들은 그의 얼굴이 아름답다는 것을 잊어버리고 있었다.

어린아이 같은 쾌활함은 이미 말했듯이 그의 매력 중 하나인데, 그가 그렇게 쾌활하게 이야기를 하고 있을 때면 사람들은 그의 옆에서 마음이 편안해짐을 느꼈고, 마치 그의 온몸에서 기쁨이 솟아나는 것 같았다. 그의 불그스름하고 싱싱한 얼굴빛이며, 웃을 때 드러나는 아직 하나도 빠지지 않은 하얀 이가 그의 외관을 솔직하고도 소탈해 보이게 했다. 성인이라면 "호인이다."라고 말하게 하고, 늙은이라면 "호호야(好好爺)다."라고 말하게 하는 그런 외관을 말이다. 그가 나폴레옹에게 준 인상도 그러했다는 것을 사람들은 기억하고 있을 줄 안다. 언뜻 보아서는, 그리고 처음 보는 사람에게는 사실 그는 거의 호호야에 불과했다. 그러나 몇 시간쯤 그의 옆에 있어 보면, 그리고 조금이라도 그가 생각에 잠겨 있는 것을 보면, 이 호호야는 조금씩 변모하여 뭔지 모를 위압적인 모습을 띠었다. 그의 근엄한 넓은 이마는 백발에 의해 위엄을 띠었으나, 또한 명상에 의해서도 위엄을 띠었다. 그 존엄함은 그 온후함에서 풍겨 나왔지만, 그 온후함은 여전히 빛나기를 그치지 않았다. 미소 짓는 천사가 천천히 날개를 펴면서도 여전히 미소 짓기를 그치지 않는 것을 볼 때에 갖는 감동 같은 것을 사람들은 느꼈다. 존경심이, 말로 표현할 수 없는 존경심이 차츰 스며들어 가슴에 올라왔고, 시련을 겪은 관대하고 굳세지는 영혼들, 그 사상이 하도 위대하여 온화할 수밖에 없는 그런 영혼들 중 하나가 자기 앞에 있는 것을 사람들은 느꼈다.

앞에서 본 바와 같이 기도, 성무 집행, 보시, 고생하는 사람들에 대한 위로, 땅 한 뙈기의 경작, 우애, 검소, 접대, 극기, 신뢰, 연구, 저술, 이러한 것들이 그의 생활의 하루하루를 가득 채우고 있었다. '가득 채운다'는 것은 참 적절한 말인데, 참으로 주교의 하루하루는 그 구석구석까지 좋은 사상과 좋은 언행으로 가득 차 있었다. 그러나 춥거나 비가 와서, 저녁에 두 여자가 물러가고서, 그가 잠들기 전에 한두 시간을 정원에서 보내지 못하게 되면 그의 하루는 완전한 것이 못 되었다. 자기 전에 밤하늘의 위대한 광경을 앞에 놓고 명상에 잠기는 것이 그에게는 일종의 습관이었다. 이따금, 밤 1시가 훨씬 지나서도, 두 노처녀가 아직 자지 않을 때면 주교가 정원 산책로를 천천히 걷는 소리를 들었다. 그는 거기서 홀로 자기 자신과 마주하며 명상에 잠기고, 평온한 마음으로 주를 예찬하고, 자기 마음의 맑음을 정기(精氣)의 맑음에 견주고, 어둠 속에서 눈에 보이는 별자리의 광채와 눈에 보이지 않는 주의 광채에 감격하며 '미지의 것'에서 내려오는 생각들에 마음을 열어 놓는 것이었다. 이러한 때에, 그는 밤의 꽃들이 향기를 보내 주는 시간에 가슴을 열어 주고, 별이 총총히 빛나는 한밤중에 등불처럼 불이 켜져 있고, 삼라만상이 온통 빛나는 속에 황홀하게 퍼져 있는 그는 자기 정신 속에서 무슨 일이 일어나고 있는지 아마 자기 자신도 말하지 못했으리라. 그는 무엇인가 자기 밖으로 날아오르고 무엇인가 자기 속으로 내려오는 것을 느꼈다. 영혼의 심연과 우주의 심연의 신비로운 교환이었다!

그는 주의 위대함과 현존을 생각했다. 영원한 미래라는 알 수 없는 신비를, 영원한 과거라는 더욱 알 수 없는 신비를, 자기 눈 아래서 모든 방향으로 파고드는 모든 무한한 것을 생각했다. 그리고 불가해한 것을 이해하려고 하지 않고 그것을 바라보고만 있었다. 그는 주를 연구하지 않았으며, 주에 마음이 사로잡혀 있었다. 그는 원자들의 그 놀라운 만남을 고찰하고 있었다. 물질에 외관을 주고, 힘을 확인하면서 그 힘을 나타내고, 통일 속에 개성을, 넓이 속에 균형을, 무한 속에 무수(無數)를 만들어 내고, 빛으로 아름다움을 낳는 원자들의 만남을. 만남들은 끊임없이 맺어졌다가 풀어진다. 이로 말미암아 생과 사가 생겨난다.

그는 낡아 빠진 포도 넝쿨 시렁에 기대어 놓은 나무 벤치에 앉아 정원 과일나무의 오갈병 든 연약한 나뭇가지 사이로 별을 바라보고 있었다. 초라하기 그지없는 나무들, 오두막집과 헛간들이 어지럽게 들어차 있는 그 사 분의 일 에이커의 땅은 그에게는 귀중하고도 충분한 것이었다.

극히 적은 틈밖에 없는 생활의 여가를 낮이면 원예에, 밤이면 관조에 나누어 바치고 있는 이 노인에게 그 이상 무엇이 필요했겠는가? 하늘이 천장이 되는 이 좁은 울안은 주님의 가장 아름다운 조화와 가장 장엄한 조화 속에서 번갈아 주님을 예배할 수 있기에 충분하지 않겠는가? 사실 거기에 모든 것이 있지 않은가? 그 밖에 더 무엇을 바라겠는가? 산책하기 위해

서는 작은 정원이 있고, 명상에 잠기기 위해서는 무한한 하늘
이 있다. 발아래에는 가꾸고 거둘 수 있는 것이 있고, 머리 위
에는 연구하고 명상할 수 있는 것이 있으며, 땅 위에는 몇 송
이의 꽃이, 하늘에는 그 모든 별이 있다.

14. 그의 사상

마지막으로 한마디 더.

이러한 종류의 자질구레한 사실들은 특히 오늘날에는, 그
리고 현재 유행하는 표현을 써서 말하면, 디뉴의 주교에게 어
떤 '범신론자적인' 모습을 부여할 수 있고, 그에 대한 비난이
될지 칭찬이 될지는 알 수 없으나, 이따금 고독한 사람들의 마
음속에서 싹트고 형성되어 종교를 대신할 정도까지 자라는
우리 시대 특유의 그 개인 철학 중 하나를 그가 품고 있었다고
믿게 할 수 있을 것이므로, 비앵브뉘 예하를 실제로 아는 사람
들이라면 누구 하나 그러한 생각을 해도 좋다고 생각하지 않
았다는 점을 나는 강조해 둔다. 이 사람을 비춰 주는 것은 사
랑이었다. 그의 지혜는 거기서 오는 빛으로 이루어져 있었다.

체계적 사상은 전혀 없고 행위는 많다. 난해한 사변은 현기
증을 가져온다. 주교가 난해한 문제들에 정신을 내건 흔적은
하나도 없다. 사도라면 대담해도 좋겠지만 주교는 소심해야
한다. 그는 아마 말하자면 특출한 위대한 정신들에 따로 남겨
두었다고나 할 어떤 문제들을 너무 깊이 파고 들어가기를 삼

갔으리라. 불가해한 문제의 현관 아래에는 침범할 수 없는 두려움이 있다. 그 어슴푸레한 입구가 거기에 입을 떡 벌리고 있지만 무엇인가 그대에게, 인생의 통과자인 그대에게 들어오지 말라고 말한다. 거기에 침입하는 자는 불행할진저! 천재들은 추상과 순수 사변의 놀라운 깊이 속에서, 말하자면 모든 교리 위에 앉아서 자기들의 관념을 신에게 제출한다. 그들의 기도는 대담하게도 의논의 제안이다. 그들의 예배는 질문이다. 이것은 종교의 준엄함을 시험하려는 자에게는 고뇌와 책임으로 가득 찬 직접적인 종교다.

인간의 명상에는 한이 없다. 그것은 모든 위험을 무릅쓰고 그 자체의 현혹을 분석하고 탐구한다. 그것은 일종의 눈부신 반작용으로 그 성격을 현혹한다고 해도 과언이 아니리라. 우리들을 둘러싼 신비한 세계는 제가 받은 것을 되돌려 주어, 관조자는 피관조자가 될 수도 있으리라. 그야 어쨌든 이 세상에는 명상의 지평 저쪽에 높은 절대자의 고지를 뚜렷이 보고 무한한 산의 무서운 환영을 보는 그러한 사람들(이것이 사람일까?)이 있다. 비앵브뉘 예하는 결코 그러한 사람들에 들지 않았다. 비앵브뉘 예하는 천재가 아니었다. 그는 그러한 숭고한 것들을 두려워했는데 어떤 사람들은, 스베덴보리*나 파스칼 같은 매우 위대한 사람들도 그러한 숭고한 것들에서 미끄러져 정신착란에 빠졌다. 물론 그러한 강력한 몽상은 정신에 유익하며, 그런 험난한 길을 통해 사람은 이상적인 완성에 접근한

---

* 스베덴보리(Emanuel Swedenborg, 1688~1772). 스웨덴의 신비철학자.

다. 그러나 주교는 지름길, 즉 복음의 길을 택했다.

그는 조금도 자기 법의에 엘리야*의 외투 주름을 잡으려 하지 않았고, 암담한 사건의 소용돌이 위에 무슨 미래의 빛을 던져 주려고도 하지 않았고, 사물의 빛을 응집하여 불꽃을 만들려고도 하지 않았으며, 예언자나 마술사다운 그 어떤 것도 없었다. 이 겸허한 영혼은 사랑하고 있었다. 그것이 전부였다.

그가 초인적인 열망에까지 기도를 확장했다고 한다면, 그건 틀림없는 것 같다. 그러나 사람은 아무리 사랑을 해도 지나치다고 할 수 없듯이, 아무리 기도를 해도 지나치다고 할 수 없다. 그리고 만약 경전 이상으로 기도를 하는 것이 이단이라면, 성 테레사**나 히에로니무스***는 이단자일 것이다.

그는 신음하는 자와 죄를 회개하는 자에게 몸을 구부렸다. 이 세상이 그에게는 하나의 커다란 질병처럼 보였다. 그는 도처에서 열병을 느끼고, 도처에서 고통스러운 소리를 들었으며, 불가해한 문제를 풀려고 하지 않고, 상처를 치료하려고 애썼다. 세상 만물의 끔찍한 광경은 그의 마음속에 측은지심을 키웠다. 그는 오직 동정하고 위로하는 최선의 방법을 자기 자신을 위하여 발견하고 남들에게 품게 하는 것만을 염두에 두

---

* 엘리야(Elijah). 구약에 나오는 유대의 예언자. 여러 가지 기적을 행했으며, 제자 엘리사에게 자기와 같은 기적을 행할 수 있도록 자기의 외투를 물려주었다.

** 성 테레사(Teresa de Jesus, 1515~1582). 스페인의 성녀이자 카르멜 수도회의 개혁자.

*** 히에로니무스(Eusebius Hieronymus, 347?~419?). 로마의 성서학자. 성서를 라틴어로 번역했다.

었다. 존재하는 것은 이 흔치 않은 착한 신부에게는 위로하려고 애쓰는 영원한 슬픈 제재였다.

세상에는 황금 파내기에 애쓰는 사람들이 있는데, 주교는 연민 파내기에 힘썼다. 온 누리의 비참함은 그의 광산이었다. 도처에 있는 인간의 고뇌는 언제나 친절을 베풀 기회일 뿐이었다. "서로 사랑하라." 그는 이것을 완전무결하다고 말했고, 그 이상 아무것도 원치 않았으며, 바로 그것이 그의 교리의 전부였다. 어느 날 스스로 '철학자'라고 생각하는 그 상원 의원이 주교에게 말했다. "하지만 이 세상 꼴을 좀 보시오. 모두 서로 싸우고 있지 않소. 가장 강한 자가 가장 능력 있는 자요. 당신의 그 '서로 사랑하라.'라는 말은 바보 같은 소리요." 비앵브뉘 예하는 다투지 않고 이렇게 대꾸했다. "설령 바보 같은 소리라 하더라도 굴 속의 진주처럼 영혼은 그 속에 들어박혀 있지 않으면 안 되오." 그러므로 그는 그 속에 들어박혀, 그 속에서 살고, 그것에 절대로 만족하여, 사람의 마음을 끌고 사람에게 공포감을 주는 불가사의한 문제들은 무시했는데, 이러한 문제들이란 헤아릴 수 없는 추상의 심연, 형이상학의 절벽, 사도에게는 천주에 집중되고 무신론자에게는 허무에 집중되는 그 모든 현묘한 것들, 운명, 선과 악, 존재자끼리의 싸움, 인간의 양심, 동물의 생각에 잠긴 듯한 몽유병, 죽음에 의한 변형, 무덤이 지니는 생존의 반복, 완강한 자아를 향한 연이은 사랑들의 불가해한 결합, 본질, 실체, 무와 유, 영혼, 자연, 자유, 필연, 풀기 어려운 까다로운 문제들, 인간 정신의 거대한 천사장들이나 굽어보는 음산하고 심오한 것들, 루크레티우스*와 마누**, 성 바울, 단테가 무한을 응시하여 별들을 떠오르게 할 것 같은 번쩍이는 눈으로 바라보는 저 무시무시한 심연들, 이러한 것들이다.

비앵브뉘 예하는 신비한 문제들을 밖에서 확인할 뿐, 그것들을 탐색하고, 흔들어 보고, 그것들로 자기 자신의 정신을 어지럽히지 않는, 그리고 마음속의 망령에 근엄한 존경심을 품고 있는 단 하나의 인간일 뿐이었다.

---

* 루크레티우스(Titus Lucretius Carus, BC 94?~BC 55?). 로마의 시인이자 유물론 철학자. 고대 원자론의 원칙에 의해 자연 현상과 사회 제도를 자연적, 합리적으로 설명하고 영혼과 신에 대한 편견을 비판했다.
** 세상을 완전히 변혁할 때까지 번갈아 통치하기로 되어 있는 인도의 열네 명의 전설적 인물.

2
추락

1. 하루 내 걸은 날 저녁

1815년 10월 초순, 해가 지기 한 시간쯤 전에 걸어서 길을 가던 한 사나이가 소도시 디뉴로 들어오고 있었다. 때마침 이 집 저 집에서 창이나 문 앞에 더러 나와 있던 사람들은 불안한 눈빛으로 나그네를 바라보았다. 이보다 더 초라한 모양을 한 행인은 좀처럼 볼 수 없었다. 그는 중키에 뚱뚱하고 실팍진 한창때의 사나이였다. 나이는 마흔여섯에서 마흔여덟쯤 되었으리라. 모자의 가죽 챙이 축 늘어져, 햇볕에 그을고 바람에 그을어 땀이 홍건한 그의 얼굴을 일부 가리고 있었다. 그의 누런 삼베 셔츠는 모가지께만 작은 은 핀으로 잠겨 있었기 때문에, 털이 난 가슴팍이 내다보였다. 넥타이는 끄나풀처럼 배배 꼬여 있었고, 줄이 간 푸른 무명 바지의 한쪽 무릎은 하얗게 닳았고 다른 쪽 무릎은 구멍이 나 있었다. 남루하고 낡은 잿빛 저고리는 팔꿈치께에 합사(合絲)로 기운 푸른 천 조각이 대어져 있었다. 등에는 조임쇠를 단단히 채운 불룩한 새 배낭을 짊어졌고, 손에는 마디투성이의 큼직한 지팡이를 들었으며, 발에는 양말도 없이 징 박힌 구두를 신고 있었다. 빡빡 깎은 머리에, 수염이 텁수룩했다.

땀과 더위, 도보 여행, 먼지가 허술한 나그네의 모습 전체에 뭔지 모를 더러움을 더해 주고 있었다.

머리털은 짧았으나 꼿꼿이 서 있었다. 머리가 좀 자라나기 시작했기 때문인데, 한동안 다듬지 않고 그냥 둔 것 같았다.

그를 아는 사람은 아무도 없었다. 그는 분명히 한 행인에 불과했다. 어디서 온 것일까? 남쪽에서 왔을 것이다. 아마 바닷가에서 왔으리라. 왜냐하면 그가 디뉴로 들어온 길은 일곱 달 전에 나폴레옹 황제가 칸에서 파리로 갈 때 지나간 길과 같은 길이었으니까. 이 사나이는 하루 내 길을 걸은 것이 틀림없었다. 몹시 피곤해 보였다. 도시 아래쪽에 있는 옛 읍내의 아낙네들은 그가 가상디 가로수 길의 나무 아래에서 걸음을 멈추고 그 산책로 끝에 있는 샘에서 물을 마시는 것을 보았다. 몹시 목이 말랐음에 틀림없다. 그의 뒤를 따라가던 아이들은 그가 200보쯤 더 가다가 장터의 샘에서 또 걸음을 멈추고 물을 마시는 것을 보았다.

푸아슈베르 거리의 모퉁이에 이르러, 그는 왼편으로 돌아 시청 쪽으로 갔다. 그는 시청으로 들어갔다가 십오 분 후에 나왔다. 헌병 하나가 문 근처의 돌 벤치에 앉아 있었다. 드루오 장군이 지난 3월 4일에 쥐앙 만(灣)* 선언을 디뉴의 놀란 시민 군중에게 읽어 주기 위해 올라갔던 바로 그 돌 벤치다. 나그네는 모자를 벗고 헌병에게 공손히 인사했다.

헌병은 답례도 하지 않고, 그에게 시선을 고정한 채 한참 동안 그의 움직임을 지켜보더니 시청으로 들어갔다.

당시 디뉴 시에는 '크루아드콜바'라는 간판을 붙인 훌륭한 여관이 있었다. 그 여관의 주인은 자캥 라바르라는 사람이었는데, 옛날에 향도병이었고 당시 그르노블에서 '트루아도팽'이라는 여관을 경영하던 또 한 명의 라바르와 친척이 된다고 하여 시내에서 존경을 받고 있었다. 황제가 상륙했을 때 그 지방에는 이 트루아도팽 여관에 관해 많은 소문이 퍼졌다. 베르트랑 장군이 수레꾼으로 가장하여 1월에 여러 번 거기에 찾아와 병사들에게 명예 훈장을 나누어 주고 시민들에게 나폴레옹 금화를 한 움큼씩 나누어 주었다고 사람들은 말했다. 사실은 그르노블에 들어온 황제는 도청에서 머물기를 거절하고 "내가 아는 충직한 사람의 집으로 가겠소." 하고 시장에게 사의를 표하고는 트루아도팽 여관으로 갔다. 그 트루아도팽의 라바르의 영광이 250리나 떨어져 있는 크루아드콜바의 라바르에게까지 반영된 것이다. 시내에서는 그를 '그르노블의 라바르의 사촌'이라고들 말했다.

나그네는 이 고장에서 가장 훌륭한 그 여관 쪽으로 갔다. 그는 길바닥과 수평으로 문이 트여 있는 부엌으로 들어갔다. 화

---

* 나폴레옹이 1815년 3월 1일 엘바 섬에서 탈출하여 프랑스에 상륙했던 항만.

덕들에는 모두 불이 피워져 있었고, 벽난로에서도 불꽃이 훨훨 타오르고 있었다. 주인은 동시에 주방장이기도 해서, 벽난로 아궁이며 냄비를 보고 다니고, 수레꾼들에게 줄 맛 좋은 음식을 살펴보느라 몹시 분주했는데, 옆방에서는 수레꾼들이 왁자지껄하게 웃고 지껄이고 하는 소리가 들렸다. 여행해 본 사람이면 누구나 잘 알겠지만, 수레꾼들만큼 잘 먹는 사람은 없다. 살찐 마르모트가 흰 자고새와 멧닭과 나란히 긴 쇠꼬챙이에 꿰여 불 앞에서 돌고 있었고, 화덕 위에서는 로제 호의 큼직한 잉어 두 마리와 알로즈 호의 송어 한 마리가 구워지고 있었다.

주인은 문이 열리며 누가 새로 들어오는 소리를 듣고서 화덕에서 눈을 들지도 않고 말했다.

"뭘 하시겠습니까, 손님?"

"먹고 자겠습니다."

"문제없습니다." 주인은 말했다. (이때야 그는 고개를 돌려 나그네의 전체적인 모습을 한눈에 쓱 훑어보고는 덧붙였다.) "돈만 치르신다면."

나그네는 저고리 호주머니에서 커다란 가죽 지갑을 꺼내고는 대답했다.

"돈은 있습니다."

"그렇다면 좋습니다." 주인은 대답했다.

나그네는 지갑을 호주머니에 도로 넣고, 배낭을 벗어 문 옆 땅바닥에 내려놓은 뒤, 손에 지팡이를 쥔 채 난로 옆의 나지막한 걸상에 가서 앉았다. 디뉴는 산중에 있다. 10월의 저녁은 춥다.

그러는 동안 주인은 이리저리 왔다 갔다 하면서 나그네를 살펴보았다.

"곧 먹을 수 있겠습니까?" 나그네가 물었다.

"금세 됩니다." 주인은 대답했다.

새 손님이 등을 돌리고 불을 쬐는 동안, 갸륵한 여관 주인 자캥 라바르는 호주머니에서 연필을 꺼내더니 창 옆 조그만 탁자 위에 흩어져 있는 헌 신문의 한쪽 귀퉁이를 잡아 찢었다. 그는 그 종잇조각의 흰 여백에다 한두 줄 뭐라고 쓰더니, 그것을 접어 봉하지도 않은 채 부엌일을 돕고 하인 노릇을 하고 있는 듯한 아이에게 건네주었다. 여관 주인이 귀에 대고 한마디 소곤거리자 아이는 시청 쪽으로 달려갔다.

나그네는 그런 것을 전혀 보지 못했다.

그는 또 한 번 물었다.

"곧 먹을 수 있겠습니까?"

"금세 됩니다." 주인은 말했다.

아이가 돌아왔다. 그 종잇조각을 다시 가지고 왔다. 주인은 무슨 대답을 기다리던 사람처럼 얼른 그것을 폈다. 그는 유심히 그것을 읽는 것 같더니, 고개를 끄덕거리고 한참 생각에 잠겨 있었다. 이윽고 그는 나그네 쪽으로 한 걸음 다가갔는데, 나그네는 별로 편안하지 않은 무슨 생각에 빠져 있는 것 같았다.

"손님." 여관 주인이 말했다. "손님은 접대 못 하겠습니다."

나그네가 몸을 반쯤 일으켰다.

"뭐라고요! 돈을 안 낼까 봐 걱정입니까? 미리 치를까요? 돈은 있다고 말했잖아요."

"그게 아닙니다."

"그럼 뭡니까?"

"당신은 돈이 있지만……."

"그렇습니다." 나그네가 말했다.

주인이 말했다. "그렇지만 나는 방이 없습니다."

나그네는 조용히 말을 이었다.

"마구간에라도 재워 주시오."

"그럴 수 없습니다."

"왜요?"

"말들이 죄 차지하고 있어요."

나그네가 대꾸했다.

"그럼 헛간 한쪽 구석이라도 좋소. 짚 한 다발이면 되니까. 우선 밥이나 먹고 봅시다."

"밥도 드릴 수 없습니다."

이 선언은 정중했으나 어조가 단호했으므로 나그네에게는 엄숙하게 들렸다. 그가 일어섰다.

"제기랄! 나는 배가 고파 죽겠어요. 나는 해가 뜰 무렵부터 걸었어요. 120리나 걸었단 말입니다. 돈은 낼 테니 뭐든 먹게 해 줘요."

"아무것도 없습니다." 주인은 말했다.

나그네는 웃음을 터뜨리며 벽난로와 화덕을 돌아다보았다.

"아무것도 없다고! 그럼 저건 다 뭐죠?"

"그건 다 선약이 되어 있습니다."

"누구에게?"

"저 수레꾼 양반들에게요."

"모두 몇이죠?"

"열둘입니다."

"스무 사람 몫은 되는걸요."

"다 예약이 됐고 돈도 다 미리 치러 놓은 겁니다."

나그네는 다시 앉아서 목소리도 높이지 않고 말했다.

"나는 여관에 와 있고 배가 고프니 그냥 있겠어요."

그러자 주인이 몸을 구부려 그의 귀에 대고 무슨 말인가 했는데, 그 어조에 나그네는 몸을 떨었다.

"가시오."

나그네는 몸을 구부리고 지팡이 끝의 쇠로 타다 만 깜부기를 불 속으로 밀어 넣다가 휙 돌아보았다. 그러고는 뭐라고 대꾸하려고 입을 열었을 때, 주인이 그를 뚫어지게 보며 여전히 나직한 목소리로 덧붙였다.

"자, 이제 그런 말은 작작 하시오. 내가 당신 이름을 말해 볼까요? 당신은 장 발장이죠. 이제 당신이 누구인지 말해 볼까요? 당신이 들어오는 걸 보고 어떤 생각이 들어 시청에 사람을 보내 봤는데, 여기 그 답장이 있소. 읽을 줄 아시오?"

이렇게 말하면서 그는 나그네에게 아까 막 여관에서 시청으로, 시청에서 여관으로 오갔던 쪽지를 활짝 펼쳐 내밀었다. 나그네는 그것을 한 번 흘끗 보았다. 여관 주인은 잠자코 있다가 말을 이었다.

"나는 누구한테나 예의 바른 것이 버릇이오. 어서 가시오."

나그네는 고개를 수그리고, 땅바닥에 놓아 두었던 배낭을 가지고 떠났다.

그는 한길로 나갔다. 모욕을 당해 서글픈 사람처럼 그는 집집을 바싹 스치며 정처 없이 앞으로 걸어 나갔다. 그는 단 한 번도 뒤돌아보지 않았다. 만약에 돌아보았더라면 그는 크루아드콜바의 주인이 문 앞에서 모든 여관 손님들과 행인들에게 둘러싸여 와자지껄 떠들면서 자기에게 손가락질하는 것을 보았을 것이고, 의혹과 공포에 찬 군중의 눈에서 자기의 도착이 머지않아 온 시내의 일대 사건이 되리라는 것을 짐작했을 것이다.

그는 그런 걸 아무것도 보지 못했다. 절망한 사람들은 제 뒤를 돌아다보지 않는다. 악운이 뒤에 따라오고 있다는 것을 너무나도 잘 알고 있기 때문이다.

그는 그렇게 한참 동안 길을 갔다. 줄곧 걸어서, 알지도 못하는 거리를 무턱대고 갔다. 슬픔에 젖은 사람이 으레 그러하듯이, 피로도 잊고서 낯선 길을 정처 없이 끝없이 걸어갔다. 그러다 갑자기 그는 몹시 시장기를 느꼈다. 밤이 다가오고 있었다. 그는 어디고 하룻밤 쉬어 갈 곳이 없을까 하고 여기저기를 휘둘러보았다.

훌륭한 여관은 그에게는 닫혀 있었다. 그는 아주 허술한 목로주점이나 아주 초라한 오두막집 같은 것을 찾았다.

때마침 거리의 저쪽 끝에서 불빛이 보였다. 쇠로 된 버팀대에 매달린 소나무 가지 하나가 황혼이 지는 어슴푸레한 하늘 아래 보였다. 그는 그리로 갔다.

그것은 과연 목로주점이었다. 샤포 거리에 있는 목로주점이었다.

나그네는 잠시 걸음을 멈추고, 유리창으로 술집 안을 들여다보았는데, 천장이 나지막한 방은 탁자 위에 놓인 자그만 남폿불과 훨훨 타오르는 벽난로의 불로 환히 밝혀져 있었다. 몇몇 사나이가 거기서 술을 마시고 있었다. 주인은 불을 쬐고 있었다. 쇠고리에 걸어 놓은 쇠 냄비는 불꽃에 보글보글 끓고 있었다.

일종의 여인숙이기도 한 이 술집에는 두 개의 문이 있었다. 하나는 거리로 틔어 있었고, 또 하나는 지저분한 것들로 가득 찬 작은 마당 쪽으로 나 있었다.

나그네는 차마 거리로 트인 문으로는 들어가지 못했다. 그는 마당으로 살며시 들어가서, 좀 머뭇거리다가 가만가만 걸쇠를 올리고 문을 밀었다.

"거 누구요?" 주인이 말했다.

"저녁을 먹고 자고 싶소."

"좋소. 여기서 저녁 먹고 잘 수 있소."

나그네는 들어갔다. 술을 마시던 사람들이 모두 돌아다보았다. 남폿불이 그의 한쪽을, 벽난로의 불이 다른 한쪽을 비췄다. 그가 배낭을 내려놓는 동안 사람들은 잠시 그를 자세히 살펴보았다. 주인이 그에게 말했다.

"여기 불이 있소. 저녁밥은 냄비 속에서 끓고 있소. 와서 불을 쬐시오, 친구."

그는 벽난로 아궁이 옆으로 가서 앉았다. 그는 피로에 지칠 대로 지친 두 발을 불 앞으로 뻗쳤다. 냄비에서 좋은 냄새가 풍겨 나왔다. 깊숙이 눌러쓴 모자 밑으로 보이는 그의 얼굴에는 끊임없는 시달림에서 비롯된 침통함과 안도감이 함께 서려 있었다.

그러나 그것은 굳건하고 정력적이고 음침한 얼굴이었다. 그것은 이상하게도 복잡한 모습이어서, 처음에는 겸손해 보였으나 나중에는 준엄해 보였다. 눈은 덤불 밑에서 불이 타오르듯 눈썹 아래에서 번쩍였다.

식탁에 앉아 있던 사람들 중에 생선 장수 하나가 있었는데, 그는 샤포 거리의 이 목로주점에 들어오기 전에 라바르의 여관 마구간에 말을 맡기러 갔었다. 그런데 우연히도 바로 그 날 아침에 그는 이 고약한 얼굴을 한 알 수 없는 사나이를 만났는데, 이 사람은 브라 다스와 ……(이름은 잊었으나 에스쿠블롱이었다고 생각된다.) 사이를 걸어가고 있었다. 이 사나이는 이미 무척 피로해 보였는데, 그를 만나자 말 궁둥이에라도 좀 태워 달라고 부탁했지만 생선 장수는 대꾸도 하지 않고 더 발걸음을 빨리했을 뿐이다. 이 생선 장수는 삼십 분 전에는 자캥 라바르를 둘러싼 군중 속에 있었는데, 자신이 크루아드콜바 여관 사람들에게 아침에 길에서 기분 나쁜 사람을 만났다는 이야기를 했다. 그는 앉은 자리에서 술집 주인에게 살짝 눈짓을 했다. 술집 주인이 그에게로 갔다. 그들은 나직한 목소리로 몇 마디 소곤거렸다. 나그네는 다시 깊은 생각에 빠져 있었다.

술집 주인이 벽난로로 되돌아와서 느닷없이 나그네의 어깨에 손을 올려놓았다. 그러고는 말했다.

"너는 여기서 나가야겠다."

나그네는 돌아다보며 공손하게 대답했다.

"아, 당신도 알고 계시오?"

"그래."

"나는 다른 여관에서도 쫓겨났소."

"그래서 이 여관에서도 쫓아내는 거야."

"그럼 어디로 가라는 거요?"

"딴 데로 가."

나그네는 지팡이와 배낭을 들고 나갔다.

그가 밖으로 나오자, 크루아드콜바에서부터 따라와 여태까지 그를 기다린 것 같은 아이들 몇 명이 그에게 돌멩이를 던졌다. 그는 화가 나서 되돌아가 지팡이로 아이들을 으르댔다. 아이들은 새 떼가 날아가듯이 흩어져 버렸다.

그는 형무소 앞을 지났다. 형무소 문에는 쇠사슬에 매달린 종이 있었다. 그는 종을 쳤다.

쪽문 하나가 열렸다.

"간수 양반." 나그네는 공손히 모자를 벗으며 말했다. "제게 문을 열어 주시고 오늘 하룻밤 재워 주시지 않겠습니까?"

안에서 대답하는 소리가 들렸다.

"감옥은 여관이 아니야. 체포돼 오면 열어 주지."

쪽문은 닫혀 버렸다.

나그네는 정원이 많은 작은 거리로 들어갔다. 어떤 정원들은 울타리만으로 둘러싸여서 거리의 분위기를 명랑하게 했다. 정원과 울타리 사이에서 조그마한 이층집 하나가 눈에 띄었다. 창이 불빛으로 환히 밝혀져 있었다. 그는 목로주점에서 그랬던 것처럼 유리창으로 안을 들여다보았다. 하얗게 석회를 칠한 커다란 방으로, 날염 사라사 휘장을 친 침대 하나가 놓여 있고 한쪽 구석에 요람 하나, 나무 의자 몇 개가 있었고, 벽에는 이연발 총 한 자루가 걸려 있었다. 방 한가운데 식탁에는 식사 준비가 되어 있었다. 구리로 된 남포등이 투박한 하얀색 리넨 식탁보를 비추었고, 포도주가 가득 담긴 주석 주전자는 은처럼 번득였으며, 수프 그릇에서는 김이 모락모락 피어오르고 있었다. 그 식탁에는 쾌활하고 명랑한 얼굴을 한 사십 대 남자 하나가 앉아서 무릎 위에서 어린아이 하나를 뛰놀게 하고 있었다. 그 옆에서는 꽤 젊은 여자 하나가 또 다른 아이에게 젖을 주고 있었다. 아버지도 웃고 있었고, 어린아이도 웃고 있었다. 어머니는 미소를 짓고 있었다.

나그네는 이 아늑하고 평온한 광경 앞에서 한참 생각에 잠겨 있었다. 그의 마음속에서는 무슨 생각이 오갔을까? 오직 그만이 그것을 말할 수 있으리라. 아마도 그는 이 즐거운 가정은 자기를 환대해 줄 거라고, 그리고 이렇게도 행복이 넘쳐흐르는 집에서는 아마 조금이라도 동정을 받을 수 있을 거라고 생각했으리라.

그는 유리창을 한 번 살며시 두드렸다.

안에서는 그 소리가 들리지 않았다.

그는 또 한 번 두드렸다.

그는 여자가 이렇게 말하는 소리를 들었다.

"여보, 누가 온 것 같아요."

"그렇지 않아." 남편이 대답했다.

나그네는 세 번째 두드렸다.

남편이 일어나 남포등을 집어 들고 와서 문을 열었다.

그는 절반은 농부 같고 절반은 직공 같은 키 큰 남자였다. 그는 왼편 어깨까지 올라오는 커다란 가죽 앞치마를 했는데, 그 속에 망치며 붉은 손수건, 화약통 등 온갖 물건들을 불룩하게 넣어 호주머니처럼 허리띠로 붙들어 매 놓고 있었다. 그가 머리를 뒤로 젖히자 활짝 풀어 젖힌 그의 셔츠에서 아무 장신구도 없는 실팍진 하얀 목이 드러나 보였다. 짙은 눈썹, 커다랗고 검은 구레나룻, 툭 튀어나온 눈, 갸름하게 도드라진 얼굴 하관, 그리고 거기에 아울러 뭐라고 설명할 수 없는 편안한 모습을 하고 있었다.

"죄송합니다." 나그네는 말했다. "돈은 드릴 테니 수프 한 대접만 주시고, 저기 뜰에 있는 저 헛간 한쪽 구석에 재워 주실 수 있겠습니까? 그렇게 해 주실 수 있겠습니까? 돈은 드릴 테니……."

"당신은 누구요?" 집주인이 물었다.

나그네는 대답했다.

"저는 퓌무아송에서 온 사람입니다. 하루 내 걸었습니다. 120리나 걸었습니다. 그렇게 해 주실 수 있겠습니까? 돈은 드릴 테니."

농부가 말했다. "나는 돈을 내는 착한 사람이라면 재워 주는 걸 거절하지는 않을 거요. 하지만 왜 여관으로 안 가시오?"

"자리가 없습니다."

"아니! 그럴 리가 있나. 오늘은 장날도 마을 잔칫날도 아닌데. 라바르의 여관에 가 보았소?"

"네."

"그런데?"

나그네는 당황하여 대답했다.

"왜 그러는지는 몰라도 받아 주지 않았습니다."

"그럼 샤포 거리의 아무개네 여관에도 가 보았소?"

나그네는 더욱더 당황했다. 그는 중얼거렸다.

"거기서도 받아 주지 않았습니다."

농부의 얼굴에 의혹의 표정이 떠올랐다. 그는 이 낯선 사나이를 머리끝에서 발끝까지 훑어보더니 별안간 몸을 부르르 떨며 외쳤다.

"당신이 바로 그 사람이오?"

그는 다시 한 번 나그네를 흘끗 보더니, 뒤로 서너 걸음 물러나 남포등을 식탁 위에 놓고 벽에서 총을 내렸다.

그러는 동안 "당신이 바로 그 사람이오?"라는 농부의 말을 듣고 여자도 일어나서 두 아이를 품 안에 보듬은 채 얼른 남편 뒤로 몸을 피하고는, 젖가슴을 내놓은 채 공포에 싸여 놀란 눈으로 낯선 사나이를 바라보면서 나직한 목소리로 중얼거렸다.

"도둑이야."

이 모든 일은 상상할 수도 없을 만큼 순식간에 일어났다. 집

주인은 마치 독사라도 되는 듯 '그 사람'을 한참 자세히 살펴 보더니 문으로 돌아와 말했다.

"나가."

"제발." 나그네는 말했다. "물 한 컵만."

"쏘아 버린다!" 농부는 말했다.

그런 뒤에 그는 문을 쾅 닫아 버렸고, 나그네는 그가 두 개의 통통한 빗장을 거는 소리를 들었다. 조금 후에는 겉창이 닫히고, 쇠막대기 걸치는 소리가 밖에까지 들렸다.

어둠이 계속 깔려 왔다. 알프스의 찬바람도 불어왔다. 꺼져 가는 햇빛에, 거리에 접해 있는 한 정원 안에 떼장으로 지은 것 같은 움집 비슷한 것이 나그네의 눈에 띄었다. 그는 서슴지 않고 울짱을 뛰어넘어 정원 안으로 들어갔다. 움집 가까이 가 보니, 문이라고는 매우 낮고 좁은 구멍으로 되어 있어, 마치 도로 수선공들이 쓰기 위해 도로변에 지어 놓은 건물 같았다. 그는 아마 그것이 실제로 어느 도로 수선공의 집인 줄 알았으리라. 그는 추위와 굶주림에 시달리고 있었다. 그는 이미 굶주림은 단념했다. 적어도 이곳은 추위를 가릴 만한 곳이었다. 이런 종류의 집에는 보통 밤에는 아무도 없는 법이다. 그는 배를 깔고 움집 안으로 슬그머니 들어갔다. 거기는 따스했고, 꽤 근사한 짚자리가 하나 있었다. 그는 한참 그 자리에 누워 있었는데, 어찌나 피로한지 손 하나 까딱할 수 없었다. 그러다가 등에 메고 있는 배낭이 거추장스러울 뿐만 아니라 마침 베개도 되겠다 싶어서, 배낭 가죽띠의 조임쇠를 벗기기 시작했다. 그 순간 으르렁거리는 무시무시한 소리가 들렸다. 그는 쳐다보았다. 거대한 개의 머리가 움집 구멍 앞 어둠 속에서 쑥 나타났다.

그것은 개집이었다.

나그네 자신도 힘이 세고 무서운 사람이었다. 그는 지팡이를 무기 삼고 배낭을 방패 삼아 그럭저럭 개집에서 나올 수 있었으나 그의 남루한 옷은 더 많이 찢어졌다.

그는 정원에서 나왔으나 뒷걸음질을 하면서 개를 위압하기 위해 이런 종류의 검술 사범들이 '가려진 장미'라고 부르는 방식으로 지팡이를 휘두르지 않을 수 없었다.

그는 간신히 울짱을 다시 넘어 또 거리로 나섰으나, 홀로, 집도 없고, 지붕도 없고, 머물 곳도 없이, 짚자리와 초라한 개집에서마저 쫓겨나, 어느 돌 위에 앉았다기보다는 쓰러져 버렸는데, 그곳을 지나가는 사람이 있었다면 그가 이렇게 외치는 소리를 들었으리라.

"나는 심지어 개만도 못하구나!"

조금 후에 그는 다시 일어나 걷기 시작했다. 그는 시내에서 나와, 들판에서 어떤 나무나 짚가리를 찾아 몸을 가릴 수 있기를 바랐다.

그는 머리를 푹 수그린 채 한참 걸었다. 인가에서 멀리 떨어졌다 싶을 때 고개를 들고 주위를 둘러보았다. 그는 들판에 와 있었다. 그의 앞에는 바짝 베어 버린 그루터기로 덮인 나지막한 언덕이 하나 있었는데, 추수를 하고 난 그 모양이 마치 빡빡 깎아 버린 머리와도 같았다.

주위는 아주 캄캄했다. 그것은 단지 밤의 어둠이 아니었다.

그것은 매우 낮게 덮인 구름이었다. 언덕에 깔려 있는 듯하던 구름은 차츰 올라가 온 하늘을 뒤덮었다. 그렇지만 곧 달이 떠오르고 아직도 중천에는 황혼의 빛이 남아 있었는지라, 구름은 높이 공중에서 희번한 궁륭을 형성하여, 거기서 지상으로 빛이 떨어지고 있었다.

그래서 지상이 하늘보다 더 밝았는데, 그 때문에 유난히도 을씨년스러운 인상을 주고 황량하고도 볼품없는 윤곽을 보이는 언덕은 어두운 땅 위에 희멀쑥하고 어슴푸레하게 모습을 나타내고 있었다. 이 모든 것이 보기 흉하고, 꾀죄죄하고, 음산하고, 갑갑했다. 들에도 언덕에도 아무것도 없고, 오직 나그네에게서 몇 걸음 떨어진 곳에 멋대가리 없이 배배 꼬인 나무 한 그루만 바르르 떨리며 서 있을 뿐이었다.

이 나그네는 분명히 사물의 신비로운 양상에 민감한 지성이나 정신의 섬세한 습관은 조금도 없었다. 그럼에도 불구하고 그 하늘에는, 그 언덕에는, 그 벌판에는, 그리고 그 나무에는 뭔가 몹시 쓸쓸한 기운이 감돌고 있었기 때문에, 그는 잠시 걸음을 멈추고 서서 생각에 잠겼다가 갑자기 되돌아서서 걷기 시작했다. 자연이 적의를 품는 듯한 순간이 있는 것이다.

그는 다시 돌아왔다. 디뉴의 성문은 닫혀 있었다. 디뉴 시는 종교전쟁 때 여러 차례 포위를 견뎌 낸 곳으로, 나중에 파괴되어 버리기는 했지만 1815년에는 아직 네모진 탑이 붙어 있는 낡은 성벽으로 둘러싸여 있었다. 그는 그 성벽의 허물어진 곳을 통해 시내로 다시 들어갔다.

아마 저녁 8시쯤 되었으리라. 그는 지리를 몰랐기 때문에 무턱대고 거닐기 시작했다.

그렇게 해서 그는 도청까지, 다음에는 신학교까지 갔다. 주교좌성당 앞 광장을 지날 때, 그는 성당에 삿대질을 했다.

그 광장 모퉁이에 인쇄소가 하나 있었다. 나폴레옹이 부르는 대로 받아쓰게 하여 엘바 섬에서 가져온 황제의 성명서 및 군대에 대한 친위대의 성명서가 처음으로 인쇄된 곳이 바로 이 인쇄소였다.

기진맥진하여 더 이상 아무런 희망도 없어진 그는 그 인쇄소 문 옆에 있는 돌 벤치에 가서 드러누웠다.

그때 한 노파가 성당에서 나왔다. 노파는 어둠 속에 누워 있는 이 나그네를 보았다.

"이봐요, 당신 거기서 뭘 하시오?" 노파가 물었다.

나그네는 성이 나서 불퉁스럽게 대답했다.

"참 친절하신 아주머니군. 보시다시피 누워 있잖아요?"

사실 친절하신 아주머니라고 불려 마땅한 그 여자는 R 후작 부인이었다.

"이 벤치에서?" 그 여자는 다시 말을 이었다.

"나는 19년 동안이나 나무 요에서 잤어요." 나그네는 말했다. "오늘은 돌 요에서 잘 겁니다."

"당신은 군인이었소?"

"네, 그래요. 군인이었습니다."

"왜 여관으로 안 가시오?"

"돈이 없으니까요."

"원, 이걸 어떡해." R 부인은 말했다. "내 지갑엔 4수밖에 없는데."

"그래도 좋으니 주시구려."

나그네는 그 4수를 받았다. R 부인은 계속 말했다.

"그렇게 적은 돈으로는 여관에서 못 잔다오. 그렇지만 가보기는 하겠소? 이렇게 밤을 지낼 수는 없을 텐데. 당신은 아마 춥고 시장할 거요. 당신을 동정해서 재워 줄 사람도 있을 텐데."

"어느 집 문이고 다 두드려 보았습니다."

"그런데?"

"어디서고 나를 쫓아냈습니다."

이 '친절한 부인'은 나그네의 팔에 손을 대고는 광장 맞은편에 있는 주교관 옆의 나지막한 작은 집을 가리켰다.

그 여자는 말을 이었다.

"당신은 어느 집 문이고 다 두드려 보았단 말이지요?"

"네."

"저 집 문도 두드려 보았소?"

"아니요."

"거기 가서 두드려 보시구려."

2. 지혜에 신중을 권고하다

그날 저녁, 디뉴의 주교는 시내를 산책한 뒤 꽤 늦도록 자기 방 안에 틀어박혀 있었다. 그는 '의무'에 관한 방대한 저술에 골몰하고 있었는데, 그것은 불행히도 아직 미완성이었다. 주교는 이 중대한 제재에 관해 신부들이나 교부들이 말한 것을 모두 세심하게 조사하고 있었다. 그의 저서는 두 부분으로 나뉘어 있었는데, 첫째 부분은 모든 사람의 의무, 둘째 부분은 제각기 속한 계급에 따른 각자의 의무를 다루고 있었다. 모든 사람은 큰 의무를 지고 있다. 거기에는 네 가지가 있다. 성 마태오는 이렇게 지적했다. 천주에 대한 의무(「마태오복음」 6장), 자기 자신에 대한 의무(「마태오복음」 5장 29절, 30절), 이웃 사람에 대한 의무(「마태오복음」 7장 12절), 피조물에 대한 의무(「마태오복음」 6장 20절, 25절). 다른 의무들에 관해서는 다른 곳에 지적되고 규정되어 있음을 주교는 발견했다. 군주와 신하의 의무는 「로마서」에, 관리와 아내, 어머니, 젊은이의 의무는 「베드로서」에, 남편과 아버지, 어린이, 노비의 의무는 「에베소서」에, 신자의 의무는 「히브리서」에, 처녀의 의무는 「고린도서」에. 주교는 이 모든 가르침으로 하나의 잘 조화된 전체를 만들어 그것을 사람들에게 보여 주려고 부지런히 일했다.

그는 저녁 8시인데도 여전히 공부하면서 무릎 위에 두꺼운 책 한 권을 펼쳐 놓고서 네모진 작은 종잇장에 꽤 불편하게 글씨를 쓰고 있었는데, 그때 마글루아르 부인이 여느 때와 똑같이 침대 옆 벽장 속에서 은그릇을 꺼내 가려고 들어왔다. 한참 있다가 주교는 식사 준비가 다 되어 누이동생이 자기를 기다리고 있을 것 같아, 책을 덮고 책상에서 일어나 식당으로 들어갔다.

식당은 벽난로가 있는 장방형의 방이고, 문은 거리로 나 있었고(앞서 말했듯이), 창은 정원으로 틔어 있었다.

마글루아르 부인은 정말 상을 다 차려 놓고 있었다.

그 여자는 일을 하면서도 바티스틴 양과 이야기를 하고 있었다.

남포등 하나가 식탁 위에 놓여 있었고, 식탁은 벽난로 옆에 있었다. 벽난로에서는 불이 꽤 잘 타고 있었다.

둘 다 예순이 넘은 그 두 여인을 우리는 쉽사리 묘사할 수 있다. 마글루아르 부인은 키가 작고 똥똥하고 활발한 여자고, 바티스틴 양은 온화하고 수척하고 호리호리한 여자로, 오빠보다 좀 더 키가 크고, 1806년에 유행한 빛깔인 자색 명주옷을 입고 있었는데, 그 옷을 그때 파리에서 사 가지고 여태껏 입고 있었다. 한 페이지를 가지고도 다 말하지 못할 만한 것을 단 한마디로 표현할 수 있는 신통한, 그러나 진부한 용어를 빌려 말하자면, 마글루아르 부인은 '시골 여자' 같아 보였고, 바티스틴 양은 '귀부인' 같아 보였다. 마글루아르 부인은 둥글고 주름이 잡힌 흰 모자를 쓰고, 목에는 아마 집에 있는 유일한 여자용 장신구일 금 십자가를 걸었고, 소매가 펑퍼짐하고 짤막한 검은색 모직 드레스 위에 눈에 띄게 새하얀 숄을 둘렀으며, 빨간색과 녹색 바둑판무늬의 무명 앞치마는 녹색 리본 허리띠로 졸라매고, 같은 무명천으로 된 흉의(胸衣)는 두 개의 핀으로 위의 양쪽 모서리에 매고, 발에는 마르세유 여자들처럼 누런 양말에 큼직한 신을 신고 있었다. 바티스틴 양의 드레스는 1806년식으로, 길이가 짤막하고 품이 좁았으며 소매에는 어깨받이가 달리고 단추와 끈도 달려 있었다. 이 여자의 회색 머리털은 '어린애 가발'이라고 불리는 곱슬곱슬한 가발로 가려져 있었다. 마글루아르 부인은 총명하고 활달하고 착해 보였다. 고르지 않게 쳐들린 양쪽 입꼬리며 아랫입술보다 두툼한 윗입술은 뭔가 괴팍하고 거만한 인상을 풍겼다. 주교 예하가 입을 다물고 있는 동안 이 여자는 경의와 고집이 반반 섞인 단호한 어조로 말을 했으나, 일단 예하가 입을 열면, 앞서도 보았듯이, 바티스틴 양과 마찬가지로 순순히 그 말에 복종했다. 바티스틴 양은 말조차도 하지 않았다. 이 여자는 그저 주교에게 순종하고 그의 마음에 들려고만 할 뿐이었다. 젊었을 때조차도 그녀는 아름답지 않았다. 툭 불거진 커다란 푸른 눈에 코는 길쭉하고 구부정했지만, 용모와 인물 전체에선, 처음에도 말했듯이 형언할 수 없는 선량한 티가 나타났다. 이 여자는 언제나 관용하는 팔자를 타고났으나, 신앙과 자비와 희망이라는, 인간의 영혼을 서서히 따뜻하게 해 주는 이 세 가지 덕은 그 관용을 차츰 신성(神聖)의 정도까지 높여 주었다. 자연은 그녀를 양같이 순한 사람으로만 만들었는데, 종교는 그녀를 천사로 만들어 놓았다. 가엾은 성스러운 여인이여! 사라진 즐거운 추억이여!

바티스틴 양은 그날 저녁 주교의 집에서 일어났던 일을 그후 하도 여러 번 이야기했기 때문에, 아직도 살아 있는 많은 사람들이 그 자초지종을 세세히 기억하고 있다.

주교가 식당에 들어갔을 때, 마글루아르 부인은 좀 신랄하게 말하고 있었다. 늘 바티스틴 양에게 하던 말이고 주교도 귀에 익은 말을 하고 있었던 것이다. 그것은 문단속에 관한 말이었다.

마글루아르 부인은 저녁 식사를 위해 장을 보러 갔다가, 여기저기서 사람들이 이야기하는 것을 듣고 온 모양이었다. 한 험상궂은 부랑자의 이야기가 자자했다. 수상쩍은 뜨내기 하나가 온 것 같다는 것, 시내 어딘가에 있는 게 틀림없다는 것, 오늘 밤 늦게 집에 돌아갈 생각을 하는 사람들은 그 사나이한테 봉변을 당할지도 모른다는 것, 설상가상으로 도지사와 시장이 반목하여 무슨 사건을 일으켜서라도 서로 모함하려 하고 있기 때문에 경찰이 무능하다는 것, 그러므로 슬기로운 자는 스스로 경찰 노릇을 해 경계하고, 엄중히 문단속을 하고, 자기 집 문에 빗장을 지르고, 방비를 튼튼히 하고, '문을 꼭꼭 잠가 두어야만' 한다는 것 등등의 이야기였다.

마글루아르 부인은 이 마지막 말에 힘을 주었지만, 주교는 꽤 추웠던 자기 방에서 돌아와 벽난로 앞에 앉아 불을 쬐면서 다른 생각을 하고 있었다. 그는 방금 마글루아르 부인이 은근히 효과를 바라고 한 그 말에는 아무런 대꾸도 하지 않았다. 여자는 그 말을 되풀이했다. 그러자 바티스틴 양이 오빠에게는 불쾌감을 주지 않고 마글루아르 부인을 만족시켜 주고 싶어서 머뭇거리며 감히 말했다.

"오라버니, 마글루아르 부인이 하는 말을 들으셨어요?"

"어슴푸레 들은 것 같기도 한데." 주교는 대답했다.

그리고는 의자를 반쯤 돌려 두 손을 무릎 위에 올려놓고 유쾌하고 다정한 얼굴로 늙은 하녀를 쳐다보았는데, 그 얼굴을 불빛이 아래에서 비춰 주고 있었다.

"아니, 무슨 일이오? 무슨 일이 났소? 그래, 무슨 큰 위험이라도 닥쳐온 거요?"

그러자 마글루아르 부인은 자기도 알아채지 못한 채 약간 과장하면서 그 이야기를 모두 다시 하기 시작했다. 한 방랑자가, 어떤 부랑자가, 어떤 위험한 거지가 지금 시내에 있는 듯하다. 그자는 자캥 라바르의 여관에 가서 자려고 했으나, 여관 주인은 받아 주려고 하지 않았다. 그자가 가상디 가로수 길로 들어와 해 질 무렵에 거리를 방황하는 것을 사람들이 보았다. 배낭과 밧줄을 가진 무시무시한 얼굴의 사나이다.

"정말이오?" 주교가 말했다.

주교가 그렇게 질문해 준 데 마글루아르 부인은 용기를 얻었다. 그 여자에게는 그것이 주교도 전혀 걱정이 안 되는 건 아니라는 것을 알려 주는 것 같았다. 그녀는 득의양양하게 말을 이었다.

"네, 그래요. 오늘 밤 시내에 무슨 불상사가 일어날 거예요. 모두들 그렇게 말하고 있는걸요. 게다가 경찰이 아주 무능해요.(그 여자는 이 말을 그럴싸하게 되풀이했다.) 산중 지방에서 사는데도 거리에는 밤에 등불조차 없어요. 바깥에 나가면 정말 먹같이 캄캄해요! 그래서 제가 말씀 올리는 거예요, 주교님. 그리고 거기 계시는 아씨께서도 저와 같이 말씀하셨는데……."

"나는." 누이동생이 말을 가로막았다. "나는 아무 말도 안 했어. 오라버니께서 하시는 일은 모두 잘하신 건데, 뭐."

마글루아르 부인은 아무런 항의도 없었다는 듯이 계속해서 말했다.

"저희는 이 집이 전혀 안전하지 않다고 말씀드리는 거예요. 주교님이 허락하시면, 제가 자물쇠 장수 폴랭 뮈즈부아한테 가서, 전에 달아 놓았던 빗장을 다시 문에 달아 달라고 이르겠어요. 빗장은 그 집에 있으니까 잠깐이면 돼요. 오늘 저녁만이라도 꼭 빗장을 달아 두지 않으면 안 돼요, 주교님. 아무라도 지나가는 사람이 걸쇠만으로 밖에서 문을 열 수 있다는 것은 무엇보다 무서운 일이거든요. 그런 데다가 주교님은 언제나 들어오라고 말씀하시는 것이 습관이 되어 있어요. 더구나 한밤중에조차도, 아이고 하느님, 허락을 구할 필요도 없이……."

이때 누가 마구 문을 두드렸다.

"들어오시오." 주교는 말했다.

3. 영웅적인 순종

문이 열렸다.

문은 세차게 활짝 열렸다. 마치 누가 힘을 주어 서슴지 않고 밀어젖힌 것 같았다.

한 사나이가 들어왔다.

그 사람은 우리가 이미 알고 있는 사나이였다. 아까 우리가 본, 잘 곳을 찾아 헤매던 나그네였다.

그는 들어오더니 문을 열어 둔 채 한 걸음 걸어와서 멈추었다. 어깨에는 배낭을 걸머졌고, 손에는 지팡이를 들고 있었으며, 눈에는 퉁명스럽고 대담하고 고달프고 난폭한 빛이 서려 있었다. 벽난로의 불이 그를 비춰 주었다. 그는 보기 흉했다. 그것은 불길한 출현이었다.

마글루아르 부인은 고함을 지를 힘조차 없었다. 그 여자는 멍한 표정으로 몸을 떨고 있었다.

바티스틴 양은 몸을 돌려 들어오는 사나이를 보고는 깜짝 놀라 반쯤 몸을 일으켰다가, 벽난로 쪽으로 천천히 머리를 돌려 오빠를 바라보더니 지극히 침착하고 평온한 얼굴로 되돌아갔다.

주교는 태연한 눈으로 사나이를 바라보고 있었다.

아마 새로 온 이 사나이에게 어찌 왔느냐고 물으려 했으리라. 주교가 입을 열자, 사나이는 두 손을 한꺼번에 지팡이 위에 얹어 놓고 노인과 두 노파를 번갈아 보고는 주교가 말하는 것을 기다리지도 않고 높은 목소리로 말했다.

"들어 보십시오. 저는 장 발장이라는 사람입니다. 징역을 살았습니다. 저는 형무소에서 십구 년을 살았습니다. 나흘 전에 석방되어 퐁타를리에로 가려고 길을 나섰습니다. 툴롱에서부터 나흘을 걸었습니다. 오늘은 120리를 걸었습니다. 오늘 저녁 이 고장에 도착하여 어느 여관엘 들렀는데, 제가 시청에 제시했던 노란 통행권 때문에 저를 쫓아냈습니다. 그렇게 제시해야만 했습니다. 또 다른 여관엘 들렀더니 '나가라!'라고 했습니다. 이 집도 저 집도 다 그랬습니다. 아무도 저를 원치 않았습니다. 형무소에도 갔지만 간수가 열어 주지 않았습니다. 개집에도 들어갔지만, 개도 사람처럼 저를 물어뜯고 쫓아 냈습니다. 마치 개도 제가 누구인지 알고 있는 것 같았습니다. 저는 들판으로 나가 총총한 별빛 아래서 자려고 했습니다. 그런데 별이 없었습니다. 비가 올 것 같은데 비가 오는 걸 막아줄 하느님도 없다고 생각하며 어느 집 문 아래 구석이라도 찾아보려고 다시 시내로 들어왔습니다. 저기 저 광장의 돌 위에서 자려고 했습니다. 그런데 어느 친절한 부인께서 이 댁을 가리키면서 '저 집 문을 두드려 봐라.'라고 했습니다. 그래서 두드린 겁니다. 여기는 무엇입니까? 여관입니까? 돈은 있습니다. 적립금이죠. 형무소에서 십구 년간 노동해서 번 돈 109프랑 15수가 있습니다. 돈은 치르겠습니다. 그까짓 게 무슨 문제겠습니까? 돈은 있으니까요. 저는 몹시 피곤합니다. 120리나 걸었거든요. 배가 몹시 고픕니다. 나가지 않고 그냥 있어도 될까요?"

"마글루아르 부인." 주교가 말했다. "한 사람분의 식기를 더 갖다 놓아요."

사나이는 서너 걸음 걸어와 식탁 위에 있는 남포등 가까이로 갔다. 그러고는 무슨 영문인지 알 수 없다는 듯이 말을 이었다. "아니, 그게 아닙니다. 알아들으셨어요? 저는 징역살이를 한 사람입니다. 죄수예요. 감옥에서 나온 사람이에요. (그는 호주머니에서 커다란 노란색 종이 한 장을 꺼내어 펴 보였다.) 이게 제 통행권입니다. 보시다시피 노랗습니다. 이것 때문에 저는 어디를 가도 쫓겨납니다. 읽어 보시겠어요? 저도 읽을 줄은 압니다. 형무소에서 배웠습니다. 형무소에는 지원자들을 위한 학교가 있습니다. 이것 보세요, 여기에는 이렇게 씌어 있어요. '장 발장, 석방된 징역수, 출생지……, 이건 당신에게는 아무래도 상관없겠죠? 십구 년간 징역살이한 자임. 가택 침입죄 및 절도죄로 오 년, 네 번의 탈옥 기도로 십사 년, 극히 위험한 인물임.' 이렇습니다! 모두들 저를 쫓아냈습니다. 그런데 댁에서는 저를 받아 주시렵니까, 당신은? 여기는 여관인가요? 먹을 것을 주고 재워 주시겠다는 말씀인가요? 댁에 마구간이 있습니까?"

"마글루아르 부인." 주교는 말했다. "침소의 침대에 흰 침대보를 깔아 놓아요."

두 여인이 주교에게 얼마나 잘 복종하는가에 관해서는 이미 설명한 바 있다.

마글루아르 부인은 명령을 수행하기 위해 식당에서 나갔다.

주교는 사나이 쪽으로 몸을 돌렸다.

"자, 노형, 앉아서 불을 쬐시오. 우리는 곧 저녁밥을 먹게 될 것이고, 당신이 저녁밥을 잡수는 동안에 당신 잠자리가 준비될 것이오."

이제야 사나이는 완전히 이해했다. 그때까지 침울하고 딱딱했던 그의 얼굴에 놀람과 의혹과 기쁨의 빛이 떠올라 이상한 표정이 되었다. 그는 미친 사람처럼 중얼거렸다.

"정말인가요? 아니, 저를 여기 있게 해 주신다고요? 저를 쫓아내지 않으시는군요! 죄수를! 저를 '노형'이라고 부르시는군요! 제게 반말을 쓰시지도 않고! '개새끼, 어서 나가!' 이런 말만 늘 들어 왔는데. 저는 댁에서도 저를 꼭 쫓아내시리라고만 생각했습니다. 그래서 즉시 제가 어떤 사람인지 말씀드렸던 겁니다. 오! 제게 여기를 가르쳐 주신 부인은 참 친절한 분이군요! 내가 곧 저녁밥을 먹는다! 침대가! 요와 침대보를 깐 침대가! 다른 사람과 똑같이! 침대에서 자 본 지가 십구 년이나 됐는데! 댁에선 제가 가지 않아도 좋다는 거죠! 당신들은 참 훌륭하신 분들입니다! 하기야 저는 돈이 있습니다. 틀림없이 지불하겠어요. 미안하지만, 여관 주인 양반, 성함이 어떻게 되시지요? 돈은 얼마든지 내겠습니다. 당신은 친절하신 분입니다. 당신은 여관 주인이시죠?"

주교는 말했다. "나는 여기 사는 신부요."

"신부라고요!" 사나이는 말을 이었다. "오! 참 친절하신 신부님이군요. 그럼 제게 돈을 내라고 하시지 않겠군요? 사제님 아니신가요? 저 큰 성당의 사제님? 아! 정말이지 나도 참 바보지! 신부님의 그 빵모자를 못 봤네요!"

그렇게 지껄이면서 그는 한쪽 구석에 배낭과 지팡이를 내려놓은 뒤, 통행권을 다시 호주머니에 넣고 앉았다. 바티스틴 양은 상냥한 눈으로 그를 바라보았다. 그는 말을 계속했다.

"사제님은 참 인정이 많으신 분이십니다. 사제님은 저를 멸시하지 않으시는군요. 신부란 참 좋은 거군요. 그럼 신부님께서는 제게 돈을 내라고 하시지 않는 거지요?"

"그렇소, 그 돈은 그냥 갖고 있어요." 주교는 말했다. "얼마나 가지고 있소? 109프랑이라고 말하지 않았소?"

"109프랑 15수입니다." 사나이는 덧붙였다.

"109프랑 15수라. 그걸 버는 데 시간이 얼마나 걸렸다고요?"

"십구 년입니다."

"십구 년이라!"

주교는 크게 한숨을 쉬었다.

사나이는 말을 계속했다.

"저는 아직 그 돈을 고스란히 가지고 있습니다. 나흘 동안 저는 그라스에서 수레에서 짐을 내리는 것을 거들어 주고 번 돈 25수밖에 쓰지 않았습니다. 당신이 신부님이시니까 말씀드리지만, 형무소에도 부속 사제가 한 분 계셨습니다. 그리고 또 한 번은 주교도 보았습니다. 모두들 예하라고 하더군요. 그분은 마르세유의 마조르 성당 주교였습니다. 여러 사제들 위에 있는 사제였습니다. 그걸 뭐라고 해야 좋을지 죄송하지만 잘 말할 수가 없네요. 말이 잘 안 됩니다. 저하고는 전혀 관계가 없는 분이라서! 하지만 신부님은 우리 같은 사람들을 잘 알고 계시지 않습니까! 그 주교가 형무소 한가운데의 제단 위에서 미사를 드렸는데, 머리에는 금으로 된 뾰족한 것을 쓰고 있었습니다. 대낮의 햇빛이 반사돼 그것이 번쩍였습니다. 우리들은 줄을 지어 서 있었습니다. 세 편으로. 그리고 우리들 앞에는 대포와 불이 붙은 화약심지가 놓여 있었습니다. 잘 보이지는 않았습니다. 그 주교가 말을 했지만 너무 안쪽에 있었기 때문에 우리들에게까지는 잘 들리지 않았습니다. 주교란 그런 사람입니다."

그가 말하는 동안 주교는 여태까지 활짝 열려 있던 문을 닫았다.

마글루아르 부인이 돌아왔다. 그 여자는 식기 한 벌을 갖다가 식탁 위에 놓았다.

"마글루아르 부인." 주교가 말했다. "그 식기를 될 수 있는 대로 벽난로 가까이 놓아요. (그러고는 손님 쪽으로 몸을 돌리고) 알프스의 밤바람은 몹시 찹니다. 노형, 춥지요?"

주교가 이 '노형'이라는 말을 약간 정중한 듯하면서 점잖은 목소리로 말할 때마다 사나이의 얼굴은 환히 빛났다. 죄수에게 '노형'이라는 말은 메뒤즈호*의 조난자에게 주는 한 컵의 물과도 같았다. 모멸을 받아 온 자는 존경받기를 갈망한다.

"이 남폿불은 통 밝지 않군." 주교는 말을 이었다.

마글루아르 부인은 그 뜻을 알아차리고 주교의 침실로 가서 벽난로 위에서 두 개의 은촛대를 가져다 불을 환히 밝혀 식탁 위에 놓았다.

"사제님." 사나이가 말했다. "사제님은 친절하십니다. 사제님은 저를 멸시하지 않으십니다. 사제님은 저를 댁에 받아들여 주십니다. 사제님은 저를 위해 촛불을 켜 주십니다. 제가 어디서 왔는지를, 또 제가 불쌍한 사람이라는 것을 숨기지 않았는데도."

주교는 그의 옆에 앉아 가만히 그의 손을 잡았다. "당신은 당신이 누구인지를 내게 말하지 않아도 좋았소. 여기는 내 집이 아니라 예수 그리스도의 집이오. 이 집의 문은 들어오는 사람에게 이름을 묻지 않고, 그에게 고통이 있는가 없는가를 물

---

* 1816년 7월 2일에 난파한 프랑스 군함. 백사십구 명의 조난자가 뗏목으로 바다 위에 떠다니다 십이 일 후에 구출되었을 때에는 불과 열다섯 명만 남고 다른 조난자들은 바닷속에 빠지거나 살아남은 자들의 밥이 되었다.

을 뿐이오. 당신은 고통받고 굶주리고 목마른 사람이므로, 잘 오셨소. 그리고 내게 감사하지 말고, 내가 당신을 내 집에 맞아들였다고 말하지도 마시오. 여기는 피신처를 필요로 하는 사람 외에는 아무에게도 자기 집이 아니오. 당신에게, 지나가는 당신에게 이 말을 하겠는데, 여기는 나의 집이라기보다는 당신의 집이오. 여기 있는 것은 모두 당신 것이오. 어찌 내가 당신의 이름을 알 필요가 있겠소? 더구나 당신이 이름을 말하기 전에 당신에게는 내가 알던 이름 하나가 있소."

사나이는 놀라서 눈이 휘둥그레졌다.

"정말입니까? 사제님은 제 이름이 무엇인지 알고 계셨습니까?"

"그렇소." 주교는 대답했다. "당신 이름은 나의 형제요."

"정말이지 사제님!" 사나이는 외쳤다. "제가 여기 들어올 때는 무척 배가 고팠습니다. 그러나 사제님이 어찌나 친절하신지, 어찌 된 영문인지 알 수 없습니다만, 시장기가 가셔 버렸습니다."

주교는 그를 바라보며 말했다.

"당신은 무척 고생하셨군요."

"말씀 마십시오! 붉은 죄수복에 둥그런 쇠 차꼬, 잠자리는 널빤지, 추위와 더위, 노동, 죄수들, 몽둥이찜! 아무것도 아닌 일에 쇠사슬을 두 겹으로 채우고, 말 한마디 잘못하면 토굴 속에 집어넣고, 누워 있는 환자에게까지 쇠사슬을 채우고. 개들이, 개들이 더 행복하지요! 그렇게 십구 년간을요! 제 나이 마흔여섯입니다. 지금은 이 노란 통행권! 이렇습니다."

"알겠소." 주교는 말했다. "당신은 슬픈 곳에서 나오셨군요. 들어 보시오. 하늘에서는 올바른 사람 백 명의 흰옷보다 회개한 죄인 한 명의 눈물 젖은 얼굴에 더 많은 기쁨이 있을 것이오.* 당신이 그 고통스러운 곳에서 인간에 대한 증오와 분노의 생각을 가지고 나온다면, 당신은 가엾은 사람이오. 반면 거기서 호의와 온정과 화합의 생각을 가지고 나온다면, 당신은 우리들 중 누구보다도 훌륭한 사람이오."

그동안 마글루아르 부인은 저녁밥을 차려 놓았다. 물과 기름과 빵과 소금으로 만든 수프, 약간의 베이컨, 염소 고기 한 조각, 무화과, 신선한 치즈, 큼직한 호밀 빵 한 덩어리. 그 여자는 자기 생각대로 주교의 평소 식단에 오래된 모브 포도주 한 병을 곁들여 내놓았다.

주교의 얼굴에는 갑자기 손님 환대하기 좋아하는 사람들 특유의 쾌활한 표정이 떠올랐다.

"자, 식탁에 앉읍시다!" 그는 힘차게 말했다. 손님과 같이 식사할 때는 언제나 그렇듯이, 그는 사나이를 자기 오른편에 앉혔다. 바티스틴 양은 아주 조용하고 자연스럽게 그의 왼편 자리에 앉았다.

주교는 늘 하듯이 식전 기도를 드리고 손수 수프를 따라 주었다. 사나이는 게걸스럽게 먹기 시작했다.

갑자기 주교가 말했다.

"그런데 식탁에 뭔가 빠진 것 같은데."

---

* 「누가복음」 15장 7절 참조.

아닌 게 아니라 마글루아르 부인은 거기에 꼭 필요한 식기 세 벌만 챙겨다 놓았던 것이다. 그런데 주교가 다른 사람과 식사를 할 때면, 순진한 자랑이기는 했지만, 여섯 벌의 은식기를 식탁보 위에 늘어놓는 것이 이 집의 관례였다. 이 우아한 사치의 과시는 가난을 품위로 삼고 있는 이 안온하고도 엄격한 가정에 일종의 어린애 같은 애교였다.

마글루아르 부인은 주교의 뜻을 알아차리고 아무 말없이 식당에서 나갔고, 한참 후에 주교가 요구한 세 벌의 식기는 세 회식자 한 사람 한 사람 앞에 보기 좋게 배치되어 식탁보 위에서 번득였다.

4. 퐁타를리에의 치즈 제조소에 관한 이야기

이제 그 식탁에서 무슨 일이 있었는지 대강 전하기 위해서는 바티스틴 양이 부아슈브롱 부인에게 보낸 편지의 한 구절을 여기에 옮겨 놓는 것이 가장 좋을 것 같은데, 이 편지에는 죄수와 주교 사이에 오간 대화가 순진하고도 자세하게 적혀 있다.

…… 그 사나이는 아무 눈치도 보지 않고 아무런 주의도 하지 않았어요. 굶주린 듯이 게걸스럽게 먹었어요. 그러나 수프를 먹고 나서 이렇게 말하는 거예요.

"고마운 하느님의 사제님, 이런 것도 모두 제게는 정말 너무 훌륭합니다만, 이 점을 좀 말씀드려야겠는데요, 제가 자기들과 함께 밥을 먹게 두려 하지 않은 저 수레꾼들은 사제님보다 더 맛있는 음식을 먹는답니다."

우리끼리 얘기지만, 그런 의견은 내게는 좀 불쾌했어요. 오라버니는 이렇게 대답하셨어요.

"그들은 나보다 더 고되다오."

그 사나이는 말했습니다. "그게 아니라 그들은 돈이 더 많습니다. 신부님은 가난하시지요. 저는 잘 압니다. 신부님은 아마 사제도 못 되시는 모양이죠. 신부님은 사제이시기는 합니까? 아! 정말 하느님이 올바르다면 신부님은 꼭 사제가 되셔야 할 텐데."

"하느님은 더없이 공평하시오." 오라버니는 말하셨어요.

잠시 후에 오라버니는 덧붙였어요.

"장 발장 씨, 당신이 가시려는 데는 퐁타를리에요?"

"그렇습니다. 여정이 결정되어 있습니다."

나는 그 남자가 그렇게 말했다고 믿어요. 이어 그는 말을 계속했어요.

"저는 내일 새벽에 떠나야 합니다. 여행하는 건 힘듭니다. 밤은 춥고 낮은 덥거든요."

"당신이 가는 곳은 좋은 고장이오." 오라버니는 말을 이었어요. "혁명 때 우리 집이 몰락해서, 나는 처음에 프랑슈콩테로 피난하여 거기서 한동안 내 두 팔로 노동을 하며 살았소. 나는 굳건한 의지를 가지고 있었소. 일거리는 얼마든지 있어서 골라잡기만 하면 되었소. 거기엔 제지 공장, 피혁 공장, 증류물 제조소,

제유소, 대규모의 시계 제조소, 제강소, 제동소(製銅所), 그 외에도 적어도 스무 개의 철공소가 있는데, 그중에서도 로, 샤티용, 오댕쿠르, 뵈르에 있는 네 개의 철공소는 매우 중요한 곳이라오……."

내 기억에 오라버니가 열거하신 지명은 틀림없이 바로 이런 것들이었어요. 오라버니는 말을 중단했다가 내게 말을 건넸어요.

"이봐, 누이, 그 고장에 우리 친척이 없는가?"

나는 대답했어요.

"있어요. 구체제 때 퐁타를리에의 수문장이었던 뤼스네 씨가 있어요."

"그렇군." 오라버니는 말을 이었어요. "하지만 1793년에 우리는 친척이 없었고 가진 거라곤 두 팔뿐이었소. 나는 일했소. 발장 씨, 당신이 가려는 퐁타를리에라는 고장에는 아주 가부장적이고 아주 매력적인 산업 하나가 있소. 그것은 치즈 제조소인데 이것을 그들은 '프뤼티에르'라고 부른다오."

그때 오라버니는 사나이에게 식사를 하게 하면서도 퐁타를리에의 치즈 제조소가 무엇인지 자상하게 설명해 주었어요. 오라버니가 하신 말씀에 의하면 이래요. 치즈 제조소에는 두 가지가 있는데, '큰 헛간'이라는 것은 부자들의 제조소로서, 사오십 마리의 암소가 있어서 여름마다 칠팔천 근의 치즈를 생산한대요. 또 '조합 제조소'라는 것은 가난한 사람들 것인데, 산 중턱쯤 사는 농부들이 암소를 공동으로 방목하여 그 생산물을 나눈다는 거예요. 그들은 '그뤼랭'이라고 부르는 치즈 제조인을 고용해요. 그뤼랭은 하루에 세 번 조합 우유를 받아 그 수량을 표에 적어 넣어요. 치즈 제조 작업이 시작되는 건 4월 말쯤이고, 치즈 제조인들이 그들의 암소를 방목지로 데리고 가는 건 6월 중순쯤이래요.

사나이는 식사를 하면서 기운이 났어요. 오라버니는 그에게 그 좋은 모브 포도주를 마시게 했는데, 오라버니 자신은 비싼 포도주라고 해서 그것을 마시지 않았어요. 오라버니는 잘 아시는 그 자연스럽고 유쾌한 어조로, 그리고 이따금씩 내게도 상냥하게 말을 건네면서, 그 사나이에게 그 모든 자질구레한 이야기를 해 주었어요. 오라버니는 몇 번이고 그뤼랭이라는 좋은 직업 이야기를 되풀이하셨는데, 그것이 그 사나이를 위한 안식처라는 것을 직접적이고 노골적으로 권유하지 않고도 알아들을 수 있도록 하려는 것 같았어요. 한 가지 내가 감동한 것이 있어요. 그 사나이는 내가 부인께 말한 그대로 그런 사람이었어요. 그런데 오라버니는 그 사나이가 들어왔을 때 예수에 관해 몇 마디 말씀하셨을 뿐, 식사 중에나 그날 저녁 내내 그 사나이에게 그의 신분을 상기시키거나 오라버니의 신분을 알리는 말은 일언반구도 하지 않았어요. 언뜻 보기에는 설교라도 좀 하고 이 죄수에게 주교로서의 위엄을 보여 줌으로써 깊은 인상을 남기기에 확실히 좋은 기회였어요. 이것은 아마 다른 사람이 보기에는, 그 불쌍한 사람을 받아 주었으니까 그의 육체와 동시에 영혼에도 양식을 주고 훈계와 충고를 곁들여 그를 좀 나무라거나, 혹은 그가 장래에 더 괜찮게 행동하도록 권유하면서 약간의 동정을 베풀 기회였을 거예요. 오라버니는 그가 어느 고장에서 왔는지도 묻지 않았고 그의 과거가 어떠했는지도 묻지 않았어요. 그의 과거에는 과오가 있었고, 그래서 오라버니는 그에게 그것을 상기시킬 만한 말은 일체 피하는 것 같았어요. 오라버니는 퐁타를리에의 산중 사람들 이야기를 하시면서 "그들은 하늘 가까이서 평온한 일을 하고 있다."라는 말에 덧붙여서 "그들은 순결하니까 행복하다."라고 말씀하시다가 불쑥 나온 그 말 속에 그 남자의 마음을 찌르는 무엇이 있지나 않을까 하여 갑자기 입을 다물어 버렸을 정도예요. 곰곰히 생각해 보면, 오라버니 마음속에 어떤 생각이 있었는지 나도 알 것 같아요. 그 장 발장이라는 사람은 자신의 비참함을 너무나도 또렷하게 가슴속에 느끼고 있으니, 그것을 잊게 하고 평범하게 대해 줌으로써 잠시라도 자기도 남과 다름없는 사람이라고 믿게 해 주는 것이 제일 좋은 일이라고 오라버니는 아마 생각하셨을 거예요. 이런 것이야말로 정말 자비라는 것을 잘 이해하는 것 아니겠어요? 그렇게 설교와 훈계와 암시 같은 걸 삼가는 마음씨 고운 태도 속에야말로 정말 복음적인 그 무엇이 있지 않을까요? 그리고 사람이 가슴속에 어떤 고통을 지니고 있을 적에 그것을 조금도 건드리지 않도록 하는 것이야말로 가장 훌륭한 연민의 정 아닐까요? 내가 보기에는 바로 우리 오라버니의 마음속이 그랬던 것 같아요. 그러나 어쨌든 내가 단언할 수 있는 것은 설령 오라버니가 그러한 생각을 가지고 있었다 해도 오라버니는 저에게조차 조금도 그런 내색을 하지 않았다는 점이에요. 오라버니는 끝끝내 보통 저녁과 처음부터 끝까지 하나도 다름이 없었고, 사제장 제데옹 씨나 교구의 사제와 식사하는 것과 똑같은 표정과 똑같은 투로 장 발장과 같이 저녁 식사를 하셨어요.

식사가 끝날 무렵, 우리가 무화과를 먹고 있는데 누가 문을 두드렸어요. 제르보 아주머니가 어린아이를 안고 들어온 거예요. 오라버니는 어린아이의 이마에 입을 맞추고, 제르보 아주머니에게 주려고 내게 마침 있던 돈 15수를 빌렸어요. 그러는 동안 사나이는 별로 주의도 하지 않고 있었어요. 그는 아무 말도 않고 있었는데, 퍽 피로해 보였어요. 가련한 제르보 아주머니가 나가고 나서, 오라버니는 식후 기도를 드리고는 그 사나이한테 몸을 돌려 "이제 주무셔야겠지요." 하고 말씀했어요. 마글루아르 부인은 얼른 식기를 치웠어요. 나는 손님이 잠을 자도록 우리는 물러가야겠다고 생각하고 마글루아르 부인과 둘이서 2층으로 올라갔어요. 그러나 조금 후에 나는 마글루아르 부인에게 내 방에 있던 포레누아르의 사슴 모피를 그 남자의 침대로 가져다주라고 했어요. 밤에 추워도 그게 있으면 포근하거든요. 섭섭한 건 그 모피가 낡아서 털이 죄 빠져 버렸다는 거예요. 그것은 오라버니가 다뉴브 강 수원에서 가까운 독일의 토틀링겐에 계셨을 때 지금 제가 식탁에서 쓰고 있는 상아 자루가 달린 조그만 나이프와 함께 사 오신 물건이에요.

마글루아르 부인은 이내 2층으로 돌아왔어요. 우리는 빨래를 너는 객실에서 주께 기도를 드리기 시작했어요. 그러고는 둘다 아무 말없이 제각기 자기 방으로 물러갔어요.

5. 고요

비앵브뉘 예하는 누이동생에게 편히 쉬라고 인사하고 나서 식탁 위의 두 은촛대 중 하나는 자기 손에 들고, 또 하나는 손님에게 주며 말했다.

"자, 노형, 방으로 안내해 드리겠소."

사나이는 그의 뒤를 따랐다.

앞서 말한 바대로, 이 집의 구조는 침소가 있는 기도실로 가거나 거기서 나오려면 주교의 침실을 통과하지 않으면 안 되었다.

그들이 그 방을 지나갈 때, 마침 마글루아르 부인은 침대 머리맡에 있는 벽장 속에 은식기를 넣고 있었다. 그것은 저녁마다 그 여자가 자러 가기 전에 마지막으로 하는 일이었다.

주교는 손님을 기도실 안쪽 침소에 묵게 했다. 하얀 새 침대 하나가 거기에 놓여 있었다. 사나이는 작은 탁자 위에 촛대를 놓았다.

"자, 편히 주무시오." 주교는 말했다. "내일 아침 떠나기 전에 우리 집 소에게서 짠 따끈따끈한 우유를 한 잔 마시고 가시오."

"고맙습니다, 신부님." 사나이는 말했다.

이 화기애애한 말을 하자마자 그는 별안간 느닷없이 이상한 몸짓을 했는데, 만약에 두 성스러운 처녀가 그것을 보았다면 깜짝 놀라 몸이 오싹했으리라. 이때 그가 무슨 충동을 받았는지 나로서는 오늘날까지도 알 도리가 없다. 미리 무슨 경고를 주려고 했을까, 아니면 위협을 하려고 했을까? 또는 단지 저 자신도 알 수 없는 일종의 본능적 충동에 사로잡혔을 뿐일까? 그는 갑자기 늙은이 쪽으로 돌아서더니, 팔짱을 끼고 사나운 눈으로 주인을 응시하며 쉰 목소리로 외쳤다.

"아! 정말로! 이렇게 당신 집에, 당신 곁에 나를 재워 주시는군요!"

그는 말을 끊었다가 어쩐지 흉측하게 느껴지는 웃음을 지으며 덧붙였다.

"정말 두루두루 깊이 생각해 보셨습니까? 제가 살인자가 아니라고 누가 말해 주던가요?"

주교는 천장을 우러러보고 대답했다.

"그건 주님께서나 아실 일이오."

그러고는 기도를 드리거나 혼잣말을 하는 사람처럼 입술을 움직이며 오른손의 두 손가락을 들어 허리도 굽히지 않는 사나이에게 축복을 빌어 주고서, 고개도 돌리지 않고 뒤도 돌아보지 않고서 자기 침실로 갔다.

침소에 사람이 들어 있을 때는 기도실에 커다란 서지 휘장을 빙 둘러쳐 제단을 가렸다. 주교는 그 휘장 앞을 지나다가 무릎을 꿇고 짤막하게 기도를 드렸다.

잠시 후에 그는 정원으로 나가 거닐며 몽상에 잠기고 명상에 잠기면서, 밤에 천주가 열려 있는 사람 눈에 보이는 저 위대한 신비에 영혼도 생각도 고스란히 바쳤다.

한편 사나이는 정말 너무 피곤해서 그 좋은 흰 침대보를 즐기지도 못했다. 그는 죄수들이 하는 식으로 콧바람으로 촛불을 끄고는 옷을 입은 채 침대에 쓰러져서 이내 깊이 잠들어 버렸다.

주교가 정원에서 자기 방으로 돌아왔을 때 시계가 12시를 쳤다.

잠시 후, 이 작은 집에서는 모든 것이 자고 있었다.

6. 장 발장

장 발장은 한밤중에 잠을 깼다.

장 발장은 브리의 가난한 농가에서 태어났다. 어렸을 때 그는 글도 배우지 못했다. 성장한 뒤에는 파브롤에서 나뭇가지 치는 일을 했다. 어머니는 잔 마티외라 했고 아버지는 장 발장이라 했는데, 이것은 아마 별명으로, '부알라 장(저 장이란 놈)'이라는 말이 줄은 것일 것이다.

장 발장은 침울하지는 않아도 생각에 잠긴 듯한 성격이었는데, 이것은 다정한 사람들의 특성이다. 어쨌든 외관상으로 장 발장에게는 뭔가 꽤 멍하고 꽤 얼빠진 듯한 데가 있었다. 그는 아주 어려서 부모를 여의었다. 어머니는 산욕열을 잘못 치료해서 죽었다. 아버지는 그와 마찬가지로 나뭇가지 치는 일이 직업으로, 나무에서 떨어져 죽었다. 장 발장에게 남은 것이라고는 아들딸 일곱을 두고 과부가 된 누나 하나뿐이었다. 이 누나가 장 발장을 길렀는데, 남편이 있는 동안에는 어린 동생을 자기 집에 데려다 부양했다. 그런데 남편이 죽었다. 일곱 아이 중 제일 큰놈은 여덟 살이고 제일 작은놈은 한 살이었다. 장 발장은 그때 스물다섯 살이었다. 그는 아버지 노릇을 했고, 이번에는 그가 자기를 길러 준 누나를 부양했다. 그저 의무처럼 그렇게 되었을 뿐, 장 발장에게는 그다지 달가운 일이 아니었다. 그렇게 해서 그는 청년 시절을 벌이도 신통치 않은 고된 노동으로 보냈다. 그 고장에서 그에게 '애인'이 있는 것을 본 사람은 아무도 없었다. 그는 연애할 시간이 없었다.

그는 저녁이면 지쳐서 돌아와 말 한마디 없이 수프를 먹었다. 누나인 잔은 그가 먹는 동안 흔히 쇠고기나 돼지고기 조각, 양배추 속 같은, 그의 음식 중 가장 좋은 것을 그의 사발에서 덜어 내 자기 아이들에게 주곤 했는데, 그는 언제나 식탁에 몸을 구부려 머리를 수프 속으로 처넣다시피 하고 긴 머리털을 사발 주위로 늘어뜨려 눈을 가리고 먹으면서 아무것도 못 본 척 누나가 하는 대로 내버려 두었다. 파브롤에는, 장 발장의 초가집에서 멀지 않은 곳 길 건너편에 마리클로드라는 농가 아낙네가 있었다. 장 발장의 아이들은 늘 배가 고파서, 가끔 마리클로드한테 가서 어머니 핑계를 대고는 우유를 한 되씩 가져다가 울타리 뒤나 좁은 길 모퉁이에서 서로 우유 단지를 빼앗아 마시곤 했는데, 너무 급히 서두르는 바람에 어린 계집아이들은 흔히 앞치마나 가슴 위에 우유를 흘렸다. 만약에 어머니가 그러한 속임수를 알았다면 그런 비행을 저지른 녀석들을 호되게 야단쳤으리라. 그러나 장 발장은 퉁명스럽고 잘 투덜대기는 했으나, 아이들 어머니 몰래 마리클로드에게 우윳값을 치렀고, 아이들은 벌을 받지 않았다.

그는 나뭇가지를 치는 계절에는 하루에 24수를 벌었고, 그런 다음엔 가을 일꾼으로, 잡역부로, 소 치는 일꾼으로, 육체 노동자로 고용되었다. 그는 할 수 있는 일은 모두 다 했다. 그의 누나 역시 누나대로 일을 했지만, 어린아이들이 일곱이나 있는데 무슨 일을 할 수 있었겠는가? 어찌할 도리가 없었다. 그들은 차츰차츰 가난에 쫓기고 몰리는 슬픈 군상이 되었다. 그러던 중 혹독한 겨울이 왔다. 장 발장은 일거리가 없었다. 가족은 빵이 없었다. 빵이 없었다. 글자 그대로. 거기에 일곱 아이들.

어느 일요일 저녁, 파브롤의 성당 앞 광장 쪽 빵집 주인 모베르 이자보가 막 자려고 하는데, 진열대의 창살 친 유리창에서 찰카닥하는 소리가 들렸다. 나와 보니 마침 창살과 유리를 한꺼번에 주먹으로 때려 부순 구멍으로 팔 하나가 쑥 들어와 있는 것이 눈에 띄었다. 그 팔은 빵 하나를 집어 가져갔다. 이자보는 급히 뛰어나갔다. 도둑놈은 전속력으로 달아났고, 이자보는 그를 쫓아가 붙잡았다. 도둑놈은 빵을 던져 버렸으나, 팔에는 아직도 피가 흐르고 있었다. 그는 장 발장이었다.

그것은 1795년의 일이었다. 장 발장은 '야간에 가택에 침입하여 절도 행위를 한 혐의로' 당시의 법정으로 보내졌다. 그는 총을 한 자루 가지고 있었는데, 총 솜씨가 천하의 명수였고, 어떤 면에선 밀렵꾼이기도 했다. 이것이 그에게 불리했다. 밀렵꾼에 대해서는 지당한 편견이 있다. 밀렵꾼은 밀수입자와 마찬가지로 비적에 매우 가깝다. 그러나 말이 났으니 말이지만, 그러한 자들과 도회지의 끔찍한 살인자들 사이에는 현격한 차이가 있다. 밀렵꾼은 숲 속에 살고, 밀수입자는 산속이나 바다 위에 산다. 도회지는 부패한 인간과 흉포한 인간을 만든다. 산과 바다, 숲은 야성인(野性人)을 만든다. 이것들은 인간의 사나운 면을 키워 주기는 하지만 흔히 인간적인 면을 파괴하지는 않는다.

장 발장은 유죄 선고를 받았다. 법전의 규정은 명백했다. 우리들의 문명에는 무서운 시기가 있다. 형벌이 파멸을 선고하는 시기가 그렇다. 사회가 생각하는 인간을 회복할 길 없이 버리고 떠나갈 때, 그것은 얼마나 슬픈 순간인가! 장 발장은 오년 징역형을 선고받았다.

1796년 4월 22일, 집정관 정부가 오백인회에 보낸 혁명 제4년 화월(花月)* 2일의 통첩에서 부오나파르테라고 불리는 이탈리아군 총사령관이 몬테노테에서 승리했다는 소식이 파리에 전해졌는데, 바로 그날 비세트르에서는 많은 죄수들이 쇠사슬에 묶였다. 장 발장도 그중 하나였다. 지금은 아흔에 가까울 당시의 한 형무소 간수는 형무소 마당 북쪽 구석의 넷째 줄 맨 끝의, 쇠사슬에 묶인 그 불행한 사나이를 아직도 똑똑히 기억한다. 그도 다른 이들처럼 땅바닥에 앉아 있었다. 그는 자기 처지가 끔찍하다는 것을 제외하고는 아무것도 이해하지 못하고 있는 것 같았다. 그도 역시 십중팔구 아무것도 모르는 불쌍한 사람의 막연한 생각을 통해 자기가 처한 상황에 뭔가 지나친 것이 있다는 것을 알았을 것이다.

* 혁명력 8월로서, 4월 20일부터 5월 19일까지에 해당한다.

목에 걸린 쇠고리의 나사못을 기둥에 대고 박느라 머리 뒤에서 망치 소리가 쩌렁쩌렁 울리는 동안, 그는 울고 있었고, 눈물에 목이 메어 말도 못 했다. 그는 때때로 단지 이런 말만 할 수 있었다. "나는 파브롤의 가지 치는 사람이었다." 그러고는 흐느끼면서 오른손을 올렸다가 조금씩 일곱 번을 내렸는데, 그것은 마치 키가 다른 일곱 사람의 머리를 차례로 어루만지는 것 같았으며, 그러한 손짓으로 사람들은 그가 저지른 어떤 일이 일곱 명의 어린아이에게 옷을 입히고 먹을 것을 주기 위해서였다는 것을 짐작했다.

　그는 툴롱으로 떠났다. 목에 쇠사슬을 차고 수레에 실려서 스무이레 만에 거기에 도착했다. 툴롱에서 그는 붉은 죄수복으로 갈아입혀졌다. 과거의 생활에 관한 것은 그의 이름까지도 지워졌다. 그는 이제 장 발장이 아니었고 24601호였다. 누나는 어찌 됐을까? 일곱 아이들은 어찌 됐을까? 누가 그걸 걱정할까? 톱으로 밑동이 잘린 어린 나무의 한 줌 나뭇잎들은 어찌 되는가?

　그것은 언제나 같은 이야기다. 살아남은 그 불쌍한 사람들은, 그 하느님의 피조물들은 그 후 의지가지없고, 인도자도 없고, 은신처도 없이, 바람 불고 물결치는 대로, 누가 알겠는가, 저마다 뿔뿔이 흩어져, 외로운 운명들을 삼키는 저 싸늘한 안개 속에, 인류의 암담한 행진 속에서 수많은 불우한 사람들이 연달아 사라져 가는 음산한 암흑 속에 빠져 갔다. 그들은 그 고장에서 떠났다. 그들이 살던 마을의 종루는 그들을 잊었고, 그들이 살던 농촌의 경계석도 그들을 잊었으며, 장 발장조차도 감옥살이 몇 년 끝에 그들을 잊었다. 상처가 있었던 그의 가슴속에는 흉터가 남았다. 그것이 전부였다. 툴롱에서 지내는 내내 그는 고작 한 번 누나의 소식을 들었을 뿐이었다. 그것은 감옥살이 사 년째 되던 해가 다 지나갈 무렵이었다. 그 소식이 어떻게 그에게까지 전해졌는지는 알 수 없다. 다만 고향에서 그들을 알고 있던 어떤 사람이 그의 누나를 보았다는 것이었다. 그 여자는 파리에 있었다. 생쉴피스 근처의 빈민가인 쟁드르 거리에 살고 있었다. 그녀는 아이를 한 명만, 막둥이인 어린 사내아이 하나만 데리고 있었다. 다른 여섯 아이는 어디에 있었을까? 아마 그녀 자신도 몰랐을 것이다. 그녀는 아침마다 사보 거리 3번지의 어느 인쇄소에 나가서 종이를 접고 책을 매는 일을 했다. 아침 6시에, 겨울이면 해도 뜨기 훨씬 전에 거기에 나가야 했다. 인쇄소와 같은 건물 안에 학교가 하나 있어서, 그녀는 이 학교에 일곱 살 먹은 어린 아들을 데리고 갔다. 다만 그녀는 6시 인쇄소에 들어가고 학교는 7시가 돼야만 열렸으므로, 아이는 학교가 열릴 때까지 한 시간을 마당에서 기다려야 했는데, 겨울에 한데에서 보내기에 그 한 시간은 아직 어두웠다. 어린아이는 인쇄소에 들어갈 수 없었는데, 방해가 되기 때문이었다. 아침에 직공들은 이 가엾은 어린아이가 잠이 와서 못 견뎌 하며 길바닥에 앉아 있는 것을, 또는 어둠 속에서 제 보퉁이 위에 몸을 구부린 채 쪼그리고 앉아서 잠들어 있는 것을 지나가다가 흔히 보았다. 비가 올 때면 문지기 노파가 측은하게 여겨 자기 오두막에 맞아들였는데, 거기에는 초라한 침대 하나와 물레 하나, 그리고 두 개의 나무 의

자밖에 없었다. 어린아이는 거기 한쪽 구석에서 덜 춥도록 고양이에게 몸을 바짝 붙이고 잤다. 7시에 학교 문이 열리고 아이는 학교에 들어갔다. 장 발장이 들은 것은 이상과 같았다. 어느 날 그는 그런 이야기를 들었으나, 그것은 삽시간의 일이요 번개 같은 일이어서, 마치 그가 사랑했던 그 사람들의 운명에 갑자기 창이 열렸다가 다시 싹 닫혀 버린 것과 같았고, 그후 다시는 그들의 소식을 듣지 못했는데, 그것도 영원히 그러했다. 더 이상 아무것도 그에게 전해지지 않았다. 그는 한 번도 그들을 보지 못했고, 한 번도 만나지 못했으며, 이 가슴 아픈 이야기의 뒤에도 다시는 그들을 만나지 못할 것이다.

그 사 년째 연말경에 장 발장이 탈옥할 순서가 왔다. 그의 친구들은 이 비참한 곳에서는 으레 그러하듯이 그를 도왔다. 그는 탈옥했다. 그는 이틀 동안 들판을 자유롭게 헤맸다. 바짝 쫓기고, 줄곧 돌아다보고, 바스락 소리만 나도 부르르 떠는 것도 자유롭다고 한다면. 연기 나는 지붕에, 지나가는 사람에, 개 짖는 소리에, 뛰어가는 말굽 소리에, 시계 치는 소리에, 온갖 것이 보이기 때문에 낮에, 아무것도 안 보이기 때문에 밤에, 도로에, 오솔길에, 덤불에, 자는 것에, 모든 것에 겁을 먹는 것도 자유롭다고 한다면 말이다. 이틀째 되던 날 저녁에 그는 다시 붙잡혔다. 그는 서른여섯 시간 동안 아무것도 먹지 못했고 한숨도 자지 못했다. 해사(海事) 재판소는 이 죄로 그의 형기를 삼 년 연장했고, 그의 형기는 팔 년이 되었다. 육 년째에 다시금 탈옥할 순서가 왔고, 그는 그것을 이용했으나 탈주를 완수하지는 못했다. 점호할 때에 그가 없었다. 비상 대포가 울렸다. 그날 밤 순찰대원이 그가 건조 중인 배의 용골 밑에 숨어 있는 것을 발견했는데, 그는 자기를 붙잡은 간수들에게 저항했다. 탈옥과 반항. 특별법으로 규정되어 있는 이 행위로 인해 그는 오 년의 가중형에 처해졌는데, 그중 이 년은 두 겹의 사슬형이었다. 총 십삼 년. 십 년째에 다시 차례가 왔고, 그는 또 그 기회를 이용했다. 이번에도 더 잘 성공하지는 못했다. 이 새로운 탈옥 미수로 말미암아 삼 년이 가형되었다. 합계 십육 년. 마지막으로, 십삼 년째의 해였다고 생각하는데, 그는 마지막으로 한 번 더 탈옥을 시도했으나 네 시간의 도피 후 다시 붙잡히는 데밖에 성공하지 못했다. 이 네 시간으로 삼 년. 도합 십구 년. 1815년 10월에 그는 석방되었다. 그는 유리창을 부수고 빵 한 조각을 훔친 죄로 1796년에 형무소에 들어갔던 것이다.

간단히 한마디 덧붙인다. 이 책의 저자가 형법 문제와 법률에 의한 처벌에 관해 연구하던 중 빵 한 조각을 훔친 것이 한 사람의 운명이 파멸하는 출발점이 된 예를 접하는 것은 이것이 두 번째다. 클로드 괴가 빵 한 조각을 훔쳤고, 장 발장이 빵 한 조각을 훔쳤다. 영국의 통계에 의하면, 런던에서는 절도 다섯 건 중 네 건이 굶주림에 그 직접적인 원인이 있는 것으로 확인되고 있다.

장 발장은 흐느끼고 떨면서 감옥에 들어갔고, 무감정한 사람이 되어 거기서 나왔다. 그는 거기에 절망해서 들어갔고, 거기서 침울해져서 나왔다.

이 사람의 영혼 속에서 무슨 일이 일어났었을까?

7. 절망 속에서

그것을 말해 보자.

이런 것들을 만들어 내는 것은 사회이니까 사회는 모름지기 그것들을 봐야만 한다.

앞서 말했듯이 그는 무지한 사람이었지만 바보는 아니었다. 타고난 빛이 그의 마음속에 불을 밝히고 있었다. 불행 역시 나름의 빛을 가지고 있는데, 그것이 이 사람의 정신 속에 있는 조금의 빛을 증가시켰다. 곤봉 아래서, 쇠사슬 아래서, 감방 속에서, 피로 속에서, 형무소의 뜨거운 태양 아래서, 죄수들의 마룻바닥 잠자리에서, 그는 양심 속에서 자신을 되돌아보고 심사숙고했다.

그는 자기 자신을 심판대에 올려놓았다.

그는 자기 자신을 심판하기 시작했다.

그는 자기가 부당하게 벌을 받은 결백한 사람이 아니라는 것을 인정했다. 그는 자기가 비난받을 만한 극단적인 행동을 저질렀다는 것을 자인했다. 그는 이렇게 생각했다. 만약에 달라고 했다면 아마 그 빵을 거절하지는 않았으리라. 동정심에서든, 일을 해서든, 어쨌든 그 빵을 얻을 때까지 기다리는 것이 좋았으리라. "굶주리는 판에 기다릴 수 있는가?"라고 말하는 건 전혀 이론의 여지가 없는 이유라고는 할 수 없다. 먼저, 글자 그대로 굶어 죽는다는 것은 매우 드문 일이다. 다음으로, 다행인지 불행인지, 인간은 정신적, 육체적 고통을 죽지 않고 오래오래, 그리고 수없이 참아 낼 수 있도록 만들어져 있다.

그러므로 참을성이 필요했다. 저 가엾은 어린아이들을 위해서라도 그게 더 나았을 것이다. 사회 전체에 난폭하게 대들고 도둑질로 곤궁에서 벗어나려고 생각한 것은 변변찮고 보잘것없는 사람인 그로서는 분별없는 생각이었다. 어쨌든 치욕으로 들어가는 문은 곤궁에서 벗어나기 위한 좋은 문은 아니었다. 요컨대 그는 옳지 않았다.

이어서 그는 자문했다.

이 불행한 사건에서 잘못은 나 한 사람에게만 있었는가? 먼저, 노동자인 나에게 일거리가 없었고, 부지런한 나에게 빵이 없었던 것은 중대한 일이 아니던가? 다음으로, 과오를 범하고 자백하기는 했지만, 징벌이 가혹하고 과도하지는 않았던가? 범죄인 쪽에서 범행에 잘못이 있었던 것보다도, 법률 쪽에서 형벌에 더 많은 잘못이 있었던 것은 아니던가? 한쪽의 저울판에, 속죄가 실려 있는 저울판에 과중한 무게가 실려 있지는 않았던가? 과중한 형벌은 범죄는 조금도 없애지 못하고, 입장을 뒤집어, 범죄자의 잘못을 억압의 잘못으로 바꾸어 놓고, 죄인을 희생자로 채무자를 채권자로 만들어 놓고, 바로 권리를 침범한 자 쪽에 결정적으로 권리를 부여하는 결과를 초래하지 않았던가? 탈옥 기도로 계속 가중된 그 형벌은 결국 최약자에 대한 최강자의 폭행 같은 것이 되고, 개인에 대한 사회의 죄악이 되고, 매일 되풀이되는 죄악이 되고, 십구 년간 계속된 죄악이 되지 않았던가?

그는 자문했다. 과연 인간 사회는 그 구성원들에게 어떤 경우에는 부조리한 무분별을, 또 어떤 경우에는 무자비한 경계를 모두 똑같이 받아들이게 하고, 결핍과 과다 사이에, 노동의 결핍과 징벌의 과다 사이에 한 가련한 인간을 영원히 붙잡아 놓는 권리를 가질 수 있는가? 우연에 의해 이루어지는 재산 분배에서 가장 적은 몫을 탄, 따라서 가장 배려를 받아 마땅한 구성원들을 사회가 그렇게 대우하는 것은 부당한 일이 아닌가?

이러한 질문들이 제기되고 해결되었으므로, 그는 사회를 판결하여 유죄를 선고했다.

그는 자신의 증오심으로 사회를 처벌했다.

그는 자기가 겪는 운명을 사회의 책임으로 돌리고, 아마 언젠가는 서슴지 않고 그 책임을 물으리라 생각했다. 그는 자기가 가한 손해와 자기에게 가해진 손해 사이에 균형이 맞지 않는다고 자신에게 선언했다. 마지막으로 그는 자기가 받은 징벌은 사실 부당한 것은 아니지만 확실히 불공정한 것이라고 결론지었다.

분노는 분별없고 부조리할 수 있으며, 사람은 부당하게 화를 낼 수도 있다. 그러나 결국 어떤 면에서건 옳을 때만 분개한다. 장 발장은 분개하고 있었다.

게다가 인간 사회는 그를 해치기만 했다. 그는 일찍이 사회에 관해서는 사회가 정의라고 일컬으며 타격을 가하는 자들에게 보여 주는 저 성난 얼굴밖에 본 적이 없었다. 사람들이 그와 접촉한 것은 오직 해치기 위해서뿐이었다. 그들과의 접촉 중 그에게 타격이 아닌 것은 하나도 없었다. 그는 어릴 적부터, 어머니의 슬하에서부터, 누나에게 길러질 때부터 단 한 번도 다정한 말과 친절한 눈빛을 접해 본 일이 없었다. 고생에 고생을 겪으면서 차츰 그는 하나의 확신에 도달하여, 인생은 투쟁이고 그 투쟁에서 자기는 패배자라고 생각하기에 이르렀다. 그에게는 증오심 외에 아무런 무기도 없었다. 그는 형무소에서 이 유일한 무기를 날카롭게 갈아 두었다가 나갈 때 가져가기로 결심했다.

툴롱에는 죄수들을 위하여 이뇨랑탱* 수도사들이 경영하는 학교가 있었는데, 거기서는 불행한 죄수들 중 뜻있는 자들에게 가장 필요한 것을 가르쳤다. 그는 그러한 뜻있는 자들 중의 하나였다. 그는 마흔 살에 학교에 가서 읽기, 쓰기, 셈하기를 배웠다. 그는 자기의 지능을 강화하는 것은 곧 자기의 증오심을 강화하는 것이라고 생각했다. 어떤 경우에는 교육과 지식이 악을 보조하는 구실을 할 수도 있다.

말하기에도 애처롭지만, 그는 자기의 불행을 만들어 놓은 사회를 판결한 후에 사회를 만들어 놓은 신의 섭리를 판결했다.

그는 이것도 역시 비난했다.

그리하여 고통과 예속의 십구 년 동안 이 영혼은 상승과 추락을 동시에 겪었다. 한쪽으로는 광명이 비쳐 들고 다른 쪽으로는 암흑이 들어왔던 것이다.

장 발장은 앞서도 본 바와 같이 본성이 악하지는 않았다. 형무소에 들어갔을 때 그는 아직도 선량했다. 거기서 그는 사회를 비난하고 자기가 악해졌음을 느꼈다. 거기서 그는 신의 섭리를

---

* 생 장 드 디외 교단 수도사들이 자신을 낮추어 부른 말. 본래 이뇨랑탱은 '문맹'이라는 뜻이다.

비난하고 자기 스스로 신앙심이 없어진 것을 느꼈다.

여기서 잠시 생각해 보지 않을 수 없다.

인간의 성질은 이처럼 근본적으로 완전히 변화할 수 있을까? 신에 의하여 착하게 만들어진 인간이 사람에 의하여 악해질 수 있을까? 인간의 영혼이 운명에 의하여 완전히 개조되고, 운명이 나쁘기 때문에 영혼도 나빠질 수 있을까? 너무 낮은 천장 아래에서 등골뼈가 구부러지듯이, 사람의 마음도 고르지 못한 불행의 압박 아래에서 비틀어져 불치의 추악과 불구로 변화할 수 있을까? 어떤 본래의 빛이, 이승에서 부패할 수 없고 저승에서 사멸할 수 없는 어떤 거룩한 요소가, 선에 의하여 발전하고, 북돋워지고, 불붙어 타올라 찬연히 빛나며 악에 의하여 결코 완전히 꺼지지 않는 그 어떤 거룩한 빛이 모든 사람의 영혼 속에 없을까? 특히 장 발장의 영혼 속에는 그러한 것이 없었을까?

그것은 중대하고도 분명치 않은 문제들이다. 그중 마지막 문제에 대해서, 만약에 생리학자들이 툴롱에서 휴식 시간 중 장 발장의 모습을 보았더라면 누구나 아마 서슴지 않고 그에게 그런 것은 '없었다.'고 대답했으리라. 그 휴식 시간은 장 발장에게는 몽상의 시간이었다. 그는 땅바닥에 끌리지 않도록 쇠사슬 한쪽 끝을 호주머니 속에 집어넣고서 팔짱을 끼고 권양기의 막대 위에 앉아 있었다. 그는 침울한 얼굴을 하고서 묵묵히 생각에 잠겨 있는 엄숙한 죄수였다. 그는 법률에 의하여 모든 권리를 박탈당하여 분노의 눈으로 사람을 바라보는 낙오자였다. 그는 문명에 의하여 영원한 벌을 받아 준엄한 눈으로 하늘을 바라다보는 추락자였다.

확실히, 그리고 나도 그것을 숨기고 싶지는 않은데, 관찰자인 생리학자는 거기에서 구제 불능의 비참을 보았을 것이고, 법률이 만들어 놓은 이 병자를 아마 가엾게 여겼겠지만 치료를 해 보려고조차도 하지 않았을 것이다. 그는 이 사나이의 영혼 속에 얼핏 엿보이는 동굴에서 눈길을 돌려 버렸으리라. 그리고 마치 지옥문 앞에 선 단테처럼, 신의 손가락이 모든 사람의 이마 위에 써 놓은 '희망'이라는 단어를 그 사나이의 생애에서 지워 버렸으리라.

내가 아까 분석해 본 장 발장의 그러한 영혼 상태는 내가 독자에게 전하려고 한 만큼 장 발장에게도 완전히 분명하게 인지되었을까? 장 발장은 자기의 정신적 비참함을 구성하고 있는 그 모든 요소들을 그것들이 형성된 뒤에 똑똑히 보고 있었을까? 그리고 그것들이 형성됨에 따라 그것들을 똑똑히 보았을까? 이 거칠고 무식한 사나이는 연달아 일어난 그 사상을 아주 또렷이 깨달았을까? 그러한 사상에 따라, 그는 차츰차츰 올라갔다가 이미 여러 해 전부터 그의 정신의 내부 세계가 되어 있던 그 처량한 상태까지 떨어져 버렸던 것이다. 그는 자기 속에서 일어난 모든 것을, 자기 속에서 움직이는 모든 것을 또렷하게 의식하고 있었을까? 그건 내가 감히 말할 수 없는 것이고, 그랬으리라고 생각조차 하지 않는다. 장 발장은 너무도 무지몽매했기 때문에, 여러 가지 불행을 겪은 뒤에도 그에게는 모호한 것이 많이 남아 있었다. 때로는 자기가 무슨 일을 당하는지조차도 정확히 알지 못했다. 장 발장은 암흑 속에 있었다. 암흑 속에서 괴로워하고 있었다. 암흑 속에서 증오하고 있었다. 말하자면 자기의 앞을 증오하고 있었다고나 할까? 그는 늘 그 어둠 속에서 살고 있었고, 장님처럼, 그리고 꿈꾸는 사람처럼 더듬적거리고 있었다. 다만 간혹 분노의 충동이, 과도한 고통이, 그리고 그의 영혼을 구석구석까지 비춰 주는 희미하고 빠른 빛이 별안간 그 자신으로부터 또는 외부로부터 그에게 닥쳐오는 수가 있었다. 그리하여 그 무서운 빛의 번쩍임 속에, 갑자기 그의 앞뒤에, 그리고 그의 주변 도처에 운명의 무시무시한 절벽과 암담한 전망이 나타나는 것이었다.

번개 같은 빛이 사라지면 다시 어둠이 떨어지고, 자신이 어디에 있는지 그는 알 수 없었다.

무자비한 것, 다시 말해 인간을 우매하게 만드는 것이 지배적인 이러한 종류의 형벌의 특색은 일종의 어리석은 변모를 통하여 인간을 차츰 야수로 변화시킨다. 때로는 맹수로 변화시키기도 한다. 장 발장이 연거푸 끈덕지게 시도한 탈옥 계획은 법률이 인간의 영혼 위에 빚어낸 그 이상한 작용을 증명하기에 충분하리라. 그 계획이 아무리 무익하고 어리석은 짓이라 하더라도 장 발장은 기회가 오는 한 그것을 되풀이했으리라. 그는 그 결과나 이미 겪은 경험 같은 건 조금도 생각하지 않았다. 그는 우리가 열려 있는 것을 본 이리처럼 맹렬히 탈출하곤 했다. 본능이 그에게 말한다. 도망쳐라! 이성은 그에게 말했으리라. 그대로 있어라! 그러나 그렇게도 격렬한 유혹 앞에서 이성은 사라져 버리고 본능밖에 남아 있지 않았다. 오직 수성(獸性)만이 꿈틀거렸다. 다시 잡혔을 때, 새로 내려진 준엄한 판결들은 그를 더욱더 경악하게 할 뿐이었다.

여기서 한 가지 빠뜨려서 안 될 사실은 그가 굉장한 체력의 소유자여서 형무소 내에서 아무도 그에게 미치지 못했다는 점이다. 노역에서나 쇠 밧줄을 풀고 고패를 감는 데서 장 발장은 네 사람에 비길 만했다. 때로는 어마어마한 중량의 물건을 들어 등에 지기도 하고, 때로는 기중기 역할도 했다. 말이 났으니 말이지만, 이 기중기는 옛날에는 '오르괴유'라 불렸는데, 파리 중앙 시장 근처의 몽토르괴유 거리의 이름은 여기에서 유래한 것이다. 친구들은 장 발장에게 '기중기 장'이라는 별명을 붙였다. 예전에 툴롱 시청의 발코니를 수리할 때, 그 발코니를 받치고 있는 퓌제*의 유명한 인상주(人像柱) 하나가 밀려나 넘어질 뻔한 일이 있었다. 마침 그 자리에 있던 장 발장은 그 인상주를 어깨로 받치고 일꾼들이 올 때까지 있었다.

그의 유연성은 그의 굳센 힘을 능가했다. 어떤 죄수들은 늘 탈옥만을 꿈꾸어 체력과 수련을 결합하여 마침내 하나의 진정한 기술을 만들어 낸다. 그것은 근육의 기술이다. 일종의 신비한 정역학(靜力學)의 모든 방식이 영원히 파리와 새를 부러워하는 죄수들에 의하여 나날이 적용된다. 반듯한 벽에 기어올라 거의 아무것도 붙거져 있지 않은 곳에서 디딜 곳을 찾아내는 것은 장 발장에게 누워서 떡 먹기였다. 벽 한쪽 귀퉁이만 있으면 등과 두 다리를 긴장시키고 팔꿈치와 뒤꿈치를 돌이

---

* 퓌제(Pierre Puget, 1620~1694). 프랑스의 조각가. 이탈리아에서 조각을 공부한 후 주로 툴롱과 제노바에서 작업했다.

파인 곳에 틀어박고서 마치 요술을 부리듯이 4층까지 기어 올라갔다. 때로는 형무소 지붕까지도 그렇게 해서 올라갔다.

그는 말수가 적었다. 웃지도 않았다. 한 해에 한두 번쯤 극도의 흥을 느끼면 마치 악마의 웃음의 메아리 같은 음산한 웃음이 새어 나왔다. 그를 보면 줄곧 무슨 무서운 것을 바라보고 있는 것 같았다.

그는 사실 무엇엔가 정신이 팔려 있었다.

불완전한 성격과 짓눌린 지성의 병적인 지각을 통하여 그는 어떤 무시무시한 것이 자기 위에 들씌워져 있음을 어렴풋이 느꼈다. 그 어슴푸레하고 희멀쑥한 빛 속에서 기어 다니면서 고개를 돌리고 눈을 쳐들려고 할 때마다, 가지가지의 사물과 법률, 편견, 사람들, 그리고 사실들이 그 윤곽조차 보이지 않을 정도로 무시무시하게 겹치고 서로 쌓여서 무서운 절벽을 이루면서 까마득하게 높이 솟아올라 그 산더미 같은 것들이 자신을 놀라게 하는 것을 그는 분노 어린 공포심을 품고 보았는데, 그것들은 우리가 문명이라 부르는 저 어마어마한 피라미드 외에 아무것도 아니었다. 그 우글거리는 괴이한 전체 속 여기저기에서, 때로는 가까이서, 때로는 멀리서, 그리고 접근할 수 없는 높은 곳에서, 어떤 집단을, 강렬하게 비친 어떤 세부를 그는 분별할 수 있었다. 여기에는 간수와 그의 몽둥이가 있고, 또 여기에는 헌병과 그의 군도가 있고, 저기에는 관을 쓴 주교가 있고, 훨씬 높은 곳에는 태양처럼 휘황한 배경 속에 왕관을 쓰고 눈부시게 빛나는 황제가 있었다. 그러한 휘황찬란한 것들은 그의 어둠을 없애 주기는커녕 도리어 그것을 더 음산하고 더 캄캄하게 하는 것 같았다. 그 모든 것, 법률, 편견, 사실, 사람, 사물은 신이 문명이라는 것에 부여한 복잡하고 신비로운 운동에 따라 그의 위를 오락가락하면서, 잔인함 속의 무엇인지 모를 고요함과 무관심 속의 말할 수 없는 냉혹함을 갖고서 그의 위를 걸어가 그를 짓밟기도 했다. 더할 수 없는 불행의 구렁텅이에 빠진 영혼들, 아무도 보아 주지 않는 나락의 맨 밑바닥에 떨어진 불쌍한 사람들, 법률에 버림받은 자들, 그들은 그 밖에 있는 자에게는 그렇게도 어처구니없고 그 아래에 있는 자에게는 그렇게도 무시무시한 인류 사회가 온 무게로 그들의 머리를 아주 무겁게 짓누르는 것을 느꼈다.

그러한 상황에서 장 발장은 생각에 잠기곤 했으니, 그의 몽상은 어떠한 성질의 것이었겠는가?

만약에 맷돌 아래의 좁쌀에 생각이 있다면 좁쌀은 아마 장 발장과 같은 생각을 했을 것이다.

이러한 모든 것, 환영이 가득 찬 현실, 현실이 가득 찬 몽환은 마침내 거의 표현할 수 없는 일종의 내적 상태를 그에게 만들어 주었다.

그는 가끔 형무소에서 한참 일하다가 손을 멈추었다. 그러고는 생각하기 시작했다. 예전보다 한결 성숙하고 동시에 혼란해진 그의 이성이 반기를 들었다. 그에게 닥쳐왔던 모든 일이 부조리하게 보였다. 그를 둘러싼 모든 것이 있을 수 없는 일 같았다. 그는 생각했다. '이것은 꿈이다.' 그는 몇 걸음 떨어져 서 있는 간수를 보았다. 간수는 그에게 환영같이 보였다. 그런데 그 환영이 느닷없이 그에게 몽둥이를 한 대 먹이는 것이었다.

눈에 보이는 자연도 그에게는 거의 존재하지 않았다. 태양도, 여름의 아름다운 나날도, 빛나는 하늘도, 4월의 맑은 새벽도 장 발장에게는 아예 없었다고 말해도 거의 거짓말이 아니리라. 무엇인지 모를 채광 환기창의 희미한 빛 같은 것만이 늘 그의 영혼을 비춰 주었다.

끝으로, 내가 여태까지 지적한 모든 것을 확실한 귀결로 줄여서 표현할 수 있는 것을 요약하기 위하여 다음 사실만 기록해 두기로 하자. 파브롤의 소심한 가지 치는 일꾼이자 툴롱의 무서운 죄수였던 장 발장은 십구 년 동안 형무소에서 형성해 놓은 그대로 두 가지 악행을 행할 수 있게 되었다. 첫째는 자기가 받은 악에 대한 보복으로서 행하는 급속하고 반사적이고 무의식적이고 본능적인 악행이요, 둘째는 그러한 불행이 줄 수 있는 그릇된 생각을 가지고서 마음속에서 따져 생각한 나머지의 진지하고 중대한 악행이다. 행동하기 전에 그가 하는 사색은 연속적인 세 단계를 거쳤는데, 그것은 어떤 종류의 기질을 가진 자들만이 거칠 수 있는 순서로서, 추리, 의지, 집요함이었다. 그의 행위의 원동력은 상습적인 분노, 마음의 고통, 자기가 당한 불공평에 대한 뿌리 깊은 감정, 반발(심지어 착하고 순진하고 올바른 사람들에 대해서까지도, 만약 그런 사람들이 있다면 말이지만)이었다. 그의 모든 사상의 출발점은 도착점과 마찬가지로 인간의 법률에 대한 증오였는데, 이러한 증오심은 만약 그것이 발전 중에 하늘의 뜻에 의한 사건으로 말미암아 멈추어지지 않는다면, 어느 때엔가는 사회에 대한 증오가 되고, 다음에는 인류에 대한 증오가 되고, 또 다음에는 천지 만물에 대한 증오가 되어, 마침내는 누구든, 어떤 생물이든 상관없이 해치고 싶은 끊임없고 막연한 야수적 욕망으로 나타났다. 이러한 것으로 미루어 보아 통행권에 장 발장을 '극히 위험한 인물'이라고 규정해 놓은 것은 무리한 일이 아니었다.

해가 감에 따라 이 영혼은 더욱더, 서서히, 그러나 결정적으로 메말라 버렸다. 마음이 메마르면 눈도 마른다. 형무소를 나올 때까지 십구 년 동안 그는 눈물 한 방울 흘린 적이 없었다.

8. 바다와 어둠

바닷속에 한 사나이가!

그러면 어떠랴! 배는 멈춰 서지 않는다. 바람은 불고, 암담한 배는 길을 따라 계속 항해하지 않으면 안 된다. 배는 지나가 버린다.

사나이는 사라졌다가 다시 나타난다. 그는 가라앉았다가 다시 수면에 떠오르고, 건져 달라고 외치며 팔을 내밀지만 그 소리는 아무에게도 들리지 않는다. 배는 폭풍 아래 흔들리며 항해에만 주의하고, 선원들과 승객들의 눈에는 물에 빠진 사람이 이제 보이지도 않는다. 그의 불쌍한 머리는 어마어마한 파도 속에서 하나의 점에 지나지 않는다.

그는 깊은 바다에서 절망의 고함을 지른다. 어떠한 환영이냐, 저 사라져 가는 돛은! 그는 돛을 바라본다. 미친 듯이 바라본다. 돛은 멀어져 가고 희미해지고 작아진다. 그는 조금 전에 거기에 있었고, 선원 중 한 사람이었고, 다른 사람들과 함께 갑판 위를 왔다 갔다 하며 제 몫의 공기와 햇빛을 가졌고, 한 명의 산 사람이었다. 그런데 지금은 대체 어찌 된 일이냐? 그는 미끄러져 떨어졌다. 이제 끝장이다.

그는 무시무시한 바닷속에 있다. 그의 발아래에는 이제 빠르게 흐르고 부서지는 물이 있을 뿐. 바람에 찢어지고 깨지는 파도가 끔찍스럽게 그를 에워싸고, 요동치는 바닷물이 그를 휩쓸어 가고, 모든 물보라가 그의 머리 주위에서 웅성거리고, 어중이떠중이 물결들이 그에게 들이치고, 혼잡하게 열린 구멍들이 그를 절반 정도 삼킨다. 아래로 가라앉을 때마다 캄캄한 심연이 눈앞에 어른거리고, 이름 모를 무서운 해초들이 그를 사로잡고 발에 감겨 붙어 그를 끌어당긴다. 그는 심연이 되고, 물거품의 일부가 되고, 물결에서 물결로 던져지고, 쓴 물을 마신다. 비겁한 대양은 그를 빠뜨려 죽이려고 맹렬히 달려들고, 그 광막함은 그의 단말마를 희롱한다. 그 모든 바닷물은 흡사 증오와도 같다.

그렇지만 그는 싸우고, 몸을 지키려고 애쓰고, 몸을 떠받치려고 애쓰고, 분발하고 헤엄친다. 그는 이내 지쳐 빠질 그 빈약한 힘을 가지고 지칠 줄 모르는 것과 싸운다.

도대체 배는 어디에 있는가? 저기에. 수평선의 캄캄한 어둠 속에 보일락 말락 한다.

광풍이 불어닥치고, 모든 물거품이 그에게 들씌워진다. 눈을 쳐들어 보지만 보이는 것은 검푸른 구름뿐. 그는 단말마의 고통에 허덕이며 바다의 어마어마한 횡포를 겪는다. 그는 그 광란에 시달린다. 그는 사람으로서 알 수 없는 이상한 소리를 듣는데, 그것은 마치 이승의 저쪽에서, 어딘지 모를 무서운 외계에서 들려오는 것 같다.

구름 속에 새들이 있다. 인간의 고난 위에 천사가 있듯이. 그러나 그것들이 그를 위해 무엇을 할 수 있겠는가? 그것들은 날고 노래하고 떠도는데, 그런데 그는, 그는 헐떡거리고 있다.

그는 자기가 대양과 하늘이라는 그 두 개의 광대무변한 것에 의해 동시에 매장되고 있다는 것을 느낀다. 하나는 무덤이요, 또 하나는 수의(壽衣)다.

어둠이 내리고, 헤엄친 지 벌써 여러 시간이 되어 그의 힘이 다했다. 그 배는, 사람들이 있던 그 머나먼 것은 사라졌다. 그는 황혼의 무서운 심연 속에 홀로 있다. 그는 가라앉는다. 몸이 굳는다. 그는 몸을 비꼰다. 아래에서 그는 눈에 보이지 않는 괴이한 물결을 느낀다. 그는 부른다.

이제 사람은 아무도 없다. 신은 어디에 있는가?

그는 부른다. 누구 없소! 누구 없소! 그는 줄곧 불러 댄다.

수평선에는 아무것도 없다. 하늘에도 아무것도 없다.

그는 애원한다, 광막한 바다에, 물결에, 해초에, 암초에. 그러나 그것들은 들은 척도 않는다. 그는 폭풍에 간청한다. 그러나 태연한 폭풍은 신에게밖에 복종하지 않는다.

그의 주위에는 암흑, 안개, 적막, 광포하고 무심한 소요, 흉포한 바닷물의 끝없는 파동뿐, 그의 속에는 공포와 피로뿐, 그의 아래에는 추락뿐, 몸을 받칠 것은 아무것도 없다. 그는 끝없는 어둠 속에서 떠돌 시체의 침울한 모험을 생각한다. 한없는 추위가 그를 마비시킨다. 그의 손은 오그라들고 오므라들어 허무를 붙잡는다. 바람, 구름, 회오리바람, 흔들바람, 무용한 별들! 어찌할 것인가? 절망한 자는 의기소침하고, 지친 자는 죽을 결심을 한다. 그는 하는 대로, 되는 대로 내버려 두고 체념하며, 이제 마구 삼키는 음산한 심연 속에 영원히 굴러 든다.

오, 인류 사회의 냉혹한 진행이여! 가는 도중에 일어나는 인간과 영혼의 상실이여! 법률이 떨어뜨리는 모든 것이 떨어지는 바다여! 구원의 서글픈 소멸이여! 오, 정신적 죽음이여!

바다, 그것은 형벌이 벌 받은 자를 던지는 사회의 가혹한 밤이다. 바다, 그것은 엄청난 비참함이다.

영혼이 이 심연 속에 흘러들면 시체가 될 수 있다. 누가 그것을 되살릴 것인가?

9. 새로운 피해

출옥할 때가 왔을 때, 장 발장의 귀에 "너는 자유다."라는 그 이상한 말이 들렸을 때, 그 순간은 거짓말 같고 이상야릇했다. 강렬한 광명의 빛이, 산 사람의 진정한 광명의 빛이 갑자기 그의 속에 스며들었다. 그러나 그 빛은 머지않아 희미해졌다. 장 발장은 자유라는 생각에 현혹되었다. 그는 새로운 생애가 열리리라 믿었다. 그러나 그는 곧 노란 통행권이 첨부되는 자유라는 것이 무엇인지를 알게 되었다.

그 외에 또 여러 가지 불쾌한 일이 있었다. 그는 형무소 수감 중 적립한 금액이 171프랑은 되었으리라 계산하고 있었다. 일요일과 축일의 부득이한 휴식이 십구 년간 약 24프랑의 감소를 초래했다는 사실을 그가 잊고 계산에서 빠뜨렸다는 것을 여기에 덧붙여 말하지 않을 수 없다. 그야 어쨌든, 그의 적립금은 여러 가지 공제로 말미암아 109프랑 15수라는 액수로 줄어 출감할 때 그에게 지불되었다.

그는 그것을 전혀 이해하지 못하고 침해를 당했다고, 말하자면 도둑을 맞았다고 믿었다.

석방된 이튿날, 그라스에서 그는 오렌지 꽃 증류소 문 앞에서 사람들이 짐짝을 내리고 있는 것을 보았다. 그는 그것을 거들어 주겠다고 제의했다. 일이 급했던지라 그의 제의는 받아들여졌다. 그는 일에 착수했다. 그는 영리하고 굳건하고 능란했다. 그는 최선을 다했다. 주인은 만족한 것 같았다. 그가 일하고 있을 때, 헌병 한 명이 지나가다가 그를 보고 신분 증명서를 보자고 했다. 그는 그 노란 통행권을 보이지 않을 수 없었다. 그런 뒤에 장 발장은 다시 일하기 시작했다. 조금 전에 그가 일꾼 한 사람에게 이 일을 해 주고 하루에 얼마 받느냐고 물었더니, 그 사람은 "30수."라고 대답했다. 저녁때가 되었을 때, 이튿날 아침에는 다시 길을 떠나야 했기 때문에 그는 증류소 주인 앞에 나가서 임금을 지불해 달라고 부탁했다. 주인은 한마디 말도 없이 25수를 건네주었다. 그는 항의했다. 그랬더니 상대방은 "너는 그걸로 충분해."라고 대답했다. 그는 간청했다. 그러자 주인은 그를 쏘아보며 말했다. "콩밥이나 안 먹도록 조심해!"

거기서도 그는 도둑을 맞았다고 생각했다.

사회는, 국가는 그의 적립금을 감액함으로써 그에게서 대규모로 훔쳤다. 그런데 이제는 개인이 그에게서 소규모로 훔친 것이다.

석방은 해방이 아니다. 사람은 형무소에서는 나오지만 처형에서 나오는 것은 아니다.

그라스에서는 그에게 그런 일이 있었다. 디뉴에서 그가 어떤 대접을 받았는가는 앞에서 이미 보았다.

10. 잠을 깬 사나이

대성당의 큰 시계가 새벽 2시를 칠 때 장 발장은 잠을 깼다.

그가 잠을 깬 것은 침대가 너무도 좋았기 때문이다. 그는 침대에서 잠을 자지 못한 지가 근 이십 년이나 되었기 때문에, 옷을 벗지는 않았지만, 기분이 너무나 새로워서 잠이 제대로 오지 않았던 것이다.

그는 네 시간 남짓 잤다. 피로는 충분히 풀렸다. 이제는 습관이 되어 잠자는 시간이 그리 많이 필요하지 않았다.

그는 눈을 뜨고 어둠 속을 한참 휘휘 둘러보다가, 다시 눈을 감고 잠을 청하려 했다.

여러 가지 많은 감동이 그날 하루를 뒤흔들었을 때, 여러 가지 일이 머릿속을 채우고 있을 때, 잠이 들었다가 한 번 깨면 다시는 잠이 오지 않는다. 잠은 다시 올 때보다도 처음에 더 쉽게 온다. 장 발장에게 그런 일이 생긴 것이다. 그는 다시 잠들 수 없어서 생각에 잠기기 시작했다.

그의 머릿속에는 여러 가지 생각들이 한데 뒤헝클어져 있었다. 그의 뇌리에는 일종의 컴컴한 상념이 오락가락하고 있었다. 옛날의 추억과 직전의 추억이 뒤죽박죽 떠올라 갈피를 잡을 수 없게 엉클어지는가 하면, 그 형상이 스르르 없어졌다가 터무니없이 우람스럽게 확대되고는 다시 철썩대는 흙탕물 속에 잠겨 버리기라도 하듯이 순식간에 스러지곤 했다. 그렇게 떠오른 숱한 생각 중에서 유달리 끊임없이 떠올라 딴생각들을 모조리 쫓아 버리는 것이 하나 있었다. 그 생각, 그것을 이 자리에서 바로 말해 버리기로 하자. 그는 마글루아르 부인이 식탁 위에 갖다 놓았던 여섯 벌의 은식기와 큰 스푼을 눈여겨보아 두었던 것이다.

그 여섯 벌의 은식기가 그의 머릿속에 자꾸만 떠올랐다. 그것은 저기 있었다. 몇 걸음 떨어지지 않은 곳에. 지금 있는 방에 오려고 옆방을 지나올 때 늙은 식모가 그것을 침대 머리맡의 작은 벽장에 넣고 있었다. 그는 그 벽장을 똑똑히 보아 두었다. 식당에서 들어오면 오른편에 있었다. 그것들은 순은이다. 더구나 옛날 은그릇이다. 그 큰 스푼과 합치면 줄잡아도 200프랑은 나가리라. 십구 년간 그가 번 돈의 갑절이다. 물론 '정부가 훔치지만' 않았더라면 더 많이 벌었겠지만.

그의 마음은 다소 반발하면서도 꼬박 한 시간 동안을 물결처럼 뒤흔들렸다. 3시를 알리는 시계 소리가 울렸다. 그는 두 눈을 번쩍 뜨고 침대에서 벌떡 일어나 팔을 뻗쳐 침소 한쪽 구석에 던져 놓았던 배낭을 더듬어 보고는, 두 다리를 침대에서 내려 발을 마룻바닥에 대고 어느새 그랬는지 자신도 모르게 침대 위에 걸터앉았다.

그는 한참 그러한 자세로 몽상에 잠겨 있었다. 만약 누군가, 이렇게 고요히 잠든 집 안에서 홀로 깨어 어둠 속에 그렇게 앉아 있는 그의 모습을 보았더라면 아마 몸이 오싹했으리라. 갑자기 그는 몸을 구부려 구두를 벗어 가지고 침대 옆 짚방석 위에 가만히 놓았다. 그러고는 다시 멍하니 생각에 잠긴 자세로 되돌아가 몸 하나 까딱 않고 앉아 있었다.

그 끔찍스러운 명상에 잠겨 있는 동안에도 아까 내가 지적한 생각들이 쉴 새 없이 그의 뇌리에서 꿈틀거리고 있었다. 가지가지 상념이 연방 들락날락하며 일종의 압박을 가했다. 무슨 영문인지 기계적으로 끈덕진 몽상을 계속하던 중 형무소에서 알았던 브르베라는 죄수 생각이 문득 머리에 떠올랐다. 그 사나이의 양복바지는 무명실로 짠 외가닥 멜빵만으로 어깨에 걸려 있었다. 그 멜빵의 바둑판무늬가 끊임없이 그의 머리에 떠올랐다.

그는 그러한 상태에 빠져 있었다. 만약에 큰 시계가 15분인가 30분인가를 치지 않았더라면, 아마 해가 뜰 때까지 한없이 그러고 있었으리라. 그 시계 소리가 그에게 '자, 어서!'라고 말하는 것 같았다.

그는 벌떡 일어나서 또 잠시 머무적거리며 귀를 기울였다. 집 안의 모든 것이 잠잠했다. 그러자 그는 어렴풋이 보이는 창게로 종종걸음으로 똑바로 걸어갔다. 밤은 그다지 어둡지 않았다. 보름달이 떠 있는데, 바람에 쫓기는 커다란 구름이 그 위를 흐르고 있었다. 그래서 바깥은 그림자와 빛이 갈마들어 어두웠다 밝았다 하고, 방 안은 어슴푸레했다. 이 어슴푸레한 빛은 걸어 나아가기에 넉넉하였고, 구름 때문에 명암이 교차하여 마치 그 앞을 왔다 갔다 하는 사람들 때문에 가려진 지하실의 환기창에서 떨어지는 희번한 빛과도 같았다. 장 발장은 창으로 가서 살펴보았다. 창은 창살이 없고 정원 쪽으로 향해 있었으며, 이 고장 풍습에 따라 작은 쐐기 못 하나로 잠겨 있을 뿐이었다. 그는 창을 열었다. 그러자 몹시 쌀쌀한 바람이 갑자기 방으로 들어왔기 때문에 그는 곧 그것을 다시 닫아 버렸다. 그는 그저 본다기보다 궁리하는 것 같은 주의 깊은 눈으로 정원을 살펴보았다. 정원은 꽤 나직한 흰 담장으로 둘러싸여 있어서 쉽사리 뛰어넘을 만했다. 안쪽으로, 담장 너머에 일정한 간격으로 나무 꼭대기들이 보였다. 이것으로 보아 그 담장은 가로수 길이나 나무가 심긴 골목길과 정원의 경계를 짓고 있는 성싶었다.

그렇게 한 번 살펴보고 나서 그는 무슨 결심이라도 한 사람처럼 행동했다. 그는 침소로 걸어가 배낭을 집어 들고 그것을 열어 속을 뒤지더니, 무엇인가를 꺼내 침대 위에 놓고, 구두를 배낭 주머니에 집어넣고, 여기저기 모두 잠가 어깨에 짊어지고, 모자를 눈 위까지 눌러쓰고, 지팡이를 더듬어 찾아서 창귀퉁이에 갖다 놓고는 침대로 되돌아와 거기 놓아 두었던 물건을 결연히 손에 잡았다. 그것은 짤막한 쇠몽둥이 같은 것이었는데, 한쪽 끝이 사냥에 쓰는 창처럼 뾰족했다.

그 쇠붙이가 무슨 용도로 만들어진 것인지 어둠 속에서는 알아보기 어려웠으리라. 그것은 지렛대였을까? 아니면 곤봉이었을까?

낮이라면 그것이 갱부의 촛대에 불과하다는 것을 알아보았으리라. 죄수들이 그때 때때로 툴롱을 둘러싸고 있는 높은 언덕에서 채석하는 데 흔히 쓰였다. 그들이 갱부가 쓰는 연장을 자유로이 사용하는 것은 드문 일이 아니었다. 갱부들이 쓰는 촛대는 두툼한 쇠붙이인데, 아래쪽 끝이 뾰족하여 바위에 꽂도록 되어 있었다.

그는 그 촛대를 오른손에 들고 숨을 죽이며 옆방 문 쪽으로 살금살금 걸어갔다. 그곳은 다 알다시피 주교의 방이다. 가서 보니 문은 방긋이 열려 있었다. 주교는 그것을 닫아 놓지 않던 것이다.

11. 그의 소행

장 발장은 귀를 기울였다. 아무 소리도 없었다.

그는 문을 밀었다.

그는 손가락 끝으로 가만히 밀었다. 마치 방에 들어가려는 고양이처럼 살며시 조심스럽게.

문은 힘주는 대로 밀려서 거의 눈에 띄지도 않을 만큼 조용히 움직이더니 좀 더 많이 열렸다.

그는 잠시 기다렸다 다시 문을 밀었다. 이번에는 좀 더 대담하게.

문은 여전히 소리 없이 힘주는 대로 밀렸다. 이제 문은 그가 지나갈 만큼 충분히 열렸다. 그러나 문 옆에 조그만 탁자 하나가 있어 그것이 고약스럽게 문과 각도가 져서 문어귀를 막고 있었다.

장 발장은 들어가기 어렵다는 것을 깨달았다. 어떻게 해서든 문어귀를 더 넓혀야만 했다.

그는 결심하고 세 번째로 문을 밀었다. 처음 두 번보다 더 힘차게. 이번에는 돌쩌귀에 기름이 말라 있었기 때문에 느닷없이 어둠 속에 삐걱하는 쇳소리가 나더니 그 여운이 오랫동안 가시지 않았다.

장 발장은 소스라쳤다. 그 돌쩌귀 소리는 마지막 심판의 나팔 소리처럼 세차고 무시무시하게 그의 귓속에 울렸다.

처음에 그 소리가 우람스럽게 들렸을 때 그에게는 그 돌쩌귀가 금방 생기를 띠고 갑자기 무시무시한 생명을 얻어서, 모든 사람들에게 변을 고하고 잠든 사람들을 깨우기 위해 개처럼 짖고 있는 것처럼 여겨졌다.

그는 어쩔 줄을 모르고, 부르르 떨면서 걸음을 멈추고 발끝으로 선 채 들고 있던 발뒤꿈치를 바닥에 툭 내려놓았다. 그의 양쪽 관자놀이에서 대장간의 망치처럼 맥이 뛰노는 것이 들렸으며, 가슴에서 나오는 숨결은 동혈에서 나오는 바람 같은 소리를 냈다. 그는 이 성난 돌쩌귀의 무시무시한 소리가 지진의 진동처럼 집 전체를 뒤흔들어 놓았으리라 생각했다. 문은 그에게 밀려서 깜짝 놀라 구원을 청했으리라. 노인은 곧 일어날 것이고, 두 노파는 고함을 지를 것이고, 사람들이 도우러 올 것이다. 십오 분도 못 가서 시내가 떠들썩해지고 헌병대가 출동할 것이다. 한순간 그는 망했구나 싶었다.

그는 그 자리에 못 박혀 있었다. 소금 기둥처럼 굳어 감히 몸 하나 까딱할 수 없었다.

몇 분이 흘렀다. 문은 활짝 열려 있었다. 그는 대담하게 방 안을 들여다보았다. 아무것도 움직인 흔적은 없었다. 그는 귀를 기울였다. 집 안에서는 아무것도 움직이는 기미가 없었다. 녹슨 돌쩌귀 소리는 아무도 깨우지 않았던 것이다.

이 최초의 위험이 지나갔으나, 그의 가슴은 아직도 요란하게 두근거렸다. 그렇지만 그는 물러서지 않았다. 망했구나 싶었을 때조차도 그는 물러서지 않았던 것이다. 그는 이제는 빨리 해치워야겠다는 생각밖에 하지 않았다. 그는 한 걸음 내디뎌 방으로 들어섰다.

그 방은 고요하기 짝이 없었다. 여기저기에서 어슴푸레한 형상들이 눈에 띄었는데, 낮에 봤다면 그것들이 탁자 위에 흩어져 있는 종이, 펼쳐진 이절판 책, 걸상 위에 쌓아 놓은 서적, 옷들이 놓인 안락의자, 기도대인 것을 알았겠지만, 이때는 그저 컴컴한 구석과 희번드르르한 자리들로밖에 보이지 않았다. 장 발장은 가구에 부딪히지 않게 조심조심 걸어 나아갔다. 방 안쪽에서 잠든 주교의 고요하고 한결같은 숨소리가 들려왔다.

그는 주춤 서 버렸다. 그는 침대 옆에 있었다. 생각했던 것보다 더 일찍 도달했던 것이다.

자연은 이따금 마치 우리에게 반성하기를 바라듯이, 말하자면 시기 적절하게 그의 효과와 광경을 우리의 행위에 섞어 주는 수가 있다. 근 반 시간 전부터 커다란 구름 덩이가 하늘을 가리고 있었다. 장 발장이 침대 앞에서 걸음을 멈춘 순간 그 구름은 일부러 그런 것처럼 탁 갈라졌고, 달빛이 긴 유리창으로 흘러들어 홀연 주교의 창백한 얼굴을 비췄다. 그는 고요히 자고 있었다. 아랫녘 알프스의 밤은 춥기 때문에 그는 침대에서도 갈색 털옷을 입고 있었는데, 그것이 그의 팔을 손목까지 덮고 있었다. 그의 머리는 베개 위에서 뒤로 젖혀져 완전히 휴식에 몸을 맡기고 있는 자세였다. 숱한 자선과 거룩한 행위를 했던 그의 손은 주교의 가락지를 낀 채 침대 밖으로 늘어져 있었다. 그의 얼굴은 만족과 희망과 지복의 어렴풋한 표정으로 온통 빛나고 있었다. 그것은 미소 이상으로, 거의 반짝임과 같았다. 그의 이마 위에는 눈에 보이지 않는 말할 수 없는 빛이 반사되고 있었다. 올바른 사람들의 영혼은 수면 중 신비로운 하늘을 바라본다.

그 하늘의 반영이 주교 위에 있었다.

그것은 동시에 빛나는 투명이기도 했다. 왜냐하면 그 하늘이 그의 속에 있었으니까. 그 하늘은 곧 그의 양심이었다.

달빛이 주교의 그 내부의 빛과 겹쳤을 때, 잠자는 그의 모습은 영광 속에 있는 듯했다. 그러나 그것은 말로 표현할 수 없는 어슴푸레한 빛에 고요히 싸여 있었다. 하늘의 저 달, 잠든 이 자연, 까딱도 않는 이 정원, 잠잠한 이 집, 그 시간, 그 순간,

그 정적, 이러한 것들이 이 현자의 존경스러운 휴식에 뭔지 모를 엄숙하고 형언할 수 없는 것을 덧붙여 주고 있었고, 그 백발과 그 감긴 눈, 온통 희망과 신뢰인 그 얼굴, 그 늙은이의 머리와 어린아이 같은 수면을 일종의 존엄하고 평온한 후광으로 감싸고 있었다.

그렇게도 존엄한 이 사람에게는 그가 모르는 사이에 거의 신성함이 있었다.

장 발장은 쇠 촛대를 손에 든 채 빛나는 늙은이의 모습에 넋을 잃고 어둠 속에 우두커니 서 있었다. 일찍이 그는 그러한 것을 본 적이 없었다. 신뢰에 가득 찬 그의 모습은 그에게 공포심을 주었다. 정신의 세계에서 가장 위대한 광경은 바야흐로 악행을 행하려다 한 올바른 사람의 잠자는 모습을 바라보고서 당황하고 불안해하는 양심, 바로 그것이다.

이렇게 외딴 곳에서 그와 같은 사람을 옆에 놓고 그렇게 잠을 잘 수 있는 데는 무엇인가 숭고한 것이 있었는데, 그는 그것을 어렴풋이, 그러나 압도적으로 느끼고 있었다.

그의 마음속에 무슨 일이 일어나고 있는가는 아무도 말할 수 없었을 것이고, 그 자신마저도 그러했으리라. 그것을 이해해 보려거든 가장 온순한 것 앞에서 가장 난폭한 것을 상상하지 않으면 안 된다. 그의 얼굴에서조차도 또렷하게 알아볼 수 있는 것은 아무것도 없었으리라. 그것은 일종의 얼빠진 놀라움이었다. 그는 그것을 바라보고 있었다. 그뿐이었다. 그러나 그의 생각은 무엇이었을까? 그것을 짐작하기란 불가능했으리라. 다만 분명한 것은 그는 감동하고 어리둥절해했다는 것이다. 그러나 그 감동은 어떠한 성질의 것이었을까?

그의 눈은 늙은이에게 못 박혀 있었다. 그의 태도와 얼굴에 또렷이 나타나 있던 단 한 가지는 이상한 망설임이었다. 그는 마치 두 심연 사이에서 머뭇적거리고 있는 것 같았다. 파멸되는 심연과 구원받는 심연 사이에서. 그는 막 그 골통을 빠개거나 그러지 않으면 그 손에 입을 맞추려고 하는 것 같았다.

잠시 후에 그는 왼팔을 천천히 이마 쪽으로 올려 모자를 벗은 뒤, 그의 팔을 다시 아까와 같이 천천히 내렸다. 장 발장은 왼손에는 모자를, 오른손에는 쇠몽둥이를 든 채 다시 응시하기 시작했는데, 더벅머리가 곤두선 그의 얼굴은 사나워 보였다.

주교는 그 무시무시한 눈초리 아래에서 깊은 평화 속에 계속 잠을 자고 있었다.

달빛이 반사돼 벽난로 위의 십자가상을 어렴풋이 보여 주었다. 그것은 두 팔을 활짝 펴고 한 사람에게는 축복을, 또 한 사람에게는 용서를 주려고, 두 사람을 안으려 하는 것 같았다.

갑자기 장 발장은 다시 이마에 모자를 올려놓고 나서, 주교는 본 체 만 체하고 침대를 따라 종종걸음으로, 그 머리맡에 보이는 벽장으로 똑바로 걸어갔다. 그는 자물쇠를 부수려는 듯이 쇠 촛대를 번쩍 들었다. 그러나 열쇠가 거기에 있었다. 그는 그것을 열었다. 맨 먼저 그의 눈에 띈 것은 은그릇이 들어 있는 바구니였다. 그는 그것을 집어 들고 조심성도 없이, 소음도 걱정하지 않고 성큼성큼 방을 건너 문에 이르러 다시 기도실로 들어가더니, 창을 열고, 지팡이를 손에 잡고, 창턱에 걸터앉아, 배낭 속에 은그릇을 집어넣고, 바구니를 던지고, 정원을 건너서, 담장을 비호처럼 뛰어넘어 달아나 버렸다.

12. 주교가 일을 하다

그 이튿날 해가 뜰 무렵, 비앵브뉘 예하는 정원을 거닐고 있었다. 마글루아르 부인이 허둥지둥 그에게 달려왔다.

"주교님, 주교님." 그 여자는 외쳤다. "은그릇 바구니가 어디 있는지 아십니까?"

"암, 알고말고." 주교는 대답했다.

"아이고 고마워라!" 그 여자는 말을 이었다. "저는 그게 어떻게 됐는지 몰랐거든요."

주교는 조금 전 화단에서 그 바구니를 주웠던 것이다. 그는 그것을 마글루아르 부인에게 내주었다.

"옛소."

"어머나? 속이 텅 비었네! 은그릇은요?" 부인이 물었다.

"옳아!" 주교가 말을 이었다. "그러니까 염려하는 건 그 은그릇 때문이구려? 그건 나도 모르겠는걸."

"에구, 망측해라! 도둑을 맞았네요! 어젯밤 그 사내가 훔친 거예요."

조심성 많은 마글루아르 부인은 날쌔게도 눈 깜짝할 사이에 기도실로 달려가서 침소로 들어갔다가 주교한테로 되돌아왔다. 주교는 막 허리를 구부리고 한숨을 지으며 바구니가 화단에 떨어질 때 가지가 부러진 기용의 물레나물을 들여다보던 참이었다. 그는 마글루아르 부인의 고함 소리에 다시 몸을 일으켰다.

"주교님, 그 사내가 달아나 버렸어요. 은그릇을 훔쳐 가지고!"

그렇게 외치면서도 그 여자의 시선은 정원 한 모퉁이 쪽으로 가 있었다. 거기에는 담장을 뛰어 넘어간 흔적이 보였다. 담벼락이 무너져 있었던 것이다.

"저걸 보세요! 저리로 간 거예요. 코슈필레 골목길로 뛰어 내렸어요! 원, 망할 놈 같으니! 우리 은그릇을 훔쳐 가다니!"

주교는 한동안 잠자코 있다가, 정색을 하고 눈을 들며 부드러운 목소리로 마글루아르 부인에게 말했다.

"그런데 그 은그릇이 우리 물건이었던가?"

마글루아르 부인은 어이가 없어 멍하니 서 있었다. 또 잠시 말이 없다가 주교는 계속했다.

"마글루아르 부인, 오래전부터 그 은그릇을 가지고 있었지만 그건 내 잘못이었소. 그건 가난한 사람들의 것이오. 그런데 그 사내는 어떤 사람이었지? 틀림없이 가난한 사람이었소."

"그게 원 무슨 말씀이세요!" 마글루아르 부인은 대꾸했다. "그건 저 때문도 아씨 때문도 아니에요. 저희들은 아무래도 상관없어요. 그건 주교님 때문이에요. 이제 주교님은 무엇으로 진지를 잡수실 거예요?"

주교는 놀란 듯이 그 여자를 바라보았다.

"아니, 그럴 수가! 주석 식기가 없는가?"

마글루아르 부인은 어깨를 으쓱했다.

"주석은 냄새가 나는걸요."

"그럼 쇠 그릇을 쓰지."

마글루아르 부인은 그럴싸하게 얼굴을 찌푸렸다.

"쇠는 묘한 맛이 나요."

"그럼, 나무 그릇이 좋겠소." 주교는 말했다.

조금 후에 그들은 어제저녁에 장 발장이 앉아 있던 바로 그 식탁에 앉아 아침 식사를 했다. 식사를 하면서 비앵브뉘 예하는 아무 말도 안 하고 있는 누이동생과 혼자 뭐라고 투덜거리는 마글루아르 부인에게 빵 조각을 우유에 찍어 먹는 데는 스푼도 포크도 필요 없고, 나무로 만든 것조차도 필요 없다고 쾌활하게 말했다.

"원, 어쩌자고, 글쎄!" 마글루아르 부인은 왔다 갔다 하면서 혼자 중얼거렸다. "그런 사람을 다 맞아들이다니! 그리고 그 사람을 바로 당신 곁에다 재우시다니! 아! 정말 생각만 해도 몸서리가 쳐지는 일이야!"

두 남매가 막 식탁에서 일어서려는데 누가 문을 두드렸다.

"들어오시오." 주교가 말했다.

문이 열렸다. 난폭하고 이상스러운 사람들 한 무리가 문 앞에 나타났다. 그중 세 사람은 한 사람의 멱살을 움켜쥐고 있었다. 세 사람은 헌병이었고, 한 사람은 장 발장이었다.

일행을 지휘하고 있는 듯한 헌병 대장이 문 옆에 서 있었다. 그는 들어와서 군대식 경례를 붙이고 주교 쪽으로 걸어 나왔다.

"예하 ……." 그가 말했다.

그 말에 기가 죽어 축 늘어져 있던 장 발장이 깜짝 놀란 듯이 번쩍 고개를 들었다.

"예하라고!" 그는 입속말로 중얼거렸다. "그럼 사제가 아니었나……."

"닥쳐!" 헌병 하나가 말했다. "이 어른은 주교 예하이시다."

그러는 사이에 비앵브뉘 예하는 고령의 몸으로 할 수 있는 한 재빨리 다가갔다.

"아! 당신이구려!" 그는 장 발장을 바라보며 외쳤다. "당신을 보니 기쁩니다. 그런데 어찌 된 일이오? 나는 당신에게 촛대도 드렸는데. 그것도 다른 것과 마찬가지로 은이니, 200프랑은 능히 받을 수 있을 거요. 어째서 그것도 그 식기들과 함께 가져가지 않았소?"

장 발장은 두 눈을 뜨고 그 존경스러운 주교를 바라보았는데, 그 표정은 그 어떤 말로도 표현할 수 없었다.

"예하." 헌병 대장이 말했다. "그렇다면 이 사람이 한 말이 진실입니까? 저희들이 이 사람을 만났는데, 마치 도망치는 사람처럼 가고 있었습니다. 그래서 좀 조사해 보려고 붙들어 보았습니다. 그랬더니 이 은그릇을 가지고 있지 않겠습니까……."

"그랬더니 그가 당신에게 이렇게 말했겠지요." 주교는 빙그레 웃으며 그의 말을 중단시켰다. "간밤에 재워 준 늙은 사제님한테서 받았노라고. 잘 알겠소. 그래서 이 사람을 여기로 데려왔구려? 잘못 아신 거요."

대장이 말을 이었다. "그렇다면 그냥 가게 두어도 괜찮겠습니까?"

"물론이오." 주교는 대답했다.

헌병들은 장 발장을 놓아주었다. 그는 물러서면서 "정말로 저를 놓아주시는 겁니까?" 하고 거의 알아들을 수 없는 말로 마치 꿈속에서 말하듯이 말했다.

"암, 놓아주는 거다. 그래, 못 알아듣겠나?" 헌병 하나가 말했다.

"노형." 주교가 말을 이었다. "가시기 전에 여기 당신 촛대가 있으니 가져가시오."

주교는 벽난로로 가서 두 자루의 은촛대를 들고 돌아와 장 발장에게 주었다. 두 여자는 아무 말 없이, 아무 몸짓도 없이, 주교에게 방해가 될 만한 눈짓 한 번 없이 그가 하는 대로 가만히 바라보고 있었다.

장 발장은 사지를 와들와들 떨었다. 그는 얼빠진 사람처럼 그저 기계적으로 그 두 자루의 촛대를 받았다.

주교는 말했다. "자, 편히 가시오. 아 참, 다시 우리 집에 들르실 때는 정원 쪽으로 돌아오실 필요 없소. 언제든지 한길 쪽 정문으로 출입해도 좋소. 문은 밤이든 낮이든 걸쇠만 걸어서 닫아 놓고 있으니."

이어서 그는 헌병 쪽으로 돌아서면서 말했다.

"여러분, 이제 물러가도 좋습니다."

헌병들은 그 자리를 떠났다.

장 발장은 금방이라도 실신할 사람 같았다.

주교가 그에게 다가서더니 나지막한 음성으로 말했다.

"잊지 마시오. 결코 잊지 마시오. 이 은을 정직한 사람이 되기 위하여 쓰겠다고 내게 약속한 일을."

꿈에도 약속한 기억이 없는 장 발장은 그저 어리둥절할 뿐이었다. 주교는 그 말을 할 때 마디마디에 힘을 주었다. 그는 엄숙한 어조로 다시 말을 이었다.

"장 발장, 나의 형제여. 당신은 이제 악이 아니라 선에 속하는 사람이오. 나는 당신의 영혼을 위해서 값을 치렀소. 나는 당신의 영혼을 암담한 생각과 영벌(永罰)의 정신에서 끌어내 천주께 바친 거요."

13. 프티제르베

장 발장은 도망치듯이 시내에서 나왔다. 그는 황급히 들판으로 걸어 나와, 큰길이든 작은 길이든 닥치는 대로 걸으면서 걷던 길을 끊임없이 걷고 또 걷고 있다는 것도 깨닫지 못했다. 그렇게 그는 아침 내내 방황하면서 아무것도 먹지 않았으나 시장기가 느껴지지 않았다. 그는 크나큰 감동에 사로잡혀 있었다. 그는 분노 같은 것을 느꼈으나, 누구에 대해서인지 자기 자신도 알지 못했다. 자기가 감동했는지 또는 굴욕을 당했는지도 말할 수 없었으리라. 그는 때때로 이상하게도 마음이 누그러지는 것을 느끼면서 그것에 저항하고 그것에 대해 최근 이십 년 동안에 얻은 냉혹한 마음을 맞세웠다. 이러한 상태는 그를 피로하게 했다. 그는 또 억울하게 당한 자기의 불행에서 얻은 그 무서운 침착성 같은 것이 자기의 마음속에서 흔들리고 있음을 깨닫고 불안을 느꼈다. 그 침착성을 대신할 것이 무엇일까를 생각해 보기도 했다. 이따금 그는 차라리 헌병들에게 끌려가서 정말 감옥살이를 했더라면 좋았겠다고, 일이 이렇게 되지 않았더라면 좋았겠다고 생각했다. 그랬더라면 덜 불안했으리라. 철은 꽤 지났으나, 아직도 여기저기 울타리에 철 늦게 피어난 꽃들이 지나가는 그에게 향기를 보내어 소년 시절을 회상하게 했다. 그러한 추억은 그에게는 거의 견딜 수 없는 일이었다. 이미 오랫동안 그러한 추억이 그에게 떠오른 적은 없었다.

말로 이루 다 표현할 수 없는 생각들이 그렇게 온종일 그의 머릿속에 몰려왔다.

해가 서쪽에 뉘엿뉘엿 기울고 아주 작은 조약돌의 그림자를 땅 위에 길게 뻗칠 때, 장 발장은 이를 데 없이 적막한 검붉은 허허벌판에, 어느 덤불 뒤에 앉아 있었다. 지평선에는 알프스 산맥밖에 없었다. 먼 마을의 종루조차도 없었다. 장 발장은 디뉴에서 30리쯤 되는 곳에 와 있었다. 들을 가로지르는 오솔길 하나가 덤불에서 몇 걸음 안 되는 곳에 뻗어 있었다.

그는 한참 생각에 잠겨 있었는데, 그를 만나는 사람의 눈에 그 모습은 그가 걸친 누더기 때문에 더욱 무섭게 보였으리라. 그때 흥겨운 소리가 들려왔다.

그가 돌아다보니, 한 열 살가량의 사부아 소년* 하나가 노래를 부르며 오솔길을 걸어오고 있었다. 소년은 교현금(絞弦

---

* 당시 사부아 태생의 소년들은 도회지에서 굴뚝 청소부 일을 하는 경우가 많았다.

쪽)을 허리에 차고 마르모트 상자를 등에 짊어지고 있었다. 찢어진 바지 구멍으로 무릎이 내다보이는 모습으로 이 지방 저 지방 떠돌아다니는 온순하고도 쾌활한 부류의 소년이었다.

노래를 부르면서도 소년은 가끔 걸음을 멈추고 손에 가진 몇 닢의 동전으로 공기놀이를 했다. 그 동전은 아마 소년의 전 재산이었으리라. 그중에는 40수짜리 은전 한 닢이 있었다.

소년은 장 발장이 있는 줄도 모르고 덤불 옆에 멈춰 서서 한 줌의 돈을 휙 던져 올렸다. 이때까지 소년은 한 닢도 떨어뜨리지 않고 손등으로 썩 잘 받았다.

그런데 이번에는 40수짜리 은전이 손에서 미끄러져 가시덤불 쪽 장 발장이 있는 데까지 굴러갔다.

장 발장은 그것을 발로 밟아 버렸다.

그러나 소년은 동전이 굴러가는 것을 보고 있었기 때문에 그가 그렇게 하는 것을 보았다.

소년은 조금도 놀라지 않고 그 사람에게로 똑바로 걸어갔다.

거기는 그야말로 호젓한 곳이었다. 눈이 미치는 한 들에도 길에도 사람 그림자 하나 없었다. 하늘 높이 나는 철새 한 떼의 가냘픈 소리만이 들릴 뿐이었다. 소년은 태양 쪽으로 등을 돌리고 있어서 머리털 속에 금빛 햇살이 흐르고 있었고, 장 발장의 사나운 얼굴은 새빨간 햇빛으로 빨갛게 물들어 있었다.

"아저씨." 사부아 소년은 미더워하는 어조로 말했는데, 그 어조에는 어린아이다운 무지와 순진함이 동시에 어려 있었다. "내 동전 주세요."

"네 이름은 뭐냐?" 장 발장이 물었다.

"프티제르베예요, 아저씨."

"가라." 장 발장은 말했다.

"아저씨." 소년은 다시 말했다. "내 동전 이리 주세요."

장 발장은 고개를 수그리고 대답하지 않았다.

소년은 다시 말하기 시작했다.

"내 동전 주세요, 아저씨!"

장 발장의 눈은 땅바닥만 응시했다.

"내 동전 주세요!" 소년은 외쳤다. "내 흰 동전 말이에요! 내 은전 말이에요!"

장 발장은 들은 척도 하지 않았다. 소년은 그의 멱살을 움켜잡고 흔들었다. 동시에 제 동전을 밟고 있는 징 박힌 투박한 구두를 치우려고 애썼다.

"어서 내 동전 줘요! 40수짜리 내 동전 말이에요!"

어린아이는 울고 있었다. 장 발장은 고개를 들었다. 그는 여전히 앉아 있었다. 그의 눈이 흐려졌다. 그는 놀란 듯이 어린아이를 보더니 지팡이로 손을 뻗치며 무시무시한 목소리로 외쳤다.

"게 있는 게 누구냐?"

"저예요, 아저씨." 어린아이는 대답했다. "프티제르베예요! 저예요! 저! 제발 돌려줘요, 제 40수짜리 동전을요! 제발, 그 발을 비켜 줘요, 아저씨!"

그러더니 아직 어린아이인데도 성이 바락 나서 거의 으르듯이 대들었다.

"아니, 이 발 안 비킬 거예요? 자, 이 발 어서 비켜요."

"아! 요것 봐라!" 장 발장은 말했다.

그러고는 여전히 은화 위에 발을 올려놓은 채 벌떡 일어나며 덧붙였다.

"썩 가 버리지 못하겠니!"

놀란 소년은 그를 바라보더니 머리끝에서 발끝까지 와들와들 떨기 시작했고, 잠깐 어리둥절해하더니, 감히 돌아보지도 고함을 지르지도 못했다.

그러나 소년은 얼마큼 가서는 숨이 가빠 발을 멈추지 않을 수 없었고, 장 발장은 멍하니 생각에 잠겨 있는 중에도 소년이 흐느끼는 소리를 들었다.

잠시 후에 소년은 사라져 버렸다.

해는 졌다.

장 발장의 주위에 어둠이 다가왔다. 그는 온종일 아무것도 먹지 못했고, 열이 있는 것 같았다.

그는 여전히 서 있었다. 소년이 달아날 때 그 자세 그대로였다. 고르지 못한 긴 숨결 때문에 그의 가슴이 들먹거렸다. 열두어 걸음 앞에 고정된 그의 눈은 풀 속에 떨어져 있는 낡고 푸른 오지그릇 조각의 형태를 유심히 살펴보는 듯했다.

갑자기 그는 바르르 떨었다. 저녁 추위를 느꼈던 것이다.

그는 다시 이마 위에 모자를 깊숙이 눌러쓰고, 기계적으로 더듬어 저고리 앞자락을 여며 단추를 끼우고, 한 걸음 내디뎌 몸을 구부려 땅바닥에서 지팡이를 집으려 했다.

그때 40수짜리 은전이 눈에 띄었다. 그것은 발에 밟혀 반쯤 땅속에 들어박힌 채 조약돌 사이에서 빛나고 있었다.

그것은 흡사 감전과도 같았다. "이게 뭐지?" 하고 그는 입 속으로 중얼거렸다. 그는 서너 걸음 물러나다가 멈칫 서 버렸다. 그는 조금 전까지 발로 밟고 있던 그 지점에서 눈을 뗄 수 없었다. 거기 어둠 속에 빛나고 있는 것이 부릅뜨고 자기를 응시하는 무슨 눈처럼 느껴졌다.

잠시 후에 그는 경련하듯 달려들어 그 은화를 집어 들고는 몸을 일으키며 멀리 들판을 둘러보기 시작했다. 놀란 들짐승이 숨을 곳을 찾는 것처럼 와들와들 떨고 서서 지평선 너머까지 사방을 살펴보았다.

그의 눈에는 아무것도 보이지 않았다. 어둠이 차츰 짙어지고 들판이 쌀쌀하고 어슴푸레해지며 보랏빛 안개가 황혼 속에 뭉게뭉게 피어오르고 있었다.

그는 "하아!" 하고 한숨을 쉬고는 일정한 방향으로, 소년이 사라져 간 쪽으로 총총히 걷기 시작했다. 한 100보쯤 걸은 뒤에 그는 발을 멈추고 주변을 둘러보았으나 아무것도 눈에 띄지 않았다.

그러자 그는 힘껏 외쳤다.

"프티제르베! 프티제르베!"

그는 가만히 기다려 보았으나 아무 대답도 없었다.

들판은 적막하고 음산했다. 그는 허허벌판에 둘러싸여 있었다. 주위에 있는 것이라고는 들여다보이지 않는 어둠과 그의 목소리를 삼켜 버리는 고요뿐이었다.

싸늘한 북풍이 불어 주위의 모든 것에 황량한 분위기를 자아냈다. 관목들은 엄청 말라빠진 가지를 미친 듯이 뒤흔들고 있었다. 그것은 마치 누군가를 위협하고 추격하는 것 같았다.

그는 다시 걷다가 달리기 시작했고, 때때로 걸음을 멈추고는 더없이 무섭고 더없이 처량한 목소리로 그 적막 속에서 외쳤다. "프티제르베! 프티제르베!"

소년이 그 소리를 들었다손 치더라도, 확실히 그 아이는 질겁을 하여 나타나기를 삼갔으리라. 그리고 아마도 그 아이는 벌써 썩 멀리 가 버렸으리라.

장 발장은 말을 타고 가는 한 신부를 만났다. 그는 신부에게 가서 말했다.

"신부님, 어린아이 하나가 지나가는 걸 보셨습니까?"

"아니요." 신부는 말했다.

"프티제르베라는 아이인데요."

"아무도 못 보았습니다."

장 발장은 가죽 지갑에서 5프랑짜리 주화 두 닢을 꺼내 신부에게 건네주었다.

"신부님, 이걸 가난한 사람들에게 적선해 주십시오. 신부님, 그 애는 열 살쯤 먹은 꼬마인데, 확실히 마르모트 한 마리와 교현금 하나를 가지고 있었다고 생각됩니다. 저쪽으로 갔습니다. 저 사부아 사람들 중 하나인데, 아시겠습니까?"

"전혀 못 봤어요."

"프티제르베를요? 이곳 어느 마을에 사는 애가 아닐까요? 혹시 모르시겠습니까?"

"당신이 하신 말씀대로라면, 다른 고장 아이일 겁니다. 이 고장에 그런 아이들이 지나가기는 하지만 저는 그들을 모른답니다."

장 발장은 다시 5프랑짜리 주화 두 닢을 후닥닥 꺼내어 신부에게 주었다.

"가난한 사람들에게 써 주십시오." 그는 말했다.

이어 그는 정신이 나간 듯이 덧붙였다.

"신부님, 저를 잡아가게 해 주십시오. 저는 도둑놈입니다."

신부는 매우 불안하여 말에 박차를 가하고는 달아나 버렸다.

장 발장은 앞서 왔던 방향으로 다시 달리기 시작했다.

그는 그렇게 두리번거리고 부르고 외치면서 꽤 오래 길을 갔으나 아무도 만나지 못했다. 두세 번 드러누워 있는 것같이도 보이고 쭈그리고 있는 것같이도 보이는 것을 향해 들판을 달려가 보았으나, 그것은 가시덤불이거나 땅바닥에 붙은 보일 듯 말 듯한 바위일 뿐이었다. 이윽고 그는 세 갈래의 오솔길이 교차하는 곳에 이르러 발을 멈추었다. 달이 떠 있었다. 그는 먼 곳을 바라보며 마지막으로 또 한 번 불렀다. "프티제르베! 프티제르베! 프티제르베!" 그 고함 소리는 안개 속에 사라지고 메아리마저 들리지 않았다. 그는 다시 중얼거렸다. "프티제르베!" 그러나 그 소리는 가냘프고 거의 알아들을 수조차 없었다. 이것이야말로 그의 마지막 노력이었다. 마치 어떤 눈에 보이지 않는 힘이 꺼림칙한 마음의 무게로 갑자기 그를 짓누르는 것처럼 그는 갑자기 오금이 휘어들었다. 그는 기진맥진하여 커다란 돌 위에 쓰러졌다. 그는 두 손으로 머리털을 움켜잡고 얼굴을 무릎 사이에 틀어박고는 부르짖었다.

"나는 불쌍한 놈이다!"

그러자 그는 가슴이 터질 듯해서 울기 시작했다. 십구 년 이래 그가 우는 것은 이번이 처음이었다.

주교의 집에서 나왔을 때 장 발장은 앞서 본 바와 같이 그때까지의 생각에서 완전히 벗어나 있었다. 그는 자기 마음속에서 일어나고 있는 것을 통 이해할 수 없었다. 그는 그 노인의 천사 같은 행위와 다정스러운 말에 대항하여 자기 마음을 독하게 다졌다. "당신은 정직한 사람이 되겠다고 내게 약속했소. 나는 당신의 영혼을 위해서 값을 치렀소. 나는 당신의 영혼을 암담한 생각과 영벌의 정신에서 끌어내 천주께 바친 거요." 이 말이 끊임없이 그의 머리에 떠오르곤 했다. 그는 그 하느님 같은 관용에 대하여 우리의 마음속에 있는 악의 요새와도 같은 거만으로 대항했다. 그는 어렴풋이 이렇게 느꼈다. 그 신부의 용서는 자기에 대한 최대의 공격이요 가장 무서운 타격이어서, 그것으로 말미암아 자기는 아직도 흔들리고 있다고. 자기가 만약 그 인자함에 저항할 수 있다면 자기의 냉혹한 마음은 움직일 수 없는 것이 되고 말리라고. 만약 그것에 지고 만다면, 다년간 남들의 행위로 말미암아 자기 마음속에 가득 채워지고 자기 자신도 기쁘게 생각하던 그 증오심을 포기해야 하리라고. 이번에야말로 이기거나 아니면 지는 수밖에 없다고. 그리고 이 싸움은, 이 결정적인 대전(大戰)은 자기 자신의 사악함과 그 노인의 인자함 사이에서 벌어지고 있는 것이라고.

이 모든 어렴풋한 빛을 눈앞에 보면서 그는 취한 사람처럼 길을 가고 있었다. 사나운 눈초리를 하고 그렇게 걸어가는 동안, 그는 디뉴의 그 사건이 자기에게 어떠한 결과를 가져다줄지를 또렷이 지각하고 있었을까? 생애의 어떤 순간에 사람의 정신에 경고하거나 그것을 괴롭히는 저 신비로운 윙윙거림을 그는 듣고 있었을까? 어떤 목소리가 그의 귀에 이렇게 말하고 있었을까? 즉 너는 아까 막 네 운명의 엄숙한 시간을 지나왔고 너에게는 더 이상 중간이란 존재하지 않는다고, 만약 차후에 네가 가장 훌륭한 사람이 되지 않으면 가장 나쁜 사람이 될 것이라고, 말하자면 이제 너는 주교보다 더 높이 오르거나 죄수보다 더 아래로 다시 떨어지지 않으면 안 된다고, 만약 네가 착해지고 싶으면 천사가 되어야 한다고, 만약 네가 악한 채로 있고 싶으면 괴물이 되어야 한다고 말이다.

여기서도 또 이미 다른 데서 한 질문을 하지 않으면 안 되겠다. 즉 그는 과연 이 모든 것을 조금이라도 막연하게나마 자기 생각 속에 거두어들이고 있었을까? 확실히 앞에서도 말한 바와 같이 불행은 인간의 지성을 길러 준다. 그러나 장 발장이 내가 여기에 지적한 것을 모두 분간할 수 있는 상태였을까 하는 것은 의심스럽다. 설령 그러한 관념이 그의 머리에 떠오르고 있었다 하더라도, 그는 그것을 잘 보고 있다기보다는 오히려 어렴풋이 보고 있었을 뿐이고, 그것은 그저 그를 견딜 수 없는 고통스러운 혼란 속에 집어넣기만 했을 뿐이다. 형무소라고 불리는 그 추하고 어두운 곳에서 나오자, 주교가 그의 영혼에 고통을 주었던 것이다. 마치 너무나 강렬한 빛이 어둠 속에서 나온 그의 눈을 아프게 한 것처럼. 미래의 생애는, 앞으로 가능한 것으로서 그의 앞에 나타날 순결하고 빛나는 생애는 그를 전율과 불안으로 가득 채웠다. 그는 정말이지 자기가 어떻게 된 것인지 알 수 없었다. 갑자기 떠오르는 해를 본 부엉이처럼, 죄수였던 그는 덕에 현혹되어 장님이 되어 버렸던 것이다.

다만 확실한 것은, 자기 자신은 그런 줄도 몰랐지만, 그는 이미 똑같은 사람이 아니었다는 것, 모든 것이 그의 속에서 변해 있었다는 것, 이제는 주교가 자기에게 말을 하지 않게 하고 자기를 감동시키지 않게 할 수가 없었다는 것이다.

이러한 정신 상태에서 그는 프티제르베를 만나 그 아이에게서 40수를 훔친 것이다. 왜 그랬을까? 그 자신도 그것을 확실히 설명할 수 없었으리라. 그것은 그가 형무소에서 가져온 못된 생각의 마지막 효과이자 최후의 노력 같은 것, 약간의 충동, 정역학에서 '후천적 힘'이라고 일컫는 것의 결과였을까? 그것은 그런 것이었다. 하지만 그것은 어쩌면 또한 그런 것보다 덜한 것이었는지도 모른다. 간단히 말하자면, 훔친 것은 그가 아니었다. 그것은 인간이 아니었다. 지성이 그 많은 최근의 놀라운 강박관념들의 한가운데서 몸부림치고 있는 사이에 습관적이고 본능적으로 투미하게 그 돈 위에 발을 올려놓은 것은 짐승이었던 것이다. 지성이 눈을 뜨고 그 짐승 같은 행위를 보았을 때, 장 발장은 고통스럽게 뒷걸음질 치며 공포의 고함을 질렀다.

왜냐하면 그것은 이상한 현상이고 그가 처한 상황에서만 가능한 일이었지만, 그 소년한테서 그 돈을 훔침으로써 그는 벌써 더 이상 가능하지 못한 일을 했었기 때문이다.

그야 어쨌든, 이 마지막 악행은 그에게 결정적인 영향을 주었다. 그 악행은 그의 지성 속에 있던 혼돈을 갑자기 뚫고 들어가 그것을 없애 버리고, 짙은 암흑과 광명을 양쪽으로 따로 따로 갈라놓고서, 마치 어떤 화학 반응체가 혼탁한 혼합물에 작용하여 하나의 원소는 가라앉히고 또 하나의 원소는 정화하듯이, 그의 영혼이 처해 있던 상태에서 그의 영혼에 작용했던 것이다.

맨 먼저 그는 자기 자신을 돌아다보고 반성하기도 전에, 미친 듯이, 마치 도망을 치려고 애쓰는 사람처럼, 어린아이를 찾아내 돈을 돌려주려고 애썼다. 그런 뒤 그것이 소용없고 불가능하다는 것을 깨닫자 그는 낙심하여 걸음을 멈추었다. "나는 불쌍한 놈이다!" 하고 외쳤을 때 그는 자기의 있는 그대로의 모습을 이미 깨닫고 있었고, 자기가 망령밖에 안 되는 것같이 생각할 정도로 이미 그 자신과 분리되어 있었는데, 끔찍스러운 죄수 장 발장이 손에 지팡이를 들고, 허리 위에 작업복을 입고, 훔친 물건으로 가득 찬 배낭을 등에 짊어지고, 침울하고도 단호한 얼굴을 하고, 흉악한 계획으로 가득 찬 생각을 품고, 거기 그의 앞에 현실적으로 서 있었던 것이다.

극도의 불행은 앞서도 말한 바와 같이 말하자면 그를 환영을 보는 사람으로 만들어 놓았다. 그러므로 이것 역시 환영 같은 것이었다. 그는 정말로 자기 앞에 그 장 발장을, 그 침울한 얼굴을 보았다. 그 순간 그는 그 사나이가 누군가 싶었고 그가 몹시 싫었다.

그의 머리는 망상이 하도 심각하여 현실을 흡수해 버리는 저 강렬하면서도 몹시 침착한 순간에 있었다. 그럴 때 사람은 더 이상 제 주위에 있는 물건들을 보지 않고 제 정신 속에 있는 형상들을 마치 자기 밖에 있는 것처럼 본다.

그러므로 그는 말하자면 자기 자신을 마주 보았고, 동시에 그 환각을 통하여 어떤 신비롭고 깊은 곳에 있는 일종의 빛을 보았다. 그는 그것을 처음에 횃불로 생각했다. 그러나 자기의 의식에 나타나는 그 빛을 더 유심히 바라봄으로써 그는 그것이 사람 형상을 하고 있다는 것을, 그리고 그 횃불이 주교라는 것을 알아보았다.

그의 의식은 자기 앞에 그렇게 놓여 있는 두 사나이, 주교와 장 발장을 번갈아 바라보았다. 그런데 후자를 누그러뜨리기 위해서는 그래도 역시 주교가 필요했다. 이러한 종류의 환혹(幻惑)의 특유한 저 이상한 효과의 하나로 말미암아 그의 망상이 오래감에 따라 주교는 점점 커져 그의 눈에 번쩍이고, 장 발장은 점점 작아져 스러져 갔다. 얼마큼 시간이 지나자 그는 그림자에 지나지 않았다. 그는 홀연 사라져 버렸다. 주교만이 남아 있었다.

주교는 이 불쌍한 사나이의 온 영혼을 휘황찬란한 빛으로 가득 채우고 있었다.

장 발장은 오래오래 울었다. 뜨거운 눈물을 흘리며 울었다. 흐느끼며 울었다. 여자보다도 더 연약하게, 어린아이보다도 더 겁내며.

우는 동안에 그의 뇌리에는 더욱더 많은 빛이 스며들었다. 이상한 빛이, 즐겁고도 무서운 빛이. 그의 지난날의 삶, 최초의 잘못, 오랜 속죄, 외부의 금수화(禽獸化), 내부의 냉혹, 그토록 수많은 복수 계획을 품고 기뻐했던 석방, 주교의 집에서 그에게 일어났던 일, 그가 마지막으로 한 일, 어린아이한테서 40수를 훔친 일, 주교의 용서 후에 있었던 만큼 더욱더 비겁하고 더욱더 영악한 그 범죄, 이러한 모든 것이 또렷하게, 여태껏 본 적 없을 만큼 선명하게 그의 머릿속에 되살아났다. 그는 자신의 생애를 바라보았는데, 그것은 끔찍스러워 보였다. 그는 자신의 영혼을 바라보았는데, 그것은 무시무시해 보였다. 그렇지만 다사로운 햇빛이 그 생애와 영혼 위에 비치고 있었다. 그는 천국의 빛으로 사탄을 보고 있는 것 같았다.

그는 몇 시간이나 그렇게 울었던가? 울고 나서 그는 무엇을 했던가? 어디로 갔던가? 아무도 결코 알지 못했다. 다만 한 가지 밝혀진 것은 바로 그날 밤, 당시 그르노블을 왕래하던 마차꾼이 오전 3시쯤 디뉴에 도착하여 주교관 앞 한길을 지나다가 한 사나이가 비앵브뉘 예하의 집 문 앞 어둠 속에서 기도를 드리듯이 길바닥에 꿇어앉아 있는 것을 보았다는 사실이다.

3
1817년에

1. 1817년

1817년은 루이 18세가 국왕답게 태연스럽고도 의기양양하게 자신의 재위 22년이라고 부르던 해다. 그해는 브뤼기에르드 소르솜 씨가 명성을 휘날리던 해다. 가발 상점들은 모두 머리 분(粉)과 왕조식 머리 모양의 재유행을 희망하며 상점을 푸른 페인트로 칠하고 백합꽃으로 장식했다. 그해는 또 천진난만한 시기여서, 랭슈 백작이 상원 의원의 옷을 입고, 붉은 수장(綬章)을 달고, 기다란 코를 하고, 혁혁한 행위를 한 인물다운 위엄찬 얼굴을 하고 교구 재산 관리 위원으로서 주일마다 생제르맹데프레 성당의 집사석에 앉아 있던 때다. 랭슈 씨가 범한 혁혁한 행위란 다름 아니라 보르도 시장으로 있으면서 너무 일찍, 1814년 3월 12일에 그 도시를 앙굴렘 공작에게 내준 것이다. 그 덕분에 그는 상원 의원이 되었다. 1817년 대여섯 살쯤 된 어린아이들은 에스키모 족의 모자 비슷한 모로코가죽 귀덮개가 붙은 커다란 모자를 쓰는 것이 유행이었다. 프랑스 군대는 오스트리아식으로 흰 군복을 착용했고, 연대는 '레지옹'이라 불렀는데, 숫자 대신에 소속된 도의 이름을 붙였다. 나폴레옹은 세인트헬레나 섬에 있었는데, 영국이 그에게 푸른 나사옷을 허가하지 않았기 때문에 자기의 헌 옷을 뒤집어서 입고 있었다. 1817년에는 펠레그리니가 노래를 하고 비고티니 양이 무용을 하고, 포티에가 인기를 얻고 있었고, 오드리는 아직 무명이었다. 사키 부인이 포리오조의 뒤를 잇고 있었다. 프랑스에는 아직 프로이센 사람들이 있었다. 들랄로 씨가 두각을 나타내고 있었다. 플레니에와 카르보노와 톨르롱의 손목을 끊고 이어 머리를 자름으로써 정통 왕권이 공고해졌다. 시종장 탈레랑* 공과 재무 대신에 임명된 루이 신부는 서로 마주 보며 점잖게 같은 웃음을 띠고 있었다. 이 두 사람은 1790년 7월 14일 파리의 마르스 광장에서 연합 대회**의 미사를 드렸는데, 탈레랑은 주교로서 미사를 드렸고, 루이는 부제(副祭)로서 도왔다. 1817년에, 바로 이 마르스 광장의 보도에서 파랗게 칠한 커다란 나무통들이 독수리와 벌의 금문장(金紋章)도 벗어진 채 비를 맞아 잡초 속에 썩어 가고 있는 것이 눈에 띄었다. 그것은 이 년 전까지만

---

* 탈레랑(Charles-Maurice de Talleyrand, 1754~1838). 프랑스의 외교관. 혁명 전에는 주교였고, 1790년에는 국민의회 의장을 지냈다.
** 1790년 7월 14일 파리에서 혁명 일 주년을 기념하기 위하여, 새로 획정된 여든세 개 도의 대표 6만 명이 참석한 가운데 거행되었다.

해도 열병식 때 황제의 사열대를 받치던 기둥이었다. 그것은 그로카유 근처에서 숙영하던 오스트리아 부대가 땐 불 때문에 여기저기 새까맣게 그을어 있었다. 그중 두세 개는 그들의 진중에서 불태워져 오스트리아 병사들의 커다란 손들을 쬐어 주었다. 그 열병식*은 6월에 마르스 광장**에서 거행되었다는 점에서 주목을 끌었다. 이 1817년이라는 해에는 두 가지가 일반 사람들의 이야깃거리였는데, 그것은 『볼테르 투케』라는 책과 헌장이 인쇄된 담뱃갑이었다.*** 그즈음 파리에선 마르셰오플뢰르의 연못에 제 형제의 머리를 던진 도퇑의 죄가 물의를 빚고 있었다. 해군성에서는 후일 쇼마레에게는 치욕을 주고 제리코****에게는 명예를 준 저 불행한 전함 메뒤즈호에 관하여 조사를 시작했다. 셀브 대령은 솔리만 총독이 되기 위하여 이집트로 떠났다. 아르프 거리의 테름 궁*****은 한 통 제조업자의 가게가 되었다. 클뤼니 저택******팔각 탑의 평평한 옥상에는 루이 16세 때 해군의 천문학자였던 메시에가 천문대로 사용했던 조그마한

* Champ de Mai. '5월의 들'이라는 뜻.
** Champ de Mars. '3월의 들'이라는 뜻.
*** 대령 출신인 투케(Touquet)는 열렬한 자유사상가로, 출판사를 설립하여 수많은 반정부적 반종교적 저작물을 염가로 간행했는데, 특히 볼테르와 루소의 작품들은 큰 인기였다. 그는 또 반정부 활동의 일환으로 뚜껑에 헌장(루이 18세가 1814년에 공포) 전문을 석판술로 인쇄한 담뱃갑을 만들어 싸구려로 팔았는데, 엄청 많이 팔려 나갔다.
**** 제리코(Jean Louis André Théodore Géricault, 1791~1824). 프랑스의 화가. 「메뒤즈호의 뗏목」(1819)이라는 걸작을 남겼다.
***** 궁전의 폐허. 프랑스 제1, 제2왕조 때의 역대 왕들이 살았다.
****** 파리에 있는 유명한 저택. 그 안에 테름 궁과 박물관이 있다.

판잣집이 아직도 보였다. 뒤라스 공작 부인*은 하늘색 새틴을 깐 X 자 모양의 걸상이 놓인 자기 규방에서 서너 명의 친구들에게 아직 간행되지 않은 『우리카』를 읽어 주었다. 루브르박물관에서는 나폴레옹의 첫 글자인 N 자가 모든 것에서 지워졌다. 아우스터리츠 다리는 그 이름이 폐지되고 자르댕 뒤 루아 다리라고 명명되었다. 그것은 아우스터리츠 다리와 자르댕 데 플랑트(식물원)를 동시에 감춘 이중 수수께끼였다. 루이 18세는 호라티우스의 책에 조심스럽게 주석을 붙이면서도, 황제가 된 영웅들과 황제의 후계자가 된 천민들을 생각하면서, 두 가지 걱정거리가 있었다. 그것은 나폴레옹과 마튀랭 브뤼노였다. 프랑스 아카데미는 현상 모집에 '연구에 의하여 얻어지는 행복'이라는 주제를 제시했다. 벨라르** 씨는 확실히 웅변가였다. 그의 그늘에서 장차 폴루이 쿠리에***의 풍자를 받게 될 저 브로에의 미래의 차장 검사가 싹트는 것을 사람들은 보았다. 마르샹지****라는 사이비 샤토브리앙이 나오는가 하면, 또 한편으로는 다를랭쿠르*****라는 사이비 마르샹지도 나왔다. 『클

---

* 뒤라스 공작 부인(Duchesse Duras, 1777~1828). 프랑스의 소설가.
** 벨라르(Nicolas Fançois Bellart, 1781~1826). 왕정복고 시대에 파리 검찰 총장을 지낸 인물. 자유주의 운동을 철저히 강압했다.
*** 쿠리에(Paul-Louis Courier, 1772~1825). 프랑스의 작가. 그의 정치 논설은 신랄하고 재기 발랄했으며, 그의 서신에는 재치가 넘쳐흘렀다.
**** 마르샹지(Louis-Antoine-François de Marchangy, 1782~1826). 프랑스의 작가이자 사법관. 열렬한 왕당파였다.
***** 다를랭쿠르(Charles-Victor Prévost d'Arlincourt, 1789~1856). 프랑스의 소설가.

레르 달브』와 『말렉아델』은 걸작이었다. 코탱 부인은 당대의 일류 작가로 공인되었다. 학사원에서는 아카데미 회원 나폴레옹 보나파르트의 이름을 명부에서 말살했다. 앙굴렘은 칙령에 의하여 해군 학교의 소재지가 되었다. 왜냐하면 앙굴렘 공작은 위대한 제독이고, 앙굴렘 시는 항구 도시로서 당연히 모든 자격을 갖추고 있었으므로, 만약 그렇게 하지 않는다면 왕정 기강의 파탄을 초래했을 것이기 때문이다. 내각 회의에서는, 프랑코니 곡마단의 광고에 곡예사들의 재주를 재미있게 그려 거리의 악동들을 모으는 것을 허용할 것인가 하는 문제를 토의했다. 「아녜즈」의 작곡가이고 볼에 혹이 하나 붙어 있는 네모진 얼굴을 한 호인 파에르* 씨는 빌레베크 거리의 사스네 후작 부인이 개최하는 친지끼리의 소박한 연주회를 지휘했다. 젊은 처녀들은 모두 에드몽 제로가 작사한 「생타벨의 은자」라는 노래를 불렀다. 잡지 《르 냉 존》은 《미루아르》로 바뀌었다.** 랑블랭 카페는 황제파를 자처하여 부르봉 파를 자처하는 발루아 카페와 대항했다. 이미 루벨***이 으슥한 데 숨어서 노리고 있던 베리 공작****이 시칠리아의 어느 공주와 결혼한 것도 얼마 전의 일이다. 스탈 부인이 세상을 뜬 지 일 년이 되었다. 근

---

* 파에르(Ferdinaado Paër, 1771~1839). 이탈리아의 작곡가이자 피아니스트.
** '르 냉 존'은 '노란 난쟁이'라는 뜻이며, '미루아르'는 '거울'이라는 뜻이다.
*** 루벨(Louis Pierre Louvel, 1783~1820). 베리 공작의 암살자. 교수대에서 처형되었다.
**** 베리 공작(Duc de Berry, 1778~1820). 샤를 10세의 둘째 아들. 루벨에게 암살되었다. 그의 부인은 나폴리 왕 프랑수아 1세의 딸이다.

위병들은 마르스 양을 야유했다. 유명한 신문들도 지면이 아주 작았다. 지면의 크기는 제한되었지만 기사의 자유는 컸다. 《콩스티튀시오넬》은 입헌파였다. 《미네르바》는 샤토브리앙(Chateaubriand)의 철자를 'Chateaubriant'이라고 썼다. 문호 샤토브리앙에게는 미안한 일이지만, 그 t 자는 시민들을 무척 웃겼다. 매수된 신문 속에서 매수된 기자들이 1815년에 추방당한 자들을 모욕했다. 다비드*는 이제 재주가 없어졌고, 아르노**는 이제 재치가 없어졌고, 카르노***는 이제 성실성이 없어졌고, 술트****는 어떤 전투에서도 승전 한 번 못 했고, 나폴레옹은 이제 천재적인 재능이 없어졌다고 말이다. 추방된 자에게 우송되는 편지는 경찰이 충실히 도중에서 압류해 버리므로 좀처럼 입수되지 않는다는 것을 모르는 이는 아무도 없었다. 이런 사실은 조금도 신기한 일이 아니었다. 추방된 데카르트는 그것을 한탄했다. 그런데 다비드가 벨기에의 한 신문에서 자기에게 보낸 편지들이 입수되지 않는다고 불평한 적이 있는데, 그것은 당시 추방된 자들을 조롱하던 왕당파 신문으로서

---

* 다비드(Jacques Louis David, 1748~1825). 프랑스의 화가, 국민의회 의원. 혁명 때 말하자면 예술상의 독재권을 가지고 있었다. 나폴레옹의 어용 화가였다. 추방되어 브뤼셀에서 죽었다.

** 아르노(Antoine-Vincent Arnault, 1766~1834). 프랑스의 비극 시인, 우화 작가.

*** 카르노(Lazare Nicolas Marguerite Carnot, 1753~1823). 프랑스의 수학자, 국민의회 의원. 공화국 시대의 모든 작전 계획 수립자로서 '승리의 조직자'라 불렸다. 추방되어 죽었다.

**** 술트(Jean-de-Dieu Soult, 1769~1851). 프랑스의 장군. 아우스터리츠 전투의 승리를 결정하였다. 루이 필리프 시대의 육군 대신이자 외무 대신.

는 고소한 일이었다. '시역자'*라고 말하거나 '투표자'라고 말하는 것, '적'이라고 말하거나 '동맹자'라고 말하는 것, '나폴레옹'이라고 말하거나 '부오나파르테'라고 말하는 것은 두 사람 사이를 심연보다도 더 갈라놓는 일이었다. 지각 있는 사람들은 모두 '헌장의 불후한 작자'라고 불리는 루이 18세에 의하여 혁명 시대는 영원히 막을 내렸다고 생각했다. 앙리 4세의 동상이 세워지기를 기다리는 퐁뇌프 광장의 받침대에는 '레디비부스(소생)'라는 말이 새겨졌다. 피에 씨는 왕정을 공고히 하기 위하여 테레즈 거리 4번지에서 집회를 조직했다. 우익의 영수들은 중대한 문제가 생길 때마다 "바코에게 편지를 써야겠다."라고 말했다. 카뉘엘, 오마오니, 샤프들렌 제씨(諸氏)는 왕제(王弟) 전하로부터 어느 정도 승낙을 받고서, 훗날 '해변의 음모'라는 사건이 될 일을 공작하고 있었다. 에팽글 누아르 일파도 저희들끼리 음모를 꾸미고 있었다. 들라베르드리는 트로고프와 연락을 취하고 있었다. 어느 정도 자유주의 정신을 갖고 있던 드카즈** 씨가 세력을 떨쳤다. 샤토브리앙은 긴 바지를 입고, 실내화를 신고, 성성한 머리에 마드라스 천으로 된 모자를 쓰고, 거울을 들여다보며, 치과의의 연장을 완전히 갖춘 가방을 앞에 열어 놓고 손수 그 매력적인 이를 쑤셔 거리면서도 『헌장에 의한 군주정치』라는 책의 여러 가지 이본의 차이를 비서인 필로르주 씨에게 받아쓰게 하면서 생 도

* 루이 16세를 사형에 처한 혁명파를 가리킨다.
** 드카즈(Elie Decazes, 1780~1860). 루이 18세 시대의 대신. 자유주의자로 유명하다.

미니크 거리 27번지의 자기 집 창 앞에 매일 아침 서 있었다. 권위 있는 비평은 탈마*보다 라퐁**을 더 좋아했다. 펠레츠*** 씨는 A라고 서명하고 호프만**** 씨는 Z라고 서명했다. 샤를 노디에*****는 『테레즈 오베르』를 쓰고 있었다. 이혼은 폐지되었다. 리세는 모두 콜레주라고 불렸다.****** 콜레주 학생들은 깃에 황금 백합꽃을 달고서 로마 왕*******에 관해 토론하며 서로 주먹질을 했다. 궁전의 비밀경찰은 왕비 전하에게 도처에 나붙어 있는 오를레앙 공의 초상화를 고발했는데, 경기병 사령관의 복장을 하고 있는 이 초상화는 용기병 사령관의 복장을 하고 있는 베리 공보다 풍채가 더 좋았다. 그것은 대단히 불리한 일이었다. 파리 시는 시 비용으로 앵발리드********의 둥근 지붕에 다시 금칠을 했다. 착실한 양반들은 이러이러한 경우에 트랭클라그 씨가 어떻게 행동할 것인가 하고 생각했다. 클로젤 드 몽탈 씨는 여러 가지 문제로 클로젤 드 쿠세르그 씨와 손을 끊었다. 드 살라베리 씨는 불만을 품고 있었다. 희극 작가 몰리에르도 될 수 없었던 아카데미 회원이었던 희극 작가 피카

---

* 탈마(François-Joseph Talma, 1763~1826). 프랑스의 비극 작가. 나폴레옹의 총애를 받았다.
** 라퐁(Lafon, 1773~1846). 프랑스의 비극 작가.
*** 펠레츠(Charles-Marie de Feletz, 1767~1850). 프랑스의 비평가. 낭만주의에 반대하고 고전주의를 옹호했다.
**** 호프만(Benoît Hofffmann, 1760~1828). 프랑스의 극작가, 비평가.
***** 노디에(Charles Nodier, 1780~1844). 프랑스의 작가.
****** 오늘날 리세는 고등학교를 가리키고 콜레주는 중학교를 가리킨다.
******* 나폴레옹 1세의 아들.
******** 루이 14세 때 부상병과 군인 환자를 수용하기 위해 세운 건물.

르는 오데옹 극장에서 「두 사람의 필리베르」를 상연했는데, 이 극장 정면에 있던 '황후 극장'이라는 글자는 떼어 버렸지만 아직도 그 흔적이 똑똑히 보였다. 퀴네 드 몽타를로에 대해서는 찬반양론이 분분했다. 파비에는 난동 분자, 바부는 혁명가였다. 출판업자 펠리시에는 '프랑스 아카데미판 볼테르 작품집'이라는 제목으로 볼테르의 작품을 출판하고 있었다. 그 순진한 출판업자는 "이건 팔린다."라고 말했다. 여론은 샤를 루아종 씨는 당대의 천재일 것이라고 했지만, 그를 시기하는 사람들은 그를 혹평하기 시작했는데, 그것도 영광의 징조였다. 그리고 그에 관해 이런 시구가 만들어졌다.

　　루아종이 제아무리 날고 날아도, 다리가 있음을 어이하리.

　페슈 추기경이 사직하기를 거절했기 때문에, 아마지의 대주교 드 팽 씨가 리옹의 주교구를 관리했다. 뒤에 장군이 된 뒤푸르 대위의 각서로 말미암아 프랑스와 스위스 사이에 다프 계곡의 분쟁이 시작되었다. 아직 세상에 알려지지 않았던 생시몽*은 그의 숭고한 꿈을 쌓아 올리고 있었다. 과학 아카데미에는 당시엔 유명했으나 후세엔 잊혀 버린 푸리에**라는 자가 있었다. 그리고 또 어느 오두막집에는 아직은 세상에 알려지지

---

* 생시몽(Comte de Saint-Simon, 1760~1825). 프랑스의 철학자, 공상적 사회주의자. 생시몽주의의 창시자다.
** 푸리에(Joseph Fourier, 1768~1830). 프랑스의 수학자, 물리학자.

않았지만 미래에 길이 이름이 남게 될 푸리에*라는 자가 있었다. 바이런 경이 명성을 나타내기 시작했다. 밀부아**의 어떤 시의 주에서는 다음과 같은 말로 그를 프랑스에 소개했다. "바이런 경이라는 사람." 다비드 당제는 열심히 대리석을 깎고 있었다. 카롱 신부는 푀이양틴의 막다른 골목에서 열린 신학교 학생들의 조그만 집회 석상에서 후일 라므네***라고 불린, 그러나 당시에는 무명의 신부였던 펠리시테 로베르를 극구 찬양했다. 센 강 위를 헤엄치는 개 같은 소리를 내면서 연기를 뿜으며 찰랑거리는 사물 하나가 튈르리 궁전의 창 아래를 루아얄 다리에서 루이 15세 다리까지 왔다 갔다 하고 있었다. 그것은 별로 쓸모없는 하나의 기계요, 일종의 장난감이요, 망상적 발명가의 몽상이요, 모래 위의 누각이었다. 그것은 다름 아니라 증기선이었다. 파리 사람들은 무관심한 태도로 그 무용지물을 바라보았다. 단행(斷行)과 규정과 무더기 임명으로 학사원을 개혁했고 여러 아카데미 회원을 만들어 낸 뛰어난 인물이었던 드 보블랑**** 씨는 그러한 일을 하고 난 뒤에 정작 자기 자신은 아카데미 회원이 되지 못했다. 생제르맹 교외 사람들과 마르

---

* 푸리에(Charles Fourier, 1772~1837). 프랑스의 철학자, 사회학자. 팔랑스테르(Phalanstère)라는 일종의 고등 사회단체의 주창자.
** 밀부아(Charles Hubert Millevoye, 1782~1816). 프랑스의 시인, 엘레지 작가.
*** 라므네(Félicité Robert de Lamennais, 1782~1854). 프랑스의 철학자, 신학자. 수도회에 들어간 초기에는 신정주의(神政主義)의 열렬한 옹호자였으나, 이후 가톨릭적 자유주의에 기울어 혁명론의 열렬한 사도가 되었다.
**** 보블랑(Vincent-Marie Viénot de Vaublanc, 1756~1845). 프랑스의 정치가, 작가.

상 마을 사람들은 경찰청장으로서 들라보 씨를 바랐는데, 그 것은 그의 열성 때문이었다. 뒤퓌트랭*과 레카미에**는 예수 그 리스도의 신성(神性)에 관하여 의학 학교의 계단 강의실에서 논쟁하며 서로 삿대질까지 했다. 한쪽 눈으로는 「창세기」를 보고 다른 눈으로는 자연을 본 퀴비에***는 화석을 「창세기」 원 문과 부합시키고 마스토돈****으로 하여금 모세를 기뻐하게 함으 로써 맹신적 반동에 추파를 던지려고 애썼다. 파르망티에*****가 남긴 기록의 갸륵한 연구가인 프랑수아 드 뇌샤토 씨는 폼 드 테르(pomme de terre, 감자)를 파르망티에르라고 발음하게 만 들려고 갖은 노력을 했으나 성공하지 못했다. 그레구아르 신 부는 예전에 주교였고, 국민의회 의원이었고, 상원 의원이었 는데, 왕당파와의 논전에서 '파렴치한 그레구아르' 상태로 변 해 버렸다. 내가 방금 사용한 "……의 상태로 변했다."라는 어 구는 루아예콜라르****** 씨에 의하여 신어법(新語法)으로 알려졌 다. 예나 다리의 세 번째 아치 아래에서는 블뤼허가 다리를 폭

---

* 뒤퓌트랭(Guillaume Dupuytren, 1777~1835). 프랑스의 유명한 외과 의사. 그의 연구는 의학에 많은 공헌을 했다. 그의 이름을 붙인 해부 병리학 박물관 도 있다.
** 레카미에(Joseph Récamier, 1774~1852). 프랑스의 내과 의사.
*** 퀴비에(Georges Cuvier, 1769~1832), 프랑스의 유명한 박물학자. 비교 해 부학과 고생물학의 창시자다.
**** 장비목 마스토돈트과 마스토돈속에 속하는 절멸 코끼리의 총칭.
***** 파르망티에(Antoine Parmentier, 1737~1813). 프랑스의 농업학자, 경제 학자. 프랑스의 감자 재배를 발전시켰다.
****** 루아예콜라르(Pierre-Paul Royer-Collard, 1763~1845). 프랑스의 철 학자, 정치 웅변가.

파하려고 뚫었던 화약 구멍을 이 년 전에 막아 놓은 새 돌을 아직도 그 새하얀 빛으로 알아볼 수 있었다. 사법 당국은 한 사나이를 법정에 호출했는데, 그는 아르투아 백작이 노트르담 성당에 들어가는 것을 보고 소리 높여 이렇게 외쳤다. "제기랄! 보나파르트와 탈마가 서로 팔을 끼고 연병장으로 들어가는 걸 보던 때가 그립구나." 선동적인 언사였다. 육 개월의 징역에 처해졌다. 반역자들은 아무런 거리낌 없이 횡행하고 있었다. 전투 전날 적의 편으로 넘어간 작자들은 받은 보수를 하나도 감추지 않았고, 뻔뻔스럽게도 재물과 감투를 둘러쓰고 비열하게도 대중 앞에서 활보하고 있었다. 리니*와 카트르브라**의 탈주병들은 그 파렴치한 행위에 대한 보수로 흉측하게 몸을 휘감고서 왕에 대한 충성을 숨김없이 과시했다. 그들은 모두 저 영국의 공중변소 안벽에 다음과 같이 씌어 있는 것을 잊고 있었다. "나가기 전에 복장을 단정히 하시오."

이상은 오늘날에는 잊혀 버렸지만 1817년이라는 해와 관련, 뒤죽박죽 떠오르는 일들이다. 역사는 이 모든 특수한 사실들을 거의 다 무시하고 있는데, 그럴 수밖에 없다. 한없이 많은 것이 역사에 밀려들 테니까. 그렇지만 이러한 세세한 일들을 사람들은 사소한 일이라고 잘못 부르고 있는데(인류에 사소한 일은 없고 식물에 사소한 잎은 없다.), 그것들은 모두 유용하다. 시대의 모습은 연년의 표정에 의해서 이루어진다.

---

* 벨기에의 마을. 1815년 6월 16일에 나폴레옹이 블뤼허의 프로이센군을 격파한 곳.
** 벨기에의 마을. 워털루 전투 이틀 전에 네 명의 장군이 연합군을 무찌른 곳.

이 1817년에 파리의 네 젊은이가 '재미나는 연극'을 꾸몄다.

2. 이중의 사중주

그 파리 사람들은 하나는 툴루즈 출신이고, 또 하나는 리모주 출신, 셋째는 카오르 출신, 넷째는 몽토방 출신이었다. 하지만 그들은 학생이었는데, 학생이란 말은 파리 사람이라는 말이고, 파리에서 공부한다는 것은 파리에서 태어났다는 뜻이다.

이 청년들은 평범했다. 이런 인물들은 누구나 흔히 볼 수 있었다. 착하지도 악하지도 않고, 유식하지도 무식하지도 않고, 천재도 바보도 아닌, 흔한 유형의 네 사람. 스무 살이라고 부르는 저 매혹적인 4월의 멋쟁이 남자들. 그들은 네 명의 평범한 오스카*였다. 왜냐하면 이때는 아직 아서** 같은 사람들은 존재하지 않았으니까. 연가는 이렇게 외치고 있었다. "그를 위하여 아라비아의 향불을 피워라. 오스카가 나온다. 오스카, 나는 곧 그를 보리라!" 사람들은 오시앙 이야기를 읽고 난지라 우아한 것이라면 곧 스칸디나비아나 칼레도니아***적인 것이었

---

* 오스카(Oscar). 스코틀랜드의 신화에 나오는 영웅. 아버지는 오시앙, 할아버지는 핑갈이다. 1760년경에 맥퍼슨이라는 스코틀랜드 사람이 『핑갈의 아들 오시앙의 번역시』라는 작품을 출판했는데 18세기 말과 19세기 초에 걸쳐서 대호평을 받았고, 나폴레옹은 이 책을 여러 번 읽었다고 한다.
** 아서(Arthur). 웨일스의 전설상의 왕. 원탁의 기사 이야기의 주인공.
*** 스코틀랜드의 옛 이름.

고, 순수하게 영국적인 유형은 그 후가 되어서야 유행했는데, 아서 같은 사람들 중 최초의 인물인 웰링턴이 워털루에서 승리한 것은 겨우 조금 전의 일이었다.

이 오스카들의 이름은 하나는 툴루즈의 펠릭스 톨로미에스이고, 또 하나는 카오르의 리스톨리에, 또 하나는 리모주의 파뫼유, 마지막은 몽토방의 블라슈벨이었다. 물론 저마다 애인이 있었다. 블라슈벨은 영국에 갔다 온 일이 있었기 때문에 파부리트라고 영국식으로 불리는 여자를 사랑하고 있었고, 리스톨리에는 달리아라는 꽃 이름을 별명으로 가진 여자를 열렬히 사랑하고 있었고, 파뫼유는 조제핀을 줄여서 제핀이라고 부르는 여자를 우상처럼 사랑하고 있었고, 톨로미에스에게는 햇빛 같은 아름다운 금발을 가졌기 때문에 블롱드라고 불리는 팡틴이라는 여자가 있었다.

파부리트와 달리아, 제핀, 팡틴은 향기롭고 눈부시고 매혹적인 네 처녀들이었는데, 바늘에서 완전히 떠나지 못해 아직은 좀 여직공 냄새가 났고, 연애 바람에 들떠 있었으나 얼굴에는 노동의 침착성이 남아 있었고, 마음속에는 최초의 타락에서도 여인 속에 살아남은 저 정숙의 꽃이 시들지 않고 있었다. 넷 중 하나는 가장 나이가 어렸기 때문에 젊은이라고 불렸고, 또 하나는 늙은이라고 불렸다. 늙은이는 스물세 살이었다. 아무것도 숨기지 않고 말하자면, 앞의 세 여자는 처음으로 재미를 보고 있는 블롱드인 팡틴보다 더 경험이 많고, 더 방종하고, 더 세상 물정에 밝았다.

달리아와 제핀, 그리고 특히 파부리트는 팡틴하고는 비교가 되지 않았다. 그들의 소설은 아직 시작된 지 얼마 되지 않았지만 벌써 수많은 에피소드가 있었는데, 애인의 이름이 첫 장(章)에서는 아돌프인가 하면, 둘째 장에서는 알퐁스가 되고, 셋째 장에서는 귀스타브였다. 가난과 교태는 운명을 결정하는 두 조언자다. 하나는 불평을 하고 또 하나는 아양을 떠는데, 서민층의 아름다운 처녀들은 그것을 둘 다 가지고 있어서 그 둘은 그녀들의 귀에 제각각 소곤거린다. 잘못 지켜진 여자들의 마음은 그 말에 귀를 기울인다. 그 때문에 그녀들은 타락하고 사람들에게 돌팔매질을 당한다. 그리고 그녀들은 접근할 수 없는 순결한 모든 것의 찬란함으로 괴롭힘을 당한다. 오호라! 만약 융프라우*가 굶주리고 있었더라면?

파부리트는 영국에 갔다 왔기 때문에 제핀과 달리아의 숭배를 받았다. 그 여자는 아주 오래전부터 자기 집을 가지고 있었다. 그녀의 아버지는 포악한 허풍선이인 늙은 수학 선생으로, 결혼도 하지 않고 늙은 나이에도 불구하고 가정교사로 나다니고 있었다. 이 수학 선생은 소싯적 어느 날 벽난로의 재받이에 걸려 있는 식모의 옷을 보고는 그만 홀딱 반해 버렸다. 그렇게 해서 태어난 것이 파부리트였다. 파부리트는 때때로 아버지를 만났고, 아버지도 그녀를 반겼다. 어느 날 아침, 독실한 예수쟁이 같은 얼굴을 한 노파 하나가 파부리트의 집에 들어와 이렇게 말했다. "나를 몰라보겠니?" "모르겠는데요." "내가 네 어미다." 그런 뒤에 노파는 찬장을 열고 먹고 마시

---

* '순결한 처녀'를 뜻한다.

고, 자기가 갖고 있던 보료를 들여놓게 하고는 주저앉아 버렸다. 시무룩하고 독실한 체하는 이 어머니는 파부리트에게 전혀 말을 하지 않고 몇 시간이고 한마디의 말도 없이 앉아 있다가 아침과 점심과 저녁을 잔뜩 먹고는 문지기한테 놀러 내려가서 딸의 욕을 하곤 했다.

달리아가 리스톨리에게 이끌리고, 아마 다른 사내들에게도 이끌리고, 게으름에 빠지게 된 것은 너무도 아름다운 장밋빛 손톱을 가지고 있었기 때문이었다. 어떻게 그런 손톱을 하고 일을 할 수 있겠는가? 절개를 지키려는 자는 제 손을 아껴서는 안 된다. 한편 제핀으로 말하자면 "네, 그래요."라고 하는 그녀의 귀여운 말투에 활발하고도 사랑스러운 데가 있었기 때문에 파뫼유를 정복한 것이다.

청년들은 친구 사이였고, 처녀들도 서로 좋아하는 사이였다. 이러한 사랑에는 언제나 그러한 우정이 따르게 마련이다.

슬기로움과 현명함은 별개의 것이다. 그 증거로, 이 문란한 동거 생활을 염두에 두지 않고 말한다면, 파부리트와 제핀과 달리아는 현명한 처녀들이고, 팡틴은 슬기로운 처녀였다.

슬기롭다고? 그러면서도 톨로미에스를 사랑해? 사랑은 슬기의 일부를 이룬다고 솔로몬은 대답하리라. 다만 여기서는 이렇게만 말해 두자. 즉 팡틴의 사랑은 첫사랑이고, 유일한 사랑이고, 성실한 사랑이었다고.

네 여자 중에서 단 한 명의 남자에게만 너라고 불린* 여자

---

* 애인으로 여겨진다는 의미.

는 오직 팡틴뿐이었다.

  팡틴은 말하자면 서민의 밑바닥에서 피어났다고도 할 수 있는 그러한 사람들 중 하나였다. 사회의 측량할 수 없는 짙은 어둠 속에서 나왔기 때문에, 그녀의 이마에는 무명(無名)과 불명(不明)의 딱지가 붙어 있었다. 그녀는 몽트뢰유쉬르메르에서 태어났다. 부모는 누구인가? 누가 말할 수 있으랴? 그녀의 부모를 아는 사람은 아무도 없었다. 그녀는 팡틴이라고 불렸다. 어째서 팡틴이라고 했던가? 다른 이름은 전혀 알지 못했으니까. 그녀가 태어났을 때는 아직 집정관 정부*가 있었다. 그녀는 성(姓)이 없었다. 가족이 없었으니까. 세례명도 없었다. 그곳에는 성당이 없었으니까. 아직 어렸을 적 맨발로 거리를 다닐 때 지나가던 사람이 보고 좋은 이름이라고 하면서 붙여 준 이름을 그녀는 그대로 제 이름으로 하고 있었다. 비가 올 때 구름에서 떨어지는 물방울을 이마에 받듯이 그녀는 이름을 받던 것이다. 그녀는 어린 팡틴이라고 불렸다. 아무도 그녀에 관하여 그 이상은 알지 못했다. 이 피조물은 그처럼 세상에 왔던 것이다. 열 살 때 팡틴은 도시를 떠나 근처의 농가에 고용살이를 하러 갔다. 열다섯 살 때 그녀는 파리로 '돈벌이를 하러' 왔다. 팡틴은 아름다웠고 될 수 있는 대로 오래도록 순결을 지키고 있었다. 그녀는 아름다운 이를 가진 금발 미인이었다. 그녀는 결혼 지참금으로 황금과 진주를 지니고 있었다. 그러나 그녀의 황금은 머리 위에 있었고 그녀의 진주는 입속에 있었다.

---

* 집정관 정부는 1789년에서 1799년까지 존속했다.

그녀는 살기 위해 일했다. 그리고 여전히 살기 위해, 왜냐하면 마음에도 역시 굶주림이 있으니까, 사랑했다.

그 여자는 톨로미에스를 사랑했다.

그에게는 정욕이 있었고, 그녀에게는 정열이 있었다. 학생들과 바람난 여직공들이 북적거리는 라틴 구(區)에서 이들의 꿈이 시작되었다. 팡틴은 수많은 연애가 맺어지고 풀어지는 저 팡테옹 언덕의 미로에서 오랫동안 톨로미에스를 피하면서도 늘 그를 만날 수 있도록 하고 있었다. 피하면서도 찾는 것 같은 그런 방법도 있는 것이다. 요컨대 목가가 일어난 것이다.

블라슈벨과 리스톨리에와 파뫼유는 일종의 그룹을 이루고 있었는데 톨로미에스가 그 두목이었다. 재치가 있는 것은 그였다.

톨로미에스는 나이 많은 구식 학생이었다. 그는 부자였다. 그는 4000프랑의 연수입이 있었는데, 연수입 4000프랑이면 생트 주느비에브 산*에서는 굉장한 평판거리였다. 톨로미에스는 서른 살 먹은 난봉꾼이었고 몸이 쇠약했다. 주름살이 잡히고 이가 빠졌고 머리가 벗어지고 있었으나 서글픈 기색도 없이 이렇게 말하곤 했다. "나이 삼십에 대머리요, 사십에 앉은뱅이라." 그는 소화불량에 시달렸고, 한쪽 눈에는 늘 눈물이 맺혀 있었다. 그러나 젊음이 사그라져 감에 따라 그는 더욱 유쾌하게 굴었다. 이가 빠진 것은 익살로 때우고, 머리가 빠진 것은 쾌활함으로 채우고, 건강이 나쁜 것은 빈정거림으로 바

---

* 팡테옹 언덕의 옛 이름.

꾸고, 눈물이 흐르는 눈은 줄곧 웃고 있었다. 몸은 망가졌지만 꽃이 활짝 피어 있었다. 그의 젊음은 나이보다 훨씬 앞서 도망치면서도 질서 정연하게 퇴각하고 웃음을 터뜨리고 있어서 거기에는 열정밖에 보이지 않았다. 그는 보드빌 극장에 희곡한 편을 보냈다가 거절당한 일도 있었다. 그는 여기저기서 보잘것없는 시도 지었다. 그뿐 아니라 그는 무엇이고 다 몹시 의심했는데, 그것은 약자들의 눈에 큰 힘으로 보였다. 그래서 빈정거리고(ironique) 대머리이기 때문에 그는 두목이었다. '아이언(iron)'은 영어로 '쇠'라는 뜻이다. '아이러니(ironie)'라는 말은 거기에서 온 것일까?

어느 날 톨로미에스는 다른 세 사람을 한쪽으로 부르더니 신탁이라도 내리는 듯한 태도로 그들에게 말했다.

"근 일 년 전부터 팡틴과 달리아, 제핀, 그리고 파부리트는 무슨 깜짝 놀랄 일을 해 달라고 부탁하고 있다. 우리는 그녀들에게 그러마고 엄숙히 약속했어. 그녀들은 늘 그 말을 하는데, 특히 내게는 그렇거든. 마치 나폴리에서 늙은 아낙네들이 성 야누아리우스*더러 '누런 얼굴의 성자시여, 기적을 내리소서!' 하고 외치듯이 우리네 미인들은 늘 내게 '톨로미에스, 언제 그 깜짝 놀랄 선물을 만들어 낼 거야?' 하고 말하지 않겠나? 그와 동시에 우리 부모들한테서도 편지가 오고. 양쪽에서 같은 말의 되풀이야. 이제 때가 온 것 같아. 함께 얘기해 보세."

그렇게 말하며 톨로미에스는 소리를 죽여 무슨 말을 의미

---

* 야누아라우스(Januarius). 나폴리의 수호성인.

심장하게 속삭였는데, 무척 유쾌한 일인 듯 네 사람의 입에서 한꺼번에 열광적인 폭소가 터졌고, 블라슈벨이 외쳤다.

"그것 참 좋은 생각이다!"

연기가 자욱한 카페 하나가 나타나자 그들은 거기에 들어갔고, 그들 회의의 나머지는 어둠 속에 사라졌다.

그 어둠에서 나온 결과는 네 청년이 네 처녀를 초대하여 다음 일요일에 베푼 흥겨운 들놀이였다.

3. 네 사람에 네 사람

사십오 년 전에 학생들과 바람기 있는 젊은 여공들의 들놀이가 어떤 것이었는지를 오늘날 상상하기란 쉽지 않을 것이다. 파리엔 이제 그때와 같은 교외가 없다. 파리 주변이라고 할 수 있는 환경의 모습은 반세기 만에 완전히 변해 버렸다. 예전에 합승 마차가 달리던 곳에는 기차가 있고, 거룻배가 떠 있던 곳에는 기선이 있다. 옛날에 생클루를 말하던 것처럼 오늘날 사람들은 페캉을 말한다. 1862년의 파리는 프랑스 전체를 교외로 갖고 있는 도시였다.*

그 네 쌍의 남녀들은 당시 들놀이에서 할 수 있었던 모든 법석을 하나도 빠짐없이 다 피웠다. 사람들은 휴가에 들어갔고, 날씨는 여름답게 덥고 맑았다. 그 전날 여자들 중 유일하게 글

---

* 이 책이 1862년에 출판되었다는 사실을 알아 둘 것.

씨를 쏠 줄 아는 파부리트가 네 여자 이름으로 톨로미에스에게 이렇게 써 보냈다. "일찍 출발하는 거시 조커 써." 그래서 그들은 아침 5시에 일어났다. 그런 뒤에 역마차로 생클루에 가서 물 없는 폭포를 바라보며 "물이 있으면 참 장관이겠다!" 라고 외치고, 아직 카스탱이 지나가지 않은 테트누아르에서 아침을 먹고, 넓은 연못가에서 고리 던지기 놀이를 하며 한판 놀고, 디오게네스 탑에 오르고, 세브르 다리에서 마카롱 과자 내기로 구슬 굴리기를 하고, 퓌토에서 꽃을 꺾고, 뇌이에서 갈대 피리를 사고, 가는 곳마다 사과 파이를 먹고, 더할 나위 없이 즐거웠다.

처녀들은 새장을 벗어난 꾀꼬리처럼 지저귀고 떠들어 댔다. 그야말로 열광적이었다. 그녀들은 이따금 청년들을 찰싹 찰싹 때렸다. 인생의 아침의 도취! 꽃다운 청춘! 잠자리들의 날개가 떨리고 있었다. 오! 당신이 누구이든, 당신은 생각나는가? 당신은 덤불 속을 걸어가면서 뒤에 오는 아리따운 여인의 머리카락이 걸리지 않도록 나뭇가지를 헤쳐 주었는가? 당신은 사랑하는 여자와 함께 비에 젖은 어느 비탈길에서 웃으면서 미끄러졌는가? 그럴 때면 여자는 손으로 당신을 붙잡고 소리를 질렀으리라. "어머나! 내 새 신발이 엉망이 돼 버렸어!"

지금 당장 말해 버리는데, 그 즐거운 훼방꾼인 소나기는 이 유쾌한 일행에게는 오지 않았다. 파부리트가 떠나면서 연장자다운 어엿한 말투로 "달팽이가 길바닥을 기고 있네. 비가 올 징조야, 얘들아." 하고 말했지만.

네 여자는 모두 엄청 예뻤다. 당시 유명한 고전 시인이요,

엘레오노르라는 이름의 여자를 곁에 두고 있던 노인인 슈발리에* 드 라부이스 씨는 그날 생클루의 마로니에 숲을 거닐다가 오전 10시쯤 그들이 지나가는 것을 보고 미의 세 여신을 생각하며 "하나가 더 많구나." 하고 외쳤다. 블라슈벨의 애인인 스물세 살 된 늙은이 파부리트는 앞장서서 큰 푸른 가지 아래를 달리고, 도랑을 뛰어넘고, 필사적으로 덤불에 걸터타고, 젊은 요정처럼 열렬히 일행의 흥을 북돋웠다. 제핀과 달리아는 서로 붙어 다님으로써 그 아름다움이 더욱 빛나고 완전해지는 종류의 미인이었으므로, 우정보다는 교태의 본능에서 결코 떨어지지 않고 서로 바짝 붙어서 영국식 태를 짓고 있었다. 최초의 증정용 호화 장식본이 막 나왔던 때이고, 후에 바이런주의가 남자들 사이에 유행했듯이 우울증이 여자들 사이에 싹트기 시작했던 때라, 여성의 머리는 애수에 잠긴 것처럼 꾸며지기 시작했다. 제핀과 달리아는 컬이 진 머리였다. 리스톨리에와 파뫼유는 그들의 교수들에 관한 토론에 열중해 있다가 델뱅쿠르 씨와 블롱도 씨의 차이를 팡틴에게 설명해 주고 있었다.

블라슈벨은 분명히 일요일마다 파부리트의 숄을 팔에 걸치고 다니기 위해 이 세상에 태어난 것만 같았다.

톨로미에스는 뒤따라가며 일행을 지배하고 있었다. 그는 매우 쾌활했으나, 사람들은 그에게서 위압감을 느꼈다. 그의 쾌활함 속에는 독재가 있었다. 그의 주된 몸치장은 난징 무명

---

* 슈발리에(Chevalier)는 레지옹 도뇌르 5등 훈장 또는 팔름자카데미 3등 훈장의 수훈자를 이른다.

으로 지은 코끼리 다리 모양의 양복바지였는데, 바짓단에서 신발 밑으로 돌려 매는, 구리를 꼬아 만든 끈이 붙어 있었다. 손에는 200프랑이나 하는 실팍한 등나무 지팡이를 들고 있었고, 그는 무슨 짓이고 못 할 것이 없는 위인이었으므로, 입에는 여송연이라는 괴상한 물건 하나를 물고 있었다. 그에게는 아무것도 신성한 것이 없었으므로 담배도 피웠다.

"톨로미에스는 참 굉장한 놈이야." 다른 사람들은 존경심을 가지고 말했다. "무슨 바지가 저래! 저 기운은 또 어떻고!"

팡틴으로 말하자면 그녀는 즐거움 그 자체였다. 그녀의 눈부시게 아름다운 이는 분명히 하느님으로부터 하나의 기능을, 즉 웃음을 부여받았다. 그녀는 기다란 흰 끈이 달린 조그만 밀짚모자를, 머리에 쓰기보다는 더 보통 손에 들고 있었다. 그녀의 숱 많은 금발 머리는 곧잘 흘러내리고 풀어져서 늘 붙잡고 있어야만 했는데, 마치 버드나무 아래로 달아나는 갈라테이아*의 머리 같았다. 그녀의 장밋빛 입술은 연방 재잘거리며 사람을 매혹했다. 그녀의 양쪽 입꼬리는 에리고네**의 고대 가면처럼 육감적으로 추켜올려져 있어 사내의 뻔뻔스러움을 부추기는 것 같았으나, 그늘 어린 긴 눈썹은 얼굴 아래의 시끄러운 소리 위에 마치 그것을 가라앉히기라도 하려는 듯이 다소곳이 드리워 있었다. 그녀의 몸치장 전체는 노래하는 것 같

---

* 갈라테이아(Galatea). 베르길리우스의 목가에 나오는 여주인공. 교태와 요염의 전형이다.

** 에리고네(Erigone). 그리스신화에 나오는 인물. 농부 이카리오스의 딸로, 아버지의 죽음에 목을 매 자살한 뒤 하늘에 올라가 처녀자리가 되었다.

고 타오르는 것 같은 무언가가 있었다. 그녀는 엷은 보랏빛의 바레주 직물 드레스를 입고 조그마한 고동색 구두를 신고 있었는데, 그 구두의 리본은 투명하고 존존한 새하얀 양말 위에 X 자 형으로 매여 있었다. 또 일종의 모슬린 웃옷을 걸치고 있었는데, 이것은 마르세유에서 처음으로 만들어진 것으로 칸주라는 것인데, 칸주라는 이름은 '캥즈 우(quinze aôut, 8월 15일)'라는 말이 칸비에르*에서 잘못 발음되어 생긴 것으로, 좋은 날씨나 더위, 한낮 따위의 뜻을 가지고 있었다. 다른 세 여자는 앞서 말한 바와 같이 덜 수줍은 편이어서 앞가슴을 온통 드러내 놓고 있었다. 그러한 차림새는 여름에 꽃으로 덮인 모자를 쓰고 있으면 퍽 아리땁고 아양스럽지만, 그러한 대담한 차림새 옆에 있는 금발 머리 팡틴의 칸주는 그 투명하기가 살결이 보일락 말락 하여 요망한 듯하면서도 뜸직해 보여, 보는 사람의 가슴을 울렁거리게 하는 신기한 품위를 갖추고 있었다. 그러므로 그 바다 같은 푸른 눈을 가진 세트 자작 부인이 주관하는 유명한 연애회는 아마 정숙함을 다투려는 이 칸주에 요염상을 수여했을 것이다. 가장 소박한 것이 때로는 가장 능숙한 것이다. 그런 일이 실제로 일어난다.

빛나는 얼굴, 섬세한 옆모습, 짙푸른 눈, 두꺼운 눈꺼풀, 오목한 작은 발, 맵시 고운 손목과 발목, 여기저기에 파르스름한 혈관이 보이는 하얀 살결, 앳되고 싱싱한 볼, 에기나 섬에서 발견된 유노상(像)처럼 실팍진 목, 굳세고도 나긋나긋한 목

_____

* 마르세유의 아름답기로 유명한 거리.

덜미, 쿠스투의 조각인가 싶은, 모슬린 옷을 통해 한복판에 오목한 데가 보이는 어깨. 몽상 어린 쾌활함. 조각처럼 아름답고 우아하고. 이러한 것이 팡틴이었다. 그리고 사람들은 그 의상 속에서 하나의 조각상을, 그 조각상 속에서 하나의 영혼을 알아보았다.

팡틴 자신은 별로 그런 줄 몰랐지만 그녀는 아름다웠다. 희대의 몽상가들은, 모든 것을 말없이 완전함과 비교해 보는 아름다움의 신비로운 사제들은 파리 여성의 투명한 맵시를 통하여 이 깜찍한 여직공 속에서 고대의 성스러운 화음을 어렴풋이나마 발견했으리라. 이 그늘의 처녀는 순종(純種)이었다. 그녀는 자태와 거동, 이 두 가지 면에서 아름다웠다. 자태는 이상의 형태이고, 거동은 그 운동이다.

나는 팡틴이 즐거움 그 자체라고 말했지만, 그녀는 또한 정숙의 화신이었다.

그녀를 유심히 관찰할 때, 그 나이와 청춘과 연애의 그 모든 도취를 통해 그녀에게서 드러나는 것은 절제와 겸손의 어찌할 수 없는 표정이었다. 그녀는 조금 놀라고 있었다. 이 순결한 놀람은 프시케*를 비너스와 다르게 하는 미묘한 차이다. 팡틴의 섬섬옥수는 금바늘로 성화(聖火)의 재를 쑤석거린다는 베스타 여신의 무녀**의 그것과도 같았다. 나중에 너무나도 잘

---

* 프시케(Psyche). 사랑의 신 큐피트의 사랑을 받은 미소녀로, 영혼의 운명을 상징한다.
** 로마 신화에 나오는 불의 여신 베스타를 섬기는 무녀. 순결한 처녀의 상징이다.

알게 되겠지만, 그녀는 톨로미에스에게 아무것도 거절하지 않았는데도, 평온할 때 그녀의 얼굴은 완전무결한 숫처녀 같았고, 어떤 때에는 그녀에게 갑자기 일종의 근엄하고 거의 숭엄한 위엄이 떠올랐다. 그리고 그녀의 쾌활한 표정이 순식간에 스러지고 대번에 명상 속에 함빡 빠져들어 가는 것을 보는 것처럼 이상하고 당황스러운 일은 아무것도 없었다. 갑작스럽고, 때로는 비상하게 현저한 그 근엄함은 여신의 경멸과 흡사했다. 그녀의 이마와 코와 턱은 얼굴 전체의 짜임새의 균형과는 딴판인 선(線)의 균형을 이루고 있었고, 그 때문에 얼굴의 조화도 이루어지고 있었다. 또 코 아래와 윗입술 사이의 그 특징적인 간격에는 눈에 보일 듯 말 듯한 매혹적인 인중이 있었는데, 이것은 정절의 신비로운 표지로서, 바르바로사*가 이코니움**에서 발굴된 디아나에 반하게 된 것도 이것 때문이었다.

사랑은 과오다. 좋다. 팡틴은 과오 위에 떠 있는 순결이었다.

4. 흥겨워서 스페인 노래를 부르는 톨로미에스

그날 하루는 처음부터 끝까지 여명과도 같았다. 삼라만상이 휴가인 것 같았고 웃는 것 같았다. 생클루의 꽃밭은 향기를

---

* 독일 황제 프리드리히 1세의 별명.
** 터키의 도시 코냐의 옛 이름.

풍기고, 센 강의 바람은 살랑살랑 나뭇잎을 흔들고, 나뭇가지들은 바람에 나부끼고, 꿀벌들은 재스민 꽃에 모여들고, 정처없이 떠다니는 한 떼의 나비들은 가새풀과 토끼풀과 귀리 사이에서 너울거리고, 프랑스의 존엄한 공원에는 한 떼의 방랑꾼들, 바로 새들이 있었다.

희희낙락거리는 네 쌍의 남녀는 햇빛과 들과 꽃과 나무에 뒤섞여 찬연히 빛나고 있었다.

그리고 그 천국의 공동체 속에서 모든 여자들이 지껄이고, 노래 부르고, 뛰고, 달리고, 나비를 쫓고, 메꽃을 따고, 살이 비쳐 보이는 분홍빛 양말을 싱싱하고 무성하고 전혀 위험하지 않은 높이 자란 풀 속에 적시고, 여기저기서 모든 남자들로부터 입맞춤도 좀 받고 있었는데, 팡틴만은 예외로 꿈꾸는 듯 성난 듯 막연한 반발 속에 잠겨 있었다. 그녀는 사랑에 빠져 있었다. 파부리트가 그녀에게 말했다. "너는 언제나 바보스러운 얼굴을 하고 있구나."

여기에 즐거움이 있다. 이 행복한 남녀들의 들놀이는 인생과 자연에 대한 심오한 부르짖음으로, 모든 것에서 애무와 빛을 끌어냈다. 옛날에 한 선녀가 있어, 일부러 연인들을 위해 들과 숲을 만들었다. 이로부터 연인들의 영원한 야외 학교가 시작되어 끊임없이 되풀이되는데, 이는 수풀과 학생 들이 있는 한 계속되리라. 그래서 봄은 사상가들 사이에서 인기가 좋다. 귀족도 장사치도, 공후 화족도 서민도, 궁정인도 시정배도, 모두 이 선녀의 신하다. 모두 웃고 즐기고, 서로 찾고 부르고, 찬미의 빛이 공중에 가득하다. 사랑은 얼마나 큰 변모인가! 공증인의 서기도 신이 된다. 재잘거리는 소리, 풀밭의 희롱, 느닷없는 포옹, 음악처럼 감미롭기만 한 뜻 모를 지껄임, 한 음절을 말하는 투에도 불타오르는 정염, 입에서 입으로 주고받는 버찌, 이러한 모든 것이 불꽃처럼 타올라 천상의 영광 속에 감싸인다. 아리따운 처녀들은 자기 자신을 즐겁게 낭비한다. 그것은 결코 끝날 줄 모를 것 같다. 철학자도 시인도 화가도 그 황홀경을 바라다볼 뿐 어찌할 바를 모른다. 그것은 그토록 그들을 황홀케 한다. "시테라 섬*으로 출발!"하고 바토는 외친다. 평민 화가인 랑크레는 창공으로 날아오르는 부르주아들을 바라본다. 디드로는 그 모든 연애를 붙잡으려고 팔을 내밀고, 뒤르페**는 그러한 연애에 드루이드교의 승려들을 끌어넣는다.

점심 후에 네 쌍의 남녀는 당시 왕의 화단이라고 불리던 곳으로, 인도에서 새로 들어온 식물을 보러 갔는데, 지금 그 이름은 생각나지 않지만, 그것은 당시 모든 파리 사람들을 생클루로 끌어당기던 식물로서, 나무줄기가 높은 보기 좋은 괴상한 관목인데, 무수한 가지가 마치 실올처럼 가느다랗게 뒤헝클어져 있고, 잎도 없이 자잘한 흰 장미꽃 같은 것이 부지기수로 피어 있었다. 그래서 이 작은 나무는 꽃이 조롱조롱 달린

---

* 지중해에 있는 섬. 비너스의 신전이 있는 이 섬은 애정과 황홀의 섬이다. 「시테라 섬으로의 출발」(1717)은 바토(1684~1721)의 걸작으로, 루브르박물관에 소장되어 있다
** 뒤르페(Honoré d'Urfé, 1567~1625). 프랑스의 소설가. 『아스트레』라는 소설을 썼다. 본문은 이 소설을 암시하고 있다.

머리털같이 보였다. 거기에는 항상 그것을 관상하는 사람들
이 떼 지어 있었다.

그 관목을 보고 나서 톨로미에스는 "당나귀를 태워 주마!"
하고 외쳤다. 당나귀 장수와 흥정을 한 뒤, 그들은 방브와 이
시를 지나 되돌아왔다. 이시에서는 재미있는 일이 있었다. 당
시 군용 식료품 용달업자였던 부르갱 소유의 공원 비앙 나시
오날이 우연히 활짝 열려 있었다. 그들은 철책을 넘고 들어가,
동굴 속의 허수아비 거사를 구경한 뒤, 유명한 석경실(石鏡室)
의 몇 가지 요술을 시험해 보았는데, 그것은 어느 호색한이 백
만장자가 되고 튀르카레가 프리아포스*로 변신했다는 이야
기에 어울리는 음탕한 함정이었다. 그들은 베르니스 신부**가
축복해 주었다는 두 그루의 밤나무에 매인 커다란 그물 그네
를 힘껏 흔들었다. 톨로미에스가 미인들을 한 사람씩 차례로
그네에 태워 흔드니, 그뢰즈가 즐겨 그렸던 그림에서 볼 수 있
듯이 스커트 자락이 날려 올라가 모두들 웃음을 터뜨렸다. 툴
루즈는 스페인의 톨로사와 이웃사촌이므로, 툴루즈 태생으로
서 스페인과 약간 인연이 있는 톨로미에스는 그렇게 그네를
흔들면서도 애처로운 곡조로 스페인의 옛 노래 「갈레가」를 불
렀는데, 이 노래는 아마 두 나무 사이의 줄 위로 힘껏 던져진
어떤 미녀에게 감흥을 받아 나온 것이리라.

---

* 프리아포스(Priapus). 그리스신화에 나오는 정원과 풍요와 생식의 신.
** 베르니스(Abbe de Bernis, 1715~1794). 프랑스 고위 성직자이자 외교관,
시인.

나의 고향은 바다호스*

그 이름은 사랑이라네.

나의 마음은 온통

나의 눈 속에,

그대의 귀여운

발이 나와 있으니.

팡틴만은 그네 타기를 거절했다.

"나는 저렇게 도도하게 구는 건 싫어." 하고 파부리트는 꽤 따끔하게 투덜거렸다.

당나귀에서 내린 후에도 새로운 재미가 있었다. 그들은 배로 센 강을 건너, 파시에서 걸어서 에투알 개선문에 이르렀다. 독자도 기억하고 있을 텐데, 그들은 새벽 5시부터 돌아다녔다. 하지만 파부리트는 이렇게 말했다. "체! 일요일엔 피곤하지 않아. 일요일엔 피곤도 쉬거든." 오후 3시쯤 행복에 도취된 네 쌍의 남녀는 롤러코스터를 타고 놀았다. 롤러코스터라는 것은 당시 보종 고지에 설치해 놓은 이상한 시설인데, 샹젤리제의 가로수 위로 그 꼬불꼬불한 선로가 보였다.

파부리트는 때때로 외쳤다.

"한데 그 뜻밖의 선물은? 난 그 선물을 원한다."

톨로미에스는 대답했다. "좀 기다려."

---

* 스페인 남서부의 도시.

5. 봉바르다 요릿집

롤러코스터를 마치고 그들은 저녁 식사를 생각했다. 그래서 그 희색에 빛나던 여덟 명의 그룹도 마침내 좀 노곤해져서 봉바르다 요릿집으로 철수했는데, 이 집은 당시 들로름 골목 옆의 리볼리 거리에 간판을 내걸고 있던 저 유명한 요식업자 봉바르다가 샹젤리제에 낸 지점이었다.

안쪽으로 침소와 침대가 있는 큼직한, 그러나 누추한 방이었는데(일요일에는 요릿집에 손님이 그득하므로 이런 곳이라도 참을 수밖에 없었다.) 두 개의 창으로 느릅나무 사이로 강과 둑이 내다보였고, 8월의 아름다운 햇살이 창을 스치고 있었으며, 두 개의 식탁이 있었는데, 그중 하나에는 남녀의 모자와 함께 꽃다발이 산더미처럼 의기양양하게 쌓여 있었고, 또 하나에는 쟁반과 접시, 술잔, 술병을 보기만 해도 즐겁게 늘어놓고 그 주위에 네 쌍의 남녀가 앉아 있었다. 맥주병이 포도주병과 섞여 있었는데, 식탁 위는 별로 질서가 없었고, 아래는 좀 문란했다.

그들은 식탁 아래서 소리를 낸다,
발을 비벼 대는 징그러운 소리를.

몰리에르는 이렇게 말했다.
아침 5시에 시작된 들놀이가 오후 4시 30분 무렵에는 이 모양이었다. 해는 뉘엿거렸고, 그들의 식욕도 채워졌다.

샹젤리제는 햇빛과 군중으로 가득 차 불빛과 먼지투성이였
는데, 이 두 가지는 영광을 형성한다. 마를리의 말들은, 그 힝
힝거리는 대리석 말들은 황금빛 구름 속으로 뛰어오르고 있
었다. 사륜마차들이 오가고 있었다. 화려한 친위 기병대가 선
두에서 나팔을 불며 뇌이의 가로수 길을 내려가고 있었고, 석
양에 살짝 불그레하게 물든 흰 깃발은 튈르리 궁전의 둥근 지
붕 위에서 나부끼고 있었다. 당시 또 다시 루이 15세 광장이
된 콩코르드 광장은 만족스러운 표정의 산책자들로 미어터졌
다. 많은 사람들이 은빛 백합꽃 장식을 물결 모양의 흰 리본에
달고 다녔는데, 1817년에는 아직 그것이 단춧구멍에서 완전
히 자취를 감추지 않고 있었다. 여기저기 빙 둘러서서 갈채를
던지고 있는 통행인들의 한가운데서, 윤무를 추는 소녀들이
당시 유명했던 부르봉 파의 무도곡을 부르고 있었는데, 이것
은 나폴레옹의 백일천하를 공격하기 위해 만들어진 것으로,
다음과 같은 후렴이 붙어 있었다.

겐트에 계신 우리 아버지를 돌려 다오.
우리 아버지를 돌려 다오.

수많은 교외 사람들이 화려한 나들이옷을 입고, 때로는 시
내 사람들처럼 백합꽃 장식까지 달고서 마리니의 크고 작은
광장에 흩어져 고리 던지기 놀이를 하고 목마를 탔다. 어떤 사
람들은 술을 마셨다. 몇몇 사람들, 인쇄소의 수습공들은 종이
모자를 뒤집어쓰고 있었는데, 그들의 웃음소리가 들렸다. 모

두들 환희에 벅찼다. 때는 확고한 평화와 왕당파의 반석 같은 안정의 시대였고, 경찰청장 앙글레스가 파리 교외의 상황에 관해 왕에게 제출한 비밀 특별 보고서가 다음과 같은 글귀로 끝맺어 있는 시대였다.

폐하, 제반사를 살펴보건대 이들 백성은 하등 두려울 것이 없사옵니다. 그들은 고양이처럼 무사태평하며 태만하옵니다. 지방의 하층민은 동요하고 있사오나 파리의 하층민은 그렇지 않사옵니다. 그들은 모두 소인들이옵니다. 폐하, 폐하의 정예 병사 하나를 만들기 위해서는 그들 둘을 합쳐야만 할 것이옵니다. 수도의 천민에 대해서는 하등 염려하실 것이 없사옵니다. 지난 오십 년 동안 그들의 신장이 더욱 줄었음은 주목할 만한 일이옵니다. 그리고 파리 교외의 서민들은 혁명 전보다 더 왜소해졌사옵니다. 추호도 위험은 없사옵니다. 요컨대 그들은 천민, 양순한 천민이옵니다.

고양이가 사자로 변할 수 있다는 것을, 그것이 가능하다는 것을 경찰청장들은 믿지 않았다. 하지만 그것은 가능한 일이고, 그것이야말로 파리 민중의 기적이다. 그뿐 아니라 고양이는, 앙글레스 백작한테서 그토록 멸시를 받은 고양이는 옛날의 여러 공화국에서는 존경을 받았다. 그들의 눈에 고양이는 자유의 화신이었고, 그래서 페이라이에우스의 날개 없는 미네르바 입상과 짝을 이루듯이 코린토스 광장에는 고양이의 청동 거상이 서 있었다. 왕정복고 시대의 순진한 경찰은 파리의 민중을 지나치게 '좋게' 보고 있었다. 하지만 파리의 민중은 결코 그렇게 믿는 것만큼 '양순한 천민'이 아니었다. 프랑스인에게 파리 사람은 마치 그리스인에게 아테네 사람과 같다. 그들만큼 잠 잘 자는 사람도 없고, 그들만큼 정말 경망하고 나태한 사람도 없으며, 그들만큼 잘 잊어버리는 체하는 사람도 없다. 그렇지만 그것을 믿어서는 안 된다. 그들은 얼마든지 번둥거릴 수도 있으나 종말에 명예가 있다면 분연히 궐기한다. 창을 주면 8월 10일* 같은 봉기를 일으킬 것이고, 총을 주면 아우스터리츠 같은 승리를 거둘 것이다. 그들은 나폴레옹의 거점이고 당통의 근거다. 조국을 위해서는 군대에 들어가고, 자유를 위해서는 포석을 빼서 싸운다. 조심하라! 그들의 노발충관(怒髮衝冠)은 서사시와 같고, 그들의 작업복은 고대 그리스의 군복과 같다. 경계하라! 그르네타** 거리와 같은 거리라면 어떤 거리든 그들에 의해 완강한 창칼의 관문이 되리라. 때가 오면 이 파리 교외의 주민은 커지고, 이 소인은 일어나서 무시무시한 눈으로 노려보고, 그의 숨결은 폭풍이 되고, 그 가냘프고 가엾은 가슴에서는 알프스의 습곡을 뒤흔들기에 충분한 바람이 나오리라. 프랑스혁명이 유럽을 정복한 것은 군대의 힘도 빌렸거니와 이 파리 교외 주민의 덕택이다. 그는 노래한다. 그것이 그의 즐거움이다. 그의 노래를 그의 천성에 맞춰라. 그러면 당신은 보리라! 그의 노래가 「카르마뇰」밖

---

* 1792년 8월 2일에 일어난 프랑스 왕권 정치 혁명.
** 파리를 뜻함.

에 없는 한 그는 루이 16세밖에 거꾸러뜨리지 못한다. 그에게
「마르세예즈」*를 부르게 하면 그는 세계를 해방하리라.

앙글레스의 보고서 여백에 이렇게 주석을 달고 나서, 나는
다시 나의 네 쌍의 남녀 이야기로 되돌아간다. 앞서도 말한 바
와 같이 저녁 식사는 끝나 가고 있었다.

6. 열렬한 사랑의 장(章)

식탁의 이야기와 사랑의 이야기. 이것이나 저것이나 똑같
이 포착하기 어렵다. 사랑의 이야기는 구름이고, 식탁의 이야
기는 연기다.

파뫼유와 달리아는 콧노래를 부르고, 톨로미에스는 술을
마시고, 제핀은 웃고, 팡틴은 미소를 짓고 있었다. 리스톨리에
는 생클루에서 산 나무 나팔을 불고 있었다. 파부리트는 블라
슈벨을 바라보면서 정답게 말했다.

"블라슈벨, 난 너를 열렬히 사랑한다."

이 말이 블라슈벨의 질문을 불러냈다.

"파부리트, 만약에 내가 너를 사랑하지 않게 된다면 너는
어떡할 테야?"

"내가 어떡할 테냐고?" 파부리트는 외쳤다. "아이! 그런 말
하지 마, 농담이라도! 만약 네가 나를 사랑하지 않게 된다면

---

* 프랑스의 국가.

네게 달려들어 할퀴고, 쥐어뜯고, 물을 끼얹고, 너를 잡아가게 할 거야."

블라슈벨은 자존심에 만족을 느낀 사람처럼 득의만면하여 빙그레 웃었다.

파부리트는 다시 말을 이었다.

"암, 난 야단법석을 칠 거야! 아! 난 곤란할 거야, 정말! 나쁜 사람!"

블라슈벨은 황홀하여, 의자 위에서 몸을 뒤로 젖히고 거만하게 눈을 감았다.

달리아는 음식을 먹으면서도 그 시끌시끌한 속에서 파부리트에게 나직한 목소리로 말했다.

"넌 그럼 저 사람을 정말 열렬히 사랑하니? 저 블라슈벨을?"

"난 저 사람 싫어." 파부리트는 포크를 다시 잡으면서 역시 나지막한 목소리로 대답했다. "구두쇠거든. 그보다는 우리 집 앞에 사는 그 깜찍한 남자가 난 좋아. 참 좋은 사람이야, 그 젊은이는. 너도 아니? 무슨 배우 같아. 나는 배우가 좋더라. 그가 돌아오자마자 그의 어머니는 이렇게 말한다. '에구! 조용히 지내기란 다 글렀네. 저 애가 고함을 지를 테니. 아니, 얘야, 너는 날 골치 아프게 하는구나!' 거긴 쥐새끼가 기어 다니는 다락 같은 방이야. 새카만 구멍 같은 방이야. 높디높은 꼭대기 방이거든. 그 속에서 노래를 부르고 무얼 낭독하는데, 뭔지 내가 알 게 뭐야? 아래에서 소리가 들릴 뿐이지! 소송 대리인한테 가서 재판 서류를 써 주는데, 지금은 하루에 20수씩 받는대. 그 사람은 생자크뒤오파의 예전 성가대원의 아들이야. 참 멋쟁이야! 내게 홀딱 반했어. 어느 날인가 과자를 만들려고 밀가루 반죽을 하고 있는데, 나를 보고 글쎄 '아가씨, 당신 장갑으로 튀김을 만들어요. 그러면 내가 그걸 먹을게요.' 이렇게 말하지 않겠니? 예술가가 아니고서는 그런 말은 못 할 거야. 아! 정말 좋은 사람이야! 나도 이 멋쟁이한테 점점 홀려 드는 것 같아. 하지만 상관없어. 블라슈벨한테는 진심으로 사랑한다고 말해 두는 거야. 나 참 거짓말 잘하지! 안 그래? 근사하지!"

파부리트는 잠시 쉬었다가 다시 말을 이었다.

"이봐, 달리아. 난 침울해. 여름 내내 비만 오지, 짜증나게 바람은 불지, 바람이 노여움을 가라앉혀 주지도 않지, 블라슈 벨은 더럽게 인색하지, 시장에는 완두콩도 있을지 없을지 하니 무얼 먹어야 할지 모르겠지, 영국 사람들 말마따나 난 우울 해. 버터는 또 왜 그렇게 비싼지! 그리고 봐, 이건 끔찍스러운 일이야. 이렇게 우리는 침대가 있는 곳에서 저녁밥을 먹고 있는데, 이래서 사는 게 지겹단 말이야."

7. 톨로미에스의 지혜

그동안에 어떤 사람들은 노래를 부르는가 하면, 다른 사람들은 요란스럽게들 지껄이고 있었는데, 모두가 한꺼번에 그렇게 하는지라 이제는 소음뿐이었다. 톨로미에스가 모두를 제지했다.

"그렇게 닥치는 대로 지껄이고 잽싸게 입을 놀리지들 마."

그는 외쳤다. "정말 즐거우려면 좀 생각하지 않으면 안 돼. 너무 즉흥적인 짓만 하고 있으면 머리가 텅 비어 멍텅구리가 되는 법이야. 흐르는 맥주는 거품이 일지 않는다. 여러분, 서둘지 마. 잔치에도 장엄미를 더하지 않으면 안 돼. 잘 생각하면서 먹고 유유히 음식을 즐기자. 조급하게 굴지 마. 봄을 봐. 봄도 급히 굴면 망해. 다시 말해서 얼지. 과도한 열중은 복숭아나무와 살구나무를 망쳐. 과도한 열중은 진수성찬의 풍미와 쾌락을 말살해. 열중하지 마, 여러분! 그리모 드 라 레니에르도 탈레랑의 의견에 찬성했다고!"

좌중에서 은연중에 반항이 터지려 했다.

"톨로미에스, 우리를 방해하지 마." 블라슈벨이 말했다.

"폭군을 타도하라!" 파뫼유가 말했다.

"부어라, 마셔라, 봉바르다여." 리스톨리에가 외쳤다.

"일요일은 다 가지 않았다." 파뫼유가 다시 말했다.

"먹을 것이 없다." 리스톨리에가 덧붙였다.

"톨로미에스." 블라슈벨이 말했다. "몽 칼름(mon calme, 내 침착함)을 좀 보게나."

"옳아, 너는 몽칼름(Montcalm) 후작이구나." 톨로미에스가 대답했다.

이 시시한 재담은 늪에 돌을 던진 것 같은 효과를 나타냈다. 몽칼름 후작은 당시 유명했던 왕당파의 한 사람이었다. 개구리들은 모두 입을 다물어 버렸다.

"친구들." 톨로미에스는 다시 제국을 장악한 사람 같은 어조로 외쳤다. "모두들 침착하라. 하늘에서 떨어진 이 재담에 너무 감동해서는 안 된다. 하늘에서 떨어진 것이라고 해서 반드시 감탄하고 존경할 것은 못 된다. 재담은 날아가는 재치의 똥이다. 익살은 어디에고 떨어지고, 재치는 허튼소리를 내질러 놓고는 창공으로 날아오른다. 희묽은 똥이 바위 위에 잘파닥 깔려도 독수리는 비상하기를 여전히 그만두지 않는다. 내 앞에서 재담을 모욕하지는 마라! 나는 그 가치 여하에 따라 재담을 존중하는 사람이다. 다만 그뿐이다. 인류 중에서, 그리고 아마 인류 밖에서도 그렇겠지만, 가장 존엄하고, 가장 숭고하고, 가장 아름다운 자치고 말장난을 아니한 자가 없다. 예수 그리스도는 성 베드로에 관해서, 모세는 이삭에 관해서, 아이스킬로스는 폴리네이케스*에 관해서, 클레오파트라는 옥타비아누스에 관해서 재담을 했다. 그리고 알아 둬야 할 것은 클레오파트라의 재담은 악티움 해전 이전에 있었던 일인데, 만약에 그런 재담이 없었더라면 그리스어로 주걱이라는 뜻을 가진 저 토리네라는 도시 이름을 기억할 사람은 없을 것이다. 그건 그렇다 하고, 나는 아까 하던 나의 권고의 말로 되돌아가겠다. 형제들이여, 되풀이하여 말하지만, 열중하지 마라. 혼란을 일으키지 마라. 도를 넘지 마라. 재치나 감흥, 환희, 재담에서도 그건 마찬가지다. 내 말을 들어 봐라. 나는 암피아라오스**의 조심성과 카이사르의 대머리를 가지고 있다. 한도가 있어야 한다.

---

* 폴리네이케스(Polyneices). 그리스신화에 나오는 오이디푸스의 쌍둥이 아들 중 하나. 쌍둥이 형인 에테오클레스와 폴리네이케스는 서로 증오하다가 마침내 서로 죽였다.
** 암피아라오스(Amphiaraus). 그리스신화에 나오는 유명한 예언자.

재담에도 그렇다. '만사에 한도가 있다.' 한도가 있어야 한다. 만찬에도 그렇다. 숙녀 여러분, 당신들은 사과 파이를 좋아들 하지만 무턱대고 먹어선 안 되오. 사과 파이를 먹는 데도 상식과 기술이 필요하오. 폭식은 폭식자를 해친다. '대식은 대식가를 벌한다.' 소화불량은 하느님의 명을 받아 밥통에 훈계를 준다. 그리고 이걸 잘 알아 둬라. 우리들의 정열도, 심지어 연애마저도 저마다 하나의 밥통을 가지고 있는데, 그것을 너무 가득 채워서는 안 된다. 모든 일은 적당한 시기에 '끝판'이라는 글자를 써 붙여야 한다. 절박해졌을 때에는 자제해야 하고, 제욕망에 빗장을 걸고, 흥취를 구속하고, 자기 자신을 감시하지 않으면 안 된다. 일정한 시기에 자기 자신의 체포를 실행할 줄 아는 사람이 현인이다. 내게 좀 신뢰를 가져라. 왜냐하면 나는 내 시험을 쳤다는 것만으로 법률 공부를 조금 한 셈이니까, 나는 목하의 문제와 미결 문제의 차이가 무엇인가를 알고 있으니까, 나는 로마에서 무나티우스 데멘스가 시역죄의 검찰관으로 있었을 당시 어떠한 고문을 했던가에 관하여 라틴어 학위 논문을 발표했으니까, 나는 곧 박사가 될 것 같으니까. 이러한 모든 점으로 미루어 보아, 내가 필연적으로 밥통이라는 결론은 나오지 않는다. 나는 여러분에게 욕망의 절제를 권한다. 내 이름이 펠릭스 톨로미에스라는 것이 진실이듯이 나는 진심으로 말하고 있다. 때가 왔을 때 씩씩하게 결심을 하고 술라*나

---

* 술라(Sylla, BC 138~BC 78). 로마의 독재자. 권력이 절정에 올랐을 때 뜻밖에 자진하여 물러났다.

오리게네스*처럼 박차 버리는 자는 행복할진저!"

파부리트는 몹시 유심히 듣고 있었다.

"펠릭스!" 그녀는 말했다. "참 좋은 이름이야! 난 그 이름이 좋아. 라틴어로, 번영이라는 뜻이지."

톨로미에스는 말을 이었다.

"시민들이여, 신사들이여, 기사들이여, 친구들이여! 그대들은 하등의 육욕도 안 느끼고, 화촉동방에도 안 들어가고, 사랑도 무시하기를 바라는가? 그보다 간단한 건 없다. 여기에 그 처방이 있다. 레몬 주스, 과도한 운동, 노역, 피로, 돌덩어리 끌기, 불면, 철야, 초산수와 수련의 탕약 복용, 양귀비와 서양 모형의 유액 섭취, 거기에 첨가하여 엄격한 절식으로 아사지경 만들기, 거기에 더하여 냉수욕, 허브 띠, 연판(鉛板) 사용, 그리고 납 용액으로 몸 씻기와 초산 섞은 물로 찜질하기."

"난 여자를 더 좋아한다." 리스톨리에가 말했다.

"여자라고!" 톨로미에스는 응수했다. "그런 건 믿지 마라. 여자의 변하기 쉬운 마음에 몸을 맡기는 자는 불행할진저! 여자는 부정하고 엉큼하다. 여자는 직업적인 질투심에서 간사한 자를 싫어한다. 간사한 자, 그것은 맞은편 가게다."

"톨로미에스." 블라슈벨이 외쳤다. "너 취했구나!"

"물론이지!" 톨로미에스는 말했다.

"그렇다면 더 유쾌하게 놀자." 블라슈벨이 다시 말했다.

---

* 오리게네스(Origenes, 185~254). 초기 그리스 교회의 신학자. 데키우스 황제의 기독교 박해 때 입은 상처로 인해 사망했다.

"동감이다." 톨로미에스는 대답했다.

그리고 자기 잔에 술을 가득 부으면서 일어섰다.

"술에 영광이 있을진저! '눈크 테, 바케, 카남!* 미안하오, 아가씨들, 이건 스페인어올시다. 그리고 세뇨라스**, 그 증거는 이렇소. 즉 그 주민에 그 술통이라. 카스티야의 술통에는 16리터가 들어 있고, 알리칸테의 술통에는 12리터, 카나리아제도의 술통에는 25리터, 발레아레스제도의 술통에는 26리터, 표트르 대제의 술통에는 30리터가 들어 있다. 위대했던 표트르 대제 만세! 그리고 더 위대했던 그의 술통 만세! 숙녀 여러분, 친구로서의 충고 한마디요. 괜찮으시다면 이웃 남자를 혼동하시라. 연애의 특성은 떠도는 것. 연애는 무릎에 못이 박인 영국 식모처럼 멍하니 쪼그리고 앉아 있기 위해 만들어진 것이 아니야. 그러라고 만들어진 것이 아니야. 연애는 즐겁게 떠돈다, 즐거운 연애는! 사람들은 떠도는 것이 인간적이라고 말했는데 나는 떠도는 것이 연애적이라고 말한다. 숙녀 여러분, 나는 그대들을 모두 숭배하오. 오, 제핀, 오, 조제핀, 반반하진 않아도 싫지 않은 얼굴이여, 그대는 배틀어지지만 않았으면 매력적이겠다. 잘못 주저앉아 쭈그러진 귀여운 얼굴 같구나. 파부리트로 말하자면, 오, 님프요, 뮤즈로구나! 어느 날 블라슈벨이 게랭부아소 거리의 도랑을 지나가다가 흰 양말을 바짝 추켜 신었으나 다리를 드러내고 있는 아름다운 처녀를 보았

---

* '바쿠스여, 우리 이제 그대를 찬송하노라.'라는 뜻.
** '부인 여러분'이라는 뜻.

겠다. 이 서곡이 마음에 들어 블라슈벨은 사랑했지. 그가 사랑한 것이 곧 파부리트였다. 오, 파부리트여! 그대 입술은 이오니아식이다. 에우포리온이라는 그리스의 화가가 있었는데, 입술의 화가라는 별명을 들었다. 오직 이 그리스 사람만이 그대 입술을 그릴 자격이 있으리라. 이봐! 그대 이전에는 그 이름에 어울리는 인간이 없었다. 그대는 비너스처럼 사과를 받고 이브처럼 사과를 먹기 위해 만들어졌다. 아름다움은 그대에게서 시작된다. 방금 이브 이야기를 했는데, 이브를 만들어 낸 건 그대다. 그대는 미인의 발명 특허권을 받을 만하다. 오, 파부리트여, 나는 당신을 그대라고 부르기를 그만두련다. 이제 시에서 산문으로 옮아 갈 테니까. 당신은 아까 내 이름에 대해 말했겠다. 나는 그 말에 감동했다. 그러나 우리는 누구나 이름을 경계해야 한다. 이름도 틀릴 수가 있으니까. 이름은 펠릭스*라도 행복하지는 못하다. 말은 거짓말쟁이다. 말이 우리에게 가리키는 것을 맹목적으로 받아들이지 말자. 병마개를 사기 위해 리에주** 시에 편지를 내고, 장갑을 사기 위해 포*** 시에 편지를 내는 건 잘못이다.**** 그리고 미스 달리아, 내가 만약 당신이라면 로자라고 하겠다. 꽃에는 좋은 향기가 있어야 하고, 여자에게는 재치가 있어야 한다. 팡틴에 관해서는 아무 말 안 했는데, 그녀는 몽상적이고 환상적이고 명상적이고

---

* '번영', '행복'이라는 뜻.
** 리에주(Liège), 벨기에의 도시로, 발음이 같은 liège는 '코르크'라는 뜻이다.
*** 포(Pau)는 프랑스 남부의 도시로, 발음이 같은 peau는 '가죽'이라는 뜻이다.
**** 파부리트라는 말은 '총애를 받는 사람'이라는 뜻임을 알아 둘 것.

민감한 여자, 님프 같은 자태와 수녀 같은 정절을 가진 하나의 환영, 어쩌다가 바람기 있는 여직공의 생활에 잘못 발을 들여놓았지만, 환상 속으로 도피하여 노래를 부르고, 기도를 드리고, 무엇을 보는지 무엇을 하는지 저도 잘 모르면서 창공을 바라보고, 실제로 존재하는 것보다 더 많은 새들이 있는 정원을, 하늘을 우러러보며 헤매는 여자다. 오, 팡틴이여, 이것을 알아라. 나 톨로미에스는 환영이라는 것을. 하지만 그녀는 내 말을 듣지 않는다, 이 공상의 금발 처녀는! 그런데 그녀 속에 있는 것은 모두가 싱그러움, 감미로움, 청춘, 아침의 고요한 빛. 오, 팡틴이여, 마르그리트(데이지)나 페를(진주)이라는 이름에 어울리는 처녀여, 그대는 가장 아름다운 동방의 여인이다. 숙녀 여러분, 두 번째 충고다. 결코 결혼하지 마라. 결혼은 접붙이다. 잘되기도 하지만 잘 안 되기도 한다. 그런 위험은 피하라. 그런데 제기랄! 이게 무슨 잠꼬대 같은 이야기냐? 좋은 말만 귀양 보내고 있다. 처녀들은 결혼에 관해서는 어찌할 도리가 없다. 우리 현인들이 제아무리 말을 해도, 조끼를 짓고 구두를 꿰매는 계집애들까지 다이아몬드로 치장한 남편을 꿈꾼다. 뭐, 그것도 좋다. 그러나 미인 여러분, 이 점은 잘 기억해 두어라. 그대들은 사탕을 너무 많이 먹는다. 오, 여자들이여, 그대들의 결점은 단 한 가지, 즉 사탕을 갉아서 먹는다는 것이다. 오, 쏠기 좋아하는 여성들아, 너희들의 아름답고 사랑스러운 흰 이는 사탕을 열애한다. 그런데 잘 들어 봐라. 사탕은 일종의 소금이다. 모든 소금은 수분을 건조시킨다. 사탕은 모든 소금 중에서도 가장 건조력이 강하다. 사탕은 혈관을 통해 혈액의 수분을 흡수한다. 그래서 혈액의 응결과 응고를 초래한다. 그래서 폐에 결핵을 일으키고 죽음을 초래한다. 당뇨병과 폐병이 인접하는 것도 그 때문이다. 그러므로 사탕을 깨물지 마라. 그러면 너희들은 장수하리라! 이제 남자들 쪽으로 몸을 돌린다. 신사 여러분, 정복하라. 아무런 거리낌 없이 너희들의 연인을 서로 빼앗아라. 연애에는 친구도 없다. 미인이 있는 곳 도처에서 싸움이 벌어진다. 가차 없이 해치워라. 끝까지 싸워라! 미인은 '전쟁의 원인'이다. 미인은 범행의 현장이다. 역사상의 모든 침략은 여자의 속곳에서 결정됐다. 여자는 남자의 권리물이다. 로물루스*는 사비네의 여자들을 약탈했고, 기욤은 색슨의 여자들을 약탈했고, 카이사르는 로마의 여자들을 약탈했다. 사랑 받지 못하는 남자는 독수리처럼 남의 애인 위를 날아다닌다. 나는 홀몸으로 있는 불행한 사내들에게 보나파르트가 이탈리아군에게 한 저 숭고한 선언을 던져 준다. '병사들이여, 그대들에게는 아무것도 없다. 적들은 모든 것을 가지고 있다.'"

톨로미에스는 말을 끊었다.

"숨이나 좀 쉬게, 톨로미에스." 블라슈벨이 말했다.

동시에 블라슈벨은 리스톨리에와 파뫼유와 함께 한탄의 곡조로 노래를 부르기 시작했는데, 그것은 아무 말이나 주워 맞춰 만든 공장 노래의 하나로, 아무렇게나 풍부하게 운(韻)을 달고 나무의 흔들림이나 바람 소리처럼 아무 뜻도 없이 파이

---

* 로물루스(Romulus). 전설상의 로마 창건자이며 초대 왕.

프 연기에서 태어나 연기와 더불어 흩어지고 날아가는 그런 노래의 하나였다. 톨로미에스의 장광설에 답하여 그들이 부른 노래 구절은 다음과 같다.

바보 같은 신부님들이
중개인에게 돈을 주었네
클레르몽 토네르 씨가
성 요한 축일에 교황이 될 수 있게.
그러나 클레르몽은 신부가 아니어서
교황이 될 수 없었네.
중개인은 격노하여
그 돈을 돌려주었네.

그것은 톨로미에스의 즉흥 연설을 가라앉히지 못했다. 톨로미에스는 술잔을 다 비우고는 또 술을 가득 따르고 다시 시작했다.

"지혜를 타도하라! 내가 여태 말한 것은 다 잊어버려라. 정숙도 신중도 청렴도 다 버리자. 자, 환희를 위해 축배를 들자. 흥을 내자! 우리의 법률 강좌를 희롱과 잔치로 보충하자. 소화 불량과 법률 전서. 유스티니아누스*는 남성이 되고 리파유**는 여성이 되어라! 깊은 내면의 희열이여! 살려무나, 오, 삼라만

---

* 유스티니아누스(Justinianus, 483~565). '유스티니아누스 법전'을 편찬한 동로마 황제.
** '향연'이라는 뜻.

상이여! 우주는 거대한 다이아몬드! 나는 행복하다. 새들은 경이롭다. 도처에 향연이 있다. 꾀꼬리는 공짜로 들을 수 있는 엘비우*다. 여름이여, 나는 너를 환영한다. 오, 뤽상부르여, 오, 마담 거리와 옵세르바투아르 가로수 길의 목가여! 오, 꿈꾸는 병졸들이여! 오, 어린아이들을 보살피면서도 그들의 모습을 그리며 즐기는 저 모든 귀여운 하녀들이여! 만약에 오데옹**의 궁륭 회랑이 없다면 나는 아메리카의 광막한 초원을 좋아하리라. 나의 마음은 그 처녀럼과 허허벌판으로 날아간다. 모든 것이 아름답다. 파리는 햇빛 속에서 붕붕거리고, 벌새는 해를 보고 지저귄다. 나에게 키스를, 팡틴!"

그는 잘못하여 파부리트를 껴안았다.

8. 말의 죽음

"봉바르다보다 에동의 음식이 더 좋아." 제핀이 외쳤다.

"나는 에동보다 봉바르다가 더 좋은걸." 블라슈벨이 단언했다. "여기가 더 호화로워. 더 아시아적이야. 저 아랫방을 봐. 벽에 글라스(거울)가 걸려 있잖아?"

"글라스(얼음)라면 내 접시에 있는 것이 난 더 좋아." 파부리트가 말했다.

---

* 엘비우(François Elleviou, 1769~1842). 프랑스의 유명한 가수.
** 파리에 있는 극장 이름.

블라슈벨은 주장했다.

"나이프를 봐. 봉바르다의 것은 손잡이가 은인데 에동의 것은 뼈야. 그런데 은은 뼈보다 더 비싸."

"은 수염의 턱을 가진 사람에게는 그렇지 않아." 톨로미에스가 참견했다.

이때 그는 봉바르다의 창으로 앵발리드의 둥근 지붕을 바라보고 있었다.

한동안 말이 없었다.

"톨로미에스." 파뫼유가 외쳤다. "아까 리스톨리에와 내가 토의를 했어."

"토의도 좋지만 싸움이 더 좋지." 톨로미에스는 대답했다.

"우리는 철학을 토의했어."

"거 좋지."

"데카르트와 스피노자 중 넌 누가 더 좋으냐?"

"데조지에*가 더 좋아." 톨로미에스는 말했다.

그렇게 판결을 내린 뒤 그는 술을 마시고는 다시 말을 이었다.

"나는 사는 것에 동의한다. 이 지상에서 모든 것이 끝난 건 아니야. 사람들이 아직도 허튼소리를 지껄일 수 있으니까 말이야. 그 점에 나는 불멸의 신들에게 감사를 드린다. 사람들은 거짓말을 하지만 웃기도 하거든. 사람들은 단정을 하지만 의

---

* 데조지에(Marc-Antoine-Madeleine Désaugiers, 1772~1827). 프랑스의 샹송 및 보드빌 작가.

심도 하거든. 삼단논법에서는 뜻하지 않은 것이 튀어나온다. 그것은 참 좋은 일이야. 이 세상에는 아직도 역설의 도깨비 상자를 즐겁게 열었다 닫았다 할 줄 아는 인간들이 존재해. 숙녀 여러분, 당신네들이 태연하게 마시고 있는 그 술은 마데이라 포도주인데, 그건 해발 317투아즈 높이에 있는 쿠랄 다스 프레이라스 포도원에서 생산된 것이라는 걸 잘 알아 두시라. 마시면서 주의해! 317투아즈란 말이야! 그런데 이 너그러운 요식업자 봉바르다 씨는 그 317투아즈를 4프랑 50상팀에 여러분에게 주는 거야!"

파뫼유가 다시 말을 중단시켰다.

"톨로미에스, 네 의견은 법률이 될 거야. 네가 좋아하는 작가는 누구야?"

"베르……."

"캥?*"

"아니. 슈.**"

그러고 나서 톨로미에스는 계속했다.

"봉바르다에 영예가 있을진저! 만약에 이 집이 나를 위해 이집트 무희 하나를 불러올 수 있다면 이 집은 엘레판타의 무노피스와 맞먹을 것이고, 만약에 나를 위해 그리스 창녀 하나를 데려올 수 있다면 카이로네이아의 티젤리온과 맞먹을 것

---

* 베르캥(Arnaud Berquin, 1747~1791). 프랑스의 작가. 유치하고 무미건조한 작품을 썼다.
** 베르슈(Joseph Berchoux, 1765~1839). 프랑스의 시인.「미식법(美食法)」이라는 시를 썼다.

이다. 왜냐하면, 오, 숙녀들이여, 그리스에도 이집트에도 봉바르다라는 것이 있었으니까. 아풀레이우스*의 책에 그렇게 적혀 있다. 오호, 슬프도다! 세상은 항상 똑같고 하나도 새로운 것이 없다. 창조주의 창조에는 아무것도 참신한 것이 없다! 솔로몬이 가로되 '태양 아래 새로운 것은 없다.'라고 했고, 베르길리우스는 '사랑은 세상 만인의 것이다.'라고 했다. 오늘날 여학생이 남학생과 함께 생클루의 놀잇배에 타는 것은 옛날에 아스파시아**가 페리클레스와 함께 사모스로 가는 배에 오른 것과 다를 것이 없다. 마지막으로 한마디 더. 숙녀 여러분, 그대들은 아스파시아가 어떤 여자였는지 아는가? 그 여자는 여성들에게 아직 얼이라는 것이 없었던 시대에 살았지만, 그 여자만은 하나의 얼이었다. 그것은 장밋빛과 주홍빛을 한 얼이었고, 불보다도 더 작열하고 여명보다도 더 생기발랄했다. 아스파시아는 여성의 양극을 동시에 겸비한 인물이었다. 그녀는 창녀이자 여신이었다. 소크라테스인 데다가 마농 레스코였다. 아스파시아는 프로메테우스***에게 창녀가 필요할 경우를 위해 창조되었다."

톨로미에스는 한창 흥이 나서 청산유수로 지껄이고 있었으

---

* 아풀레이우스(Lucius Apuleius, 124?~170?). 1세기 때의 라틴 작가. 『금당나귀』라는 이상한 소설을 썼다.
** 아스피시아(Aspasia). 아테네의 정치가 페리클레스의 정부. 재색을 겸비한 여자로 유명하다.
*** 프로메테우스(Prometheus). 그리스신화의 불의 신. 하늘에서 불을 훔쳐 인간에게 준 죄로 바위에 묶여 독수리에게 간을 파먹혔다고 함.

므로 좀처럼 그치지 않았을 것이나, 때마침 강둑에서 말 한 마리가 거꾸러졌다. 그 바람에 마차와 연사(演士)는 딱 멈추어 버렸다. 그것은 보스산(産) 암말로서, 늙어 빠진 데다가 꼬치꼬치 말라서 도살장행이 제격인데도 몹시 무거운 마차를 끌고 있었다. 봉바르다 요릿집 앞에 이르자 기진맥진하고 지쳐 버린 짐승은 더 가려고 들지 않았다. 이런 사고를 보고 수많은 사람들이 모여들었다. 마차꾼이 골이 나서 욕지거리를 하면서 이럴 때에 흔히 그렇게 하듯이 힘을 바락 내어 최종적으로 "이놈의 망아지!" 하고 고함을 지르면서 사정없이 채찍질을 한 번 하자마자, 비리비리한 말은 자빠지더니 다시는 일어나지 않았다. 통행인들의 왁자지껄한 소리에 톨로미에스의 거나한 청중도 돌아다보았는데, 톨로미에스는 그 틈을 타서 다음과 같은 애처로운 노랫가락으로 자기의 일장 연설에 막을 내렸다.

합승 마차와 포장마차가 같은 운명인
이 세상에서 모질게 살다,
노마(駑馬)인 그 말은 다른 노마들처럼
하루아침의 짐승살이를 하직하였네.

"아이, 가엾어라." 팡틴이 한숨을 지었다.
그러자 달리아가 외쳤다.
"저런, 팡틴이 말을 측은해하기 시작하네! 어쩌면 저렇게도 어리석을 수 있을까!"

이때 파부리트가 팔짱을 끼고 머리를 뒤로 홱 젖히더니 톨로미에스를 뚫어지게 바라보며 말했다.

"그래, 그 뜻밖의 선물은?"

"마침내 때가 왔어." 톨로미에스는 대답했다. "신사 여러분, 이 숙녀들을 놀라게 해 줄 때가 왔다. 숙녀 여러분, 잠깐 기다려."

"우선 키스부터 시작해." 블라슈벨이 말했다.

"이마에다 하는 거야." 톨로미에스가 덧붙였다.

저마다 제 애인의 이마 위에 엄숙하게 키스를 했다. 그런 뒤에 그들은 네 사람 다 입에 손가락을 대고 줄을 지어 문 쪽으로 걸어갔다.

파부리트는 그들이 나가는 것을 보고 손뼉을 쳤다.

"벌써부터 재미나는데." 그녀는 말했다.

"너무 오래 걸리지 않도록 해." 팡틴은 입속으로 중얼거렸다. "기다리니까."

9. 환락의 즐거운 종국

처녀들은 저희들끼리만 남아서 둘씩 창 난간에 기대어 고개를 갸우뚱거리며, 한쪽 창에서 다른 쪽 창으로 이야기를 던지며 재잘거리고 있었다.

그녀들은 청년들이 서로 팔을 끼고 봉바르다 요릿집에서 나가는 것을 보았다. 그들은 돌아보고 웃으면서 그녀들에게 손짓을 하고는, 일요일마다 한 번씩 샹젤리제를 뒤덮는 그 먼지투성이의 혼잡 속으로 사라져 버렸다.

"너무 오래 걸리면 싫어!" 팡틴이 외쳤다.

"무얼 갖다 줄 작정일까?" 제핀이 말했다.

"틀림없이 아름다운 것일 거야." 달리아가 말했다.

"나는 금붙이였으면 좋겠다." 파부리트가 말했다.

그녀들은 이내 강가의 떠들썩한 움직임에 정신이 팔렸는데, 그것은 큰 나무들의 가지 사이로 뚜렷이 보여 무척 재미있었다. 우편 마차와 역마차의 출발 시간이었다. 당시 남부와 서부 지방으로 가는 대부분의 마차는 샹젤리제를 통과했다. 대부분 강둑을 따라 파시의 성문으로 해서 빠져나갔다. 시시각각, 검은색과 노란색으로 칠한 육중한 마차들이 무거운 짐을 싣고, 고리짝이며 궤짝이며 가방 등을 보기도 흉하게 잔뜩 얹고, 손님들을 그득 태우고는 여러 마리의 말에 끌려 둑길을 구르고, 길바닥의 돌에 불꽃을 일으키고, 대장간 같은 불꽃을 튀기고, 먼지를 연기같이 피워 올리면서, 무시무시한 기세로 군중 사이를 물밀듯이 달리며 총총 사라져 갔다. 그 소요가 젊은 처녀들을 기쁘게 했다. 파부리트가 탄성을 질렀다.

"아이, 소란해! 사슬 더미들이 날아오르는 것 같아."

한번은 느릅나무들이 우거진 사이로 보일 듯 말 듯 마차 한 대가 잠깐 멎었다가 다시 내달렸다. 팡틴이 그것에 놀랐다.

"이상한데!" 그녀가 말했다. "역마차는 도중에 결코 서지 않는 줄 알았는데."

파부리트가 어깨를 으쓱했다.

"팡틴은 참 괴짜야. 어쩌면 그렇게 꼬치꼬치 파고들기를 좋아할까! 아무것도 아닌 일에 이렇게 눈이 휘둥그레지고. 가령 내가 여행을 한다고 하자. 역마차 마차꾼한테 나는 앞에 가 있을 테니 지나가다가 강둑께서 태워 달라고 미리 말해 두는 거야. 그러면 역마차는 지나가다가 나를 보고 멈춰서 태워 줄 거란 말이야. 이런 건 날마다 있는 일이야. 얘, 넌 세상 물정을 모르는구나."

그러는 동안에 한 식경이 흘렀다. 파부리트가 별안간 잠에서 깨어난 사람 같은 몸짓을 했다.

그녀가 말했다. "그런데 그 뜻밖의 선물은?"

"그러게 말이야." 달리아가 말을 이었다. "문제의 그 뜻밖의 선물은?"

"참 오래도 걸리네!" 팡틴이 말했다.

팡틴이 그런 탄식을 마쳤을 때, 저녁 식사 시중을 들던 급사가 들어왔다. 그는 손에 편지 같은 것을 쥐고 있었다.

"그게 뭔가요?" 파부리트가 물었다.

급사는 대답했다.

"부인들께 드리라고 남자분들께서 놓고 가신 쪽지예요."

"왜 금방 가져오지 않았어요?"

"남자분들께서 한 시간 후가 아니면 부인들께 드려서는 안 된다고 이르셨거든요." 급사가 말했다.

파부리트는 급사의 손에서 쪽지를 잡아챘다. 그것은 과연 편지였다.

"이런!" 그녀는 말했다. "누구한테라는 말이 안 적혀 있어.

그러나 위에 이렇게 씌어 있어.

이것이 뜻밖의 선물이다.

그녀는 편지를 홱 잡아 뜯어 열고는 읽었다.(그녀는 글을 읽을 줄 알았다.)

사랑하는 사람들이여!
우리에게 부모가 있다는 것을 아시오. 양친이라는 것을 당신들은 잘 모르오. 유치하고 정직한 민법에서는 그것을 아버지 및 어머니라고 일컫고 있소. 한데 이 부모들은 한탄을 하고 있고, 이 노인들은 우리를 오라 하고 있고, 이 선남선녀들은 우리를 방탕아라고 부르고 있고, 우리가 돌아오기를 바라고 있고, 우리를 위하여 소를 잡겠다고 하고 있소. 우리는 도덕심이 많으므로 그들에게 복종하기로 했소. 당신들이 이것을 읽을 때에는 성깔 사나운 다섯 마리의 말이 우리를 엄마 아빠의 슬하로 다시 데려다줄 것이오. 보쉬에의 말마따나 우리는 도망치는 것이오. 우리는 떠나오. 떠났소. 우리는 라피트의 품에 안기고 카야르의 날개에 실려 도망하오. 툴루즈의 역마차는 우리를 구렁텅이에서 꺼내 주었소. 그 구렁텅이란, 오, 우리의 귀여운 미인들이여! 그것은 바로 당신들이오. 우리는 사회 속으로, 의무와 질서 속으로, 한 시간에 30리씩을 달려 돌아가는 것이오. 우리의 존재는 도지사나 가장, 전원 감시인, 참사원 의원, 그 밖에 세상의 모든 사람들과 마찬가지로 조국에 중요하오. 우리를 숭배하시오. 우리는 스스로 희생자가 되는 거요. 빨리 우리를 애도해 주고 속히 우리를 대신할 사내를 찾으시오. 만약에 이 편지가 당신들의 가슴을 갈기갈기 잡아 찢거들랑 이 편지 또한 갈기갈기 잡아 찢어 버리시오. 안녕히.

근 이태 동안 우리는 당신들을 행복하게 해 주었소. 그렇다고 해서 우리를 원망하지는 마오.

서명: 블라슈벨
파뫼유
리스톨리에
펠릭스 톨로미에스

추신: 식사대는 지불했소.

네 처녀는 서로 얼굴을 마주 보았다.

파부리트가 맨 먼저 침묵을 깼다.

"그래!" 그녀는 외쳤다. "어쨌든 재미나는 연극이야."

"참 익살맞은데." 제핀이 말했다.

"이런 생각을 한 건 블라슈벨일 거야." 파부리트는 말을 이었다. "이렇게 되니 그이가 그리워지네. 떠나자마자 사랑했다. 바로 그런 이야기야."

"아니야." 달리아가 말했다. "이건 톨로미에스가 생각한 거야. 그건 뻔해."

"그렇다면." 파부리트가 다시 말했다. "블라슈벨은 타도고 톨로미에스는 만세다!"

"톨로미에스 만세!" 달리아와 제핀이 외쳤다.

그러고서 그녀들은 웃음을 터뜨렸다.

팡틴도 딴 여자들처럼 웃었다.

한 시간 후 자기 방에 돌아갔을 때 팡틴은 울었다. 앞서 말한 바와 같이 그는 그녀의 첫사랑이었다. 그녀는 이 톨로미에스에게 남편을 대하듯 몸을 주었고, 이 가련한 처녀에게는 어린애 하나가 있었다.

4
위탁은 때로 버림이다

1. 어머니끼리의 해후

　파리 근처의 몽페르메유라는 곳에는 지금은 없어졌지만 19세기 초에 일종의 싸구려 식당 하나가 있었다. 이 싸구려 식당은 테나르디에라는 부부가 경영하고 있었다. 그것은 블랑제 골목길에 있었다. 문 위에는 판자 하나가 못에 박힌 채 벽에 납작하게 붙어 있었다. 그 판자에는 무엇인가 그려져 있었는데, 한 사나이가 다른 사나이를 업고 있는 것같이 보였다. 등에 업힌 사나이는 큼직한 은빛 별들을 달고 커다란 금빛 장군 견장을 붙이고 있었고, 피를 나타내는 새빨간 자국이 몸뚱이 여기저기에 묻어 있었으며, 그림의 다른 부분은 연기로 되어 있는 것이 아마 전투를 나타내는 것 같았다. 그림 아래에는 이렇게 씌어 있었다. '워털루의 상사에게.'

여인숙 문 앞에 달구지나 수레가 있는 것은 하나도 이상할 것이 없다. 그렇지만 1818년의 봄 어느 오후, '워털루의 상사' 식당 앞길을 가로막고 있던 마차, 더 정확히 말해 부서진 마차는 하도 덩치가 커서, 만약에 어떤 화가가 거기를 지나갔다면 틀림없이 그의 주의를 끌었으리라.

그것은 삼림 지방에서 두꺼운 판자나 통나무를 운반하는 데 사용되는 짐마차의 앞머리였다. 이 앞머리는 커다란 쇠굴대와 그것에 연결되어 있는 묵직한 채와 그것을 받치고 있는 어마어마하게 큰 두 개의 바퀴로 이루어져 있었다. 전체적인 덩치는 육중하고 우람스럽고 보기 흉했다. 흡사 거대한 대포의 포가(砲架) 같았다. 바퀴와 바퀴 테, 바퀴통, 굴대, 채에는 수레바퀴 자국에서 튄 진흙이 한 꺼풀 엉겨 붙어서, 흔히 대성당의 벽에 칠하는 것과 비슷한 저 누르퉁퉁하고 끔찍스러운 도료에 덮여 있는 것 같았다. 나무는 진흙에 가려지고 쇠는 녹에 가려져 있었다. 굴대 아래에는 죄수 골리앗*을 잡아매는 데 알맞을 것 같은 퉁퉁한 쇠사슬이 휘장처럼 드리워 있었다. 그 사슬은 그것을 동여매서 운반하는 목재보다는 그것으로 잡아매었을지도 모를 마스토돈과 매머드를 연상시켰다. 그것은 감옥 같은 느낌을 주었으나, 거인과 초인의 감옥 같은 느낌이었고, 어떤 괴물한테서 풀려 나온 것 같았다. 호메로스라면 그것으로 폴리페모스**를,

* 골리앗(Goliath). 다윗이 돌로 이마를 쳐서 죽였다는 거인.
** 폴리페모스(Polyphemos). 그리스신화에 나오는 외눈박이 거인 키클롭스의 수령. 오디세우스에게 눈을 찔려 장님이 된다.

셰익스피어라면 그것으로 캘리번*을 포박했으리라.

왜 그 짐마차의 앞머리가 거기 길 복판에 놓여 있었을까? 첫째는 길을 막기 위해서였고, 둘째는 녹슬어 버리게 하기 위해서였다. 옛날의 사회질서에는 오만 가지 제도가 있어서 그 모양으로 물건을 한데다 내놓고서 통행을 방해하는 수가 있었는데, 그 밖에 무슨 별다른 이유가 있는 것은 아니다.

쇠사슬의 한가운데는 굴대 아래로 땅 가까이까지 늘어져 있었다. 그날 오후 마치 그넷줄 위에라도 올라앉듯 어린 계집애 둘이 모여 부드럽게 껴안고 그 구부러진 부분에 걸터앉아 있었다. 하나는 두 살 반쯤 되었고, 또 하나는 한 살 반쯤 되었는데, 작은애는 큰애의 팔 안에 안겨 있었다. 손수건으로 교묘하게 붙들어 매어 아이들이 쇠사슬에서 떨어지지 않도록 되어 있었다. 어떤 어머니가 이 무시무시한 쇠사슬을 보고 "이것 봐라! 이건 우리 애들의 장난감으로 안성맞춤이구나." 하고 말했던 모양이다.

옷차림에 제법 솜씨를 부려서 예쁘장하게 꾸며 놓은 두 어린아이는 찬연히 빛나, 파쇠 속에 피어난 두 송이의 장미 같았다. 아이들의 눈은 의기양양하였고, 아이들의 싱싱한 뺨에는 웃음꽃이 피어 있었다. 하나는 밤색 머리, 또 하나는 갈색 머리였다. 아이들의 천진난만한 얼굴은 두 개의 매혹적인 경이였다. 지나가는 사람에게 풍겨 오는 그 옆 덤불의 꽃향기도 그 아이들한테서 오는가 싶었다. 한 살 반짜리는 귀여운 배를 드

---

* 캘리번(Caliban). 셰익스피어의 『템페스트』에 나오는 반항적인 괴물.

러내고 있었지만 얌전하지 못한 주제에 도리어 어린아이의 순결미가 어려 있었다. 행복이 넘치고 빛 속에 젖어 있는 두 아이의 여린 머리 위와 둘레에는 새까맣게 녹슬고, 무시무시하고, 사나운 곡선과 각도로 뒤얽힌 거대한 짐마차의 앞머리가 동굴 입구처럼 둥그렇게 자리 잡고 있었다. 몇 걸음 떨어진 곳에서는 별로 상냥스럽지는 않은 모습이지만 이때는 보는 사람의 마음을 감동시키던 여자가, 아이들의 어머니가 여인숙 문턱에 쪼그리고 앉아서 사슬에 맨 기다란 끈으로 두 어린 아이를 흔들면서 모성애 특유의 저 동물적이고도 천사 같은 표정으로 행여나 무슨 사고라도 생길까 봐 아이들을 지켜보고 있었다. 앞뒤로 흔들릴 때마다 그 끔찍스러운 쇠사슬은 분노의 고함 소리와도 같은 날카로운 쇳소리를 울리곤 했다. 어린 계집애들은 신바람이 나서 우쭐거리고 있었고, 지는 해도 그 즐거움을 함께하고 있었으니, 거인의 쇠사슬을 천사의 그네로 만든 이 우연의 착상보다도 더 매력적인 것은 아무것도 없었다.

두 어린아이를 흔들면서 어머니는 당시 유명했던 연가를 맞지도 않는 음정으로 나지막이 불렀다.

그래야지, 하고 병사는 말했네…….

노래를 부르고 딸들을 지켜보느라 그녀는 길에서 일어나는 일들을 듣지도 보지도 못했다.

그러나 그녀가 그 연가의 일 절을 시작할 무렵 이미 누가 그녀에게 다가와 있었으니, 갑자기 그녀는 자기 귀 바로 곁에서 말하는 목소리를 들었다.

"아이들이 참 예쁘네요, 부인."

아름답고 사랑스러운 이모진에게.

어머니는 이렇게 대답처럼 연가를 계속 부른 뒤 돌아보았다.

한 여자가 몇 걸음 떨어진 곳에 와 있었다. 그 여자 역시 어린아이 하나를 보듬고 있었다.

그 여자는 그 밖에도 퍽 무거워 보이는 꽤 큼직한 여행 가방 하나를 들고 있었다.

그 여자의 아이는 이 세상에서 볼 수 있는 가장 신성한 생명의 하나였다. 두세 살쯤 된 계집아이였다. 이 아이의 옷맵시는 다른 두 아이 못지않았다. 이 아이는 좋은 리넨 모자를 쓰고, 옷에는 리본을 달고, 모자에는 발랑시엔 레이스를 달고 있었다. 스커트 자락이 높이 쳐들려 있어 포동포동하고 팽팽하고 하얀 넓적다리가 드러나 보였다. 아이는 감탄할 만큼 장밋빛 얼굴을 하고 있었고 썩 건강했다. 이 아름다운 계집아이의 뺨은 사과 같아서 물어뜯고 싶은 욕망이 일어나게 했다. 그 눈에 관해서는 매우 큰 것 같고 속눈썹이 썩 아름답다는 것 외에는 아무 말도 할 수 없었다. 아이는 잠자고 있었다.

아이는 그 나이에 특유한 저 절대적인 신뢰감 속에서 잠자고 있었다. 어머니들의 품은 포근하여 어린아이들은 그 속에서 깊이 잠을 잔다.

아이 어머니로 말하자면, 가난하고 슬퍼 보였다. 그녀는 다시금 옛날의 시골 여자로 돌아가려는 여직공 같은 옷차림을 하고 있었다. 그녀는 젊었다. 그녀는 아름다웠을까? 그랬을지도 모른다. 그러나 그 차림새로는 그렇게 보이지 않았다. 아래로 처진 한 타래의 금발 머리털이 보이는 머리는 숱이 무척 많은 것 같았으나, 턱에서 잡아맨 꽉 조이는 조그맣고 더러운 베긴회 수녀* 모자 아래에 단단히 가려져 있었다. 사람이 웃으면 아름다운 이도 드러나 보이련만, 그녀는 조금도 웃지 않았다. 그녀의 눈은 매우 오래전부터 눈물이 한 번 말라 본 적 없는 것 같았다. 그녀의 얼굴은 파리했고, 무척 나른하고 조금 병이 든 것같이 보였다. 그녀는 품 안에서 잠들어 있는 딸을 제 젖으로 아이를 길러 낸 어머니 특유의 표정을 하고서 들여다보았다. 그녀는 앵발리드의 상이용사들이 사용하는 것 같은 널찍한 푸른 손수건을 네커치프처럼 겹쳐서 어깨 위에 묵직하게 두르고 있었다. 손은 햇볕에 그을고 주근깨 같은 작은 점들이 다닥다닥 나 있었고, 집게손가락은 굳고 바늘에 긁혀 있으며, 베옷을 입고 거친 양모로 짠 갈색 망토를 걸치고 헐거운 구두를 신고 있었다. 그것은 팡틴이었다.

그것은 팡틴이었다. 알아보기 어려웠다. 그렇지만 유심히 살펴보면, 그녀는 여전히 아름다움을 간직하고 있었다. 다만 오른쪽 뺨에는 빈정거림이 어리기 시작한 것 같기도 한 서글픈 주름살이 한 줄기 잡혀 있었다. 그녀의 몸치장으로 말하자

---

* 수도 서원을 하지 않고 일종의 수도 생활을 하는 수녀.

면, 쾌활과 열광과 음악으로 이루어지고 방울 소리가 울리고
라일락 꽃향기가 풍기는 듯한 모슬린과 리본의 그 산뜻한 몸
치장, 그것은 다이아몬드인 양 햇빛에 반짝이는 저 아름다운
빙화(氷花)처럼 이미 사라져 버리고 없었다. 빙화는 녹고 새카
만 나뭇가지만 남는다.

  '그 재미나는 소극'으로부터 열 달이 흘렀다.

  이 열 달 동안에 무슨 일이 일어났던가? 짐작이 간다.

  버림 뒤에 오는 것은 곤궁. 팡틴은 이내 파부리트도 제핀도
달리아도 못 보게 되었다. 사내들과의 줄이 끊어지자 여자들
끼리의 줄도 끊어져 버렸던 것이다. 그 일이 있고 보름 후에
만약에 누가 그녀들에게 너희들은 친구였다고 말했다면 그녀
들은 깜짝 놀랐으리라. 더 이상 그럴 만한 이유가 없었던 것이
다. 팡틴은 외톨이가 되어 버렸다. 그녀의 아이 아버지는 떠나
버렸다. 애달픈 일이지만 이러한 종류의 파경은 돌이킬 수 없
는 것이다. 그녀는 완전히 외로운 몸이 된 데다가 일하는 버릇
은 줄어들고 노는 재미만 더해졌다. 톨로미에스와의 관계로
인해 자기가 할 수 있는 하찮은 직업을 멸시하게 되었기 때문
에 취직자리를 등한시했고, 그러자 취직자리는 닫혀 버렸다.
아무런 생활 수단도 없었다. 팡틴은 글자를 읽을 줄 알았으나
쓰지는 못했다. 어렸을 때 겨우 제 이름 쓰기밖에 배우지 못했
던 것이다. 그녀는 대서인에게 부탁하여 톨로미에스에게 편
지를 한 통 써 보냈고, 그런 뒤에 두 번째 편지를, 또 그런 뒤에
세 번째 편지를 보냈다. 톨로미에스는 어느 편지에도 답장을
주지 않았다. 어느 날 팡틴은 수다스러운 아낙네들이 자기 딸

을 보고 이렇게 말하는 소리를 들었다. "누가 저런 애들을 상대해 주겠어? 저런 애들한테는 누구나 어깨를 들썩거릴 뿐이지!" 그 말을 듣고 팡틴은 자기 아이에게 어깨를 들썩거리며 그 죄 없는 아이를 진지하게 생각해 주지 않던 톨로미에스를 생각했고 그로 인해 마음이 암울해졌다. 어떻게 하면 좋았을까? 누구에게 물어야 좋을지 몰랐다. 그녀는 잘못을 저질렀지만, 독자도 알다시피 그녀의 본바탕은 얌전하고 정숙했다. 그녀는 자기가 바야흐로 곤경에 빠지고 최악의 지경 속에 빠지려 하고 있음을 어렴풋이 느꼈다. 용기가 필요했다. 그녀는 용기가 있었고 이를 악물었다. 고향인 몽트뢰유쉬르메르로 돌아가 볼까 하는 생각이 떠올랐다. 거기라면 혹시 누가 자기를 알아보고 일거리를 줄지도 모른다. 그렇다. 하지만 자기의 과오를 숨겨야 할 것이다. 그러자 처음 이별보다도 한결 더 고통스러운 이별을 하지 않으면 안 되리라는 생각이 어렴풋이 떠올랐다. 그녀는 가슴이 쓰라렸지만 결심을 했다. 뒤에 알게 되겠지만, 팡틴은 생활을 위해 다기진 데가 있었다.

그녀는 이미 씩씩하게 패물을 포기하고 베옷을 입었다. 그리고 자기의 모든 비단옷과 모든 장신구, 모든 리본과 모든 레이스를 딸을 위해 썼는데, 이 딸이야말로 그녀에게 남은 유일한 허영이었다. 그것도 신성한 허영이었다. 그녀는 가진 것을 죄 팔아 200프랑을 얻었는데, 자잘한 빚을 갚고 나니 80프랑쯤밖에 수중에 남지 않았다. 스물두 살에, 어느 아름다운 봄날 아침에 그녀는 아이를 업고 파리를 떠났다. 그들 둘이 그렇게 걸어가는 것을 본 사람이 있었다면, 그들을 가엾게 여겼으리

라. 그 여자는 이 세상에 그 아이 하나밖에 아무도 없었고, 그 아이는 이 세상에 그 여자 하나밖에 아무도 없었다. 팡틴은 그 딸을 자기 젖으로 길렀다. 그것은 그녀의 가슴을 피로하게 했고, 그녀는 기침도 좀 하게 됐다.

펠릭스 톨로미에스 씨에 관해서는 차후 다시는 이야기할 기회가 없을 것이다. 딱 한마디만 말해 두겠는데, 그는 이십 년 후 루이 필리프 왕 시대에 지방의 유력하고 부유한 거물급 변호사로서, 현명한 선거인이자 극히 준엄한 배심원이 되어 있었는데, 여전히 도락자였다.

팡틴은 피로를 가시게 하려고 가끔 10리에 3~4수씩 주고서 당시 '파리 근교의 소형 마차'라고 불리던 마차를 탔기 때문에 그날 정오쯤에는 몽페르메유의 블랑제 거리에 와 있었다.

테나르디에 여인숙 앞을 지날 때, 그 두 계집애가 괴상망측한 그네 위에 앉아서 희희낙락거리는 것을 보고 팡틴은 매혹되다시피 하여 그 즐거운 광경 앞에서 걸음을 멈추었던 것이다.

세상에는 여러 가지 매력이 있다. 그 두 계집아이는 이 어머니에게 하나의 매력이었다.

그녀는 몹시 감동하여 그 아이들을 들여다보고 있었다. 천사가 있는 것은 천국이 가깝다는 징조다. 그녀는 그 여인숙 위에서 '여기에'라는 하느님의 신비로운 글자를 본 것만 같았다. 이 두 계집애들은 이렇게도 행복하지 않은가! 그녀는 그 아이들을 바라다보며 감탄했고, 너무도 감동한 나머지, 아이들의 어머니가 그 노래의 두 줄 사이에서 숨을 돌리고 있을 때, 아까 한 그 말을 하지 않을 수 없었던 것이다.

"아이들이 참 예쁘네요, 부인."

더할 나위 없이 사나운 여자들도 제 새끼를 귀여워해 주면 누그러진다. 어머니는 고개를 들고 고맙다고 말하고는, 자신은 문턱에 앉아 있었으므로 그 지나가는 여자를 문간의 걸상에 앉혔다. 두 여자는 이야기했다.

"저는 테나르디에의 아내예요." 두 계집아이의 어머니가 말했다. "우리는 이 여인숙을 하고 있어요."

그러고는 다시 그 연가로 되돌아가 입속으로 읊조렸다.

그래야지, 나는 기사(騎士)이니
팔레스타인으로 떠나가야지.

이 테나르디에 부인은 얼굴이 울룩불룩하고 살이 찐 붉은 머리의 여자였다. 그 꼴이 마치 여자 군인 같았다. 그런 주제에 소설깨나 핥아 본 덕택인지 이상하게도 아양스러운 태가 있었다. 그녀는 간살스러운 사내 같은 여자였다. 낡은 소설이 주막집 여자 따위의 상상과 반죽이 되어 그런 효과를 냈으리라. 그녀는 아직 젊은 여자로서 서른이 될 등 말 등했다. 만약에 이 여자가 쭈그리고 있지 않고 꼿꼿이 서 있었더라면 그 거대한 몸집은 이 길 가던 여인을 댓바람에 놀라게 하고 그녀의 신뢰감을 흔들어 놓아, 뒤에 이야기하려는 것 같은 일은 일어나지 않았으리라. 한 여자가 서 있지 않고 앉아 있었다는 이 한 가지의 사실만으로도 인간의 운명은 좌우되는 것이다.

길 가던 여인은 다소 가감하여 자기의 신세 이야기를 했다.

자기는 여직공이었는데, 남편은 죽고, 파리에는 일거리가 없어서 다른 데로 일을 찾으러 간다는 것, 고향으로 가는 길이고 바로 오늘 아침에 걸어서 파리를 떠나왔다는 것, 아이를 업고 있었기 때문에 피로하던 참에 마침 빌몽블로 가는 마차를 타고 오다가 빌몽블에서부터는 걸어서 몽페르메유까지 왔다는 것, 어린애도 조금은 걸었지만 너무 어려서 많이는 못 걸어 보듬어야만 했는데, 그랬더니 이 귀여운 아이는 그만 잠이 들어 버렸다는 것, 그런 이야기였다.

그렇게 말하면서 여인이 딸에게 뜨거운 키스를 하자 아이는 잠에서 깨어 버렸다. 아이는 눈을 떴다. 제 어머니의 눈처럼 새파랗고 커다란 눈을. 그러고 보았다. 무엇을? 아무것도, 그러나 모든 것을. 어린아이들의 그 진지한, 그러나 때로는 준엄한 얼굴을 하고. 그것은 우리 어른들의 퇴폐해 가는 미덕 앞에서 빛나는 어린아이들의 신비로운 순결이다. 마치 아이들은 저희들은 천사이고 우리 어른들은 인간임을 알고 있는 듯하다. 그리고 아이는 웃기 시작하더니, 아무리 어머니가 말려도 뛰놀고 싶어 하는 어린아이의 저 억제할 수 없는 힘을 가지고 땅바닥으로 빠져 내려갔다. 갑자기 아이는 그네에 있는 다른 두 아이를 보고는 멈칫 서더니 감탄한 듯이 혀를 내어놓았다.

테나르디에 부인은 두 딸을 끌러 그네에서 내려놓고는 말했다.

"셋이서 재밌게 놀아라."

이런 또래의 아이들은 이내 친해지는 법이어서, 잠시 후에 테나르디에의 계집애들은 새로 온 계집애와 함께 땅바닥에 구멍을 파면서 놀았는데, 이만저만 즐거운 것이 아닌 듯했다.

이 새로 온 계집아이는 대단히 쾌활했다. 어머니의 선량함은 어린애의 쾌활함 속에 나타난다. 아이는 나뭇조각 하나를 주워 들고 그것을 삽처럼 사용하여, 파리가 한 마리 들어갈 만한 무덤을 힘차게 파고 있었다. 무덤 파는 일꾼이 하는 일도 어린애가 한다 치면 귀여워진다.

두 부인은 이야기하기를 계속했다.

"댁의 아기 이름은 뭐예요?"

"코제트라고 해요."

코제트는 곧 외프라지다. 소녀의 이름은 외프라지였다. 그러나 어머니는 외프라지를 코제트로 만들었는데, 그것은 조제파를 페피타로 바꾸고 프랑수아즈를 시예트로 바꾸는 어머니들과 서민들의 그 순하고 멋스러운 본능 때문이었다. 그것은 일종의 파생어로서, 실로 어원학을 어지럽히고 골치 아프게 한다. 나는 테오도르를 농으로 만드는 데 성공한 할머니를 안다.

"몇 살이에요?"

"곧 세 살이 돼요."

"그럼 우리 집 큰애와 같네요."

그러는 사이에 세 계집아이는 한데 모여 몹시 걱정스러우면서도 매혹된 듯한 모습을 하고 있었다, 사건 하나가 일어난 것이다. 이제 막 통통한 버러지 한 마리가 땅에서 나온 것이다. 그래서 아이들은 무서워하면서도 황홀해하고 있었다.

테나르디에 부인은 외쳤다. "아이들은 저렇게 금방 친해져 버려요! 누가 봐도 세 자매라고 생각하겠어요!"

이 말은 아마 또 한 명의 어머니가 기다리던 불꽃이었을 것이다. 그 여자는 테나르디에 부인의 손을 잡고는 그녀의 얼굴을 뚫어지게 바라보다가 말했다.

"제 아이를 맡아 주시지 않겠어요?"

테나르디에 부인은 승낙도 거절도 아닌 깜짝 놀란 얼굴을 했다.

코제트의 어머니가 계속 말했다.

"정말, 전 제 딸아이를 고향으로 데려갈 수가 없어요. 일을 하려면 그렇게 할 수 없어요. 아이가 딸리면 일자리를 찾을 수 없거든요. 그곳 사람들은 참 이상해요. 제가 댁의 여인숙 앞을 지나게 된 건 주님의 뜻이에요. 저는 댁의 아이들이 저렇게 예쁘고 저렇게 깔끔하고 저렇게 즐거워하는 걸 보고 정말 감동했어요. '참 좋은 어머니다.' 저는 이렇게 생각했어요. 정말로 셋이서 세 자매같이 될 거예요. 그리고 저는 머지않아 되돌아올 거예요. 우리 애를 맡아 주시지 않겠어요?"

"생각해 보고요." 테나르디에 부인은 말했다.

"다달이 6프랑씩 드릴게요."

이때 싸구려 식당 안쪽에서 사내 목소리가 외쳤다.

"7프랑 이하로는 안 돼. 그리고 여섯 달분을 미리 치러야 해."

"육 칠은 사십이." 테나르디에 부인이 말했다.

"그렇게 드리겠어요." 코제트의 어머니가 말했다.

"그리고 그 밖에 처음 채비에 드는 돈으로 15프랑." 사내의 목소리가 덧붙였다.

"합계가 57프랑." 테나르디에 부인은 말했다.

그리고 그런 숫자들을 지나 희미하게 콧노래를 불렀다.

　　그래야지, 하고 병사는 말했네.

"그렇게 드리겠어요." 코제트의 어머니는 말했다. "80프랑을 가지고 있으니까, 그래도 고향에 갈 만한 돈은 남아요. 걸어가기만 한다면. 거기 가서 돈을 벌어 가지고, 돈이 좀 되기만 하면 아이를 찾으러 이내 돌아올게요."

사내 목소리가 말을 이었다.

"아이 옷은 있나?"

"제 남편이에요." 테나르디에 부인이 말했다.

"물론 옷이야 있고말고요. 가엾은 귀염둥이인걸요. 저분이 주인어른이신 건 잘 알았어요. 그것도 예쁜 옷이에요! 꽤 호사스러운 옷이에요. 모두 열두 벌이나 있어요. 귀부인이 입는 것 같은 비단옷도 있어요. 모두 저기 제 가방에 들어 있어요."

"그걸 다 내놓아야 해." 사내 목소리가 다시 튀어나왔다.

"드리고말고요!" 코제트의 어머니는 말했다. "제 딸을 벌거벗겨 놓고 가다니, 그런 우스꽝스러운 일이 어디 있겠어요!"

주인의 얼굴이 나타났다.

"그럼 됐어." 그는 말했다.

흥정은 끝났다. 아이 어머니는 그날 밤을 여인숙에서 지내고, 돈을 주고, 아이를 남겨 놓고, 아이의 옷을 꺼내 버려 거뜬해진 여행 가방을 챙겨 들고 이튿날 아침 곧 되돌아올 요량으로 떠났다. 이러한 출발은 조용히 이루어지지만 그것은 절망이다.

테나르디에의 이웃집 여자 하나가 이 어머니가 떠나는 길에 그녀를 우연히 만나고는 돌아와서 말했다.

"방금 길에서 울고 있는 여자 하나를 보았는데, 불쌍해서 못 보겠더라."

코제트의 어머니가 떠나 버리자 사내는 아내에게 말했다.

"이제 내일이 기한인 110프랑짜리 어음을 지불할 수 있겠군. 50프랑이 모자랐는데. 하마터면 집달리와 거절 증서가 날아들 뻔했잖아? 당신이 어린것들과 함께 근사하게 쥐덫을 놓았구먼그래."

"그런 줄 몰랐는데 그리됐네요." 아내는 말했다.

2. 수상한 두 인물의 초벌 소묘

잡힌 생쥐는 아주 허약했으나, 고양이는 야윈 생쥐마저도 기뻐한다.

테나르디에 부부는 어떤 사람들인가?

그들에 관해 지금 당장 한마디 해 두자. 나는 이 소묘를 나중에 완성할 것이다.

이 인간들은 졸부가 된 속물과 타락한 지식인으로 이루어진 저 잡종 계급에 속했는데, 이러한 계급은 소위 중류계급과 하류계급의 중간에 위치하여 후자의 결점을 약간 가지면서 동시에 전자의 거의 모든 결점을 가져, 노동자의 씩씩함과 억척스러움도 없고 부르주아의 공정한 질서도 없다.

그들은 만약 무슨 불길한 불이 우연히 그들 마음속에 일어나면 쉽사리 흉악해지는 영특한 성질의 사람들이었다. 여자한테는 짐승 같은 근성이 있었고, 남자한테는 거지 같은 소질이 있었다. 둘 다 악의 방향에서는 아무리 끔찍한 일이라도 최고도로 잘해 낼 사람들이었다. 세상에는 가재 같은 마음의 사람들이 있어서 노상 어두운 쪽으로만 뒷걸음질 치고, 인생에서 전진을 하기보다 오히려 후퇴를 하고, 자기의 추악함을 증가시키는 데 경험을 사용하고, 끊임없이 악해져 가고, 더해 가는 흉악함 속에 더욱더 빠져들어 간다. 이 남자와 이 여자는 그러한 영혼을 가진 사람들이었다.

특히 남편 테나르디에는 관상가에게도 거북한 사람이었다. 세상에는 한 번 척 보기만 해도 경계해야겠다 싶은 사람들이 있는데, 그들은 양쪽 끝이 어둡다. 그들의 뒤에는 불안이 서리고 앞에는 위협이 풍긴다. 그들 속에는 알 수 없는 것이 있다. 그들이 장차 무슨 짓을 할는지 알 수 없듯이, 그들이 과거에 무슨 짓을 했는지 아무도 말할 수 없다. 그들의 눈 속에 어린 그림자로 그것을 짐작할 수 있다. 그들이 말 한마디 하는 것만을 듣고 몸짓 하나 하는 것만을 보아도 그 과거의 으슥한 비밀과 그 장래의 으슥한 신비를 간파할 수가 있다.

이 테나르디에라는 자는, 제가 하는 말을 믿어야 한다면, 군인이었는데, 그의 말로는 상사였다고 한다. 아마 1815년의 전투에 참가한 것 같고, 꽤 용감하게 행동하기도 한 것 같다. 실제로 어떠했는지는 나중에 알게 될 것이다. 그의 술집 간판은 제 전공(戰功) 하나를 암시하는 것이었다. 그는 손수 그것을 그렸다. 그는 무엇이고 조금씩은 할 줄 알았다. 비록 형편없었지만.

이때는 낡은 고전주의 소설이 『클렐리』*를 거쳐 『로도이스카』가 되었고, 여전히 고상하기는 했지만 더욱더 비속해져서, 스퀴데리 양에서 바르텔르미아도 부인으로 타락하고, 라파예트 부인**에서 부르농말라름 부인으로 타락하여, 파리의 천한 계집애들의 연정에 불을 지르고 교외까지도 다소 좀먹던 시대였다. 테나르디에의 아내는 꼭 그러한 종류의 책을 읽을 만한 지식은 가지고 있었다. 그 여자는 그러한 것을 마음의 양식으로 삼고 있었다. 그 여자는 그 시시한 머리로 거기에 탐닉하고 있었다. 그래서 그녀는 젊었을 적에는 말할 것도 없고 좀 더 나이가 들어서까지도 남편 곁에서 무슨 생각에 잠긴 듯한 묘한 태도를 보였는데, 남편은 이만저만한 악당이 아니어서, 문법 없는 유식쟁이 난봉꾼이요, 야비하고 능글맞고 동시에, 피고르브룅의 소설도 읽고 해서 감정에 관해서나 또는 그가 노상 두고 쓰는 말마따나 '무릇 성(性)에 관한 것'에서는 탓할 데 없는 진짜 잡놈이었다. 아내는 그보다 열두 살이나 열다섯 살쯤 아래였다. 나중에 소설의 여주인공들처럼 풀어 헤친 머

---

* 스퀴데리 양의 소설.
** 라파예트 부인(Madame de Lafayette, 1634~1692). 프랑스의 작가. 『클레브 공작 부인』의 저자.

리털이 희끗희끗해지고 메가이라*가 파멜라로부터 해방될 무렵의 나이가 되었을 때, 테나르디에의 아내는 그저 어리석은 소설을 맛본 야비하고 심술궂은 여자에 지나지 않았다. 그런데 어리석은 것을 읽으면 반드시 그 벌을 받는다. 그 결과 그녀는 큰딸에게 에포닌이라는 이름을 붙였다. 가엾은 작은딸에게는 귈나르라는 이름을 붙일 뻔했으나, 다행히 뒤크레뒤미닐의 소설에서 무얼 좀 따 볼까 하는 생각이 일어났던지 아젤마라고 부르고 말았다.

그런데 말이 났으니 말이지만, 우리가 지금 말한, 세례명의 혼란 시대라고도 할 수 있는 이 이상한 시대의 모든 것이 우스꽝스럽고 천박한 것은 아니다. 아까 우리가 지적한 소설적 요소 외에도 사회적 풍조가 있다. 오늘날에는 시골뜨기 총각에게 아르튀르나 알프레드나 알퐁스 같은 의젓한 이름을 붙이는가 하면, 자작에게는(지금도 자작들이 있다면 말이지만) 토마나 피에르나 자크 같은 이름을 붙이는 것이 드문 일이 아니다. 이렇게 평민에게는 '우아한' 이름을 붙이고, 귀족에게는 시골뜨기의 이름을 붙이는 이런 변화는 평등의 조류와 별개의 것이 아니다. 새로운 풍조의 불가항력적인 침투가 모든 곳에서와 마찬가지로 거기에도 있다. 이 외관상의 부조화 아래에는 위대하고 심오한 한 가지 사실이, 즉 프랑스혁명이 있는 것이다.

---

* 메가이라(Megaera). 복수를 관장하는 세 여신 중 하나. 뱀 머리를 하고 있다.

3. 종달새

번창하기 위해서는 심술궂기만 하면 되는 것이 아니다. 이 싸구려 식당은 잘되지 않았다.

길 가던 여인한테서 받은 돈 덕분에 테나르디에는 거절 증서를 면할 수 있었고 계약을 이행할 수 있었다. 다음 달 그들은 또 돈이 필요하게 되어, 아내는 코제트의 옷을 파리로 가지고 가서 몽드피에테 전당포에 잡히고 60프랑을 얻었다. 그 돈을 다 써 버리자 테나르디에 부부는 그 계집아이를 동정해서 자기들 집에 두었다고만 생각했고, 따라서 대우도 그렇게 되어 버렸다. 그 아이는 이제 옷이 없어졌기 때문에 테나르디에 부부는 아이에게 자기 딸들의 헌 속옷이나 헌 셔츠 같은 것을, 다시 말해서 누더기를 입혔다. 먹을 것이라고는 모두들 먹고 남은 찌꺼기나 먹였으니, 개보다는 나았지만 고양이보다는 좀 못한 음식이었다. 그뿐 아니라 고양이와 강아지는 언제나 이 아이의 식사 친구였으니, 코제트는 개, 고양이의 밥그릇과 같은 나무 주발로 식탁 밑에서 개, 고양이와 함께 식사를 했다.

아이 어머니는 뒤에 가서 볼 수 있듯이 몽트뢰유쉬르메르에 가서 정착한 뒤 아이 소식을 들으려고 매달 편지를 썼다. 아니, 더 정확히 말하자면 사람을 시켜서 편지를 썼다. 테나르디에 부부는 언제나 정해 놓고 "코제트는 아주 잘 있다."라고 답장했다.

처음 여섯 달이 다 지나가자 아이 어머니는 일곱 달째의 7프랑을 보냈고, 그 후에도 그 달 그 달 꽤 정확히 송금을 계속했다. 한 해도 다 가기 전에 테나르디에는 말했다. "그 여자가 우리에게 톡톡히 선심을 베푸는구먼! 이까짓 7프랑 가지고 어쩌라는 거야?" 그러면서 그는 편지를 보내어 12프랑을 요구했다. 자기 딸이 행복하고 "잘 있다."라고만 곧이듣고 있었으므로, 아이 어머니는 요구대로 순순히 12프랑씩 보내 주었다.

어떤 성격의 사람들은 한쪽을 미워하지 않고서는 다른 쪽을 사랑할 수가 없다. 테나르디에의 아내는 자기의 두 딸을 열렬히 사랑했기 때문에 남의 딸은 미워했다. 모성애에도 추한 면이 있다는 것은 생각만 해도 한심스러운 일이다. 코제트가 그 집에서 차지하는 자리라고 해야 참 하찮은 것이었지만, 테나르디에의 아내에게는 그만큼 제 새끼들이 자리를 빼앗기고 제 딸자식들이 숨 쉬는 공기가 코제트로 말미암아 줄어드는 것만 같았다. 이 여자는 같은 부류의 많은 여자들처럼 그날그날 일정한 분량의 애무와 일정한 분량의 매질과 욕질을 하지 않고는 못 배겼다. 만약에 그녀에게 코제트가 없었다면 그녀의 딸들은 제아무리 귀염을 받았다 할지라도 필시 그 모든 것을 받았겠지만, 남의 딸이 그녀의 딸들을 대신해 몰매를 맞고 있었다. 그녀의 딸들은 애무만을 받았다. 코제트는 까딱만 해도 머리 위에 격렬하고 부당한 형벌이 우박처럼 쏟아졌다. 전혀 세상 물정도 모르고 하느님도 몰랐을 이 부드럽고 연약한 인간은 자기 곁에서 자기 같은 두 인간이 새벽의 광명 속에 사는 것을 보면서 끊임없이 벌을 받고, 꾸지람을 듣고, 갖은 학대와 몰매를 당하고 있었다.

테나르디에의 아내가 코제트에게 심술궂게 굴었기 때문에

에포닌과 아젤마도 심술궂게 굴었다. 그 또래의 아이들은 어머니의 판박이에 불과하다. 크기가 더 작다는 것, 그것뿐이다.

한 해가 흐르고, 또 한 해가 흘렀다.

마을에서는 이렇게들 말했다.

"저 테나르디에 부부는 좋은 사람들이야. 넉넉하지도 못하면서 자기들 집에 버리고 간 불쌍한 애를 저렇게 키우고 있어!"

사람들은 코제트를 어머니가 버린 아이인 줄로만 알고 있었던 것이다.

그러는 동안 테나르디에는 뭔지 알 수 없는 어떤 숨겨진 방법으로 아이가 아마 사생아인 것 같고 어머니가 그것을 시인할 수 없다는 것을 알아내서는, "계집애"가 커서 "많이 먹는다." 라고 말하고 돌려보내겠다고 협박하면서 한 달에 15프랑을 요구했다. 그는 이렇게 외쳤다. "내가 제게 속을 줄 알아! 한창 숨기고 있는 판에 제 새끼를 제게 갖다 내동댕이쳐 버릴 테다. 돈을 올리지 않고는 못 배길걸." 어머니는 15프랑을 지불했다.

아이는 해마다 커 갔고, 아이의 고초 역시 커 갔다.

코제트가 아주 어렸을 때에는 다른 두 아이의 놀림감이었는데, 조금 발육하기 시작하자마자, 다시 말해서 다섯 살이 채 되기도 전부터는 이 집의 하녀가 되었다.

다섯 살에 그럴 수가 있는가 하고 말하는 사람이 있을지도 모른다. 오호, 슬프다! 그것은 사실이었다. 이 세상의 고통은 몇 살에든지 시작된다. 최근만 하더라도 고아로서 도둑질을 한 뒤몰라르라는 자의 공판이 있지 않았던가? 공판 서류를 보면, 벌써 다섯 살 때부터 그는 세상에 의지가지없는 몸이 되어 "살기 위해 일하고 도둑질을 했다."

코제트는 심부름을 하고, 방을 쓸고, 마당과 길을 쓸고, 그 릇을 씻고, 짐까지 날랐다. 테나르디에 부부는 몽트뢰유쉬르 메르에 있는 코제트의 어머니가 돈을 제대로 지불하지 못하기 시작했기 때문에 더더욱 그렇게 행동해도 무방하다고 생각했다. 몇 달 동안 지불이 밀려 있었다.

만약에 이 어머니가 그렇게 3년이 지난 후 몽페르메유에 돌아왔더라도, 자기 아이를 전혀 알아보지 못했으리라. 그 집에 처음 왔을 때 그렇게도 어여쁘고 그렇게도 생기발랄했던 코제트가 지금은 여위고 희멀쑥했다. 아이는 뭔가 알 수 없는 안절부절못하는 태도를 보였다. "엉큼한 것!" 테나르디에 부부는 말했다.

부정(不正)은 그 아이를 퉁명스럽게 만들고 고초는 그 아이를 추하게 만들었다. 그 아이에게는 이제 그 아름다운 눈밖에 남아 있지 않았는데, 그 눈은 보는 사람들의 마음을 아프게 했다. 왜냐하면 눈이 컸기 때문에 거기에서 더 많은 슬픔이 보이는 것 같았기 때문이다.

특히 겨울이 되면 이 가련한 아이의 모습은 실로 애통했다. 아직 여섯 살도 안 된 아이가 구멍투성이의 헌 베옷 누더기를 걸치고 달달 떨면서 그 큰 눈에 눈물을 글썽이고, 새빨갛게 언 그 조그만 손에 커다란 비를 들고 해도 뜨기 전에 길을 쓸고 있는 것이었다.

그 고장에서는 이 아이를 종달새라고들 불렀다. 비유를 좋아하는 주민은 그 이름을 이 아이에게 붙여 놓고 즐거워했다. 새보다도 크지 못한 것이 발발 떨면서, 깜짝깜짝 놀라고 두려워하면서, 아침마다 집에서나 마을에서나 제일 먼저 일어나 날이 새기도 전에 노상 거리나 들에 나와 있었던 것이다.

다만 이 가련한 '종달새'는 결코 노래를 부르지 않았다.

5
하강

1. 흑구슬 제조법 개량의 이야기

몽페르메유 사람들 사이에 아이를 버리고 간 것 같다는 소문이 돌고 있던 그 어머니는 그동안 어떻게 되었는가? 어디에 있었는가? 무엇을 하고 있었는가?

테나르디에의 집에 어린 코제트를 맡겨 두고서 그녀는 계속 길을 걸어서 몽트뢰유쉬르메르에 도착했다.

그것은 독자도 기억하다시피 1818년의 일이었다.

팡틴은 십 년 전에 고향을 떠났다. 그동안 몽트뢰유쉬르메르는 모습이 바뀌었다. 팡틴이 서서히 곤궁에서 곤궁으로 내려가고 있는 사이에 그녀의 고향 도시는 번영했다.

한 이 년 전부터 거기에서는 공업의 변화가 이루어졌는데, 그것은 작은 고장에서는 큰 사건이었다.

이것은 중요한 사실이므로, 좀 더 부연해 두는 것이 좋을 것 같다. 아니, 차라리 강조해 둔다고 말해야 할 것 같다.

아득한 옛날부터 몽트뢰유쉬르메르에는 영국의 흑옥(黑玉)과 독일의 흑구슬을 모조하는 특수 공업이 있었다. 이 공업은 원료가 비싸서 임금을 제대로 지불할 수 없었기 때문에 늘 침체돼 있었다. 그런데 팡틴이 몽트뢰유쉬르메르에 돌아왔을 무렵 그 '검은 패물'의 제조법에 전무후무한 변화가 일어났다. 1815년 말에 어느 타관 사람 하나가 이 도시에 와서 살면서 그 제조법에 새로운 고안을 하여 수지 대신에 칠을 사용하고, 특히 팔찌에는 용접하던 쇠고리 대신에 그저 끼우기만 하는 쇠고리를 사용하게 했다. 이 아주 작은 변화는 하나의 혁명이었다.

이 아주 작은 변화는 실제로 원료값을 굉장히 감소시켰으니, 이로 인해 첫째로, 노임을 올려서 그 지방에 혜택을 주었고, 둘째로, 제조법을 개선하여 소비자에게 이익이 되었고, 셋째로, 훨씬 싼 값으로 팔면서도 수익을 세 배나 올려서 제조자 측에도 이득이 되었다.

이렇게 하나의 고안에서 세 가지 결과가 생겼다.

삼 년도 채 되기 전에 이 방법의 발명자는 좋은 일로는 부자가 되었고, 더 좋은 일로는 주위의 사람들까지도 부자로 만들었다. 그는 이 지방 사람이 아니었다. 아무도 그의 출생지를 아는 사람이 없었고, 처음 왔을 때의 사정에 관해서도 별로 아는 바가 없었다.

사람들 말에 의하면, 그는 많아 봤자 몇 백 프랑이라는 아주

적은 돈을 가지고 이 도시에 왔다고 한다.

그는 그 쥐꼬리만 한 자본을 교묘한 고안의 실현에 사용하여 차근차근 주의하며 키워서 마침내는 자기 재산을 이룩하는 동시에 그 지방 전체를 윤택하게 만들었던 것이다.

몽트뢰유쉬르메르에 도착했을 때 그는 노동자의 복장과 풍채와 말투를 하고 있었을 따름이었다.

12월의 어느 날 해 질 무렵에 등에 배낭을 짊어지고 손에 울룩불룩한 지팡이를 짚고서 그가 남몰래 몽트뢰유쉬르메르라는 작은 도시에 들어왔을 때, 마침 시청에 큰 화재가 났다. 이 사나이는 불 속에 뛰어들어 생명의 위험을 무릅쓰고서 어린아이 둘을 살려 냈는데, 이 아이들은 헌병대장의 아들이었다. 그래서 아무도 그의 통행증을 보자는 생각을 하지 않았다. 이때부터 그의 이름이 사람들에게 알려졌다. 사람들은 그를 '마들렌 아저씨'라고 불렀다.

2. 마들렌 씨

그는 쉰 살쯤 되는 남자였는데, 무슨 생각에 잠겨 있는 듯했고 친절했다. 그에 관해서 말할 수 있었던 것은 그것이 전부였다.

그가 그토록 비상하게 개량해 놓은 그 공업의 급속한 진보 덕분에 몽트뢰유쉬르메르는 중요한 교역 중심지가 되었다. 흑옥을 다량으로 소비하는 스페인은 해마다 막대한 양을 주문했다. 몽트뢰유쉬르메르는 이 흑옥 수출에서 런던 및 베를린과 경쟁을 하고 있었다. 마들렌 아저씨의 수입은 굉장해서 이 년 만에 벌써 두 개의 널따란 작업실이 있는 큰 공장 하나를 세울 수 있었는데, 하나는 남자들을 위한 작업실이고, 또하나는 여자들을 위한 작업실이었다. 굶주리는 사람은 누구든지 거기에 갈 수 있었고, 가기만 하면 틀림없이 빵과 일을 얻을 수 있었다. 마들렌 아저씨는 남자들에게는 성의를, 여자들에게는 정숙을, 그리고 모두에게는 정직을 요구했다. 그는 남녀를 분리하여 처녀들과 부인들이 정절을 지키도록 작업실을 둘로 나누었던 것이다. 그 점에 관해서 그는 준엄했다. 그가 말하자면 너그럽지 못했다고 한다면 오직 그 점에 관해서뿐이었다. 몽트뢰유쉬르메르는 위수지여서 풍기가 문란해질 기회가 많았기 때문에 그는 더더욱 엄격했던 것이다. 어쨌든 그가 거기에 온 것은 은혜요, 그가 거기에 있는 것은 신의 섭리였다. 마들렌 아저씨가 오기 전까지 그 지방은 모든 것이 침체돼 있었으나, 지금은 모든 것이 노동의 신성한 생명으로 활기를 띠고 있었다. 왕성한 순환이 모든 것을 자극하고 도처에 스며들었다. 실업과 빈궁은 자취를 감추었다. 아무리 미천한 사람의 지갑에도 조금의 돈이 없는 일이 없었고, 아무리 가난한 집에도 조금의 기쁨이 없는 일이 없었다.

마들렌 아저씨는 누구든지 고용했다. 그의 요구는 단 한 가지뿐이었다. 즉 "정직한 남자가 되라! 정직한 처녀가 되라!"라는 것이었다.

앞서 말한 바와 같이 마들렌 아저씨는 자기 자신이 그 근원이고 중심이었던 그 활동 속에서 재산을 이룩했지만, 이건 단순한 상인의 경우에는 꽤 특이한 일인데, 돈벌이를 하는 것이 조금도 그의 주된 관심사인 것 같지는 않았다. 그는 남들만을 많이 생각하고 자신은 별로 생각하지 않는 것 같았다. 1820년에 그는 라피트 은행에 자기 명의로 63만 프랑의 금액을 예금한 것으로 알려져 있었으나, 이 63만 프랑을 저축하기 전에 그는 시와 빈민을 위해 100만 프랑 이상을 썼다.

병원의 설비가 나빴다. 그는 거기에 침대 열 개를 기증했다. 몽트뢰유쉬르메르는 윗녘과 아랫녘으로 나뉘어 있었다. 그가 살던 아랫녘에는 학교가 하나밖에 없었는데, 그것도 쓰러져 가는 허술한 건물이었다. 그는 학교를 둘 세웠는데, 하나는 소녀들을 위해서, 또 하나는 소년들을 위해서였다. 그는 두 명의 선생에게 나라에서 주는 박봉의 두 배가 되는 수당을 자기 돈으로 지급했는데, 어느 날 그것을 보고 놀란 사람에게 그는 이렇게 말했다. "국가 제일의 두 공무원은 젖먹여 키운 어머니와 학교 선생님입니다." 그는 자기 돈으로 당시 프랑스에는 거의 알려지지 않았던 유치원을 세웠고, 늙고 병든 노동자를 위해 구제 기금을 조성했다. 그의 공장이 중심을 이루었기 때문에 수많은 극빈층 가족들이 사는 새로운 주택가가 그 주변에 급속히 형성되었고, 그는 거기에 무료 약국 하나를 세웠다.

초기에 그가 사업을 시작하는 것을 보고 입 싼 양반들은 말했다. "녀석, 한몫 벌어 보자는 배짱인 게지." 그가 자기 자신이 부유해지기 전에 그 고장을 부유하게 해 주는 것을 보자 그 입 싼 양반들은 이렇게 말했다. "녀석은 야심가야." 이런 일이 더욱 그럴싸하게 보인 것은 이 사람이 종교를 믿는 데다가, 어느 정도 종교 의식도 잘 지켰기 때문인데, 이것은 당시 퍽 훌륭한 일로 여겨졌다. 그는 주일마다 으레 독송 미사를 드리러 성당에 나갔다. 어디서고 경쟁자의 냄새를 맡아 내는 이 지방의 한 대의원은 이내 그의 신앙에 불안을 느끼기 시작했다. 이 대의원은 제정 시대에 입법부의 일원이었는데, 자기가 그 피보호자인 동시에 친구였던 오트랑트 공, 즉 푸셰*라는 이름으로 세상에 알려져 있던 오라토리오 파의 신부와 종교적 견해를 같이하고 있었다. 그래서 그는 뒷구멍으로는 은근히 신을 비웃고 있었다. 그러나 재산가인 공장주 마들렌이 7시의 독송 미사에 가는 것을 보고는, 장래에 그가 입후보 할지도 모르겠다 싶어서 그에게 뒤떨어지지 않기로 결심했다. 이 대의원은 예수회 신부를 고해 신부로 정하고 대미사와 저녁 기도에 나갔다. 이때의 야심은 말뜻 그대로 성당 뾰족탑을 향한 경쟁**이었다. 가난한 사람들은 하느님이 그러했듯이 이 무서운 사람의 덕을 보았다. 왜냐하면 이 존경할 만한 대의원 역시 병원에 두 개의 침대를 기증했기 때문이다. 그래서 침대가 열두 개가 되었다.

그러던 중 1819년 어느 날 아침, 시내에 소문이 퍼졌는데,

---

* 푸셰(Joseph Fouché, 1759~1820). 혁명 당시 국민의회 의원. 제정 시대에 경찰관이었다가 백일천하 이후 나폴레옹을 배반했다. 왕정복고 때 드레스덴의 공사로 있다가 파면되자 오스트리아에 귀화했다. 권모에 능하고 지조 없기로 유명했다.
** 원어는 'une coures au clocher'. 보통 스포츠 용어로, 크로스컨트리 경기를 뜻한다.

마들렌 아저씨가 도지사의 천거와 지역에 대한 공헌으로 국왕에 의해 몽트뢰유쉬르메르의 시장에 임명되리라는 것이었다. 이 타관 사람을 '야심가'라고 말했던 자들은 모두가 바라는 그 기회를 포착하고 흥분하여 이렇게 떠들었다. "그것 봐! 우리가 뭐랬어?" 몽트뢰유쉬르메르의 시민들은 모두 야단법석이었다. 소문은 과연 사실이었다. 며칠 후 그 임명이 관보에 보도되었다. 그 이튿날 마들렌 아저씨는 사양했다.

같은 해인 1819년, 마들렌이 발명한 새 제조법으로 만든 제품이 공업 박람회에 출품되었고, 심사 위원회의 보고에 의하여 국왕은 발명자에게 레지옹 도뇌르 기사장을 수여했다. 이 작은 도시는 또 한바탕 왁자지껄해졌다. 옳아! 그가 원한 것은 훈장이었구나! 그러나 마들렌 아저씨는 훈장도 사양했다.

확실히 이 사나이는 하나의 수수께끼였다. 그 입 싼 양반들은 이렇게 말함으로써 난처한 입장에서 벗어났다. "요컨대 녀석은 일종의 협잡꾼이야."

앞서 본 바와 같이 이 지방은 그에게 많은 은혜를 입었고, 가난한 사람들은 모든 것에서 그에게 은혜를 입고 있었다. 그는 그토록 유익한 인물이었기에 마침내 사람들은 그를 존경하지 않을 수 없었고, 그토록 온화한 인물이었기에 마침내 사람들은 그를 사랑하지 않을 수 없었다. 특히 그의 직공들은 그를 숭배했는데, 그는 그러한 숭배를 받으면서도 어딘지 우울한 듯하고 근엄한 태도를 보였다. 그가 부자임이 확인되자 '사교계의 인사들'은 그에게 경의를 표했고, 시내에서는 그를 '마들렌 씨'라고들 불렀는데, 그의 직공들이나 어린아이들은 여전히 '마들렌 아저씨'라고 불렀고, 그는 그것을 가장 좋아했다. 그의 지위가 올라감에 따라 초대장이 빗발치듯 쏟아졌다. '사교계'는 그를 열망했다. 몽트뢰유쉬르메르의 거드럭거리는 조그만 살롱들은 물론 초기에는 이 장인(匠人)에게 닫혀 있었으나, 이제는 이 백만장자에게 활짝 열렸다. 그에게 오만 가지의 제의가 다 들어왔다. 그는 거절했다.

이번에도 그 입 싼 양반들은 가만히 있지 않았다.

"그는 무식쟁이야. 배운 것이 없는 작자야. 대관절 그자가 어디서 굴러 왔는지 알 수 없어. 사교계에 나와도 예절도 모를 거야. 도대체 글자를 안다는 증거조차도 없지 않은가!"

그가 돈을 버는 것을 보았을 때 사람들은 "저자는 장사치야."라고 했다. 그가 돈을 뿌리는 것을 보았을 때 사람들은 "저자는 야심가야."라고 했다. 그가 명예를 뿌리치는 것을 보았을 때 사람들은 "저자는 사기꾼이야."라고 했다. 그가 사교계를 뿌리치는 것을 보았을 때 사람들은 "저자는 교양 없는 놈이야."라고 했다.

1820년, 그가 몽트뢰유쉬르메르에 온 지 오 년이 되던 해에, 지역에 대한 그의 공헌이 실로 혁혁했고 그야말로 지방민 전체가 희망했기 때문에 왕은 다시 그를 시장에 임명했다. 그는 또 사절했다. 그러나 도지사는 그 사절을 받아들이지 않았고, 명사들이 모두들 와서 간청하고 민중이 길 한복판에서 애원하는 등 요청이 몹시 간절했으므로, 마침내 그는 수락했다. 특히 그를 그렇게 결심하게 만든 것은 한 서민 노파가 골을 내다시피 하면서 그에게 대든 일이었을 것이라고들 했는데, 그 노파는 자기 집 문 앞에서 아니꼬운 눈치로 그에게 이렇게 외쳤던 것이다. "좋은 시장이 난다는 건 좋은 일이에요. 자기가 할 수 있는 좋은 일 앞에서 주저하시는 거예요?"

이것이야말로 그의 입신양명의 세 번째 단계였다. 마들렌 아저씨는 마들렌 씨가 되었고, 마들렌 씨는 시장이 되었다.

3. 라피트 은행에 맡긴 예금액

그런데 그는 이 도시에 나타난 첫날과 마찬가지로 여전히 소탈했다. 머리는 반백이 되었고, 눈은 성실해 보였고, 살갗은 노동자처럼 햇볕에 그을었고, 얼굴은 철학자처럼 깊은 생각에 잠겨 있었다. 그는 언제나 차양 넓은 모자를 쓰고 방모직(訪毛織)의 긴 프록코트를 턱밑까지 단추를 채워 입고 있었다. 그는 시장의 직무를 다했으나, 그 밖에는 외롭게 살았다. 사람들에게는 별로 말을 하지 않았다. 사람들의 인사를 피하고, 옆을 보고 인사하고, 얼른 자리를 떠나 버리고, 이야기하는 대신에 미소를 짓고, 미소를 짓는 대신에 돈을 주었다. 부인네들은 그를 두고 이렇게 말했다. "참 붙임성 없는 호인이야!" 그의 즐거움은 들판을 산책하는 일이었다.

그는 언제나 앞에다 책을 펴 놓고 읽으면서 혼자 식사를 했다. 그는 잘 꾸민 장서를 가지고 있었다. 그는 책을 사랑했다. 책은 냉정하고 안전한 벗이다. 재산과 더불어 여가가 생김에 따라, 그는 책을 정신 수양에 이용하는 것 같았다. 몽트뢰유쉬르메르에 온 이후 해가 감에 따라 그의 언어는 한결 정중해지고 고상해지고 부드러워졌다.

그는 산책할 때 총을 휴대하기를 좋아했으나, 좀처럼 그것을 사용하지는 않았다. 어쩌다가 그것을 사용할 때면 사격이 백발백중이어서 보는 사람을 놀라게 했다. 결코 그는 무해한 동물을 죽이지 않았다. 결코 그는 작은 새를 쏘지 않았다.

이미 젊다고는 할 수 없는 나이였으나, 그는 힘이 장사라고들 했다. 그는 필요한 자에게는 손을 거들어 주고, 넘어진 말을 일으켜 주고, 수렁에 빠진 수레를 밀어 주고, 달아나는 황소의 뿔을 잡아 세워 주었다. 그는 집을 나갈 적에는 언제나 호주머니에 돈을 빵빵하게 넣었으나, 돌아올 적에는 한 푼도 남아 있지 않았다. 그가 마을을 지나가면 남루한 어린아이들이 반기며 쫓아와서는 각다귀 떼처럼 그를 에워싸곤 했다.

그는 예전에 틀림없이 농촌에서 살았을 것이라고 사람들은 믿었다. 왜냐하면 온갖 유익한 비결을 농부들에게 가르쳐 주었기 때문이다. 그는 농사꾼들에게 밀의 나방이를 박멸하기 위해 광에 소금물을 뿌리고 마루청 틈바구니에 흘려 넣도록 가르쳤고, 바구미를 구제하기 위해 벽, 지붕, 담 등 집 안 도처에 오르비오 꽃을 매달아 놓도록 가르쳤다. 그는 루제트, 깜부기병, 새콩, 가브롤, 둑새풀 등 밀을 해치는 온갖 잡초를 밭에서 근멸하기 위한 '처방'을 알고 있었다. 그는 토끼집에 쥐가 들어가는 것을 막기 위해 마르모트 새끼를 갖다 넣어 놓고 냄새를 피우게 했다.

어느 날 그는 그 고장 사람들이 열심히 쐐기풀을 뽑고 있는 것을 보았다. 그는 그 뽑힌 풀이 높이 쌓인 채 이미 말라 버린 것을 보고 이렇게 말했다. "벌써 바싹 말라 버렸소. 그렇지만 그 용도를 안다면 좋을 것이오. 쐐기풀은 여릴 때에는 잎사귀가 훌륭한 야채가 되고, 쇠었을 때에는 삼이나 어저귀처럼 줄기와 섬유가 생기는데, 이 쐐기풀로 짠 천은 삼베와 같소. 쐐기풀은 잘게 베어 놓으면 가금의 모이가 되고, 찧어 놓으면 뿔 달린 짐승의 밥이 되오. 쐐기풀 씨를 꼴에 섞어서 주면 동물의 털에 윤기가 나고, 그 뿌리를 소금에 섞어 놓으면 아름다운 노란 물감이 되오. 게다가 쐐기풀은 두 번이나 베어 들일 수 있는 훌륭한 꼴이오. 그런데 쐐기풀에 뭐가 필요하겠소? 땅만 있으면 되오. 보살필 필요도 없고 땅을 갈 필요도 없소. 다만 그 씨는 익는 족족 떨어지기 때문에 거둬들이기가 좀 곤란할 뿐이오. 그뿐이오. 사람들이 조금만 수고하면 쐐기풀은 유용할 것인데, 내버려 두면 해롭게 되오. 그러면 사람들은 그것을 죽여 버리지. 사람들은 얼마나 쐐기풀과 비슷한가!" 한참 잠자코 있다가 그는 덧붙였다. "여러분, 이걸 잘 기억해 두시오. 세상에는 나쁜 풀도 나쁜 사람도 없소. 다만 나쁜 농부가 있을 뿐이오."

어린아이들 역시 그를 좋아했는데, 그가 짚이나 야자수 열매로 작고 예쁜 공작품을 만들어 주었기 때문이다.

성당 문에 상장(喪章)이 보이면 그는 들어갔다. 다른 사람들이 세례식을 찾듯이 그는 장례식을 찾았다. 그는 인정이 많았기 때문에 과부의 신세나 남들의 불행에 늘 마음이 끌렸다. 그는 상을 당한 친구들이나 상복을 입은 가족들, 관 옆에서 슬퍼하는 사제들 사이에 곤잘 섞여 들었다. 그는 저승의 환영으로 가득 찬 그 만가(輓歌)들에 곤잘 온 정신을 기울이는 것 같았다. 하늘을 우러러보며, 하느님의 모든 신비에 대한 일종의 동경심을 품고서, 죽음의 어두운 심연 가장자리에서 노래 부르는 그 구슬픈 목소리에 그는 귀를 기울이곤 했다.

그는 수많은 선행을 했으나, 마치 사람들이 남몰래 악행을 하듯이, 남몰래 수많은 선행을 했다. 그는 저녁에 숨어서 사람들 집에 들어가 살금살금 계단을 올라가곤 했다. 어떤 불쌍한 사람이 자기 고미다락에 돌아왔을 때, 자기가 방을 비운 사이에 문이 열려 있는 것을, 때로는 억지로 잡아 비틀어서 열려 있는 것을 보았다. 이 가련한 사나이는 "어떤 나쁜 놈이 들어왔구나!" 하고 외쳤다. 그가 들어가서 맨 먼저 본 것은 가구 위에 놓아두고 간 한 닢의 금화였다. 거기에 왔던 '나쁜 놈'은 마들렌 아저씨였다.

그는 친절하고 침울했다. 주민들은 이렇게 말했다.

"저 사람은 부자면서도 거만한 것 같지 않아. 저 사람은 행복하면서도 만족하는 것 같지 않아."

어떤 사람들은 그를 불가사의한 인물이라고 말하면서, 아무도 들어가 본 일이 없는 그의 방은 날개 돋친 모래시계가 비치되어 있고 십자로 걸어 놓은 정강이뼈와 해골바가지가 장식되어 있어서 진짜 수도사의 독방 같다고 단언했다. 그런 소문이 많이 퍼졌기 때문에, 하루는 몽트뢰유쉬르메르의 젊은 멋쟁이 부인들 중 감궂은 여자들 몇몇이 그의 집으로 찾아와서 "시장님, 방을 좀 구경시켜 주세요. 모두들 이 방을 동굴이라고 한답니다." 하고 청했다. 그는 빙그레 웃으면서 당장에 그 '동굴'로 그 여자들을 인도했다. 그 여자들은 호기심의 벌을 톡톡히 받았다. 그것은 어디서나 볼 수 있는, 꽤 멋없는 마호가 니 가구만 여기저기 놓여 있고 12수짜리 벽지로 도배해 놓은 방에 불과했다. 그 여자들이 거기서 볼 수 있었던 것은 벽난로 위에 놓여 있는 두 자루의 구식 촛대뿐인데, '조사해 본즉' 은 으로 된 것 같았다. 과연 소도시 사람들다운 관찰이었다.

그래도 사람들은 여전히, 그의 방에는 아무도 들어가 본 일 이 없으며 그것은 도사의 동굴이요, 동혈이요, 굴이요, 무덤이 라고들 말했다.

사람들은 또 수군거리기를, 그는 '막대한' 금액을 라피트 은행에 예금하고 있는데, 언제든지 그것을 자유로이 쓸 수 있 다는 것이었고, 또 덧붙여 말하기를 마들렌 씨는 어느 날 아 침 라피트 은행에 가서 영수증에 서명하고 십 분도 안 걸려서 200만~300만 프랑을 꺼낼 수 있다는 것이었다. 그러나 사실 은 앞서 본 바와 같이 그 '200만~300만 프랑'은 63만~64만 프랑밖에 안 되었다.

4. 상복 입은 마들렌 씨

1821년 초에 신문은 '비앵브뉘 예하라는 별명을 듣던' 디 뉴의 주교 미리엘 씨의 서거를 보도했다. 향년 여든둘로, 성자 처럼 영면했다고 했다.

신문에서 빠뜨린 사실 하나를 여기에 첨가해 두겠는데, 디뉴의 주교는 사망하기 몇 년 전 실명했지만, 누이동생이 곁에 있어 주었기 때문에 실명한 뒤에도 전혀 불편함 없이 만족하고 지냈다.

　말이 난 김에 말해 두는데, 장님이 되어서도 사랑을 받는다는 것은 아무것도 완전한 것이 없는 사바세계에서는 실로 지상 최고의 행복 중 하나다. 끊임없이 우리 곁에 한 여자가, 한 처녀가, 한 누이가, 한 사랑스러운 사람이 있다는 것, 그대는 그 여자가 필요하고 그 여자는 그대 없이는 살 수 없기 때문에 그 여자가 거기에 있다는 것, 그 여자가 자기에게 필요하듯이 자기도 그 여자에게 필요함을 안다는 것, 그 여자가 자기 곁에 있어 주는 시간으로 끊임없이 그 여자의 애정을 헤아리며 '이 여자가 나에게 모든 시간을 바치는 것은 내가 이 여자의 마음을 온통 차지하고 있기 때문이다.'라고 생각할 수 있다는 것, 그 여자의 모습은 보이지 않아도 그 여자의 생각은 볼 수 있는 것, 세계가 자기의 눈에서 사라진 뒤에도 한 사람의 성실함을 확인하는 것, 날갯짓 같은 소리로 그 여자의 옷자락 스치는 소리를 느끼는 것, 그 여자가 오가는 소리, 드나드는 소리, 이야기하고 노래하는 소리를 듣는 것, 자기가 그 걸음걸이의, 그 이야기의, 그 노래의 중심이라고 생각하는 것, 매 순간 자기 자신의 매력을 나타내는 것, 불구의 몸이 되어 갈수록 더 자기가 강력해짐을 느끼는 것, 어둠 속에서, 그리고 어둠을 통하여 스스로 태양이 되어 그 둘레를 그 천사가 맴돈다는 것, 이런 행복에 필적할 만한 행복은 거의 없다. 인생 최고의 행복은 사랑을 받는다는 확신이다. 자기 자신의 뜻대로 사랑을 받는다는, 아니, 더 정확히 말해서 자기 자신의 뜻에 반해서까지 사랑을 받는다는 그러한 확신 말이다. 이러한 확신을 이 장님은 가지고 있었다. 이러한 비탄 속에서 시중을 받는다는 것은 곧 애무를 받는다는 것이다. 그에게 또 무엇이 부족하랴? 아무것도 없다. 사랑을 가진 이상 결코 광명을 잃은 것이 아니다. 그리고 그 사랑은! 그것은 완전히 덕으로 이루어진 사랑이다. 확신이 있는 곳에 결코 실명은 없다. 영혼은 더듬더듬 다른 영혼을 찾고 그것을 찾아낸다. 그리고 찾아지고 만져진 영혼은 하나의 여성이다. 하나의 손이 그대를 받쳐 주니 그것은 그 여자의 손이요, 하나의 입이 그대의 이마를 스치니 그것은 그 여자의 입이요, 그대의 바로 곁에서 숨결 소리가 들리니 그것은 그 여자다. 그 여자의 전부를, 그 여자의 숭배부터 연민의 정에 이르기까지 전부를 갖는다는 것, 그 여자가 한시도 그대 곁을 떠나지 않는다는 것, 그 보드라운 연약함이 그대를 돕는다는 것, 그 흔들리지 않는 갈대에 몸을 기댄다는 것, 자기 손으로 신의 섭리를 만지고, 자기 품 안에 그 여자를, 감촉할 수 있는 신을 안는다는 것, 이건 얼마나 황홀한 일이냐! 그 마음은, 그 보이지 않는 천사 같은 꽃은 신비 속에서 피어난다. 이러한 어둠은 어떠한 광명과도 바꿀 수 없으리라. 천사의 넋이 바로 거기에 있다. 끊임없이 거기에 있다. 그것이 곁에서 떠나는 것은 다시 돌아오기 위해서다. 그것은 꿈처럼 사라졌다가 현실처럼 이내 다시 나타난다. 따사로움이 다가오는 것을 느낄 때 벌써 그것이 거기에 있다. 그대는 화평과 환희와 황홀로 가슴이 벅차오르고 어둠 속에서 광휘를 본다. 그리고 수없이 많은 자질구레한 보살핌. 하찮은 것들도 이 공허 속에서는 거대하다. 아예 말로 표현할 수 없는 미묘한 여자 목소리의 억양은 그대를 가볍게 흔들어 주고, 그대를 위해 사라진 세계를 보충해 준다. 그대는 영혼으로 애무를 받는다. 아무것도 보이지는 않으나 열렬히 사랑받고 있음을 느낀다. 그것은 암흑의 천국이다.

비앵브뉘 예하는 이러한 천국에서 다른 천국으로 간 것이다.

그의 죽음은 몽트뢰유쉬르메르의 지방신문에도 보도되었다. 마들렌 씨는 그 이튿날 모자에 상장을 달고 새카만 상복을 입고 나타났다.

사람들은 시내에서 그 상복을 보고 쑥덕거렸다. 그것은 마들렌 씨의 지체에 관해서 한 줄기 빛을 던진 것 같았다. 사람들은 그가 저 거룩한 주교와 무슨 인척 관계에 있다고 결론을 내렸다. "그는 디뉴의 주교를 위해 상복을 입었다." 하고 사교계에서는 말했다. 이러한 일은 마들렌 씨의 지위를 크게 높여 주었고, 몽트뢰유쉬르메르의 귀족 사회가 그에게 갑자기, 그리고 단번에 상당한 경의를 표하게 만들었다. 이곳 소도시의 생제르맹이라고 할 만한 지구의 사람들은 주교의 친척일지도 모르는 마들렌 씨에 대한 따돌림을 그만두어야겠다고 생각했다. 또한 마들렌 씨는 자기에 대한 늙은 부인네들의 존경과 젊은 부인네들의 미소가 한결 더해진 것을 보고서 자기의 지위가 향상된 것을 깨달았다. 어느 날 저녁, 이 소도시 상류 사교계의 수석이라고도 할 수 있는 한 노부인이 늙은이의 호기심에서 그에게 물었다. "시장님은 작고하신 디뉴 주교님의 친척이 되시는가 보죠?"

그는 말했다. "그렇지 않습니다."

그러자 그 의젓한 노부인이 다시 말했다. "그렇지만 당신은 상복을 입고 계시는걸요?"

그는 대답했다. "그건 소싯적에 주교님 댁에서 하인 노릇을 한 일이 있기 때문입니다."

또 한 가지 사람들의 주목을 끈 것은 그 지방을 돌아다니면서 굴뚝 청소를 하고 다니는 사부아 소년이 시내에 들어올 때마다 시장이 소년을 불러들여 이름을 묻고 돈을 주곤 한 일이다. 사부아 소년들은 저희들끼리 그런 이야기를 했고, 일부러 찾아가서 돈을 얻어 가는 소년도 많았다.

5. 지평선에 비치는 미광

차차 시간이 흐름에 따라 반대는 모두 사그라져 버렸다. 마들렌 씨는 처음에는 입신출세하는 사람들이 으레 받기 마련인 중상모략을 받았으나, 다음에는 그것이 험구에 불과하게 되고, 그다음에는 빈정댐에 불과하게 되더니, 결국에는 완전히 스러져 버렸다. 그는 완전무결하고도 진정한 만인의 존경을 받았으며, 1821년 무렵에 몽트뢰유쉬르메르에서 시장님이라고 하는 말은 1815년에 디뉴에서 주교 예하라고 하던 말과 똑같은 어조로 불리게 되었다. 그 부근에서는 100리 밖에서까지 그에게 상의하러 오는 사람들도 있었다. 그는 분쟁을 종결하고, 소송을 미연에 방지하고, 원수 사이를 화해시켰다. 저마다 그를 자기의 정당한 권리의 심판자로 간주했다. 그는 마음을 자연법칙의 책으로 삼고 있는 것 같았다. 그에 대한 존경은 마치 전염이라도 되듯이 육칠 년 동안에 점점 그 지방 전체로 퍼져 나갔다.

시내와 군내에서 이 존경에 절대 감염되지 않는 자가 딱 하나 있었는데, 마들렌 아저씨가 무슨 일을 하더라도 마치 일종의 불변 부동의 본능에 의해 각성하고 경계하는 듯 그는 언제나 거기에 저항했다. 사실 어떤 사람들에게는 모든 본능과 마찬가지로 순수하고 공정한 하나의 진정한 동물적 본능이 존재하는 것 같은데, 그러한 본능은 공감과 동감을 만들어 내고, 어떤 성격의 사람과 또 다른 성격의 사람을 숙명적으로 갈라놓고, 주저하거나 동요하는 법이 없고, 침묵을 지키는 법도 없고, 시종이 여일하고, 자신의 캄캄한 무지 속에서도 총명하고, 절대로 과오를 범하는 법이 없고, 오만하고, 지성의 모든 권고와 이성의 모든 호소에도 결코 굽히는 법이 없고, 인간의 운명이 어떻게 되어 가더라도 개 같은 사람에게는 고양이 같은 사람이 있고 여우 같은 사람에게는 사자 같은 사람이 있음을 은근히 알려 준다.

마들렌 씨가 온정이 넘치는 조용한 모습을 하고 만인의 존경을 받으면서 거리를 지나갈 때, 흔히 쇳빛 나는 회색 프록코트를 입고, 퉁퉁한 지팡이를 손에 들고, 테가 축 처진 모자를 쓴 키 큰 사나이 하나가 그의 뒤에서 휙 몸을 돌이켜 그가 사라질 때까지 그를 지켜보는 일이 있었다. 그럴 때 그 사나이는 팔짱을 끼고 가만가만 머리를 흔들고, 입술을 코밑까지 추어올리면서 얼굴을 찌푸렸는데, 그 의미심장한 얼굴은 이렇게 표현될 수 있으리라. '대관절 저자는 무엇일까? 확실히 어디선가 본 것 같은데. 어쨌든 저런 자한테 결코 속지는 않을 테다.'

이 인물은 사람을 위협하는 듯한 위엄을 띠고 있어서 언뜻 보기만 해도 보는 사람의 마음을 사로잡아 버리는 그러한 인간 중 하나였다.

그는 자베르라는 사람으로, 경찰이었다.

그는 몽트뢰유쉬르메르에서 사복형사라는, 힘들기는 하지만 유익한 직책을 맡아 보고 있었다. 그는 마들렌이 처음 왔을 때의 일을 몰랐다. 자베르는 당시 파리의 경찰청장이었던 국무 대신 앙글레스의 비서관 샤부이예 씨의 후원으로 현재의 지위를 얻었다. 자베르가 몽트뢰유쉬르메르에 왔을 때 이 대공장주의 재산은 이미 다 이루어져 있었고, 마들렌 아저씨는 마들렌 씨가 되어 있었다.

어떤 경찰관들은 비열한 표정과 권위의 표정이 어우러진 특별한 용모를 가지고 있다. 자베르도 그러한 용모를 가지고 있었으나, 거기에는 비열함은 빠져 있었다.

내가 확신하는 바로는, 만약에 영혼들이 눈에 보인다면, 우리는, 인류의 개체 하나하나는 동물류의 어떤 것 하나에 해당한다는 저 기이한 사실을 명백히 알 수 있을 것이고, 굴에서 독수리에 이르기까지, 돼지에서 호랑이에 이르기까지 모든 동물이 인간 속에 존재하고, 하나하나의 동물이 각각 한 개인 속에 존재한다는, 사상가에 의해 어렴풋이나마 겨우 발견된 그 진리를 쉽사리 인정할 수 있을 것이다. 때로는 여러 마리의 동물이 한 명의 인간 속에 동시에 존재하기까지도 한다.

동물들은 우리 눈앞에서 떠도는 우리의 미덕과 악덕의 형상들과 다른 것이 아니며, 우리들의 영혼의 눈에 보이는 환영에 불과하다. 하느님은 우리를 반성시키기 위해 그것들을 우리에게 보여 준다. 다만 동물들은 그림자에 불과하므로, 하느님은 완전한 의미에서 동물을 교육할 수 있도록 만들어 놓지는 않았다. 사실 교육이 무슨 소용이겠는가? 그와는 반대로 우리들의 영혼은 현실이며 자기 본래의 목적을 가지고 있으므로, 하느님은 인간에게 지성을, 다시 말해서 교육의 가능성을 부여했다. 잘 이루어진 사회 교육은 언제나 어떠한 영혼에서든지 그 영혼이 내포한 효용을 끌어낼 수 있는 것이다.

이렇게 말하는 것은 말할 것도 없이 표면에 나타난 지상의 생활에만 한정된 견지에서의 이야기고, 인간 아닌 다른 생물의 선천적, 후천적 성격에 관한 심오한 문제를 고려에 넣지 않을 때의 이야기다. 눈에 보이는 자아를 가지고 내부의 자아를 부정한다는 것은 어떠한 경우에도 사상가에게는 허용되지 않는다. 이러한 제한만 해 두고서 앞으로 나아가자.

이제 사람은 누구나 우주의 동물류 중 어떤 것 하나를 자기 속에 가지고 있다는 것을 나와 함께 잠시 인정한다면, 내가 여기에 자베르 경찰이 어떤 사람이었는지를 말하는 건 쉬울 것이다.

아스투리아*의 농민들은 이렇게 확신하고 있다. 즉 한배의 이리 새끼들 중에는 으레 개 한 마리가 섞여 있는데, 내버려 두면 그 개가 크면서 다른 이리 새끼들을 다 잡아먹어 버리기 때문에 어미가 그 개를 죽여 버린다는 것이다.

이 개에게 인간의 상판을 주면 그것이 곧 자베르다.

자베르는 옥중에서 태어났는데, 어머니는 카드 점을 치는 점쟁이였고, 그 남편도 감옥살이를 하고 있었다. 자베르는 자라면서, 자기가 사회 밖에 있다고 생각하고 사회 속에 되돌아가기를 단념했다. 그는 사회가 두 부류의 인간들을 되돌릴 길 없이 사회 밖에 존속시켜 놓고 있는 데 주목했는데, 그 부류란 사회를 공격하는 사람들과 사회를 지키는 사람들이었다. 그는 이 두 부류 중에서 하나를 선택할 수밖에 없었고, 동시에 뭔지 모를 엄격, 규율, 정직의 본성과 아울러, 자기가 속한 그 자유분방한 생활을 하는 족속들에 대한 말할 수 없는 증오심을 자신 속에 느끼고 있었다. 그는 경찰에 들어갔다.

그는 거기에서 성공했다. 마흔 살에 그는 사복형사가 되었다.

그는 청년 시절에는 남부 지방의 형무소에서 근무했다.

더 앞으로 나아가기 전에, 조금 전에 자베르에게 적용했던 그 '인간의 상판'이라는 말을 좀 설명해 보기로 하자.

자베르의 '인간의 상판'은 하나의 납작코와 두 개의 깊은 콧구멍과 콧구멍 쪽에서 양편 볼을 따라 올라가는 텁수룩한

---

* 스페인 북부 피레네 산중의 옛 지명.

구레나룻으로 되어 있었다. 그 양쪽 구레나룻의 숲과 그 납작코의 두 동굴을 처음으로 보았을 때 사람들은 불안함을 느꼈다. 드문 일이고 무시무시했지만 자베르가 웃으면, 그 얄팍한 입술이 열리어 이뿐만 아니라 잇몸도 드러나 보이고 코언저리에는 들짐승의 콧날처럼 납작하고 사나운 주름살이 잡혔다. 근엄한 얼굴을 한 자베르는 평소에는 불도그 같았고, 웃을 때에는 호랑이 같았다. 게다가 골통은 작고, 턱은 넓죽하고, 머리털은 이마를 덮고, 눈썹은 처졌고, 양미간 한복판에는 분노의 조짐 같은 찡그린 주름살이 늘 떠나지 않고, 어스름한 눈초리와 발끈 다문 입매는 무시무시하고, 전체적인 표정에는 흉포한 위력이 풍기고 있었다.

이 사나이는 매우 단순하고 비교적 매우 선량한 두 개의 감정으로 이루어져 있었으나, 그가 이 감정들을 너무 과장한 탓에 그것들을 거의 나쁘게 만들고 있었는데, 그것은 곧 정부에 대한 존경과 반란에 대한 증오로서, 그의 눈에는 절도, 살해 등 모든 범죄는 반란의 변형에 지나지 않았다. 그는 위로는 총리 대신으로부터 아래로는 전원 감시에 이르기까지 국가의 관직을 가진 자는 모두 맹목적인 깊은 신용의 눈으로 바라보았다. 그는 한 번 법을 범하여 죄악 속에 발을 들여놓은 자에 대해서는 모두 경멸과 반감, 혐오를 품었다. 그는 절대적이어서 예외를 용인하지 않았다. 그는 한편으로 "관리는 과오를 범하지 못한다. 관헌은 결코 부정을 범하지 않는다."라고 말하는가 하면, 다른 한편으로는 "이자들은 다시 어쩔 수 없게 타락했다. 어떠한 좋은 것도 그들에게서는 나올 수 없다."라고 말했다. 세상에는 인간의 법률에 영겁의 죄인을 만들거나 또는 그러한 낙인을 찍는 권력을 부여하여 사회의 밑바닥에 지옥을 만들어 놓는 극단적인 정신의 소유자들이 있는데, 자베르는 전폭적으로 그러한 의견을 공유하고 있었다. 그는 금욕주의자이고 진지하고 엄격했다. 그는 침울한 몽상가였고, 겸손하면서도 광신자들처럼 거만했다. 그의 눈초리는 송곳이었다. 그것은 싸늘했고 날카로웠다. 그의 전 생애는 다음의 두 가지 말로 요약된다. 감시와 경계. 그는 이 세상의 가장 구부러진 것 속에다 직선을 가져다주었고, 자기의 유용함을 양심으로 삼고 자기의 직무를 종교로 삼았으며, 목사가 그러하듯 탐정이었다. 그의 손 아래에 떨어지는 자는 불행할진저! 그는 제 아비가 탈옥한다면 아비라도 포박했을 것이며, 제 어미가 금령을 범한다면 어미라도 고발했을 것이다. 그것도 덕성이 주는 내심의 만족 같은 것을 느끼면서. 게다가 청빈한 생활, 고독, 헌신, 청렴, 유흥의 전무. 그는 냉혹한 의무요, 스파르타 사람들이 스파르타를 이해하고 있었듯이 이해된 경찰관이요, 무자비한 감시자요, 완강한 정직이요, 냉정한 밀정이요, 비도크* 속에 사는 브루투스**였다.

자베르라는 인간의 전모는 늘 무엇을 숨어서 엿보는 인간형을 나타냈다. 당시 원대한 우주 개벽론으로 소위 과격파 신

---

* 비도크(Vidocg, 1773~1858). 프랑스의 도적이며 협잡꾼으로 갖은 악행을 저질렀으나, 나중에 형사 반장을 지냈다.
** 브루투스(Marcus Brutus, BC 85~BC 42). 자기의 사상에 모든 것을, 생명까지 바치는 불요불굴한 인간을 가리킨다.

문의 흥을 돋우었던 조제프 드 메스트르를 우두머리로 하는 신비주의 학파는 자베르를 봤으면 틀림없이 그를 하나의 상징이라고 말했으리라. 그의 이마는 모자 밑에 가려 보이지 않고, 그의 눈은 눈썹 아래 덮여 보이지 않고, 그의 턱은 목도리 속에 파묻혀 보이지 않고, 그의 손은 소매 속에 들어가 보이지 않고, 그의 지팡이는 프록코트에 감춰져 보이지 않았다. 그러나 일단 때가 오면 그 모든 어렴풋한 형체에서 마치 매복에서 튀어나오듯 갑자기 나타나는 것이 보였으니, 그것은 울룩불룩한 좁은 이마, 불길한 눈초리, 위협적인 턱살, 커다란 손, 무시무시한 곤봉이었다.

틈이라고는 좀처럼 없었지만, 그는 여가가 나면 책을 싫어하면서도 읽었으니, 완전한 무식쟁이는 아니었다. 그것은 좀 과장된 그의 말에서 알아볼 수 있었다.

그에게 아무런 악습이 없다는 것은 앞서도 말한 바와 같다. 기분이 느긋할 때면 그는 한 움큼의 코담배를 맡곤 했다. 이것만이 그의 평범한 인간다운 점이었다.

쉽사리 짐작되듯이, 자베르는 법무부 연간 통계표의 '깡패'라는 항목 속에 들어 있는 그 모든 족속들에게는 공포의 대상이었다. 자베르의 이름만 들려도 그들은 줄행랑을 쳤고, 자베르의 얼굴이 나타나면 그들은 화석처럼 굳었다.

이 무서운 사나이는 그러했다.

자베르는 줄곧 마들렌 씨를 응시하는 하나의 눈과도 같았다. 의혹과 억측으로 가득 찬 눈이었다. 마들렌 씨도 이윽고 그것을 알아차렸지만 별로 대수롭지 않게 여기는 것 같았다.

그는 자베르에게 말 한마디 물어보지 않았고, 그를 찾지도 피하지도 않았으며, 그 거북하고 위압하는 듯한 눈초리를 아무렇지도 않다는 듯이 받고 있었다. 그는 자베르도 딴사람들과 진배없이 태연하고 온화한 얼굴로 대했다.

자베르의 입에서 새어 나온 몇 마디 말로 짐작해 보면, 그는 의지와 아울러 본능에서 우러나는 그들과 같은 부류에 특유한 호기심을 가지고 마들렌 아저씨가 다른 데 남겨 놓았을지도 모를 모든 발자취를 비밀리에 탐색하고 있었던 모양이다. 그는 어떤 사람이 어떤 행방불명된 가족에 관해 어떤 지방에서 모종의 정보를 탐지했다는 것을 알고 있는 것 같았고, 때로는 그것을 넌지시 말하기도 했다. 한번은 혼잣말로 이렇게 말한 적이 있었다. "놈의 꼬리를 잡은 것 같다!" 그런 뒤 사흘간은 말 한마디 않고 생각에 잠겨 있었다. 잡았다고만 믿었던 단서가 끊겨 버린 모양이었다.

그런데 어떤 말들의 뜻이 너무 절대적인 것을 나타낼 수도 있어 완화제가 필요하다는 생각에서 이 말을 덧붙이는데, 인간에게는 정말로 확실한 것은 아무것도 있을 수 없고, 본능의 특성은 바로 흔들리고 흐려지고 혼미해질 수 있다. 그렇지 않다면 본능은 지성을 능가할 것이고, 동물은 인간보다 우월한 빛을 가지게 될 것이다.

자베르는 분명히 마들렌 씨의 완전무결한 자연미와 태연자약함에 약간 어리둥절해하고 있었다.

그렇지만 하루는 그의 수상한 태도가 마들렌 씨에게 특별한 인상을 준 것 같았다. 어떤 경우인지는 다음과 같다.

6. 포슐르방 영감

마들렌 씨는 어느 날 아침 몽트뢰유쉬르메르의 포장되지
않은 골목길을 지나가고 있었다. 떠들썩한 소리가 들려서 보
니 조금 저쪽으로 한 무리의 사람들이 보였다. 그는 그리로 갔
다. 포슐르방이라는 늙은이가 말이 거꾸러지는 바람에 방금
마차 아래로 떨어졌던 것이다.

이 포슐르방이라는 자는 당시 마들렌 씨에게 아직도 있었
던 소수의 적들 중 한 사람이었다. 마들렌 씨가 이 고장에 왔
을 때, 예전에 공증인을 지냈고 제법 학식이 있었던 포슐르
방은 장사를 하고 있었는데 그것이 잘 안 되어 가기 시작했
다. 포슐르방은 그 별 볼일 없는 노동자가 점점 부유해지는
것을 보았는데, 반면 자기는, 선생이라는 존칭을 가진 자기
는 몰락해 갔다. 그것은 그를 질투심에 타오르게 했다. 그는
마들렌 씨를 모해하기 위해 기회 있는 족족 할 수 있는 짓을
다 했다. 그 후 그는 파산했다. 이미 늙은 데다가 자기에게 남
은 것이라고는 마차와 말뿐이었고, 설상가상으로 가족도 아
들도 없었으므로, 살기 위해 그는 마차꾼이 되었다.

말은 두 허벅다리가 부러져 일어나지를 못했다. 늙은이는
두 바퀴 사이에 끼어 있었다. 마차에서 잘못 떨어졌기 때문에
마차 전체가 가슴 위를 짓눌렀다. 마차에는 꽤 무거운 짐이 실
려 있었다. 포슐르방 영감은 비통한 신음 소리를 내고 있었다.
사람들이 그를 끌어내리려고 해 보았으나 헛수고였다. 함부로
달려들거나, 서투르게 손을 대거나, 잘못 움직였다가는 그를

아주 죽여 버릴 수 있었다. 밑에서 마차를 들어 올리지 않는 한 그를 꺼내기란 불가능했다. 자베르는 사고가 난 순간에 당도하여 기중기를 가지러 사람을 보내 놓았다.

마들렌 씨가 도착했다. 사람들은 경의를 표하며 길을 열어 주었다.

"사람 살려!" 포슐르방 영감이 부르짖었다. "누가 이 늙은 이를 좀 살려 줘!"

마들렌 씨는 거기에 있는 군중을 돌아다보았다.

"기중기가 없소?"

"하나 가지러 갔습니다." 어느 농부가 대답했다.

"얼마나 있으면 옵니까?"

"제일 가까운 데로 갔습니다. 철공소가 있는 플라쇼의 집으로요. 그러나 십오 분은 족히 걸릴 겁니다."

"십오 분이나!" 마들렌 씨는 외쳤다.

전날 비가 와서 땅이 질퍽하여 마차는 시시각각 땅속으로 빠져 들어가 마차꾼 영감의 가슴팍을 더욱더 짓눌렀다. 오 분도 못 가서 그의 갈빗대가 부러지리라는 것은 빤했다.

"십오 분이나 기다리고 있을 수는 없소." 마들렌 씨는 바라보고 있는 농부들에게 말했다.

"그래도 할 수 없습니다!"

"하지만 기다리다간 일이 다 글러 버릴 거요. 저렇게 마차는 자꾸만 빠져 들어가지 않소."

"그러니 저걸 어떡합니까!"

"이봐요." 마들렌 씨는 말을 이었다. "아직도 수레 밑으로 들어가서 등으로 추켜올릴 만한 여유는 충분하오. 눈 깜짝할 사이면 이 가련한 노인을 끌어낼 수 있단 말이오. 여기에 누구 허리가 짱짱하고 용기 있는 사람 없소? 루이 금화* 다섯 닢을 주겠소!"

군중은 누구 하나 꿈쩍도 하지 않았다.

"10루이 주겠소." 마들렌 씨는 말했다.

관중은 모두 눈을 내리깔고 있었다. 그중 하나가 중얼거렸다.

"엄청난 장사가 아니고서야. 그뿐인가, 까딱하다간 으스러져 버릴걸!"

"자, 어서! 20루이 주겠소!" 마들렌 씨는 다시 말했다.

여전히 모두들 잠자코 있었다.

"사람들에게 할 마음이 없는 게 아니지." 하고 말하는 소리가 들렸다.

마들렌 씨는 돌아보고 자베르를 알아보았다. 그는 도착했을 때는 자베르를 보지 못했다.

자베르는 계속했다.

"그들에게 없는 건 힘이지. 이런 마차를 등으로 들어 올리는 일은 무시무시한 사람이 아니고서는 안 될 말이야."

그러고는 마들렌 씨를 뚫어지게 바라보면서 한마디 한마디에 힘을 주어 계속했다.

"마들렌 씨, 당신이 지금 요구하시는 그런 일을 할 수 있는 사람을 나는 아직 딱 한 사람밖에 모릅니다."

––––––––––

* 20프랑짜리 금화.

마들렌 씨는 등골이 오싹했다.

자베르는 무관심한 듯한 태도로, 그러나 여전히 마들렌 씨 한테서 눈을 떼지 않고 덧붙였다.

"그는 죄수였습니다."

"아!" 마들렌 씨는 말했다.

"툴롱 형무소의."

마들렌 씨는 새파래졌다.

그러는 동안에도 마차는 조금씩 조금씩 빠져 들어가고만 있었다. 포슐르방 영감이 헐떡거리며 고함을 질렀다.

"아이고, 숨 막혀! 갈빗대 부러져! 어서 기중기를! 뭐 없나! 아이고!"

마들렌 씨는 주위를 휘둘러보았다.

"그래, 20루이 받고 이 불쌍한 노인을 살리겠다는 사람이 아무도 없단 말이오?"

관중은 누구 하나 움직이지 않았다. 자베르가 또 말했다.

"기중기 노릇을 할 수 있는 사람을 나는 아직 딱 한 사람밖에 모릅니다. 그 죄수입니다."

"아이고! 나는 이제 짜그라지네!"

마들렌 씨는 고개를 쳐들어 여전히 자기에게서 눈을 떼지 않고 있는 자베르의 독수리 같은 눈과 마주치고, 꿈쩍도 않는 농부들을 바라보고, 서글프게 씰룩 웃었다. 그런 뒤 말 한마디 없이 무릎을 구부리고는 군중이 깜짝 놀라 소리칠 겨를도 없이 마차 밑으로 들어갔다.

기대와 침묵의 무서운 순간이 계속되었다.

마들렌 씨는 그 무시무시하게 무거운 짐 밑에서 거의 땅에 엎드리다시피 하며 두 번이나 양쪽 팔꿈치와 무릎을 한데 모으려고 해 보았으나 허사였다. 사람들은 그에게 외쳤다. "마들렌 아저씨! 거기서 나와요!" 포슐르방 영감까지도 말했다. "마들렌 씨! 어서 나가요! 나는 어차피 살지 못해요! 내버려 둬요! 당신마저 찌그러져 버릴 테니까요!" 마들렌 씨는 대답하지 않았다.

관중은 헐떡거리고 있었다. 마차 바퀴는 계속 빠져 들어갔고, 마들렌 씨가 마차 밑에서 나오기란 이미 거의 불가능해 보였다.

별안간 그 육중한 덩치가 움직이더니, 마차가 서서히 올라오며 마차 바퀴가 절반쯤 바큇자국에서 나왔다. 숨이 막혀 외치는 목소리가 들렸다. "서둘러! 거들어!" 마들렌 씨가 마지막 힘을 다했다.

모두들 달려들었다. 단 한 사람의 희생이 모두에게 힘과 용기를 주었다. 마차는 여러 사람의 팔로 들어 올려졌다. 포슐르방 영감은 구출되었다.

마들렌 씨는 일어났다. 땀이 철철 흐르고 있었으나 얼굴은 창백했다. 옷은 찢어지고 곤죽이 되어 있었다. 모두들 울었다. 늙은이는 그의 무릎에 입을 맞추고 그를 하느님이라고 불렀다. 마들렌 씨는 뭔지 알 수 없는 행복하고 신성한 고통의 표정을 얼굴에 띠고, 여전히 그를 바라보는 자베르를 평온한 눈으로 응시했다.

7. 포슐르방, 파리에서 정원사가 되다

포슐르방은 마차에서 떨어졌을 때 슬개골이 어긋났다. 마들렌 씨는 그를 병실로 운반해 가게 했다. 병실은 그의 공장과 같은 건물 안에다 노동자들을 위해 그가 마련해 놓은 곳인데, 두 자선 수녀가 모든 일을 맡아보고 있었다. 이튿날 아침 늙은이는 침대 옆 작은 탁자 위에서 1000프랑짜리 수표와 다음과 같은 마들렌 씨의 쪽지를 발견했다. "내가 귀하의 마차와 말을 매수합니다." 마차는 부서지고 말은 죽었다. 포슐르방은 쾌유했다. 그러나 무릎 관절이 굳어 버린 채였다. 마들렌 씨는 수녀들과 사제의 추천을 얻어 파리 생탕투안 구에 있는 수녀원의 정원사로 노인을 취직시켜 주었다.

그 후 얼마 안 가서 마들렌 씨는 시장에 임명되었다. 시 전체에 대한 전권을 부여하는 시장의 띠 휘장을 마들렌 씨가 차고 있는 것을 처음 보았을 때, 자베르는 주인의 옷 아래에서 늑대의 냄새를 맡은 개가 느끼는 것 같은 종류의 전율을 느꼈다. 그때부터 그는 될 수 있는 대로 마들렌 씨를 피했다. 직무상 부득이하여 할 수 없이 시장과 만나야만 할 때에는 지극히 공손하게 그에게 말을 했다.

마들렌 씨에 의하여 이루어진 몽트뢰유쉬르메르의 번영은 앞서 지적한 눈에 보이는 현상들 외에 또 다른 조짐 하나를 드러내고 있었는데, 눈에 띄지는 않아도 역시 의미 있는 것이었다. 이것은 결코 속일 수 없는 일이었다. 국민이 시달리고, 실업 상태에 있고, 상업이 부진할 때 납세자는 곤궁해서 세금을 거부하고 납기까지 끌거나 납기를 넘기며, 정부는 강제와 징수의 비용으로 많은 돈을 소비한다. 일거리가 많고 나라가 행복하고 부유할 때에는 세금이 수월하게 납입되고 국가의 비용도 적어진다. 국가의 빈부는 세금 징수 비용이라는 정확한 한 한계를 가지고 있다고 말할 수 있다. 몽트뢰유쉬르메르 군에서는 칠 년 동안에 세금 징수 비용이 사 분의 삼으로 줄어들었기 때문에 당시의 재무 대신 빌렐 씨는 모든 군 중에서 이 군을 자주 거명했다.

팡틴이 고향에 돌아왔을 때 그 지방은 위와 같은 상태였다. 아무도 그녀를 기억하는 사람은 없었다. 다행히도 마들렌 씨의 공장 문은 그녀를 옛 친구처럼 맞아 주었다. 그녀는 거기에 가서 여직공의 작업실에서 일할 수 있게 되었다. 그 일은 팡틴에게는 전혀 새로운 것이어서 썩 능란히 해낼 수가 없었기 때문에 하루 품삯이라고 해 봤자 변변치는 않았다. 하지만 그래도 그것은 충분했고, 문제는 해결되었고, 그녀는 밥벌이를 하였다.

8. 빅튀르니앵 부인이 35프랑을 들여 정조를 염탐하다

팡틴은 자기가 살고 있는 것을 보았을 때 한동안 기뻤다. 자기 손으로 일하여 정직하게 살아가다니 얼마나 천행인가! 일하는 취미가 정말로 그녀에게 돌아왔다. 그녀는 거울을 사서 자기의 젊음과 아름다운 머리와 아름다운 이를 거기에 비춰 보고 좋아하고, 많은 것을 잊고, 오직 자기의 코제트와 가능한 미래만을 생각하다 보면, 거의 행복했다. 그녀는 작은 방 하나를 얻어 돈은 앞으로 일을 해서 갚기로 하고 가구를 갖추어 놓았는데, 그것은 지금까지 남아 있는 방종하던 때의 버릇이었다.

그녀는 결혼을 했다고 말할 수 없었기 때문에, 앞서 잠깐 말했듯이 자기의 어린 딸 이야기를 하는 것은 무척 조심했다.

처음에는 앞서 본 바와 같이 테나르디에에게 꼬박꼬박 돈을 치렀다. 그녀는 자기 이름밖에 쓰지 못했기 때문에 부득이 대서인을 시켜 편지를 써야만 했다.

그녀는 자주 편지를 썼다. 그것이 사람들 눈에 띄었다. 팡틴이 "편지를 쓴다." 그리고 "그녀의 태도가 수상하다."라는 둥 작업실 여자들이 낮은 목소리로 수군거리기 시작했다.

세상에는 자기에게는 하등의 관계가 없는 일인데도 남의 행위를 엿보려고 기를 쓰는 사람이 있다. 왜 그 양반은 언제나 석양 녘에만 올까? 왜 아무개 씨는 목요일이면 꼭 나갈까? 왜 그 남자는 언제나 뒷골목으로만 다닐까? 어째서 그 부인은 언제나 집에 다 오기도 전에 마차에서 내릴까? 어째서 그 여자는 자기 집 '서랍 속에 담뿍 두고도' 편지지를 사러 보낼까? 등등. 세상에는 그러한 사람들이 있는데, 그들은 물론 자기에게는 하등 쓰도 달도 않은 그러한 수수께끼의 열쇠를 손에 쥐려고 열 가지 선행을 하는 데 드는 것보다도 더 많은 돈을 쓰고 더 많은 시간을 낭비하고 더 많은 수고를 한다. 그런데 그 짓을 즐거움을 위해 무보수로 그렇게 하는 것이다. 그 호기심으로 얻는 것은 호기심뿐, 그 외에 아무것도 얻는 것 없이. 그들은 며칠이고 남자나 여자의 뒤를 밟는가 하면, 춥고 비 오는 밤에 몇 시간이고 길모퉁이나 골목의 문 아래에 서서 망을 보고, 사환들을 매수하고, 마차의 마부들이나 하인들을 취하게 하고, 시녀를 매수하고, 문지기를 손에 넣는다. 왜 그러는가? 공연히 그런다. 오직 알고 싶고, 보고 싶고, 들추고 싶은 일념에서. 순전히 지껄이지 않고는 못 배기기 때문에. 그리고 흔히 그러한 비밀이 알려지고, 그러한 기밀이 공표되고, 그러한 수수께끼가 백일하에 드러나면 파국이, 결투가, 파산이, 가정의 파탄이, 일생의 파멸이 야기되고, 그들은, 아무런 이해관계도 없이 단순한 본능에서 '모든 것을 발견한' 그들은 그것을 보고 쾌재를 부르짖는다. 한심한 일이다.

어떤 사람들은 오직 지껄여야 할 필요에서 악인이 된다. 그들의 대화는, 객실이나 응접실에서의 한담설화는 순식간에 장작을 태워 버리는 벽난로와도 같다. 그들에게는 많은 연료가 필요하다. 그 연료란 곧 이웃 사람들이다.

그래서 사람들은 팡틴을 지켜보았다.

게다가 그녀의 금발과 새하얀 이를 시기하는 여자도 한둘이 아니었다.

사람들은 팡틴이 작업실에서 여러 사람들이 있는 데서도 자주 고개를 돌리고 눈물을 닦는 것을 보았다. 그것은 자기 아이를 생각할 때였다. 아마 옛날에 사랑했던 남자를 생각했을 때도 역시 그랬으리라.

과거의 암울한 애정을 끊는다는 건 괴로운 일이다.

팡틴이 다달이 적어도 두 번씩, 언제나 같은 주소로 편지를 써 보내고 우편 요금도 지불한다는 것이 확인되었다. 사람들은 그 주소를 입수하는 데 성공했다. 그것은 '몽페르메유의 여인숙 주인, 테나르디에 씨'였다. 사람들은 술집에서 대서인에게 지껄이게 했는데, 그 대서인 영감은 비밀의 호주머니를 털지 않고서는 좋은 술로 자신의 창자를 채울 수 없었다. 요컨대 사람들은 팡틴에게 어린애가 있다는 것을 알게 되었다. "확실히 수상한 처자야." 어느 수다스러운 아낙네 하나는 몽페르메유까지 가서 테나르디에 부부와 이야기를 하고는 돌아와서 말했다.

"35프랑이나 들여서 다 알아냈지요. 어린애도 봤어요!"

이러한 짓을 한 아낙은 빅튀르니앵 부인이라는 수다스러운 추녀인데, 모든 사람들의 정조의 파수꾼이고 문지기였다. 빅튀르니앵 부인은 쉰여섯 살인데, 본래 얼굴이 못생긴 데다가 늙어 쭈그러져 있었다. 그녀의 음성은 떨렸고 성미는 변덕스러웠다. 이러한 노파에게도 놀랍게도 한때는 젊은 시절이 있었다. 그녀는 젊었을 때, 1793년 동란의 와중에 혁명파의 붉은 모자를 쓰고서 수도원에서 빠져나와 베르나르 수도회에서 자코뱅 당원으로 변절한 한 수도사와 결혼을 했다. 그 여자는 쌀쌀하고, 퉁명스럽고, 앙칼지고, 완고하고, 까다롭고, 거의 표독스러웠으며, 자기를 억누르고 옴짝달싹 못하게 하던 옛 남편인 수도사를 늘 생각했다. 그녀는 법의에 깔려 뭉개진 쐐기풀이었다. 왕정복고 때에 그녀는 독실한, 아주 열렬한 신자가 되었기 때문에, 신부들은 그녀의 수도사의 죄를 용서해 주었다. 그녀는 자기의 재산을 어느 수도회에 유증하고서 크게 떠들어 댔다. 아라스의 주교구에서는 그녀를 썩 좋게 보고 있었다. 그런데 이 빅튀르니앵 부인이 몽페르메유에 갔다 와서 "어린애도 봤어요."라고 말한 것이다.

그렇게 되기까지는 꽤 시간이 걸렸다. 팡틴이 공장에 온 지도 벌써 한 해가 넘었다. 그러던 어느 날 아침, 작업실 여감독이 시장님이 주시는 것이라고 하면서 50프랑을 내주고는 이제 이 작업장에는 그만 나오라고 덧붙이며 시장님의 분부이니 이 고장에서 떠나라고 말했다.

그것은 테나르디에가 6프랑에서 12프랑으로 인상을 요구한 후, 또 다시 12프랑에서 15프랑으로 인상을 요구한 바로 그달의 일이었다.

팡틴은 망연자실했다. 그녀는 그곳을 떠날 수 없었다. 방세와 가구에 대한 빚이 있었다. 그 빚을 갚으려면 50프랑으로는 모자랐다. 그녀는 몇 마디 더듬더듬 애원해 보았다. 그러나 여감독은 당장 작업실에서 나가야 한다고 통고했다. 게다가 팡틴은 하찮은 직공에 불과했다. 절망감보다도 수치심에 압도되어 그녀는 작업실을 나와 자기 방으로 돌아갔다. 그러니 그녀의 잘못이 이제 모두에게 알려진 것이다.

그녀는 더 이상 말 한마디 할 힘도 없었다. 시장님을 만나보라고 권해 주는 사람도 있었으나, 그녀는 감히 그러지도 못했다. 시장님은 친절하신 분이니까 50프랑을 주신 것이고, 공정하신 분이니까 그녀를 내쫓으신 것이다. 그녀는 그 결정에 승복했다.

9. 빅튀르니앵 부인의 성공

그러니 수도사의 과부도 어떤 일에는 쓸모가 있었던 셈이다.

그러나 마들렌 씨는 그 모든 일을 통 모르고 있었다. 인생에서는 사건들이 그렇게 얽히는 일이 수두룩하다. 마들렌 씨는 여자들의 작업실에는 거의 들어가지 않는 것이 습관이었다. 그는 사제가 보내 준 한 노처녀를 그 작업실의 감독으로 삼고 그 여자를 완전히 믿고 있었는데, 사실 그 여자는 꿋꿋하고, 공정하고, 청렴하고, 정말 존경할 만한 여자로서, 주는 데 있어서는 자선심이 넘쳐흘렀으나 이해하고 용서하는 데 있어서는 같은 정도의 자선심을 갖고 있지 못했다. 마들렌 씨는 그녀에게 모든 것을 맡겼다. 가장 훌륭한 사람들은 흔히 자기의 권력을 남에게 위임하지 않을 수 없다. 여감독이 팡틴에 대한 고소를 예심하고 재판하고 유죄로 판정하여 집행한 것도 자기가 장악하고 있는 그러한 전권과 자기가 공정하게 한다는 확신을 가지고서 그렇게 한 것이다.

50프랑의 돈으로 말하자면, 마들렌 씨가 여직공들에 대한 온정과 보조금으로 그녀에게 맡겨 놓은 돈에서 팡틴에게 준 것이다. 그녀는 그 용도를 보고하지 않았다.

팡틴은 그 고장에서 하녀 노릇을 하려고 이 집 저 집 가 보았다. 아무도 그녀를 원하지 않았다. 그녀는 시내에서 떠날 수도 없었다. 그녀에게 가구를, 그 괴상망측한 가구를 외상으로 판 고물상이 "만약 달아나기만 하면 도둑년으로 체포할 테다."라고 그녀에게 말했다. 그녀는 그 50프랑을 집주인과 고물상에게 나누어 주고, 가구의 사 분의 삼은 그 고물상에게 돌려주고, 필요한 것만 간직하였다. 일도 없고, 직업도 없고, 이제 가진 거라곤 침대밖에 없었는데, 그러고도 아직 약 100프랑을 빚지고 있었다.

그녀는 위수병들의 투박한 내의를 깁기 시작하여 하루에 12수씩 벌었다. 딸에게는 10수씩을 보내 주어야 했다. 테나르디에에게 지불을 제대로 못 하기 시작한 것은 이 무렵이었다.

그러는 동안 저녁에 집에 돌아오면 그녀에게 촛불을 켜 주는 한 노파가 그녀에게 곤궁 속에서 살아가는 방법을 가르쳐 주었다. 검소하게 사는 것 뒤에는 아무것도 없이 사는 법이 있다. 그것은 두 개의 방이다. 첫 번째 방은 침침하고 두 번째 방은 캄캄하다.

팡틴은 배웠다. 겨울에 전혀 불 없이 지내는 법을, 이틀마다 한 푼어치의 좁쌀을 먹는 새를 내다 버리는 법을, 속치마로 이불을 만들고 이불로 속치마를 만드는 법을, 맞은편 집 창의 불빛으로 식사를 함으로써 초를 아끼는 법을. 가난과 정직 속에서 늙어 온 약한 사람들이 엽전 한 닢을 어떻게 쓰는가를 사람들은 알지 못한다. 그것은 마침내 하나의 재주가 된다. 팡틴은 그러한 숭고한 재주를 터득하고 약간 용기를 되찾았다.

이 시기에 그녀는 이웃집 여자에게 이렇게 말했다.

"쳇! 나는 이렇게 생각해요. 다섯 시간만 자고 그 외의 시간에는 바느질을 하면 언제나 빵값은 겨우 벌 수 있을 것이라고요. 그리고 슬플 때에는 덜 먹거든요. 그러니 고통이나 걱정 같은 것이 있다 해도 한쪽에 약간의 빵이 있고 다른 쪽에 설움이 있다면 그럭저럭 먹고 살아갈 수 있을 거예요."

이러한 곤경 속에서도 어린 딸이 함께 있다면 얼마나 행복했을까. 그녀는 딸을 오게 할 생각을 했다. 그렇지만 그래 가지고 어떻게 하려고! 그 애한테까지도 궁색함을 겪게 하려고! 게다가 그 애는 테나르디에에게 빚을 지고 있지 않은가. 그걸 어떻게 갚는담? 그리고 여행을 해야 할 텐데 여비는 어떻게 하고?

극빈 생활의 가르침이라고도 할 수 있는 것을 그녀에게 준 노파는 마르그리트라는 성스러운 처녀였다. 이 여자는 신앙심이 두텁고, 가난했지만, 가난한 사람들한테뿐 아니라 부자들한테까지도 자비심이 많았다. 글씨라고는 '마르그리트'라고 서명할 줄 아는 것이 전부였고, 하느님을 믿었는데, 이것이 학문이었다.

이 사바세계에는 그렇게 유덕한 분들이 많이 있는데, 언젠가 그들은 천국에 갈 것이다. 그러한 삶에는 내일이 있다.

처음에 팡틴은 하도 부끄러워서 감히 밖에도 못 나갔다.

거리에 나가면 사람들이 뒤에서 돌아보며 손가락질을 하는 것을 그녀는 알고 있었다. 모두들 그녀를 바라보면서도 아무도 인사하는 사람이 없었다. 지나가는 사람들의 쌀쌀하고 신랄한 경멸은 삭풍처럼 그녀의 살을 뚫고 마음을 찔렀다.

작은 도시들에서 불행한 여인은 모두의 조소와 호기심 아래에 벌거벗겨져 있는 것과 같다. 그러나 파리에서는 아무도 그대를 모르고, 그렇게 알려져 있지 않은 것이 몸을 가려 주는 옷이 된다. 오! 그녀는 얼마나 파리에 오기를 바랐겠는가! 그러나 그럴 수 없었다.

빈궁에 익숙해졌듯이 그녀는 멸시에도 썩 익숙해져야만 했다. 그녀는 점점 그것을 체념해 갔다. 두세 달 후에는 수치심을 떨어 버리고 아무 일도 없었던 양 나다니기 시작했다. "아무러면 어때." 하고 그녀는 말했다. 그녀는 고개를 쳐들고 쓴웃음을 띤 채 왔다 갔다 하면서 스스로 뻔뻔스러워졌다 싶었다.

빅튀르니앵 부인은 이따금 창에서 그녀가 지나가는 것을 보았는데, 자기 덕분에 '될 대로 된 그 계집'의 궁상을 알아보고는 기뻐했다. 심술꾸러기들은 시커먼 행복을 갖는다.

과도한 노동은 팡틴에게 피로를 주었고, 평소의 가벼운 밭은기침은 더 심해졌다. 그녀는 가끔 이웃의 마르그리트에게 말했다. "제 손이 이렇게 뜨거워요, 글쎄. 좀 만져 보세요."

그렇지만 아침에 부러진 헌 빗으로 부드러운 명주실처럼 흘러내리는 아름다운 머리를 빗을 때면 한때의 행복한 교태도 부려 보는 것이었다.

10. 성공의 결과

팡틴이 해고당한 것은 겨울이 끝날 무렵이었다. 여름이 가고 겨울이 다시 왔다. 날은 짧고 일거리는 적어진다. 겨울은 온기도 없고, 햇볕도 없고, 한낮도 없고, 저녁이 아침과 잇닿고, 안개가 끼고, 어슴푸레하고, 창이 잿빛이고, 눈이 잘 보이지 않는다. 하늘은 채광 환기창이다. 온종일이 지하실이다. 태양은 초라해 보인다. 끔찍한 계절! 겨울은 하늘의 비와 사람의 마음을 돌로 바꾼다. 그녀는 빚쟁이들에게 졸리고 있었다.

팡틴은 벌이가 너무 적었다. 그녀의 빚은 늘어났다. 테나르디에한테서는 제대로 돈을 보내지 못해 연달아 편지가 날아오는데, 그 사연은 그녀를 몹시 슬프게 했고, 그 우편 요금은 그녀에게 엄청난 돈을 쓰게 했다. 어느 날의 편지에는 어린 코제트가 이 추운 날에 헐벗고 있다, 털 스커트가 한 벌 필요하니 적어도 10프랑은 보내 주어야겠다고 씌어 있었다. 팡틴은 편지를 받고는 하루 종일 손안에 쥐고 있었다. 저녁에 그녀는 길모퉁이에 있는 이발소에 가서 머리핀을 풀었다. 아름다운 금발이 허리까지 드리웠다.

"머리가 참 아름답습니다!" 이발사가 외쳤다.

"얼마 주시겠어요?" 팡틴은 물었다.

"10프랑 드리죠."

"잘라요."

팡틴은 털실로 짠 스커트를 하나 사서 테나르디에에게 부쳤다.

이 스커트는 테나르디에 부부를 격분시켰다. 그들이 바라던 것은 돈이었다. 그들은 스커트를 에포닌에게 주어 버렸다. 가엾은 '종달새'는 여전히 추위에 떨었다.

팡틴은 생각했다. '우리 아기는 이제 춥지 않을 거야. 내 머리털로 옷을 입혀 주었으니까.' 그녀는 작고 둥근 모자로 그 짧게 깎은 머리를 감추었으나 그래도 역시 예뻤다.

팡틴의 가슴속에는 어떤 야릇한 변화가 일어나고 있었다.

이제 머리치장도 할 수 없다는 것을 알았을 때, 그녀는 자기 주위의 모든 사람을 증오하기 시작했다. 그녀는 오랫동안 다른 모든 사람과 마찬가지로 마들렌 씨를 존경해 왔다. 그러나 자기를 내쫓은 것이 그 사람이고, 자기의 불행의 원인도 그 사람이라고 하도 많이 자신에게 되풀이하여 말한 나머지 그녀는 그도 역시, 특히 그를 증오하게 되었다. 직공들이 공장 문에서 나오는 시간에 그녀는 그 앞을 지나가면서 일부러 웃는 체하고 노래를 부르는 체했다.

그녀가 그렇게 웃고 노래하는 것을 본 한 늙은 여직공이 말했다.

"저 계집애는 끝이 좋지 못하겠어."

팡틴은 애인 하나를 잡았다. 닥치는 대로 아무나, 사랑하지도 않는 사내를, 허세를 부려, 마음속에 분노를 품고. 그는 가난뱅이, 일종의 거지 음악가, 놀고먹는 부랑배였는데, 그녀를 밥 먹듯 패다가 싫증이 나서 그녀가 그를 잡았던 것처럼 그녀를 차 버렸다.

팡틴은 딸을 열렬히 사랑했다.

그녀가 타락할수록, 그녀의 주위가 암담해질수록, 이 귀여운 어린 천사는 그녀의 마음속에서 더욱 찬연히 빛났다. "부자가 되면 코제트와 함께 살아야지." 하고 그녀는 말하며 웃었다. 기침은 여전히 가시지 않았고, 등에서는 식은땀이 흘렀다.

하루는 테나르디에한테서 이러한 사연의 편지를 받았다. "코제트는 이 고장에서 유행 중인 병에 걸렸소. 속립진열이라고들 하는 병이오. 비싼 약이 필요하오. 그런데 돈을 다 써 버렸기 때문에 더 이상 약값을 치를 수가 없소. 일주일 이내에 40프랑을 송금하지 않으면 어린애는 살 가망이 없소."

그녀는 웃음을 터트리며 이웃 노파에게 말했다.

"나 원! 참 착한 양반들도 다 있지! 글쎄 40프랑을 보내라지 않겠어요! 그게 뭐예요! 나폴레옹 금화 두 닢 아니에요! 나더러 어디서 그런 돈을 가져오라는 거죠? 참 어리석기도 하지, 이 시골 양반들은!"

그러면서도 그녀는 천창에 가까운 계단으로 올라가서 편지를 다시 읽었다. 그런 뒤 계단을 내려와 밖으로 나가더니 계속 웃으면서 폴딱폴딱 뛰고 달렸다. 그녀와 마주친 사람이 말했다.

"아니, 어째서 그렇게 기뻐하지요?"

그녀는 대답했다.

"글쎄 시골 양반들이 말도 안 되는 소리를 써 보내지 않았겠어요? 40프랑이나 부쳐 달라는 거예요. 참, 말도 아니지."

그녀가 광장을 지나갈 때 수많은 사람들이 이상하게 생긴 마차 하나를 둘러싸고 있었다. 마차의 지붕 좌석에는 붉은 옷을 입은 사나이 하나가 서서 한참 뭐라고 지껄이고 있었다. 그는 떠돌아다니는 요술쟁이 치과 의사로, 틀니와 치약, 가루약, 강장제 물약을 사람들에게 팔고 있었다. 팡틴은 그 군중 속에 섞여 야비한 속어와 고상한 미사여구가 한꺼번에 튀어나오는 그 장광설을 들으면서 다른 사람들과 함께 웃기 시작했다. 이 뽑는 사람은 그 웃고 있는 아름다운 처녀를 보고는 갑자기 외쳤다.

"거기서 웃고 있는 처녀, 당신 이가 참 곱소. 당신 전치 두 개를 내게 판다면 하나에 나폴레옹 금화 한 닢씩 드리겠소."

"그게 무슨 말이에요, 내 전치라는 게?" 팡틴이 물었다.

"전치라는 건 앞니라는 말이오. 윗니 두 개요." 치과 의사는 말을 이었다.

"아이고 끔찍해라!" 팡틴은 외쳤다.

"나폴레옹 금화가 두 닢이라니!" 거기에 있던 이 빠진 한 노파가 중얼거렸다. "저 여자는 복도 많지!"

팡틴은 뺑소니를 치면서 그 사람의 목쉰 소리를 듣지 않으려고 귀를 막았다. 그 사람은 이렇게 외치고 있었다. "잘 생각해 보시구려, 미인 아가씨! 나폴레옹 금화 두 닢이오, 두 닢. 꽤 쓸모가 있을 거요. 마음이 내키걸랑 오늘 저녁에 티야크 다르장 여관으로 오시구려. 나는 거기 있을 테니까."

팡틴은 집으로 돌아갔다. 그녀는 친절한 이웃집 노파 마르그리트에게 그 이야기를 했다. "세상에, 이럴 수가 있어요? 징그러운 놈 아니에요? 어떻게 그런 놈들을 이 고장에서 돌아다니게 둘까! 내 앞니 두 개를 뽑다니! 이를 뽑으면 얼마나 망측하게 보일까! 머리야 다시 자라겠지만 이야 어디! 아이! 망할 녀석 같으니! 난 그런 짓을 하느니 차라리 6층에서 길바닥으로 곤두박질을 치고 싶어! 그놈은 오늘 저녁에 티야크 다르장에 있겠다는 거예요."

"그래, 얼마를 주겠대?" 마르그리트가 물었다.

"나폴레옹 금화 두 닢요."

"그럼 40프랑이구먼."

"그래요, 40프랑이에요." 팡틴은 말했다.

그녀는 생각에 잠겨 있다가 일을 하기 시작했다. 십오 분 후에 그녀는 바느질감을 놓고는 계단으로 가서 테나르디에의 편지를 다시 읽었다.

그녀는 돌아와 옆에서 일하고 있는 마르그리트에게 말했다.

"대관절 그 속립진열이라는 게 뭐예요? 할머니 아세요?"

"알다마다." 노파는 말했다. "무서운 병이야."

"그럼 많은 약이 필요한가요?"

"그럼! 아주 많은 약이 필요하지."

"어떻게 그런 병에 걸리는 거예요?"

"어쩌다 그런 병에 걸리는 거지 뭐."

"그럼 어린아이들에게도 달려드는 병인가요?"

"특히 어린아이들이 걸리는 거지."

"그 병으로 죽나요?"

"죽고말고." 마르그리트는 말했다.

팡틴은 밖으로 나가 한 번 더 계단에 가서 다시 편지를 읽었다.

그날 저녁 그녀는 집을 나갔는데, 그녀가 여관들이 있는 파리 거리 쪽으로 향하는 것이 보였다.

이튿날 아침 동이 트기 전에 마르그리트가 팡틴의 방에 들어갔다. 그녀들은 늘 함께 일을 했는데, 그렇게 함으로써 둘이서 한 자루의 촛불만 켜도록 했던 것이다. 들어가서 보니, 팡틴은 창백하고, 차디찬 몸을 하고 침대 위에 앉아 있었다. 그녀는 잠을 자지 않았다. 그녀의 모자는 무릎 위에 떨어져 있었다. 초는 밤새도록 타서 거의 다 녹아 버렸다.

마르그리트는 그 엄청나게 어수선한 광경에 당황하여 문턱에 멈칫 서서 외쳤다.

"아이고머니나! 초가 다 타 버렸네! 무슨 일이 있었나 봐!"

그러고는 중대가리를 하고 돌아다보는 팡틴을 바라보았다. 팡틴은 하룻밤 사이에 십 년은 늙어 보였다.

"아이고!" 마르그리트가 말했다. "무슨 일이 있나, 팡틴?"

"아무 일 없어요." 팡틴은 대답했다. "오히려 반대예요. 우리 아이는 이제 그 무서운 병으로 구원 없이 죽지는 않을 거예요. 나는 기뻐요."

그렇게 말하면서 그녀는 노파에게 탁자 위에서 번쩍이는 두 닢의 나폴레옹 금화를 가리켰다.

"아이고, 저런!" 마르그리트는 말했다. "굉장한 돈이네! 어디서 저런 금화가 났어?"

"얻어 냈어요." 팡틴은 대답했다.

동시에 그녀는 미소를 지었다. 촛불이 그녀의 얼굴을 비추었다. 그것은 피투성이의 미소였다. 불그레한 침이 입가에 묻어 있었고, 입안에는 새카만 구멍이 뚫려 있었다.

두 개의 이가 빠져 있었다.

그녀는 그 40프랑을 몽페르메유에 보냈다.

그런데 이것은 돈을 짜내려는 테나르디에 부부의 술책이었다. 코제트는 앓고 있지 않았다.

팡틴은 거울을 창밖으로 내던져 버렸다. 오래전에 그녀는 3층 방에서 걸쇠만으로 잠가 놓는 고미다락으로 옮겨 가 있었는데, 그것은 천장과 마루가 각도를 이루고 있어서 줄곧 머리가 부딪히는 고미다락이었다. 가난한 사람은 자기 방 안으로 가려면 마치 자기 운명의 밑바닥으로 빠져 가듯이 더욱더 몸을 구부릴 수밖에 없다. 그녀는 이제 침대도 없었다. 남아 있는 것이라고는 그녀가 이불이라고 부르는 누더기 하나와 마루에 깔아 놓은 짚 요, 짚이 빠져 버린 의자 하나뿐이었다. 작은 장미 화분 하나도 가지고 있었으나, 말라 버린 채 한쪽 구석에 버려두고 있었다. 다른 쪽 구석에는 물을 담아 놓는 버터 깡통 하나가 있었는데, 겨울에 그 물이 얼어서 여러 높이의 둥근 얼음 테를 이루어, 몇 번이고 물을 부은 자국이 오랫동안 남아 있었다. 그녀는 이미 수치심을 잃었으나, 이제는 맵시 부릴 생각도 잃었다. 마지막 징조였다. 그녀는 꾀죄죄한 모자를 쓰고 외출했다. 틈이 없어서 그러는지 무관심해서 그러는지, 이제 속옷도 기워 입지 않았다. 뒤꿈치가 해지는 족족 스타킹을 신 속으로 끌어 내려서 신었다. 주름이 세로로 져 있는 것으로 그것을 알 수 있었다. 낡아서 해진 코르셋은 쉬이 찢어지는 캘리코 천 조각을 대어 기웠다. 빚쟁이들은 그녀에게 야료를 부리고 조금도 쉴 겨를을 주지 않았다. 그녀는 그들을 거리에서 만나고 계단에서도 또 만났다. 그녀는 숱한 밤을 울면서 새우고 생각하면서 새웠다. 눈은 이상하게 반짝이고, 왼쪽 어깨뼈 위쪽으로 어깨에 통증을 느꼈다. 기침도 잦아졌다. 그녀는 마들렌 씨를 몹시 미워했지만 불평을 하지는 않았다. 그녀는 하루에 열일곱 시간 바느질을 했지만, 형무소의 작업 청부업자가 헐값으로 여죄수들에게 일을 시키는 바람에 갑자기 삯이 떨어져 보통 바느질꾼의 하루 품삯이 9수로 줄어들었다. 하루에 열일곱 시간 일하고 9수! 빚쟁이들은 어느 때보다도 더 가혹했다. 고물상은 가구를 거의 다 가져가고도 줄곧 이렇게 말했다. "언제 갚을 거야, 이년아?" 대관절 이 여자를 어쩌자는 것인가! 그녀는 자기가 쫓기고 있는 것 같았고, 그녀의 속에서는 무슨 사나운 짐승 같은 것이 커 가고 있었다. 같은 무렵에 테나르디에한테서 편지가 왔는데, 아무리 생각해도 여태까지는 너무도 친절하게 참고 기다려 왔으나 이제는 즉시 100프랑을 보내야 한다, 그러지 않으면 저 중병에서 갓 회복한 어린 코제트를 이 추위에 길바닥으로 내쫓을 테다, 그렇게 되면 어찌 될지 알 게 뭐냐, 제멋대로 돼져 버릴 거다 하는 사연이었다. '100프랑이라.' 팡틴은 생각했다. '하지만 하루에 100수씩이나 벌 수 있는 일이 어디 있겠어?'

"에라 모르겠다!" 그녀는 말했다. "마지막 남은 것까지 팔아 버리자."

이 불행한 여자는 창녀가 되었다.

11. 그리스도가 우리를 구하시다

이 팡틴의 이야기는 무엇인가? 그것은 사회가 한 여자 노예를 사고 있다는 것이다.

누구에게서? 빈궁에게서.

굶주림에게서, 추위에게서, 고독에게서, 버림에게서, 궁핍에게서. 비통한 매매. 한 영혼과 한 조각 빵과의 교환. 빈궁은 제공하고, 사회는 받아들인다.

예수 그리스도의 거룩한 법칙은 우리의 문명을 지배하지만, 아직도 우리 문명에 침투하지 못하고 있다. 노예 제도는 유럽 문명에서 소멸됐다고 사람들은 말한다. 그것은 틀린 말이다. 그것은 항상 존재하지만, 이제는 여자만을 짓누르고 있는데, 그것을 매음이라 부른다.

그것은 여자를 짓누른다. 다시 말해서 우아함, 연약함, 아름다움, 모성을 짓누른다. 그것은 인간의 가장 작은 수치 중 하나가 아니다.

우리가 도달한 이 애처로운 비극의 단계에서는 팡틴에게 옛 모습은 더 이상 아무것도 남아 있지 않았다. 그녀는 진창이 됨으로써 대리석이 되었다. 그녀의 몸에 손을 대면 오싹해진다. 그녀는 지나가며 사내를 받되 그가 누구인지를 모른다. 그녀는 굴욕과 냉혹의 상징이다. 인생과 사회질서는 그녀에게 마지막 고별을 던졌다. 그녀에게 닥쳐올 것은 모두 그녀에게 닥쳐왔다. 그녀는 모든 것을 느끼고, 모든 것을 감당하고, 모든 것을 겪고, 모든 것을 잃고, 모든 고통을 겪고, 모든 비운에 울었다. 마치 죽음이 잠과 비슷하듯이, 무관심과 비슷한 그런 체념으로 그녀는 체념했다. 그녀는 더 이상 아무것도 피하지 않았다. 그녀는 더 이상 아무것도 두려워하지 않았다. 모든 구름이 그녀에게 떨어지고 모든 바다가 그녀에게 밀려오라! 그런들 어떠하랴! 이미 물에 젖은 해면(海綿)인 것을.

어쨌든 그녀는 그렇게 믿고 있었지만, 운명의 시련을 다 겪고 모든 것의 밑바닥에 빠졌다고 생각하는 것은 잘못이다.

오호라! 이렇게 뒤죽박죽 밀어닥친 이 모든 운명들은 도대체 무엇인가? 그것들은 어디로 가는가? 어찌하여 그렇게 되었는가?

그것을 아는 자는 모든 암흑을 뚫어 보는 자다.

그러한 자는 오직 하나뿐. 그를 가리켜 신이라고 부른다.

12. 할 일 없는 바마타부아 씨

모든 소도시에는, 특히 몽트뢰유쉬르메르에는 한 부류의 청년들이 있는데, 그들은 같은 무리들이 파리에서 해마다 20만 프랑을 탕진하는 것과 같은 식으로 시골에서 1500리브르의 연수입을 갉아먹는다. 그들은 커다란 중성 족속에 속하는 인간들이다. 그들은 거세한 말, 기생충, 아무 가치도 없는 사람들, 조금의 토지와 조금의 어리석음, 조금의 재치가 있고, 살롱에, 사교계에 나가서는 시골뜨기이면서 카바레에서는 신사로 자처하고, "내 목장은", "내 임야는", "내 소작인들은" 하는 조로 말하고, 여배우들을 야유하여 자기들은 취미가 고상한 사람임을 과시하고, 위수 부대의 장교들과 싸워 자기들의 용기를 뽐내는가 하면, 사냥을 하고, 담배를 피우고, 하품을 하고, 술을 마시고, 코담배를 맡고, 당구를 치고, 역마차에서 내리는 여객들을 훑어보고, 카페를 제집 삼고, 여인숙에서 저녁 식사를 하고, 식탁 아래서는 개에게 뼈다귀를 먹이고, 그 위에서는 정부에게 한턱을 내고, 한 푼의 돈도 아끼고, 유행을 과장하고, 비극을 한탄하고, 여자들을 멸시하고, 낡아 빠진 장화를 해지게 하고, 파리 복판에서 런던을 흉내 내고, 퐁타무송 복판에서 파리를 모방하고, 얼빠진 채 늙어 가고, 일하지 않고, 아무 쓸모가 없지만 별로 해치지도 않는다.

펠릭스 톨로미에스 씨도 시골에서만 살고 파리를 못 보았다면 이러한 종류의 인간이 되었으리라.

그들이 더 부유하면 그들은 한량이라 할 것이고, 더 가난하면 그들은 건달이라 할 것이다. 그들은 순전히 무위도식자들이다. 이 무위도식자들 중에는 따분한 자들이 있고, 따분해하는 자들이 있고, 몽상가들이 있고, 몇몇 괴짜들도 있다.

그 당시 한량이라 하면 하이칼라를 달고, 큼직한 넥타이를 매고, 패물을 매단 회중시계를 차고, 빛깔이 다른 세 벌의 조끼를 푸른 것과 붉은 것을 안으로 해서 포개 입고, 기장이 짧고 뒤가 대구 꼬리 같은 올리브 빛깔의 저고리에 수많은 은단추를 두 줄로 어깨까지 촘촘히 달아서 입고, 그보다 연한 올리브 빛깔의 바지를 입었다. 그 바지의 양쪽 솔기에는 몇 가닥의 줄을 늘어뜨렸는데, 그 수효는 하나에서 열하나까지 일정하지는 않았지만 반드시 홀수였으며 열하나를 넘지는 않았다. 거기에다 뒤축에 조그마한 쇠를 박은 반장화를 신고, 테가 좁고 고가 높은 모자를 쓰고, 텁수룩한 머리를 하고, 큼직한 단장을 들고, 포티에식의 재담 섞인 대화를 했다. 특히 박차와 윗수염이 특징이었다. 당시 윗수염은 시민의 표시고 박차는 걸어 다니는 사람의 표시였다. 시골의 한량은 더 긴 박차를 달고 더 사나운 윗수염을 길렀다.

때는 마침 남미의 여러 공화국과 스페인 왕이 전쟁을 하던 때이어서 볼리바르*와 모릴로**가 싸우고 있었다. 테가 좁은 모자를 쓴 사람들은 왕당파로서 모릴로 파라 불렸고, 자유주의자들은 테가 넓은 모자를 썼는데 볼리바르 파라고 불렸다.

그런데 앞서 이야기한 일이 있은 지 팔구 개월 후인 1823년 정월 초 눈 내린 어느 날 저녁, 그러한 한량이요, 그러한 무위도식자요, 모릴로 파의 모자를 썼기 때문에 '정통파'라고 불리던 청년 하나가 추울 때의 유행복 중 하나인 커다란 망토로 포근하게 몸을 감고서, 야회복을 입고 온통 앞가슴을 드러내 놓은 채 머리에는 꽃을 꽂고서 장교들이 모이는 카페의 유리창 앞에서 얼쩡거리고 있는 한 여자를 골려 먹으며 즐기고 있었다. 그 한량은 담배를 피우고 있었다. 그것이 확실히 유행이었으니까.

그 여자가 자기 앞을 지나갈 때마다 그는 여송연의 담배 연기와 함께 그 여자에게 불쑥불쑥 말을 던졌다. 그는 그런 말을 재치 있고 유쾌한 것이라고 생각했는데, 이를테면 이런 것이었다. "너 참 못생겼구나!" "꺼져 버리지 않겠니!" "앞니 빠진 고양이구나!" 등등. 이 양반은 바마타부아 씨라는 사람이었다. 여인은 화장한 음산한 유령처럼 눈 위를 왔다 갔다 하면서, 대꾸도 하지 않았고, 거들떠보지조차 않았다. 그리고 여전

---

* 볼리바르(Simón Bolívar, 1783~1830). 남아메리카의 독립 혁명 지도자. 콜롬비아, 베네수엘라, 에콰도르를 해방시켰다.
** 모릴로(Pablo Morillo, 1775~1837). 스페인의 장군.

히 잠자코 침울한 얼굴을 한 채 규칙적으로 왔다 갔다 하면서, 태형을 받으러 돌아오는 유죄 선고 받은 병사처럼 오 분마다 사내의 조롱을 받고 있었다. 아무런 반응이 없었기 때문에 아마 그 놈팡이는 기분이 상했으리라. 그는 여인이 저쪽으로 돌아서서 가고 있는 틈을 타, 웃음을 억누르며 살금살금 그 뒤로 걸어가서, 몸을 구부려 길바닥에서 한 줌의 눈을 집어 느닷없이 그 여자의 벌거벗은 두 어깨 사이의 등에다 밀어 넣었다. 여인은 아우성을 치면서 홱 돌아서더니 표범처럼 팔딱 뛰어 사내한테 달려들어서는 무척이나 추잡하고 끔찍스러운 욕지거리를 퍼부으면서 사내의 얼굴을 쥐어 할퀴었다. 브랜디 때문에 쉰 목소리로 토해 낸 그 욕설은 정말 두 개의 앞니가 빠진 입에서 끔찍하게 쏟아져 나왔다. 그것은 팡틴이었다.

그렇게 소란을 부리는 바람에 카페에서는 장교들이 한꺼번에 쏟아져 나왔고, 행인들도 우 하고 모여들어 커다랗게 뺑 둘러싸고는 깔깔 웃고 야유하고 박수갈채를 보냈다. 그 한복판에서는 두 사람이 회오리바람처럼 엎치락뒤치락했는데, 여자인지 남자인지도 분간할 수 없었으며, 사내는 모자를 땅에 떨어뜨린 채 몸부림을 치고 있었고, 여자는 모자도 없고 앞니도 없고 머리카락도 없이 격분해서 해쓱해져서는 무시무시하게 아우성치면서 발길로 차고 주먹으로 치고 있었다.

홀연 키 큰 사나이 하나가 군중 속에서 후다닥 튀어나와 여자의 흙투성이가 된 새틴 윗도리를 덥석 잡으면서 말했다.

"이리 와!"

여인은 고개를 들었고, 격분했던 그녀의 목소리는 뚝 그쳐 버렸다. 두 눈은 멍해졌고, 해쓱했던 얼굴은 새파래졌으며, 무서워서 벌벌 떨고 있었다. 여인은 자베르를 알아보았다.

한량은 그런 틈을 타서 줄행랑을 쳐 버렸다.

13. 몇 가지 시 경찰 문제의 해결

자베르는 둥그렇게 둘러싼 군중을 헤치고 그 가련한 여자를 뒤에 끌고서 광장 한쪽 끝에 있는 경찰 파출소를 향해 성큼성큼 걸어가기 시작했다. 여자는 그저 기계적으로 시키는 대로 했다. 그도 그 여자도 한마디 말도 없었다. 구름 떼 같은 구경꾼들은 신바람이 나서 야유하면서 따라갔다. 극도의 빈궁은 외설의 기회가 된다.

파출소는 천장이 나지막한 방인데, 난로가 피워져 있었고, 순경 하나가 지키고 있었으며, 창살을 치고 유리를 끼운 문이 한길 쪽으로 나 있었다. 거기에 이르자 자베르는 문을 열고 팡틴과 함께 안으로 들어간 뒤 문을 닫아 버렸다. 그 때문에 구경꾼들은 몹시 실망했으나, 안을 들여다보려고 파출소의 흐린 유리창 앞에서 발돋움을 하고 기웃거렸다. 호기심은 일종의 식탐이다. 보는 것은 곧 게걸스럽게 먹는 것이다.

팡틴은 들어가면서 한쪽 구석에 가서 쓰러져, 겁먹은 암캐처럼 말없이 웅크리고 가만히 있었다.

근무 중인 순경이 촛불을 켜 탁자 위에 갖다 놓았다. 자베르는 자리에 앉아 호주머니에서 도장 찍힌 종이 한 장을 꺼내 무엇인가 쓰기 시작했다.

이러한 종류의 여자들은 법률상 전적으로 경찰의 처분에 맡겨졌다. 경찰은 그녀들을 자기들 하고 싶은 대로 다루고, 자기들 좋을 대로 처벌하고, 그녀들이 자기들의 사업이라고 하는 것과 자기들의 자유라고 부르는 것, 그 한심스러운 두 가지 것을 제멋대로 박탈해 버린다. 자베르는 냉정했다. 그의 근엄한 얼굴은 아무런 감정도 드러내지 않고 있었다. 그러나 그는 엄숙하고 심각하게 무슨 생각에 잠겨 있었다. 그것은 자유로이, 그러나 준엄한 양심의 모든 주의를 집중하여 자기의 무서운 자유재량권을 행사하는 순간이었다. 그러한 때면 그는 자기의 경찰관 걸상을 법정이라고 느꼈다. 그는 재판을 하고 있었다. 그는 재판을 하고 있었고, 형을 선고하고 있었다. 그는 자기의 머릿속에 있는 사상을 총동원하여 자기가 하는 그 중대사에 집중하고 있었다. 그는 그 여자의 행위를 심리해 볼수록 더욱더 분개심이 치밀어 오르는 것을 느꼈다. 그가 방금 하나의 죄가 저질러진 것을 본 것은 분명했다. 그는 방금 거기 거리에서 한 가옥 소유자인 선거권자에 의해 대표되는 사회가 사람 축에 들지도 못하는 한 여자에 의해 모욕당하고 공격당하는 것을 보았다. 한 매춘부가 한 시민에게 위해를 가했다. 그는, 자베르는 그것을 목격했다. 그는 묵묵히 쓰고 있었다.

다 쓰고 나서 그는 서명을 하고 종이를 접어서 당번 순경에게 건네주면서 말했다. "부하 셋을 데리고 이 여자를 감옥에 집어넣고 와." 그러고는 팡틴 쪽으로 몸을 돌리고 말했다. "너는 육 개월 감옥살이다."

이 불행한 여자는 몸을 떨었다.

"육 개월! 감옥에 육 개월!" 그녀는 외쳤다. "하루에 7수를 벌면서 육 개월을! 그러면 코제트는 어떻게 되라고! 우리 딸은! 우리 딸은! 저는 아직도 테나르디에한테 100프랑 이상 빚이 있어요, 형사님, 아시겠어요?"

여러 사람의 흙 묻은 장화로 축축이 젖은 마룻바닥에 주저앉은 채 그녀는 일어나지도 않고 두 손을 마주 잡고서 무릎으로 북북 기었다.

"자베르 씨." 여자는 말했다. "제발 용서해 주세요. 결코 제가 나빴던 게 아니에요. 처음부터 보셨다면 아셨을 거예요! 하느님께 맹세코 제가 잘못한 게 아니에요. 제가 알지도 못하는 그 양반이 제 등에다 눈을 집어넣은 거예요. 우리가 아무한테도 나쁜 짓 하지 않고 그렇게 조용히 지나가는데 우리 등에다 눈을 집어넣을 권리가 있어요? 그래서 격분한 거예요. 저는 이렇게 몸도 좀 성치 않아요. 게다가 또 그분은 벌써 조금 전부터 트집을 잡고 있었어요. 얼굴이 못생겼느니, 앞니 빠진 고양이니 하고요. 이가 없어진 건 저도 잘 알아요. 저는 아무 짓도 안 했어요. 저는 그 양반이 장난치는 거라고만 생각해 버렸어요. 저는 얌전히 가만있었어요. 대꾸도 안 했어요. 그때예요, 그분이 눈을 집어넣은 것은. 자베르 씨, 우리 친절하신 형사님! 처음부터 다 보고, 제 말이 옳다고 여기서 증언해 주실 분이 아무도 없을까요? 제가 화를 낸 건 아마 잘못일 거예요. 아시다시피 처음에는 참지 못하고 욱할 수도 있지 않겠어요. 그리고 그렇게 차가운 것을 불시에 누가 등에 넣었다고 생각

해 보세요! 그 양반의 모자를 망가뜨린 건 잘못했어요. 왜 그
분이 가 버리셨을까? 제가 용서를 빌 텐데. 암! 그럼요, 제가
용서를 비는 건 상관없어요. 오늘 이번만은 용서해 주세요, 자
베르 씨. 물론 형사님께서는 모르시겠지만, 감옥에서는 7수밖
에 못 벌어요. 그게 정부의 잘못은 아니겠지만, 7수를 버는데,
좀 생각해 보세요, 저는 100프랑을 치러야 해요. 그러지 않으
면 제 어린 딸년이 저한테 쫓겨 와요. 아이고, 딱해라! 저는 딸
하고 같이 살 수가 없어요. 제가 하는 일은 너무도 천해요! 오,
우리 코제트가, 순결한 천사 같은 우리 딸이, 가엾게도 어떻게
되겠어요! 글쎄 좀 들어 보세요. 딸을 맡고 있는 사람은 테나
르디에라는 여관집 내외인데, 아무 도리도 모르는 시골 사람
들이에요. 그들은 돈이 필요해요. 제발 저를 감옥에 넣지는 마
요! 아직 어린애인데 이 한겨울에 될 대로 되라고 하면서 길바
닥에 내놓아 버릴 거예요. 그 어린것을 가엾게 여겨 주셔야죠,
우리 친절하신 자베르 씨. 좀 더 컸다면 저 먹을 것은 벌어 먹
을지도 모르지만, 그 나이로는 그러지도 못해요. 저도 본심이
나쁜 년은 아니에요. 게으르고 호의호식했기 때문에 이렇게
된 건 아니에요. 브랜디를 마셨는데, 가난 때문에 그런 거예
요. 술을 좋아하지 않지만 술은 취하게 하거든요. 제가 더 행
복했을 때에는, 제 장롱 속만 들여다봐도 제가 바람난 갈보가
아니라는 걸 잘 알았을 거예요. 내의도 있었어요. 수두룩하게
있었어요. 저를 가엾게 여겨 주세요, 자베르 씨!"

그녀는 그렇게 말했다. 몸을 두 동아리로 꺾고 오열로 온
몸을 떨고, 두 눈에 눈물을 철철 흘리고, 앞가슴을 드러내 놓

고, 마주 잡은 두 손을 비틀고, 짧게 밭은기침을 하며, 단말마의 목소리를 짜내어 가만가만 하소연했다. 큰 고통은 신성하고도 무서운 빛이어서 불쌍한 사람들의 모습을 변화시킨다. 이때에 팡틴은 다시 예뻐져 있었다. 어떤 때에는 말을 끊고 그 형사의 프록코트 밑자락에 다정스레 입을 맞추었다. 그녀는 화강석 같은 마음도 감동시켰으리라. 그러나 나무 같은 마음은 감동시키지 못한다.

"자." 자베르는 말했다. "네가 하는 말은 들었다. 그래, 할 말은 다 했느냐? 그럼 어서 가라! 육 개월 징역이다. 하느님 아버지라도 이제 별도리 없다."

"하느님 아버지라도 이제 별도리 없다."라는 그 엄숙한 말에 그녀는 판결이 내려진 것을 알아차렸다. 그녀는 쓰러지면서 입속으로 중얼거렸다.

"제발 살려 주세요!"

자베르는 등을 돌려 버렸다.

병사들이 그녀의 팔을 잡았다.

몇 분 전부터 한 사나이가 들어와 있었으나, 아무도 그에게 주의하지 않았다. 그는 들어와 문을 닫고 문에 기대어 서서 팡틴의 절망적인 애원을 듣고 있었다.

일어나려고 하지 않는 그 불행한 여자한테 병사들이 손을 댔을 때, 그는 어둠 속에서 한 걸음 걸어 나와 말했다.

"잠깐!"

자베르는 눈을 들어 마들렌 씨를 알아보았다. 그는 모자를 벗고, 화가 나고 거북한 듯이 인사했다.

"죄송합니다, 시장님……."

이 '시장님'이라는 말은 팡틴에게 이상한 충격을 주었다. 그녀는 땅에서 튀어나온 유령처럼 대번에 쑥 일어서서 두 팔로 병사들을 밀어뜨리고, 제지할 사이도 없이 똑바로 마들렌씨에게로 걸어가 얼빠진 양 물끄러미 바라보다가 외쳤다.

"옳아! 그래 시장님이라는 게 너로구나!"

그러고는 한바탕 깔깔거리더니 그의 얼굴에 침을 뱉었다.

마들렌 씨는 얼굴을 닦고 말했다.

"자베르 형사, 이 여자를 석방해 주시오."

자베르는 그 순간 자기가 미쳤나 싶었다. 그는 그 찰나에 연달아, 그리고 거의 한꺼번에 생전 처음 느끼는 격렬한 감정을 느꼈다. 매춘부가 시장 얼굴에 침을 뱉는 것을 보았다는 것, 그것은 너무나도 해괴망측한 일이어서, 아무리 무서운 추측을 다 해 보아도, 그는 그것을 있을 수 있는 일이라고 생각하는 것만으로도 신성모독으로 여겼을 것이다. 다른 한편으로 그는 이 여자는 도대체 무엇이고 이 시장은 무엇일까 하고 생각하며 두 사람 사이의 어떤 끔찍스러운 관계를 마음속으로 어렴풋이 생각해 보았다. 그러자 그 불가사의한 모욕 속에 어떤 극히 단순한 관계 같은 것이 그의 눈앞에 어른거려 몸서리가 났다. 그러나 그 시장이, 그 행정관이 조용히 얼굴을 닦고 "이 여자를 석방해 주시오." 하고 말하는 것을 보았을 때 그는 망연자실해 버렸다. 아무 생각도 아무 말도 나오지 않았다. 경황의 정도가 그에게는 너무 지나쳤던 것이다. 그는 꿀 먹은 벙어리가 되었다.

시장의 말은 또한 팡틴에게도 마찬가지로 이상한 충격을 주었다. 그녀는 맨살이 드러난 팔을 들어, 비틀거리는 사람처럼 난로의 손잡이를 붙들었다. 그러는 동안 그녀는 주위를 휘둘러보고, 마치 혼자 중얼거리듯이 나지막한 목소리로 말하기 시작했다.

"석방하라고! 놓아주라고! 육 개월의 징역살이를 시키지 말라고! 누가 그런 말을 했을까? 누가 그런 말을 했을 리 없는데. 내가 잘못 들은 게지. 저 시장 놈일 리는 만무해! 당신인가요, 고마운 자베르 씨? 저를 석방해 주라고 하신 게? 글쎄, 좀 들어 보세요! 제 말을 들어 보면 저를 놓아주실 거예요. 애당초 저는 저 시장 놈 때문에, 저 고약한 늙다리 시장 놈 때문에, 바로 저놈 때문에 요 모양 요 꼴이 되었어요. 글쎄, 자베르 씨, 저놈이 저를 쫓아내지 않았겠어요! 작업실에서 온갖 말을 지껄여 대는 화냥년들 때문요. 너무도 지독하지 않아요! 착실하게 일을 하고 있는 가련한 처녀를 내쫓다니! 그러자 저는 더이상 충분한 돈을 벌지 못했어요. 그래서 이렇게 불행해진 거예요. 당장에 경찰 양반들도 꼭 개선해 주셔야 할 일이 하나 있어요. 형무소의 청부업자들이 가난한 사람들에게 해를 입히지 않도록 해 주셔야 해요. 설명해 드릴 테니 좀 들어 보세요. 저는 셔츠 바느질을 해서 12수를 받고 있었는데, 9수로 떨어져 버려 더 이상 살아갈 길이 없어요. 그러니까 될 대로 될수밖에 없는 거예요. 제게는요 어린 딸 코제트가 있어요. 그래서 저는 할 수 없이 나쁜 여자가 된 거예요. 이제 아셨지요. 저 망나니 시장 놈이 이 모든 불행을 빚어 놓은 거예요. 그런 뒤 저는 저 장교들의 카페 앞에서 그 시민 양반의 모자를 짓밟았어요. 하지만 그 양반은 눈덩이로 제 옷을 죄 망가뜨려 놓았어요. 우리 같은 여자들에게는 저녁에 입는 비단옷이라고는 한 벌밖에 없어요. 아시겠어요, 자베르 씨, 저는 결코 일부러 나쁜 짓을 한 게 아니에요, 정말. 그리고 저보다도 훨씬 나쁜 년들이 어디고 있지만 훨씬 더 잘 살고 있어요. 오, 자베르 씨, 저를 내보내라고 말씀하신 건 당신이지요? 잘 알아보세요. 우리 집주인한테도 말해 보세요. 지금은 방세도 제때 내고 있어요. 누구나 틀림없이 제가 정직하다고 말할 거예요. 어머나, 이걸 어떡해! 용서하세요. 그만 모르고 난로 손잡이에 손을 대서 연기가 나네."

마들렌 씨는 아주 유심히 그녀의 말을 듣고 있었다. 그 여자가 이야기하는 사이에 그는 조끼를 뒤져 지갑을 꺼내 열어 보았다. 지갑은 비어 있었다. 그는 그것을 다시 호주머니에 집어넣었다. 그는 팡틴에게 말했다.

"빚이 얼마 있다고 했지요?"

자베르만 보고 있던 팡틴이 그를 돌아보았다.

"내가 네게 이야기하는 줄 알아?"

그러고는 병사들에게 말을 걸었다.

"어때요, 당신들도 보셨지요? 제가 어떻게 그의 상판대기에 침을 뱉었는지? 흠, 이 악랄한 늙다리 시장아, 너는 내게 겁을 주려고 여기 왔겠지만, 내가 너를 무서워할 줄 알아? 내가 무서워하는 건 자베르 씨야. 나는 친절한 자베르 씨가 무서워!"

그렇게 말하면서 그녀는 사복형사 쪽으로 몸을 돌렸다.

"그리고요, 형사님, 아시겠어요, 올바르지 않으면 안 돼요. 저는 형사님이 올바르시다는 걸 알고 있어요. 사실 이건 별일 아니에요. 한 남자가 장난으로 한 여자의 등에 눈을 좀 넣어 그분들을, 장교들을 웃긴 것뿐이거든요. 사람들은 무엇이고 즐겨야 하는데, 저희 같은 사람들이 거기서 결국 그 장난감이 되는 거예요! 그러자 당신이, 당신께서 오셨어요. 당신은 꼭 질서를 유지하지 않으면 안 되기 때문에 잘못하는 여자를 끌고 가지만, 당신은 친절한 분이어서, 깊이 생각해 보시고, 저를 석방해 주라고 말씀하셨는데, 그건 어린 딸을 위해서 그러신 거죠. 왜냐하면 여섯 달이나 감옥살이를 해서야 제 어린아이를 먹여 살릴 수가 없거든요. 다만 '다시는 그런 짓을 하지 마, 이 말괄량이야!'라는 거지요. 정말! 저는 다시는 그런 짓을 하지 않겠어요, 자베르 씨! 이제는 누가 그 무슨 짓을 하더라도 가만있겠어요. 그렇지만 오늘은 제가 큰 소리를 질렀어요. 그 양반이 그렇게 눈덩이를 넣으리라고는 생각지도 못했거든요. 그리고 아까 말씀드렸다시피, 저는 몸도 별로 좋지 않아요. 기침이 나고, 무슨 불덩어리 같은 것으로 가슴이 타는 것 같아요. '조심하시오.'라고 의사도 말했어요. 자, 만져 보세요. 손을 대 보세요. 두려워하지 마세요. 여기예요."

그녀는 이제 울지 않았고, 목소리는 아양스러웠다. 그녀는 자기의 희고 고운 앞가슴에 자베르의 거칠고 투박한 손을 갖다 대고는, 상글상글 웃으면서 그를 바라보았다.

갑자기 그녀는 흐트러진 옷을 후다닥 고치고, 쭈그리고 앉아 있던 탓에 거의 무릎께까지 올라간 옷자락을 내리고, 문 쪽으로 걸어가면서 정답게 고개를 끄떡이며 나지막한 목소리로 병사들에게 말했다.

"여러분, 형사님이 놓아주라고 했으니까 갑니다."

그녀는 문의 걸쇠 위에 손을 댔다. 한 걸음만 더 내디뎠으면 거리에 나가 있었으리라.

자베르는 이때까지 이러한 장면 한복판에서 몸 한 번 까딱 않고 땅바닥을 응시한 채 마치 어디론가 옮겨 놓아지기를 기다리는 비뚤어진 입상처럼 비스듬히 자리 잡고 서 있었다.

걸쇠 소리가 그를 깨웠다. 그는 고개를 들었는데, 그의 얼굴에는 최고 권력자의 표정이, 그 권력 소유자의 지위가 낮으면 낮을수록 더욱 무시무시해지는 표정이, 들짐승에게서는 흉포하고 비천한 사람에게서는 잔학한 그러한 표정이 나타나 있었다.

"순경." 그는 외쳤다. "저 논다니가 나가는 것이 안 보이나? 누가 보내라고 했어?"

"나요." 마들렌이 말했다.

팡틴은 자베르가 외치는 소리에 벌벌 떨며 도둑놈이 훔친 물건을 놓아 버리듯 걸쇠를 놓아 버렸다. 마들렌 씨의 목소리에 그녀는 돌아보았다. 그리고 이때부터는 말 한마디 못 하고 감히 제대로 숨조차도 못 쉬고, 두 사람 중 어느 쪽이 말하는가에 따라 마들렌 씨한테서 자베르에게로, 자베르한테서 마들렌 씨에게로 번갈아 눈을 옮겼다.

시장이 팡틴을 석방하라고 권고했는데도 감히 그렇게 순경에게 호통을 친 것은, 분명히 자베르가 이른바 '분통이 터졌기' 때문이었을 것이다. 그는 시장님이 거기에 계시다는 것을 잊어버렸던 것일까? 마침내 그는 어떠한 '권력'도 그러한 명령을 내릴 수 없는 것인데 확실히 시장님이 뭔가 착각을 하고 불쑥 그렇게 말한 것이 틀림없다고 생각한 것일까? 또는 두 시간 전부터 목격해 온 그 중대 사건에 직면하여 최후의 결단을 내려야겠다고 생각하고, 미관도 고관이 되고, 정보원도 장관이 되고, 경찰도 법관이 되지 않으면 안 된다고 생각하고, 이 비상한 최후의 순간에는 질서도 법률도 도덕도 정부도 사회도 모두 송두리째 자베르 자기 한 사람 속에 구현되어 있다고 생각한 것일까?

그야 어쨌든 간에 금방 들은 것처럼 마들렌 씨가 "나요."라고 말했을 때, 사복형사 자베르는 시장님에게로 몸을 돌려, 창백하고 냉담한 얼굴과 새파란 입술과 절망적인 눈을 하고, 전신을 눈에 띄지 않게 떨면서, 놀랍게도, 고개를 수그리고, 그러나 야무진 목소리로 말했다.

"시장님, 그건 안 됩니다."

"뭐라고요?" 마들렌 씨는 말했다.

"이 몹쓸 년은 한 시민을 모욕했습니다."

"자베르 형사, 내 말을 들으시오." 마들렌 씨는 타협적이고 침착한 어조로 대꾸했다. "당신은 정직한 사람이니, 내가 당신에게 해명하는 건 전혀 어렵지 않소. 사실은 이렇소. 당신이 이 여자를 끌어갈 때 나는 광장을 지나가고 있었소. 거기에는 많은 사람들이 있었기에, 나는 어찌 된 영문인지 물어보아 모든 것을 알게 되었소. 나쁜 것은 그 남자고, 마땅히 체포되었어야 할 사람도 그 남자요."

"이 고얀 년은 방금 시장님을 모욕했습니다."

"그건 내게 관계된 일이오." 마들렌 씨는 말했다. "내가 받은 모욕은 아마 나에 대한 것일 거요. 그건 내가 하고 싶은 대로 할 수 있소."

"시장님, 죄송합니다만, 이 여자의 모욕은 시장님에 대한 것이 아니라 법에 대한 것입니다."

"자베르 형사." 마들렌 씨는 응수했다. "최고의 법은 양심이오. 나는 이 여자가 한 말을 들었소. 내가 무슨 일을 하는지 나는 알고 있소."

"시장님, 제가 어떻게 생각해야 할지 모르겠습니다."

"그렇다면 복종하는 것만으로 만족하시오."

"저는 제 의무에 복종합니다. 제 의무는 이 여자가 육 개월 간 감옥살이하기를 바랍니다."

마들렌 씨는 부드럽게 대답했다.

"내 말을 잘 들으시오. 이 여자는 단 하루도 감옥살이를 해서는 안 되오."

이러한 결정적인 말을 듣고도 자베르는 감히 시장을 똑바로 바라보며, 그러나 여전히 극히 공손한 어조로 말했다.

"시장님의 뜻을 거역하여 심히 유감입니다. 이런 일은 생전 처음입니다만, 제가 제 권한 내에서 행동하고 있다는 점을 제가 감히 시장님께 지적해 드리는 것을 허락하여 주십시오. 시장님께서 그렇게 하기를 바라시니까 그 시민에 관해서만 말씀드리겠습니다. 저는 현장에 있었습니다. 바마타부아 씨에게 달려든 것은 이 여자였는데, 그 바마타부아 씨는 선거권자이고 이 광장 모퉁이에 있는 저 발코니 달린 아름다운 사 층짜리 석조 가옥의 소유자입니다. 요컨대 이러한 사정도 참작하실 일입니다! 그야 어쨌든, 시장님, 이것은 제 소관인 거리 치안에 관한 사건이니, 저는 이 팡틴이란 여자를 구속합니다."

그러자 마들렌 씨는 팔짱을 끼고 시내에서 여태껏 아무도 들어 보지 못했던 준엄한 목소리로 말했다.

"당신이 말한 사실은 시 경찰에 관한 사항이오. 형사 소송법 제9조, 제11조, 제15조 및 제66조에 의하여 내가 이 사건의 판사요. 나는 이 여자를 석방하도록 명하오."

자베르는 마지막 노력을 해 보려 했다.

"그렇지만 시장님······."

"불법 감금에 관한 1799년 12월 13일 자의 법률 제81조를 상기하기를 바라오."

"시장님, 부디······."

"더 이상 아무 말 마시오."

"그렇지만······."

"나가시오." 마들렌 씨는 말했다.

자베르는 러시아 병사처럼 선 채, 가슴 한복판에 정면으로 그 타격을 받았다. 그는 시장에게 머리가 땅에 닿도록 인사를 하고 나가 버렸다.

팡틴은 문에서 비켜서서 자기 앞을 지나가는 자베르를 멍하니 바라보았다.

그러는 동안 그 여자 역시 이상한 충격에 사로잡혔다. 그녀는 말하자면 자기가 서로 상반된 두 권력자 사이의 다툼감이 되었음을 알아차렸다. 그녀는 자기 눈앞에서 자기의 자유, 생명, 영혼, 아이를 손아귀에 쥐고 있는 두 사나이가 싸우는 것을 보았는데, 한 사람은 자기를 암흑 쪽으로 끌어가려 하고, 또 한 사람은 자기를 광명 쪽으로 데려가려 하고 있었다. 엄청난 공포심으로 어렴풋이 보이는 이 쟁투 속에서 그 두 사나이는 그녀에게 두 거인처럼 보였는데, 한 사람은 악마처럼 말을 하고, 또 한 사람은 착한 천사처럼 말을 하고 있었다. 천사가 악마를 이겨 냈는데, 이는 그녀를 머리끝에서 발끝까지 전율케 했다. 이 천사, 이 해방자는 바로 자기가 저주하던 그 남자요, 자기의 모든 불행을 빚어낸 장본인이라고 허구한 날 생각하던 그 시장이요, 그 마들렌이었던 것이다! 더구나 그녀가 그를 무지막지하게 모욕한 바로 그때에 그녀를 구해 주다니! 그렇다면 그녀가 잘못 생각하고 있었던가? 그렇다면 그녀는 자기 마음을 깡그리 바꾸어야만 하나? 그녀는 알 수 없어 떨고 있었다. 그녀는 넋을 잃고 듣고 있었고, 놀라서 보고 있었으며, 마들렌 씨가 한마디 한마디 할 때마다, 증오의 무시무시한 암흑이 가슴속에서 녹아 무너지는 것을 느끼고, 희열과 신뢰와 사랑의 뭔지 모를 따뜻하고 말로 표현할 수 없는 것이 가슴속에서 태어나는 것을 느꼈다.

자베르가 나가자 마들렌 씨는 여자 쪽으로 몸을 돌리고는 눈물을 흘리지 않으려는 근엄한 남자처럼 말하기 힘들어하면서 느릿느릿한 목소리로 말했다.

"나는 당신 말을 들었소. 나는 당신이 말한 것을 아무것도 모르고 있었소. 나는 그것이 진실이라고 믿고 있고, 그것이 진실이라고 느끼고 있소. 나는 당신이 공장을 떠난 것조차 모르고 있었소. 왜 나한테 와서 말해 주지 않았소? 그건 그렇고, 당신의 빚은 내가 갚아 드리고, 아이도 불러 드리리다. 아니면 당신이 아이한테로 가도 좋소. 당신은 여기서 사시든지 파리로 가시든지, 좋을 대로 하시오. 당신과 아이는 내가 책임지겠소. 원하신다면 일은 안 해도 좋소. 필요한 돈은 내가 다 드리겠소. 당신은 다시 행복하게 되고 다시 정숙한 여자가 되시오. 아니, 그뿐 아니라 잘 들으시오. 지금 당장 당신에게 말하는데, 모든 것이 당신 말과 같다면, 나는 그것을 의심하지 않지만, 당신은 결코 타락한 것이 아니고, 또 천주님 앞에서 정숙하고 순결하기를 결코 그친 적이 없었소. 오! 가엾은 여자!"

그것은 가련한 팡틴에게는 너무도 벅찬 일이었다. 코제트와 함께 산다! 이 더러운 생활에서 벗어난다! 자유로이, 궁색함 없이, 행복하게, 정숙하게 코제트와 함께 산다! 비참의 한복판에서 이 모든 천국의 현실이 갑자기 꽃피는 것을 보다니! 그녀는 자기에게 말하는 그 사람을 얼빠진 듯이 바라보며 "오! 오! 오!" 하고 두세 번 흐느끼는 소리를 지를 수밖에 없었다. 저절로 다리가 구부러져 그녀는 마들렌 씨 앞에 무릎을 꿇기 시작했고, 마들렌 씨는 어느새 여자가 자기 손을 잡고 입을 맞추는 것을 느꼈다.

그런 뒤 그 여자는 기절해 버렸다.

6
자베르

1. 안식의 시작

마들렌 씨는 팡틴을 자기 집 안에 있는 의무실로 옮기게 했다. 그는 그녀를 수녀들에게 맡겼고, 수녀들은 그녀를 침대에 뉘었다. 뜨겁게 신열이 났다. 그녀는 그날 밤 한동안 헛소리를 하고 큰 소리로 말했다. 그러다가 이윽고 잠이 들었다.

이튿날 정오쯤에 팡틴은 잠을 깼는데, 침대 바로 옆에서 숨소리가 들려서 휘장을 젖히고 보니 마들렌 씨가 서 있었다. 그는 자기의 머리 위쪽에 있는 무엇인가를 바라보고 있었다. 그 눈은 연민의 정과 고통의 빛으로 가득 차 있었고 애원을 하고 있었다. 그녀가 그 시선의 방향을 따라가 보니, 그는 벽에 못 박혀 있는 그리스도의 수난상(像)을 보고 있었다.

그때부터 팡틴의 눈에는 마들렌 씨가 달라 보였다. 그녀에게는 그가 빛에 가득 싸여 있는 것 같았다. 그는 일종의 기도에 몰입하고 있었다. 그녀는 감히 그를 중단시키지 못하고 오랫동안 가만히 보고만 있었다. 이윽고 머뭇머뭇 그에게 말했다.

"대체 거기서 뭘 하고 계셔요?"

마들렌 씨는 한 시간 전부터 그 자리에 와 있었다. 팡틴이 잠을 깨기를 기다리고 있었던 것이다. 그는 그 여자의 손을 잡고 맥을 짚어 보며 대답했다.

"좀 어떠시오?"

"괜찮아요, 잘 잤어요." 그 여자는 말했다. "좀 나은 것 같아요. 아무 일 없을 거예요."

그는 마치 방금 듣기라도 한 듯이 그 여자가 맨 처음에 물었던 말에 대답하며 말을 이었다.

"저 위에 계시는 순교자에게 기도를 드리고 있었습니다."

그리고 마음속으로 이렇게 덧붙였다.

'이 세상에 있는 고통받는 여인을 위하여.'

마들렌 씨는 간밤과 아침 나절을 다 바쳐 알아보았다. 그는 이제 모든 것을 알고 있었다. 그는 팡틴의 비통한 과거를 샅샅이 알고 있었다.

그는 계속해서 말했다.

"당신은 가엾은 어머니로서 무척 고생하셨소. 오! 불평은 하지 마시오. 당신은 이제 주님께 선택된 사람들의 복을 받고 있는 것이오. 인간들은 그렇게 천사를 만드는 것이오. 그것은 조금도 인간들의 잘못이 아니오. 인간들은 그렇게밖에 할 줄 모르오. 당신이 나온 그 지옥은 천국의 첫 번째 형태요. 거기서부터 시작해야만 했던 것이오."

그는 깊이 한숨을 쉬었다. 그러는 동안 그녀는 그에게 이 두 개가 빠져 있는 그 숭고한 미소를 보내고 있었다.

자베르는 그날 밤 편지를 썼다. 이튿날 아침 그는 손수 그것을 몽트뢰유쉬르메르 우체국에 가서 부쳤다. 그것은 파리로 보내는 것으로, 겉봉에는 "경찰청장 비서관 샤부이예 귀하"라고 씌어 있었다. 파출소에서 있었던 사건의 소문이 자자했기 때문에, 그 편지가 발송되기 전에 그것을 보고 겉봉 주소에서 자베르의 필적을 알아본 우체국장이나 그 밖의 몇 사람은 그것이 자베르의 사표라고 생각했다.

마들렌 씨는 급히 테나르디에 부부에게 편지를 보냈다. 팡틴은 그들에게 120프랑을 빚지고 있었다. 마들렌 씨는 그들에게 300프랑을 보내면서 그 돈으로 만족하고 아이 어머니가 앓아누워 아이를 보고 싶어 하니 즉시 아이를 몽트뢰유쉬르메르로 데려와 달라고 했다.

그것은 테나르디에의 눈을 번쩍 뜨이게 만들었다. "쳇! 이 아이를 내놓다니!" 그는 아내에게 말했다. "요 종다리 새끼가 이제부터 젖 나는 암소가 되겠어. 짐작이 간다. 어느 놈팡이가 그 어미 년한테 홀딱 빠진 거야."

그는 500여 프랑의 썩 그럴듯한 계산서를 첨부하여 답장을 보냈다. 그 계산서에는 300프랑 이상의 의심할 여지가 없는 두 개의 명세가 보였는데, 하나는 의사의 것이고 또 하나는 약사의 것으로, 모두 오래 앓고 있던 에포닌과 아젤마의 치료비와 약값이었다. 코제트는 앓지 않았다. 그저 이름만 좀 바꾸면 되는 일이었다. 테나르디에는 계산서 밑에다 "그 일부로 300프랑을 영수하였음."이라고 적어 놓았다.

마들렌 씨는 즉시 또 300프랑을 부치면서 "속히 코제트를 데려오시오."라고 써 보냈다.

"천만에! 이 아이를 내줘서는 안 돼." 테나르디에는 말했다.

그러는 동안 팡틴은 조금도 회복되지 않았다. 그녀는 여전히 의무실에 있었다.

수녀들은 처음에 '이 매춘부'를 받아서 간호하기는 했지만 무척 혐오를 느꼈다. 랭스 대성당의 돋을새김을 본 사람은 정숙한 처녀들이 놀아나는 처녀들을 바라보면서 아랫입술을 삐쭉거리고 있는 것을 기억하리라. 이 예부터 이어져 온, 불운한 여자에 대한 순결한 처녀들의 경멸은 여성의 위엄에서 오는 가장 뿌리 깊은 본능 중 하나다. 이 수녀들은 종교심으로 말미암아 아주 강렬하게 경멸을 느끼고 있었다. 그러나 얼마 안 가서 팡틴은 그녀들에게서 그러한 감정을 씻어 주었다. 그녀의 말투는 마디마디 겸손하고 부드러웠으며, 그녀의 속에 있는 모성은 사람을 감동시켰다. 어느 날 수녀들은 그녀가 열에 들떠서 이렇게 말하는 소리를 들었다.

"저는 죄 많은 여자였어요. 하지만 우리 아기가 제 옆에 돌아온다면, 그것은 주님이 저를 용서하셨다는 뜻일 거예요. 제가 나쁜 생활을 하는 동안에는 우리 코제트를 데려오고 싶지 않았어요. 그 애의 놀라고 슬퍼하는 눈을 견뎌 내지 못했을 테니까요. 그렇지만 제가 나쁜 짓을 한 것도 그 애 때문이었어요. 그러니까 주님이 저를 용서해 주시는 거예요. 코제트가 여기에 있을 때에는 저는 주님의 축복을 느낄 거예요. 저는 우리 아기를 바라볼 것이고, 그 순결한 아이를 보면 제 몸도 좋아질 거예요. 그 애는 통 아무것도 모르고 있어요. 그 애는 천사예요, 아시겠어요, 수녀님들. 그 나이에는 날개가 아직 떨어지지 않아요."

마들렌 씨는 하루에 두 번씩 그 여자를 찾아왔다. 그럴 때마다 그녀는 물었다.

"곧 우리 코제트를 보게 될까요?"

그는 대답했다.

"아마 내일 아침에는 올 거요. 이제나저제나 하고 나도 기다리고 있어요."

그러면 어머니의 창백한 얼굴은 환히 밝아졌다.

"아이고! 그러면 얼마나 좋을까!" 그녀는 말했다.

아까 그 여자가 회복되지 않았다고 말했는데, 그녀의 상태는 도리어 한 주 한 주 더 악화돼 가는 것 같았다. 두 어깨뼈 사이에 드러난 살에다 문질러 댄 그 한 줌의 눈이 갑자기 피부의 발한 작용을 억제해 버렸고, 그 결과 몇 해 전부터 잠복해 있던 병이 마침내 격발하고 말았다. 그 무렵 폐병의 연구와 치료에 관해서는 라에네크*의 훌륭한 지시를 따르기 시작했다. 의사는 팡틴을 청진하고는 머리를 흔들었다.

마들렌 씨는 의사에게 물었다.

---

* 라에네크(René Théophile Hyacinthe Laënnec, 1781~1826). 프랑스의 의사. 청진법(聽診法)을 개발하고 보급했다.

"어떻습니까?"

"이 여자가 보고 싶어 하는 어린아이가 있지 않습니까?"

"있습니다."

"그렇다면 빨리 불러오도록 하시지요!"

마들렌 씨는 몸이 오싹했다.

팡틴이 그에게 물었다.

"의사 말씀이 뭐래요?"

마들렌 씨는 억지로 미소를 지었다.

"속히 아이를 불러오도록 하라는군요. 그러면 병이 나을 거라고."

"어머나! 옳은 말이네요!" 팡틴이 말을 이었다. "그런데 대체 저 테나르디에 부부는 어찌 된 거야. 우리 코제트를 이렇게 붙들어 놓고 있게! 암, 우리 아기는 곧 올 거야. 이제 마침내 행복이 바짝 다가온 것이 보여요."

그렇지만 테나르디에는 '아이를 내주지' 않고 온갖 나쁜 핑계를 다 대고 있었다. 코제트가 좀 아파서 겨울에 길을 떠나기 어렵다, 이 고장에 귀찮게 구는 자질구레한 빚들이 남아 있어서 그 계산서를 모으는 중이다, 등등.

"사람을 보내서 코제트를 데려오게 하리다." 마들렌 씨는 말했다. "그럴 필요가 있으면 나 자신이 가겠소."

그는 팡틴이 부르는 대로 다음과 같은 편지를 받아쓰고 거기에 그 여자의 서명을 받았다.

테나르디에 씨에게

이 사람에게 코제트를 내어 주세요.

모든 사소한 것들도 값을 치르겠어요.

삼가 인사 말씀을 드립니다.

팡틴

그러는 동안에 중대한 사건 하나가 일어났다. 우리의 인생을 이루고 있는 신비로운 바윗덩어리를 아무리 잘 깎으려고 해도 소용이 없다. 운명의 검은 광맥은 늘 거기에 다시 나타난다.

2. 장이 변하여 상이 된 이야기

어느 날 아침, 마들렌 씨는 사무실에서 자기 자신이 몽페르 메유에 가야 될 경우를 생각하여 시장으로서의 몇 가지 긴급한 사무를 미리 정리하고 있었는데, 그때 사복형사 자베르가 와서 면담을 요청한다고 알려 왔다. 그 이름을 듣고 마들렌 씨는 불쾌감을 금할 수 없었다. 파출소에서 그 사건이 있은 이래 자베르는 어느 때보다도 더 그를 피하고 있었기 때문에 마들렌 씨는 그를 볼 수 없었다.

"들어오게 하시오." 그는 말했다.

자베르가 들어왔다.

마들렌 씨는 벽난로 가까이에 앉아서 손에 펜을 들고 도로 단속에 걸린 위반 사항에 대한 조서가 들어 있는 서류를 들여다보고 뒤적거리면서 무엇을 써 넣고 있었다. 그는 자베르가 들어왔는데도 하던 일을 조금도 멈추지 않았다. 가엾은 팡틴에 대한 생각을 멈출 수 없었기 때문에 냉담할 수밖에 없었다.

자베르는 자기에게 등을 돌리고 있는 시장에게 공손하게 인사를 했다. 그러나 시장은 거들떠보지도 않고 계속 서류에다 무엇을 쓰고 있었다.

자베르는 사무실 안으로 두세 걸음 들어와서는 여전히 아무 말 없이 걸음을 멈추었다.

가령 여기에 한 관상가가 있어서 자베르의 본성을 익히 알고 있었다면, 문명에 봉사하는 이 야만인을, 로마인과 스파르타 인과 수도사와 하사가 뒤섞인 이 괴상한 잡탕을, 한마디의 거짓말도 못 하는 이 밀정을, 이 순수한 정보원을 오래전부터 연구했었다면, 한 관상가가 마들렌 씨에 대한 그의 은밀하고도 오래된 반감과 팡틴의 문제로 빚어진 시장과의 갈등을 알았다면, 그리고 이 순간 자베르를 잘 살펴보았다면, 이 관상가는 '무슨 일이 있었을까?' 하고 생각했으리라. 그의 정직하고 명철하고 진지하고 성실하고 준엄하고 강렬한 양심을 알고 있던 사람이라면 분명히 자베르가 어떤 큰 정신적 사건을 겪고 났다는 것을 알아보았으리라. 자베르는 무엇이고 마음속에 품은 것이 역시 얼굴에도 나타내는 사람이었다. 그는 성미가 괄괄한 사람들처럼 갑작스럽게 변하기를 잘했다. 그럴 때만큼 그의 표정이 이상하고 의외인 적은 결코 없었다. 들어오면서 그는 원한도 분노도 모멸도 없는 눈으로 마들렌 씨 앞에서 꾸벅 인사를 하고, 시장의 안락의자에서 몇 걸음 떨어진 곳에 가서 걸음을 멈추었다. 그리고 이제 단정한 태도로, 결코 온순하지 않고 항상 인내심이 강한 사람의 냉정하고 꾸밈없는 무뚝뚝한 얼굴을 하고 거기에 서 있었다. 그는 말 한마디 없이, 손가락 하나 까딱 않고 진정한 겸손과 태연한 체념 속에서 조용히, 근엄하게, 모자를 손에 들고, 눈을 내리깔고, 장교 앞의 병사와 판사 앞의 죄인의 중간쯤 되는 표정을 띠고 시장이 돌아보기를 기다리고 있었다. 그가 가지고 있었으리라고 추측할 수 있는 모든 감정과 기억은 완전히 사라져 버렸다. 화강암 같은 그의 속을 짐작할 수 없는 단순한 표정에는 침울한 슬픔밖에는 아무것도 없었다. 그의 온몸에서는 겸양과 불굴, 뭔지 알 수 없는 꿋꿋한 낙담이 풍겨 나고 있었다.

이윽고 시장은 펜을 놓고 반쯤 몸을 돌렸다.

"그래! 뭐요? 무슨 일이 있소, 자베르?"

자베르는 생각을 가다듬는 듯이 잠시 잠자코 있다가 솔직하면서도 비장하고 엄숙한 목소리로 말했다.

"다름 아니라, 시장님, 범죄 행위가 저질러졌습니다."

"무슨 행위요?"

"관청의 한 하급 관리가 행정관을 심히 모독했습니다. 저는 제 의무에 따라 그 사실을 보고 드리러 왔습니다."

"그 관리가 누구요?" 마들렌 씨는 물었다.

"저입니다." 자베르는 말했다.

"당신이라고?"

"저입니다."

"그럼 그 관리를 괘씸하게 여길 행정관은 누구요?"

"시장님입니다."

마들렌 씨는 의자에서 벌떡 몸을 일으켰다. 자베르는 여전히 눈을 내리깐 채 엄숙한 얼굴로 말을 계속했다.

"시장님, 저는 당국에서 저를 파면해 주도록 시장님께 간청하러 왔습니다."

마들렌 씨는 당황하여 뭔가 말을 하려고 입을 열었다. 자베르는 그것을 가로막았다.

"시장님께서는 제가 사표를 내면 되지 않겠느냐고 하실 테지만, 그것으로는 충분하지 않습니다. 스스로 사직하는 것은 명예로운 일입니다. 저는 과오를 저질렀습니다. 그러니 마땅히 처벌을 받아야 합니다. 저는 파면을 당해야 합니다."

그리고 잠깐 쉬었다가 또 덧붙였다.

"시장님은 일전에 저에게 부당하게 가혹하셨는데, 오늘은 정당하게 가혹하셔야만 합니다."

"아니! 그게 무슨 말이오?" 마들렌 씨는 외쳤다. "왜 그런 얼토당토않은 말을 하오? 그게 대관절 무슨 뜻이오? 당신이 내게 무슨 죄가 될 짓을 했단 말이오? 당신이 내게 무슨 짓을 했단 말이오? 내게 무슨 잘못을 저질렀단 말이오? 당신은 자신의 죄를 자책하면서 경질되기를 바라는데……."

"파면되기를 바라는 겁니다."

"파면되기를 바란다고…… 좋소. 참 좋은 일이오. 하지만 나는 영문을 모르겠소."

"곧 알게 되실 겁니다, 시장님."

자베르는 가슴 깊이 한숨을 쉬고는 여전히 냉정하고 슬픈

듯이 말을 이었다.

"시장님, 육 주 전 그 여자의 사건이 있은 후 저는 격분하여 시장님을 고발했습니다."

"고발했다고!"

"파리 경찰청에요."

자베르보다 훨씬 더 자주 웃지 않는 마들렌 씨는 웃기 시작했다.

"시장이 경찰권을 침해했다는 이유로?"

"전과자로서입니다."

시장은 안색이 변했다.

아직도 눈을 들지 않고 있던 자베르는 말을 계속했다.

"저는 그렇다고만 믿고 있었습니다. 오래전부터 저는 그러한 생각을 갖고 있었습니다. 어떤 유사점, 시장님이 파브롤에서 시키신 조사, 시장님의 허리 힘, 포슐르방 영감 사건, 시장님의 능란하신 사격 솜씨, 약간 절룩거리는 듯한 시장님의 다리, 그 밖에 여러 가지 사소한 일들! 그래서 결국 시장님을 장 발장이라는 자로 착각하고 있었습니다."

"누구라고? ……그 이름이 뭐라고?"

"장 발장입니다. 그는 20년 전에 제가 툴롱에서 간수보로 있을 때 본 적이 있는 죄수입니다. 형무소에서 나온 장 발장은 어느 주교의 집에서 도둑질을 한 것 같고, 그런 뒤 공도(公道)에서 굴뚝 청소부 소년 하나를 공갈하여 무엇을 강탈했습니다. 팔 년 전 자취를 감추어 버려 아무도 그가 어떻게 되었는지 몰랐지만, 수사는 계속되었습니다. 저는 생각하기를……

그래서 결국 저는 그런 짓을 해 버렸습니다! 홧김에 그만 시장님을 경찰청에 고발해 버린 겁니다."

조금 전부터 다시 서류를 손에 들고 있던 마들렌 씨는 극히 무관심한 어조로 물었다.

"그랬더니 그 회답은?"

"제가 미쳤다는 겁니다."

"그리고?"

"그리고 사실 그 말이 옳았습니다."

"당신이 그걸 인정한 건 다행한 일이오."

"인정할 수밖에 없었습니다. 진짜 장 발장이 발견되었으니까요."

마들렌 씨가 들고 있던 서류가 그의 손에서 떨어졌고, 그는 머리를 들어 자베르를 지그시 바라보며 뭐라 표현할 수 없는 어조로 "아!" 하고 말했다.

자베르는 말을 계속했다.

"사실은 이렇습니다, 시장님. 아이르오클로셰 근처의 시골에 샹마티외 영감이라는 늙은이가 있었던 것 같습니다. 아주 불쌍한 놈이었습니다. 사람들은 그런 건 아랑곳하지 않았습니다. 그런 사람들이 어떻게 먹고사는지 사람들은 모릅니다. 그런데 최근에, 이번 가을에 그 샹마티외 영감이 양조용 사과를 훔치다가 체포되었습니다. 누구의 집이더라…… 그런 건 아무래도 상관없지요! 어쨌든 그는 담을 뛰어넘어 나뭇가지를 꺾고 훔쳤습니다. 이 샹마티외는 잡혔습니다. 그는 그때까지도 사과나무 가지를 들고 있었습니다. 그 녀석은 콩밥 신세가 되었습니다. 이때까지는 경범죄 사범에 불과했습니다. 그러나 이제 천벌이 떨어집니다. 그곳의 감옥이 상태가 나빴기 때문에, 예심판사는 상마티외를 아라스 도립 형무소로 이송하는 것이 좋겠다고 생각했습니다. 이 아라스 형무소에는 뭔지 알 수 없는 일로 구금되어 있는 브르베라는 전과자가 있었는데, 모범 죄수라고 해서 감방 문지기를 시켜 놓고 있었습니다. 시장님, 상마티외가 수레에서 내리자마자 브르베가 외쳤습니다. '아니 이럴 수가! 나는 저 사람을 알아. 저 사람은 전과자야. 나 좀 봐, 영감! 당신은 장 발장이지!' '장 발장이라니! 대체 장 발장이 누구란 말이오?' 하면서 상마티외는 놀란 척했습니다. 브르베는 '아니, 그렇게 시치미 떼지 마. 넌 장 발장이야! 넌 툴롱 형무소에 있었지. 이십 년 전에. 우린 거기서 같이 있었지.' 하고 말했습니다만, 상마티외는 딱 잡아뗐습니다. 사실 그야 그럴 수 있지요. 그래서 더 깊이 파 보았습니다. 저한테도 그 일로 조사 지시가 내려왔습니다. 그 결과 이러한 것이 발견되었습니다. 이 상마티외라는 자는 한 삼십 년 전에 여러 고장에서, 특히 파브롤에서 나뭇가지를 치는 일을 했는데, 거기서 그의 행방이 묘연해졌습니다. 오랜 후에야 그는 오베르뉴에 나타났다가 이어 파리에 나타났는데, 그는 거기서 수레 목수 노릇을 했고 빨래 일을 하는 딸아이 하나와 함께 살았다고 말했지만 증명되지는 않았습니다. 그러다 결국 아까 말한 그곳에 가서 살았던 겁니다. 그런데 가중된 절도죄로 형무소에 가기 전에 장 발장이 무슨 일을 했는가 하면 바로 나뭇가지를 치는 일을 했고, 어디서 살았는가 하면 바로 파브롤에서 살았습니다. 또 다른 사실도 있습니다. 장 발장은 세례명을 장이라 했고 그 어머니의 성은 마티외였습니다. 그러니 형무소에서 나온 뒤 그가 제 정체를 감추기 위해 어머니의 성을 따서 장 마티외라고 이름을 바꾸었으리라고 생각하는 것은 너무나도 당연한 일이 아니겠습니까? 그는 오베르뉴로 갔는데, 그 지방에서는 장을 상이라고 발음하므로 사람들은 그를 상 마티외라고 불렀습니다. 이 사람은 그런 대로 내버려 두었고, 그래서 그는 상마티외로 이름이 바뀐 것입니다. 알아들으셨겠지요? 파브롤에서 알아보았습니다. 장 발장의 가족은 거기에 없습니다. 어디에 있는지 아무도 모릅니다. 아시다시피 이러한 부류들에서는 그렇게 가족이 사라져 버리는 수가 흔히 있습니다. 아무리 찾아보아도 더 이상 아무것도 찾아낼 수 없습니다. 그런 사람들은 진창이 아닌 때에는 먼지입니다. 게다가 이 이야기의 시작은 삼십 년이나 전으로 거슬러 올라가므로, 파브롤에도 장 발장을 알았던 사람은 아무도 없습니다. 툴롱에서 알아보았습니다. 장 발장을 본 사람은 브르베와 함께 두 죄수밖에 없습니다. 이들은 종신형을 받은 코슈파유와 슈닐디외입니다. 이들을 형무소에서 끌어내 데려왔습니다. 이들을 자칭 상마티외라는 자와 대면시켰습니다. 이들은 망설이지 않았습니다. 브르베와 마찬가지로 이들의 눈에도 그는 장 발장이었습니다. 그는 쉰넷으로 나이도 같고, 키도 같고, 생김새도 같고, 결국 같은 사람, 장 발장입니다. 제가 파리 경찰청에 고발장을 보낸 건 바로 그때입니다. 그에 대해 제가 받은 회답은 너는 정신이 돌았다, 장 발장은 사직의 손에 체포되어 아라스에 있다는 겁니다. 저는 여기서 바로 그 장 발장을 잡았다고만 생각하고 있었는데, 제가 얼마나 놀랐는지 짐작이 가실 겁니다! 저는 예심판사에게 편지를 썼습니다. 판사님이 저를 오라고 해서 갔더니 제 앞에 상마티외를 끌어왔습니다……."

"그래서?" 마들렌 씨가 그의 말을 중단시켰다.

자베르는 강직하고 서글픈 표정을 하고 대답했다.

"그것은 사실이었습니다, 시장님. 저는 화가 났습니다만, 장 발장 그 사람이었습니다. 저 역시 그를 알아봤습니다."

마들렌 씨는 매우 나지막한 목소리로 말을 이었다.

"확실합니까?"

자베르는 깊은 확신에서 나오는 그 고통스러운 웃음을 짓기 시작했다.

"네, 확실합니다!"

그는 잠시 생각에 잠겨 있다가 탁자 위에 있는 잉크 흡수기에서 톱밥을 기계적으로 집어내고는 덧붙였다.

"제가 진짜 장 발장을 알아본 지금, 제가 어떻게 그렇게 엉뚱한 생각을 할 수 있었는지 알 수가 없습니다. 용서해 주십시오, 시장님."

육 주 전 여러 파수병들의 면전에서 자기를 욕되게 하고 자기에게 "나가시오!"라고 말했던 사람에게 그렇게 애원하는 심각한 말을 하고 있을 때 이 거만한 사람 자베르는 자기도 모르게 솔직과 위엄으로 가득 차 있었다. 마들렌 씨는 그의 애원에는 대답하지 않고 불쑥 이렇게만 물었다.

"그래서 그 사람은 뭐라고 말했소?"

"이것 참! 시장님, 사건은 고약합니다. 그가 장 발장이라면 재범이거든요. 담을 뛰어넘고, 가지를 꺾고, 사과를 훔치는 것은 애들에게는 장난이고 어른에게는 경범죄이지만, 전과자에게는 중죄입니다. 가택 침입과 절도, 둘 다 중죄에 해당됩니다. 그것은 더 이상 경죄 재판의 문제가 아니라 중죄 재판의 문제입니다. 며칠간의 구류가 아니라 종신 징역입니다. 게다가 굴뚝 청소부 소년 사건이 있는데, 저는 그것도 꼭 다루어지기를 바랍니다. 제기랄! 이건 논쟁거리가 되겠지요. 안 그렇습니까? 그렇습니다, 장 발장 말고 다른 사람에게는요. 그러나 장 발장은 엉큼한 놈입니다. 그런 점에서도 역시 저는 그를 장 발장으로 인정하고 있습니다. 딴 놈이라면 성화같이 날뛰며 떠들어 대고, 불 위에서 끓어오르는 냄비처럼, 나는 장 발장이 아니라고 하면서 별의별 짓을 다 했을 겁니다. 그런데 녀석은 무슨 영문인지 모르겠다는 얼굴을 하고 이렇게 말하는 겁니다. '나는 상마티외요. 죽어도 그렇소!' 녀석은 놀란 얼굴을 하고 바보인 체하는데, 픽 그럴싸한 수작이지요. 정말! 이 못된 놈은 약삭빠르거든요! 하지만 어쨌든 증거가 있습니다. 네 사람한테서 확인을 받았으니까 이 늙은 녀석은 유죄가 틀림없습니다. 아라스의 중죄 재판소에 회부되어 있습니다. 저는 증인으로 출두할 겁니다. 소환을 받았습니다."

마들렌 씨는 다시 책상으로 돌아가 서류를 집어 들고 몹시 바쁜 사람처럼 번갈아 읽고 쓰고 하였다. 조용히 종이를 넘기고 그는 자베르를 돌아보았다.

"그만 됐소, 자베르. 사실 그 모든 일에 나는 별로 관심이 없소. 우리는 시간을 낭비하고 있는데, 우리에게는 급한 일들이 있소. 자베르, 당신은 지금 곧 저 생솔브 거리 모퉁이에서 채소를 파는 뷔조피에 할멈 집엘 가서 수레꾼 피에르 셰늘롱에 대한 진정서를 내라고 말해 주시오. 그 사람은 난폭한 사람이어서 하마터면 그 노파와 어린아이를 깔아 죽일 뻔했소. 그는 벌을 받아야 하오. 다음에는 몽트르드샹피니 거리의 샤르슬레 씨 댁에 갔다 오시오. 이웃집 처마 홈통에서 빗물이 흘러와서 자기 집 토대를 파낸다는 진정이 들어와 있으니까. 그런 다음에는 기부르 거리의 과부 도리스 부인과 가로블랑 거리의 르네 르 보세 부인의 집에 경찰 규칙 위반이 있다고 하니 그것을 조사하여 조서를 작성해 오시오. 그런데 지금 내가 너무 많은 일을 시키는군. 어디를 좀 가겠다고 했지? 팔구 일 후에 그 사건 때문에 아라스에 가겠다고 말하지 않았던가?"

"그보다 더 일찍 갑니다, 시장님."

"그럼 언제요?"

"아까 시장님께 내일이 재판 날이어서 오늘 밤 역마차로 떠나야 한다고 말씀드린 것 같습니다만."

마들렌 씨는 눈에 띄지 않게 바르르 떨었다.

"그런데 그 재판은 얼마 동안이나 계속되지요?"

"길어 봤자 하루죠. 선고는 늦어도 내일 밤중에 내려질 겁니다. 그러나 판결은 뻔하니까 저는 선고를 기다리지는 않을 겁니다. 제 진술이 끝나면 곧 돌아올 겁니다."

"좋소." 마들렌 씨는 말했다.

그러고는 손짓으로 자베르에게 그만 가라고 했다.

자베르는 나가지 않았다.

"죄송합니다만, 시장님." 그는 말했다.

"또 뭐요?" 마들렌 씨는 물었다.

"시장님, 아직도 한 가지 말씀드려야 할 일이 있습니다."

"뭐요?"

"제가 파면되어야 한다는 것입니다."

마들렌 씨는 일어났다.

"자베르, 당신은 명예를 중히 여기는 사람이오. 나는 당신을 존경하오. 당신은 당신의 과오를 너무 과도하게 생각하고 있소. 그뿐 아니라 이것은 내게 관계되는 모욕이오. 자베르, 당신은 좌천이 아니라 승진을 해야 마땅한 사람이오. 그대로 유임하기를 바라오."

자베르는 순진한 눈동자로 마들렌 씨를 바라보았는데, 그 눈동자 속에는 별로 현명하지는 않지만 엄격하고 순수한 그의 양심이 보이는 것 같았다. 그는 조용한 목소리로 말했다.

"시장님, 저는 그 점에 동의할 수 없습니다."

"거듭 말하지만, 그 일은 내게 관계된 일이라니까." 마들렌 씨는 대꾸했다.

그러나 자베르는 자기 생각에만 마음을 쓰며 계속했다.

"과장한다 하시지만, 저는 조금도 과장하는 것이 아닙니다. 저는 이렇게 생각합니다. 저는 시장님을 부당하게 의심했습니다. 하지만 그런 것은 아무것도 아닙니다. 자기 상관을 의심하는 건 나쁜 일이긴 하지만, 의심하는 건 우리 경찰관의 권리입니다. 그러나 증거도 없이, 화난 김에 복수하려는 목적에서 저는 시장님을 죄수라고 고발했습니다. 존경할 만한 분을, 시장님을, 행정관을 말입니다! 이건 중대합니다. 대단히 중대합니다. 정부의 관리인 제가 시장님으로 대표되는 정부를 모욕한 것입니다! 만약에 제 부하 중 한 사람이 제가 저지른 그런 짓을 했다면, 저는 그가 직책을 맡아볼 자격이 없다고 말하고 그를 파면했을 것입니다. 안 그렇습니까? 그리고 시장님, 또 한마디 더 하겠습니다. 저는 여태까지 가혹한 일이 많았습니다. 남들에 대해서요. 그것은 정당했습니다. 저는 잘해 온 것입니다. 지금 만약에 제가 저에 대해 가혹하지 못하다면, 여태까지 제가 한 모든 정당했던 일도 부당한 것이 될 것입니다. 제가 저를 남들보다 더 너그럽게 봐줘야 합니까? 천만에요. 그래, 제가 남을 벌하는 데만 쓸모가 있었고 나는 벌하지 않았다! 하지만 그렇다면 저는 비열한 놈일 것입니다! 그렇다면 '저 더러운 자베르 놈' 하고 욕하는 사람들이 옳을 것입니다. 시장님, 저는 시장님이 저를 친절하게 대우해 주시는 것을 바라지 않습니다. 시장님께서 남들에게 친절했을 때 저는 그런 친절에 꽤 화가 났습니다. 저는 저에 대해서는 그런 친절을 원치 않습니다. 시민에 대해 매춘부가 옳다고 인정하는 친절, 시장에 대해 경찰이 옳다고 하는 친절, 상관에 대해 부하가 옳다고 하는 친절, 저는 그러한 친절을 가리켜 나쁜 친절이라고 부릅니다. 사회질서가 문란해지는 것은 그러한 친절 때문입니다. 암, 그렇고말고요! 친절함은 퍽 쉬운 일이고, 공정함은 어려운 일입니다. 사실 말이지, 만약 시장님이 제가 믿었던 그런 사람이었다면 저는 시장님께 친절하지 않았을 것입니다, 저는요! 시장님은 아셨을 겁니다! 시장님, 저는 다른 사람을 취급하듯이 저 자신을 취급하지 않으면 안 됩니다. 악인을 징벌하고 부랑배를 처벌할 때, 저는 저 자신에게 흔히 이렇게 말했습니다. '너도, 만약에 너도 실수를 하고 잘못을 저지르다가 나한테 잡히는 날에는 각오를 해라.' 그런데 저는 실수를 하고 잘못을 저지르다가 제게 잡혔으니까, 할 수 없지요! 자, 해고하고, 면직하고, 파면하십시오! 그래야 마땅합니다. 제게는 팔이 있으니, 땅에서 일하겠습니다. 그래도 상관없습니다. 시장님, 직무를 훌륭히 수행하려면 모범을 보여야 합니다. 저는 단지 사복형사 자베르의 파면을 요구할 뿐입니다."

그는 이 모든 것을 겸손하면서도 당당하고, 절망적이면서도 자신만만한 어조로 말했기 때문에, 그것은 이 이상하게 정직한 사람에게 뭔지 알 수 없는 기묘한 위대함을 주었다.

"나중에 봅시다." 마들렌 씨는 말했다.

그리고 그에게 손을 내밀었다.

자베르는 물러나며 사나운 어조로 말했다.

"황송합니다, 시장님. 하지만 이건 있을 수 없는 일입니다. 시장은 밀정과 악수하지 않습니다."

그는 입속말로 덧붙였다.

"밀정, 그렇습니다. 제가 경찰권을 남용한 이상 저는 이제 밀정일 따름입니다."

그러고는 깊이 머리를 숙여 인사를 하고 문 쪽으로 걸어갔다.

거기서 그는 몸을 돌리고 눈을 여전히 내리깐 채 말했다.

"시장님, 제 후임이 올 때까지 저는 계속 일을 보겠습니다."

그는 나갔다. 마들렌 씨는 복도의 포석 위에서 멀어져 가는 그 씩씩하고 확실한 발소리를 들으며 생각에 잠겨 있었다.

7
샹마티외 사건

1. 생플리스 수녀

곧 읽게 될 사건들은 몽트뢰유쉬르메르에 다 알려지지는 않았지만, 알려진 약간의 것은 이 도시에 깊은 인상을 남겼으므로, 그것을 자상하게 이야기하지 않는다면 이 책의 큰 결함이 될 것이다.

그 세세한 일들 중에서 독자는 두세 가지의 사실 같지 않은 경우를 만나겠지만, 사실을 존중하기 위해 그대로 적어 둔다.

자베르가 찾아온 날 오후, 마들렌 씨는 여느 때처럼 팡틴을 보러 갔다.

팡틴한테로 가기 전에, 그는 생플리스 수녀를 불렀다.

의무실 일을 맡아보는 두 수녀는 다른 모든 자선 수녀와 마찬가지로 라자로 수도회의 수녀인데, 하나는 페르페튀 수녀라 부르고 또 하나는 생플리스 수녀라 불렀다.

페르페튀 수녀는 흔히 볼 수 있는 시골 여자로, 무지막지한 자선 수녀인데, 보통 직장에 들어가듯 성직에 들어갔고, 식모가 되듯 수녀가 되었다. 이런 사람은 별로 드물지 않다. 수도회는 그런 헤벌쭉한 시골뜨기 질그릇도 좋다고 받아들여 탁발 수도사건 동정 수녀건 쉽사리 주조해 낸다. 그런 시골고라리들은 신앙계의 허드렛일을 위해서 쓰인다. 촌놈이 카르멜회 수도사가 된들 조금도 어색할 건 없다. 크게 힘들이지 않고 전자는 후자가 된다. 시골의 무지와 수도원의 무지의 공통적인 바탕은 이미 갖추어져 있는 것이므로 시골내기도 이내 수도사와 어깨를 나란히 하게 된다. 농부의 작업복을 좀 펑퍼짐하게 만들면 그것이 곧 법의가 된다. 페르페튀 수녀는 대단한 수녀였다. 퐁투아즈 근처의 마린 태생으로서, 사투리를 쓰고, 성가를 읊조리고, 줄곧 구시렁거리고, 환자의 완고한 신앙이나 위선의 정도에 따라 탕약에 넣는 설탕을 가감하고, 병자를 함부로 다루고, 빈사지경에 있는 사람에게는 퉁명스럽게 대하고, 그들의 낯짝에다 하느님을 집어 던지다시피 하고, 단말마의 고통 앞에서 우레 같은 기도를 후려 던지고, 뻔뻔스럽고, 정직하고, 얼굴이 불그레했다.

생플리스 수녀는 백랍같이 새하얀 여자였다. 페르페튀 수녀 가까이에 있으면 그녀는 작은 양초 옆에 있는 큰 양초 같았다. 뱅상 드 폴은 다음과 같은 자유와 봉사의 정신이 가득 찬 훌륭한 말 속에 자선 수녀의 모습을 완전히 정착시켰다. "그 여자들은 수도원으로서는 병원만을, 방으로서는 셋방만을,

예배당으로서는 교구의 성당만을, 수도원 회랑으로서는 도시의 거리나 병원의 병실만을, 울타리로서는 복종만을, 창살로서는 천주에 대한 두려움만을, 면사포로서는 겸허만을 가져야 하리라." 이러한 이상(理想)이 생플리스 수녀 속에 살고 있었다. 아무도 생플리스 수녀의 나이를 말할 수 없었다. 결코 젊지 않았고, 결코 늙지도 않을 것 같았다. 그녀는 침착하고, 엄격하고, 지체 높고, 냉정하고, 거짓말 한 번 해 본 적이 없는 사람, 감히 여자라고 말할 수 없는 사람이었다. 그녀는 하도 부드러워서 연약해 보였으나, 화강암보다도 견고했다. 불행한 사람들을 만지는 그녀의 섬섬옥수는 가늘고 깔끔했다. 그녀의 말 속에는 말하자면 고요함이 있었다. 그녀는 필요한 말만 했고, 목소리는 고해소에서는 신앙심을 북돋우고 객실에서는 좌중을 매혹할 만했다. 그 섬세한 몸은 투박한 모직 옷에 만족하고, 그 껄끄러운 감촉을 느끼며 몽매간에도 하늘과 천주를 잊지 않았다. 한 가지 사실을 강조해 두자. 결코 거짓말을 하지 않았다는 것, 이해관계의 유무를 막론하고 진실이 아닌 것, 성스러운 진실이 아닌 것은 결코 말하지 않았다는 것, 그것이 이 생플리스 수녀의 뚜렷한 특질이었다. 그것이 그녀의 미덕의 특색이었다. 그녀의 이 확고부동한 진실성은 교단에서도 유명할 정도였다. 시카르 신부도 농아인 마시외에게 보낸 편지에서 이 생플리스 수녀의 이야기를 한 적이 있었다. 제아무리 엄정하고 성실하고 순수하더라도, 우리는 누구나 다 우리의 순진성에 적어도 한 오리의 죄가 되지 않는 사소한 거짓말의 흠은 가지고 있다. 그녀는 전혀 그렇지 않았다. 사소한 거짓말, 죄가 되지 않는 거짓말, 그런 것이 있을까? 거짓말하는 것은 절대적인 악이다. 조금밖에 거짓말하지 않는다는 것은 있을 수 없다. 거짓말하는 자는 무슨 거짓말이고 다 한다. 거짓말하는 것, 그것은 바로 악마의 얼굴이다. 사탄은 두 개의 이름을 가지고 있다. 하나는 사탄이고 또 하나는 거짓말이다. 그녀는 이렇게 생각하고 있었다. 그리고 그렇게 생각했으므로 그렇게 행했다. 그 결과 앞서도 말한 바와 같이 그녀는 그렇게 새하얬는데, 그 새하얀 빛이 그녀의 입술과 눈을 덮고 있었다. 그녀의 미소도 하얬고, 그녀의 시선도 하얬다. 그녀의 양심의 유리창에는 한 오리의 거미줄도, 한 톨의 먼지도 없었다. 성 뱅상 드 폴 수도회에 들어가면서 그녀는 특별히 생플리스라는 이름을 골라서 붙였다. 시칠리아의 생플리스라 하면 아무도 모르는 사람이 없는 성녀로, 시라쿠사 태생이면서도 세게스타에서 태어났다고 거짓말을 했더라면 생명을 건졌을 텐데, 그러한 거짓된 대답을 하느니 차라리 양쪽 젖가슴을 에어 내는 편을 택했다. 그 성녀의 이름을 받는 것은 그녀의 영혼에 합당했다.

생플리스 수녀는 처음 수도회에 들어갈 때 두 가지 나쁜 버릇을 가지고 있었으나 그것을 조금씩 고쳤다. 그녀는 미식을 좋아했고 편지 받기를 좋아했다. 그녀는 라틴어로 된 큰 활자의 기도책밖에는 결코 책을 읽지 않았다. 라틴어는 몰랐지만 그 책의 뜻은 잘 알고 있었다.

이 경건한 처녀는 팡틴을 좋아하게 되었는데, 아마 겉으로 드러나 보이지 않는 팡틴의 미덕을 느꼈기 때문이리라. 그래서 거의 만사를 제쳐 놓고 팡틴의 간호에만 몸을 바쳤다.

마들렌 씨는 생플리스 수녀를 따로 불러내어 팡틴을 잘 보아 달라고 당부했는데, 그 말하는 투가 이상했다는 것을 수녀는 나중에야 깨달았다.

수녀를 떠나 그는 팡틴에게 다가갔다.

팡틴은 날마다 마들렌 씨가 오기를 마치 따뜻하고 즐거운 빛을 기다리듯 기다렸다. 그녀는 수녀에게 이렇게 말하곤 했다.

"저는 시장님이 여기 와 계실 때 말고는 살아 있는 것 같지가 않아요."

그녀는 이날 열이 높았다. 마들렌 씨를 보자마자 그녀는 물었다.

"코제트는요?"

마들렌 씨는 살짝 웃어 보이며 대답했다.

"곧 올 거요."

마들렌 씨는 평소와 같이 팡틴과 함께 있었다. 다만 반 시간 대신 한 시간이나 머물러 있었기 때문에 팡틴이 무척 좋아했다. 그는 모두에게 환자가 조금도 불편함 없도록 해 주라고 신신당부했다. 잠시 그의 얼굴이 매우 침울해진 것을 눈치챈 사람도 있었으나, 의사가 그에게 귓속말로 이렇게 속삭인 것을 알았을 때 그 까닭을 알 수 있었다.

"환자가 많이 쇠약해졌습니다."

그런 뒤 그는 시청으로 돌아갔는데, 사환은 그가 사무실에 걸려 있는 프랑스 도로 지도를 유심히 조사하는 것을 보았다. 그는 연필로 종이에 몇 가지 숫자를 적었다.

2. 스코플레르 영감의 형안(炯眼)

마들렌 씨는 시청에서 나와 도시의 끝에 있는 스코플레르 영감 집으로 갔다. 이 영감은 스카우플라에르라는 플랑드르 사람인데, 프랑스식으로 스코플레르라고 불렸고, 말과 '삯마차'를 빌려 주고 있었다.

이 스코플레르의 집으로 가는 가장 가까운 길은 마들렌 씨가 사는 교구의 사제관이 있는, 별로 왕래가 빈번하지 않은 길이었다. 사람들의 말에 의하면 사제는 사리에 밝고 존경할 만한 훌륭한 사람이었다. 마들렌 씨가 사제관 앞에 이르렀을 때 길거리에 지나가던 사람은 하나밖에 없었는데, 그는 다음과 같은 것을 보았다. 시장은 사제관을 지나쳐 가다가 걸음을 멈추고 가만히 서 있다가, 발길을 돌이켜 그 길로 사제관 문 앞까지 되돌아왔는데, 이 문은 중문(中門)으로서 문을 두드리는 쇠가 달려 있었다. 그는 손으로 그 쇠를 힘차게 잡고 들어 올렸다가 다시 손을 멈추고 꿈쩍 않고 서서 생각에 잠긴 것 같더니 조금 후에 그 쇠를 찰카닥 떨어뜨리는 것이 아니라 도로 제자리에 가만히 내려놓고는, 먼저와는 달리 약간 총총걸음으로 가던 길을 다시 걸어갔다.

마들렌 씨가 찾아갔을 때 스코플레르 영감은 집에서 마구(馬具)를 수리하고 있었다.

"스코플레르 영감, 좋은 말이 있습니까?" 마들렌 씨가 물었다.

"시장님, 우리 말은 다 좋습지요. 좋은 말이란 어떤 말을 말

쓸하시는 겁니까?" 플랑드르 인은 말했다.

"하루에 200리쯤 뛸 수 있는 말 말이오."

"아니! 200리를요!" 플랑드르 인은 말했다.

"그렇소."

"마차를 달고서 말입니까?"

"그렇소."

"그렇게 달린 뒤에는 얼마나 쉬게 되는뎁쇼?"

"필요하다면 이튿날 다시 출발할 수 있어야 합니다."

"같은 길로 돌아오십니까?"

"그렇소."

"아니! 또 200리를요?"

마들렌 씨는 연필로 숫자를 적어 놓은 종이를 호주머니에서 꺼냈다. 그는 그것을 플랑드르 인에게 보였다. 거기에는 50, 60, 85라는 숫자가 씌어 있었다.

"이렇소." 그는 말했다. "모두 195이니 200리인 셈이오."

"시장님." 플랑드르 인은 말을 이었다. "그럴 만한 놈이 있습니다. 제 깜찍한 백마인뎁쇼, 시장님께서도 가끔 그놈이 다니는 걸 보셨을 겁니다. 아랫녘 블로네에서 난 작은 말입니다. 아주 혈기 왕성한 놈이죠. 사람들은 처음에 그놈을 승마용으로 만들고 싶어 했지만 어디 그게 말이나 됩니까! 그놈은 뒷발질을 하고 누구나 할 것 없이 땅바닥에 내팽개쳐 버리는 겁니다. 성미가 고약한 놈이라 생각하고 어찌할 줄을 모르고 있었습죠. 제가 그걸 사서 마차에 매어 보지 않았겠습니까? 그랬더니, 시장님, 그놈이 바라던 것이 바로 그거였어요. 그놈은 계집애같이 온순하게 굴고, 질풍같이 달리지 않겠어요! 아, 정말 올라타서는 안 됐던 거예요. 그놈은 승마용 말이 될 생각이 없었던 거예요. 저마다 제 야망이 있는 거지요. *끄는 건 좋지만 태우는 건 싫다*, 고놈이 그렇게 생각했다고 믿어야겠지요."

"그래, 그놈은 그렇게 달릴 수 있겠소?"

"시장님께서 말씀하신 200리요. 빠른 속보로 줄곧 냅다 달리면 여덟 시간도 안 걸립니다. 그러나 조건이 있습니다."

"말하시오."

"첫째, 반쯤 가서 한 시간 쉬어 주십시오. 그때 사료를 주는데, 먹는 동안에는 여관 심부름꾼이 말이 먹는 귀리를 훔쳐 가지 않도록 지키고 서 있어야만 합니다. 여관에서는 귀리가 말 입으로 들어가기보다 여관 마부의 술값이 되는 수가 더 많은 걸 흔히 볼 수 있으니까요."

"누가 지키고 서 있도록 하리다."

"둘째로…… 마차는 시장님께서 타십니까?"

"그렇소."

"시장님께서는 말을 몰 줄 아십니까?"

"암."

"그럼 말한테 짐이 되지 않도록 짐 없이 시장님 혼자만 타 주십시오."

"좋소."

"그렇다면 시장님 혼자시니까 몸소 귀리를 지켜보셔야만 할 겁니다."

"알았소."

"하루에 30프랑은 받아야겠습니다. 쉬는 날도 지불하고요. 한 푼도 에누리는 안 되고, 말 사료는 시장님 부담이고요."

마들렌 씨는 호주머니에서 나폴레옹 금화 세 닢을 꺼내어 탁자 위에 놓았다.

"이거, 이틀분 선금이오."

"그리고 넷째로, 그렇게 달리려면 포장마차는 너무 무거워 말이 고될지도 모릅니다. 시장님께서 우리 집에 있는 작은 마차를 사용해 주셨으면 좋겠는뎁쇼."

"그래도 좋소."

"가볍기는 하지만, 포장이 없습니다."

"그런 건 상관없소."

"시장님께서는 지금이 겨울이라는 걸 생각해 보셨습니까……?"

마들렌 씨는 대답하지 않았다. 플랑드르 인은 말을 이었다.

"날이 매우 춥다는 건요?"

마들렌 씨는 여전히 묵묵부답이었다. 스코플레르 영감은 계속 말했다.

"비가 올지도 모른다는 것도요?"

마들렌 씨는 고개를 들고 말했다.

"그 작은 마차와 말을 내일 새벽 4시 30분에 우리 집 문 앞으로 보내 주시오."

"네, 잘 알겠습니다, 시장님." 스코플레르는 대답했다. 그러고는 나무 탁자에 묻은 얼룩을 엄지 손톱으로 긁으면서, 플랑드르 인들이 잔꾀를 부릴 때면 잘 그러듯이, 무심코 묻는 듯이 슬쩍 말을 던졌다. "한데 지금에야 생각이 나네요! 시장님께서는 어디 가신다는 말씀은 안 하셨어요. 시장님께서는 어딜 가십니까?"

그는 대화하기 시작할 때부터 다른 것은 생각하고 있지 않았으나 왜 그런지는 몰라도 차마 그 질문은 할 수가 없었다.

"그 말의 앞다리는 튼튼합니까?" 마들렌 씨는 말했다.

"예, 시장님. 내리막길에서는 좀 당기는 듯이 하시면 됩니다. 가시는 길에 내리막길이 많습니까?"

"새벽 4시 30분에, 어김없이 정각에 내 집 문 앞에 와 있도록 하는 것 잊지 마시오." 마들렌 씨는 대꾸했다. 그러고는 나갔다.

플랑드르 인은 잠시 후 그 자신이 말했듯이 '참 어처구니가 없어서' 멍하니 있었다.

시장이 나간 지 이삼 분이 지나 다시 문이 열렸다. 시장이었다.

그는 여전히 냉정하고 생각에 잠긴 듯한 표정이었다.

"스코플레르 영감." 그는 말했다. "내게 빌려 주려는 말과 마차는 값이 얼마쯤 가겠소? 말에 마차를 끼워서 말이오."

"말에 마차를 매는 거죠, 시장님." 플랑드르 인이 너털웃음을 터뜨리며 말했다.

"아, 그래요. 그래서?"

"시장님께서 사시렵니까?"

"그게 아니라, 만약의 경우를 생각해서 보증금을 내놓으려는 거요. 돌아오거든 그 돈을 돌려주면 되오. 마차와 말 값을 얼마로 보시오?"

"500프랑은 갈 겁니다, 시장님."

"옛소."

마들렌 씨는 탁자 위에 지폐를 놓고 나갔다. 이번에는 다시 돌아오지 않았다.

스코플레르 영감은 1000프랑이라고 말하지 않은 것을 후회막심하게 여겼다. 하지만 말과 마차는 합쳐서 100에퀴*에 불과했다.

플랑드르 인은 아내를 불러 그 이야기를 했다. 대관절 시장은 어디를 가는 것일까? 그들은 회의를 열었다. "파리에 가시는 거예요." 하고 아내는 말했다. "나는 그렇게 생각하지 않아." 하고 남편은 대꾸했다. 그런데 마들렌 씨는 숫자를 적어 놓은 종이를 벽난로 위에 놓고 갔다. 플랑드르 인은 그것을 집어 들고 곰곰 생각해 보았다. "50에 60에 85? 이건 아마 역참을 나타내는 것일 거야." 그는 아내에게로 몸을 돌렸다. "이제 알았어." "어떻게요?" "여기서 에스댕까지가 50리, 에스댕에서 생폴까지가 60리, 생폴에서 아라스까지가 85리거든. 시장은 아라스에 가시는 거야."

그러는 동안 마들렌 씨는 집에 돌아와 있었다.

스코플레르 영감 집에서 돌아올 때 그는 가장 먼 길로 돌아서 왔다. 마치 사제관의 문이 그를 유혹하기 때문에 그것을 피하고 싶었던 것처럼. 그는 자기 방으로 올라가 들어박혀 있었다. 그는 보통 초저녁에 잠자리에 들기 때문에 그것은 하등

---

* 프랑스의 옛 화폐 단위. 1에퀴는 3프랑의 가치를 갖는다.

수상할 것이 없었다. 그렇지만 공장 문지기인 동시에 마들렌 씨의 유일한 하녀인 여자는 그의 방 불이 8시 30분에 꺼진 것을 보고, 집에 돌아온 회계원에게 그 말을 하고 이렇게 덧붙였다.

"시장님이 아프신가요? 좀 이상해 보였어요."

회계원은 마들렌 씨의 바로 아랫방에 살고 있었다. 그는 문지기의 말에 조금도 귀 기울이지 않고 자리에 누워 잠들어 버렸다. 자정께 그는 갑자기 잠을 깼다. 잠결에 머리 위에서 무슨 소리가 들렸던 것이다. 그는 귀를 기울였다. 마치 누가 윗방에서 걷고 있는 것 같은, 오락가락하는 발소리였다. 더 유심히 들어 보니 마들렌 씨의 발소리임을 알 수 있었다. 그에게는 그것이 수상쩍게 여겨졌다. 평소에는 마들렌 씨가 일어나는 시간 전에는 그 방에서 아무 소리도 나지 않았다. 조금 후에 회계원은 뭔가 장롱 같은 것이 열렸다가 닫히는 소리를 들었다. 그런 뒤 가구를 움직이는 소리가 들리다가 잠잠해지더니, 다시 발소리가 나기 시작했다. 회계원은 침대에서 벌떡 일어났다. 완전히 잠이 깨어서 보니, 유리창 너머 맞은편 담벼락 위에 불 켜진 창에서 새어 나오는 불그레한 불빛이 비쳐 있었다. 불빛의 방향으로 보아 그것은 마들렌 씨 방의 창일 수밖에 없었다. 불빛이 흔들리는 것으로 보아, 그것은 등불보다는 오히려 활활 타오르는 불에서 오는 것 같았다. 창틀 그림자가 거기에 비치지 않은 것은 창이 활짝 열려 있다는 표시였다. 이렇게 추운 밤에 창이 열려 있는 것은 해괴한 일이었다. 회계원은 다시 잠이 들었다. 한두 시간 후에 그는 또 잠을 깼다. 느리고 규칙적인 발소리가 여전히 머리 위에서 왔다 갔다 하고 있었다.

불빛은 여전히 담벼락에 비쳤으나, 그것은 이제 남폿불이나 촛불이 비친 것처럼 희번하고 고요했다. 창은 여전히 열려있었다.

마들렌 씨의 방에서는 다음과 같은 일이 일어나고 있었던 것이다.

3. 머릿속의 태풍

독자는 아마 마들렌 씨가 다름 아닌 장 발장이라는 것을 짐작했으리라.

우리는 이미 이 사람의 양심의 깊은 속을 들여다보았는데, 또 한 번 들여다볼 기회가 왔다. 그렇게 할 때 우리는 감동과 전율을 금할 수 없다. 이러한 종류의 고찰보다 더 무서운 것은 아무것도 없다. 정신의 눈은 인간 속에서보다도 더 많은 광휘와 더 많은 암흑을 아무 데서도 발견할 수 없다. 그리고 정신의 눈이 볼 수 있는 것 중 인간의 마음속보다 더 무시무시하고, 더 복잡하고, 더 신비롭고, 더 무한한 것은 아무것도 없다. 바다보다도 큰 광경이 있으니 그것은 하늘이요, 하늘보다도 큰 광경이 있으니 그것은 인간의 영혼 속이다.

인간의 의식에 대한 시(詩)를 짓는 것은, 그것이 단 한 사람에 관한 것이든, 인간 중 가장 비천한 인간에 관한 것이든, 모든 서사시를 한데 녹여서 탁월하고 결정적인 하나의 서사시로 만드는 일일 것이다. 인간의 의식, 그것은 공상과 탐욕과 기도(企圖)의 카오스요, 몽상의 도가니요, 수치스러운 생각의 소굴이다. 그것은 궤변의 복마전이요, 정념의 싸움터다. 어떤 시간에, 깊이 생각하는 한 인간의 창백한 얼굴을 통해 깊숙이 들어가 보라. 그리고 뒤에서 들여다보라. 그 영혼 속을, 그 암흑 속을 들여다보라. 거기에는 외부의 고요함 아래에 호메로스의 작품에서와 같은 거인들의 싸움이 있고, 밀턴의 작품에서와 같은 용들과 히드라들의 난투와 구름 떼 같은 유령들이 있고, 단테의 작품에서와 같은 환영의 소용돌이들이 있다. 인간이 누구나 자기 속에 지니고 있고, 자기 두뇌의 의지와 자기 생활의 행위를 절망적으로 그것에 어울리게 하는 이 무한은 그 얼마나 암담한 것인가!

알리기에리*는 어느 날 지옥문에 이르러 그 앞에서 주저했다. 여기 우리 앞에도 들어가기가 망설여지는 문이 하나 있다. 그러나 들어가 보기로 하자.

저 프티제르베 사건 이후 장 발장에게 무슨 일이 있었던가에 관해서는 독자가 이미 알고 있는 것에 덧붙일 것이 별로 없다. 그때부터 우리가 이미 보아 온 바와 같이 그는 딴사람이 되었다. 주교가 그에게 그렇게 되기를 바랐던 것을 그는 실행했다. 그것은 변화보다도 더한 것이었다. 그것은 변용(變容)이었다.

---

* 단테의 성(姓). 단테의 정식 이름은 두란테 델리 알리기에리(Durante degli Aligheri)다.

그는 자취를 감추는 데 성공했고, 주교의 은그릇을 팔고, 촛대만 기념으로 간직하고, 이 도시 저 도시를 잠행하고, 프랑스를 횡단하고, 몽트뢰유쉬르메르에 와서 앞서 말한 바와 같은 생각을 하고, 앞서 이야기한 바와 같은 사업을 이룩하고, 체포하거나 접근하지 못하게 하는 데 성공하고, 그 후로는 몽트뢰유쉬르메르에 정주하여 자기의 양심이 과거에 의해 우울해졌고 전반의 생이 후반의 생에 의해 부정된 것을 행복하게 느끼며, 평화와 안심과 희망 속에 살면서 두 가지 생각만을 품고 있었다. 즉 이름을 감출 것, 그리고 자기의 삶을 성화(聖化)할 것. 다시 말해 인간들을 피할 것, 그리고 천주에 귀의할 것.

이 두 가지 생각은 그의 정신 속에서 밀접하게 섞여 일체가 되었다. 그 생각들이 둘 다 똑같이 그의 마음을 사로잡고 그의 마음속에 군림하여 그의 극히 사소한 행동까지도 지배했다. 평소에는 양자가 일치하여 그의 일상적인 행동을 조절하고, 그를 고독 쪽으로 돌리고, 그를 친절하고 소박하게 만들었으며, 그에게 똑같은 것을 권고했다. 그렇지만 때로는 양자 간에 갈등이 있었다. 그러한 경우에는 독자도 기억하듯이, 몽트뢰유쉬르메르 지방의 모든 사람들이 마들렌 씨라고 부르는 그 사람은 첫째 것을 둘째 것을 위해 희생하고, 자기의 안전을 자기의 덕행을 위해 희생하기를 주저하지 않았다. 그리하여 그는 모든 신중과 조심에도 불구하고 주교의 촛대를 간직하고, 주교를 위해 상복을 입고, 굴뚝 청소부 소년이 지나가면 모두 불러서 물어보고, 파브롤의 가족들에 관해 알아보고, 자베르의 불쾌한 암시에도 불구하고 포슐르방 영감의 목숨을 구해 주었던 것이다. 우리가 이미 본 바와 같이, 그는 모든 현명하고 성스럽고 올바른 사람들을 거울삼아 자기의 첫째 의무는 자기에 대한 것이 아니라고 생각하고 있었던 것 같다.

　그렇지만, 이건 꼭 말해 둬야겠는데, 이번 같은 일은 일찍이 한 번도 없었다. 여기에 내가 그 고민을 이야기하고 있는 이 불행한 사람을 지배하고 있던 그 두 가지 생각이 그토록 치열하게 싸운 적은 여태껏 한 번도 없었다. 자베르가 사무실에 들어와 이야기하기 시작했을 때 그는 벌써 어렴풋이, 그러나 심각하게 그것을 깨달았다. 그토록 깊이깊이 파묻어 놓았던 그 이름이 그렇게도 이상하게 입 밖에 나왔을 때, 그는 망연자실하여 자기 운명의 기구망측함에 현혹되는 성싶었고, 그렇게 망연자실한 가운데 그는 대지진에 앞서 오는 그 전율을 느꼈으며, 폭풍 앞의 떡갈나무처럼, 돌격 전의 병사처럼 몸을 구부렸다. 그는 뇌성벽력을 함빡 실은 검은 구름이 머리 위를 뒤덮는 것을 느꼈다. 자베르의 이야기를 들으면서 맨 먼저 그의 머리에 떠오른 것은 가서, 달려가서 자수하고 그 상마티외를 감옥에서 꺼내고 내가 감옥에 갇히자 하는 생각이었다. 그것은 산 채로 살점을 에는 듯한 날카로운 고통이었다. 그런 뒤 그 고통이 가시자, 그는 속으로 중얼거렸다. "가만있자! 가만있어!" 그는 그 최초의 갸륵한 충동을 억누르고 그 비장한 행위 앞에서 뒷걸음쳤다.

　물론 그가 주교의 그 거룩한 말을 듣고 허구한 세월을 회개와 자기희생에 바치고 난 지금, 훌륭하게 시작된 속죄 생활을 한창 하고 있는 지금, 그렇게도 무서운 판국에 직면해서까지

한시도 비틀거리지 않고 밑바닥에 천국이 열려 있는 그 낭떠러지를 향해 같은 걸음걸이로 계속 걸어갔다면 얼마나 훌륭한 일이겠는가. 그랬다면 훌륭한 일이겠지만, 그렇게는 되지 않았다. 나는 이 영혼 속에서 이루어지고 있던 것을 꼭 설명해야만 한다. 그리고 나는 그 속에 있던 것밖에는 말할 수 없다. 맨 먼저 우세하게 된 것은 자기 보존의 본능이었다. 그는 급히 생각을 가다듬어 감정을 억제하고, 그 큰 위험인 자베르가 앞에 있다는 것을 생각하고, 확고한 공포 앞에서 일체의 해결을 뒤로 미루고, 해야 할 일이 무엇인가를 생각하지 않도록 하고, 투사가 방패를 집어 들 듯 침착을 되찾았다.

그는 그날 하루의 나머지를 그러한 상태에서 지냈는데, 속에서는 회오리바람이 일었지만 겉으로는 아주 태연스러워 보였으며, 이른바 '보존 대책'이라고나 할 조치밖에는 취하지 않았다. 모든 것이 아직도 그의 머릿속에서 막연하게 서로 부딪치고 있었고, 마음의 동요가 하도 심하여 어떠한 생각도 뚜렷이 떠오르지 않았으며, 자기가 큰 타격을 받았다는 것 외에는 그 자신도 아무것도 말할 수 없었을 것이다. 그는 평소와 다름없이 팡틴의 병상을 찾아가 친절의 본능에서 여느 때보다 더 오래 머물렀고, 자기가 없게 될 경우를 위해 그 여자를 수녀들에게 잘 부탁해 두어야 한다고 생각했다. 그는 아마 아라스에 가야 하리라고 어렴풋이 느꼈는데, 추호도 그러한 여행을 결정한 것은 아니지만, 그는 어떠한 의혹도 받을 만한 염려가 없으므로, 장차 있을 재판을 목격해 둔들 하등 나쁠 것은 없으리라 생각하고 만사에 대비하기 위해 스코플레르의 마차를 예약해 둔 것이었다.

그는 저녁밥도 꽤 맛있게 먹었다.

방으로 돌아가 그는 상념에 잠겼다.

그는 상황을 살펴보고 허무맹랑하다고 생각했다. 하도 허무맹랑하여 한참 묵상에 잠겨 있다가, 뭔지 알 수 없는 이상스러운 불안감의 충동으로 의자에서 일어나 문에 빗장을 걸어 잠갔다. 그래도 혹 무엇인가가 들어오지나 않을까 두려웠다. 그는 가능한 일에 대해 경계하고 있었다.

잠시 후 그는 등불을 불어서 꺼 버렸다. 그것이 방해가 되었다.

누가 자기를 볼지도 모른다 싶었다.

누가, 사람이?

오호라! 내쫓고 싶었던 것이 들어와 있었다. 눈멀게 하고 싶었던 것이 그를 바라보고 있었다. 그의 양심이.

그의 양심, 즉 신이.

그러나 처음에는 착각했다. 그는 안전과 고적감을 느꼈다. 빗장을 질렀으므로 아무한테도 잡히지 않을 것이라고 믿었다. 촛불을 껐으므로 아무한테도 보이지 않을 것이라고 믿었다. 그래서 그는 정신을 가다듬었다. 그는 탁자에 팔꿈치를 대고, 머리를 손으로 괴고, 어둠 속에서 명상에 잠기기 시작했다.

'내가 이게 무슨 꼴이지? 내가 꿈을 꾸고 있는 것이 아닌가? 누가 내게 뭐라고 했지? 내가 정말 그 자베르란 자를 만났고 그가 내게 그렇게 말했던가? 샹마티외란 사람은 과연 누구일까? 그러니까 나를 닮았단 말인가? 그럴 수도 있을까? 어제까지만 해도 나는 그렇게도 무사태평하게 아무것도 모르고 있었는데! 이 사건은 도대체 어떻게 된 것일까? 결말이 어떻게 지어질까? 어떻게 하면 좋을까?'

이렇게 그는 고민하고 있었다. 그의 머리는 그의 생각들을 붙들 힘을 잃어버렸고, 그의 생각들은 물결처럼 지나가고 있었다. 그는 그것들을 멈추려고 두 손으로 머리를 움켜잡았다.

그의 의지와 이성을 뒤집어엎는 그 파란, 그가 거기서 어떤 명백한 것과 결심을 끌어내려고 애쓰는 그 파란, 거기서는 번민밖에는 아무것도 나오지 않았다.

그의 머리는 타는 듯했다. 그는 창으로 가서 창문을 활짝 열어젖혔다. 하늘에는 별도 없었다. 그는 다시 탁자 옆으로 가서 앉았다.

처음 한 시간은 그렇게 흘러갔다.

그러는 동안 차차 막연한 윤곽이 그의 명상 속에 형성되고 고정되기 시작하여 그는 자기 처지의 전체는 아니더라도 몇 가지 세부를 현실적으로 명확히 파악할 수 있었다.

그는 그 상황이 아무리 비상하고 아무리 위급하다 할지라도, 전적으로 자기가 그 주인공이라는 것을 인식하기 시작했다.

갈수록 그는 어리둥절해질 뿐이었다.

그의 행위가 지향하고 있던 엄격한 종교적 목적을 떠나서 생각한다면, 그가 이날까지 행해 온 모든 것은 자기 이름을 파묻기 위해 판 구멍 이외에 아무것도 아니었다. 자기 자신을 회고할 때나 잠을 이루지 못하는 한밤중에 그가 늘 무엇보다도 두려워했던 것은 그 이름이 언젠가 입 밖에 나오는 것을 듣는 일이었다. 그는 생각했다. 그때야말로 자기는 마지막이라고, 그 이름이 다시 세상에 나타나는 날 자기의 새로운 인생은 그의 주위에서 사라지고, 자기의 새로운 영혼까지도 아마 그의 속에서 사라지리라고. 그런 일이 있을지도 모른다는 생각만 해도 그는 등골이 오싹해졌다. 만약 그러한 때에 누가 그에게 그 이름이 그의 귓전에 울리고, 그 끔찍한 장 발장이라는 말이 갑자기 어둠 속에서 튀어나와 그의 앞에 우뚝 서고, 그가 몸에 휘감고 있는 비밀의 장막을 사라지게 하는 저 무시무시한 빛이 느닷없이 그의 머리 위에 빛날 때가 오리라고 말했다면, 그리고 그 이름은 그를 위협하지 않을 것이며, 그 빛은 어둠을 더욱 짙게 만들 것이며, 그 찢어진 장막은 비밀을 더욱 은밀하게 만들 것이며, 그 지진은 도리어 그의 건물을 견고하게 할 것이며, 그 기괴한 사건은 만약 그가 원한다면 그의 존재를 더욱 명백하게 해 주는 동시에 더욱 불가해하게 해 주는 결과만을 초래할 것이며, 또 그 장 발장의 환영과 마주함으로써 선량하고 훌륭한 시민 마들렌 씨는 지금보다 더욱 명예와 평화와 존경을 얻을 것이라고 말했다면, 만약 누가 그에게 그렇게 말했다면, 그는 머리를 흔들면서 그런 말은 천치 같은 소리라고 했으리라. 그런데 그 모든 것이 정말로 닥쳐왔다. 불가능한 것이 사실이 되었으며, 신은 그러한 황당무계한 일들이 현실적인 사실이 되도록 허락했던 것이다.

그의 명상은 계속 밝아져 갔다. 그는 더욱더 잘 자기의 처지를 이해했다.

그는 자기가 뭔지 알 수 없는 잠에서 금방 깨어났는데, 한

밤중에 미끄러운 비탈 위에 부들부들 떨고 서서, 심연의 맨 끝 가장자리에서 빠져 들어가지 않으려고 아무리 뒤로 물러나려 해도 소용없이 버둥거리기만 하고 있는 것 같았다. 그는 분명히 어둠 속에서 모르는 사람 하나를, 낯선 사람 하나를 희미하게 보았는데, 운명은 그를 자기인 줄 잘못 알고 자기 대신 깊은 구렁 속으로 밀어 넣고 있었다. 그 깊은 구렁이 다시 닫히기 위해서는 누군가가 거기에 빠져야만 했다. 자기나 다른 사람이.

그는 되는 대로 내버려 둘 수밖에 없었다.

생각은 완전히 명확해졌고, 그는 이렇게 자인했다. 형무소에 내 자리는 비어 있다. 아무리 버둥거려 보았자 소용없다. 그 빈자리는 언제까지나 나를 기다리고 있다. 프티제르베에게 한 도둑질이 나를 거기로 다시 끌어가고 있다. 그 빈자리는 내가 거기에 갈 때까지 나를 기다리며 나를 끌어당기리라. 그것은 불가피하고 숙명적이다. 게다가 또 그는 이렇게 생각했다. 지금 나에게는 나를 대신하는 사람 하나가 있다. 이 샹마티외라는 자는 그런 악운을 갖고 있는 것 같다. 나로 말하자면 나는 앞으로 이 샹마티외라는 사람으로 형무소에 존재하고 마들렌 씨라는 이름으로 사회에 존재하니, 이제 아무것도 두려울 건 없다. 다만 샹마티외의 머리 위에 무덤의 돌처럼 한번 떨어지면 영원히 들어 올려지지 않는 그 오욕의 돌이 덮이게 내버려 두기만 하면 된다.

이러한 모든 생각이 하도 격렬하고 하도 기이했기 때문에 그의 마음속에 무어라 형용할 수 없는 그 감동 같은 것이, 아무도 일생에 두세 번도 경험할 수 없는 그런 감동이 갑자기 일어났다. 일종의 양심의 경련이라고나 할까. 그것은 마음속의 모든 의심스러운 것을 뒤흔드는 것이고, 아이러니와 희열, 절망이 한데 뒤섞인 것이며, 내심의 너털웃음이라고도 할 수 있는 것이었다.

그는 갑자기 촛불을 켰다.

'그래서 어떻단 말인가!' 그는 속으로 말했다. '나는 무엇을 두려워하는가? 무엇을 그렇게 생각하는가? 나는 이제 살았다. 모든 것이 끝났다. 내 생활 속에 과거가 침입할 수 있는 곳은 방긋이 열린 문 하나밖에 없었는데, 이제 그 문마저 봉쇄되어 버렸다! 영원히! 그렇게도 오래 나를 괴롭혀 온 저 자베르, 내 정체를 눈치챈 듯한, 아니, 실제로 알아차리고서 가는 곳마다 내 뒤를 밟던 그 무서운 본능, 항시 나를 쫓아다니던 그 무시무시한 사냥개, 그 녀석도 이제 길을 잃었고, 다른 데를 찾으며 완전히 나를 놓쳐 버렸다! 그는 이제부터 만족하며, 나를 가만둘 것이다. 제 장 발장을 잡았으니까! 누가 알 게 뭐냐, 녀석은 아마 이 도시를 뜨고 싶어 하는 것 같다! 그리고 이 모든 것은 나하고 상관없이 그렇게 된 것이다! 그리고 나는 거기에 아무런 관련도 없다! 그렇다! 거기에 무슨 불행한 일이 있겠는가? 나를 보는 사람들은 내게 무슨 파국이 있었다고 생각할지도 몰라! 그야 어쨌든, 누구한테 불행이 온들 그것은 추호도 내 탓이 아니다. 모든 것은 주님의 뜻으로 인하여 이루어진 것이다. 이것은 분명히 주님의 뜻이다! 주님이 정하시는 것을 방해할 권리가 내게 있을까? 지금 나는 무엇을 원하는가? 나는 무엇에 간섭하려 하는가? 이건 나와는 관계없는 일이다. 뭐? 어쩐지 후련치가 않다고! 그러면 도대체 내게 무엇이 필요하단 말인가? 허구한 세월 내가 열망해 온 목적, 야밤중의 몽상, 하늘에 축원하던 대상, 일신의 안전, 그것을 나는 달성하고 있다! 주님은 그렇게 되기를 원하시는 거다. 주님의 의지에 반해서는 아무것도 할 수 없다. 그리고 주님은 왜 그렇게 되기를 원하시는가? 내가 시작한 것을 계속하도록, 내가 착한 일을 하도록, 후일 내가 위대하고 고무적인 모범이 되도록, 내가 치른 그 회개와 내가 되찾은 그 선행에 마침내 다소의 행복이 수반되었다는 것을 말할 수 있도록 하시기 위해서다! 어째서 내가 아까 저 착한 사제에게 가서 고해 신부에게 하듯이 모두 털어놓고 이야기하고 그의 조언을 구하기를 두려워했는지 나는 정말 알 수가 없어. 그랬더라면 그분은 틀림없이 나에게 내 생각과 같은 말을 했을 것이다. 만사는 이미 결정이 내려졌다. 되어 가는 대로 두면 된다! 천주님의 손에 맡겨 두자!'

그는 자기 자신의 심연이라고도 할 수 있는 것에 몸을 구부리고서 양심의 밑바닥으로부터 그렇게 자기 자신에게 말하고 있었다. 그는 의자에서 일어나 방 안을 걷기 시작했다. '자, 그일은 더 이상 생각하지 말자. 이제 결심은 섰다!' 그는 속으로 말했다. 그러나 그는 아무런 기쁨도 느끼지 못했다.

도리어 그 반대였다.

생각이 하나의 관념으로 되돌아오는 것을 막을 수 없는 것은 바닷물이 해변으로 되돌아오는 것을 막을 수 없는 것과 같다. 선원은 그것을 밀물이라 부르고, 죄인은 그것을 후회라 부른다. 신은 바다처럼 영혼을 밀어 올린다.

잠시 후에 그는 아무리 피하려 해도 소용없이 그 침울한 대화를 다시 시작했는데, 그 대화에서는 말하는 사람도 자기요, 듣는 사람도 자기였고, 말하는 것은 말하고 싶지 않았던 것이요, 듣는 것은 듣고 싶지 않았던 것이었다. 그는 이천 년 전에 다른 수형자*에게 "걸어라!"라고 말한 것처럼 그에게 "생각하라!"라고 말하는 그 신비한 힘에 몸을 맡겼다.

앞으로 더 가기 전에, 그리고 충분히 이해가 되도록, 한 가지 필요한 주의를 해 두자.

사람이 자기 자신에게 말하는 것은 확실한데, 생각하는 인간치고 그것을 경험하지 않은 자는 하나도 없다. 언어가 한 인간의 내면에서, 사상에서 양심으로 갔다가 양심에서 사상으로 되돌아올 때 언어는 굉장한 신비라고까지 말할 수 있다. 이장(章)에서 자주 사용되는 "그는 말했다.", "그는 외쳤다."라는 말들은 오직 그러한 의미에서만 이해되어야 한다. 사람은 외부의 고요를 깨뜨리지 않고서 자기 자신의 마음속에서 혼자 말하고, 혼자 이야기하고, 혼자 외친다. 거기에는 큰 파란이 있다. 입을 제외하고는 모든 것이 우리들 속에서 말한다. 영혼의 현실은 조금도 눈에 보이지 않고 손에 만져지지 않지만, 그래도 역시 현실이다.

그런데 그는 자기가 지금 어떤 처지에 놓여 있는가를 자문했다. 그는 그 '결심'에 관해 자기에게 물었다. 그가 머릿속에

---

* 예수 그리스도를 가리킨다.

서 결정을 짓고 난 것은 모두 극악무도한 일이고, "되어 가는 대로 두면 된다. 천주님의 손에 맡겨 두자."라는 건 그야말로 끔찍한 일이라고 그는 자기 자신에게 고백했다. 운명과 인간의 오류가 이루어지게 내버려 두는 것은, 그것을 막지 않는 것은, 침묵을 지킴으로써 그것에 찬동하는 것은, 요컨대 아무것도 하지 않는 것은, 그것은 무엇이고 다 하는 것이다! 그것은 위선적인 비굴의 최후 단계다! 그것은 비열하고, 비겁하고, 엉큼하고, 야비하고, 추악한 죄다!

팔 년 만에 처음으로 이 불행한 사나이는 사념(邪念)과 악행의 쓴맛을 보았다.

그는 불쾌하여 그 쓴맛을 도로 뱉어 내 버렸다.

그는 계속 자문했다. 그는 자기가 말한 "내 목적은 달성되었다!"라는 말이 대관절 무슨 뜻인가 하고 준엄하게 자문했다. 그는 자기의 인생이 사실 하나의 목적을 가지고 있다는 것을 자인했다. 그러나 그 목적이란 무엇인가? 이름을 숨기는 것인가? 경찰을 속이는 것인가? 그가 해 온 모든 것이 그런 사소한 것 때문이었던가? 딴 목적은 없었던가? 거룩하고 참다운 목적은? 자기의 몸이 아니라 영혼을 구원하는 것. 다시 정직하고 착하게 되는 것. 올바른 사람이 되는 것! 자기가 항상원한 것은, 주교가 자기에게 명한 것은 특히 그것, 유독 그것이 아니었던가? 과거에 대해 문을 닫는다고? 하지만 천만에! 그는 닫지 않았다. 비열한 짓을 함으로써 다시 열고 있었다! 그는 도로 도둑이, 도둑 중에서도 가장 끔찍스러운 도둑이 되고 있었다! 그는 남한테서 그의 생존을, 생명을, 평화를, 햇볕을 받는 자리를 훔치고 있었다! 그는 살인자가 되고 있었다! 그는 죽이고 있었다, 한 불쌍한 사람을 정신적으로 죽이고 있었다. 그 사람에게 그 끔찍한 산 죽음을, 형무소라는 그 백주하의 죽음을 주고 있었다! 반대로 자수하고, 그토록 비통한 오류의 희생양이 된 그 사나이를 구출하고, 자기 이름을 밝히고, 의무를 다하여 다시 죄수 장 발장이 된다면, 그것이야말로 정말 자기의 부활을 성취하고 자기가 벗어난 지옥의 문을 영원히 닫아 버리는 것이 되지 않겠는가! 외관상 그 지옥에 다시 떨어지는 것은 사실상 그것을 벗어나는 것이다! 그렇게 해야 했다! 그렇게 하지 않으면 그는 아무것도 하지 않은 것이다! 그의 일생은 무용한 것이 되고, 모든 회개는 보람이 없을 것이며, "무슨 소용이 있는가?"라고 말할 수밖에 없으리라. 그는 주교가 거기에 있는 것만 같았다. 주교는 죽음으로써 더욱더 현존하여 그를 응시하고, 차후 시장 마들렌은 그의 모든 적선과 적덕에도 불구하고 주교의 눈에 타기할 인간으로 보이고, 죄수 장 발장은 주교 앞에서 갸륵하고 순결한 인간으로 보일 것만 같았다. 속인들은 그의 가면을 보지만 주교는 그의 얼굴을 보고, 속인들은 그의 생활을 보지만 주교는 그의 양심을 볼 것만 같았다. 그러므로 아라스에 가서, 가짜 장 발장을 해방하고 진짜 장 발장을 고발해야 한다! 오호라! 그것이야말로 최대의 희생이고, 가장 비통한 승리이고, 뛰어넘어야 할 마지막 한 걸음이었다. 하지만 그래야만 했다. 아, 애달픈 운명이여! 그는 인간들의 눈앞에서 치욕 속으로 다시 들어가지 않고서는 하느님의 눈앞에서 신성으로 들어갈 수가 없는 것인가!

"그렇다." 그는 말했다. "그렇게 결심하자! 의무를 이행하자! 그 사나이를 구해 주자!"

그는 저도 모르게 큰 소리로 그렇게 말했다.

그는 장부를 가져다가 조사하고 정리했다. 그는 가난한 소매상들한테서 받아 놓은 차용 증서 뭉치를 불에 던져 버렸다. 그는 편지 한 통을 써서 봉했다. 이때 그 방에 누가 있었다면 그 겉봉에 이렇게 씌어 있는 것을 보았으리라. "파리 아르투아 거리, 은행가 라피트 씨."

그는 책상에서 지갑을 꺼냈다. 그 속에는 지폐 몇 장과 그해에 선거하러 갈 때 사용했던 통행권이 들어 있었다.

그가 중대한 생각을 하며 그러한 여러 가지 행동을 하는 것을 설령 본 사람이 있었다 하더라도, 그 사람은 그의 마음속에서 무슨 일이 일어나고 있는지를 알아차리지 못했으리라. 다만 때때로 그의 입술이 움직이고 있었다. 또 어떤 때는 고개를 들고 벽의 어떤 한 점을 지그시 바라보았는데, 마치 바로 그곳에 무슨 밝히고 싶은 것, 또는 물어보고 싶은 것이라도 있는 것 같았다.

라피트 씨에게 편지를 다 쓰자, 그는 그것을 지갑과 함께 호주머니에 넣고 다시 걷기 시작했다.

그의 명상은 전혀 딴 데로 쏠리지 않았다. 그의 눈에는 자기의 의무가 빛나는 글자로 씌어 있는 것이 계속 똑똑히 보였는데, 그 글씨가 그의 눈앞에서 훨훨 타오르며 그의 눈길을 따라 함께 이동하고 있었다. "가라! 이름을 밝혀라! 자수하라!"

마찬가지로 그는 여태까지 자기 생활의 두 가지 신조였던 두 개의 관념을 마치 그것들이 눈에 보이는 형체를 갖추고 자기 앞에서 움직이듯 보고 있었다. 이름을 감출 것, 그리고 영혼을 성화할 것이라는 두 개의 관념을. 이제야 비로소 그에게는 그 두 가지 관념이 전혀 판이한 것으로 보이고, 그 둘 사이의 차이가 보였다. 그는 깨달았다. 이 관념들 중 하나는 당연히 선하나 다른 하나의 관념은 악해질 수도 있다는 것을. 하나는 헌신이나 다른 하나는 개인 중심이라는 것을. 하나는 '이웃 사람'을 말하나 다른 하나는 '자아'를 말하고 있다는 것을. 하나는 광명에서 오지만 다른 하나는 암흑에서 온다는 것을.

두 관념은 싸우고 있었고 그는 그것들이 싸우는 것을 보고 있었다. 그가 생각하면 할수록 그것들은 그의 정신의 눈앞에서 커져서 지금은 거대한 체구가 되어 있었다. 그리고 그는 자기 자신 속에서, 앞서 말한 그 무한 속에서, 어둠과 빛의 한복판에서 한 여신과 한 거인이 싸우는 것을 보는 것 같았다.

그는 공포심에 가득 차 있었으나 착한 생각이 이기는 것 같았다.

그는 자기의 양심과 운명의 또 하나의 결정적 고비에 다다르고 있는 것을, 주교는 새로운 생명의 제1기를 그었고, 상마티외는 제2기를 그었다는 것을 느끼고 있었다. 큰 위기 뒤에 큰 시련이 온 것이다.

그러는 동안, 잠시 가라앉았던 열이 다시 조금씩 올랐다. 오만 생각이 다 그의 뇌리를 스쳤으나 그것은 그의 결심을 계속 굳혀 주었다.

한때 그는 이렇게 생각했다. '내가 아마 이 일을 너무 지나

치게 생각하는지도 몰라. 그 샹마티외라는 자는 대수롭지 않은 사람이야. 요컨대 도둑질을 했거든.'

그는 스스로 이렇게 대답했다. '그 사나이가 실제로 사과 몇 알을 훔쳤다 해도 한 달 구류야. 형무소에 가기에는 어림도 없어. 그런데 누가 알겠는가? 그가 훔쳤는가? 증거가 있나? 장발장이라는 이름이 그에게 씌었기 때문에 증거가 필요 없을 거야. 검사는 보통 그렇게 하지 않나? 그를 전과자로 알고 있기 때문에 그를 도둑놈이라고 믿어 버리는 거야.'

또 어떤 때는 이런 생각이 떠올랐다. 만약 내가 자수한다면, 아마 나의 영웅적인 행위와 지난 칠 년간의 정직한 생활과 이 지방에 공헌한 업적을 고려하여 용서 받을지도 모른다.

그러나 그러한 추측은 이내 사라져 버렸고, 그는 프티제르베한테서 40수를 훔친 것이 자기를 재범으로 만들었으니, 그 사건이 틀림없이 제기되어 법률의 명문에 의하여 무기징역을 받게 될 거라고 생각하면서 쓴웃음을 지었다.

그는 일체의 망상을 뿌리치고 더욱더 세상에서 마음을 돌려 다른 데에서 위안과 힘을 찾았다. 그는 자신에게 말했다. 나는 내 의무를 지켜야 한다. 의무를 회피하고 났을 때보다 의무를 이행하고 났을 때 더 불행해진다는 법이 있을 수 있을까? 만약에 '되어 가는 대로 내버려 두고' 몽트뢰유쉬르메르에 주저앉아 있다면, 나의 현직(顯職), 명망, 선행, 존경, 숭배, 적선, 재산, 인기, 덕망은 죄악에 물들 것이다. 그러니 이 모든 거룩한 일들이 이 타기할 일과 연결된다면 무슨 맛이 있겠는가! 반면 만약에 내가 희생을 완수한다면, 형무소에도, 형무소의 말뚝에도, 쇠고리에도, 푸른 모자*에도, 쉴 새 없는 노역에도, 또는 무자비한 치욕에도 언제나 성스러운 생각이 섞여 들 것이다!

마지막으로 그는 생각했다. 여기에는 필연적인 것이 있다. 내 운명은 그렇게 되어 있다. 나는 위에서의 조처를 마음대로 흐트러뜨릴 수 없다. 어떠한 경우에도 둘 중 하나를 선택해야 한다. 바깥에서의 덕행과 마음속에서의 가증스러움이냐 아니면 마음속에서의 성스러움과 바깥에서의 치욕이냐.

이토록 침통한 오만 가지 궁리를 다 하노라니 용기는 사그라지지 않았으나 머리가 피곤해졌다.

그는 저도 모르게 딴생각을, 부질없는 생각을 하기 시작했다.

관자놀이의 핏대가 심하게 고동쳤다. 그는 여전히 방 안을 이리저리 거닐고 있었다. 자정을 알리는 시계 소리가 먼저 성당에서 울리고, 이어 시청에서 울려왔다. 그는 두 탑시계가 열두 번 치는 소리를 세면서 두 시계 소리를 비교해 보았다. 그러자 며칠 전에 어느 고물상에서, 팔려고 내놓은 낡은 종 위에 '로맹빌의 앙투안 알뱅'이라는 이름이 새겨져 있는 것을 본 일이 생각났다.

그는 추웠다. 불을 좀 땠다. 창을 닫을 생각은 하지 않았다.

그러는 동안 그는 다시 혼미 상태에 빠졌다. 그는 12시를 치기 전에 무슨 생각을 하고 있었는지를 생각해 내느라고 꽤 힘을 들여야 했다. 이윽고 생각이 났다.

---

* 무기징역수가 쓰는 모자.

"아 참, 그래." 그는 중얼거렸다. "자수할 결심을 했지."

그런데 불현듯이 팡틴 생각이 났다.

"그럼 그 가엾은 여자는!" 그는 말했다.

여기에 새로운 위기가 나타났다.

그의 명상 속에 홀연 나타난 팡틴은 뜻하지 않은 한 줄기 햇살과도 같았다. 그는 자기 주위의 모든 것이 일변하는 것 같았다. 그는 외쳤다.

"아, 이런! 여태까지 난 내 생각밖에 안 했구나! 내 형편밖에 생각하지 못했구나! 잠자코 있을 것인가 아니면 자수를 할 것인가, 내 정체를 숨길 것인가 아니면 내 영혼을 건질 것인가, 가증스럽지만 존경을 받는 행정관으로 있을 것인가 아니면 수치스럽지만 거룩한 죄수가 될 것인가. 이것은 내 문제, 어디까지나 내 문제요, 내 문제에 불과하다! 그러나 이 모든 것은 이기주의임을 어찌하랴! 이것은 이기주의의 다양한 형태다. 그러나 어쨌든 이것은 이기주의다! 남들을 좀 생각해 주면 어때? 첫째의 신성은 남을 생각하는 일이다. 어디 좀 생각해 보자. 나를 제외하고, 나를 지우고, 나를 잊어버린다면 대관절 그 결과가 어떻게 될 것인가? 만약 내가 자수한다면? 사람들은 나를 잡고, 그 상마티외를 놓아주고, 나를 다시 형무소로 보내리라. 좋다, 그다음엔? 여기는 어떻게 되지? 아! 여기에는 한 지방이 있고, 한 도시가, 공장들이, 공업이, 노동자들이, 남자들이, 여자들이, 늙은 할아버지들이, 아이들이, 가난하고 불쌍한 사람들이 있다! 나는 이 모든 것을 만들어 냈다. 나는 이 모든 것을 먹여 살리고 있다. 연기 나는 굴뚝이 있는 곳이면 어디고 그 불 속에 나무를 넣어 주고 그 냄비에 고기를 넣어 주는 것은 나다. 나는 안락과 유통과 신용을 만들었다. 내가 오기 전에는 아무것도 없었다. 나는 이 지방 전체를 부유하게 만들었다. 내가 없어지면 넋이 없어진다. 내가 사라지면 모든 것이 죽는다. 그리고 지긋지긋하게 고생한 저 여자, 타락은 했어도 엄청 장점이 많은 여자, 나도 모르는 사이에 나 때문에 그토록 불행해진 여자! 그리고 내가 가서 데려오려고 했던 그 아이, 내가 그 어머니에게 약속했는데! 내가 그 여자에게 준 불행의 보상으로서, 나는 그 여자에게 뭔가 빚도 지고 있지 않은가? 내가 사라지면 어떻게 되지? 아이 어머니는 죽는다. 아이는 될 대로 되겠지. 내가 자수하면 결과는 그 꼴이 되고 만다. 만약에 자수를 안 한다면, 어디 보자, 자수를 안 한다면 어찌 되지?"

이렇게 자문한 뒤에 그는 생각을 끊었다. 그는 잠시 주저하고 떠는 것 같았으나 그 시간은 오래가지 않았다. 그는 조용히 스스로 대답했다.

"그러면 그 사나이는 형무소에 간다. 그건 사실이야. 하지만 할 수 없지! 그는 도둑질을 했거든! 그가 도둑질을 안 했다고 내가 아무리 생각해도 소용없어. 그는 정말 훔쳤으니까! 나는 여기 남아서 일을 계속하자. 십 년 후에 1000만을 벌어서 지방에 뿌리고, 나는 한 푼도 갖지 말자. 그걸 가져 뭐하겠는가? 내가 하는 일은 나를 위해서가 아니다! 모든 사람들의 번영이 사뭇 늘어 가고, 공업이 활기를 띠어 흥성하고, 크고 작은 공장들이 증가하고, 가구는 백이 되고 천이 되어 행복하고,

인구는 늘어나고, 논밭밖에 없던 곳에 마을들이 생기고, 황무지였던 곳에 논밭이 생기고, 빈궁은 없어지고, 빈궁과 더불어 방탕, 매음, 도둑질, 살상, 모든 패륜, 모든 범죄가 싹 사라지리라! 그리고 저 가없은 어머니는 자기 아이를 기르고! 그리고 이 지방 전체가 부유하고 정직해진다! 아, 정말 나는 머리가 돌았다. 어리석었다. 자수하다니, 세상에 그게 무슨 말인가? 정말 조심해야지, 정말, 그리고 아무것도 서둘러서는 안 돼. 아니, 뭐라고! 위대하고 고결한 일을 하는 것이 좋아서 그랬다고! 그런 건 결국 신파극에 불과해! 그렇지 않으면 나만을, 나 혼자만을 생각해서 그랬단 말인가! 뭐! 누구인지도 모르는 놈을, 도둑놈을, 분명히 부랑배를 아마 좀 억울할지는 몰라도 결국은 정당한 형벌에서 구출하기 위해 한 지방 전체가 파멸해야 한단 말인가! 한 가없은 여자가 병원에서 죽고, 한 가없은 소녀가 길바닥에서 죽어야만 한단 말인가, 개들처럼! 아! 끔찍하다! 어머니는 자기 아이를 다시 보지도 못하고, 아이는 제 어머니를 거의 알지도 못한 채! 그리고 이 모든 것이 저 사과를 훔친 늙은 부랑배를 위해서란 말인가! 그 녀석은 그 일 때문이 아니라도 확실히 다른 일로 마땅히 감옥살이를 할 만한 놈인데! 죄인 하나를 구하고 무고한 사람들을 희생시키다니, 감옥살이를 한댔자 제 오막살이보다 별로 더 불행하지도 않을 것이고, 기껏해야 몇 년밖에 더 못 살 늙은 방랑자를 구해 주고 주민 전체를, 어머니, 아내, 어린아이를 희생시키다니, 참 갸륵한 마음씨로다! 저 가련한 어린 코제트는 세상에 나밖에 없는데, 아마 지금 이 순간에도 저 테나르디에 부부의 더러운 집에서 추워서 새파랗게 되어 있으리라! 거기에도 악당들이 있다! 그런데 나는 이 모든 가련한 사람들에 대한 의무를 저버릴 뻔했구나! 하마터면 자수를 할 뻔했구나! 그런 어리석기 짝이 없는 짓을 할 뻔했구나! 최악의 경우를 생각해 보자. 그렇게 하는 것이 나로서는 나쁜 행위라고 가정하고, 후일 양심의 가책을 받게 된다고 가정하더라도, 남들의 행복을 위해 나만을 괴롭히는 이 가책을, 내 영혼에만 상처를 주는 이 악행을 감수한다는 것은 그야말로 헌신이고 그야말로 덕행이 아니겠는가!"

그는 일어나서 다시 걷기 시작했다. 이번에는 마음이 후련한 것 같았다.

금강석은 지하의 어둠 속에서만 발견되고, 진리는 사상의 깊은 곳에서만 발견된다. 그는 그 깊은 곳에 내려간 뒤에야, 그 어둠의 가장 캄캄한 곳에서 오래 더듬은 뒤에야 마침내 그러한 금강석 하나를, 그러한 진리 하나를 발견하여 손안에 쥐고 있는 것 같았고, 그것을 바라만 봐도 눈이 부셨다.

'아, 그렇다.' 그는 생각했다. '이거다. 나는 진리를 깨달았다. 이제 해결되었다. 생각하기로 들면 한이 없다. 결심은 섰다. 되는 대로 내버려 두자! 더 이상 망설이지 말자. 더 이상 물러서지 말자. 이건 모든 사람을 위해서이지 나를 위해서가 아니다. 나는 마들렌이다. 그대로 마들렌으로 있자. 장 발장이라는 자는 불행할진저! 그건 이제 내가 아니다. 나는 그런 사람은 모른다. 나는 이제 그게 뭔지 모른다. 지금 누군가가 장 발장이 되어 있다면 제가 알아서 하라지! 그건 나와는 관계없는 일이다. 그건 어둠 속에 떠 있는 숙명의 이름이다. 그게 어떤 사람의 머리 위에 와서 떨어진다면, 그 사람에겐 딱한 일이다!"

그는 벽난로 위에 있는 조그만 거울을 들여다보며 말했다.

"이런! 결심을 하고 나니 거뜬해졌네! 나는 지금 아주 딴사람이 되었네."

그는 몇 걸음 더 걷다가 갑자기 딱 멈추었다.

"자! 일단 결심을 내린 이상 어떠한 결과가 생기더라도 머무적거려서는 안 된다." 그는 말했다. "아직도 나를 그 장 발장에게 매어 놓는 끄나풀이 있다. 그걸 끊어 버려야지! 여기, 바로 이 방 안에 나를 고발할 물건들이, 증거가 될 무언의 사물들이 아직도 있다. 일은 결정되었다. 이것들을 죄 없애 버려야 한다."

그는 호주머니 속을 뒤져서 지갑을 꺼내어 열고 작은 열쇠 하나를 집었다.

그는 그 열쇠를 자물쇠에 꽂았는데, 자물쇠는 벽지의 무늬 중 가장 짙은 빛깔 속에 감추어져 있어 그 구멍이 제대로 보이지 않았다. 은닉처가 열렸다. 그것은 벽 모서리와 벽난로 시렁 사이에 만들어 놓은 일종의 벽장 같은 것이었다. 이 은닉처에는 허술한 것 몇 가지밖에는 없었는데, 푸른 베로 된 작업복, 헌 바지, 헌 배낭, 양쪽 끝에 쇠가 박힌 울룩불룩하고 큰 지팡이 등이 그것이었다. 1815년 10월에 디뉴를 지나가던 당시의 장 발장을 본 사람들은 이 초라한 옷차림의 모든 물건들을 쉽사리 알아보았으리라.

그는 자기의 출발점을 항시 잊지 않기 위해, 은촛대를 보관했듯이 그것들을 보관했다. 다만 그는 형무소에서 온 것은 감추어 놓고, 주교한테서 온 촛대만 내놓고 있었다.

그는 슬쩍 문 쪽을 보았다. 마치 빗장을 질러서 닫아 놓기는 했지만 그래도 열리지나 않을까 걱정하듯. 그러고는 후다닥 날쌔게 몸을 놀려, 그토록 여러 해 동안 위험을 무릅쓰고 고이 보관해 두었던 것들을 일별도 하지 않고 한 아름에 거머잡아 모조리 불에 던져 버렸다. 누더기도, 지팡이도, 배낭도, 모조리.

그는 그 벽장 같은 것을 다시 닫고는, 비워 버렸으니 이제부터는 그럴 필요가 없는데도 더욱 조심스럽게 투박한 가구 하나를 그 앞으로 밀어붙여 벽장 문을 감추었다.

몇 초 후에, 방 안과 맞은편 벽은 시뻘겋게 흔들리는 큰 불빛으로 훤히 밝아졌다. 모든 것이 타고 있었다. 울룩불룩한 지팡이는 툭툭 튀면서 방 한가운데까지 불똥을 던지고 있었다.

배낭은 그 속에 든 더러운 누더기와 함께 모두 타 버렸고, 재 속에는 무엇인가가 떨어져 번쩍이고 있었다. 굽어본다면 그것이 한 닢의 은전임을 쉽사리 알아보았으리라. 말할 나위도 없이 굴뚝 청소부 소년한테서 훔친 40수짜리 은화였다.

그는 불을 보지 않고 줄곧 같은 걸음걸이로 왔다 갔다 걷고 있었다.

갑자기 그의 시선이 벽난로 위에서 불빛을 받아 어렴풋이 반짝이고 있는 두 은촛대 위에 떨어졌다.

'저런!' 그는 생각했다. '장 발장이 아직도 고스란히 저 속

에 있구나. 저것도 부숴 버려야겠다.'

그는 두 촛대를 잡았다.

불은 그 촛대를 재빨리 녹여서 알아볼 수 없는 일종의 은괴로 만들기에 충분했다.

그는 불 위에 몸을 구부리고 잠깐 불을 쬐었다. 그는 참으로 기분이 좋았다.

"어 참 따습다!" 그는 말했다.

그는 두 촛대 중 하나로 잉걸을 허비적거렸다.

일 분만 더 있었으면 두 촛대는 불 속에 들어가 버렸으리라.

그때 그는 하나의 목소리가 자기 속에서 외치는 것이 들리는 것 같았다.

"장 발장! 장 발장!"

그의 머리칼이 곤두섰다. 그는 마치 무슨 무시무시한 것에 귀를 기울이고 있는 사람처럼 되었다.

"오냐, 잘한다! 어서 해라!" 그 소리는 말하고 있었다. "네가 하는 짓을 마저 해라! 그 촛대를 부숴라! 그 기념품을 없애라! 주교를 잊어라! 모든 것을 잊어라! 상마티외를 죽여라! 옳지, 됐어. 너 자신을 찬양해라! 그럼 결정됐다. 해결됐다. 끝났다. 거기에 한 사나이가, 한 늙은이가 제가 어떻게 될지도 모르고 있다. 그는 아마 아무 짓도 안 했을지 모른다. 그는 무고한 사람이다. 네 이름이 그 사람의 모든 불행을 만들고 있다. 네 이름이 그 사람을 죄악처럼 짓누르고 있다. 너로 오인되어 유죄 선고를 받고 경멸과 혐오 속에서 여생을 마치려 하고 있다! 그럼 됐다. 너는 신사로 있어라, 너는! 시장님으로 머물러 있어라. 명예롭고 존경을 받는 사람으로 머물러 있어라. 이 도시를 번영시켜라. 가난한 사람들을 먹여 살려라. 고아들을 길러라. 행복하고 유덕하게 칭송을 받으며 살아라. 그동안에, 네가 여기서 환희와 광명 속에 있는 동안에, 한편에는 옥중에서 네 붉은 죄수복을 입고, 치욕 속에서 네 이름을 둘러쓰고, 감옥에서 네 쇠사슬을 끄는 자가 있으리라! 암, 그건 퍽 잘된 일이다! 아! 불쌍한 녀석이여!"

그의 이마에서 땀이 흘렀다. 그의 사나운 눈초리는 촛대 위에 못 박혀 있었다. 그동안에도 그의 속에서 말하는 것은 끝나지 않았다. 그 목소리는 계속됐다.

"장 발장! 네 주변에는 많은 목소리가 있어 크게 떠들썩하고, 아주 큰 소리로 말하고, 너를 찬양할 것이나, 아무도 듣지 못할 단 하나의 소리가 있어 어둠 속에서 너를 저주하리라. 그래! 잘 들어라, 파렴치한이여! 그 모든 축복은 하늘에 이르기 전에 떨어지고, 오직 저주만이 주님에게까지 올라가리라!"

그 목소리는 처음에는 매우 약했고 그의 양심의 가장 침침한 곳에서 올라왔으나, 차츰 우렁차고 무시무시하게 되어 지금은 그의 귀에 잘 들렸다. 그 목소리는 그 자신에게서 나와, 지금은 그의 바깥에서 말하는 것 같았다. 그는 그 마지막 말을 어찌나 분명하게 들은 것 같은지 일종의 공포감을 느끼며 방 안을 둘러보았다.

"거 누구야?" 그는 큰 소리로, 그리고 완전히 얼이 빠져서 물었다. 그러고는 천치처럼 웃으며 말을 이었다.

"내가 참 바보로구나! 누가 있을 턱이 있나!"

누군가가 있었다. 그러나 거기에 있는 자는 인간의 눈이 볼 수 있는 자가 아니었다.

그는 촛대를 벽난로 위에 놓았다.

그러고는 그 단조롭고 침울한 걸음걸이로 다시 걷기 시작했는데, 그 발소리가 아랫방에서 잠들어 있던 사나이의 꿈을 깨뜨리고 깜짝 놀라 잠을 깨게 했던 것이다.

그 걸음걸이는 그를 안정시키고 동시에 거나하게 만들었다. 사람은 때때로 아주 중요한 경우에 이동하면서 만날 수 있는 모든 것에 조언을 구하기 위해 움직이는 것 같다. 한참 후에 그는 갈피를 잡을 수가 없었다.

그는 이제 번갈아 했던 두 개의 결심 앞에서 똑같이 공포심을 품고 주춤거리고 있었다. 그에게 조언을 하고 있는 두 가지 생각은 이것이나 저것이나 다 같이 해로운 것 같았다. 저 샹마티외가 자기로 오인되어 잡히다니, 세상에 그런 숙명이 어디 있는가! 그런 우연의 일치가 어디 있는가? 처음에는 천운이 그를 안전하게 하기 위해 사용한 것 같던 바로 그 방법 때문에 도리어 절체절명의 위기에 빠지다니!

그는 잠시 미래를 생각했다. 오오, 자수를 하고 자백을 한다! 그는 버려야 할 모든 것을, 다시 취해야 할 모든 것을 생각하고 막심한 절망을 느꼈다. 그래, 이처럼 훌륭하고 깨끗하고 빛나는 생활에도, 이 만인의 존경에도, 명예에도, 자유에도 고별을 해야 한단 말인가! 이제는 들에 산책도 못 가리라. 이제는 5월의 지저귀는 새소리도 듣지 못하리라. 이제는 어린아이들에게 적선도 못 하리라! 이제는 자기를 바라보는 감사와 애정의 정다운 눈길도 느끼지 못하리라! 자기가 지은 이 집도, 이 방도, 이 작은 방도 떠나야 하리라! 이 순간 모든 것이 그에게 아름다워 보였다. 이제는 이 책들도 읽지 못하리라. 이제는 이 아담한 흰 나무 책상에서 글도 쓰지 못하리라! 그가 부리는 유일한 하녀인 그의 늙은 문지기 여자도 이제 아침에 커피를 올려다 주지 않으리라. 아아, 슬프다! 그 대신에 죄수들, 목의 쇠고리, 붉은 옷, 발의 쇠사슬, 피로, 감방, 야외용 침대, 그밖에 가지가지의 지긋지긋한 것들! 이런 나이에, 자기 같은 과거를 지내 온 사람에게! 아직 젊기라도 하면 또 몰라! 그렇지만 늙은 놈이 아무한테나 반말을 듣고, 간수한테 몸수색을 당하고, 간수의 몽둥이찜질을 받고, 양말도 없이 징 박힌 구두를 신고, 족쇄를 검사하는 간수의 쇠망치에 아침저녁으로 다리를 내밀고, 구경꾼들한테는 "저기 저 사람이 몽트뢰유쉬르메르의 시장이었던 그 유명한 장 발장이야."라는 말을 들으면서 그들의 호기심의 대상이 되어야 한단 말인가! 저녁에는 땀을 철철 흘리며 녹초가 되어 푸른 모자를 눈 위로 푹 눌러쓰고 감시자의 채찍질을 받으면서 감옥선(船)의 사다리 층계를 두 단씩 올라가야 한다! 오오, 얼마나 비참한 일이냐! 운명이, 그래, 지적인 인간처럼 심술궂을 수 있고 인간의 마음처럼 잔인해질 수 있을까!

그런데 그는 아무리 해도 다람쥐 쳇바퀴 돌듯 그의 명상 밑바닥에 있는 그 고통스러운 딜레마에 줄곧 빠져드는 것이었다. 천국에 머물면서 악마가 될 것인가! 지옥에 돌아가서 천사가 될 것인가!

아아! 어떻게 할까? 아아! 어떻게 할까?

그렇게도 애써 벗어났던 고민이 다시금 그의 속에서 폭발했다. 그의 생각들은 다시 엉클어지기 시작했다. 그의 생각들은 절망의 특유한, 저 뭔지 알 수 없는 어리둥절하고 기계적인 상태에 빠졌다. 저 로맹빌이라는 지명이 옛날에 들어 본 적 있는 어느 노래의 두 구절과 함께 줄곧 그의 머리에 떠올랐다. 로맹빌은 파리 근교의 작은 숲으로 청춘 남녀들이 4월에 라일락 꽃을 꺾으러 가는 곳이라고 그는 생각했다.

그는 마음속에서와 같이 바깥에서도 비틀거리고 있었다. 그는 혼자 걷게 둔 어린애처럼 걷고 있었다.

어떤 때에는 피로와 싸우며 지혜를 되찾으려고 노력했다. 그는 말하자면 기진맥진한 나머지 그 위에 쓰러지고 말았던 그 문제를 마지막으로, 그리고 결정적으로 해결해 보려고 애썼다. 자수를 해야 할까? 침묵을 지켜야 할까? 그는 아무것도 명확히 볼 수가 없었다. 명상이 그려 낸 모든 추리들의 막연한 견지는 흔들려 하나하나 연기처럼 사라져 갔다. 다만 그는 이렇게 느끼고 있었다. 어떠한 결심을 내리든 간에, 필연적으로, 그리고 불가피하게 나의 무엇인가는 곧 죽게 된다, 나는 오른쪽으로든 왼쪽으로든 무덤에 들어간다, 나는 한 가지의 최후를, 내 행복이나 내 덕행의 최후를 완수한다라고.

아아, 슬프다! 또 다시 그는 결심을 내리지 못하고 있었다. 그는 다람쥐 쳇바퀴 돌듯 한 걸음도 전진하지 못하고 있었다.

이렇게 그 불행한 영혼은 번민 속에서 몸부림치고 있었다. 이 불운한 사나이보다 천팔백 년 전에 중생의 모든 신성과 모든 고뇌를 한 몸에 구현한 그 신비한 인간* 역시 절대자의 사나운 바람에 감람나무가 흔들리는 동안 별이 총총한 하늘로부터 그림자가 넘쳐흐르고 어둠이 철렁거리는 무서운 잔이 앞에 나타났을 때 그 잔에 손을 대기를 오래 주저하지 않았던가!**

4. 꿈속에 나타난 고뇌의 형상

오전 3시가 울렸다. 그는 거의 쉬지 않고 다섯 시간이나 그렇게 방 안을 걷고 있었던 것이다. 이때야 비로소 그는 의자 위에 쓰러졌다.

그는 거기서 잠이 들어 꿈을 꾸었다.

대개의 꿈이 그러하듯이, 그 꿈도 뭔지 알 수 없는 불길하고 비통한 것이었다는 점 외에는 그때의 사정과 통 관계가 없었지만, 그에게 깊은 감명을 주었다. 그는 그 꿈에 몹시 충격을 받았기 때문에 나중에 그것을 적어 놓았다. 다음에 보는 것은 그가 손수 써서 남겨 놓은 기록 중 하나다. 여기에 그것을 원문 그대로 옮겨 놓아야 할 것 같다.

그 꿈이 무엇이든 간에 만약에 그것을 빠뜨린다면 그날 밤의 이야기는 불완전한 것이 되리라. 그것은 한 병든 영혼의 불길한 사건이었다.

---

* 예수 그리스도를 가리킨다.
** 「마가복음」 14장 36절 참조.

그 꿈은 다음과 같다. 표제에는 이렇게 적혀 있다. "그날 밤 내가 꾼 꿈."

나는 벌판에 있었다. 풀 한 포기 없는 적막한 허허벌판이었다. 낮인지 밤인지도 알 수 없었다.

나는 형과 함께, 내 어린 시절의 형과 함께 거닐고 있었는데, 이 형에 관해 말해 두어야 할 것은 내가 그 후 한 번도 그를 생각해 본 일이 없고 모습마저 거의 잊어버리고 있었다는 것이다.

우리는 이야기를 하고 있었다. 그리고 지나가는 사람들을 만났다. 우리는 예전에 이웃에 살았던 한 여자 이야기를 했는데, 그녀는 길가 쪽 집에서 산 이후로는 노상 창을 열어 놓고 일을 했다. 우리는 이야기를 하면서도 그 열어 놓은 창 때문에 추웠다.

벌판에는 나무가 없었다.

우리는 한 사나이가 우리 옆으로 지나가는 것을 보았다. 그는 온몸을 홀랑 벗은 채인데 잿빛이었고, 흙빛 말을 타고 있었다. 그 사나이는 머리털이 없고 두개골이 보였는데 두개골 위에는 정맥이 있었다. 손에는 포도나무의 햇가지처럼 하늘하늘하면서도 쇠붙이처럼 묵직한 채찍을 들고 있었다. 이 마상객은 우리에게 아무 말도 하지 않고 지나가 버렸다.

형은 나에게 말했다. "저 파인 길로 가자."

덤불 하나, 이끼 한 점 없는 파인 길이 있었다. 모든 것이 흙빛이었다. 하늘까지도. 몇 걸음 걸은 뒤에 내가 말을 했지만 대답이 없었다. 나는 형이 이제 내 옆에 있지 않은 것을 깨달았다.

나는 마을 하나가 보여 거기로 들어갔다. 나는 거기야말로 로맹빌이 틀림없다고 생각했다.(왜 로맹빌이었을까?)*

내가 처음 들어간 길에는 아무도 없었다. 나는 다음 길로 들어갔다. 두 길이 마주친 모퉁이에 한 사나이가 벽에 기대어 서 있었다. 나는 그 사나이에게 말했다. "여기가 어디요? 지금 내가 있는 곳이 어디요?" 사나이는 대답하지 않았다. 나는 문이 열려 있는 집을 보고 그리로 들어갔다.

첫 번째 방에는 아무도 없었다. 나는 다음 방으로 들어갔다. 방문 뒤에 한 사나이가 벽에 기대어 서 있었다. 나는 그 사나이에게 물었다. "이게 누구의 집이오? 지금 내가 있는 곳이 어디요?" 사나이는 대답하지 않았다. 그 집에는 정원이 있었다.

나는 집에서 나가 정원으로 들어갔다. 정원에는 아무도 없었다. 첫 번째 나무 뒤에 사나이 하나가 서 있는 것을 보았다. 나는 그 사나이에게 말했다. "이게 무슨 정원이오? 지금 내가 있는 곳이 어디요?" 사나이는 대답하지 않았다.

나는 마을에서 헤맸는데, 그곳이 도시임을 알아차렸다. 길마다 적적하고, 문마다 열려 있었다. 거리에는 개미 새끼 한 마리 얼씬 않고, 방에서 걷거나 정원에서 거니는 사람도 없었다. 그러나 담 모퉁이마다, 문 뒤마다, 나무 뒤마다 사나이 하나가 묵묵히 서 있었다. 언제나 한 군데에 한 사람밖에 안 보였다. 그 사나이들은 내가 지나가는 것을 바라보고 있었다.

나는 도시에서 나와 벌판을 걷기 시작했다.

잠시 후에 돌아다보니, 수많은 사람들이 내 뒤에서 걸어오고

---

* 이 괄호 친 구절은 장 발장 자신이 쓴 것이다.(원주)

있었다. 나는 그들이 모두 시내에서 본 사람들이라는 것을 알았다. 그들은 이상한 얼굴을 하고 있었다. 그들은 서두르는 것 같지 않았지만 그래도 나보다는 빨리 걷고 있었다. 그들은 발소리하나 내지 않았다. 이 군중은 순식간에 나를 따라와서 둘러쌌다. 이 사나이들의 얼굴은 흙빛이었다.

그때, 내가 시내에 들어갔을 적에 처음 만나서 질문을 했던 그 사나이가 나에게 말했다. "당신은 어딜 가오? 당신은 오래전부터 죽어 있다는 것을 모르오?"

나는 입을 열고 대답하려고 했는데, 내 주위에 아무도 없다는 것을 알아차렸다.

그는 잠을 깼다. 그는 얼어 있었다. 새벽바람처럼 찬 바람이 열린 채로 있던 유리창 문짝을 돌쩌귀 안에서 흔들고 있었다. 불은 꺼져 있었다. 초도 다 타 가고 있었다. 아직 컴컴한 밤이었다.

그는 일어나 창가로 갔다. 하늘에는 여전히 별이 없었다.

창에서는 집 안마당과 한길이 보였다. 별안간 땅바닥에서 날카롭고 딱딱한 소리가 나 그는 내려다보았다.

그의 아래 두 개의 붉은 별이 보였는데, 그 별빛은 어둠 속에서 괴상하게 늘어졌다 오므라졌다 하고 있었다.

그의 머리는 아직도 반쯤 꿈결의 안개 속에 잠겨 있었기 때문에 그는 '저런! 하늘에 별이 없네. 별이 이제 땅 위에 있네.' 하고 생각했다.

어느덧 몽롱한 머리도 맑아지고, 처음 같은 소리가 재차 울려 그를 완전히 깨워 버렸다. 그는 들여다보았다. 그리고 그 두 별이 마차의 각등임을 알아보았다. 그 불빛으로 그는 마차의 형태를 분명히 알아볼 수 있었다. 그것은 작은 백마를 단 이인 승 이륜마차였다. 아까 그가 들은 소리는 포석 위의 말굽 소리 였다.

'저게 웬 마차지?' 그는 생각했다. '대관절 누가 이런 꼭두 새벽에 왔을까?'

그 순간 누가 그의 방문을 가만가만 두드렸다.

그는 머리끝부터 발끝까지 떨며 무시무시한 목소리로 외 쳤다.

"게 누구요?"

누군가 대답했다.

"저예요, 시장님."

그는 문지기 노파의 목소리를 알아들었다.

"그래, 웬일이오?" 그는 말을 이었다.

"곧 오전 5시예요, 시장님."

"그런데 어쨌단 말이오?"

"마차가 왔어요, 시장님."

"웬 마차가?"

"이륜마차예요, 시장님."

"무슨 이륜마차요?"

"시장님께서 이륜마차를 부르시지 않았나요?"

"아니." 그는 말했다.

"마부는 시장님한테 왔다고 그러는데요."

"어떤 마부가?"

"스코플레르 씨 댁의 마부예요."

"스코플레르?"

그 이름에 그는 마치 번갯불이 얼굴 앞을 스친 듯이 바르르 떨었다.

"아, 그래! 스코플레르." 그는 말했다.

만약에 노파가 이때 그를 보았다면 질겁을 했으리라.

꽤 오랜 침묵이 흘렀다. 그는 얼빠진 양 촛불을 바라보면서 그 심지 둘레의 뜨거운 초를 떼어 손가락 끝으로 비비고 있었다. 노파는 기다렸다. 그러다가 다시 한 번 목소리를 높여 감히 말해 보았다.

"시장님, 뭐라고 대답해야 할까요?"

"좋다고, 지금 내려간다고 말해요."

5. 고장

몽트뢰유쉬르메르와 아라스 사이의 우편물 수송은 이때까지도 아직 제정 시대의 작은 우편 마차로 하고 있었다. 그것은 이륜마차로서, 안을 엷은 황갈색 가죽으로 둘러치고, 아래에는 스프링이 달리고, 자리라고는 우체부와 승객의 두 좌석밖에 없었다. 바퀴는 독일의 도로에서는 아직도 볼 수 있는 것으로, 다른 마차들을 접근시키지 않게 하는 공격적인 긴 바퀴통을 갖추고 있었다. 우편물 함은 어마어마하게 큰 장방형 상자인데 이륜마차 뒤에 붙어서 마차와 한 덩어리를 이루고 있었다. 그 우편물 함은 검은색으로, 이륜마차는 노란색으로 칠해져 있었다.

오늘날에는 그렇게 생긴 것을 찾아볼 수 없는 이 마차들은 뭔지 알 수 없는 보기 흉하고 불룩 튀어나온 꼴을 하고 있었는데, 먼 지평선의 길을 기어가는 것을 보면 마치 흰개미나, 그 작은 몸통에 투박한 꼬랑지를 끌고 다니는 곤충과도 같았다. 그러나 속력만은 무지무지하게 빨랐다. 매일 밤 1시에 아라스를 출발한 우편 마차는 파리를 지나간 뒤에 몽트뢰유쉬르메르에 아침 5시 조금 전에 도착했다.

그날 밤 에스댕을 거쳐 몽트뢰유쉬르메르로 내려가던 우편 마차가 시내로 들어가다가 반대 방향에서 오고 있던 백마가 끄는 작은 이인승 이륜마차와 길모퉁이에서 충돌했는데, 그 이륜마차에는 한 사나이가 망토로 몸을 감고 혼자 타고 있었다. 이륜마차의 바퀴는 꽤 심한 타격을 받았다. 우체부는 그 사나이에게 멈추라고 외쳤으나, 나그네는 들은 체도 하지 않고 여전히 냅다 말을 달려 계속 가 버렸다.

"그 녀석 몹시 급했던 모양이군!" 우체부는 말했다.

그렇게 서둘러 가 버린 사나이는 아까 본, 확실히 측은해할 만한 번민 속에 몸부림치던 사람이었다.

그는 어디를 가고 있었던가? 그 자신도 말할 수 없었으리라. 왜 그렇게 서둘렀던가? 그 자신도 알 수 없었다. 그는 정처 없이 앞으로 가고 있었다. 어디로? 아마 아라스로. 그러나 그는 어쩌면 다른 데로 가고 있었을지도 모른다. 이따금 그는 그것을 느끼며 바르르 떨곤 했다.

그는 마치 심연에 몸을 던지듯 어둠 속으로 돌진했다. 무엇인가가 그를 떠밀고 있었다. 무엇인가가 그를 끌어당기고 있었다. 그의 마음속에서 일어나고 있는 것이 무엇인지 아무도 말할 수 없을 테지만 곧 누구나 다 알게 될 것이다. 누구나 평생에 적어도 한 번쯤은 이러한 신비의 캄캄한 동굴 속에 들어가 봤을 것이다.

그런데 그는 아무런 결심도, 아무런 결정도, 아무런 확정도, 아무런 일도 하지 않았다. 그야말로 아무것도 하지 않았던 것이다. 그의 양심의 결의에는 아무것도 결정적인 것이 없었다. 그는 그 어느 때보다도 더 최초의 순간과 같았다.

왜 그는 아라스로 가고 있었는가?

그는 스코플레르의 이륜마차를 예약하면서 이미 생각했던 것을 지금도 마음속에서 되풀이하고 있었다. 즉 결과가 어찌 될지라도, 사건을 내 눈으로 보고 판단하는 건 조금도 나쁠 것이 없다. 그렇게 하는 것이 바로 신중한 것이다. 무슨 일이 일어날지 알아야 한다. 잘 지켜보고 잘 살펴보지 않고서는 아무런 결정도 할 수 없다. 멀리서는 모든 것을 과장해서 생각한다. 요컨대 그 상마티외라는 위인이 얼마나 나쁜 놈인지 본다면 나 대신 그자를 형무소로 보내도 내 양심이 아마 훨씬 덜 아플 것이다. 사실은 거기에 그 자베르가 있을 것이고, 나를 알았던 예전의 죄수인 그 브르베가, 그 슈닐디외가, 그 코슈파유가 있을 것이다. 그러나 확실히 그들은 나를 알아보지 못할 것이다. 그야 당연하지! 자베르야 어림도 없고. 모든 억측과 추측이 저 상마티외한테만 가고 있는데, 억측이나 추측처럼 완고한 건 없거든. 그러니 아무런 위험도 없다.

아마 그건 불쾌한 시간이겠지만 나는 거기서 벗어나게 될 거야. 요컨대 내 운명이 아무리 나빠지려고 하더라도, 나는 그 것을 내 손안에 쥐고 있다. 나는 내 운명의 주인공이다. 그는 이러한 생각에 집착하고 있었다.

사실은 털어놓고 말하자면, 그는 아라스에 가지 않는 것을 더 좋아했으리라.

그렇지만 그는 거기로 가고 있었다.

그는 생각하면서도 말을 채찍질했는데, 말은 한 시간에 25리 라는 한결같이 정확한 속도로 마구 달리고 있었다.

이륜마차가 전진함에 따라, 그는 자기 속에서 무엇인가가 머뭇거리는 것을 느꼈다.

동이 틀 때 그는 허허벌판에 있었는데, 몽트뢰유쉬르메르 시는 그의 뒤에 꽤 멀리 있었다. 그는 지평선이 희번해지는 것 을 보았다. 그는 겨울 새벽의 모든 싸늘한 형체들이 눈앞을 지 나가는 것을 눈으로 보지 않고 마음으로 보았다. 아침에도 저 녁처럼 위협적인 것들이 있다. 그는 그것들을 보지는 못했지 만, 그가 모르는 사이에 육체를 통해 스며들어 오다시피 하여, 그 나무와 언덕의 검은 그림자들이 그의 영혼의 격앙된 상태 에 뭔지 알 수 없는 침울하고 음침한 것을 보태 주었다.

때로는 길가에 외로이 서 있는 집 앞을 하나하나 지날 때마 다 그는 생각했다. '저 안에는 자고 있는 사람들이 있다.'

속보로 달리는 말과 마구의 방울과 포도 위를 구르는 바퀴가 부드럽고 단조로운 소리를 냈다. 이런 것들은 기쁠 때에는 즐겁게, 서글플 때에는 처량하게 들린다.

에스댕에 도착했을 때에는 날이 훤히 밝았다. 그는 말을 쉬게 하고 귀리를 주려고 한 여관 앞에서 정거했다.

이 말은 스코플레르의 말마따나 블로네에서 난 작은 말이었는데, 그 특징으로서 머리와 배는 커다랗고 목은 짤막하나, 가슴팍은 딱 벌어지고, 궁둥이는 넓적하고, 다리는 가늘고, 발은 튼튼했다. 품종은 보잘것없으나 실팍지고 굳건했다. 이 갸륵한 짐승은 두 시간에 50리를 달리고도 궁둥이에 땀 한 방울 흘리지 않았다.

그는 마차에서 내리지 않았다. 귀리를 가져오던 여관 마부가 갑자기 몸을 구부리고 왼쪽 바퀴를 살펴보았다. 그 사나이가 말했다.

"이렇게 하고 멀리까지 가실 건가요?"

그는 여전히 명상에서 깨어나지 않은 채 대답했다.

"왜 그러시오?"

"먼 데서 오셨나요?" 마부는 말을 이었다.

"50리 밖에서 왔소."

"아!"

"'아!'라니, 왜 그러시오?"

마부는 다시 몸을 구부리고 한참 동안 아무 말 없이 바퀴를 들여다보더니, 몸을 일으키며 말했다.

"바퀴가 이런데 50리를 오셨다니, 여기까진 그럭저럭 오셨지만, 이젠 한 마장도 더 못 가시겠는데요."

그는 마차에서 뛰어내렸다.

"그게 무슨 소리요?"

"글쎄, 손님이나 말이나 저 큰길 고랑창에 굴러떨어지지 않고 이렇게 50리나 오신 게 기적이지 뭡니까. 좀 보십시오."

과연 바퀴는 몹시 상해 있었다. 우편 마차와 부딪친 충격으로 살이 두 개 부러지고 바퀴통이 망가져서 나사가 말을 듣지 않았다.

"이보시오, 이곳에 수레 목수가 있소?" 그는 여관 마부에게 말했다.

"물론이죠, 어르신."

"가서 좀 데려와 주시오."

"바로 저기 있어요. 이봐요! 부르가야르 아저씨!"

수레 목수 부르가야르 영감은 자기 집 문 앞에 있었다. 그는 와서 바퀴를 살펴보며 외과 의사가 부러진 다리를 들여다본 듯 얼굴을 찌푸렸다.

"이 바퀴를 당장 고쳐 줄 수 있겠소?"

"예, 어르신."

"내가 언제 다시 떠날 수 있겠소?"

"내일요."

"내일!"

"꼬박 하루 품은 걸립니다. 어르신께서는 급하신가요?"

"퍽 급하오. 늦어도 한 시간 후에는 떠나야 하오."

"안 됩니다, 어르신."

"돈은 얼마든지 드리겠소."

"안 됩니다."

"그럼 두 시간 후에."

"오늘 안으로는 안 됩니다. 바퀴살 두 개와 바퀴통을 고쳐야 하는걸요. 어르신께서는 내일 전에는 못 떠나십니다."

"내일까지 기다릴 수 없는 용무인데. 이 바퀴를 고치는 대신 딴것과 바꾼다면 어떻겠소?"

"어떻게 그렇게 하지요?"

"당신, 수레 목수죠?"

"물론이죠, 어르신."

"내게 팔 바퀴가 없소? 그러면 곧 떠날 수 있을 텐데."

"바꾸어 달 바퀴 말입니까?"

"그렇소."

"손님의 이륜마차에 맞도록 한쪽만 만들어 놓은 건 없는걸요. 바퀴 두 개가 한 벌로 되어 있으니까요. 아무거나 짝짝이로 된 두 개의 바퀴가 잘 맞을 리 없지요."

"그렇다면 한 벌을 파시오."

"어르신, 모든 바퀴가 다 모든 굴대에 맞지는 않습니다."

"그래도 해 보구려."

"소용없습니다, 어르신. 저희 집에는 짐수레 바퀴밖에는 팔 것이 없어요. 여기는 작은 마을이어서."

"그럼 빌려 줄 이륜마차는 없소?"

수레 목수는 이미 첫눈에 그의 이륜마차가 세낸 마차라는 것을 알아보았다. 그는 어깨를 으쓱했다.

"세낸 마차를 이렇게 함부로 다루셔서야! 있더라도 안 빌려 드리겠습니다."

"그럼, 파시오."

"저희 집엔 없습니다."

"뭐요! 이륜마차가 하나도 없다고요? 나는 아무것이든 괜찮은데."

"여기는 작은 마을이 돼서." 수레 목수는 덧붙였다. "저기 차고에 낡은 사륜마차 한 대가 있어요. 시내의 한 양반 것인데 좀처럼 쓰지도 않습니다. 빌려 드려도 상관없지만, 가다가 주인 양반한테 들키지 않아야 할 겁니다. 그런데 사륜마차니까 말이 두 마리 있어야 할 텐데요."

"역마를 빌리겠소."

"어르신은 어디에 가시죠?"

"아라스에."

"어르신께서는 오늘 도착하고 싶으십니까?"

"그럼요."

"역마를 빌려서요?"

"왜, 그러면 안 되오?"

"어르신께서는 오늘 밤 새벽 4시에 도착해도 무방하십니까?"

"그건 안 되오."

"그런데 한 가지 여쭐 말씀이 있는데, 역마로 가신다면……어르신께서는 통행권을 갖고 계신가요?"

"그렇소."

"그런데 역마를 이용하시더라도 내일 전에는 아라스에 도착 못 하십니다. 여기는 샛길입니다. 역마가 적은 데다가 말들은 밭에 나가 있습니다. 쟁기질 할 철이 시작돼서 말이 많이 필요하기 때문에 역참이든 다른 곳이든 어디서고 말이 쓰이고 있습니다. 그러니 어르신께서는 역참마다 서너 시간씩 기다리셔야 할 겁니다. 게다가 평보로 가야 합니다. 오르막길이 많으니까요."

"그럼 말을 타고 가야겠소. 마차를 풀어 주시오. 이 마을에 안장 파는 사람은 있겠지요."

"물론이죠. 하지만 이 말이 안장을 견뎌 낼까요?"

"아, 그렇지. 그건 미처 생각하지 못했군. 이 말은 견뎌 내지 못하오."

"그렇다면⋯⋯."

"이 마을에서 말 한 마리쯤 빌릴 수야 있겠지요?"

"아라스까지 단숨에 달려갈 말 말씀입니까!"

"그렇소."

"이 근방에 있는 말은 안 될 겁니다. 첫째, 아무도 어르신을 모르니까, 말을 사지 않으면 안 될 겁니다. 그러나 사건 빌리건, 500프랑을 주건 1000프랑을 주건 말을 구하지 못하실 겁니다."

"그럼 어떻게 하면 좋겠소?"

"제일 좋은 수는요, 정직하게 말씀드려서, 제가 바퀴를 고쳐서 내일 다시 길을 떠나시는 겁니다."

"내일이면 너무 늦어요."

"그래요!"

"아라스로 가는 우편 마차는 없소? 언제 여길 지나가오?"

"오늘 밤입니다. 올라가는 거나 내려가는 거나 양쪽 다 밤에 지나갑니다."

"뭐라고요! 이 바퀴를 고치는 데 하루가 걸리오?"

"하루가, 꼬박 하루가요!"

"일꾼 둘이 달려들어도?"

"일꾼 열이 달려들어도요!"

"바퀴살을 밧줄로 잡아매면?"

"바퀴살은 괜찮지만, 바퀴통은 안 돼요. 게다가 바퀴 테도 상태가 나빠요."

"시내에 마차를 빌려 주는 가게는 없소?"

"없습니다."

"다른 수레 목수는 없소?"

여관 마부와 수레 목수는 머리를 흔들면서 한꺼번에 대답했다.

"없습니다."

그는 이만저만 기쁘지 않았다.

분명코 천심이 동한 것이다. 이륜마차 바퀴를 부수고 그를 도중에 정지시킨 것은 천심이었다. 그는 그런 종류의 최초 경고에 굴복하지 않았고, 가능한 한 모든 노력을 다해 그의 여행을 계속했으며, 성실하고 조심스럽게 모든 수단을 다 동원했고, 혹한 앞에서도, 피로 앞에서도, 비용 앞에서도 머무적거리지 않았으니 아무것도 자책할 것이 없었다. 그가 더 멀리 가지 않더라도 그것은 더 이상 그와는 관계없는 일이었다. 그것은 더 이상 그의 잘못이 아니었다. 그것은 그의 양심의 소행이 아니라 천심의 소행이었다.

그는 숨을 쉬었다. 자베르가 방문하고 난 후 처음으로 자유로이 가슴 가득히 숨을 들이쉬었다. 스무 시간 전부터 가슴을 죄어 대던 철권이 이제야 그를 놓아 버린 것 같았다.

이제는 하늘이 자기를 도와 계시를 내리는 것 같았다.

그는 자신은 할 수 있는 모든 일을 다 했고, 이제 조용히 되돌아가야 할 뿐이라고 생각했다.

만약에 그와 수레 목수의 대화가 여관방 안에서 이루어졌다면, 현장을 목격한 사람은 없었을 것이고 아무도 그 이야기를 듣지 않았을 것이니, 일은 그것으로만 그쳤을 것이고 다음에 이야기하려는 사건은 일어나지 않았겠지만, 이 대화는 한길에서 이루어졌다. 길거리에서의 토론에는 반드시 사람들이 모여들기 마련이다. 구경하고 싶어 하는 사람들은 언제고 끊이지 않는다. 그가 수레 목수에게 묻고 있는 동안에, 몇몇 오가던 사람들이 그들 주위에 와서 섰다. 한참 이야기를 듣고 있던 꼬마 하나가 아무도 모르는 사이에 그 자리를 떠나 달려갔다.

이 나그네가 마음속으로 위에 말한 바와 같은 생각을 하고 나서 길을 되돌아가려고 마음먹고 있는데, 그 꼬마가 되돌아왔다. 꼬마는 노파 하나를 데리고 왔다.

"나리." 노파는 말했다. "우리 아이가 그러는데, 나리께서 마차를 빌리고 싶어 한다면서요."

아이가 데려온 노파의 그 짧은 한마디에 그의 등에는 땀이 조르르 흘렀다. 자기를 놓아준 그 손이 어둠 속에서 자기 뒤에 다시 나타나 도로 자기를 잡으려고 하는 것이 눈에 보이는 것 같았다.

그는 대답했다.

"예, 할머니. 세낼 이륜마차를 한 대 찾습니다."

그러고는 얼른 덧붙였다.

"그러나 이 마을에는 없군요."

"왜 없어요!" 노파는 말했다.

"어디에 있단 말이오?" 수레 목수가 물었다.

"우리 집에 있지요." 노파는 대답했다.

그는 몸이 오싹했다. 숙명의 손이 또 다시 그를 잡았던 것이다.

노파는 과연 고리버들 이륜마차 비슷한 것을 헛간에 가지고 있었다. 수레 목수와 여관 마부는 손님을 놓친 것이 원통하여 참견했다.

"이건 지독하게 낡아 빠졌군. 고리짝이 바로 굴대 위에 붙어 있네. 좌석이 안에서 가죽끈으로 매달렸어. 안에까지 비가 뿌리겠는데. 바퀴가 습기에 녹슬고 썩었어. 저 이륜마차보다 훨씬 더 멀리는 못 가겠는걸. 정말 다 헐어 빠진 마차야. 저 양반이 이런 걸 타시는 건 큰 잘못일 거야." 등등.

그건 모두 사실이었다. 그러나 그 헐어 빠진 마차는, 그 낡아 빠진 마차는, 마차라고 할 수 있을지 없을지는 모르겠으나 어쨌든 두 개의 바퀴 위에는 붙어 있었고, 아라스까지는 갈 수 있음 직했다.

그는 달라는 값을 치르고, 돌아오는 길에 찾을 작정으로 수레 목수에게 이륜마차를 고치도록 맡기고, 고리버들 마차에 백마를 매게 하여 거기에 올라타고서 아침부터 가던 길을 다시 갔다.

헌 마차가 움직이기 시작했을 때, 그는 조금 전에 자기가 가던 곳에 결코 못 가게 되겠다 싶어서 희열감을 느꼈다는 것을 시인했다. 그는 그 희열감을 살피고 일종의 분노를 느끼면서 그것을 터무니없는 일이라고 생각했다. 뒤로 되돌아가는 것을 왜 기쁘게 여겼던가? 요컨대 그는 자유롭게 이 여행을 하고 있었다. 아무도 그에게 그것을 강요하지 않았다.

그리고 확실히 그가 원하는 것 외에는 아무 일도 일어나지 않을 것이었다.

에스댕을 떠나오는데 누가 그에게 외치는 소리가 들렸다. "멈추세요! 멈추세요!" 그는 헌 마차를 급격히 멈추었다. 그 동작에는 아직 희망 비슷한, 뭔지 알 수 없는 상기되고 경련적인 것이 있었다.

그를 부른 것은 노파의 꼬마였다.

"어르신." 아이는 말했다. "마차를 얻어 드린 건 저예요."

"그래서!"

"제게 아무것도 안 주셨는걸요."

모든 사람에게 그렇게도 후했던 그는 그 요구가 너무도 엉뚱하고 더럽기까지 하다 싶었다.

"아니! 너였구나?" 그는 말했다. "네놈한테는 한 푼도 안 줄 테다!"

그는 말을 채찍질하여 다시 내달렸다.

그는 에스댕에서 많은 시간을 잃었기 때문에 그것을 벌충하고 싶었으리라. 그 작은 말은 씩씩하여 마치 두 마리처럼 끌고 있었으나, 때는 2월이고 비가 왔는지라 길이 사나웠다. 게다가 이건 이인승 이륜마차가 아니었다. 이 고리버들 마차는 둔하고 퍽 무거웠다. 게다가 오르막길도 많았다.

에스댕에서 생폴까지 가는 데 거의 네 시간이 걸렸다. 50리길에 네 시간이나.

생폴에서 그는 아무 데고 닥치는 대로 여관에 들러서 말을 끌러 마구간으로 끌고 가게 했다. 스코플레르에게 한 약속대로, 말이 먹이를 먹는 동안 그는 구유 옆에 서 있었다. 그러고는 이 일 저 일 생각하며 시름에 잠겼다.

여관 안주인이 마구간에 들어왔다.

"어르신, 식사는 안 하시겠어요?"

"아 참, 그래요." 그는 말했다. "퍽 시장하던 참이오."

그는 안주인을 따라갔다. 그 여자는 산뜻하고 쾌활한 얼굴을 하고 있었다. 그 여자는 그를 천장이 나지막한 방으로 안내했는데 거기에는 식탁보 대신에 기름천을 깐 식탁이 있었다.

"빨리 해 주시오." 그는 말을 이었다. "다시 떠나야 하오. 바쁘오."

뚱뚱한 플랑드르 인 식모가 황급히 식탁을 차렸다. 그는 편안함을 느끼며 그 처녀를 바라보았다.

'내가 왜 그런가 했더니, 아침밥도 먹지 않았구나.' 그는 생각했다.

음식이 들어왔다. 그는 얼른 빵 하나를 집어 한 입 베어 먹고 나서, 그것을 천천히 식탁에 내려놓고 다시는 손을 대지 않았다.

수레꾼 하나가 다른 식탁에서 식사를 하고 있었다. 그는 그 사람에게 물었다.

"이 집 빵은 대체 왜 이렇게 씁니까?"

수레꾼은 독일 사람이어서 알아듣지 못했다.

그는 마구간에 있는 말한테로 되돌아갔다.

한 시간 후에 그는 생폴을 떠나 탱크를 향해 달리고 있었다. 탱크는 아라스에서 50리밖에 안 된다.

그렇게 가는 동안 그는 무엇을 하고 무엇을 생각했던가? 아침과 마찬가지로 그는 나무들과 초가지붕들과 갈아 놓은 밭들을, 그리고 도로의 굽이굽이마다 나타났다가 사라지는 경치들을 바라보았다. 사람의 마음은 때로는 거의 아무 생각도 없이 멍하니 바깥만 바라보고도 만족하는 수가 있다. 그 오만 가지 삼라만상을 처음이자 마지막으로 보는 것은 그 얼마나 서글프고 심각한 일이겠는가! 여행을 하는 것은 시시각각으로 태어났다 죽었다 하는 것이다. 아마 그는 자기 정신의 가장 어슴푸레한 구석에서 이 변화하는 지평과 인간의 삶을 견주어 보았으리라. 인생의 모든 사물은 끊임없이 우리들 앞에서 사라져 간다. 어둠과 빛이 교차한다. 밝음 후에는 어둠이 온다. 사람은 보고, 서둘고, 손을 뻗쳐 지나가는 것을 잡는다. 사건 하나하나가 길의 굽이다. 그리고 사람은 순식간에 늙는다. 어떤 동요 같은 것을 느끼고, 모든 것이 새카맣고, 컴컴한 문

하나를 분명히 알아보고, 사람을 끌고 가던 인생의 검은 말이 걸음을 멈추고, 복면한 미지의 누군가가 어둠 속에서 그 말을 풀어 놓는 것을 본다.

하교하던 아이들이 이 나그네가 탱크로 들어가는 것을 본 것은 땅거미가 질 무렵이었다. 사실 아직은 연중 해가 짧은 때였다. 그는 탱크에서 마차를 멈추지 않았다. 그가 마을을 나갈 때, 길에 자갈을 깔고 있던 도로 수리공이 고개를 들고 말했다.

"말이 대단히 지쳤군요."

가엾은 말은 사실 평보로밖에 걷지 못하고 있었다.

"아라스에 가시나요?" 도로 수리공은 덧붙여 물었다.

"그렇소."

"그런 속도로 가시다가는 일찍 도착하시지 못하겠군요."

그는 말을 멈추고 도로 수리공에게 물었다.

"여기서 아라스까지는 얼마나 되오?"

"넉넉잡고 거의 70리는 되지요."

"그렇소? 역의 안내서에는 50리하고 사 분의 일이라던데."

"저런! 당신은 도로가 수리 중이라는 걸 모르시는군요." 도로 수리공은 말했다. "여기서 한 오십 분 가면 도로는 통행금지예요. 더는 못 가요."

"그렇소?"

"왼쪽으로 해서 카랑시로 가는 길을 가시다가 내를 건너시고, 캉블랭에 도착하시거든 오른쪽으로 돌아가세요. 그 길이 몽생텔루아에서 아라스로 가는 길입니다."

"하지만 어두워졌는데, 길을 잃겠구려."

"당신은 이 고장 사람이 아닙니까?"

"아니오."

"게다가 길이 사방으로 갈라져 있는데…… 가만있자." 도로 수리공은 말을 이었다. "이렇게 하시면 어떨까요? 말도 지쳤으니 탱크로 되돌아가십시오. 좋은 여관이 있습니다. 내일 아라스로 가십시오."

"오늘 저녁 거기에 가 있어야 하오."

"그럼 얘기가 달라지지요. 그래도 역시 그 여관으로 가셔서 예비 말을 한 마리 얻으시죠. 마부가 샛길을 안내해 드릴 겁니다."

그는 도로 수리공의 충고대로 길을 되돌아갔다가, 반 시간 후에 좋은 예비 말을 한 마리 더 달고서 아까 그곳을 냅다 달려 지나갔다. 자칭 마부라는 여관집 말구종이 헌 마차의 앞채 위에 올라앉아 있었다.

그러는 동안 그는 시간을 허비하고 있다고 느꼈다.

완전히 밤이 되었다.

그들은 샛길로 접어들었다. 길이 몹시 고약해졌다. 헌 마차는 여기저기의 바큇자국에 빠지곤 했다. 그는 말 모는 아이에게 말했다.

"계속 속보로 몰아라. 팁은 갑절로 낼 테니."

마차가 덜커덩하더니 마차 앞쪽에 달린 가로장이 부러졌다.

"어르신." 마부가 말했다. "마차 앞쪽 가로장이 부러졌어요. 이제 어떻게 말을 매야 할지 모르겠어요. 이 길은 밤에 아주 고약하거든요. 탱크로 돌아가서 주무신다면 내일 아침 일찍 아라스에 닿을 수 있을 거예요."

그는 대답했다.

"밧줄 한 가닥과 칼을 가지고 있느냐?"

"예, 어르신."

그는 나뭇가지 하나를 베어서 가로장을 만들었다.

이래서 또 한 이십 분 허비했지만, 그들은 구보로 다시 떠났다.

들판은 캄캄했다. 가깝고 낮게 낀 검은 안개가 언덕 위를 연기처럼 자욱이 기어 올라가고 있었다. 구름에는 희번한 빛이 있었다. 바다에서 불어오는 거센 바람은 흡사 누가 가구를 움직이는 것 같은 소리를 먼 지평선의 구석구석에서 내고 있었다. 어렴풋이 눈에 띄는 모든 것은 무시무시한 모습을 띠고 있었다. 얼마나 많은 것들이 이 광막한 밤의 숨결 아래 떨고 있는가!

추위가 그의 몸에 스며들었다. 그는 어제저녁 이후 아무것도 먹지 않았다. 그는 어렴풋이, 디뉴 근방의 허허벌판을 어둠 속에서 헤매던 일을 생각했다. 팔 년 전이었는데 그것이 어제 일인 것만 같았다.

먼 곳의 종루에서 시간을 알리는 종이 울렸다. 그는 마부에게 물었다.

"몇 시를 치느냐?"

"7시예요, 어르신. 8시에는 아라스에 닿겠어요. 이제 30리 밖에 안 남았어요."

이때야 비로소 그는 더 일찍 생각하지 못한 것을 스스로 이상하게 여기면서 이런 생각을 했다. 아마 이런 모든 수고도 허사로 돌아갈지 모르겠다. 공판 시간조차도 모르는데, 적어도 그런 건 알아 두어야 했을 것을, 무슨 소용이 있을지 모르고 이렇게 앞으로 가기만 하는 건 터무니없는 일이야. 그러고는 머릿속으로 좀 계산을 해 보았다. 보통 중죄 재판의 개정은 아침 9시부터다. 이번 사건은 아마 오래 걸리지는 않을 것이다. 사과 절도 사건은 매우 간단히 끝나리라. 그다음에는 증인 진술뿐일 것이다. 네댓 명의 증인 진술이 있을 것이고, 변호사가 변론할 것도 별로 없을 것이다. 내가 도착할 무렵에는 다 끝나 버릴지도 모른다!

마부는 말을 채찍질했다. 그들은 내를 건너고 몽생텔루아를 지나갔다.

밤은 더욱더 깊어지고 있었다.

6. 시련을 겪는 생플리스 수녀

한편 바로 그 순간에도 팡틴은 기뻐하고 있었다.

그 여자는 매우 힘든 밤을 지냈다. 심한 기침에 고열, 그리고 악몽에 시달렸다. 아침에 의사가 왔을 때에는 헛소리를 하고 있었다. 의사는 걱정스러운 얼굴을 하고, 마들렌 씨가 오거든 곧 알려 달라고 부탁했다.

아침나절 내내 그 여자는 맥없이 별로 말도 하지 않고, 거리를 계산하듯 작은 소리로 중얼중얼 셈을 하면서 침대 시트에 주름을 잡기도 했다. 쑥 들어간 그녀의 눈은 움직이지 않았다.

눈빛이 거의 꺼진 것 같다가 이따금씩 되살아나 별처럼 반짝였다. 어두운 시간이 다가오기 전, 지상의 빛에서 떠나는 사람들을 하늘의 빛이 가득 채워 주는 것 같다.

생플리스 수녀가 좀 어떠냐고 물을 때마다 그녀는 번번이 이렇게 대답했다.

"괜찮아요. 다만 마들렌 씨가 보고 싶어요."

몇 달 전 팡틴이 그녀의 마지막 정절과 마지막 수치심, 마지막 기쁨을 잃었을 때 그녀는 자기 자신의 그림자였는데, 지금은 자기 자신의 허깨비였다. 몸의 병은 마음의 병이 빚어낸 것을 완성해 버렸다. 이 여자는 나이 스물다섯에 이마에 주름살이 잡혔고, 볼은 쭈글쭈글했고, 코는 짜그라졌고, 잇몸은 드러나 보였고, 안색은 희멀쑥했고, 목은 뼈가 앙상했고, 쇄골은 툭툭 불거졌고, 팔다리는 빼빼 말라 비틀어졌고, 살갖은 흙빛이 됐고, 금발은 희끗희끗해져 있었다. 오호라! 병은 얼마나 빨리 늙음을 가져오는가!

정오에 의사가 또 왔다. 그는 처방을 내리고서 시장이 병원에 왔었는지 물어보고는 머리를 흔들었다.

마들렌 씨는 보통 3시에 환자를 보러 왔다. 정확을 기한다는 것 또한 하나의 친절이므로, 그는 언제나 정확했다.

2시경에 팡틴은 조바심을 내기 시작했다. 이십 분 동안에 그녀는 열 번도 더 수녀에게 물었다.

"수녀님, 지금 몇 시예요?"

3시가 울렸다. 그녀는 평소에 침대에서 거의 꿈쩍도 하지 못했는데, 시계가 세 번 울리자 침대에서 벌떡 일어났다. 그녀는 경련을 일으키며 그 누렇게 뜬 야윈 손을 꼭 마주 잡았는데, 무겁게 짓누르는 것을 들어 올리는 것 같은 깊은 한숨 소리가 그녀의 가슴에서 나오는 것을 수녀는 들었다. 그런 뒤에 팡틴은 문을 돌아보았다.

아무도 들어오지 않았다. 문은 조금도 열리지 않았다.

그녀는 그렇게 한 십오 분 동안 문에서 눈을 떼지 않고 숨을 죽인 듯이 꿈쩍 않고 있었다. 수녀는 그녀에게 감히 말을 할 수 없었다. 성당의 시계가 3시 15분을 울렸다. 팡틴은 베개 위에 쓰러졌다.

그녀는 아무 말 없이 다시 침대 시트에 주름을 잡기 시작했다.

반 시간이 지나고, 한 시간이 지났다. 아무도 오지 않았다. 탑시계가 울릴 때마다, 팡틴은 몸을 일으켜 문 쪽을 보고, 그런 뒤 다시 쓰러졌다.

옆에서 보아도 그녀의 마음속을 환히 알 수 있었으나, 그녀는 아무 이름도 말하지 않고, 아무런 푸념도 하지 않고, 아무도 책망하지 않았다. 다만 애처롭게 기침만 할 뿐이었다. 흡사 무슨 어두운 것이 그녀를 내리덮는 것 같았다. 그녀의 얼굴은 창백하고 입술은 새파랬다. 그녀는 때때로 미소를 지었다.

5시가 울렸다. 그 순간 수녀는 그녀가 퍽 나지막한 목소리로 조용히 말하는 소리를 들었다.

"저는 내일 떠날 텐데 오늘 오시지 않는 건 정말 잘못이에요!"

생플리스 수녀 자신도 마들렌 씨가 늦어지는 것에 놀라고 있었다.

그동안 팡틴은 자기 침대의 닫집을 바라보고 있었다. 그녀는 무엇을 생각해 내려고 애쓰는 것 같았다. 갑자기 그녀는 숨결처럼 가냘픈 목소리로 노래를 부르기 시작했다. 수녀는 귀를 기울였다. 팡틴은 이렇게 노래하고 있었다.

교외를 거닐면서,
썩 아름다운 걸 사자.
들국화는 푸르고, 장미는 장밋빛이고,
들국화는 푸르고, 나는 사랑해, 우리 아기를.

성모 마리아님이 수놓은 망토를 두르시고
어제 내 난롯가에 오셔서 이르시기를,
"여기에 내 너울 아래 감춰 놓은,
언젠가 네가 내게 바라던 아기가 있다.
도시로 달려가 베를 뜨고,
실을 사고, 골무를 사라."

교외를 거닐면서,
썩 아름다운 걸 사자.

어진 성모님이시여, 저는 난롯가에다
리본으로 장식한 요람을 놓았습니다.
주님이 제게 주실 제일 아름다운 별보다도,
점지해 주신 아기가 저는 더 좋아요.

"아주머니, 이 베로 무얼 할까요?"
"우리 갓난아기를 위해 옷을 만들어요."

들국화는 푸르고, 장미는 장밋빛이고,
들국화는 푸르고, 나는 사랑해, 우리 아기를.

"이 베를 빨아요."
"어디서요?"
"냇물에서요."
조금도 상우거나 검기지 말고, 그것으로 만들어요,
아름다운 치마와 아기의 조끼 한 벌을.
거기에 내가 수를 놓아 꽃으로 가득 채우고 싶어요.
"아기가 없어졌는데, 아주머니, 그걸로 무얼 할까요?"
"그걸로 나를 묻을 수의를 만들어요."

교외를 거닐면서,
썩 아름다운 걸 사자.
들국화는 푸르고, 장미는 장밋빛이고,
들국화는 푸르고, 나는 사랑해, 우리 아기를.

이 노래는 옛날 자장가로서, 팡틴은 전에 이 자장가를 부르며 어린 코제트를 재웠으나, 아이와 헤어진 후 오 년 동안 한 번도 그녀의 머리에 떠오른 적이 없었다. 그녀가 이 노래를 하도 구슬프고 정다운 목소리로 불렀기 때문에 수녀마저도 울

것 같았다. 엄격한 것에만 젖어 있던 그 수녀는 눈에서 눈물이 나오는 것을 느꼈다.

탑시계가 6시를 쳤다. 팡틴은 듣는 것 같지 않았다. 그녀는 이제 자기 주변에 아무런 주의도 기울이지 않는 것 같았다.

생플리스 수녀는 공장 문지기 노파에게 심부름꾼 여자 하나를 보내서 시장이 돌아왔는지 어떤지, 그리고 곧 병실로 올 수 있는지 어떤지 알아보고 오게 했다. 심부름꾼은 얼마 안 있어 되돌아왔다.

팡틴은 여전히 꼼짝도 하지 않고 무슨 생각에 골똘히 잠겨 있는 듯했다.

심부름꾼 여자는 매우 나직한 목소리로 생플리스 수녀에게 이렇게 말했다. 시장은 이런 추위에 아침 6시도 되기 전에 백마 한 마리만 단 이인승 이륜마차로 마부도 없이 혼자 떠났는데, 어느 길로 갔는지는 아무도 모른다. 아라스로 가는 길을 돌아가는 것을 보았다는 사람도 있고, 파리로 가는 길에서 만났다고 장담하는 사람도 있다. 떠날 때도 여느 때나 마찬가지로 매우 친절했으나, 문지기 노파한테는 오늘 밤 기다리지 말라는 말만 하고 떠났다.

수녀는 묻고 심부름꾼 여자는 상상해 가면서 두 여자가 팡틴의 침대에 등을 돌리고 그렇게 소곤거리는 사이에, 팡틴은 건강에 따르는 자유로운 움직임과 죽음에 따르는 가공할 쇠약을 아울러 갖는 어떤 내장병 환자들한테서 흔히 볼 수 있는 발작처럼, 후다닥 침대에서 일어나 무릎을 꿇고, 긴 베개에 떨리는 두 손을 짚고, 휘장 틈새로 머리를 내놓고서 귀를 기울였다. 그러다가 갑자기 외쳤다.

"지금 마들렌 씨 이야기를 하고들 계시는군요! 왜 그렇게 작은 소리로 소곤거리지요? 웬일이시래요? 왜 안 오신대요?"

그녀의 목소리는 하도 느닷없고 거칠어서 두 여자는 그것이 남자의 목소리인가 싶었다. 그 여자들은 깜짝 놀라 돌아보았다.

"글쎄 대답이나 좀 하세요!" 팡틴은 외쳤다.

심부름꾼 여자가 더듬더듬 말했다.

"문지기 할머니 말로는 오늘 못 오실 거래요."

"이봐요, 좀 진정하고 누워 계셔요." 수녀가 말했다.

팡틴은 아까 그 자세 그대로, 단호하고도 비통한 어조로 다시 소리 높여 외쳤다.

"못 오실 거라고요? 왜요? 당신네들은 그 까닭을 아실 거예요. 지금 두 분끼리 소곤거렸잖아요? 내게도 알려 주세요."

심부름꾼 여자는 얼른 수녀의 귀에 대고 속삭였다.

"시의회 용무 때문이라고 대답하세요."

생플리스 수녀는 살짝 얼굴을 붉혔다. 심부름꾼 여자가 권유한 것은 거짓말이었던 것이다. 또 한편으로는 사실대로 이야기한다면 반드시 환자에게 큰 타격을 줄 것이고 팡틴의 지금 병세에 중대한 결과를 미치리라고 생각되었다. 수녀의 그 붉어진 얼굴은 오래가지 않았다. 수녀는 태연하고 애처로운 눈을 하고 팡틴을 바라보며 말했다.

"시장님은 출타하셨어요."

팡틴은 벌떡 일어나 앉았다. 그녀의 눈이 반짝거렸다. 비상한 희색이 그 애통한 얼굴 위에 빛났다.

"출타하셨다!" 그녀는 외쳤다. "코제트를 데리러 가셨어!"

그러고는 두 손을 하늘로 뻗쳤다. 그녀의 얼굴이 형언할 수 없는 표정으로 변했다. 그녀의 입술은 떨리고 있었다. 그녀는 나직이 기도를 드리고 있었다.

기도가 끝나자 그녀는 말했다.

"수녀님, 도로 눕겠어요. 이제부터 무엇이고 하라는 대로 하겠어요. 아까는 제가 나빴어요. 그렇게 큰 소리를 쳐서 죄송해요. 큰 소리를 치는 게 나쁘다는 건 저도 잘 알아요. 그러나 수녀님, 저는 무척 기뻐요. 주님은 참 친절하셔요. 마들렌 씨는 참 친절하셔요. 글쎄 좀 생각해 보세요. 그분은 우리 코제트를 데리러 몽페르메유로 가신 거예요."

그녀는 도로 눕고, 수녀를 거들어 베개를 고쳐 놓고, 생플리스 수녀한테서 받아 목에 걸고 있던 작은 은십자가에 입을 맞추었다.

"이봐요." 수녀가 말했다. "이제 쉬도록 하고 말은 하지 마요."

팡틴은 땀이 촉촉이 난 두 손으로 수녀의 손을 잡았는데, 수녀는 그 손에서 땀을 느끼고 가슴이 아팠다.

"그분은 오늘 아침에 파리로 떠나셨어요. 사실은 파리를 통과하실 필요도 없어요. 몽페르메유는 이리 오다가 조금 왼편에 있거든요. 수녀님도 생각나시지요, 어저께 제가 코제트 이야기를 했더니, '곧 올 거요, 곧 올 거요.'라고 말씀하시지 않았어요? 저를 깜짝 놀래 주실 작정인 거예요. 수녀님도 아시지요? 테나르디에한테서 우리 아기를 데려올 편지에 제게 서명을 시키신걸. 그네들도 이제 아무 말 못 하지 않겠어요? 꼭 코제트를 돌려줄 거예요. 받을 돈은 다 받았거든요. 받을 돈 다 받고도 아기를 내주지 않는다면 당국에서도 가만둘 리 없어요. 수녀님, 말을 하지 말라는 눈치는 주지 마세요. 저는 지극히 행복해요. 저는 아주 좋아요. 이젠 조금도 아프지 않아요. 다시 코제트를 보게 되는걸요. 배도 많이 고파요. 근 오 년 동안이나 우리 아기를 못 봤어요. 어린아이들이 얼마나 귀여운지 수녀님은 상상도 못 하실 거예요, 수녀님은요! 그리고 두고 보면 아시겠지만 우리 아기는 참 예뻐졌을 거예요! 우리 아기는 정말 조그맣고 예쁜 장밋빛 손가락을 갖고 있었어요! 무엇보다도, 퍽 아름다운 손을 갖고 있을 거예요. 그러나 한 살 때에는 손이 참 우스웠어요. 정말 그랬어요! 지금은 많이 컸을 거예요. 일곱 살이나 먹었거든요. 어엿한 아가씨예요. 저는 코제트라고 부르지만 사실은 외프라지라는 이름이에요. 글쎄 말이에요, 오늘 아침에 벽난로 위의 먼지를 바라보고 있었는데, 곧 코제트를 다시 보게 될 것이다, 불쑥 그런 생각이 들었어요. 아니, 정말이지 몇 년이나 제 아이 얼굴을 못 보고 있다는 건 얼마나 큰 잘못이에요! 인생은 영원한 것이 아니라는 걸 사람들은 잘 생각해야 할 거예요! 정말! 떠나셨다니, 참 좋은 분이에요, 시장님은! 날씨가 몹시 차다는데 그게 정말인가요? 적어도 망토는 입고 가셨겠지요? 내일이면 돌아오시겠지요, 안 그래요? 내일은 경사스러운 날이에요. 수녀님, 내일 아침에 저 레이스가 달린 작은 모자를 쓰는 걸 잊지 않도록 깨우쳐 주세요. 몽페르메유는 시골이에요. 옛날에 저는 그 길을 걸었어요. 무척 멀어 보였어요. 하지만 역마차는 퍽 빠르지요! 내일은 코제트를 데리고 돌아오시겠지요. 여기서 몽페르메유까지 얼마나 돼요?"

수녀는 거리에 관해서는 조금도 몰랐으므로, 그저 이렇게 대답했다.

"글쎄요! 내일은 돌아오시겠지요."

"내일! 내일!" 팡틴은 말했다. "나는 내일 코제트를 보겠군요. 착하고 착하신 수녀님, 보시다시피 난 이제 아프지 않아요. 난 미칠 것만 같아요. 사람들이 원한다면 나는 춤이라도 추겠어요."

십오 분 전에 그 여자를 본 사람이 있었다면, 그는 무슨 영문인지 통 몰랐으리라. 그녀는 지금 온통 장밋빛이었고, 말하는 목소리는 생기발랄하고 자연스러웠으며, 만면에 미소를 띠고 있었다. 때때로 그녀는 아주 나직이 혼자 중얼거리면서 웃었다. 어머니의 기쁨, 그것은 거의 어린아이의 기쁨과 같다.

"자, 그렇게 행복하시니, 이제 내 말을 듣고 말은 그만하세요." 수녀는 말을 이었다.

팡틴은 베개를 베고 작은 소리로 말했다. "그래, 이제 그만 다시 누워라. 우리 아기가 곧 올 테니 얌전하게 있어라. 생플리스 수녀님 말씀이 옳아. 여기 계시는 분들의 말씀은 모두 옳아."

그러고는 꿈쩍 않고, 고개도 흔들지 않고, 눈을 크게 뜨고 기쁜 듯이 이리저리로 굴릴 뿐 더 이상 아무 말도 하지 않았다.

수녀는 그녀가 잠들기를 바라며 침대 휘장을 닫았다.

6시와 7시 사이에 의사가 왔다. 아무 소리도 들리지 않았으므로, 그는 팡틴이 자고 있는 줄 알고 가만히 방으로 들어가서 살금살금 침대로 다가갔다. 휘장을 방긋이 열었더니, 야등의 불빛에 팡틴의 커다랗고 잠잠한 눈이 그를 바라보고 있는 것이 보였다.

　그 여자는 의사에게 말했다. "선생님, 제 옆에 조그만 침대를 놓고 그 애를 재워 주실 거죠, 네?"

　의사는 그 여자가 헛소리를 하는 줄 알았다. 여자는 덧붙였다.

　"글쎄, 보세요, 딱 그만한 자리는 있어요."

　의사는 생플리스 수녀를 따로 만났고, 수녀는 그에게 상황을 이야기해 주었다. 마들렌 씨는 하루 이틀 출타 중인데, 환자는 시장이 몽페르메유에 간 줄 알고 있으나, 사실을 잘 모르겠기 때문에 환자의 생각을 고쳐 주어야만 한다고 생각되지도 않을 뿐더러, 도리어 환자의 짐작이 맞을지도 모른다고 수녀는 말했다. 그렇게 말하자 의사도 동감했다.

　의사가 팡틴의 침대에 다가가니 그 여자가 말을 이었다.

　"그러면, 아시겠어요, 아침에 그 애가 눈을 뜨면, 그 가엾은 우리 강아지에게 잘 잤느냐고 말할 수도 있고, 밤에 제가 자지 않으면, 그 애 숨소리를 들을 수도 있을 거예요. 그 애의 그렇게도 곱고 어린 숨소리를 듣는 건 제 건강에도 좋을 거예요."

　"내게 손을 주세요." 의사는 말했다.

　여자는 팔을 뻗고 웃으면서 외쳤다.

　"아니, 정말! 이건 사실이에요. 선생님은 모르시는군요! 제 병은 다 나았어요. 코제트가 내일 오거든요."

의사는 놀랐다. 그 여자는 차도가 있었다. 숨이 덜 가빴다. 맥은 힘을 되찾았다. 갑자기 되살아난 일종의 생명력이 이 지쳐 빠진 가엾은 인간의 기운을 돋워 주고 있었다.

"선생님." 그 여자가 다시 말했다. "시장님이 우리 아기를 찾으러 가셨다는 말을 수녀님이 하시던가요?"

의사는 조용히 있게 하고 일체 충격을 주지 않도록 하라고 부탁했다. 그는 기나나무 껍질을 달인 탕약과, 밤중에 다시 열이 날 경우를 위해 물약 진정제를 처방했다. 나가면서 수녀에게 말했다. "좀 나았습니다. 다행히 실제로 시장님이 내일 어린애를 데리고 오신다면, 누가 압니까? 뜻밖에 병세에 변화가 생길는지. 큰 기쁨이 병을 뚝 멈추는 경우도 봤으니까요. 저 여자의 병이 내장병이라는 걸 나는 잘 아는데, 또 퍽 악화됐지만, 이 모두가 참 신기합니다! 우리는 어쩌면 저 여자를 살려낼 수도 있을 겁니다."

7. 도착한 나그네가 다시 출발할 대비를 하다

우리가 중도에 놓아두었던 낡은 이륜마차가 아라스 우체국 여관의 정문 아래로 들어간 것은 저녁 8시가 가까워서였다. 우리가 이때까지 따라온 나그네는 마차에서 내려 여관 사람들의 깍듯한 인사에는 대답하는 둥 마는 둥 하고, 도중에 얻은 말은 돌려보낸 뒤 작은 백마를 마구간으로 끌고 갔다. 그런 뒤 아래층에 있는 당구장 문을 밀고 들어가 앉아서 탁자 위에 팔꿈치를 기댔다. 여섯 시간에 끝낼 작정이었던 여정이 열네 시간이나 걸렸다. 그는 그것이 자기 탓이 아니었다고 스스로 변명했지만 마음속으로 화를 내지는 않았다.

여관 안주인이 들어왔다.

"손님은 주무실 건가요? 식사는 어떻게 하시겠어요?"

그는 아니라고 고개를 저었다.

"마부가 그러는데 손님의 말이 무척 피로해 보인다고 하던데요!"

이때야 그는 입을 열었다.

"말이 내일 아침에 떠날 수 없겠소?"

"어머나! 손님도! 적어도 이틀은 쉬어 줘야 돼요."

그는 물었다.

"여기는 우체국 아니오?"

"예, 그래요."

안주인은 그를 사무실로 인도했다. 그는 통행권을 제시하고, 그날 밤 우편 마차로 몽트뢰유쉬르메르로 돌아갈 수 있겠느냐고 물었다. 마침 우체부 옆자리가 비어 있었다. 그는 그 자리를 예약하고 돈을 치렀다.

"그럼 새벽 1시 정각에 출발하도록 틀림없이 이리로 나와 주세요." 사무원은 말했다.

그런 뒤 그는 우체국 여관을 나와 시내를 걷기 시작했다.

그는 아라스를 알지 못했고, 거리도 어두웠는데, 그는 무턱대고 걸었다. 그렇지만 끝끝내 사람들에게 길을 물으려 하지도 않는 것 같았다. 그는 크랭숑이라는 작은 개천을 건너 좁은 골목길들이 뒤얽힌 곳에 이르러 길을 잃어버렸다. 한 시민이 제등을 들고 가고 있었다. 좀 망설이다가 그는 그 시민에게 말을 걸기로 결심했다. 그리고 마치 누군가가 자기가 물으려는 말을 듣지나 않을까 두려워하듯이 우선 전후좌우를 휘둘러보고 나서야 말을 꺼냈다.

"여보십시오, 재판소가 어딥니까?"

"당신은 여기 사시는 분이 아닌 모양이구려?" 그 꽤 늙어 보이는 시민은 대답했다. "나를 따라오시오. 나도 마침 재판소 쪽으로, 즉 도청 쪽으로 가는 길이외다. 지금 재판소는 수리 중이어서, 재판은 임시로 도청에서 열고 있다오."

"거기서 중죄 재판도 합니까?" 그는 물었다.

"물론이오. 현재의 도청은 혁명 전에는 주교관이었소. 1782년에 주교였던 콩지에 씨가 거기다 널따란 홀을 세웠소. 재판은 그 홀에서 하고 있다오."

걸어가면서 그 시민은 말했다.

"재판을 보실 양이면 좀 늦었소이다. 보통 법정은 6시면 폐정이니."

그러나 그들이 광장에 당도했을 때, 시민은 컴컴하고 웅대한 건물 정면의 불이 켜진 네 개의 길쭉한 창문을 가리켰다.

"아, 마침 잘 왔소이다. 당신은 운이 좋구려. 저기 창이 넷 보이지요. 저게 중죄 재판정이오. 불이 켜져 있으니 아직 안 끝난 거요. 소송사건이 오래 끌어서 저녁 공판을 하는 거요. 당신은 이 사건에 관심이 있소? 이건 형사재판이오? 당신은 증인이오?"

그는 대답했다.

"나는 무슨 사건 때문에 온 건 아니고 단지 변호사 한 분과 이야기할 일이 있을 뿐입니다."

"아, 그렇소." 시민은 말했다. "보시오, 이 문이오. 수위는 어디 있담. 저 큰 계단을 올라가기만 하면 될 거요."

그는 시민이 가르쳐 준 대로 했다. 몇 분 후에 그는 넓은 방에 들어가 있었는데, 거기에는 많은 사람들이 있었고, 여러 무리들이 법복을 입은 변호사들과 섞여 여기저기서 수군거리고 있었다.

검은 옷을 입은 사람들이 법정 입구에 모여 서서 귓속말로 소곤거리는 것을 보는 것은 언제나 가슴 아픈 일이다. 인정과 동정이 그들의 말에서 나오는 일은 드물다. 대개의 경우 거기서 나오는 것은 미리 내려진 유죄 판결이다. 명상에 잠겨 지나가는 방관자에게는 그 모든 무리들이 어둑한 벌집처럼 보이며, 그 속에서 여러 종류의 윙윙거리는 정신의 소유자들이 공동으로 온갖 종류의 캄캄한 건물들을 짓고 있는 것처럼 보인다.

단 하나의 남폿불만 켜 놓은 그 널따란 방은 예전에는 주교관의 응접실이었으나 현재 법정의 대기실로 사용되고 있었다. 지금은 닫혀 있는 두 짝의 문이 중죄 재판이 진행되고 있는 큰 방과 이 대기실 사이를 막고 있었다.

방 안이 하도 어두웠기 때문에 그는 아무나 맨 먼저 만난 변호사를 붙들고 말을 붙였다.

"재판은 어디까지 진행되고 있습니까?" 그는 물었다.

"다 끝났소." 변호사는 말했다.

"끝났다고요!"

그렇게 날카로운 말투로 그 말을 되풀이했기 때문에 변호사는 돌아보았다.

"실례지만 당신은 아마 친척인가 보죠?"

"아닙니다, 나는 아무도 모릅니다. 그래서 유죄 판결이 내려졌습니까?"

"물론이죠. 그럴 수밖에 별도리가 없었죠."

"징역입니까……?"

"무기징역입니다."

그는 들릴락 말락 하는 가냘픈 목소리로 말을 이었다.

"그럼 동일인 증명도 되었군요?"

"무슨 동일인 증명 말입니까?" 변호사는 대답했다. "동일인 증명은 없었습니다. 사건은 간단했습니다. 그 여자는 제 아이를 죽였는데, 죽인 사실이 증명되었습니다. 다만 배심원들은 모살(謀殺)은 인정하지 않았습니다. 그래서 종신형에 처해진 겁니다."

"그럼 그 사람은 여자군요." 하고 그는 말했다.

"물론이죠. 리모쟁이라는 처녀요. 그런데 당신은 내게 무슨 말을 하는 겁니까?"

"아무것도 아닙니다. 하지만 끝났다면 왜 법정에 아직도 불이 켜져 있습니까?"

"다른 사건의 재판이 두 시간 전 시작되었기 때문입니다."

"그건 무슨 사건입니까?"

"오! 그 사건도 뻔하죠 뭐. 일종의 무뢰한인데, 재범이고, 전과자고, 도둑질을 한 놈입니다. 이름은 잊어버렸지만 인상이 고약한 놈입니다. 얼굴만 봐도 그저 형무소감이죠."

"그런데 법정에 들어갈 수 없을까요?" 그는 물었다.

"그건 정말 어려울 겁니다. 어찌나 사람이 많은지. 그렇지만 지금은 휴정 중입니다. 나간 사람들이 있으니까 속개하면 시도해 보시지요."

"어디로 들어갑니까?"

"저 큰 문으로 들어가면 됩니다."

변호사는 가 버렸다. 한동안 그는 거의 동시에, 거의 한꺼번에 모든 감정을 느꼈다. 아무런 관계가 없는 사람인 그 변호사의 말은 얼음 바늘처럼, 그리고 불의 칼날처럼 번갈아 그의 가슴을 찔렀다. 아직 하나도 끝나지 않은 것을 알았을 때 그는 숨을 돌렸지만, 그가 느끼고 있는 것이 만족감인지 아니면 고통인지 그는 말할 수 없었다.

그는 여기저기 떼 지어 있는 사람들 옆으로 가서 그들이 지껄이는 이야기를 들었다. 법원에 사건이 산적해 있었기 때문에 재판장은 그날 하루에 간단하고 짤막한 두 사건을 선택했다. 영아 살해범으로 시작했고, 지금은 그 전과자, 재범, '상습범'의 차례였다. 그자는 사과를 훔쳤다고 하나 증거가 불충분했는데, 증거가 드러난 것은 그가 전에 툴롱 형무소에서 복역했다는 것이었다. 그래서 그의 죄질은 나빠졌다. 게다가 피고 신문과 증인 진술은 종결되었지만, 아직 변호사의 변론과 검사의 논고가 남아 있었다. 자정까지는 끝내지 못할 것 같았다.

그 사나이는 아마 유죄 판결을 받을 것 같았다. 검사는 퍽 유능한 사람이어서, 피고를 쏘아서 '못 맞히는' 일이 없었다. 또한 그는 시도 짓는 재사였다. 이런 이야기들이었다.

법정으로 통하는 문 옆에 수위 하나가 서 있었다. 그는 수위에게 물었다.

"여보시오, 이 문은 곧 열리오?"

"열리지 않습니다." 수위는 말했다.

"그럴 수가! 재판이 속개되어도 열지 않소? 지금은 휴정 중이 아니오?"

"곧 속개됩니다만, 문은 안 엽니다." 수위는 대답했다.

"그건 왜?"

"법정이 만원이니까요."

"뭐요! 더 이상 한 자리도 없단 말이오?"

"단 한 자리도 없습니다. 문은 닫혔습니다. 이제 아무도 못 들어갑니다."

수위는 잠깐 말을 끊었다가 덧붙였다.

"재판장님 뒤에는 아직도 좌석이 두세 개 있습니다만, 재판장님은 거기에 공무원밖에 받아들이지 않습니다."

그렇게 말하고 나서 수위는 그에게 등을 돌렸다.

그는 고개를 수그리고 물러 나와 대기실을 지나서, 층층마다 망설이듯 찬찬히 다시 계단을 내려갔다. 아마 마음속으로 혼자 생각하고 있었으리라. 어제부터 그의 마음속에서 벌어진 치열한 싸움은 끝나지 않았으며, 그는 끊임없이 그 새로운 고비를 통과하고 있었던 것이다. 층계참에 이르러 그는 난간에 기대어 팔짱을 끼었다. 갑자기 그는 프록코트를 젖히고 수첩을 꺼내어 거기서 연필을 빼고 종이 한 장을 찢어서는, 불빛 아래서 그 종이에 다음과 같이 썼다. "몽트뢰유쉬르메르 시장 마들렌." 그런 뒤 성큼성큼 다시 층계로 올라가, 군중을 헤치고 똑바로 수위에게 걸어가서는 그 쪽지를 주면서 위엄차게 말했다.

"이걸 재판장님께 가져다 드리시오."

수위는 쪽지를 받아 흘끗 보고는 시키는 대로 했다.

8. 특별한 입장 허가

몽트뢰유쉬르메르의 시장이라 하면, 그 자신은 그런 줄 몰랐지만, 세상에 이름을 떨치고 있었다. 그의 유덕한 명성은 칠 년 전부터 아랫녘 블로네 전역에 걸쳐 드높았으나, 마침내 그 작은 지방의 범위를 넘어서 인근 두세 도에까지 퍼져 나가 있었다. 흑구슬 공업을 부흥하여 그중심 도시에 막대한 공헌을 했을 뿐만 아니라, 몽트뢰유쉬르메르 군의 백마흔한 개 마을 중 어느 하나고 그에게서 어떤 은혜를 입지 않은 마을이 없었다. 그는 필요에 따라 심지어 다른 군의 공업까지 도와서 진흥시켰다. 이를테면 어떤 경우에는 자기의 신용과 자본을 제공하여 블로뉴의 망사 직조업을 원조하고, 프레방의 삼베 방적업을 원조하고, 부베르쉬르캉슈의 수력 방직업을 원조했다. 가는 곳마다 사람들은 마들렌 씨의 이름을 공손히 말했다. 아라스와 두에는 그런 시장을 모시고 있는 몽트뢰유쉬르메르라는 행복한 소도시를 부러워했다.

아라스의 중죄 재판을 관할하는 두에 고등법원 판사도 그
토록 만인으로부터 깊은 존경을 받고 있는 그 이름을 세상 모
든 사람들과 마찬가지로 잘 알고 있었다. 수위가 평의실에서
법정으로 통하는 문을 살그머니 열고 재판장의 의자 뒤에 가
서 몸을 구부리고 아까 본 글이 적혀 있는 그 쪽지를 건네주며
"이분이 방청하시고 싶답니다." 하고 덧붙이자, 재판장은 갑
자기 경의를 표하는 태도를 취하며 펜을 들어 그 쪽지 아래에
몇 자 적어서 수위에게 도로 주면서 말했다.

"들어오시라고 하게."

내가 여기에 그 생애를 이야기하고 있는 불행한 사나이는
수위가 나갔을 때 그 똑같은 장소에서 똑같은 자세를 하고 대
기실 문 옆에 서 있었다. 그는 명상에 잠겨 있다가 "어르신께
서는 저를 따라와 주시겠습니까?" 하고 누가 말하는 소리를
들었다. 조금 전에 그에게 등을 돌려 버렸던 바로 그 수위가
지금은 머리가 땅에 닿도록 그에게 절을 하고 있었다. 수위는
동시에 그에게 쪽지를 돌려주었다. 그는 그것을 폈는데, 마침
남폿불 옆에 있었기 때문에 그것을 읽을 수 있었다.

"중죄 재판장은 마들렌 씨에게 경의를 표합니다."

그는 그 몇 마디의 말에 쓰고도 야릇한 뒷맛을 느낀 사람처
럼 쪽지를 손안에서 꾸기적거려 버렸다.

그는 수위를 따라갔다.

조금 후에 그는 벽판을 둘러친 엄숙한 방 안에 혼자 있었다.
거기에는 녹색 식탁보를 깐 탁자 위에 촛불만 두 개 켜져 있

었다. 그의 귀에는 방금 자기를 거기에 두고 간 수위의 마지막 몇 마디가 아직도 쟁쟁했다. "여기가 평의실입니다. 저 문의 구리 손잡이만 돌리면 법정 안의 재판장 자리 뒤로 나가시게 됩니다." 이 말이 그의 생각 속에서 방금 지나온 좁은 복도와 침침한 계단의 흐릿한 기억에 섞여 들고 있었다.

수위는 그를 혼자 두고 가 버렸다. 최후의 순간이 왔다. 그는 생각을 가다듬어 보려고 애썼으나 되지 않았다. 모든 생각의 실이 머릿속에서 끊어져 버리는 것은 특히 인생의 비통한 현실에 그 모든 생각의 실을 잡아매어 놓을 필요를 가장 절실하게 느낄 때다. 그는 판사들이 숙고하고 형을 선고하는 바로 그 장소에 와 있었다. 그는 그렇게도 많은 인생이 산산이 부서졌고, 그의 이름이 곧 울릴 것이고, 그의 운명이 이때 건너가고 있는 그 고요하고 무시무시한 방을 태연하면서도 얼빠진 듯이 둘러보았다. 그는 벽을 바라보고, 이어서 자신을 바라보고, 그것이 이 방이고 그것이 자기라는 것을 깨닫고 놀랐다.

그는 스물네 시간 이상 아무것도 먹지 않았고, 마차에 흔들려 지칠 대로 지쳤으나, 그것을 느끼지 못했다. 그는 자기가 아무것도 못 느끼는 것 같았다.

그는 벽에 걸린 검은 사진틀 가까이에 갔는데 사진틀 유리 아래에는 파리 시장이자 대신이었던 장니콜라 파슈*가 손수 쓴 낡은 서신이 들어 있었고, 날짜는 틀림없이 착오였겠지만,

---

* 파슈(Jean-Nicolas Pache, 1746~1823). '자유, 평등, 박애를, 그렇지 않으면 죽음을'이라는 유명한 혁명 표어를 지은 사람.

혁명력 2년 6월 9일*이라 되어 있었다. 그것은 파슈가 자택 연금을 당하고 있는 대신과 의원의 명부를 파리 혁명 위원회에 보냈을 때의 서간이었다. 이때 만약 누가 그를 볼 수 있어서 지켜보았다면, 아마 그가 그 편지를 썩 진기하게 여기는 것 같다고 생각했으리라. 그는 거기서 눈을 떼지 않고 두세 번이나 읽었다. 하지만 그는 그것을 부지불식간에 무심코 읽었을 뿐이다. 그는 팡틴과 코제트를 생각하고 있었다.

그는 명상에 잠긴 채 돌아섰는데, 그의 시선이 그를 법정과 갈라놓고 있는 문의 구리 손잡이에 가서 부딪쳤다. 그는 그 문을 거의 잊어버리고 있었다. 그의 시선은 처음에는 태연스럽게 그 구리 손잡이로 가서 멎었다가 이어 놀라고 고정되어 조금씩 공포의 빛이 떠올랐다. 땀방울이 머리카락 사이에서 솟아올라 관자놀이로 철철 흘러내렸다.

어떤 때 그는 일종의 위엄과 반발이 교착된 형언하기 어려운 몸짓을 했는데, 이 몸짓은 '제기랄! 누가 나에게 이렇게 강요하는가?'라는 뜻인 듯, 그런 의미가 잘 나타나 있었다. 그런 뒤 그는 얼른 돌아서서 그가 들어왔던 문을 똑바로 바라보다가, 그리로 가서 문을 열고 나갔다. 그는 이제 그 방에 있지 않았다. 바깥에, 복도에 있었다. 계단과 창구들로 끊긴 길고 좁은 복도, 요리조리 구불거리고 병원용 야등 같은 등불이 여기저기 커져 있는, 아까 막 지나왔던 복도에 있었다. 그는 숨을

---

* 6월 9일이 아니라 목월(牧月) 19일이라고 써야 했을 것이다. 혁명력 목월은 5월 21일에서 6월 19일에 해당한다.

쉬고 귀를 기울였다. 뒤에서 아무 소리도 나지 않았고, 앞에서도 아무 소리도 나지 않았다. 그는 쫓기는 사람처럼 달아나기 시작했다.

그 복도의 모퉁이를 몇 군데 돌았을 때 그는 또 귀를 기울였다. 주위는 여전히 고요하고 어두웠다. 그는 헐떡거리고 비틀거리며 벽에 기대었다. 벽의 돌은 싸늘했고, 이마의 땀은 얼음처럼 차가웠다. 그는 부르르 떨며 몸을 솟구쳤다.

그러고는 홀로 거기 그 어둠 속에 서서 추위에 떨고, 아마 또 다른 것을 생각하면서도 떨었다.

그는 밤새도록 생각했었고 하루 종일 생각했었다. 그는 이제 자기 속에서 "오호라!"라고 말하는 단 하나의 목소리밖에는 듣지 못했다.

그렇게 십오 분이 흘러갔다. 이윽고 그는 고개를 갸우뚱하고, 번민에 겨워 한숨을 짓고 두 팔을 축 늘어뜨리고 다시 돌아섰다. 그는 천천히 기진맥진한 것처럼 걸었다. 흡사 내빼다가 잡혀서 다시 끌려오는 사람 같았다.

그는 다시 평의실로 들어갔다. 맨 먼저 그의 눈에 띈 것은 문의 손잡이였다. 그 번들번들하고 둥근 구리 손잡이는 그의 눈에 무서운 별처럼 반짝이는 것 같아 보였다. 그는 그것을 마치 새끼 호랑이 눈을 보듯 바라보고 있었다.

그는 거기서 눈을 뗄 수 없었다.

그는 때때로 한 걸음씩 옮겨 문으로 갔다.

만약 귀를 기울였다면 그는 옆방의 소음을 어렴풋한 속삭임처럼 들었겠으나, 그는 귀를 기울이지도 않았고 듣지도 않았다.

갑자기 그는 어떻게 그리되었는지 자기 자신도 모르게 문 옆에 와 있는 자기 자신을 발견했다. 그는 경련하듯 손잡이를 잡았다. 문이 열렸다.

그는 법정 안에 있었다.

9. 죄상 결정의 장면

그는 한 걸음 나아가 기계적으로 문을 닫고는, 그 자리에 선 채 눈앞의 광경을 바라보았다.

그것은 어둠침침하고 꽤 넓은 방이었다. 때로는 온 방 안이 와자지껄하는가 하면 때로는 쥐 죽은 듯 고요했는데, 거기에 는 완전한 하나의 형사 소송 기구가 저속하고 음산한 위엄을 갖추고서 군중 속에 펼쳐져 있었다.

그가 서 있는 방 한쪽 끝에는 판사들이 헐어 빠진 옷을 입고 흐리멍덩한 얼굴을 하고서 손톱을 깨물었다가 눈을 감았다가 하고 있었고, 다른 쪽 끝에는 허술한 옷을 입은 한 무리가 있 었다. 온갖 자세를 하고 있는 변호사들, 근엄하고 냉혹한 얼굴 을 하고 있는 병사들도 있었다. 때 묻은 낡은 판자벽, 꾀죄죄 한 천장, 녹색이라기보다 누르퉁퉁한 능직물로 덮인 탁자들, 손때로 검어진 문, 벽판 못에 매달려 불빛보다도 연기를 더 내 고 있는, 작은 카페에나 있음 직한 켕케식 양등, 탁자 위의 구 리 촛대에 꽂힌 초. 어둠과 추함과 쓸쓸함. 그리고 그 모든 것에서는 준엄하고 존엄한 인상이 풍겨 나고 있었다. 왜냐하면 거기에서는 법률이라 일컫는 그 중요한 인간의 일과 정의라 일컫는 그 중요한 신의 일이 느껴지기 때문이다.

군중은 아무도 그에게 주의를 기울이지 않았다. 모든 시선은 단 하나의 점에만, 재판장 왼편으로 벽을 따라 작은 문에 기대어 놓인 나무 벤치에 집중되어 있었다. 많은 촛불이 비추고 있었고, 그 위에 두 헌병 사이에 한 사나이가 있었다.

이 사람이 곧 그 사람이었다.

그는 그를 찾지 않아도 그를 보았다. 그의 눈은 마치 거기에 그 얼굴이 있다는 것을 미리 알았다는 듯이 저절로 그리로 갔다.

그는 자기 자신의 늙은 모습을 보는 것 같았다. 물론 얼굴은 똑같지 않았지만, 아주 비슷한 태도와 생김새, 곤두선 더벅머리, 사납고 불안스러운 눈동자, 그리고 그 작업복. 그것은 십구 년간 형무소 돌바닥에서 주워 모았던 그 끔찍한, 그러나 소중한 생각들을 마음속에 감추고 증오심에 불타면서 디뉴 시로 들어가던 그날의 자기 모습 그대로가 아닌가!

그는 바르르 떨면서 생각했다.

'아아! 나는 또 저렇게 될 것인가?'

그 인간은 줄잡아도 예순쯤은 돼 보였다. 그 사람에게는 뭔지 알 수 없는 거칠고 우둔하고 겁먹은 듯한 것이 있었다.

문소리에 거기 있던 사람들이 옆으로 길을 비켜 주었다. 재판장은 돌아보며 지금 들어온 사람이 몽트뢰유쉬르메르 시장이라는 것을 알고 묵례했다. 차장 검사도 공무로 여러 번 몽트뢰유쉬르메르에 가서 마들렌 씨를 본 일이 있었기 때문에 그를 알아보고 역시 묵례했다. 그는 그들이 그러는 걸 거의 알아차리지도 못했다. 그는 일종의 환각에 사로잡혀 있었다. 그는 바라보았다.

판사들, 서기, 헌병들, 잔인하리만큼 호기심 많은 다수의 사람들, 그는 그러한 것을 이미 옛날에, 이십칠 년 전에 한 번 본 적이 있었다. 그 끔찍한 것들, 그것들을 그는 지금 다시 보고 있었다. 그것들은 거기에 있었고, 움직이고 있었고, 존재하고 있었다. 그것들은 그의 기억이 떠올린 것도, 그의 생각의 신기루도 아니었고, 진짜 헌병들, 진짜 판사들, 진짜 군중, 그리고 살과 뼈를 갖춘 진짜 인간들이었다. 이제 끝장이었다. 그는 자기 과거의 그 끔찍했던 광경이 현실의 모든 무서운 모습을 띠고 자기 주위에 다시 나타나고 되살아나는 것을 보고 있었다.

그 모든 것이 그의 앞에서 입을 벌리고 있었다.

그는 그것이 무서웠다. 그는 눈을 감고 그의 마음속 가장 깊은 곳에서 외쳤다. '결코!'

그런데 그의 모든 생각을 뒤흔들고 그를 거의 미치게 하는 비통한 운명의 장난에 의해, 거기에 있는 것은 또 하나의 그 자신이었다! 재판을 받고 있는 그 사나이를 사람들은 모두 장발장이라고 부르고 있었다!

그는 눈앞에서 자기 생애의 가장 끔찍했던 시기를 자기의 망령이 재연하고 있는 것을 보는 듯했는데, 그것은 참으로 놀라운 광경이었다.

모든 것이 거기에 있었다. 그것은 똑같은 가구, 똑같은 밤 시간, 거의 똑같은 판사들과 병사들과 방청객들의 얼굴이었다. 다만 재판장의 머리 위에 십자가가 하나 있었는데, 그것만 그가 유죄 판결을 받을 때 법정에 없었던 것이었다. 그가 재판을 받을 때 신은 없었다.

의자 하나가 그의 뒤에 있었는데, 그는 사람들에게 보일까봐 겁결에 거기에 주저앉아 버렸다. 자리에 앉아 있을 때 그는 판사들의 책상에 쌓인 서류 더미 뒤에 숨어 장내의 군중에게 얼굴을 가렸다. 이제 그는 사람들 눈에 띄지 않고 볼 수가 있었다. 차차 그는 침착해졌다. 그는 충분히 다시 현실감을 갖게 되었고, 외부의 소리를 들을 수 있을 만큼 평정을 찾았다.

바마타부아 씨도 배심원의 한 사람으로 거기에 있었다.

그는 자베르를 찾아보았으나 보이지 않았다. 증인들의 벤치는 서기의 책상에 가려 있었다. 그리고 방금 말했지만, 실내는 별로 밝지 않았다.

그가 들어왔을 때 피고의 변호사는 변론을 끝내 가고 있었다. 모두들 극도로 긴장해 있었다. 재판은 세 시간 전부터 계속되었다. 세 시간 전부터 군중은 한 사나이가, 한 미지의 사나이가, 지극히 어리석거나 지극히 교활한 일종의 불쌍한 인간이 무서운 진실성의 무게 아래 차차 휘어 가는 것을 보고 있었다. 이 사나이는 독자도 이미 알다시피 일종의 부랑배로서, 피에롱 과수원이라는 이웃 과수원의 사과나무에서 익은 사과가 달린 가지 하나를 꺾어서 가져가다가 그 옆 밭에서 들켰던 것이다. 이 사나이는 어떤 사람이었는가? 이미 조사도 행해졌고 증인들의 진술도 막 끝났는데, 증인들은 이구동성이었다.

진상의 빛이 전체 토의에서 밝혀졌다. 기소문은 다음과 같았다. "피고는 과실을 훔친 절도범일 뿐만 아니라, 오래전부터 사직 당국에서 수배 중이던 장 발장이라는 강도요, 감시 위반의 재범이요, 전과자요, 지극히 위험한 악한이요, 극악무도한 자다. 그는 팔 년 전 툴롱 형무소에서 출옥하자마자 프티제르베라는 굴뚝 청소부 소년한테 대로상에서 강도를 행하여 형법 제383조에 규정된 죄를 범했으나, 이 점에 관해서는 동일인임에 틀림없음이 법적으로 확실할 때 추소할 것이다. 피고는 최근에 새로운 절도를 행하였으니 이는 재범 사건이다. 그러므로 우선 이 새로운 범죄에 관하여 처벌하고, 옛 범죄에 관해서는 차후에 판결할 것이다." 이런 기소문 앞에서, 증인들의 전원 일치된 진술 앞에서 피고는 특히 놀란 것 같았다. 그는 그 것을 부인하려는 듯한 몸짓과 손짓을 하는가 하면, 때로는 천장을 쳐다보기도 했다. 그는 간신히 말을 하고 당황한 채 대답을 했으나, 그의 온몸은 머리끝에서 발끝까지 부인하고 있었다. 그는 자기를 포위하고 전투 대형을 취하고 있는 그 모든 지식인들 앞에서 흡사 백치 같았고, 자기를 붙잡고 있는 그 집단 속에서 흡사 이방인 같았다. 그러는 동안 그에게는 가장 위협적인 미래가 문제로 다루어지고 있었고, 진실성은 시시각각으로 커져 갔으며, 군중은 당사자보다도 더 걱정스럽게 불길한 선고가 점차 그의 머리 위에 내려지는 것을 바라보았다. 만약에 동일인임이 인정되어 프티제르베 사건이 나중에 유죄 판결로 끝난다면, 징역은 고사하고 사형까지도 가능할 것 같은 판국이었다. 그런데 이 사나이는 어떠한 자였던가? 그의 무감각은 어떠한 성질의 것이었던가? 그것은 어리석음인가 아니면 교활함인가? 그는 너무도 잘 이해하고 있었나, 아니면 전혀 이해하지 못하고 있었나? 이러한 의문으로 군중은 두 파로 갈라졌고, 배심원들까지도 그러한 것 같았다. 이 재판에는 무섭게 하는 것과 수상한 느낌을 갖게 하는 것이 있었고, 이 극적 사건은 단지 음산할 뿐만 아니라 이해하기도 어려웠다.

변호인은 오랫동안 변호사의 웅변술이 되어 온 그 시골말로 꽤 잘 변론했다. 이 시골말은 로모랑탱이나 몽브리종에서와 마찬가지로 파리에서도 역시 옛날 모든 변호사들이 쓰던 것인데, 오늘날에는 고전이 되어 버려, 그 장중한 울림과 위엄찬 어조가 어울리는 공인된 웅변가들만 사용한다. 이 언어에서는 남편과 아내를 '배우자'라 하고, 파리를 '학예와 문명의 중심지'라 하고, 왕을 '군왕'이라 하고, 주교를 '성스러운 대사제'라 하고, 검사를 '웅변적인 소송 해석자'라 하고, 변론을 '방금 들으신 언사'라 하고, 루이 14세의 시대를 '위대한 시대'라 하고, 극장을 '멜포메네*의 전당'이라 하고, 왕실을 '군왕의 지존하신 혈통'이라 하고, 연주회를 '음악 축제'라 하고, 사단장을 '고명하신 전사'라 하고, 신학교 학생을 '다정한 레위 인**'이라 하고, 신문 기사의 오류를 '기관지의 난(欄) 속에 독을 뿌리는 기만'이라 했다. 그런데 변호사는 사과 절도에 관해서 설명하는 것으로 변론을 시작했는데, 이것은 미사여구

* 멜포메네(Melpomene). 그리스신화에 나오는 비극의 여신.
** 이스라엘의 일족으로서, 성직에 종사하는 자.

로는 표현하기 어려운 일이었다. 하지만 베니뮤 보쉬에 자신은 조사(弔詞)에서 암탉 한 마리를 언급하지 않으면 안 되었으나, 그 어려움에서 훌륭히 벗어난 바가 있다. 변호사는 사과절도는 물적으로 증거가 없다는 것을 확증했다. 변호인 자격으로 그가 끝끝내 샹마티외라고 부르기를 고집했던 그의 의뢰인이 담을 뛰어넘거나 혹은 가지를 꺾는 것을 본 사람은 아무도 없었다. 그는 그 가지(변호사는 그것을 보통 '잔가지'라고 불렀다.)를 들고 있다가 잡혔지만, 그는 그것이 땅에 떨어져 있는 것을 보고 주웠다고 말했다. 어디에 그 반증이 있는가? 아마 그 가지는 밭 도둑놈이 담을 뛰어 넘어가 꺾어서 훔쳐 가다가 들켜서 거기에 내던진 것인지도 모른다. 아마 도둑놈이 있기는 있었으리라. 그러나 그 도둑놈이 샹마티외라는 증거가 어디에 있는가? 다만 한 가지, 그의 신분이 전과자라는 것, 불행히도 그 점은 충분히 확인된 듯하다는 것은 변호사도 부인하지 않았다. 피고는 파브롤에 거주한 일이 있었다. 피고는 거기서 가지 치는 일꾼 노릇을 했다. 샹마티외의 이름은 본시 장마티외였을지 모른다. 이 모든 것은 사실이다. 끝으로 네 명의 증인도 샹마티외가 죄수 장 발장이라고 서슴지 않고 확실히 인정했다. 그러한 지적과 그러한 증언에 대해서는 변호사도 자기 의뢰인과 같은 부인, 타산적인 부인밖에는 제시하지 못했다. 그러나 설사 그가 죄수 장 발장이라 가정하더라도, 그것이 그가 사과를 훔쳤다는 증거가 될 수 있겠는가? 그것은 기껏해야 억측이지, 증거는 못 된다. 피고는 '졸렬한 변호 방식'을 취했는데, 그것은 사실이어서, 변호인도 '솔직히 말해서'

그것을 시인하지 않을 수 없었다. 피고는 완고하게 모든 것을 부인했다. 절도 행위도, 전과자의 신분도. 이 두 번째 것은 인정하는 게 확실히 나았을 텐데, 그렇게 했다면 판사들의 관대한 처분을 받았을 것이다. 변호사도 그에게 그렇게 권고했으나 피고는 완강히 거부했는데, 아마 아무것도 인정하지 않음으로써 모든 것이 잘될 거라고 생각한 것이리라. 그것은 잘못이었지만, 이 사람의 지능이 모자라다는 점도 고려해야 하지 않았겠는가? 이 사나이는 분명히 어리석다. 형무소에서의 오랜 불행, 형무소 밖에서의 곤궁이 그를 우둔하게 만들었다. 그는 자기 변호를 잘 못했지만, 그것이 그에게 유죄 판결을 내릴 이유가 되겠는가? 프티제르베 사건에 관해서는 변호사도 논의할 것이 없었다. 그것은 전혀 소송 사건이 아니니까. 마지막으로 변호사는 배심원들과 판사들을 향해, 설령 그들에게 피고가 장 발장과 동일인임이 명백해 보이더라도, 감시 위반 전과자에 대한 경찰 처분만 적용하고, 재범에 대한 중죄는 적용하지 말기를 바란다고 하면서 변론을 마무리했다.

차장 검사는 변호사에 대해 반박했다. 차장 검사들이 으레 그렇듯이 그의 논박은 격렬하고 화려했다.

그는 변호인의 성실성을 찬양하고 그 성실성을 교묘하게 이용했다. 그는 변호사가 양보한 모든 사항을 이용해 피고에게 타격을 가했다. 변호사는 변론에서 피고가 장 발장임을 인정하는 듯했다. 차장 검사는 그것을 법적으로 확인했다. 그러므로 이 사나이는 장 발장이었다. 이것은 기소문에 들어가 있어 더 이상 이론의 여지가 있을 수 없었다. 여기서 차장 검사는 교묘하게 논법을 바꾸어 범죄의 근원과 원인으로 거슬러 올라가 낭만파의 패덕을 공박했다. 낭만파는 당시 신문《오리플람》과《코티디엔》의 비평가들이 명명한 '악마파'라는 이름 아래 대두하고 있었다. 차장 검사는 아주 그럴싸하게 샹마티외의, 아니 더 적절하게 말해서, 장 발장의 범죄는 그 패륜 문학의 영향으로 빚어진 것이라 했다. 그러한 고찰을 마치고 나서 그는 장 발장 자신으로 옮아갔다. 장 발장은 어떠한 자인가? 장 발장에 대한 묘사. 구역질 나는 괴물 운운. 이러한 종류의 묘사의 본보기는 테라멘*의 이야기에 있는데, 그것은 비극에는 무용지물이지만 법정 웅변에는 날마다 큰 도움을 준다. 방청인들과 배심원들은 '몸서리를 쳤다'. 그러한 묘사가 끝나자 차장 검사는 이튿날 아침에《프레펙튀르》에서 최고의 찬사를 받기 위한 웅변조로 말을 계속했다. "그는 이러한 사람입니다 운운. 부랑배요, 비렁뱅이요, 호구지책도 없는 자입니다 운운. 피고는 과거에 범행을 예사로 저질렀고, 징역살이에도 불구하고 별로 개과천선을 하지 않은 자로서, 프티제르베에게 저지른 범죄가 그것을 증명하고 있습니다 운운. 이건 그러한 사람으로, 대로상에서, 뛰어넘은 담에서 엎어지면 코 닿을 데에서 훔친 물건을 아직도 손에 든 채 절도 현행범으로 잡혀 놓고도 그 범행을 부인하고, 절도도 침입도 모조리 부인하고, 제 이름까지도 부인하고, 동일인이라는 것까지도 부인하고 있습니다! 일일이 다시 말할 것도 없는, 다른 수많은 증

---

* 라신의 비극 「페드르」에 나오는 인물.

거 외에도 네 명의 증인이 그를 인정하고 있는데, 그들은 자베르, 공정한 사복형사 자베르와, 옛날에 피고와 함께 징역살이를 한 브르베, 슈닐디외, 코슈파유 등 세 명의 죄수입니다. 이 무서운 전원 일치의 증언에 그는 뭐라고 반박하는가? 그는 부인합니다. 얼마나 고집불통입니까! 여러분께서 공정한 판결을 내려 주십시오, 배심원 여러분 운운." 차장 검사가 그렇게 말하는 동안 피고는 다소 감탄 섞인 놀란 듯한 얼굴로 입을 떡 벌린 채 듣고 있었다. 사람이 이렇게도 말을 잘할 수가 있을까 하고 그는 분명히 놀라고 있었다. 때때로 논고가 최고조에 달하여 청산유수 같은 웅변이 밀물처럼 독설을 토하고 폭풍우처럼 피고를 에워쌀 때면, 피고는 천천히 고개를 좌우로 흔들었는데, 그것은 재판의 시초부터 자제하고 있던 일종의 서글픈 무언의 항변이었다. 그의 바로 옆에서 구경하던 사람들은 그가 두세 번 입속으로 이렇게 중얼거리는 것을 들었다. "발루 영감한테 물어보지 않아서 이런 꼴이 됐지!" 차장 검사는 배심원들에게 피고의 그 백치 같은 태도를 지적했는데, 그것은 분명히 계산된 수작이고, 어리석음이 아니라 교묘함과 교활함의 표시이자, 사직을 기만하는 상습성의 표시이고, 이 사나이의 '뿌리 깊은 사악함'을 역력히 드러내는 증거라는 것이었다. 마지막으로 그는 프티제르베 사건은 보류하고 엄중한 유죄 판결을 요구하면서 논고를 마무리했다.

그것은 당분간은, 독자도 기억하다시피, 무기징역이었다.

변호사는 다시 일어나서 우선 '차장 검사 영감'에게 그의 '훌륭한 언사'를 치하하고, 이어 할 수 있는 데까지 항변했다.

그러나 그의 논봉은 무디어지고 있었다. 그의 지반은 분명히 허물어져 가고 있었다.

10. 부인(否認)의 방식

변론을 마무리할 때가 왔다. 재판장은 피고를 기립시키고 관례적인 질문을 했다. "피고는 더 할 말이 없는가?"

사나이는 서서 손에 들고 있는 꾀죄죄한 모자를 두 손 안에서 굴리고 있을 뿐, 그 질문을 듣지 못한 것 같았다.

재판장은 질문을 되풀이했다.

이번에는 사나이는 그 말을 들었다. 그는 알아들은 것 같았다. 그는 막 잠에서 깨어나는 사람 같은 몸짓을 하고, 자기 주위를 휘둘러보고, 방청객들, 헌병들, 자기의 변호사, 배심원들, 판사들을 바라보고, 자기 벤치 앞에 설치된 목책 언저리에 그의 거대한 주먹을 올려놓고, 또 한 번 주위를 둘러보더니, 갑자기 차장 검사에게 시선을 멈추고 말하기 시작했다. 그것은 마치 폭발 같았다. 그의 입에서 쏟아져 나오는 말들은 지리멸렬하고, 격렬하고, 귀에 거슬리고, 뒤죽박죽이고, 동시에 나오려고 모두 한꺼번에 앞을 다투고 있는 것 같았다. 그는 입을 열었다.

"내가 할 말은 이렇소. 나는 파리서 수레 목수를 했소. 발루씨 댁에 있었소. 그건 고된 직업이오. 수레 목수는 언제나 한데서, 마당에서 일하지 않으면 안 되오. 다행스럽게도 좋은 주인을 만나면 헛간에서도 일을 하지만, 작업실 안에서 문을 닫아 놓고 일을 하는 법은 없소. 넓은 자리가 필요해서 그런 거요. 겨울에는 하도 추워서 좀 포근해지라고 내가 내 팔을 치지만, 주인은 그런 걸 싫어하오. 시간을 허비한다는 거요. 길바닥의 돌도 얼어붙는 추위 속에 쇠를 다룬다는 건 고된 일이오. 사람이 이내 지쳐 버리지. 그런 일을 하고 있으면 젊은 놈이 그대로 늙어 버리오. 나이 마흔이면 벌써 볼 장 다 보게 되는 거요. 나는 그때 쉰세 살이었는데, 지독히 고생했소. 게다가 노동자들은 어찌나 심술이 고약하던지, 원! 어떤 자가 젊지 않으면 모두 늙은 바보, 늙은 멍청이라고 부른다오. 나는 하루에 겨우 30수밖에 못 벌었소. 주인들이 내게 삯전을 될 수 있는 대로 적게 주었소. 내 나이를 핑계 삼아서 말이오. 게다가 나는 딸년 하나가 있었는데, 그 애는 냇가에서 빨래를 해 주는 일을 했소. 그 애도 조금은 벌었소. 그걸로 우리 둘은 그럭저럭 살아갔소. 딸년도 고생깨나 했지. 비가 오건 눈이 오건 살을 에는 듯한 바람을 다 맞아 가면서 허리까지 닿는 통 속에서 온종일 일을 했소. 물이 얼어도 상관없이 빨래는 해야 하오. 내의가 넉넉지 못한 사람들이 재촉하기 때문이오. 금세 빨아 주지 않으면 단골을 놓친다오. 판자 조각이 제대로 맞지 않아 사방에서 물이 새서 치마가 위아래 할 것 없이 온통 젖어 몸뚱이까지 스며든다오. 딸년은 또 앙팡루주의 빨래터에서도 일했는데, 거기서는 물이 수도꼭지로 나오니까 통 속에는 안 들어가도 됐소. 앞의 수도꼭지에서 빨아 뒤의 대야에다 헹구는 거요. 문은 닫혀 있으니까 몸뚱이는 덜 춥지만 무시무시하게 뜨거운 김이 나서 눈을 상하게 하오. 딸년은 녹초가 되어 저녁 7시에 돌아와서는 이내 자 버렸소. 그 애는 남편한테 늘 상 두드려 맞았소. 그 애는 죽었소. 우리는 정말 불행했소. 딸 년은 춤 한 번 추러 가 본 적 없는 아주 조용하고 얌전한 아이 였소. 다만 한 번 참회 화요일에 8시에 돌아와서 잔 일은 있었 소. 이상이오. 내 말은 사실이오. 물어보기만 하면 되오. 암, 그 렇고말고. 나는 참 바보야! 파리는 바다같이 넓은 곳인데 누 가 샹마티외 영감을 알까? 그렇지만 발루 씨는 알고 있소. 발 루 씨 댁에 가 보시오. 이제 내게 무엇을 더 원하는지 나는 모 르겠소!"

사나이는 입을 다물고 서 있었다. 그는 이러한 것들을 높고 빠르고 무뚝뚝하고 쉰 목소리로, 우직하면서도 거칠고 화가 난 듯한 어조로 말했다. 한번은 군중 속의 누군가에게 인사하 기 위해 말을 중단했다. 닥치는 대로 씹어뱉는 듯한 그 단정적 인 말들은 딸꾹질처럼 그의 입에서 터져 나왔고, 그 한마디 한 마디에 그는 나무 패는 나무꾼 같은 몸짓을 덧붙였다. 그가 말 을 끝내자 방청객들은 웃음을 터뜨렸다. 그는 방청객들을 바 라보았고, 사람들이 웃고 있는 것을 보고 무슨 영문인지도 모 르고 그 자신도 덩달아 웃기 시작했다.

그것은 끔찍했다.

신중하고 친절한 재판장은 입을 열었다.

그는 '배심원 제위'에게 '피고가 예전에 그 아래에서 일했 다는 수레 도목수 발루라는 자는 소환해도 출두하지 않았다. 그는 파산하여 행방불명이 되었다.'라는 사실을 상기시켰다.

그런 뒤 피고를 돌아보며 자기가 지금 그에게 말하려는 것을 잘 듣도록 권유하고 이렇게 덧붙였다.

"피고는 지금 잘 생각해야 할 처지에 있소. 지극히 중대한 추정이 피고에게 내려졌고, 치명적인 결과를 초래할지도 모르오. 피고를 위하여 마지막으로 한 번 더 묻겠는데, 다음 두 가지 사실을 명료히 설명해 보시오. 첫째, 피고는 피에롱 과수원의 담을 뛰어넘어 가지를 꺾고 사과를 훔쳤는가 안 훔쳤는가, 다시 말하자면 침입 절도죄를 범했는가 안 범했는가? 둘째, 피고는 전과자 장 발장인가 아닌가?"

피고는 잘 알아들었고 뭐라고 대답해야 할지 알고 있는 사람처럼, 그런 대답쯤이야 약과라는 듯이 고개를 끄덕거렸다. 그는 입을 열고 재판장 쪽으로 몸을 돌려 말했다.

"첫째……"

그러고는 자기 모자를 보고 천장을 바라보더니 꿀 먹은 벙어리가 되어 버렸다.

"피고." 차장 검사는 준엄한 목소리로 말을 이었다. "주의하시오. 그대는 묻는 말에 아무 대답도 못 하고 있소. 그대가 그렇게 당황하는 것은 좋지 못하오. 이 점은 명백하오. 즉 그대 이름은 샹마티외가 아니라, 처음에는 어머니의 성을 따서 장 마티외라는 이름 아래 숨어 있었던 전과자 장 발장이라는 것, 그대는 오베르뉴에 갔었다는 것, 그대는 파브롤에서 태어나 거기서 가지 치는 일꾼 노릇을 했다는 것 말이오. 그대가 피에롱 과수원에 침입하여 익은 사과를 훔친 것도 명백하오. 배심원 제위께서는 인정하실 것이오."

피고는 그새 다시 앉았다가 검사가 말을 마치자 후다닥 일어나서 외쳤다.

"당신은 참 나쁜 사람이오, 당신은! 나는 이런 말을 하고 싶었소. 처음에는 아무 생각도 안 났소. 나는 아무것도 훔치지 않았소. 나는 매일 먹지 않는 사람이오. 나는 그때 아이에서 오던 길에 그곳을 걷고 있었는데, 소나기가 온 뒤라 들은 아주 노랗게 되어 있었고, 늪은 물이 넘쳐흐르고 있었고, 길은 모래에 덮인 풀 끝만 뾰족뾰족 내다보일 뿐이었소. 나는 사과가 달린 가지 하나가 꺾여 땅바닥에 떨어져 있는 것을 보았소. 나는 그 가지를 집었지만, 그것 때문에 이런 곤욕을 치를 줄은 몰랐소. 나는 석 달이나 감옥에서 썩으면서 사방으로 끌려다녔소. 그리고 나서 나는 말을 못 하고 있는데, 사람들은 나를 비난하면서 '대답을 해라!' 하고 말하는 거요. 어떤 헌병은 친절하게도 팔꿈치를 치면서 '어서 대답하라니까.' 하고 작은 소리로 말하고. 나는 설명할 줄을 모르오, 나는. 나는 공부를 못 했소. 나는 불쌍한 놈이오. 그걸 몰라주다니 모두들 나쁘오. 나는 결코 도둑질한 게 아니오. 땅바닥에 떨어져 있는 걸 주웠을 뿐이오. 당신은 내가 장 발장이니 장 마티외니 하고 말하지만, 난 그런 사람들을 전혀 모르오. 마을 사람들일지도 모르지만……. 나는 로피탈 거리의 발루 씨 댁에서 일했소. 내 이름은 샹마티외요. 당신네들은 아주 간악하게도 내가 태어난 곳을 내게 말해 주지만, 나는 말이오, 그런 건 모르오. 모든 사람들이 태어날 때 집이 있는 것은 아니오. 그건 너무 편리할 거요. 내 생각에 우리 아버지와 어머니는 집도 절도 없이 떠돌아다닌 사람들이었을 거요. 하지만 난 모르오. 어렸을 적에 사람들은 나를 '꼬마'라고 불렀고, 지금은 '늙은이'라고 부르오. 그것이 내 세례명이라오. 그건 당신네들 좋을 대로 생각하시오. 나는 오베르뉴에도 있었고, 파브롤에도 있었소. 그게 어쨌단 말이오? 오베르뉴와 파브롤에 있었던 사람은 반드시 감옥살이를 한 놈이란 말이오? 나는 도둑질을 안 했단 말이오. 나는 샹마티외 영감이란 말이오. 나는 발루 씨 댁에 있었소. 나는 일정한 장소에 살고 있었소. 당신은 별것도 아닌 일로 나를 골려 대는구려. 세상 사람들이 도대체 왜 나를 이렇게 악착같이 못살게 구는 거요!"

차장 검사는 여태 서 있었다. 그는 재판장에게 말했다.

"재판장님, 피고는 막연하면서도 지극히 교묘히 부인을 함으로써 백치처럼 보이려고 하지만, 그렇게는 안 될 것이고, 우리는 그 꾀에 넘어가지 않을 겁니다. 그러므로 재판장님, 그리고 법정에 계신 여러분, 우리는 피고의 부인에 대하여 다시금 죄수 브르베와 코슈파유와 슈닐디외, 그리고 사복형사 자베르를 이 자리에 불러 최후로 다시 한 번 피고와 전과자 장 발장이 동일인인지 아닌지 신문해 주시기를 요청합니다."

"차장 검사님에게 지적하겠는데, 사복형사 자베르는 공무 때문에 인근 도청 소재지로 돌아가기 위하여 진술이 끝난 직후 법정을 떠났고 이 도시에서도 떠났소. 차장 검사님과 피고 변호인의 동의를 얻어 허가한 것이오." 재판장은 말했다.

"아, 옳습니다, 재판장님." 차장 검사는 다시 말했다. "그럼 자베르 씨가 없으므로, 그가 한두 시간 전에 바로 이 자리에서 진술한 바를 본인이 배심원 제위께 상기시켜 드릴 필요가 있다고 생각합니다. 자베르는 하급 직책이지만 중요한 그 직책을 엄격하고 정확한 정직성을 가지고 수행하고 있는 훌륭한 인물입니다. 그런데 그는 다음과 같이 진술했습니다. '본인은 피고의 부인을 반박할 심리적 추정이나 물질적 증거조차 필요치 않습니다. 본인은 이 사나이를 너무나도 잘 알고 있습니다. 이 사나이의 이름은 샹마티외가 아니라 장 발장인데, 극히 악질적이고 극히 가공할 전과자입니다. 대단히 유감스러웠으나 형기가 만료되어 석방할 수밖에 없었습니다. 그는 가중된 절도죄로 십구 년의 징역형을 받았습니다. 그동안에 대여섯 차례에 걸쳐 탈옥을 기도했습니다. 프티제르베를 상대로 한 절도와 피에롱 과수원에서의 절도 외에도, 본인은 그가 작고하신 디뉴의 주교 예하 댁에서도 도둑질을 했으리라 의심하고 있습니다. 본인은 툴롱 형무소에서 간수보로 있을 때 여러 번 이 사나이를 보았습니다. 본인은 이 사나이를 너무나도 잘 알고 있다는 것을 되풀이하여 말씀드립니다.'"

이 지극히 간결한 선언은 방청객들과 배심원에게 깊은 감명을 준 것 같았다. 차장 검사는 자베르를 제외한 세 증인, 브르베, 슈닐디외, 코슈파유를 다시 진술하게 하고 엄중히 신문할 것을 주장하면서 말을 맺었다.

재판장은 수위에게 명령을 전했고 조금 후에 증인실의 문이 열렸다. 수위는 만일의 경우에 도와줄 헌병 한 사람과 함께 죄수 브르베를 끌어왔다. 방청객들은 불안에 사로잡혀 모두 한마음인 양 가슴을 두근거리고 있었다.

전과자 브르베는 도 중앙 형무소의 진회색 윗도리를 입고 있었다. 브르베는 예순 살쯤 먹은 사나이로서, 실업가 같은 얼굴과 악당 같은 표정을 하고 있었다. 그것은 이따금 서로 잘 어울린다. 그는 어떤 새로운 범행으로 다시 투옥되었는데, 그 형무소에서 그는 문지기 비슷한 것이 되었다. 윗사람들은 그를 보고 "놈이 제법 사람 구실을 하려고 하는걸." 하고 말했다. 부속 사제들도 평소의 그의 신앙 태도를 좋게 말했다. 물론 그것은 왕정복고 후의 일이라는 것을 잊어서는 안 된다.

"브르베." 재판장이 말했다. "그대는 불명예형 선고를 받은 사람이니 선서를 할 수는 없지만……."

브르베는 고개를 수그렸다. 재판장은 말을 이었다.

"비록 법률에 의하여 자격을 잃은 사람이라 할지라도 주님의 자비로 인하여 명예감과 정의감은 남아 있을 수 있으니, 이 중요한 순간에 본관은 그 감정에 호소하오. 아직도 그대의 마음속에 본관이 희망하듯이 그 감정이 있다면, 본관에게 대답하기 전에 잘 생각해 보시오. 한쪽에는 그대의 말 한마디로 파멸할지도 모를 사람 하나가 있고, 또 한쪽에는 그대의 말 한마디로 밝혀질 정의가 있다는 것을 유념하시오. 지금은 엄숙한 순간이오. 자신이 틀렸다고 생각한다면 그대는 지금이라도 앞서 한 증언을 취소해도 좋소. 피고, 일어서시오. 브르베, 피고를 똑똑히 보고 기억을 가다듬어서 피고가 그대의 옛날 형무소 동료 장 발장임을 여전히 인정하는지 어떤지를 그대의 영혼과 양심을 가지고 말해 보시오."

브르베는 피고를 바라보고는 판사들 쪽으로 돌아섰다.

"예, 재판장님. 맨 먼저 이 사람을 알아본 건 저입니다. 제가 한 말은 틀림없습니다. 이 사람은 장 발장입니다. 1796년에 툴롱에 들어와서 1815년에 출옥했습니다. 저는 일 년 후에 출옥했습니다. 이 사람이 지금은 바보 같은 얼굴을 하고 있습니다만, 그건 늙어서 우둔해졌기 때문입니다. 형무소에서는 엉큼한 놈이었습니다. 저는 이자를 확실히 알아봅니다."

"가서 앉으시오." 재판장은 말했다. "피고는 그대로 서 있으시오."

슈닐디외가 끌려 들어왔다. 붉은 죄수복과 푸른 모자로 보아 알 수 있듯이 그는 무기징역수였다. 그는 툴롱 형무소에서 복역 중이었는데, 이 사건 때문에 끌려온 것이었다. 그는 쉰 살쯤 되는 키가 작은 사나이로서, 성미가 급하고, 얼굴이 쪼글쪼글하고, 수척하고, 누르퉁퉁하고, 뻔뻔스럽고, 차분하지 못하고, 팔다리와 온몸이 병신 같고, 눈초리가 몹시 날카로웠다. 형무소 친구들은 그를 주니디외*라는 별명으로 불렀다.

재판장은 그를 향해 브르베에게 한 말과 거의 같은 말을 했다. 재판장이 그에게 그는 불명예의 죄인이므로 선서할 권리가 없다고 말하자, 슈닐디외는 고개를 쳐들고 똑바로 군중을 바라보았다. 재판장은 그에게 잘 생각하라고 권유하고는, 브르베에게 한 것과 마찬가지로, 그가 피고를 알아본다고 고집하는지 어떤지를 물었다.

슈닐디외는 웃음을 터뜨렸다.

---

* '나는 신을 부정한다.'라는 뜻.

"나 원! 이 사람을 알아보느냐고요! 우리는 오 년 동안이나 같은 쇠사슬에 묶여 있었어요. 여보게, 왜 그렇게 뾰로통해하고 있나?"

"가서 앉으시오." 재판장은 말했다.

수위는 코슈파유를 끌어왔다. 그 역시 붉은 옷을 입은 무기 징역수로서, 슈닐디외와 마찬가지로 형무소에서 불려 왔다. 루르드 출신의 촌놈으로 피레네의 곰 같은 사람이었다. 그는 산중에서 양 떼를 지키다가, 양몰이꾼에서 산적으로 굴러떨어졌던 것이다. 코슈파유 역시 피고 못지않게 거칠었고 그보다도 더 우둔해 보였다. 그는 자연이 들짐승으로 만들어 내고 사회가 징역수로 마무리해 놓은 저 불행한 인간의 한 사람이었다.

재판장은 감동적이고 엄숙한 몇 마디 말로 그의 마음을 움직여 보려고 하고는 먼저 두 사람에게 했듯이 앞에 서 있는 사나이를 지금도 서슴지 않고 확실히 알아보겠느냐고 물었다.

"이 사람은 장 발장입니다." 코슈파유는 말했다. "어찌나 힘이 장사인지 '기중기 장'이라고도 불렀습니다."

분명히 진지하고도 성실한 그 세 증인의 단정을 들을 때마다 방청객들 사이에서는 피고의 불리함을 예고하는 속삭임이 새어 나오곤 했는데, 그 속삭임은 새로운 증언이 먼젓번 증언에 보태질 때마다 더욱 커지고 길어졌다. 한편 피고는 그러한 증언을 놀란 얼굴을 하고 듣고 있었는데, 그런 얼굴은 기소자의 말대로라면 피고의 자기변호의 주된 수단이라는 것이었다. 그의 옆에 있던 헌병들은 첫 번째 증언을 듣고 그가 이렇게 입속으로 뇌까리는 것을 들었다. "옳아! 저 녀석이 그중 하나로구나!" 두 번째 증언 후에는 거의 흡족한 듯이 좀 더 큰 소리로 말했다. "좋아!" 세 번째 증언 후에는 이렇게 외쳤다. "잘한다!"

재판장이 그에게 물었다.

"피고, 다 들었지요. 무슨 할 말이 있소?"

그는 대답했다.

"잘들 하오!"

방청객들이 웅성거리기 시작하더니 거의 배심원들에게까지 번져 갔다. 그 사나이가 절체절명의 상황에 빠졌음은 불을 보듯 뻔했다.

"수위." 재판장이 말했다. "조용히 하게 하시오. 이제 변론을 종결하겠소."

그 순간 재판장 바로 옆에서 어떤 움직임이 있었다. 이렇게 외치는 목소리가 들렸다.

"브르베, 슈닐디외, 코슈파유! 여기를 보시오!"

그 목소리를 들은 사람들은 모두 온몸이 얼어 버리는 듯했다. 그렇게도 그 목소리는 비통하고 무시무시했다. 사람들의 시선이 그 목소리가 들려오는 쪽으로 돌아갔다. 판사들 뒤에 앉아 있던 특별 방청인 중 한 사나이가 일어서서 판사석과 법정을 갈라 놓고 있는 칸막이의 문을 밀고 나와 법정 한가운데에 서 있었다. 재판장, 검사, 바마타부아 씨 등 수많은 사람들이 그를 알아보고 한꺼번에 외쳤다.

"마들렌 씨!"

11. 샹마티외, 더욱더 놀라다

그 사람은 아니나 다를까 마들렌 씨였다. 서기석의 남폿불이 그의 얼굴을 비추고 있었다. 그는 손에 모자를 들고 있었고, 그의 복장은 하나도 흐트러진 데가 없었으며, 그의 프록코트는 단정히 단추가 끼워져 있었다. 그는 창백한 얼굴을 하고 경미하게 떨고 있었다. 아라스에 도착할 때만 해도 아직 반백이었던 그의 머리털은 지금 완전한 백발이 되어 있었다. 그가 거기에 와 있은 지 한 시간 동안에 그렇게 세어 버린 것이다.

모두들 고개를 쳐들었다. 그 감격적인 광경은 형언할 수 없었다. 방청객들은 한동안 주춤거렸다. 그 목소리가 하도 폐부를 찌르는 듯하였고, 거기 서 있는 사람이 하도 침착했기 때문에, 처음에는 모두들 무슨 영문인지를 몰랐다. 누가 외쳤는지 사람들은 알지 못했다. 그 무시무시한 소리를 지른 것이 그 조용한 사람이라고는 아무도 생각할 수 없었다.

그 분명치 않은 상태는 몇 초도 가지 않았다. 재판장과 차장 검사가 한마디의 말도 할 수 있기 전에, 헌병들과 정리(廷吏)들이 몸짓 한 번 하기도 전에, 모두들 그때까지도 아직 마들렌 씨라고 부르고 있던 그 사람은 코슈파유와 브르베와 슈닐디외, 이 세 증인 쪽으로 걸어 나가 있었다.

"당신들, 나를 몰라보겠소?" 그가 말했다.

세 사람은 당황하여 머리를 저어 모른다는 뜻을 표했다. 코슈파유는 엉겁결에 거수경례를 했다. 마들렌 씨는 배심원들과 판사들 쪽으로 돌아서서 조용한 목소리로 말했다.

"배심원님 여러분, 피고를 석방해 주십시오. 재판장님, 저를 포박해 주십시오. 당신이 찾고 있는 사람은 저 사람이 아니라 저입니다. 제가 장 발장입니다."

모두들 숨을 죽이고 있었다. 처음의 경악의 충격에 이어 무덤의 고요가 왔다. 사람들은 장내에서 무슨 위대한 일이 이루어졌을 때 군중을 사로잡는 그런 종류의 종교적 공포감을 느꼈다.

그러는 동안 재판장의 얼굴에는 동정과 슬픔의 빛이 떠올랐다. 그는 차장 검사와 얼른 눈짓을 교환하고 배석 판사들과 몇 마디 소곤거렸다. 그는 방청객들을 향해 모두가 들을 수 있는 말투로 물었다.

"여기에 의사분 계십니까?"

차장 검사가 발언했다.

"배심원님 여러분, 지금 법정을 어지럽히는 이 뜻밖의 이변은 여기서 설명할 필요도 없는 감정을 여러분이나 본인에게 느끼게 합니다. 여러분은 모두 적어도 그 명성만으로도 존경할 만한 몽트뢰유쉬르메르의 시장 마들렌 씨를 알고 계시리라 믿습니다. 만약 여러분 중에 의사가 계시다면 마들렌 씨를 도와 자택으로 모셔 가 주시도록 재판장님과 더불어 부탁하는 바입니다"

마들렌 씨는 차장 검사가 말을 채 끝내기도 전에 인자하고 위엄찬 어조로 차장 검사의 말을 가로막았다. 그는 다음과 같이 말했다. 이것은 그 장면을 목격한 사람 하나가 재판 직후에 적어 놓은 원문 그대로이며, 근 사십 년이 흐른 오늘날까지도 그것을 들은 사람들의 귀에 쟁쟁하게 울리고 있는 내용 그대로이다.

"감사합니다, 차장 검사님. 그러나 저는 정신이 돈 사람이 아닙니다. 당신은 곧 아시게 될 겁니다. 당신은 하마터면 큰 잘못을 저지를 뻔하셨습니다. 저 사람을 놓아주십시오. 저는 하나의 의무를 수행하고 있는 겁니다. 제가 바로 그 불쌍한 수형자입니다. 이 사건을 똑똑히 아는 사람은 저뿐이고 제가 하는 말은 진실입니다. 지금 제가 하는 것은 하늘에 계시는 천주께서 보고 계십니다. 그것만으로 충분합니다. 제가 이렇게 여기 있으니까, 당신은 저를 포박하실 수 있습니다. 그렇지만 저는 최선을 다했습니다. 저는 변명 아래 숨어서 부자가 되고 시장이 되었습니다. 저는 정직한 사람들 속으로 되돌아가고자 했습니다. 그러나 그것은 불가능한 것 같습니다. 요컨대 제가 말할 수 없는 여러 가지 일이 있습니다. 제 일생을 말씀드리지는 않겠습니다. 언젠가는 사람들이 알게 될 겁니다. 제가 주교 예하의 물건을 훔친 건 사실입니다. 프티제르베의 물건을 훔친 것도 사실입니다. 사람들이 당신에게 장 발장은 매우 고약한 불쌍한 놈이라고 말한 것은 옳습니다. 그러나 아마 모든 잘못이 그에게만 있는 것은 아닐 겁니다. 판사님 여러분, 제 말을 들어 보십시오. 저같이 타락한 자는 주님의 섭리에 불평할 자격도 없고 사회에 건의할 자격도 없습니다. 그러나 아시겠습니까. 제가 벗어나 보려고 했던 치욕은 해로운 것입니다. 감옥은 죄수를 만듭니다. 이 점을 생각해 주십시오. 투옥되기 전에 저는 무지몽매한 가련한 시골 놈이었습니다. 일종의 백치

였습니다. 감옥은 저를 바꾸어 놓았습니다. 멍청하던 저는 간악해졌습니다. 우둔한 나무토막이던 저는 위험한 잉걸불이 되었습니다. 그 후 관용과 친절이 저를 구제했습니다, 마치 가혹함이 저를 파멸시켰듯이. 그러나 여러분은 제가 지금 하는 말을 알아듣지 못하실 겁니다. 여러분은 제 집 벽난로의 재 속에서 칠 년 전에 제가 프티제르베한테서 훔친 40수짜리 은전을 발견하실 겁니다. 저는 덧붙일 것이 더 이상 아무것도 없습니다. 저를 체포하십시오. 아아! 차장 검사님은 고개를 흔드시는데, 마들렌은 정신이 돌았다고 말씀하시는데, 제 말을 믿지 않으시는군요! 참 딱한 일입니다. 적어도 저 사람에게 유죄 판결을 내리지는 마십시오! 뭐! 저 사람들이 나를 몰라본다고! 자베르가 여기 없어서 섭섭합니다. 그 사람이라면 저를 알아볼 겁니다!"

이렇게 말하는 어조 속에 감도는 은근하고도 애수 어린 우울은 도저히 형언할 수 없으리라.

그는 세 죄수 쪽으로 돌아섰다.

"이보시오, 나는 당신들을 알아보오, 나는! 브르베! 당신은 생각나오⋯⋯?"

그는 말을 끊고 잠시 머뭇거리다가 말했다.

"너는 네가 형무소에서 가지고 있던 그 바둑판무늬로 짠 바지 멜빵을 기억하느냐?"

브르베는 놀라움에 충격을 받은 듯한 모습으로 그를 머리 끝에서 발끝까지 훑어보았다. 그는 계속했다.

"슈닐디외, 너는 너 자신에게 '주니디외'라는 별명을 붙였지. 네 오른편 어깨는 온통 불에 지진 자국이 깊이 패어 있다. T. F. P.* 라는 세 글자를 지우려고 어느 날 숯불이 이글이글하는 화로에다 그 어깨를 처넣었지만 여전히 글자는 남아 있지. 어때, 안 그래?"

"정말 그렇소." 슈닐디외는 말했다.

그는 코슈파유에게 말을 건넸다.

"너는 왼쪽 팔오금에 화약으로 지진 푸른 글자로 날짜가 씌어 있지. 그것은 황제가 칸에 상륙한 날짜로, 1815년 3월 1일이지. 소매를 걷어 봐."

코슈파유는 소매를 걷어 올렸고, 모든 시선은 그의 드러난 팔 위로 쏠렸다. 헌병 하나가 남폿불을 갖다 댔는데 거기에는 날짜가 있었다.

이 불행한 사나이는 미소를 띠고 방청객들과 판사들 쪽으로 돌아섰는데, 그 미소를 본 사람들은 지금도 그걸 생각하면 애처로운 생각을 금하지 못한다. 그것은 승리의 미소인 동시에 절망의 미소였다.

"잘 보셨지요." 그는 말했다. "저는 장 발장입니다."

법정 안에는 더 이상 판사도 없고 검사도 없고 헌병도 없었다. 있는 것은 오직 고정된 시선과 감동한 마음뿐이었다. 모두가 자기가 맡은 바 구실을 잊고 있었다. 차장 검사는 구형하기 위해 거기에 있다는 것을 잊고 있었고, 재판장은 재판을 주재하기 위해 거기에 있다는 것을 잊고 있었고, 변호사는 변호

---

* Travaux Forcés (à) Perpétuité(무기징역)의 머리글자들을 딴 것.

하기 위해 거기에 있다는 것을 잊고 있었다. 기이한 일임에도 아무런 질문도 제기되지 않았고, 아무런 권위도 끼어들지 않았다. 무릇 장엄한 광경의 본질은 모든 사람들의 얼을 사로잡고 모든 목격자들을 단순한 방관자로 만드는 것에 있다. 아마 아무도 자기가 무엇을 느끼는지를 알지 못했으리라. 아마 아무도 자기가 거기에서 위대한 빛이 번쩍거리는 것을 보고 있었다고는 생각하지 못했으리라. 모두들 마음속으로 경탄하고 있었다.

분명히 사람들은 눈앞에 장 발장을 보고 있었다. 그는 빛나고 있었다. 그의 출현은 조금 전 그렇게도 알 수 없었던 그 사건을 백일하에 드러내 놓기에 충분했다. 이제는 아무런 설명도 필요 없이 그 모든 군중은 다른 사람이 자기 대신에 유죄 판결을 받지 않도록 자수하는 그의 그 단순하고도 숭엄한 행위를 대번에, 그리고 한눈에 이해했다. 그 세세한 사실들이며 망설임, 있을 수 있는 사소한 저항 같은 것들은 이 빛나는 거대한 사실 속에 사라져 버렸다.

그 인상은 이내 지나가 버렸지만 당장은 지울 수 없는 힘을 가지고 있었다.

"저는 더 이상 법정을 교란하고 싶지 않습니다." 장 발장은 말을 이었다. "체포하지 않으니 저는 가겠습니다. 저는 여러 가지 용무가 있습니다. 차장 검사님은 제가 누구이고 어디로 가는지를 알고 계시니, 언제고 원할 때 저를 체포하게 하실 수 있겠지요."

그는 나가는 문 쪽으로 걸어갔다. 목소리 하나 나오지 않았고, 그를 막기 위한 팔 하나 뻗쳐 나오지 않았다. 모두들 비켜섰다. 그 순간에 군중으로 하여금 한 사람 앞에서 물러나게 하고 길을 비켜 주게 하는 뭔지 알 수 없는 성스러운 것이 있었다. 그는 유유히 군중 사이를 걸어 나아갔다. 누가 문을 열었는지는 모르나, 그가 거기에 이르렀을 때 틀림없이 문은 열려 있었다. 거기에 이르러 그는 돌아서서 말했다.

"차장 검사님, 언제고 마음대로 하십시오."

그런 뒤 방청석을 향해 말했다.

"여러분, 여기 계시는 여러분, 여러분은 저를 가엾게 생각하시겠죠. 안 그렇습니까? 아아! 저는 이렇게 하려 했던 저 자신을 생각할 때, 저는 제가 부러워할 만한 사람이라고 생각합니다. 그렇지만 이 모든 일이 아예 없었더라면 더 좋았을 것입니다."

그는 나갔고, 문은 열렸을 때처럼 다시 닫혔다. 어떤 숭고한 일을 하는 사람에게는 언제나 틀림없이 누군가 군중 속에 거들어 주는 사람이 있게 마련이다.

한 시간도 못 가서 배심원단의 평결은 샹마티외라는 자에 대한 일체의 기소를 기각했고, 샹마티외는 즉시 석방되었다. 그는 모두가 미쳤다고 생각하고 그 광경을 아무것도 이해하지 못한 채 어리둥절해하며 떠나갔다.

8
반격

1. 마들렌 씨가 머리털을 비춰 본 거울

날이 새기 시작하고 있었다. 팡틴은 즐거운 환상을 잔뜩 안고 잠을 이루지 못한 채 열에 들뜬 하룻밤을 지냈다. 아침에야 그녀는 잠이 들었다. 그녀의 옆에서 밤을 새운 생플리스 수녀는 그녀가 잠자는 틈을 타서 새로 기나나무 껍질 탕약을 만들러 갔다. 이 존경스러운 수녀는 조금 전부터 의무실 약국에서, 새벽의 희번한 빛 속에서 약과 약병 위에 바싹 몸을 구부리고 이것저것 들여다보고 있었다. 별안간 수녀가 돌아보며 가벼운 고함을 질렀다. 마들렌 씨가 수녀 앞에 서 있었다. 그는 방금 소리 없이 들어왔던 것이다.

"아, 시장님이시군요!" 수녀는 외쳤다.

그는 나지막한 목소리로 대답했다.

"그 가엾은 여자는 좀 어떻소?"

"지금은 별로 나쁘지 않아요. 그러나 저희들은 퍽 걱정했어요!"

수녀는 그에게 그동안 있었던 일을 설명하고, 팡틴이 어제는 퍽 나빴으나, 지금은 시장이 몽페르메유로 아이를 데리러 간 줄로만 알고 있기 때문에 훨씬 나아졌다고 했다. 수녀는 시장에게 차마 물어보지는 못했으나, 시장이 거기서 오는 것이 전혀 아니라는 것을 그의 표정에서 잘 알 수 있었다.

"잘했소." 그는 말했다. "사실대로 말해 주지 않기를 잘했소."

"그래요." 수녀가 말을 이었다. "하지만 이제, 시장님, 그분이 시장님을 뵙고도 자기 아이를 못 본다면 저희들은 그분에게 뭐라고 말해야 하지요?"

그는 잠시 생각했다.

"주님이 지혜를 주시겠지." 그는 말했다.

"그러나 어떻게 거짓말을 할 수 있겠어요." 수녀는 입속으로 중얼거렸다.

방 안에는 햇살이 퍼져 있었다. 밝은 햇살은 마들렌 씨의 얼굴을 똑바로 비추었다. 수녀는 무심코 고개를 들었다.

"어머나! 웬일이에요?" 수녀는 외쳤다. "시장님 머리가 새하얘졌네요."

"새하얘졌다니!" 그는 말했다.

생플리스 수녀에게는 거울이 없었다. 수녀는 거기에 있는 의료 기구 가방 속을 뒤져 조그마한 거울 하나를 꺼냈다. 그것은 환자가 죽어서 숨이 끊어졌는지를 확인하기 위해 의사가 쓰는 거울이었다.

마들렌 씨는 거울을 들고 머리를 들여다보며 말했다.

"이런!"

그는 그 말을 딴 데 정신이 팔린 사람처럼 대수롭지 않게 했다.

수녀는 그러한 모든 것에 언뜻 야릇한 생각이 들어 몸이 오싹해지는 것을 느꼈다.

마들렌 씨는 물었다.

"그 여자를 볼 수 있겠소?"

"시장님은 그분에게 아이를 데려다 주시려는 것 아니에요?" 수녀는 겨우 용기를 내어 물어보았다.

"물론 그야 그렇지만 적어도 이삼 일은 걸릴 거요."

"그럼 그때까지 그분을 만나지 않으시면 어떻겠어요?" 수녀는 머무적거리며 말했다. "그분은 시장님이 돌아오신 걸 모를 테니 꾹 참고 기다리게 하기도 쉬울 거예요. 그리고 아이가 오면 자연히 시장님도 아이와 함께 돌아오셨을 거라고 생각할 거예요. 그러면 거짓말은 안 해도 되고요."

마들렌 씨는 잠시 깊이 생각하는 것 같았다. 그런 뒤 침착하고 장중한 어조로 말했다.

"아니오, 수녀님, 만나 봐야겠소. 내가 아마 바빠질 것 같아서."

수녀는 그 '아마'라는 말에 주의하지 않은 것 같았지만 그것은 시장의 말에 모호하고 야릇한 뜻을 주었다. 그녀는 눈을 내리뜨고 목소리를 낮추어 공손하게 대답했다.

"그러시다면 그분은 쉬고 있지만 시장님께서 들어가 보시지요."

그는 문이 삐걱거려서 그 소리에 환자가 잠을 깰 수도 있겠다 하는 생각을 좀 하고서 팡틴의 방에 들어갔다. 그는 침대옆으로 가서 휘장을 방긋이 열어 보았다. 그녀는 자고 있었다. 그녀의 숨소리는 이런 질병들에 특유한, 그리고 잠들어 있는빈사지경의 아이 곁에서 밤을 새우는 가엾은 어머니들의 가슴을 아프게 하는 그런 비통한 소리를 하면서 그녀 가슴에서나오고 있었다. 그러나 그 고통스러운 숨결도 잠자는 그녀의모습을 바꾸고 있는, 그녀의 얼굴 위에 퍼져 있는 일종의 형언할 수 없는 평정을 깨뜨리지는 않았다. 그녀의 창백한 얼굴은새하얘져 있었다. 그녀의 볼은 볼그레했다. 그녀의 처녀성과청춘에서 그녀에게 남은 유일한 아름다움인 그녀의 기다란금빛 속눈썹은 내리감겨 있으면서도 간들거리고 있었다. 그녀의 온몸이 떨리고 있었는데, 마치 눈에는 보이지 않으나 움직이는 것이 느껴지는 어떤 날개가 바야흐로 펼쳐져 그녀를휘몰아 가 버릴 것만 같았다. 이러한 그녀를 보면 그녀가 거의절망적인 환자라고는 결코 생각할 수 없었으리라. 그녀는 곧죽어 간다기보다는 오히려 날아오르려 하는 것 같았다.

꽃을 꺾으려고 손이 다가오면 가지는 바르르 떨며 달아나면서도 동시에 몸을 내맡기는 것 같다. 인간의 육체도 신비로운 죽음의 손이 영혼을 따려는 순간이 다가오면 때로는 그렇게 떠는 것 같다.

마들렌 씨는 한참 동안 병상 옆에 가만히 서서 마치 두 달전에 처음으로 그 여자를 이 안식처로 데려온 날처럼 환자와 그리스도 수난상을 번갈아 바라보았다. 그들은 둘 다 또 다시 거기에서 같은 자세를 하고 있었다. 그 여자는 잠을 자고 그는 기도를 드리고. 다만 두 달이 흘러간 지금 그녀의 머리는 희끗 희끗해져 있었고 그의 머리는 새하얘져 있었다.

수녀는 그와 함께 들어와 있지 않았다. 그는 병상 옆에 서서 마치 방 안에 누가 있어서 소리를 내지 못하게 하려는 듯이 입에 손가락을 대고 있었다.

그녀가 눈을 뜨고 그를 보더니 상그레 웃으면서 조용히 말했다.

"그런데 코제트는요?"

2. 행복한 팡틴

그 여자는 놀란 기색도, 기쁜 기색도 하지 않았다. 그녀는 기쁨 그 자체였다. "그런데 코제트는요?" 하는 그 간단한 물음이 아주 깊은 믿음과 아주 깊은 확신에 가득 차 있었고 아무런 불안도 의혹도 없었기 때문에 마들렌 씨는 대답할 말이 없었다.

그녀는 계속 말했다.

"저는 시장님이 거기 계시는 걸 알고 있었어요. 저는 자고 있었지만 시장님을 보고 있었어요. 오랫동안 보고 있었어요. 저는 밤새도록 시장님에게서 눈을 떼지 않고 있었어요. 시장님은 영광 속에 계셨고 온갖 천사들에 둘러싸여 계셨어요."

마들렌 씨는 그리스도 수난상을 쳐다보았다.

여자는 말을 이었다. "하지만 코제트가 어디 있는지 말씀해 주세요. 왜 제가 깨어날 때를 생각해서 제 침대 위에 데려다 놓지 않으셨을까?"

마들렌 씨는 기계적으로 뭐라고 대답을 했으나 무슨 말을 했는지 그 후 전혀 생각이 나지 않았다.

요행히 의사가 기별을 받고 찾아왔다. 그는 마들렌 씨를 도왔다.

"이봐요, 진정해요. 아이는 저기 있어요." 의사는 말했다.

팡틴의 눈이 빛나며 그녀의 얼굴은 온통 빛으로 덮였다. 그녀는 두 손을 마주 잡고 기도할 때 보이는 가장 격렬하고도 가장 부드러운 표정을 지었다.

"아이, 좋아!" 여자는 외쳤다. "어서 안아다 줘요!"

얼마나 감격적인 어머니의 환상인가! 코제트는 그녀에게는 언제나 안아다 줄 수 있는 어린 아기였던 것이다.

"아직 안 돼요." 의사는 말했다. "지금은 안 돼요. 지금도 열이 다 가시지 않았는데, 아이를 보면 흥분하여 몸에 해로워요. 우선 당신 병이 나아야 합니다"

그녀는 조급히 그의 말을 가로막았다.

"하지만 전 나았어요! 글쎄 나았다니까요! 이 선생님은 말도 참 못 알아들으셔! 전 우리 아기가 보고 싶다니까요!"

"거 봐요." 의사는 말했다. "당신은 이렇게 흥분하고 있잖아요? 그렇게 흥분하는 한 아이를 만나 보지 못하게 하겠어요. 아이를 보기만 하면 되는 게 아니라 아이를 위하여 살지 않으면 안 됩니다. 당신이 침착해지면 내가 직접 아이를 데려다 드리겠어요."

가련한 어머니는 고개를 숙였다.

"선생님, 용서하세요. 정말 용서하세요. 전에는 아까 같은 말투를 쓴 적이 없었지만, 지금은 하도 많은 불행을 겪어서 제가 무슨 말을 했는지조차도 모를 때가 있어요. 저도 잘 알아요. 선생님은 제가 너무 감격할까 봐 걱정하시는 거지요. 선생님 소원대로 얼마든지 기다리겠어요. 그렇지만 딸을 만나 봐도 몸에 해로울 건 하나도 없어요. 저는 딸을 보고 있어요. 어제저녁부터 딸한테서 눈을 떼지 않고 있어요. 아시겠어요? 지금 그 애를 보듬어다 주어도 조용조용 이야기하겠어요. 그뿐이에요. 일부러 몽페르메유까지 가서 데려다 주신 아기를 보고 싶어 하는 건 당연한 일이 아닌가요? 저는 성을 내고 있지 않아요. 제가 곧 행복해지리라는 걸 저는 잘 알고 있어요. 밤새도록 저는 하얀 것들과 저를 보고 미소를 짓는 사람들을 보았어요. 선생님이 좋다고 생각하실 때에 우리 코제트를 안아다 주세요. 저는 이제 열이 없어요. 다 나았으니까요. 저는 이제 전혀 아무렇지도 않은 것 같아요. 하지만 여기 수녀님들이 좋아하시도록 아픈 체하고 있겠어요. 제가 아주 조용히 있는 걸 보면, 사람들은 '그녀에게 아이를 줘야 해.' 하고 말하겠지요."

마들렌 씨는 침대 옆에 있는 의자에 앉아 있었다. 그녀는 그를 돌아보았다. 그녀는 자기가 조용히 있는 것을 보고 아무도 코제트를 데려다 주는 것에 반대하지 않도록 하기 위해, 어린 아이처럼 병약해진 그녀가 종종 쓰는 말마따나 차분하고 '얌전해' 보이려고 분명히 애쓰고 있었다. 그렇지만 그렇게 자제하면서도 그녀는 마들렌 씨에게 온갖 질문을 하는 것을 참을 수가 없었다.

"여행은 잘하셨어요, 시장님? 아기를 데리러 갔다 오시다니 참 친절도 하시지! 우리 아기는 어떤지 그것만이라도 말씀해 주세요. 그 애가 먼 길을 잘 견뎌 냈나요? 아아, 슬퍼라! 그 애는 저를 알아보지 못할 거예요! 그때부터 저를 잊어버렸을 거예요. 가엾기도 하지! 어린애들은 기억력이 좋지 않거든요. 꼭 새들 같아요. 오늘은 이걸 보는가 하면 내일은 저걸 보고, 그러고는 더 이상 아무것도 생각하지 않아요. 그 애가 말쑥한 내의나마 입고 있던가요? 테나르디에 부부는 그 애를 정갈하게 해 놓고 있던가요? 식사는 어떻게 해 주던가요? 정말이지, 제가 곤궁했을 적에는, 아시겠어요? 그 모든 일을 생각하면서 제가 얼마나 괴로워했겠어요! 지금은 다 지나갔어요. 저는 기뻐요. 오오, 저는 정말 그 애가 보고 싶어요! 시장님, 그 애는 예쁘지 않던가요, 우리 딸은? 시장님은 그 역마차 속에서 참 추우셨겠어요! 아주 잠깐만이라도 그 애를 데려와 주실 수 없을까요? 그런 뒤에는 곧 데려가 버려도 괜찮아요. 말씀해 주세요! 시장님은 주인어른이시니까 시장님만 좋다고 하신다면!"

그는 그녀의 손을 잡았다.

"코제트는 예쁘오." 그는 말했다. "코제트는 잘 있소. 곧 만나 보게 해 드리리다. 그렇지만 진정해야만 하오. 그렇게 격앙하여 말을 하고 침대에서 팔을 내놓고 있으니까 기침이 자꾸 나는 거요."

과연 심한 기침이 팡틴의 말을 마디마디 끊고 있었다.

팡틴은 투덜거리지 않았다. 그녀는 너무 과격한 불평을 함으로써 사람들을 안심시키려던 것이 수포로 돌아가지나 않을까 두려워서 부질없는 이야기를 하기 시작했다.

"꽤 아름답지요, 몽페르메유는, 안 그래요? 여름에는 사람들이 들놀이를 하러들 가요. 그 테나르디에네는 장사가 잘되던가요? 그곳에는 많은 사람들이 지나가지 않아요. 그 여관은 일종의 싸구려 식당이에요."

마들렌 씨는 여전히 그 여자의 손을 잡은 채 걱정스럽게 그녀를 들여다보고 있었다. 분명히 그는 그 여자에게 무슨 말을 하러 왔으나 지금 주저하고 있었다. 의사는 진찰을 마치고 나가 버렸고, 생플리스 수녀만 그들 옆에 남아 있었다. 그러던 중 침묵을 깨뜨리고 팡틴이 외쳤다.

"개 말소리가 들린다! 어머나! 걔 말소리가 들리네!"

그녀는 옆의 사람들에게 가만있으라고 팔을 뻗치고 숨을 죽이며 황홀하게 귀를 기울이기 시작했다.

때마침 마당에서 어린아이 하나가 놀고 있었다. 문지기 여자나 어느 여직공의 아이였으리라. 그것이야말로 비통한 사건들의 신비로운 연출의 일부를 이루는 저 우연한 일의 하나였다. 그 아이는 어린 계집애로, 몸을 덥히려고 왔다 갔다 뛰어다니면서 큰 소리로 웃고 노래하고 있었다. 아, 슬프다! 어린아이들의 놀이까지도 모든 것에 끼어드는구나! 팡틴이 들은 것은 이 계집애의 노랫소리였던 것이다.

"아아!" 팡틴은 계속 말했다. "저건 우리 코제트야! 나는 그

애의 목소리를 알고 있어!"

아이는 왔을 때처럼 어느새 사라져 버려 그 목소리는 이제 들리지 않았다. 팡틴은 그래도 한참 귀를 기울이고 있다가 얼굴이 흐려졌고, 마들렌 씨는 그녀가 나지막한 목소리로 말하는 것을 들었다.

"우리 딸을 안 보여 주다니 참 인정머리도 없어, 이 의사는! 얼굴도 고약하게 생겨 먹었어, 이 사람은!"

그러는 동안 그녀의 머릿속에는 즐거운 생각이 되살아났다. 그녀는 베개를 베고 연방 혼자 중얼거렸다.

"우리는 얼마나 행복해질까! 제일 먼저 조그만 정원이 생길 거야! 마들렌 씨가 주신다고 약속했어. 우리 딸은 정원에서 놀 거야. 그 애는 이제 글씨도 배워야겠지. 내가 맞춤법을 가르쳐 줄 거야. 그 애는 풀밭에서 나비를 쫓아다닐 거야. 나는 그 애를 바라보고 있을 거고. 게다가 또 그 애는 첫 영성체도 할 거야. 글쎄! 그 애는 언제쯤 첫 영성체를 할까?"

그녀는 손가락을 꼽아 보기 시작했다.

"하나, 둘, 셋, 넷…… 지금 일곱 살이네. 아직도 오 년은 기다려야겠군. 흰 너울을 씌우고 살이 비치는 양말을 신기자. 마치 자그마한 숙녀같이 보일 거야. 아아, 수녀님, 제가 얼마나 어리석은 여자인지 모르실 거예요. 벌써 우리 딸 첫 영성체를 생각하다니!"

그러면서 그녀는 웃기 시작했다.

마들렌 씨는 팡틴의 손을 놓고 있었다. 그는 땅바닥을 내려다보며 한없이 깊은 생각에 잠겨 마치 바람 소리에 귀를 기울이듯 그러한 말에 귀를 기울이고 있었다. 갑자기 그녀는 말하기를 그쳐 버렸다. 그래서 그는 기계적으로 고개를 들었다. 팡틴은 무서운 모습이 되어 있었다.

그녀는 말도 하지 않고 숨도 쉬지 않았다. 그녀는 침대 위에서 상반신을 절반쯤 일으키고 있었는데, 야윈 어깨는 내의 밖으로 드러나 있었고, 조금 전까지도 빛나던 그녀의 얼굴은 창백했고, 방 저쪽 끝, 자기 앞에 있는 무슨 무서운 것을 응시하고 있는 것 같았다. 그녀의 눈은 두려움으로 휘둥그레져 있었다.

"아니! 무슨 일이오, 팡틴?" 마들렌 씨는 외쳤다.

그녀는 대답은 하지 않고, 보고 있는 듯한 어떤 대상에서 눈을 떼지 않은 채, 한 손으로는 그의 팔을 만지면서 다른 손으로는 뒤를 보라는 손짓을 했다.

그는 몸을 돌렸고 자베르를 보았다.

3. 만족한 자베르

그간의 경과는 이러하였다.

마들렌 씨가 아라스의 중죄 재판소에서 나온 것은 밤 12시 30분이 막 울리고 났을 때였다. 그가 여관에 돌아오니, 독자도 알다시피 그가 예약해 놓은 우편 마차로 출발하기에 꼭 알맞은 시간이었다. 아침 6시 조금 전에 몽트뢰유쉬르메르에 도착하여, 그는 우선 라피트 씨에게 보내는 편지를 우체통에 던져 놓고, 이어 병실로 들어가 팡틴을 문병했다.

그러는 동안에, 그가 중죄 재판소 법정을 떠나자마자, 차장 검사는 최초의 경악 상태에서 깨어나 존경할 만한 몽트뢰유쉬르메르 시장의 비정상적인 행위는 유감천만이라고 말하고, 후에 밝혀질 이 괴이한 사건으로도 자기의 확신에는 추호의 변화도 없음을 표명하고, 우선 진짜 장 발장임이 명백한 상마티외의 유죄 판결을 요구한다고 말했다. 차장 검사의 고집은 방청객, 판사, 배심원 등 모든 사람들의 생각과 분명히 배치되었다. 변호사는 별 어려움 없이 차장 검사의 논지를 반박하고, 마들렌 씨, 다시 말해서 진짜 장 발장의 고백에 의해 사건의 국면은 근본적으로 뒤집어졌고 이제 배심원들의 눈앞에는 한 무고한 사나이밖에 없다는 것을 확증했다. 아울러 변호사는 재판장의 착오와 그 밖의 여러 가지 사실에 관해 불행히도 그다지 신기할 것도 없는 감탄스러운 결론을 내렸다. 재판장은 결국 변호사의 의견에 동의했고, 배심원들은 몇 분 후에 상마티외를 면소했다.

그러나 차장 검사에게는 한 명의 장 발장이 필요했다. 그런데 이제 상마티외가 없으므로 그는 마들렌을 잡았다.

상마티외를 석방한 직후 차장 검사는 재판장과 한방에 들어박혔다. 그들은 '몽트뢰유쉬르메르의 시장의 인신(人身)의 체포의 필요의 건'에 관하여 협의했다. 이 '의'라는 토씨가 많은 문장은 차장 검사가 쓴 것으로서, 검찰청장에게 올리는 보고서에 전부 그의 손으로 그렇게 썼던 것이다. 처음의 감동은 지나가 버린지라 재판장은 별로 반대하지 않았다. 정의의 진행을 막을 수는 없었던 것이다. 게다가 또 털어놓고 말하자면 재판장은 선량하고 꽤 총명한 사람이기는 했으나 동시에 대단한 왕당파일 뿐 아니라 가히 격렬한 왕당파라고도 할 수 있는 인물로서, 몽트뢰유쉬르메르의 시장이 칸의 상륙*을 말하면서 '부오나파르테'라고 하지 않고 '황제'라고 한 데에 불쾌감을 느꼈다.

그래서 체포 명령이 내려졌다. 차장 검사는 특사를 시켜 몽트뢰유쉬르메르에 전속력으로 말을 달려 가게 하여 사복형사 자베르에게 그 체포의 임무를 맡겼다.

자베르가 진술을 마친 뒤 즉시 몽트뢰유쉬르메르로 돌아왔다는 것은 독자도 이미 아는 바이다.

특사가 체포령과 구인장을 그에게 건넸을 때 자베르는 막 일어나던 참이었다.

특사 자신도 능란한 경찰로서, 불과 몇 마디로 아라스에서 일어난 일을 자베르에게 알렸다. 차장 검사가 서명한 체포령의 내용은 다음과 같았다. "사복형사 자베르는 이날의 법정에서 전과자 장 발장으로 인정된 몽트뢰유쉬르메르의 시장 마들렌 씨를 체포하라."

자베르를 알지 못하는 사람으로서 그가 의무실의 대기실로 들어오는 것을 본 사람이 있었다면, 그 사람은 아마 무슨 일이 일어났는지 짐작하지 못했을 것이고, 그에게서 아무런 이상한 기색도 찾아보지 못했을 것이다. 그는 냉정하고 침착하고 근엄하게, 반백의 머리를 얌전히 관자놀이 위에 빗어 붙이

---

* 1815년 3월 1일, 엘바 섬을 탈출한 나폴레옹의 프랑스 상륙을 말한다.

고 여느 때처럼 유유히 계단을 올라왔다. 그러나 그를 속속들이 알았었던 사람이 이때 그를 유심히 살펴보았었다면 전율을 느꼈으리라. 그의 가죽 옷깃의 버클이 그의 목덜미에 있지 않고 그의 왼쪽 귀 위까지 올라와 있었다. 이것은 비상한 흥분을 나타내는 것이었다.

자베르는 완전무결한 성격의 사람으로 자기 의무에도, 자기 제복 복장에도 구김살을 만들지 않았다. 악인에게 준엄했고, 자기 옷 단추에 엄격했다.

옷깃의 버클을 잘못 끼운 것을 보면, 내심의 지진이라고도 부를 수 있는 그런 감동의 하나가 그의 마음속에 일어난 것이 틀림없었다.

그는 단신으로 와서, 근처 파수막에서 하사 하나와 병사 넷을 징발하여 그들은 마당에 세워 두고, 문지기 여자에게 팡틴의 방을 물었다. 문지기 여자는 무장한 사람들이 시장을 찾아오는 것은 예사로 보는 일이었기 때문에 별로 수상하게 여기지도 않았다.

팡틴의 방에 이르자 자베르는 열쇠를 돌려 간호사나 밀정처럼 살그머니 문을 밀고 들어갔다.

정확히 말하자면 그는 들어가지 않았다. 그는 모자를 쓴 채 턱까지 단추를 끼운 프록코트에 왼손을 넣고서 방긋이 열린 문틈에 서 있었다. 팔꿈치 오금에 그의 거대한 지팡이의 납 꼭지를 볼 수 있었는데, 그 지팡이는 그의 뒤에서 보이지 않았다.

그는 그렇게 아무의 눈에도 띄지 않고 근 일 분간이나 서 있었다. 갑자기 팡틴이 눈을 들어 그를 보고는 마들렌 씨를 돌아보게 했던 것이다.

마들렌의 시선과 자베르의 시선이 마주쳤을 때, 자베르는 꼼짝 하지도 않고, 움직이지도 않고, 다가오지도 않았으나, 무시무시해졌다. 어떠한 인간의 감정도 기쁨처럼 무시무시해질 수는 없다.

그것은 지옥에 떨어진 자를 막 찾아낸 악마의 얼굴이었다.

드디어 장 발장을 잡았다는 확신이 마음속에 있는 모든 것을 외모에 나타나게 했다. 뒤흔들린 밑바닥이 표면에 떠올랐다. 종적을 좀 놓쳤고 잠시나마 샹마티외를 오인했다는 수치심은 처음에 그렇게 잘 알아맞혔고 오래도록 올바른 본능을 가지고 있었다는 자만심 아래 사라져 버렸다. 자베르의 만족감은 그의 미소 짓는 태도 속에서 빛났다. 추한 승리감은 그 좁은 이마 위에 만발했다. 그것은 만족한 얼굴이 나타낼 수 있는 완전한 공포의 발현이었다.

자베르는 이때 천상에 있었다. 그 자신이 그것을 뚜렷이 깨달은 것은 아니었으나, 자기의 필요성과 성공을 어렴풋이 직감함으로써 그는, 그 자베르는 악을 분쇄하는 천사 같은 공직에서 정의와 광명과 진리를 구현하고 있었다. 그는 전후좌우에, 무한히 깊은 곳에, 권위, 도리, 판정된 것, 합법적 양심, 사회적 제재 등 모든 운명의 별들을 갖고 있었다. 그는 질서를 옹호하고, 법률에서 벼락을 꺼내고, 사회를 위해 복수하고, 절대자에게 협력했다. 그는 영광 속에 서 있었다. 그의 승리에는 아직도 도전과 전투가 남아 있었다. 찬연히 빛나고 호기롭게 서 있는 그는 흉포한 천사장의 초인간적인 수성(獸性)을 창공 가득히 펼쳐 놓고 있었다. 그가 수행하고 있는 행위의 무시무시한 그림자는 어렴풋이 번쩍거리는 사회의 칼을 그의 꼭 쥔 주먹에서 볼 수 있게 해 주었다. 기뻐하고 분노한 그는 범죄, 악덕, 반역, 영벌, 지옥을 발 아래에 억누르고, 빛나고, 전멸시키고, 미소 짓고 있었다. 이 무서운 성 미카엘* 속에는 이론의 여지 없는 위대함이 있었다.

자베르는 그렇게 무시무시했지만 전혀 야비하지는 않았다. 성실함, 정직함, 솔직함, 확신, 의무감은 잘못할 때에는 끔찍스러운 것이 될 수 있지만, 끔찍스러울 때조차도 여전히 위대한 것이며, 인간의 양심에 고유한 그러한 것들의 위엄은 두려움 속에서도 오래 지속된다. 그러한 것들은 과오라는 결점을 갖고 있는 미덕이다. 잔학하기 짝이 없는 광신자의 정직하고도 무자비한 기쁨 속에는 뭔지 알 수 없는 비통하고도 존경할 만한 광휘가 있다. 무시무시한 행복 속에 있는 자베르는 자기도 모르게 모든 무지한 승리자처럼 가엾은 존재가 되어 있었다. 선의 모든 악이라고 부를 수 있는 것이 나타나 있는 그런 얼굴처럼 비통하고 무시무시한 것은 아무것도 없다.

4. 다시 권력을 휘두르는 관헌

팡틴은 시장이 자베르한테서 자기를 빼내 주었던 날 이후

---

* 미카엘(Michael). 성경에 나오는 대천사.

에 이 사나이를 한 번도 본 적이 없었다. 그녀의 병든 머리는 아무것도 알아차리지 못했지만, 단지 그가 자기를 찾으러 되돌아왔다는 것만은 믿어 의심치 않았다. 그녀는 그의 무서운 얼굴을 보고 있을 수 없었고, 숨이 막히는 것 같았다. 그녀는 두 손으로 얼굴을 가리고 고통스럽게 외쳤다.

"마들렌 씨, 사람 살려요!"

장 발장은(이제부터 나는 그를 다른 이름으로 부르지 않겠다.) 일어섰다. 그는 지극히 다정하고 지극히 침착한 목소리로 팡틴에게 말했다.

"안심하시오. 저 사람이 온 건 당신 때문이 아니오."

그러고는 자베르를 향하여 말했다.

"당신이 뭘 원하는지 나는 알고 있소."

자베르는 대답했다.

"자, 어서!"

이 두 마디의 억양에는 뭔지 알 수 없는 사납고 열광적인 것이 있었다. 자베르는 "자, 어서!"라고 말하지 않고 "잣서!"라고 말했다. 그 어떤 철자로도 그 말이 발음된 말투를 표현할 수는 없으리라. 그것은 더 이상 인간의 말이 아니라 일종의 포효였다.

그는 전혀 관례대로 하지 않았다. 용건도 전혀 말하지 않았다. 구인장도 전혀 제시하지 않았다. 그에게 장 발장은 도저히 잡을 수 없는 신비로운 투사 같은 존재, 오 년 동안 졸랐으나 넘어뜨리지 못한 암흑의 레슬러였다. 이 체포는 시작이 아니라 끝이었다. 그는 이렇게 말하는 것으로 만족했다.

"자, 어서!"

그렇게 말하면서 그는 한 걸음도 걸어오지 않았다. 그는 쇠갈고리처럼 던지는 그런 눈초리를 장 발장에게 던졌는데, 그는 그런 눈초리로 악당들을 자기 쪽으로 강렬하게 끌어당기는 습관을 가지고 있었다.

팡틴이 두 달 전에 골수까지 사무치는 것을 느꼈던 것도 바로 그런 눈초리였다.

자베르의 고함 소리에 팡틴은 다시 눈을 떴다. 그러나 거기에는 시장이 있었다. 그녀가 무엇을 두려워할 수 있겠는가?

자베르는 방 가운데로 걸어 나와서 외쳤다.

"아니! 안 올 거냐?"

불쌍한 여인은 주위를 둘러보았다. 수녀와 시장 외에는 아무도 없었다. 그 야비한 하대는 누구에게 던져질 수 있었겠는가? 오직 그녀뿐이었다. 그녀는 소스라쳤다.

이때 그녀는 기괴망측한 일을 보았는데, 그렇게도 기괴망측한 일은 고열에 들뜬 가장 허약한 혼미 상태 속에서도 일찍이 나타나 본 적이 없었다.

그녀는 사복형사 자베르가 시장의 멱살을 잡는 것을 보았고, 그러자 시장이 머리를 숙이는 것을 보았다. 그녀에게는 세상이 꺼져 가는 것만 같았다.

자베르는 실제로 장 발장의 멱살을 잡았다.

"아이고, 시장님!" 팡틴이 외쳤다.

자베르는 너털웃음을 터뜨렸다. 그것은 이를 모두 드러내는 무시무시한 웃음이었다.

"여기엔 이제 시장님은 없다!"

장 발장은 자기 프록코트의 깃을 잡고 있는 손을 치우려고 하지도 않았다. 그는 말했다.

"자베르……."

자베르는 그의 말을 가로챘다.

"나를 형사님이라고 불러라."

"여보시오." 장 발장은 말을 이었다. "당신한테 특별히 한마디 하고 싶소."

"아주 큰 소리로! 아주 큰 소리로 말해라!" 자베르는 대답했다. "내게 아주 큰 소리로 말하란 말이다!"

장 발장은 목소리를 낮추어 말을 계속했다.

"당신한테 해야 할 부탁 하나가 있는데……."

"아주 큰 소리로 말하라고 했잖아."

"하지만 당신만 들어야 할 이야기여서……."

"그게 나와 무슨 상관이냐? 나는 듣지 않겠다!"

장 발장은 자베르 쪽으로 몸을 돌려 퍽 낮은 목소리로 얼른 말했다.

"사흘만 여유를 주시오! 이 가엾은 여자의 아이를 데리러 가게 사흘만 주시오! 필요한 비용은 내가 내리다. 같이 따라가도 좋소."

"이게 무슨 농담이지!" 자베르는 외쳤다. "아니, 네가 그렇게 바보인 줄은 몰랐다! 달아나게 사흘을 달라는 거지! 저 계집의 새끼를 데리러 간다는 거지! 하하! 좋다! 거 참 좋다!"

팡틴은 부르르 떨었다.

"우리 아기를!" 그녀는 외쳤다. "우리 아기를 데리러 가시다니! 그럼 여기 없군요! 수녀님, 코제트는 어디 있어요, 네? 우리 아기가 보고 싶어요! 마들렌 씨! 시장님!"

자베르는 발을 굴렀다.

"이제 또 한 년이 나섰구나! 고놈의 입 닥치지 못해, 이 화냥년아! 참 망할 놈의 고장도 다 있지. 전과자가 시장 노릇을 하는가 하면 매춘부가 공주처럼 대접을 받고! 그러나 이제 그렇게는 안 될걸. 이젠 어림도 없다!"

그는 팡틴을 쏘아보고, 장 발장의 넥타이와 셔츠와 깃을 다시 움켜잡으면서 덧붙였다.

"이젠 마들렌 씨도 없고 시장님도 없다는 말이다. 도둑놈하나가 있고 강도 하나가 있고 장 발장이라는 전과자 하나가 있을 뿐이야! 그놈을 내가 잡고 있는 거야! 알았느냐!"

팡틴은 두 손과 뻣뻣한 팔로 버티며 침대 위에서 벌떡 상반신을 일으키고는, 장 발장을 보고, 자베르를 보고, 수녀를 보더니, 무슨 말을 하려는 듯 입을 열었는데, 그르렁거리는 소리가 목구멍 안쪽에서 나왔고, 이가 덜덜 떨렸다. 그러면서 고통스럽게 두 팔을 뻗쳐, 경련하듯 손을 벌리고서, 물에 빠진 사람처럼 휘젓다가 느닷없이 베개 위에 쓰러져 버렸다. 그녀의 머리는 침대 가로장에 부딪혀 가슴 위에 와서 달칵 떨어졌다. 입을 떡 벌리고, 흐릿한 눈을 뜬 채.

그녀는 숨을 거두었다.

장 발장은 자기를 붙잡고 있는 자베르의 손 위에 자기 손을 올려놓고, 어린애의 손을 열듯 그의 손을 열고는 그에게 말했다.

"당신은 이 여자를 죽였소."

"그만둬!" 자베르는 골이 나서 외쳤다. "그따위 말을 들으려고 내가 이러고 있는 게 아니야. 그만해 둬. 파수병이 아래 있다. 어서 가자. 그러지 않으면 쇠고랑이다!"

방 한쪽 구석에 꽤 헐어 빠진 낡은 철제 침대 하나가 있었는데, 이것은 밤새워 간호하는 수녀들에게 간이침대 구실을 하고 있었다. 장 발장은 이 침대로 가서 눈 깜짝할 사이에 이미 픽 망그러진 침대 머리 가로장을 떼어 냈는데, 이 정도는 그의 근력으로는 식은 죽 먹기였다. 그는 그 굵은 쇠막대기를 힘껏 손에 쥐고서 자베르를 쏘아보았다.

자베르는 문 쪽으로 물러섰다.

장 발장은 그 쇠막대기를 손에 쥐고 천천히 팡틴의 침대 쪽으로 걸어갔다. 거기에 다다르자 그는 돌아서서 들릴락 말락한 목소리로 자베르에게 말했다.

"지금은 나를 방해하지 마시오."

확실히 자베르는 떨고 있었다.

그는 파수병을 부르러 갈까 하는 생각도 했으나, 그 틈을 타서 장 발장이 도망할지도 몰랐다. 그래서 지팡이 한쪽 끝을 잡은 채 장 발장한테서 눈을 떼지 않고 그대로 문설주에 기대어서 있었다.

장 발장은 침대 머리의 둥근 부분에 팔꿈치를 대고 이마를 손에 괴고서 움직이지 않고 뻐드러져 있는 팡틴을 들여다보기 시작했다. 그는 그렇게 멍하니 말없이 있었는데, 분명히 이

승의 삶에 대해서는 더 이상 아무것도 생각하지 않는 것 같았다. 그의 얼굴과 태도에서는 형언할 수 없는 연민의 정밖에 보이지 않았다. 그렇게 잠시 명상에 잠겨 있다가 그는 팡틴 쪽으로 몸을 구부리고서 나지막한 목소리로 말을 했다.

그는 그녀에게 무슨 말을 했을까? 이 세상에서 버림받은 그 사나이는 죽어 있는 그 여자에게 과연 무슨 말을 했을까? 그 말은 무엇이었을까? 이 세상에서 아무도 그것을 듣지 못했다. 죽은 여인은 그것을 들었을까? 이 세상에는 숭고한 현실일지도 모를 감동적인 환각이 있다. 의심할 수 없는 사실은, 이 광경의 유일한 목격자인 생플리스 수녀가 가끔 말한 바에 의하면, 장 발장이 팡틴의 귀에 대고 무슨 말을 했을 때 죽음의 놀람으로 가득 찬 그 창백한 입술 위와 흐릿한 눈동자 속에 형언할 수 없는 미소가 떠오르는 것을 보았다는 것이다.

장 발장은 두 손으로 팡틴의 머리를 들어 아기를 누이는 어머니처럼 그 머리를 베개 위에 잘 올려놓고, 슈미즈의 끈을 매어 주고, 모자 속으로 머리털을 쓸어 넣어 주었다. 그렇게 하고 나서 그녀의 눈을 감겨 주었다.

그 순간 팡틴의 얼굴이 이상하게 빛나는 것 같았다.

죽음, 그것은 광대무변한 광명 속으로 들어가는 것이다.

팡틴의 손은 침대 밖으로 늘어져 있었다. 장 발장은 그 앞에 무릎을 꿇고 그 손을 가만히 들어 올려 입을 맞추었다.

그런 뒤에 일어서서 자베르 쪽으로 몸을 돌렸다.

"이젠 당신 마음대로 하시오." 그는 말했다.

5. 알맞은 무덤

자베르는 장 발장을 시 형무소에 구금했다.

마들렌 씨의 체포는 몽트뢰유쉬르메르에 놀라움을 불러일으켰다. 아니, 오히려 비상한 동요를 일으켰다고 하는 것이 좋을지도 모르겠다. 실로 서글픈 일이지만, "그는 전과자였다." 라는 단 한마디 말로 거의 모든 사람이 그를 버리고 돌아보지 않았다는 것을 나는 숨길 수 없다. 두 시간도 채 못 가서 그가 베푼 선행은 모조리 잊혔고, 그는 이제 그저 '전과자'일 뿐이었다. 사람들은 아라스에서 일어난 사건의 자세한 내용을 아직 모르고 있었다고 말해 두는 것이 옳겠다. 온종일 시내 어디서고 사람들은 다음과 같은 대화를 들었다.

"자네 아직 모르나? 그 사람이 전과자였대!" "누가?" "시장 말이야." "저런! 마들렌 씨가?" "그래." "그게 정말이야?" "그 사람 이름은 마들렌이 아니라, 베장이라던가 보장이라던가 부장이라던가, 어쨌든 무시무시한 이름이야." "아아, 그래!" "그런데 잡혔대." "잡혔다고!" "이송할 때까지 시 형무소에 구금돼 있을 거래." "이송할 때까지! 곧 이송한다고! 어디로 이송한대?" "옛날에 노상에서 강도질을 했기 때문에 중죄 재판에 회부된다는 거야." "옳아! 어쩐지 수상하더라. 권력자가 글쎄 너무도 친절하고, 너무도 성인군자 같더라니까. 훈장을 거절하는가 하면, 아이들을 만나면 아무한테나 돈을 주지 않았겠어? 나는 늘 그런 이면에는 무슨 심상치 않은 곡절이라도 있으리라 싶었지."

사교계는 특히 그런 의견이었다.

《백기》의 구독자인 늙은 부인 하나는 이런 생각을 했는데, 그 깊이는 거의 헤아릴 수가 없었다.

"나는 별로 유감스럽게 생각하지 않아요. 부오나파르테 당놈들에게는 좋은 교훈이 될 거예요!"

이렇게 마들렌 씨라고 불리던 그 허깨비는 몽트뢰유쉬르메르에서 사라져 버렸다. 온 시내에서 오직 서너 사람만이 그 기억을 충실히 간직하고 있는 것 같았다. 그를 시중들던 문지기 노파도 그중 하나였다.

바로 그날 저녁, 그 갸륵한 노파는 아직도 무척 놀란 마음으로 슬픈 생각에 잠겨 수위실에 앉아 있었다. 공장은 하루 종일 닫혀 있었고, 정문에는 빗장이 걸려 있었고, 거리에는 인기척도 없었다. 집 안에는 팡틴의 시체 옆에서 밤을 새우는 페르페튀 수녀와 생플리스 수녀 두 사람밖에 없었다.

마들렌 씨가 으레 돌아올 무렵이 되자, 충직한 문지기 여자는 기계적으로 일어나 서랍에서 마들렌 씨의 방 열쇠를 꺼내고 저녁마다 마들렌 씨가 자기 방으로 올라갈 때 사용하는 휴대용 촛대를 집어 든 뒤 마들렌 씨가 으레 걸어 두는 못에다 열쇠를 걸고 마치 그를 기다리듯이 그 옆에 촛대를 놓았다.

그 후 두어 시간도 더 지나서야 노파는 몽상에서 깨어나 외쳤다.

"아니, 나 좀 봐! 그분 열쇠를 못에 갖다 걸어 놓다니!"

바로 그때 수위실 유리창이 열리고 손 하나가 들어오더니 열쇠와 촛대를 집어다가 수위실에 있던 촛불로 촛대의 초에 불을 붙였다.

문지기 여자는 고개를 들고는 입을 떡 벌렸다. 그리고 목구멍까지 고함이 새어 나왔으나 꾹 삼켜 버렸다.

그 여자는 그 손을, 그 팔을, 그 프록코트의 소매를 알고 있었다.

그것은 마들렌 씨였다.

그 여자는 한참 동안 말을 하지 못하고, 그녀가 후일 이 사건을 이야기하면서 흔히 하던 말마따나 '혼비백산'이 되어 있었다.

"아이고, 시장님." 그녀는 이윽고 말했다. "저는 시장님께서 지금……."

그녀는 말을 끊어 버렸다. 그녀의 말끝은 실례가 되었을 것이다. 장 발장은 그녀에게는 언제나 시장님이었던 것이다.

장 발장은 그녀의 생각을 마저 끝내 주었다.

그는 말했다. "감옥에, 거기에 가 있었소. 창살을 부수고 지붕에서 뛰어내려 이렇게 온 거요. 내 방으로 올라갈 테니, 가서 생플리스 수녀를 불러오구려. 아마 그 가엾은 여자 곁에 있을 거요." 그는 말했다.

노파는 부리나케 하라는 대로 했다.

그는 노파에게 아무런 당부도 하지 않았다. 그는 자기가 자기 자신을 지키는 것보다도 그녀가 더 잘 자기를 지켜 주리라는 것을 확신하고 있었으니까.

어떻게 그가 정문을 열게 하지도 않고서 마당으로 들어올 수 있었던가는 결코 아무도 알 수 없었다. 그는 작은 통용문을 여는 곁쇠가 있어서 언제나 몸에 지니고 다니기는 했지만, 몸 수색을 당해서 그 곁쇠도 압수당했을 것이다. 이 점은 밝혀지지 않았다.

그는 자기 방으로 통하는 계단을 올라갔다. 위에 도착한 그는 촛대를 계단의 맨 윗단에 놓고, 소리 나지 않도록 문을 열고 들어가서, 더듬더듬 겉창과 창을 닫고, 그런 뒤 되돌아와서 촛대를 들고 다시 방으로 들어갔다.

이런 조심성은 유익했다. 그의 창이 한길에서 보일 수 있었다는 것을 독자는 기억할 것이다.

그는 주위를, 탁자를, 의자를, 사흘 전부터 손도 대지 않았던 침대를 흘끗 둘러보았다. 그저께 저녁에 어질렀던 흔적은 하나도 남아 있지 않았다. 문지기 여자가 '방을 치워' 놓았으니까. 다만 그녀는 쇠를 씌운 지팡이의 양쪽 끝 부분과 불에 그슬린 40수짜리 은화를 재 속에서 주워다 탁자 위에 얌전히 놓아두었다.

그는 종이 한 장을 가져다 이렇게 썼다. "이것은 내 쇠를 씌운 지팡이의 양쪽 끝 부분과 중죄 재판소에서 말한 프티제르베한테서 훔친 40수짜리 은화다." 그러고는 그 종이 위에 은화와 두 쇠붙이를 올려놓아 방에 들어오면 댓바람에 눈에 띄도록 했다. 그는 옷장에서 자기의 헌 셔츠를 꺼내 찢었다. 그렇게 몇 조각의 헝겊을 만들어 그걸로 두 은촛대를 쌌다. 그는 별로 서두르거나 서성거리지 않았고, 주교의 촛대를 싸면서도 검은 빵 하나를 뜯어 먹었다. 그것은 아마 탈출하면서 가지고 나온 형무소의 빵이었으리라.

그것은 후에 법관이 수색했을 때, 방바닥에서 발견된 빵 쪼가리로 확인되었다.

누가 문을 가만가만 두 번 두드렸다.

"들어오시오." 그는 말했다.

그것은 생플리스 수녀였다.

수녀는 얼굴이 해쓱하고, 눈이 충혈되고, 들고 있는 촛불이 손안에서 흔들거렸다. 운명의 격렬한 힘은 우리들이 제아무리 완벽하고 냉정하더라도 오장육부의 밑바닥으로부터 인간성을 끌어내어 바깥으로 드러내 놓는 특성을 가지고 있다. 그날 하루의 감동 속에서 수녀는 다시금 여자가 되어 있었다. 그녀는 이미 울었고, 지금은 떨고 있었다.

장 발장은 방금 종이에 몇 줄 써 놓은 것을 수녀에게 내밀며 말했다.

"이걸 신부님께 전해 주시오."

쪽지는 펼쳐져 있었다. 수녀는 거기에 시선을 던졌다.

"읽어도 좋소." 그는 말했다.

수녀는 읽었다. "여기에 두고 가는 모든 것을 신부님께서 보살펴 주시기 바랍니다. 그중에서 소생의 소송비와 오늘 운명한 여자의 매장비를 지불해 주시고, 나머지는 가난한 사람들에게 베풀어 주시기 바랍니다."

수녀는 무슨 말을 하려고 하였으나, 분명치 않은 몇 마디 소리를 간신히 중얼거릴 수 있었다. 그렇지만 마침내 이렇게 말할 수 있었다.

"시장님은 저 가엾은 여자를 마지막으로 다시 한 번 보시고 싶지 않습니까?"

"아니요." 그는 말했다. "나는 지금 쫓기고 있소. 그 방에서 나는 잡히기만 할 거요. 그런다면 그분의 영혼을 불안하게 할 거요."

그가 겨우 말을 끝냈을 때 계단에서 떠들썩한 소리가 들렸다. 그들은 계단을 올라오는 소란한 발소리를, 그리고 한껏 높고 날카로운 목소리로 말하는 문지기 노파의 소리를 들었다.

"하느님 앞에 맹세하겠어요, 나리. 낮에도, 저녁에도, 하루 종일 아무도 여기 들어오지 않았어요. 저는 이 문에서 한시도 떠나지 않았는데요!"

한 사나이가 말했다.

"하지만 저 방에는 불이 켜졌어."

그들은 자베르의 목소리를 알아들었다.

그 방은 문을 열면 오른편 벽 구석이 가리도록 되어 있었다. 장 발장은 촛불을 불어서 꺼 버리고 그 구석으로 들어갔다.

생플리스 수녀는 탁자 옆에 무릎을 꿇었다.

문이 열렸다. 자베르가 들어왔다.

뭇사람이 수군수군하는 소리며 문지기 여자가 기를 쓰고 버티는 소리가 복도에서 들렸다.

수녀는 고개를 들지 않았다. 그녀는 기도를 드렸다.

촛불은 벽난로 위에 있었고 아주 희미한 빛만을 내고 있었다.

자베르는 수녀를 보고 당황하여 멈칫 섰다.

독자도 기억하듯이 자베르의 근본 자체는, 그의 본령은, 그가 호흡할 수 있는 환경은 모든 권위에 대한 존경이었다. 그는 고지식해서 아무런 이의도, 아무런 제한도 용인하지 않았다. 그에게는 말할 것도 없이 교회의 권위가 모든 권위 중에서 제일이었다. 그의 눈에 성직자는 잘못을 저지르지 않는 사람이고, 수녀는 죄를 범하지 않는 사람이었다. 그들은 모두 오직 진실을 내보낼 때만 열리는 단 하나의 문만으로 이 세상과 통하는 갇힌 영혼이었다.

수녀를 보자 댓바람에 그는 물러가고 싶은 충동을 느꼈다.

그렇지만 그를 붙들고 다짜고짜로 반대 방향으로 떠미는 또 다른 의무도 있었다. 그가 그다음에 느낀 충동은 그냥 가지 말고 적어도 한마디라도 물어봐야겠다는 것이었다.

그녀는 평생에 거짓말 한 번 한 적이 없는 생플리스 수녀였다. 자베르는 그것을 알고 있었고, 그렇기 때문에 특히 그 수녀를 존경하고 있었다.

"수녀님." 그는 말했다. "이 방에 수녀님 혼자 계십니까?"

그것은 무시무시한 순간이었고, 그동안 가엾은 문지기 여자는 까무러칠 것만 같았다.

수녀는 고개를 들고 대답했다.

"예."

자베르는 말을 이었다. "이렇게 계속해서 죄송합니다만, 이게 제 의무라서. 오늘 저녁에 한 사람을, 한 사나이를 보지 않았습니까? 그놈이 탈주했는데, 우리는 그놈을 찾고 있습니다. 그 장 발장이라는 놈인데, 그를 보시지 않았습니까?"

수녀는 대답했다.

"아니요."

수녀는 거짓말을 했다. 계속하여, 서슴지 않고, 재빠르게, 헌신적으로, 연거푸 두 번 거짓말을 했다.

"죄송합니다." 자베르는 말했다. 그리고 공손히 절을 한 뒤 물러갔다.

오, 성스러운 처녀여! 그대는 여러 해 전부터 이 사바세계의 몸이 아니었다. 그대는 광명 속에서 그대의 자매인 동정녀들과 그대의 형제인 천사들을 따라갔다. 그 거짓말도 천국에서 그대를 위해 부디 헤아려지기를!

수녀의 확답은 자베르에게는 아주 결정적인 것이었기 때문에, 방금 전에 불어서 끈 채 아직도 탁자 위에서 연기가 나고 있는 초도 전혀 수상쩍게 여기지 않았다.

한 시간 후, 한 사나이가 나무 사이와 안개 속을 걸어서 파리 방향으로 황급히 몽트뢰유쉬르메르를 떠나가고 있었다. 그 사나이는 장 발장이었다. 그가 지나가는 것을 본 수레꾼 두세 명의 증언에 의해, 그가 꾸러미 하나를 몸에 지녔고 작업복을 입고 있었다는 것이 확증되었다. 그 작업복은 어디서 났을까? 그것은 결코 알 수 없었다. 늙은 노동자 하나가 며칠 전에 공장 병실에서 죽었는데, 남긴 것이라고는 그의 작업복뿐이었다. 그것은 아마 그 작업복이었으리라.

팡틴에 관해 마지막으로 한마디.

우리 모두에게는 하나의 어머니, 즉 땅이 있다. 사람들은 팡틴을 이 어머니에게 돌려보냈다.

신부는 장 발장이 놓고 간 것 중에서 되도록 많은 돈을 가난한 사람들을 위하여 간직해 두었는데, 그렇게 하는 것이 잘하는 일이라고 생각했고, 아마 잘한 일이었으리라. 결국 누구와 관계되는 일이었던가? 한 전과자와 한 매춘부에 관한 일이었다. 그러므로 그는 팡틴의 장례식을 간소화했고, 시신도 공동 묘혈이라고 부르는 곳에 묻어 버렸다.

그러므로 팡틴은 모두의 것이면서도 아무의 것도 아닌, 가난한 사람들을 보내는 저 무료 묘지의 한쪽 구석에 매장되었다. 다행히 천주는 그 영혼이 어디 있는지를 아신다. 사람들은 팡틴을 아무 유골 사이든 상관없이 어둠 속에 누였다. 그녀는 잡다한 유해들과 뒤섞였다. 그녀는 공동 묘혈에 던져졌다. 그녀의 무덤은 그녀의 침대 같았다.

(2권에서 계속)

세계문학전집 **301**

레 미제라블 1

1판 1쇄 펴냄 2012년 11월 5일
1판 42쇄 펴냄 2024년 6월 10일

지은이 빅토르 위고
옮긴이 정기수
발행인 박근섭, 박상준
펴낸곳 (주)민음사

출판등록 1966. 5. 19. (제 16-490호)
서울특별시 강남구 도산대로1길 62(신사동) 강남출판문화센터 5층 (우편번호 06027)
대표전화 02-515-2000 **팩시밀리** 02-515-2007
www.minumsa.com

ISBN 978-89-374-6301-3 04800
ISBN 978-89-374-6000-5 (세트)

* 잘못 만들어진 책은 구입처에서 교환해 드립니다.

세계문학전집 목록

세계문학전집은 계속 간행됩니다.